后浪

先生说

1898年以来的北大话语

杨虎 严敏杰 周婧 编著

海峡出版发行集团 | 海峡书局

图书在版编目（CIP）数据

先生说：1898年以来的北大话语/杨虎，严敏杰，周婧编著．－－福州：海峡书局，2022.4
ISBN 978-7-5567-0920-5

Ⅰ．①先… Ⅱ．①杨… ②严… ③周… Ⅲ．①杂文集—中国—当代 Ⅳ．① I267.1

中国版本图书馆 CIP 数据核字 (2022) 第 012916 号

先生说：1898 年以来的北大话语
XIANSHENGSHUO: 1898 NIAN YILAI DE BEIDA HUAYU

编 著 者	杨 虎 严敏杰 周 婧	选题策划	后浪出版公司
出 版 人	林 彬	编辑统筹	梅天明
出版统筹	吴兴元	特约编辑	宋希於
责任编辑	廖飞琴 杨思敏	装帧制造	墨白空间
封面设计	刘孟宗		
营销推广	ONEBOOK		

出版发行	海峡书局	社 址	福州市白马中路 15 号
邮 编	350001		海峡出版发行集团 2 楼

印 刷	嘉业印刷（天津）有限公司	开 本	655 mm × 1000 mm 1/16
印 张	26.5	字 数	382 千字
版 次	2022 年 4 月第 1 版	印 次	2022 年 4 月第 1 次印刷
书 号	ISBN 978-7-5567-0920-5	定 价	75.00 元

书中如有印装质量问题，影响阅读，请直接向承印厂调换
版权所有，翻印必究

序

陈平原

二十多年前，北京大学即将迎来百年校庆，众多师生及校友跃跃欲试，都想略尽绵薄之力，我自然也不例外。那年我编撰刊行了《老北大的故事》（南京：江苏文艺出版社，1998）、《北大旧事》（与夏晓虹合编，北京：生活·读书·新知三联书店，1998）与《北大之精神——十先贤对北大传统之建构》（北京：中华书局，1998）三种读物，在学界及普通读者那里得到很好的反响。前两者日后不断重刊，某种意义上促成了大学读物的热销以及重写大学史的潮流——谈论大学的历史，不再局限于硬邦邦的论说与数字，而是转向生气淋漓的人物、故事和文章。相对来说，应中华书局之邀编注的《北大之精神——十先贤对北大传统之建构》，时过境迁就被遗忘了，这册薄薄32页的《中华活页文选》（1998年第17期，1998年4月第一版），校庆期间大量赠阅，流传甚广，影响了日后众多关于北大历史、传统及精神的"言说"。当初强调选文标准包含"文章可读"——不必文采斐然，但求谈论的是现实（或历史），关注的是精神（或传统）。事后想想，其中还蕴涵一种内在思路，那就是如何兼及"政治的北大"与"学术的北大"。

二十多年过去了，借"生气淋漓的人物、故事和文章"来谈论中国大学逐渐成为潮流，这让我喜忧参半，于是有了几年前的演说稿——《大学故事的魅力与陷阱》（初刊《书城》2016年第10期；收入《讲台上的"学问"》，上海：华东师范大学出版社，2016）。此文选择北京大学、复旦大学、中山大学三所名校的校史读物，谈论以下四个问题：第一，"校史、校园与人物"；第二，"故事化了的'老大学'"；第三，"碎片拼接而成的历史"；第四，"在文史夹缝中挥洒才华"。

起码从1917年的《国立北京大学廿周年纪念册》以及1923年为纪念校庆二十五周年而编撰的《国立北京大学概略》起，北大就不断地积累校史资料。不仅校方及校友，很多文人学者也都喜欢撰写议论或追忆北大的文章。"无论任何时代，'大学'的生存与发展，都与整个社会思潮密不可分，必须将政治、思想、文化、学术乃至经济等纳入视野，才能谈好大学问题。另外，必须超越为本校'评功摆好'的校史专家立场，用教育家的眼光来审视，用史学家的功夫来钩稽，用文学家的感觉来体味，用思想者的立场来反省与质疑，那样，才能做好这份看起来很轻松的'活儿'。"正是基于此立场，我在上述文章中介绍并评述了许多关于北大的书籍，其中就包括严敏杰、杨虎编著的《北大新语——百年北大的经典话语》（北京：中国广播电视出版社，2007），我称书中所载北大人的"新语"，凡摘自作者原著的多可信，凡属于逸事转述的，则大都夸张变形。可话说回来，"逸事"不同于"史实"，"变形"方才显得"可爱"。

这册《北大新语——百年北大的经典话语》，经过一番增订，变成了杨虎、严敏杰著《微说北大》（北京：现代出版社，2015），属于肖东发主编的"北大文化丛书"。我之所以关注此书，一是同属这套丛书的吴泓、刘镇杰编《北大精神》收录了我四篇文章；二是我与这套书的主编肖东发先生熟悉。北京大学新闻与传播学院教授肖东发（1949—2016），乃中国书史、中国藏书史、中国出版史和年鉴学研究等领域的知名学者，有不少著作传世。我与他的接触，无关各自的专业，而是对于北大校史的共同关注。记得进入新世纪不久，他为北京图书馆出版社主编四卷本"北大人文与风物丛书"（《风骨——从京师大学堂到老北大》《风物——燕园景观及人文底蕴》《风范——北大名人寓所及轶事》《风采——北大名师的岁月留痕》）时，征询过我的意见，事后赠送新书。

说实话，同样关注北大校史，我与肖教授立场不太一致。当初我辩称自己不是"校史专家"，理由是："我的研究策略是以北大为个案，讨论中国大学百年的得失成败，并进而理解中国现代思想与学术之建立与发展"；"北大百年，有光荣，也有失落；只讲光荣而不讲失落，不是真正的'北大之精神'。"（《辞"校史专家"说》，1998年5月10日《新民晚报》）多年后撰

《大学故事的魅力与陷阱》，我更是主张："讲述或辨析大学故事，虚实之间的巨大张力，固然是一个障碍；但这属于技术层面，比较好解决。真正麻烦的是，怎样处置与主流论述的冲突。不是考辨有误，而是不合时宜，或担心给学校抹黑，或让领导很为难。可正是这些'被压抑的故事'，代表了校史坎坷的另一面。大学故事若彻底抹去那些不协调的音符，一味风花雪月，则大大降低了此类写作的意义。"如此带批评眼光的校史书写，与肖东发教授的"爱校主义"，显然步调不太一致；可这并不妨碍我们之间的互相欣赏与敬重。

谈论北大校史时，更多地强调其崇高与优美，或者说热衷于传播北大精神，肖教授的这一立场促使其不仅主编了多种有关北大的丛书，还带出了不少同样热爱北大的学生，其中就包括本书的编者之一杨虎博士。杨博士在其《北大钝学记》（北京：北京大学出版社，2018）的前言中，表彰其恩师"一以贯之地热爱北大、研究北大、讲述北大，被人誉为北大的'爱校主义者'"，而他本人也正是在导师的引领下，"在本科阶段就开始学习和研究北大风物与人文精神，参与了他主持的'北大人文与风物丛书''北大文化丛书'等一系列丛书的编撰工作。从读硕士研究生开始，常年参与讲授他主持的全校通选课'北京风物与传统文化'，主要为师弟师妹们讲授北大历史、校园风物和人文精神"——这篇前言的题目很直率，干脆就叫《努力做一名为北大热情歌唱的"爱校主义者"》。

当初《北大新语》的《后记》称："本书体例仿《世说新语》而作，共分二十三大类，将百年北大人的精彩'话语'汇集成书，让读者在细微之处体悟北大百余年来的历史发展轨迹、文化气象以及精神魅力。力求不着一字评述，却可尽览北大风流。一言以蔽之，就是想用我们有限的能力为百年北大编撰一部《世说新语》。"到了《微说北大》，改为二十五章，体例没有变化，只是内容略为扩展。这回的《先生说：1898年以来的北大话语》，增加了作为"代后记"的《"外未名而内博雅"的北大气质》，表达了作者对于北大精神的理解。

作为一所大学，北大确实有气质，多嘉言懿行与奇思妙想，加上编著者借鉴《世说新语》的体例，旁征博引，此书必定好读。但只在全书后面开列参考书目，而不为每则逸事注明出处，我还是觉得有点遗憾。因为，不仅逸事本身，包括其来龙去脉——是谁先说、依据何在、有何背景、何时传开，所有这些都值得深究。抹去了出处，单看逸事本身，总觉得分量不太够。当然，如此寻根究底的考据癖，脱离了一般读者的趣味。

最后，借用我当初为《北大旧事》撰写"代序"的一段话，赠送给《先生说：1898年以来的北大话语》的读者："对于史家来说，此类逸事，不能过分依赖，可也不该完全撇开。夸张一点说，正是在这些广泛流传而又无法实证的逸事中，蕴涵着老北大的'真精神'。很可能经不起考据学家的再三推敲，但既然活在一代代北大人口中，又何必追求进入'正史'？即便说者无心，传者也会有意——能在校园里扎根并生长的逸事，必定体现了北大人的价值倾向与精神追求。"

2020年2月23日于京西圆明园花园

目 录

序（陈平原）⋯⋯⋯⋯⋯⋯⋯⋯⋯⋯⋯⋯⋯⋯⋯⋯⋯⋯⋯⋯⋯⋯⋯ 1

授教第一⋯⋯⋯⋯⋯⋯⋯⋯⋯⋯⋯⋯⋯⋯⋯⋯⋯⋯⋯⋯⋯⋯⋯⋯ 1

  北大的课堂之上，大体能够保持异彩纷呈、妙趣横生的风尚韵致，从而让身临其境者击节叹赏，以至于终生难忘，也让未能躬逢其盛者无限向往，渴望一睹为快。

懿行第二⋯⋯⋯⋯⋯⋯⋯⋯⋯⋯⋯⋯⋯⋯⋯⋯⋯⋯⋯⋯⋯⋯⋯ 30

  为人师者，不仅要授人以知识和方法，更重要的是通过言传身教，示范做人准则。"德高学博""德才兼备"，既是教育者对受教者的殷切期望，更是受教者和世人对师者的基本要求。

气节第三⋯⋯⋯⋯⋯⋯⋯⋯⋯⋯⋯⋯⋯⋯⋯⋯⋯⋯⋯⋯⋯⋯⋯ 54

  气节者，骨气与节操也。士人之德，气节为本。读书人要爱惜自己的羽毛，在关涉国家民族大义、学术真理、人格尊严等问题上，来不得半点马虎，不容有丝毫的苟且与宽假。先贤曾云："临大节而不可夺。"

神采第四⋯⋯⋯⋯⋯⋯⋯⋯⋯⋯⋯⋯⋯⋯⋯⋯⋯⋯⋯⋯⋯⋯⋯ 68

  先生之风，山高水长，腹有诗书气自华，风流儒雅真吾师。理想的神采，应是内博外雅、文质彬彬的翩翩君子风度。如不可求，则取"土得很雅"而去"雅得很土"，这就是很多北大人的真实"做派"和"范儿"。

宽和第五⋯⋯⋯⋯⋯⋯⋯⋯⋯⋯⋯⋯⋯⋯⋯⋯⋯⋯⋯⋯⋯⋯⋯ 81

  泰山不让土壤，故能成其大；河海不择细流，故能就其深。厚德方能载物之重，量宽足以得人之敬。大学者亦当有博雅宽厚、兼收并蓄之量，厚此而不薄彼，如此才能成就大学问、大境界。

真趣第六 · 97

> 大学中人，并非都是法相庄严的学究夫子，其中并不乏懂情趣、识幽默的率真之士。正因其有真性情、真趣味，才使其形象增添了几分可爱可亲的色彩。

狂狷第七 · 113

> 学界大师"天下其大，舍我其谁"的狂放之气，体现的是对自身能力的高度自信、对本性的任意挥洒，对世俗规则的鄙夷不屑，虽狂而不讨人嫌，有一种别样的大家风度。

乖僻第八 · 122

> 怪僻乖异之人，其言不可以常理听之，其行不可以常规度之，其人也不可以常人视之。本性的自然流露，往往蕴涵着"怪人"的"深情"与"真气"。比起那些中规中矩或八面玲珑的常人，这样的乖僻之士，或许更值得深交。

雅号第九 · 134

> 雅称别号，处处皆有，诙谐幽默，雅俗共赏。描摹人物特征，记述风物掌故，三言两字，便可穷形尽相，得其神髓，真可谓点睛之笔，"以少少许胜多多许者也"。

深情第十 · 144

> 琴瑟好合，风雅情深，真是人生之大雅事、大圆满事。古往今来，这乃是最能长盛不衰、广受关注的美好话题。此事虽小，却可喻大，折射的是人性与人品，区别的是高尚与卑俗。

师友第十一 · 156

> 数年师生缘，一世父子情，师道尊严，情同父子，煦煦春阳的师教，将让每一位受教者终生难忘。知己好友，彼此砥砺，相扶相携，取善辅仁，可共进于真善美之境。如能亦师亦友，岂不更妙？

忠诲第十二 · 181

> 世间大概有两种教诲可以毫不犹豫地遵循：一是严父慈母的庭训之言，一是良师大儒的诲教之言。因为这二者一无保留，二无虚伪，几乎句句皆经验之谈，肺腑之言。

读书第十三 206

读书是一门最基本的功课。为何要读书，该读哪些书，书该如何读……以学习借鉴的态度，择其善者而从之，最终摸索出一条自己的读书门径，这才是最靠得住的读书诀窍。

著述第十四 231

著述不易，写出有益于学术、有益于人心、有益于世道、有益于天下的经典之作，更是难上加难。一百二十余年来，经过一代代学人的笔耕不辍，北大学者的著述真正体现了"勤奋、严谨、求实、创新"。

论学第十五 254

传统治学之人，向来习惯以天下社稷为己任。现代大学体制兴起以后，治学已成学者的职业工作，旧有的优良传统如何继承并发扬？应遵循："务正学以言，无曲学以阿世。""思想自由，兼容并包。"

嘉言第十六 276

言语作为一种艺术，不在其多其玄，而在其精其新其用意。文中所收诸师之言，或论及家国文化等"大题目"，或道及立身处世等"小事情"，均是悟道之言、智慧之语。

讽议第十七 295

大凡语出讽议者，其心中多有不满，必欲一吐为快，或形诸文字，或诉诸语言。由于能够针砭问题，入木三分，高者又足以"戚而能谐，婉而多讽"，所以让人读后常能大呼痛快过瘾。

辩驳第十八 306

古往今来，善辩而成学派、成名著、成功业者，代代皆有。事理不辩不明，一些问题与观点，不经辨别，就无法明是非。针锋相对之际，一来一往之间，高下优劣毕现，读来让人醍醐灌顶，茅塞顿开。

神伤第十九 315

百余年来，因为社会变革和政治动荡等诸多原因，又因知识分子与政治文化的密切关系，北大学者常主动或被动地置身于变革的大潮之中，有时甚至还被推向潮头浪尖。命运的难以捉摸，催生出了几多悲欣交集之事。

忧思第二十 326

> 生于忧患,死于安乐。一个国家与民族,在任何时候,总有一些能保持清醒头脑、居安思危之人。他们忧天下,忧苍生,忧文化,忧时风,就是很少忧一己之幸福。

自许第二十一 334

> 人贵有自知之明,但客观地认识和评价自己,谈何容易。期许过高,但无真才实学,是为疏狂。期许过低,则眼低手低,也难成就大事业。唯独期许与才能、事功大致相当,名副其实,才算明智之士。

月旦第二十二 348

> 生前口碑如何,身后青史如何留名,是人生的一大要事,因此人言不可不畏。如何评价人,如何被人评价,都是众说纷纭之事。"先生风度在,光焰万千丈",也算是晚生后学斗胆对先生们的月旦评吧。

谣歌第二十三 366

> "诗言志,歌永言",歌诗之用,可谓大矣。北大历史上流行的歌曲,既有奏唱于重大典礼等公开场合的雅颂之乐,也有在师生中间流传的民谣歌诗。以其语言生动,朗朗上口,故能广为传诵,深入人心。

风骨第二十四 374

> 国有上庠,校有精魂。对北大办学宗旨、历史传统、精神风度和社会影响的论述,一言以蔽之,北大之风骨也。今日的北大人,在这种环境的浸润和熏陶下,理应加倍努力,让北大的风骨更加挺拔。

奋勉第二十五 386

> 自勉奋斗,精进不止。先哲时贤对中国学术文化的未来发展有着殷切期许。"潮平两岸阔,风正一帆悬",北大人任重而道远:中国的学术,一定要走向世界,北大人理应给这个渴望复兴已久的民族交上一份满意的答卷。

主要参考书目 397

"外未名而内博雅"的北大气质(代后记) 401

出版后记 413

授教第一

　　大学之职，重在教书育人；育人之所，首推三尺讲坛。课比天大，常讲常新，常讲常好，乃是每位教师传道授业解惑的立身之本。大学能够留给学生最深刻最美丽的诸多印象中，名师的授课风采不可或缺。一百二十多年来，北大的课堂一直是展示名家实力和风采的最佳舞台。要在北大的讲坛上立住站稳，绝非易事，必须有严谨的授课态度、扎实的知识积累、巧妙的授课技巧，此外还得有些率真的雅趣。因缘于蔡元培先生大力提倡和表彰的"思想自由，兼容并包"之理念，北大的课堂之上，大体能够保持异彩纷呈、妙趣横生的风尚韵致，从而让身临其境者击节叹赏，以至于终生难忘，也让未能躬逢其盛者无限向往，渴望一睹为快。这或许是了解北大魅力的门径，因此开篇作授教第一。

◇ 清末时势动荡不已，京师大学堂在清政府高压之下，课程虽成体系，师资也颇可观，但其中也不乏腹笥瘠薄之辈在课上发表陈腐无聊之论，引起学生不满。当时有位叶姓教员给预科学生讲授"人伦道德"课，夸夸而谈，颇有"引人入睡"之效。此课考试时，有一学生孙炳文在考卷上大书"叶公好龙，尸位素餐"八字，结果被学校挂牌开除。孙炳文后来加入同盟会，辛亥革命后又回到北京大学，1912 年毕业于预科第一类。

◇ 据沈尹默回忆，他初入北大任教时，预科教地理的桂蔚丞老先生每次上课，均有一听差挟一地图、捧一壶茶和一只水烟袋跟随，置之于讲堂上，然后退出，下课照旧如仪。其教科书、参考书和讲义对学生是严格保密的，从来不允许借阅。

◇ 沈从文回忆辜鸿铭在北大讲学时的情景："辜先生穿了件缃色小袖绸袍，戴了顶青缎子加珊瑚顶瓜皮小帽，系了根蓝色腰带。最引人注意的是背后拖了一根细小焦黄辫子。老先生一上堂，满座学生即哄堂大笑。辜先生却从容不迫地说，你们不要笑我这条小小尾巴，我留下这并不重要，剪下它极容易。至于你们精神上那根辫子，据我看，想去掉可很不容易！因此只有少数人继续发笑，多数可就沉默了。"沈称辜的这句话给他留下十分深刻的印象。另据震瀛回忆，辜鸿铭在北大执教时，"很得学生爱戴，胡适之先生也比不上"。辜常教学生念英文本的《千字文》："Dark skies above the yellow earth."音调很足，口念足踏，全班合唱。"现在想起来，也很觉可笑。看他的为人，越发诙谐滑稽，委实弄得我们乐而忘倦，这也是教学的一种方法，所以学生也很喜欢。"

◇ 辜鸿铭在北大讲授的是英国文学，每学期上第一堂课，他都要先对学生宣告："我有三章约法，你们受得了的就来上我的课，受不了的就早退出：第一章，我进来的时候你们要站起来，上完课要我先出去你们才能出去，这是师徒大义，不可不讲；第二章，我问你们话和你们问我话时，都得站起来；第三章，我指定你们要背的书，你们都要背，背不出不能坐下。"辜要求虽严，但一般是没有学生退堂的。讲到得意处，他会忽然唱段小曲，或者从长袍里掏出几颗花生或糖果大嚼，令人忍俊不禁。

◇ 陈独秀说，辜鸿铭在北大上课时，带一童仆为他装烟倒茶，辜坐在靠椅上，拖着辫子，慢吞吞地讲课，一会儿吸水烟，一会儿喝茶，学生着急地等着他讲课，辜一点也不管。有时一年下来只讲六首十几行英诗。但他讲起来时，常有一些令人耳目一新的观点。他称"英诗分三类：国风、小雅、大雅。国风又可分为威尔士风、苏格兰风等七国风（只是没有萨克斯风）"。他还对学生说："我们为什么要学英文诗呢？那是因为要你们学好英文后，把我们中国人做人的道理，温柔敦厚的诗教，去晓谕那些四夷之邦。"有学生向他求教学语言妙法，辜言道："今人读英文十年，开目仅能阅报，伸纸仅能修函，皆由幼年读一猫一狗之式教科书，是以终其身只有小成。"他主张的就是中国私塾教授法："以开蒙未久，即读四书五经，尤须背诵如流水也。"

◇ 冯友兰在北大上本科时，"中国哲学史"一课由哲学系陈介石讲授。他从先三皇、后五帝讲起，每周四小时，讲了一个学期才讲到周公。学生问他如此讲法，何时才能讲完，他说："无所谓讲完讲不完。要讲完一句话就可以讲完。要讲不完就是讲不完。"果然课没讲完，陈就去世了。20世纪30年代史学系一位讲师讲宋史，与陈有异曲同工之妙，一学年下来，仅仅讲了一个王安石变法还没有讲完。40年代邵循正在北大讲元史，一个学期也只讲了一个成吉思汗。

◇ 陈介石除在哲学门讲授"中国哲学史""诸子哲学"外，还在历史系讲授"中国通史"。他讲的是温州一带的土话，一般人都听不懂，甚至连好多浙江籍的学生也听不懂。因而上课时只好以笔代口，先把讲稿发给大家，登上讲台，一言不发，就用粉笔在黑板上写，写得非常之快，下课铃一响，粉笔一扔就走了。而且在下课铃响的时候，恰好写到一个段落。他虽不讲话，但却是诚心诚意地备课，课堂所写与讲稿亦各成一套。

◇ 陈汉章于1909年入京师大学堂，辛亥革命后，任北京大学历史教师。他教中国历史，自编讲义，搜罗资料，从先秦诸子讲起，考证欧洲近代科学中的声、光、化、电之学在先秦诸子的著作中早有记载，那时欧洲列强尚处于茹毛饮血时期。当时正在北大就读的茅盾课后作"发思古之幽情，光大汉之天声"的对联形容此事。陈知道后解释说："我明知我编的讲义，讲外国现代科学，在二千年前我国已有了，是牵强附会之说。但我为何要这样编呢？鸦片战争后，清廷士林中，崇拜外国之风极盛。中国人见洋人奴颜婢膝，有失国格人格，实在可耻可恨。我要打破这种媚洋崇外风气，所以编了这样的讲义，聊当针砭。"他还说："中华民族同白种人并肩而无愧色。"茅盾事后称陈汉章是一位"爱国的怪人"。

◇ 蔡元培在北大讲授的课程是"美学"。一位同学的回忆录中记载下了当时课堂的情境:"他教的是美学,声浪不很高,可是很清晰,讲到外国美术的时候,还带图画给我们看,所以我们觉得很有趣味,把第一院的第二教室完全挤满了。第一院只有第二教室大,可坐一二百人,……挤得连讲台上都站满了人,于是没有办法,搬到第二院的大讲堂。"

◇ 明清史专家孟森在北大任教时,永远穿着一件旧棉布长衫,面部沉闷,毫无表情。他心气和易,不擅讲课,江苏口音较重。他编有讲义,学生人手一编。每次上课必是拇指插在讲义中间,走上讲台,讲起课从来不向讲台下看,照本宣读,与讲义上一字不差。由于讲课内容与讲义完全一致,学生缺席者便多。于是孟便常点名,但每次点名,只有少数人在堂上轮流应到。孟点完名后便说:"今天讲堂座上人不多,但点名却都到了。"然后继续讲课。下课时,讲义合上,拇指依然插于讲义中间,转身走去,依然不向讲台下看。孟对考试要求十分严格,如到时间仍不交卷,则严厉批评。他在课堂上从未谈过反对白话文,但用文言答卷的同学往往得高分,用白话答题的得低分。

◇ 伦明在北大开设的课程是"目录学"。他不仅连上下课有钟声都不清楚,每每需要人提醒,而且连课程的内容、数量、讲授时间长短也一并不知,学生偶尔问及,他照例回答:"不知道!"

◇ 朱希祖在北大任教时,操一口海盐话。有的北方同学听到毕业,也没听懂几句。一次朱讲文学史,讲到周朝,反复说孔子是"厌世思想",同学们都很奇怪,黑板所引孔子的话都是积极的,怎么是厌世呢?过了许久,同学们才解开此谜,原来朱所谈为"现世"而非"厌世"。

◇ 1947—1948学年,已经担任多年辅仁大学校长的陈垣第二次被聘请到北大史学系兼课，讲授"史学名著评论"和"中国佛教史籍概论"两门课，很受学生欢迎。据张守常回忆：当时陈"已接近70岁了，但精神矍铄，按时上课，从不迟到或早退。天冷时穿长袍，围一暗色围巾。后来天气渐暖，穿蓝布大褂。朴素而整洁，美髯飘拂，举止从容，真使人有望之若神仙之感。随手打开携来的布包，取出讲稿，……都是用毛笔写在毛边格子纸上的。但开讲之后，他不念讲稿，也不大看讲稿，那讲稿对他似乎不是为了备忘，似乎是为了引申发挥起来防止离题太远"。陈讲课"清清楚楚，话不多，板书也不多，要言不烦，而又很有条理。极富'可听性'，笔记不难。……为了说明前几种书打乱了再写成后一种书，他说这是'化学的'；另有一种情况，是前几种书凑成后一种书，他说这是'物理的'，设喻恰当，使人易解。写罢板书，他又加上一句：陈援庵生平第一次这样用'的'字。引得大家微微一笑。他的课堂上是非常安静的，但也偶尔有这样的引人一笑，安静中又有温馨，使人如沐春风"。陈讲课时尤其注意前人的错误："在他眼里，前人的错误不知怎么那么多，就像他是一架显微镜，没有一点纤尘逃得过他的眼睛。不，他竟是一架特制的显微镜，专挑错误的。……他的嘴相当厉害，对于错误的学者批评得一点也不留情。"他经常告诉学生："著书要提笔三行不错才行。"

◇ 陈垣上课时，对于学生们提交的文章总是亲自批改。当看到比较好的文章时，就很高兴，看到文中稍有内容或稍有新材料的地方，就在眉批中加以表扬，评语有"探骊得珠""诸卷所无，足征独到""先进思想，对"等等。总的评语写在文章最后，如"举止安详，立言不苟""此文乃精心结构之作"等等。最后在文章开头处画上标记，最好的画三个圈，其次是两个圈一个三角，再次是两个圈、一个圈等。段落中有好的字句，则在句旁加点。最好的文章张贴在办公室门旁，以示鼓励。对于文章中的错误、缺点或用字不当等，也在眉批中指出，如"非本题重要材料，则人名不必列举，仅云××等足矣""共见之文，不必多引""两行四'其'字，省其一"，看得十分仔细。

◇ 冯至曾先后两度听鲁迅在北大讲"中国小说史",在他看来,听鲁迅讲课,与读其文章一样,在引人入胜、娓娓动听的语言中蕴蓄着精辟的见解,闪烁着智慧的光芒。鲁迅对于历史人物的评价,往往跟传统的说法很不同,但却十分中肯、剀切。譬如谈到秦始皇,鲁迅说:"许多史书对人物的评价是靠不住的。历代王朝,统治时间长的,评论者都是本朝的人,对他们本朝的皇帝多半是歌功颂德;统治时间短的,那朝代的皇帝就很容易被贬为'暴君',因为评论者是另一个朝代的人了。秦始皇在历史上有贡献,但是吃了秦朝年代太短的亏。"谈到曹操时,他说:"曹操被《三国演义》糟蹋得不成样子。且不说他在政治改革方面有不少的建树,就是他的为人,也不是小说和戏曲中歪曲的那样。像祢衡那样狂妄的人,我若是曹操,早就把他杀掉了。"

◇ 马寅初讲课很少翻课本、读讲义,总是站在讲台上,口若悬河,滔滔不绝。讲到激动时,他便走下讲台,挥动胳膊,言辞密集,唾沫横飞。一些坐在前排的学生说:"听马先生上课,要撑把雨伞。"

◇ 刘师培是学问渊博的旧派学者,他在北大开设的课程是"中国中古文学史"。他上课总是两手空空,既不带书,也没有一张卡片,而是讲台上一站,随便谈起,头头是道,可以从头到尾一节课原原本本地讲下去。所引古文资料,常常是随口背诵,一字不差。声音不大清晰,却句句皆是经验之谈。但他的字却写得很不好,周作人评价说,当时北大文科教员里,"以恶札而论",刘要算第一位。因此刘上课最怕在黑板上写字,不得已时,写一两个,也多是残缺不全。

◇ 1922年,受梁漱溟等人的举荐,熊十力被蔡元培聘为北大主讲"佛家法相唯识"的特约讲师。到北大任教后,他因为受不了上下课的约束,且认为"师生蚁聚一堂,究竟有何收益",便不去教室上课,而采取古代师生朝夕相处、自由随和的书院式教学,在家中授课,成为北大教师中的独一份。熊讲起课来,如长江大河,一泻千里,一连讲三四个钟头,中间也不休息。他从不坐着讲课,喜欢在听讲者面前指指画画,讲到高兴时,或谈到重要的地方,往往情不自禁,随手在听讲者的头上或肩上拍一巴掌,然后哈哈大笑,声震屋宇,以至学生们都不敢坐第一排,怕熊的"棒喝"。有的人躲在最后一排,以避其锋芒,他就从最后一排拍起。朋友们与他谈话,也不敢靠近他。

◇ 周作人学问很深,讲起课来却很不善言辞,一口很不好懂的浙江口音,走上台后常常有点手足无措,许久才站定,然后把两手分别插入棉袍兜儿里才慢慢讲下去。同学形容他讲课如拜伦所描写的波桑教授:"他讲起希腊文来,活像个斯巴达的醉鬼,吞吞吐吐,且说且噎。"

◇ 黄侃与辜鸿铭、刘师培一道,被称为老北大的"三怪杰"。黄经常身穿蓝缎子团花长袍、黑缎子马褂,头戴一顶黑绒瓜皮帽,腰间露出一条白绸带。讲课颇多奇行怪举,每次授课,讲到紧要精彩处,则戛然而止,并对学生说:这里有个秘密,仅仅靠北大这几百块钱的薪水,我还不能讲,你们要我讲,得另外请我吃饭才行。田炯锦回忆:"有一天下午,我们正在上课时,听得隔壁教室门窗有响动,人声鼎沸。下课时看见该教室窗上许多玻璃破碎,寂静无人。旋闻该班一熟识同学说:'黄先生讲课时,做比喻说:好像房子要塌了。方毕,拿起书包,向外奔跑,同学们莫明究竟,遂跟着向外跑。拥挤得不能出门,乃向各窗口冲去,致将许多玻璃挤碎。'"

◇ 历史学家邓之诚"为人为学,颇有古名士之风"。他在上课前不见客,不理事,一人静坐半小时到一小时,凝神静气。上课时经常空手而来,不带只文片纸。开讲前,他往讲台上一站,摘下帽子,放在讲桌上,深深地向众人鞠躬,脑门碰到桌面,然后说:"同学们,我来看看你们。"开讲后,一口西南官话,温文尔雅,口若悬河,一泻不止,遇到引用史书的,随讲随写,拿粉笔于黑板上用端正楷书一大段一大段写出,既快又准确,很少出错。他待学生十分宽容、关爱。据说,有一年冬天,王世襄在燕大上课时，邓在台上讲得正起劲，突然王怀里的蝈蝈叫了起来，邓只幽默地说了一句："你听它的还是听我的？"并无深责之意。如果有学生课后去他家问问题，那就最受邓欢迎，因为他认为这样的学生可以因材施教，孺子可教也。解答完学生问题后，还经常留学生吃饭，让人有"师生亲如家人父子"之感。

◇ 沈兼士在北大讲授"文字学"，用的教材是王筠的《文字蒙求》，主要参考书是朱骏声的《说文通训定声》。讲课时，总是闭着眼睛讲，海阔天空，漫无边际，到下课时，才睁开眼，走出教室。学生反映，他讲课的笔记不好记，头绪乱。听课前如果充分自学，有一定基础，再来听他讲课，才会有更大的收获。沈的考试最让学生害怕，常考生僻字，对学生要求又严格，所以学生往往有得零分的危险。有一次考试时，沈在黑板上只写出"国立北京大学"六个字，要求学生运用学到的文字学知识，分别把这六个字的来历、意义、属性写出来。这对绝大多数学生而言是极大的考验，少数用功的学生从甲骨文说起，考镜源流，围绕每一个字都几乎写成了一篇短文。

◇ 钱玄同在北大主讲"文字学"时，上课从来不带书本，粉笔之外，别无他物，口讲指画，滔滔不绝。一个字的含义，往往要解释好几个小时，随口引证《说文解字》《尔雅》，原原本本，绝无差错。而且经常会发一些惊人之论，曾对学生发议论说：《说文解字》是一部集伪古字、伪古义、伪古礼、伪古制和伪古说大成的书籍。

◇ 刘文典在西南联大讲《文选》，不拘常规，别开生面。课前先由校役带一壶茶，外带一根两尺来长的竹制旱烟袋。讲到得意处，一边吸旱烟，一边解说文章精义，下课铃响也不理会。有时他是下午的课，一高兴讲到5点多钟才勉强结束。刘有一爱子五六岁，上课时经常与刘同来同去。有时讲到精彩处，孩子会跑到教室外面捉蝴蝶，刘一眼瞥见，会大喊一声"快回来"。孩子归位后，刘继续上课。听过他课的学生任继愈说："如果把刘先生的课一字不漏地记下来，凭空插入这三个字，就无法理解，因为出现得太突兀。"也有人称刘"俨如《世说新语》中的魏晋人物"。

◇ 刘文典在西南联大讲课时，吴宓（字雨僧）也会前去听讲，而且总是坐在最后一排。刘一如既往，闭目讲课，每讲到会心得意处，便抬头向后排望去，然后问道："雨僧兄以为如何？"每当这时，吴便照例起立，恭恭敬敬地一面点头一面回答："高见甚是，高见甚是。"全场为之暗笑。

◇ 有一次，刘文典上了半小时的课便结束了上一讲的内容。学生以为他要开讲新课。这时，他忽然宣布说："今天提前下课，改在下星期三晚饭后七时半继续上课。"原来，下个星期三是阴历五月十五，他要在月光下讲《月赋》。届时，校园里摆下一圈座位，刘文典坐在中间，当着一轮皓月大讲其《月赋》，生动形象，见解精辟，让听者沉醉其中，流连忘返。

◇ 刘文典对《红楼梦》颇有研究，持论有"索隐派"的色彩。有一次，原定在西南联大一小教室中开讲《红楼梦》，后因听讲者太多，容纳不下，只好改在教室前的广场上讲。早有一批学生席地而坐，等待开讲。其时天已近晚，讲台上已燃起烛光。不久，刘文典身着长衫，慢步登上讲台，缓缓坐下。一位女生站在桌边从热水瓶里为刘斟茶。刘从容饮尽一盏茶后，霍然站起，有板有眼地念出开场白："只、吃、鲜、桃、一口，不、吃、烂、杏、满筐！"然后拿起粉笔，转身在旁边架着的小黑板上，写下"蓼汀花溆"四个大字，并解释说："元春省亲大观园时，看到这幅题字，笑道：'花溆'二字便好，何必蓼汀？花溆反切为薛，蓼汀反切为林，可见当时元春已然属意薛宝钗了……"

◇ 陈寅恪在西南联大讲授"隋唐史"，开讲前开宗明义："前人讲过的，我不讲；近人讲过的，我不讲；外国人讲过的，我不讲；我自己过去讲过的，也不讲。现在只讲未曾有人讲过的。"因此，陈的课上学生云集。早年间，许多名教授如朱自清、冯友兰、吴宓，北大的德国汉学家钢和泰等都风雨无阻地听陈寅恪的课。晚年陈执教于中山大学，讲课时校内教授旁听者有时竟多于学生，故有"教授之教授"之称。

◇ 林损讲课喜欢标新立异。他长于记诵，许多古籍都能背诵，诗写得也很好。但他好酒而常借酒说怪话，上课也经常发牢骚，讲题外话。他讲杜甫《赠卫八处士》时，说："卫八处士不够朋友，用黄米饭炒韭菜招待杜甫，杜公当然不满意，所以诗中说'明日隔山岳，世事两茫茫'，意思是你走你的路，我走我的路。"一次，周作人问他：林先生这学期开什么课？他正儿八经答：唐诗。周又问：准备讲哪些人？他答：陶渊明。

◇ "中国哲学史"是北大的老课，胡适到北大之前由陈汉章讲，陈从伏羲讲起，讲了一年才讲到《洪范》。胡适到北大后接任此课，一开始授课便新意迭出。当时的学生顾颉刚回忆："他来了，他不管以前的课业，重编讲义，辟头一章是'中国哲学的结胎的时代'，用《诗经》作时代的说明，丢开唐虞、夏、商，径从周宣王以后讲起。这一改，把我们一般人充满着三皇五帝的脑筋，骤然作一个重大的打击，骇得一堂中舌挢而不能下。"

◇ 胡适的演讲式教学方式在北大颇受欢迎，常常因红楼教室人满为患而搬入二院大讲堂。他讲课从不发讲义，自己也没有讲稿。讲课内容很有新意，如讲中国文学史（宋元明清部分）时，先从文学评论的角度，介绍王若虚的《滹南遗老集》；讲《红楼梦》作者曹雪芹时，给学生们介绍了曹寅写给康熙皇帝的奏折。但同学们最喜欢的还是他的演讲。柳存仁称："胡先生在大庭广众间讲演之好，不在其讲演纲要的清楚，而在他能够尽量地发挥演说家的神态、姿势，和能够以安徽绩溪化的普通话尽量地抑扬顿挫。并因为他是具有纯正的学者气息的一个人，他说话时的语气总是十分地热挚真恳，带一股自然的傻气，所以特别地能够感动人。"

◇ 刘半农在北大讲古声律学，经常运用西方试验方法来分析问题，不易听懂，所以选课人不多。最多的时候有十几个人，最少的一次只有张中行一人。因此，刘考试出题便出得尽量简单，学生如果还不会，他便在一旁指点一二。结果，高分不多，太低的分数也不会有。大家皆大欢喜。

◇ 汤用彤上课提一布袋，着布鞋、布大褂，数十年如一日。他上课从不带讲稿，绝少板书，也不看学生，而是径直走到讲台边一站，就如黄河长江一泻千里似的讲下去，没有任何重复，语调也没有什么变化，在讲到哲学家的著作、术语和命题时，经常是用英语，就这么一直到响铃下课。听讲者如稍一走神，听漏了一语半句，就休想跟上，所以只能埋头赶记笔记，生怕漏记一字一句。因此，在课堂上，除汤的讲课声外，都是学生记笔记的沙沙声。

◇ 在西南联大时，汤用彤一人就开有七门课："印度佛学概论""汉唐佛学概论""魏晋玄学""斯宾诺莎哲学""中国哲学与佛学研究""佛典选读""欧洲大陆理性主义"。汪子嵩先后听过上述课程，感叹道："一位教授能讲授中国、印度和欧洲这三种不同系统的哲学史课程的，大概只有汤先生一人。"冯契也回忆说："他一个人能开设三大哲学传统（中、印和西方）的课程，并且都是高质量的，学识如此渊博，真令人敬佩！……他讲课时视野宽广，从容不迫；资料翔实而又不烦琐，理论上又能融会贯通，时而作中外哲学的比较，毫无痕迹；在层层深入的讲解中，新颖的独到见解自然而然地提出来了，并得到了论证。于是使你欣赏到理论的美，尝到了思辨的乐趣。所以，听他的课真是一种享受。"

◇ 梁漱溟在北大讲"印度哲学概论""大乘唯识论""东西文化及哲学"等课，有很多新的见解，很受学生欢迎。1923年前后，梁漱溟讲"儒家思想"一课，正式注册的仅90多人，平时听讲的大概200余人。但梁却不善于言辞，文字也欠流畅，每当讲到某个道理时常不能即兴说明，便急得用手触壁或是用手敲头深思。据说，梁讲印度哲学和唯识论时，哲学系的彭基相、余光伟等都不大同意梁的观点，他们对旁人解释去听课的原因说："我们是来听听他荒谬到什么程度的。"梁听说后也不以为忤。

◇ 顾颉刚学问渊博，善写文章，乃"疑古学派"之大家，但他长于研究而拙于教学。在北大上课时，顾颉刚总是穿宽大长袍，戴一副白色金边眼镜，微驼着背，显得不苟言笑。虽然旅居北京多年，却仍然脱不了一口浓重的苏州口音，再加上有点口吃，所以讲课时常常词不达意，意多而言语跟不上，一般学生不易听懂。因此他便扬长避短，很少侃侃而谈，除了发给学生大量资料外，大部分时间都在用粉笔在黑板上疾书，通常写满三四黑板，下课的铃声也就响了。钱穆曾说："颉刚长于文，而拙于口语，下笔千言，汩汩不休，对宾客则讷讷如不能吐一辞。闻其在讲台亦唯多写黑板。"虽然顾不善讲课，但他的板书内容却是精心准备的读书心得，很有见解，对学生很有启发，所以时间一久，大家也就认可了他这种独特的教学方式，觉得货真价实，别具一格。

◇ 顾颉刚考试也与众不同，他不要求学生死记硬背，而是要求学生学会找资料，进行独立的研究和思考，并鼓励他们创新。考试时通常采用开卷的方式，让学生把试卷带回去做，但不许抄他的观点，凡抄袭他观点的试卷分数都极低，凡是提出自己见解的，即使是与他唱反调，只要能自圆其说，往往能得高分。

◇ 毛子水早年留学德国，专攻科学史和数学，回国后，受傅斯年之聘，在北大历史系讲授"科学方法论"等课程。平日上课穿一件旧长衫，衣着不整，很有名士派头。他讲课时，经常引用很多数学公式，加上口才不佳，因此选课者寥寥无几。但由于毛为人厚道，判分比较宽松，常常是各系的高年级同学临毕业时，为了凑足学分才慕名来选毛的课，因此每年来上课的学生总能维持在三五个。

◇ 蔡元培在北大提倡国民军事教育，聘白雄远为军事训练课教员。白早年毕业于保定军官学校，挂有少将军衔。他身材魁梧，双目有神，身着军服，扎皮带，蹬皮靴，十分威武。然而军事训练课虽为必修课，但常常不被学生们所重视。白对付学生很有一套，愣是把这课上了下来。他第一次上课就首先宣布："只要大家按时上课，到学期考试就是一百分；如果试卷答得好，就是一百二十分！"话音一落，学生哄堂大笑。他却仍旧板紧面孔，继续说："那个二十分嘛，给你们留到下个学期！"学生又一次哄堂大笑。白记性极好，二三百受训的学生，他几乎都认识。虽在课上煞有介事，立正，看齐，报数，一丝不苟，但课下总很亲近学生，遇见学生称某先生，表示非常尊重。有时还会说学生学的是真学问，前途无量，他学的这一行简直不足道。因此大家都很喜欢他。考试时，他常是高抬贵手。一次，期末考试，他将试题出于黑板上，便有学生要他解释题意，他便根据答案要求原原本本地解释起来，学生们边听边答卷，还不时地说，先生，慢些说。就这样大家高高兴兴地交了卷。蔡元培对白的评价很高，他说："白君勤恳而有恒，历十年如一日，实为难得的军人。"

◇ 钱穆是北大学生喜爱的教授之一。他在北大讲授"中国近三百年学术思想史""中国通史"等课程，从来都是两个小时连起来讲，中间不休，钱讲起课来感情充沛，声音洪亮，生动活泼，令听者忘倦，因此教室内总是座无虚席。朱海涛描述钱的讲课风采道："一副金属细边眼镜和那自然而然的和蔼，使人想到'温文'两个字，再配以那件常穿的灰布长衫，这风度无限雍容潇洒。向例他总带着几本有关的书；走到讲桌旁，将书打开，身子半倚半伏在桌上，俯着头，对那满堂的学生一眼也不看，自顾自地用一只手翻书。翻，翻，翻，足翻到一分钟以上，这时全堂的学生都坐定了，聚精会神地等着他，他不翻书了，抬起头来滔滔不绝地开始讲下去，越讲越有趣味，听的人越听越有趣味。对于一个问题每每反复申论，引经据典，使大家惊异于其渊博，更惊异于其记忆力之强……这种充实而光辉的讲授自然而然地长期吸引了人。"期末考试时，钱出的题目也很新颖。有一年，"中国通史"考试时，有一道题只有八个字——"拟旨""批红""判事""封驳"，意在考查学生对唐代政治制度及其机制的掌握情况。考试下来，学生张锡纶对人说："试题出得真棒！"

◇ 晚年的钱穆坚持在台湾素书楼传道授业，讲授中国文化。有一次，他在家中为学生讲课时突然说："其实我授课的目的并不是教学生，而是要招义勇兵，看看有没有人自愿牺牲要为中国文化献身！"

◇ 杨向奎曾比较钱穆、顾颉刚、傅斯年讲课的不同特点："钱先生是长江大河，滔滔不绝；而顾先生口吃不能多言，只写黑板；傅先生总是坐在讲桌后面，议论不休。"

◇ 冯友兰讲话口吃，在表达方面比较吃力。上课有一特点：学生如不发问，他大都默坐不语，不主动开讲。但回答学生问题时，往往能妙语连珠，分析入微，耐人寻味。他的口吃为他的讲解增加了不少的幽默。某年，冯为大一和大二学生开设"中国哲学史"课，对一位名叫冯宝麟的同学特别器重。冯每讲到自认为淋漓尽致的时候，总是会突然问："密……密……密斯忒儿冯……冯宝麟，你……你有什么意见？"让其他学生感到既新奇又嫉妒。

◇ 金岳霖授课时，常把学生也看作学者，以学者对学者的态度研究问题。他讲课常常是"不带书本，不带讲稿，走进课堂只带一支粉笔，这支粉笔并不使用，经常一堂课下来一个字也不写"。西南联大时，金岳霖曾开设一门选修课——"符号逻辑"。对很多人来说，去听课就如去听天书。因而每次上课，教室中只有零星几人。其中有一名叫王浩的学生却是例外，能够懂得此门学问的奥妙。金经常会在讲授过程中停下来，问："王浩，你以为如何？"于是这堂课就成了他们师生二人的对话。

◇ 当年，金岳霖讲授的"逻辑学"是西南联大文学院一年级学生的必修课。大一的学生在中学时没有听说有逻辑这门学问，都对金的课很有兴趣，所以一个大教室经常坐得很满。金上课要提问，学生太多，又没有点名册，因而他经常一上课就宣布："今天，穿红毛衣的女同学回答问题。"于是所有穿红衣的女同学就既紧张又兴奋。学生回答问题时，金就很注意地听着，完了，便说："Yes！请坐！"

◇ 学生喜欢向金岳霖提问题，金不论问题难易深浅，总是有问必答。有一华侨学生，名叫林国达，操广东普通话，最爱提问题，问题大都奇怪异常。有一次他又站起来提了一个怪问题，金想了一想，说："林国达同学，我问你一个问题：Mr. Lin Guoda is perpendicular to the blackboard（林国达君垂直于黑板），这什么意思？"林国达当时就被问住。因为林国达当然无法垂直于黑板，但这句话在逻辑上没有错误。后来，林国达因游泳淹死了。金岳霖知道此事后，上课说："林国达死了，很不幸。"在这一堂课上，金一直没有笑容。

◇ 西南联大时，金岳霖发表演讲，主讲小说与哲学的关系，讲到最后，结论却是：小说和哲学没有关系。有人问："那么《红楼梦》呢？"金答："《红楼梦》里的哲学不是哲学。"

◇ 李汝祺认为，办好学校的关键是教员。"忠、诚、严"是一个好教员的标准，也是他一生身体力行的教学原则。他认为给学生讲课是教师生活中的一项中心任务，而教出"青出于蓝而胜于蓝"的学生则是教师光荣的职责，如果对讲课不重视，说到底，是对教育事业的不尊重。他的教学原则是"忠于人"和"勤于事"，即对同事和学生要诚恳互助，在教学上要勤勤恳恳，自强不息。李备课十分认真，尽管许多内容已讲过十几遍，但在讲课之前至少要备三次课：第一次是写讲稿，他从不满足于现用的教材，每次都要加点新的实验和见解；第二次是默记讲稿内容和检查语言的表达；第三次是讲课前一小时再打一次腹稿。讲起课来，严谨而有趣，博得学生的一致好评。他说自己"宁愿一生默默无闻地工作，但事无巨细永远要兢兢业业，做一名永不知足的小学生"。

◇ 据樊弘回忆，郁达夫从日本东京帝国大学留学归来后，受聘为北大经济系讲师，开设统计学课程。樊弘就是当时听该课的学生之一，他回忆说："郁达夫上第一堂统计学课时就说，我们这门课是统计学，你们选了这门课，欢迎前来听课，但是也可以不来听课。至于期终成绩呢，大家都会得到优良成绩的。"郁的这些话给樊留下了深刻的印象，50多年后，他还经常生动地向他的学生谈及此事。

◇ 诗人徐志摩毕业于北京大学，后又任北大教授。他讲课不拘一格，潇洒随意。有时干脆就把学生带出教室，到郊外青草坡上杂乱坐着，或躺着，听着小桥流水，望着群莺乱飞，让学生和他一起畅游诗国。据沈从文回忆，徐有一次上课时带了一个很大的烟台苹果，一边吃，一边讲。还对学生说："中国东西并不都比外国的差，烟台苹果就很好！"

◇ 有人描写徐志摩在北大上课时的风采："先生在北大不穿西服，或者以为中国服比洋服诗意较多。先生住胡适家中，每至上课，均坐人力车，并不提黑皮包，仅仅散抱几本书于怀内。先生尝口衔纸烟进教室，放脚于椅上或坐于书桌上讲书，在其蔼善面孔与疏朗音调中时时流露诗意之灵感，刹那间，和谐而宁静浑圆的空气，充满教室。有时使人感觉似在明月下花园中听老者讲美丽故事之神情。讲至痛快淋漓之际，将眼镜摘下，徐徐用手帕揩拭，擦净后再戴上。"

◇ 经济学家秦瓒在西南联大讲授"高级财政学"和"中国财政史"。他不乐意上课时，一学期上不了几小时；如果认真起来，一学年不会少一分钟。而且上课一定先同学而到。考试时，必然坐在教室手捧报纸，唯恐前面同学吃亏。判卷最低分为89分，因而绝无一人抄袭。

◇ 郑天挺在西南联大讲授"明史"课程，授课条理清晰，知识渊博而富趣味性，加上对考试要求不高，因此经常有上百人来听讲。据何兆武回忆，有一次郑讲到朱元璋时专门提到他的相貌，整整讲了一节课："那可真是旁征博引，某某书怎么怎么记载，某某书又如何如何说，最后得出一个结论，按照中国传统的说法，明太祖的相貌是'五岳朝天'，给人的印象非常深刻，而且让人觉得恐惧。"

◇ 向达是著名的敦煌学专家，曾在抗战时期写过代表作《敦煌学导论》，脍炙人口。据周法高回忆，向曾以此为题在西南联大发表演讲。第一次演说时，慕名前来听讲的有一二百人，把一个大教室都挤满了。但是由于他不善言辞，照本宣读，无所发挥，一直念到晚上十点钟熄灯还没有讲完，把听讲者都听怕了。到了第二次续讲时，前来听讲的人寥寥无几，教室里外，门可罗雀。急得当时的助教邓广铭把联大的工友杂役都请去听讲凑数，才未显得冷场。

◇ 俞平伯个子不高，头方而大，镶金牙，戴深度近视眼镜，穿一身褪色的蓝布长衫。俞长于作文，也善于讲课，先后做过北大、清华的教授。俞当年给学生讲授诗词，每每自己先声情并茂地唱读一遍。每唱完一首，自己先赞道："好！好！真是好！"然后沉吟片刻。学生想要知道其所以好，他已开始唱读第二首。唱毕，又由衷地赞曰："真好！"后来学生忍不住问他："先生，好在什么地方呢？怎么好法呢？"俞十分认真地说："不知道。"因此学生欲知其中奥妙，终不可得。

◇ 王力讲课，听讲者甚多，教室里总是坐得满满当当的。王总是不慌不忙地走上讲台，拿出讲稿，用带有一点粤语腔调的普通话慢条斯理地开讲。他讲课有根有据，实实在在，一板一眼，清清楚楚。为了学生做好笔记，每到一个段落还说："这是一段。"学生说："王先生讲课笔记真好记，就差点没把标点讲出来了！"白化文回忆说，王"善于给学术内涵搭架子"，"把许多原来的学术资料适当调配，就使之成为一门新学术"，因此，"世之讲古代汉语者，莫不折中于夫子"。

◇ 西南联大时期，陈岱孙任经济系主任，讲授"经济概论""财政学"两门课。他高硕英俊，鼻梁稍歪，经常口衔烟斗，以致口唇下搭，处事明快决断，不苟言笑。陈讲课颇有风度，条理清晰，出口成章，时间掌握准确，全校知名，上课均在大教室，每课必早到五分钟，立在讲台上，上课铃一响即把当日主题大书于黑板之上，开始讲授。因为听课同学太多，每每有人因上一堂课下课迟或教室远而迟到。陈必再约略重复一次，以免迟到学生无法做笔记。据学生回忆，把陈的话按次笔记，便是一本很好的讲义。陈对讲课的态度异常严谨，他在每次授课前的一小时，都要把熟悉的课程再重备一次，直到90多岁高龄时还坚持这一习惯。有人问陈为什么还要重备熟悉的课程？陈说："虽心熟悉，但人老了，就怕出错，误人子弟，子弟再误人，岂不罪过！"

◇ 据汪曾祺回忆，著名的古文字学家唐兰曾在西南联大给他们讲授"词选"课，上课极有特点。汪回忆说："唐兰先生讲课是另一种风格。他是教古文字学的，有一年忽然开了一门'词选'，不知道是没有人教，还是他自己感兴趣。他讲'词选'主要讲《花间词》（他自己一度也填词，极艳）。他讲词的方法是：不讲。有时只是用无锡腔调念（实是吟唱）一遍：'双鬓隔香红，玉钗头上风'——好！真好！这首词就 pass 了。"

◇ 沈从文26岁那年，受中国公学之请，第一次登台授课。慕名前来听课的学生很多，沈竟然紧张得一句话都说不出口，先在讲堂上呆站了10分钟。10分钟以后，才径自念起讲稿来，仅10分钟便"讲"完了原先预备讲一个多小时的内容。然后望着大家，又一次陷入沉默，最后只好在黑板上写道："今天是我第一次登台上课，人很多，我害怕了。"学生因此而大笑不已。课后，学生纷纷议论："沈从文这样的人也来中公上课，半个小时讲不出一句话来。"此话传到胡适耳里，胡微笑着说："上课讲不出话来，学生不轰他，这就是成功。"

◇ 据沈从文的得意门生汪曾祺回忆，沈曾在西南联大讲授过三门课程："各体文习作""创作实习"和"中国小说史"。他讲课没有讲义，讲起来毫无系统，多是类似于聊天的即兴漫谈。经常是看了学生的作业就作业讲一些问题。他虽然读了很多书，但从不引经据典，总是凭直觉说话，从不说亚里士多德怎么说，福楼拜怎么说，托尔斯泰怎么说。他讲课的声音很低，湘西口音很重，因此有些学生听了一堂课，往往不知道听了一些什么。他讲话也不借用手势，没有任何舞台道白式的腔调。但他讲得很诚恳，甚至很天真，没有一点哗众取宠的江湖气。他教学生创作，经常讲的一句话是："要贴到人物来写。"他从不给学生出命题作文，谁爱写什么就写什么，自己命题。他给学生作文写的批语，有时比学生的作文还要长。

◇ 傅鹰讲课时通古论今且逻辑性强，语言精辟，形象生动，"风趣、幽默，有着相声演员般的口才，课堂里常常爆发大笑声"，以至学生们说傅不仅是化学大师，还是语言大师。傅对学生要求异常严格，实验、习题都丝毫马虎不得。他公开宣布"课堂上我的话就是法律"，不允许在测验、考试时有任何越轨行为，否则就毫不客气地打上一个 0 分。一位 20 世纪 30 年代初在青岛大学受教于傅的学生回忆道："吾辈学生受傅先生春风雨露，得益匪浅。先生学识渊博，待人甚爱。唯其治学谨严，令吾等敬畏。记得一同学作业超过时限，迟交之即不予收留。因之，诸同学不敢稍有怠惰，皆刻苦攻读，学识日精，一应考试，比比良好优秀。先生闻之笑曰：'不严不足以示爱。'"

◇ 梁实秋在北大上课时，黑板上从不写一字，他说："我不愿吃粉笔灰。"梁虽为留洋归来的学者，但上课时却常常身着长袍马褂，脚蹬千层底布鞋，活似一老派学者。他讲课的功底十分厚重，很有感染力，据说有一次他在课堂上讲解英格兰诗人彭斯的一首诗，情思悱恻。讲不多时，有一女生为情所动，泪下如雨；梁继续再讲，她竟伏案放声大哭起来。课后回家，梁向家人提起此事，梁的儿子问梁："您是否觉得抱歉？"梁答："不，彭斯才应该觉得抱歉。"

◇ 袁家骅是著名的语言学家，长期在北大开设"汉语方言学"，学生回忆他上课时的情形说："课在一教一〇一阶梯教室上，能容百把人，虽然两个年级的学生不过四五十人，但加上进修教师，校内外的旁听生，教室差不多坐满了。袁先生风度温文尔雅，脸上总带着微笑，花白而稀疏的头发梳得整整齐齐，身着一套可体的中山装，使人感到那么和蔼可亲，有一种令人说不出的吸引力。他讲课声音不高，但清晰流畅，很能吸引学生。当讲到某个地区的方言时，常问坐在前几排的同学，谁是某方言区的，然后请他按照方音读几个指定的词。北方同学很多人不知入声是怎么回事，他就指定粤语区和吴语区的同学站起来读几个入声字，让北方同学仔细体味、辨别。有的方言词读音很奇特时，常引发大家的笑声。袁先生则风神凝然地站在讲台边上，侧耳听着，微笑着点头，表示赞许。

◇ 浦江清在北大中文系任教时，因身体不好，经常会晚到。浦上课异常认真，迟到的时间一定要补上，拖堂半小时是常事，有时能达一小时之久，使选课同学的午餐大受影响。而浦又自得其乐，他会唱昆曲，讲授元明戏曲，常用吟唱法，意在熏陶学生。但学生又似乎并不买账，大有罢课之势。这让担任课代表的白化文夹在其中，深受其苦，并为此而作打油诗一首："教室楼前日影西，霖铃一曲尚低迷。唱到明皇声咽处，回肠荡气腹中啼！"

◇ 皮名举是清末经学大师皮锡瑞之孙，曾在西南联大讲授"西洋通史"课。他讲课非常有条理，且独具一格，每堂课只讲一个题目，而且恰好能在下课时把这个题目讲完。比如今天讲维也纳会议，那么整堂课就是维也纳会议，虽然有时也谈些闲话，但并不扯远。他上课时要求学生画地图。每个上课的学生每学期需要画六张地图才算完成作业。汪曾祺曾按照课程要求上交了一张马其顿帝国地图，皮阅后，批了两行字："阁下之地图美术价值甚高，科学价值全无。"也就算通过了。

◇ 法国语言文学家、文学翻译家郭麟阁长期在北大西语系任教，他知识渊博,治学严谨,开设的每一门课程都非常受学生欢迎。其学生柳鸣九曾回忆郭上法文课时的风采:"他的课不用现成的教材,而是他自己编的讲义,他的讲义编得很是认真、很是细致,一堂课往往就有好几大篇,把涉及的法语语言现象解释得清楚而透彻,并有丰富的例句帮学生理解得更深入、掌握得更能'举一反三',在课堂上,他又用造句措辞十分精当的并有文化品味的法语进行讲解,使学生又受益一层。麟阁先生在课堂上还有一绝,他能随口背诵大段大段、成篇成篇的法国文学名著,甚至是高乃依与拉辛的那些令人生畏的长篇韵文。而且他背诵起来津津有味,如醉如痴,他那种背诵的'硬功夫'与执着投入的热情,都赢得了我辈的格外敬佩。"

◇ 林庚讲课,有时身着白衬衣、吊带西裤,有时身着丝绸长衫。腰板挺直,始终昂着头,大多时间垂着双手,平缓地讲着,讲到会心关键处,会举起右手,辅以一个有力的手势。他从不用讲稿,偶尔看看手中卡片,但旁征博引,堂下鸦雀无声,仿佛连"停顿的片刻也显得意味深长"。据北大中文系教授张鸣回忆,一次听林讲"独立小桥风满袖,平林新月人归后",讲到"风满袖"的意蕴时,林平静地、引经据典地讲着,站在写满优美板书的黑板前,静静地看着学生。张鸣忽然"感到了先生绸衫的袖子仿佛在轻轻飘动",虽然那时教室里并没有风。林庚的板书流利自如,自成一体。其学生程毅中以"板书飘逸公孙舞"称赞之。

◇ 有一年,学生钱鸿瑛听完林庚的最后一节课,回到女生宿舍,竟然悲从中来,躺在床上大哭。人问其故,答曰:"再也听不到林先生的课了!"

◇ 侯仁之在对北京历史地理的研究中,解决了北京城市起源、城址转移、城市发展的特点及其客观规律等关键性问题,为北京旧城的改造、城市的总体规划及建设做出重要贡献,因此被誉为"北京活化石""活北京"。他曾说,"我对于北京这座古城的城墙和城门,怀有某种亲切之感,是它启发了我的历史兴趣,把我引进了一座富丽堂皇的科学殿堂"。从20世纪

50年代开始，每位北大新生入校后听的第一堂课就是"侯仁之讲北京"。最初只有新生听，在阶梯教室讲，后来许多高年级学生仍想重温，加上还有不少"蹭课"的学生，人越来越多，只得搬到大礼堂去讲。一位听过此课的老校友回忆道："他总是如青年般朝气蓬勃，热气蒸腾。他有着诗人的气质，易激动，满怀激情，讲起话来声音洪亮，富于鼓动性，很适合青年学生的口味。"

◇ 陈平原曾追随王瑶攻读博士学位，陈在《为人但有真性情》一文中，曾这样描述王的"传道授业解惑"之法："先生习惯于夜里工作，我一般是下午三四点钟前往请教。很少预先规定题目，先生随手抓过一个话题，就能海阔天空侃侃而谈，得意处自己也哈哈大笑起来，像放风筝一样，话题漫天游荡，可线始终掌握在手中，随时可以收回来，似乎是离题万里的闲话，可谈锋一转又成了题中应有之义。听先生聊天无所谓学问非学问的区别，有心人随时随地皆是学问，又何必板起面孔正襟危坐？暮色苍茫中，庭院里静悄悄的，先生讲讲停停，烟斗上的红光一闪一闪，升腾的烟雾越来越浓——几年过去了，我也就算被'熏陶'出来了。"

◇ 彭蓉如此回忆李赋宁讲授"文学讲座"课的神采："印象最深的是李先生给我们讲《奥德修纪》的那节课。我从未见过李先生如此动情，先生眼中闪着泪光，声音微微颤抖着，他讲到当奥德修漂泊十年回到家乡时容颜大改，只有他的老狗认出他，它叫着扑向主人并死在奥德修脚边；他讲到'Life is a long journey full of obstacles（生命是一次充满坎坷的长途旅行）'，他讲到'No scenery is better than seeing white smoke rising from the chimney of one's homeland（最好的场景莫过于看到从自己家乡的烟囱中袅袅升起的白色炊烟）'。我依稀体会着这位白发老者的沧桑感触，也透过先生盈盈的泪光和颤抖的声音体会着奥德修的十年漂泊。先生的白发和袅袅升起的白色炊烟成为我记忆中永恒的定格。许多年以后，当我真的经历了远离家乡的游历之后，才多少理解了那最安详的家乡的炊烟带给奥德修和李先生的心灵震撼。"

◇ 吴小如以擅长讲析和鉴赏作品特别是古典诗词而享有盛誉。学生说，听吴讲解作品或读吴先生的赏析文章，都会感到是一种美的享受。吴说他在课堂上分析作品或写赏析文章，曾给自己立下几条规矩："一曰通训诂，二曰明典故，三曰察背景，四曰考身世，最后归结到揆情度理这一总的原则，由它来统摄以上四点。"

◇ 何芳川在我国历史学发展的艰难时期出任北大历史学系主任。面对当时知识分子的"下海潮"，他向历史系的同人们提出"别人下海，我们上山，努力攀登史学研究的新高峰"。

◇ 北大中文系屈玉德教授长期教授"民间文学"课。屈晚年患咽癌，但她还坚持用鼻音发声的方式为学生讲课。某年隆冬时节，天气甚冷，屈的课程恰好又排在早晨，有很多同学未去上课。能容纳百人的教室里只坐了7名学生。屈望望窗外，低声说："有7个人，我也会来上课。即使只有1人，我也会来。不过，如果1个人也没有，我就不会来了。"令听课的学生大受感动，课后讲给没来的同学听，大家都感到无比愧疚。

◇ 肖东发生前常引述孔子名言"知之者不如好之者，好之者不如乐之者"，说明自己对学生和课堂的挚爱之情。他说："'得天下英才而教育之'真是一大乐事！教他们查资料、检索数据，指导写论文，我觉得太高兴了，而且在这个过程中，肯定自己也有收获，也会出很多成果。""北大的学生都是优秀的，能够传授给他们知识，是我的荣幸；而如果能教出比我优秀的学生，则是我最大的欣慰。"

◇ 肖东发一贯坚持"课不仅要常讲常新，还要常讲常好"。其弟子杨虎回忆他讲授"中国图书出版史"的情形："我进入北大的第二学期，就有幸聆听了他开设的第一门课：'中国图书出版史'。其时，他正值壮年，气质儒雅，风度翩翩，讲起课来，精神抖擞，游刃有余，给我们留下了终生难忘的美好印象。他上课，自始至终不带讲义，手中唯有粉笔一根，不仅能将大量的史料、数字一字不差地背下来，而且还能将看似枯涩的历史讲解得妙趣横生，其中还蕴含着深刻的学术见解和人文情怀。听他授课，就像是在听一个学问渊博、见解精到、语言生动的说书人在给我们'说书'。"

◇ 肖东发常年研究、讲授北大历史和北大精神，带着学生编撰了"北大人文风物丛书"和"北大文化丛书"，培养学生爱北大、爱北京、爱国家的情怀。在课堂讲授之外，他经常自掏腰包，带着一届又一届的学生采访、调研、编书、出成果，深入地探讨北京精神和北大精神。有人问他为什么要这么做？他解释说，是侯仁之先生的优秀品格和精神影响了他：一是要尊重师长（侯先生在接受他和陈光中采访时，经常对自己的老师赞不绝口，最常说的话是"顾颉刚老师好极了！洪业先生好极了！"）；二是潜心研究北京学和北大文化；三是盯住一点，连续发力，文章成系列，著作集大成；四是亲身实践，实地走访，尽可能掌握第一手材料；五是带动后学一起搞研究，把学生们心中的火焰点燃，不断走读采访北大名师，把北大爱国、进步、民主、科学的优良传统一代代传下去。

◇ 刘浦江对学生要求十分严格。据其学生邱靖嘉回忆，刘在北大开设《四库全书总目》研读课时，要求轮流讲解《四库提要》的学生要做到"句句落实、考镜源流、辨正讹误"，该查的史料绝不能省。若是做不到的话，"老师会特别生气，他觉得这是在触碰他的底线"。刘曾常年为中文系学生开中古史课，深受学生们欢迎，中文系毕业生吴德祖曾这样写道："中古史课为中文系同学最喜。刘浦江师登讲台、抛书本、白面书生、道骨仙风，追古谈今、臧否人物，纵横捭阖、睿智四溢，自由思想、独立人格，斯人之谓也。"

◇ 刘浦江多次讲，一个断代史的兴盛繁荣，至少需要五六个一流学者来共同支撑。他希望他的下一代学人能承担起这一重任。具体到辽金史的研究，由于史料非常匮乏，做研究常有一种"垦荒的感觉"。因此，他对每一位学生都抱着很大的期待。学生若是要发表论文，他会把人叫到办公室，两个人对着电脑，共用一个键盘修改论文。一篇 1 万字左右的论文，从标题开始，他逐字逐句地审订修改。要是涉及史料问题，就让学生现查，逐一核对原文。从早上 9 点到晚上 9 点修改下来，刘勉强能看完一页 A4 纸。被他改过的文章，每个学生都能一眼认出来，"满页都是涂黄显示和密密麻麻的批语注解"。在他离世前一天，他将一个学生叫至隔离病房窗口外，借助电话，吃力地叮咛："你的论文我改了一半，后一半我没办法再改了，我让家里人将已经修改的部分发送给你，剩下的部分你要好好修改。"紧接着，他又嘱托在一侧已经毕业的师兄们："以后师弟们毕业求职的时候，你们要多帮助师弟们。"

◇ 某年冬天一个周末的下午，中文系教授乐黛云顶着风雪来到北大电教报告厅作内容为"文化转型时期的中国文学"的讲座。能容纳 300 人的大厅座无虚席。讲完后，乐在掌声中站起身来，微笑道："今天天气不好，又是周末，我来的时候曾经想，如果有 10 个听众的话，我就开一个小座谈会；如果有 3 个人的话，我就把他们请到我家里去喝茶。没想到来了这么多人，我真的……我，谢谢大家！"说完，乐深深地向听众鞠了一躬。"哗"——听讲者又一次以热烈的掌声作为回应。

◇ 袁行霈在北大执教 50 余年，课讲得十分叫座，被誉为"诗境的课堂"。每次讲课教室里都挤得水泄不通，因此而经常临时换大教室。他曾在一篇文章中描述自己讲课的场景："教室里坐满了我的学生，一双双眼睛投出渴求知识的光，集中在我身上，使我兴奋、喜悦、感激。因为这些光束的撞击而产生的灵感纷至沓来，一向寡言的我，竟滔滔不绝地讲出一连串连我自己也觉得新鲜的话语。从学生的颔首微笑中，我听到他们心中的回响。这时，我觉得自己就像一个交响乐队的指挥，在组织一片和谐的乐音……"葛晓音回忆当年听袁讲课的情景："他的课着重在诗歌的意境和艺术表现，正是学生们最为渴求的内容。而他的讲课艺术也和他讲的内容一样，非常讲究。节奏的快慢疏密、声调的抑扬顿挫，都把握得恰到好处。既要言不烦，善于用最关键的几句话将每首诗歌的好处点透；又深入细致，让听众跟着他清晰的讲解进入意境。那时上课用的资料主要靠教师抄黑板。袁老师的板书都是直行，字体端丽遒劲，写满一黑板后，可以当书法欣赏。有时要擦掉改写新的，同学们心里都暗暗可惜。"

◇ 钱理群的学生郑勇说，在北大中文系，极少见到像钱讲课那样感情投入者："由于激动，眼镜一会儿摘下，一会儿戴上，一会儿拿在手里挥舞，一副眼镜无意间变成了他的道具。他写板书时，粉笔好像赶不上他的思路，在黑板上显得踉踉跄跄，免不了会一段一段地折断；他擦黑板时，似乎不愿耽搁太多的时间，黑板擦和衣服一起用；讲到兴头上，汗水在脑门上亮晶晶的，就像他急匆匆地赶路或者吃了辣椒后的满头大汗。来不及找手帕，就用手抹，白色的粉笔灰沾在脸上，变成了花脸。即使在冬天，他也能讲得一头大汗，脱了外套还热，就再脱毛衣。下了课，一边和意犹未尽的学生聊天，一边一件一件地把毛衣和外套穿回去。如果是讲他所热爱的鲁迅，有时你能看到他眼中湿润、闪亮的泪光，就像他头上闪亮的汗珠。每当这种时刻，上百人的教室里，除老钱的讲课声之外，静寂得只能听到呼吸声。"

◇ 程郁缀说，严是爱，爱学生，就是要严格要求。他在给西语系、东语系、俄语系一年级新生开设"中国文学史"课时，第一堂课便开宗明义讲："讲课时我是你们的老师，一定严肃认真，一丝不苟；下课后我是你们的朋友，一定平等相处，与人为善。平时学习上严格要求，绝不迁就；最后考试时绝不有意为难大家。"他每周布置作业，要求学生背诵中国古代优秀诗文，下次课前检查，背不上来的下次再继续背，直到背上来为止。如果有无故不来上课的学生，他就在课间给学生打电话，要求如果没有特殊原因必须立即赶来上课。程说，他对学生的严格要求：全是针灸意，绝无下棋心！（针灸医生的医术水平可能有高有低，但每一针扎下去，都是希望患者好起来；而所有下棋者，每走一步棋的目的，都是想尽快置对方于死地。）

◇ 程郁缀为了教育学生考试时遵守校规校纪，曾撰写一首《考场歌》："燕园学子，人中龙凤；身经百战，从从容容。笔走龙蛇，文思泉涌；寥寥数题，笑谈之中。遵守考纪，严肃校风；因小失大，徒然无功。临场赋诗，肺腑相送：瓜田李下，请君自重！春华秋实，来自劳动；有限人生，无上光荣！"每次考试，在助教下发试卷的同时，他会在黑板上，龙飞凤舞地写下这段对学生既严且爱的肺腑之言。

◇ 据曹文轩回忆，他在北大读书时，曾领略过一位先生讲课的风采："他空着手从容不迫地走上讲坛来了，然后从口袋里摸索出一张缺了角的香烟壳来。那上面写着提纲要领。他将它铺在台子上，用手抹平它，紧接着开讲，竟三节课不够他讲的，把一个个学生讲得目瞪口呆，连连感慨：妙，妙！"

◇ 杨虎在读大学本科时，曾数次旁听曹文轩讲授"小说的艺术"，他回忆说："没有PPT，没有板书，没有问答，曹老师干干净净、儒雅潇洒地站在讲台上，沉浸在自己的世界里，全神贯注、抑扬顿挫地朗诵自己的讲义。那声音，就像一泓从苍翠山谷中缓缓流淌而来的清泉，铿锵悦耳。那讲义，就像精心雕琢成的大美玉器，惹人注目。教室里，过道里，静静听讲的人，挤得严严实实。所有人的心神都被那声音摄取到三尺讲台，宁静，庄严，让人轻松又沉重，愉悦又紧张，生怕丢掉了一两句精彩的富有新意的词语。人们常说，好演员，名角，一身都是戏。我看，好老师，名师也一样，满身都是课。"

◇ 信息管理系教授李国新曾被评为北京大学"最受学生爱戴的教师"。其学生杨虎回忆他讲授"中文工具书"课程的风采云："大学一年级春季学期，李国新老师在昌平园为我们讲授了一学期的必修课'中文工具书'。其时，他甫过不惑之年，英姿勃发，风度极佳。中等个，不胖不瘦，白白净净。走起路来风风火火，总像是忙着去赶做极其重要的事情，颜习斋的名言'夙兴夜寐，振起精神，寻事去作，行之有常，并不困疲'，在他那里得到了最好的体现。他讲起课来，字斟句酌，有板有眼，知识满筐满箧地倒出来，每一分钟都绷得紧紧的，没有丝毫的懈怠和应付。将近二十多年过去，每每想起他充满热情、潇洒儒雅的形象，我还会不由自主地慨叹：李老师之风度，真可谓'玉树春风里，英发授教时'！"

◇ 信息管理系教授李常庆曾被评为北京大学"最受学生爱戴的教师"，他在北大开设两门专业必修课："书刊编辑实务"与"书刊营销专题研究"。他上课最大的特点是激情满怀，嗓门很大，自始至终声震屋宇，毫无倦意，很有感染力，学生都能深切地感受到他是全身心地投入到了课堂之中。在PPT授课尚不普遍时，他每次课前会给学生发一份讲授大纲。这大纲不同于别人的以问题为要点，而是由一连串的小知识点和关键词组成，看起来像是散落满纸的珍珠。他会一气呵成，用清晰的思路和带着感情的语言，将其串联成斐然成章的作品，构成一个完整的体系。讲完最后一个关键词，恰好到下课时间，让学生佩服得五体投地。他特别教导学生说，作为北大人，尤其应该具备批判精神和独立见解。所以在他的课堂上，学生都敢于大胆发表一些很不成熟的观点，有些明显还与他的观点相左，但他从来不生气，而是微笑着勉励、包容学生。

◇ 信息管理系教授王余光给学生讲授"出版文化史"，开篇即引老北大沈士远先生讲《庄子》之例，说：沈先生在北大教预科国文时，仅《庄子·天下篇》就讲了整整一个学期才讲完，所以人送雅号"沈天下"。言下之意，对沈先生的学识渊博和名士作风极其欣赏和向往。因此他决定以此为法，讲到哪里算哪里。最后的大致情况是：讲了一学期，快要期末考试时，"文化"的概念方才讲完。再用了一两节课，重点讲了两个专题：出版文化学的研究内容和研究方法。期末闭卷考试，出三道简答题：一、你理解的文化概念是什么？二、你认为出版文化学研究的内容是什么？三、你认为出版文化学研究的方法是什么？他的学生杨虎回忆说："我在考场作答时，脑海中不断浮现'沈天下''名士'等字眼，并慨叹：若眼前之王老师，可谓当代之真名士也！我既喜欢，又敬佩。"

◇ 河北大学杜恩龙教授说，现在大学举办讲座也很不容易，讲座组织者把专家请来了，但是学生上座率往往不高，让组织者头疼。他回忆说，有一次他请北京大学科学传播中心主任吴国盛教授来做讲座，同时表明了对上座率的担忧。吴回答说："杜老师，不用担心学生人数，有一个人我也讲，如果听进去了，也就值了。"杜说，他听后很欣慰，也很佩服吴先生的豁达。

懿行第二

　　学高为师，身正为范。经师易逢，人师难遇。为人师者，不仅要授人以知识和方法，更重要的是通过言传身教，示范做人准则。"德高学博""德才兼备"，既是教育者对受教者的殷切期望，更是受教者和世人对师者的基本要求。毛泽东评蔡元培校长为"学界泰斗，人世楷模"，堪为北大人"治学为人"的最高典范。一百二十余年来，作为中国高校的"龙头老大"，北大一直受到世人的普遍尊仰，这不仅由于众多北大人能够以其突出的地位和渊博的学识，源源不断地为社会提供"好思想"，更重要的是因为，绝大多数北大人都能够谨遵蔡校长"砥砺德行"的教诲，修身立德，做大写的读书人，不负社会之期许，为大众做"示范引领"的时代楷模。今日风气或稍有小变，但我们坚信，其主流仍然固守着"文章道德"的"正能量"肖然不动。

◇ 张百熙爱才如命，但不喜谄媚之徒。曾有一青年为张器重，一次张的小妾生病，这位青年知道后，竟在家中设立香案，天天为之祈祷。张闻听此事后，叹息道："我一直很爱他的才气，没想到他的德行却是如此。"后来就逐渐疏远了这个青年。

◇ 1912年2月，南京临时政府任命严复为京师大学堂总监督。严复接管大学堂后，困难重重，数月领不到经费，"几至不名一钱"。不得已，借债应付，筹备复学。此时，财政部又下令减少教员薪水至60元以下，严极力反对，提出"为今之计，除校长一人准月支六十元，以示服从命令外，其余职教各员，在事一日，应准照额全支"，以保证教员到校复学。

◇ 1916 年 12 月 26 日，蔡元培正式被任命为北京大学校长。1917 年 1 月 4 日，蔡开始到校办公。当天，北大师生和校役们照例列队相迎。像往常一样，校役们恭恭敬敬地向新来的校长鞠躬行礼，以示尊敬和欢迎。北大校长当时是由大总统直接任命的特任官，官高位尊，以往的校长对校役是从不理睬的。出乎人们的意料，蔡在校役们行礼过后，当即摘下礼帽，规规矩矩地向他们鞠躬还礼。这个举动让北大师生感到异常惊讶和新鲜。此后，蔡每次出入校门，校警向他行礼他都脱帽鞠躬。蔡元培对于所有北大人，都能一视同仁，从无尊卑之分。老北大的人，无论师生员工，都称蔡元培为"蔡先生"，几十年如一日，从不称他的名号和职称。

◇ 1918 年 6 月，针对当时社会上层道德堕落、生活糜烂和京师大学堂京官学生老爷相沿下来的腐朽习气，北大校长蔡元培亲自发起成立了一个提倡培养个人道德的组织——进德会。会员分为甲、乙、丙三种。规定：甲种会员须不嫖、不赌、不纳妾；乙种会员除以上三戒外，还须戒做官、做议员；丙种会员除以上五戒以外，还要戒烟、戒酒、戒肉。凡要入会者都必须填写"志愿书"，写明戒约，并签名盖章，送交进德会评议，经讨论同意，即为会员。进德会开成立大会时，北大教员入会的 70 余人，职员入会的 90 余人，学生入会的达 300 余人。当时甲种会员的知名人物有：李大钊、陈独秀、章士钊、马寅初、邓之诚、罗常培、胡适、张国焘、辜鸿铭等；乙种会员则有：蔡元培、范文澜、傅斯年、钱玄同、周作人、徐宝璜、康白情等；丙种会员则有：梁漱溟、李石曾、张崧年等。

◇ 1919 年 5 月 4 日，在五四游行中，军阀政府派军警抓走了 32 名学生，其中北大学生 20 人。当天晚上，蔡元培便邀请与司法部关系密切的王宠惠一起到北大和同学们共同商议营救之事。他一再抚慰学生说："你们放心，被捕同学的安全，是我的事，一切由我负责。"夜里 9 时以后，蔡不顾劳累前去拜访受到段祺瑞敬重的孙宝琦，请求孙设法帮助解救被捕学生。孙表示为难,蔡则一直在孙的会客室里坐到12点。5月5日下午,14所学校的校长集中到北大开会,商讨如何营救被捕学生。蔡态度十分坚决地表示,为了保出学生,"愿以一人抵罪"。会上成立了以蔡为首的校长团,会后即到教育部、总统府、国务院疏通,但徐世昌等拒不接见。5月6日,蔡又率校长团先后到教育部、警察厅交涉,并以身家性命作保,要求尽快释放学生。经过蔡等人的努力解救,加之社会舆论的压力,反动势力终于答应释放学生。5月7日,被捕学生获释,蔡亲自率领北大全体教职员和学生在沙滩广场列队迎接。大家见面分外激动,彼此相对无言,许多人竟然大哭起来。蔡劝慰大家应当高兴,不要哭,话未说完自己也禁不住流下了眼泪。北大被捕获释学生许德珩在回忆当时情景时说:"当我们出狱由同学伴同走进沙滩广场时,蔡先生是那样的沉毅而慈祥,他含着眼泪强作笑容,勉励我们,安慰我们,给我们留下了极为深刻的印象。"整个事件中,有人劝蔡,说"恐危及君身",他笑答:"如危及身体,而保全大学,亦无所不可。"

◇ 1920年冬,蔡元培赴欧美考察教育,出国期间,由蒋梦麟代理其校长职务。当时,北洋政府久欠北京高校教育经费,各校教职员领不到薪水,便向政府请愿,反被警卫殴打,因而宣布罢教。后经北京师生的努力斗争,北洋政府意识到事态严重,才为各校教员补发欠薪,并表示歉意。各校才开始复课。蔡回国后,听说此事,大为不满,召集北大教职员痛切地说:学校教育青年,教职员应为学生模范,岂可因索薪罢教,贻误后生?如果认为政府太坏,不能合作,尽可自动辞职,另谋他就。如大家都求去,亦可使政府惊觉反省。岂可既不离职,又不尽教学责任,贻误青年?他坚决要求把罢教期间未为学生上课而领得的薪水交出归公。教职员都接受了蔡的提议,请求将所领薪水分期扣除。

◇ 蔡元培一贯认为:学生都是人才,亲戚都是庸才。因此,凡是北大学生来找他帮忙,他永远是来者不拒,竭力相助,千方百计将学生安置在最为合适的位置。当有亲戚托蔡谋事,他虽也尽力帮助,但为之联系的,大多是办事员、小科员一类的闲职，从不肯委以重任。

◇ 马寅初青年时期学习非常刻苦，生活也很清贫。白天上课，晚上还要挑灯读书。他用不起电灯，油灯用的是相对便宜的菜油作燃料。有一次，一位朋友来他宿舍探望，发现灯光非常昏暗，便为他点上了两根灯芯。马发现后，立刻把其中一根熄灭，歉意地对朋友说："我点不起两根灯芯，请别见笑！"

◇ 马寅初从北洋政府财政部辞职后，一些军阀、政客看中了他的学识和资历，纷纷派人前来游说、招揽。马倍感厌烦，公开宣称自己"一不做官，二不发财"，把说客们拒之门外。最后应蔡元培之邀，前往北大任教。

◇ 熊十力说他35岁时才认真读书治学。1920年他到复性书院报到时，身上穿的衣服破旧，背着一个小铺盖卷，别人一看他那寒碜相，就把他安排在下人住的地方住下，一住就是三年。熊在这三年里埋头读书，潜心研修，独具慧心，颇有创获。而生活却艰苦异常，唯一的一条中装长裤，常是洗了之后要等干了才能穿。到了第三年，书院举办有关佛学方面的论文比赛活动，这位不被人重视的寒酸青年的论文被评为最佳！

◇ 秉志1908年毕业于京师大学堂，后来成为著名的动物学家，被认为是中国动物学研究的主要奠基人。他曾在东南大学、中央大学、厦门大学、复旦大学、北京大学等大学担任教授。为了不断提高自身的科学素养，他为自己制定了"工作六律"和"日省六则"，并写成卡片随身携带，时时对照，以做到终生恪守。所谓"工作六律"，是指：身体强健、心境干净、实验谨慎、观察深入、参考广博、手术精练。并在旁边写上"努力努力，勿懒勿懒"以自警自励。所谓"日省六则"，是指：心术忠厚、度量宽宏、思想纯正、眼光远大、性情平和、品格清高。其下另有"切记切记，勿违勿违"八个字。

◇ 丁文江的办公桌上，总放着他用毛笔抄写的胡适为他翻译的一段外国诗句："明天就死又何妨！只拼命做工，就像你永远不会死一样！"

◇ 新文化运动时期，钱玄同最为坚决，发表了很多言辞愤激的文章，被视为向旧礼教宣战的先锋大将，但钱自己极守礼法，自律极严。他曾说："'三纲'者，三条麻绳也，缠在我们的头上，祖缠父，父缠子，子缠孙，一代代缠下去，缠了两千年。新文化运动起，大呼'解放'，解放这头上缠的三条麻绳！我们以后绝对不许再把这三条麻绳缠在孩子们头上！可是我们自己头上的麻绳不要解下来，至少新文化运动者不要解下来，再至少我自己就永远不会解下来。为什么呢？我若解了下来，反对新文化维持旧礼教的人，就要说我们之所以大呼解放，为的是自私自利，如果借着提倡新文化来自私自利，新文化还有什么信用？还有什么效力？还有什么价值？所以我自己拼着牺牲，只救青年，只救孩子！"

◇ 李大钊被捕期间，作《狱中自述》长文，回忆革命一生，其文曰："李大钊，字守常，直隶乐亭人，现年三十九岁。在襁褓中即失怙恃，既无兄弟，又鲜姊妹，为一垂老之祖父教养成人。幼时在乡村私校，曾读四书经史。……钊自束发受书，即矢志努力于民族解放之事业，实践其所信，励行其所知，为功为罪，所不暇计。今既被逮，唯有直言。倘因此而重获罪戾，则钊实当负其全责。惟望当局对于此等爱国青年宽大处理，不事株连，则钊感且不尽矣！"又云："钊夙研史学，平生搜集东西书籍颇不少，如已没收，尚希保存，以利文化。"

◇ 胡适在美国留学时，曾给自己定有一份自课计划。第一，卫生：每日七时起。每夜十一时必就寝。晨起做体操半时。第二，进德：表里一致——不自欺；言行一致——不欺人；对己与接物一致——恕；今昔一致——恒。第三，勤学：每日至少读六时之书。读书以哲学为中坚，而以政治、宗教、文学、科学辅焉。主客既明，轻重自别。毋反客为主，须擒贼擒王。读书随手作记。

◇ 林语堂赴美留学前,曾与北大约定,学成回国后去北大任教。不料在美期间,林的生活遇到困难,打电报给胡适,请求北大给他预支 1000 美元接济生活。这笔钱由胡担保,按时汇到。林在哈佛拿到硕士学位后,又去德国莱比锡大学攻读博士,再向胡写信向北大借 1000 美元,钱也如数汇到。林回国后,去北大向校长蒋梦麟道谢。蒋满脸疑惑地说:"什么两千块钱?"事后才知,那 2000 美元并非北大的公款,而是胡自己的钱。之前,胡对此事只字未提。

◇ 大约在 1935 年冬,一位北大学生约见胡适,胡在电话中告其明天上午 7 时相聚,学生误听为下午。当下午 7 点去时,门房告胡已离家,学生正欲转回,胡回来了。当接见时,胡问:"上午在候,为何不来?"学生答:"误听以为下午。"胡笑道:"我亦疑你误听,故特趋回。"

◇ 20 世纪 20 年代,梁漱溟在北平讲演"人心与人生",规定前来听讲者都要交费一元。梁这样做的目的"是真想让人来听,或因花过钱而注意听,否则不免有人随便入座并不真有兴趣听",但他又怕有的学生没钱,想听却不能听,因此遍告学生,没钱者可以写信给他,可送上一张听讲券。他的学生唐君毅因为"受到一种精神的威胁没敢去听"。一天晚上,唐突然收到了梁托别人带给他的五元钱,因为梁怀疑唐是没钱才没去听的。

◇ 梁漱溟坚信孔子的"仁者不忧"之说,因此而"乐天知命"。抗战期间,袁鸿寿在桂林七星岩请他吃素席,饭后在一株小树下聊天,恰逢敌机在头上盘旋轰炸,袁大惊失色,要避。而梁则镇定自若,聊天如常。1976 年唐山大地震时,北京人都逃出了户外,梁却安居不动。后在居委会、家属的再三劝告下,最后才有几个晚上到寓所后门的草地上露宿。

◇ 梁漱溟好布施,经常接济一些有困难的朋友和晚辈。解放初期他每月工资 300 元,只留百元左右家用,其余都拿来帮助生活无助的友人。他还定有一条独特的规矩:"送的钱不要还,但借的钱必须要还。"一位友人借钱忘记归还，梁竟亲去索债。梁提醒已摆脱困境者还借款，目的是拿出更多的钱接济另一些仍在困苦中的友人。

◇ 梁漱溟待人平易，对所有的不速之客，无论对方年长年幼，位尊位卑，他都竭诚相迎，客人告辞，必要送之门外，还鞠躬揖别。梁晚年时，苦于访客过多，为健康计不得不亲自书写"敬告来访宾客"的字条，并贴于门前。上写："漱溟今年九十有二，精力就衰，谈话请以一个半小时为限。如有未尽之意，可以改日续谈，敬此陈情，唯希见谅，幸甚。"有心人从字的颜色和笔迹上判断，那"一个半小时"的"半"字，是后来加上去的。有人因此而说梁"真可谓'仁义之人，其言蔼如也'"。

◇ 梁漱溟每遇有人相求，只要认为在理，从不厌烦。从来都是亲自给人回信。垂暮之年，来信众多，他一时无力作复，都要在未复的函件上注明"待复"。91岁时，他参加"梁漱溟国际学术讨论会"，在开幕式上，发言者大多坐着讲话。他为表示对与会者的尊重，在发言的15分钟一直站立，主持人三次请他坐下，他都谢绝了。

◇ 顾颉刚十分惜时，年轻时经常每天要写七八千字，每日工作多在14个钟头以上。有时上朋友家拜访也带上手稿和笔，如果朋友不在家需要等待时，就干脆坐在朋友家房里誊抄稿子。有时因事耽搁一天未能读书，即觉得这一天是白活的。往往数月或一年工作下来，总要病一场。但他诙谐地称生病为"纳税"，甘愿以数日之病换得一年之工作。

◇ 顾颉刚将办刊物作为培养人才，推进学术发展的重要手段。他曾说："我们若为自己成名计，自可专做文章，不办刊物；若知天地生才之不易，与国家社会不爱重人才，而欲弥补这缺憾，我们便不得不办刊物。我们不能单为自己打算，而要为某一项学术的全部打算。"顾一生创办和主编的刊物甚多，其中以《中山大学语言历史学研究所周刊》《燕京学报》《禹贡半月刊》最为有名，培养了许多当代有成就的学者。

◇ 1946年，中央研究院历史语言研究所在北京成立了一个办事处，汤用彤被邀请兼任主任一职，且每月有薪金若干。接到薪金后，汤如数退回，说："我已在北大拿钱，不能再拿另一份。"

◇ 汤用彤认为信仰某宗教，必然对其有偏好，有偏好就很难客观地评价其得失。因此，他研究佛教但不信奉佛教，与当时名僧及佛教界名流素不交往。

◇ 据任继愈回忆，1954年冬，已过花甲之年的汤用彤患脑溢血。先是几个月神志不清，以后逐渐恢复了记忆，又经医生多方抢救，最后使失去活动的右半边肢体恢复了机能。医生告诉他每天只能上午工作1小时，下午工作1小时。同时，汤双目患白内障，一只眼睛已经失去视力，但他还是艰难地找资料、翻书。有重要发现，就叫助手帮他记下来，有时自己也动手摘录，病中做了不少札记，并持续做着《高僧传》校注的工作。还常在床头为哲学系青年教师讲授印度哲学课程。每逢和研究生谈过一次话，当天下午甚至第二天，健康状况就会立刻下降，有时发低烧。但汤只要谈起学问来，就不知疲倦，忘掉了医生的嘱咐和家人的劝告。当时的状况，颇类似于朱熹晚年的境况："虽疾病支离，至诸生问辨，则若沉疴之去体，一日不讲学，则惕然常以为忧。"

◇ 中华人民共和国成立以后，范文澜写书从来不拿稿费。他的《中国通史简编》修订本和《中国近代史》上册，发行量很大，稿费很多，但他从不经手，都由人民出版社保管，每年底都写信给出版社，将稿费作为党费上交。范在报刊上发表文章，也不要稿费。他曾对人说："我的贡献没有我的工资高，我已经觉得很对不起人民，如果再拿稿费，不是更对不起人民了吗？"

◇ 钱穆自幼吸烟，后在小学任教，课本有劝戒烟一节，他自忖，自己嗜烟，何以教学生？遂决然戒之，后数十年不吸。接近钱的人说他无论做何事均"能提得起，放得下，洒落自在，不为物累"。

◇ 1919年，李汝祺怀着科学救国的信念来到美国普渡大学读书，他全力以赴投入学习，发愤攻读，成绩名列前茅。当时，生物化学是一门必修课，有几百名学生上课。第一学期的总评结果，第一名是美国学生，李屈居第二，彼此心中不服气。于是在第二学期，他们暗自鼓足劲头拼命学习。最后期末总评，教授在课堂上宣布，李名列第一。当时全班二百多名学生统统站立鼓掌祝贺，许多中国留学生更是欢呼雀跃。针对此事，李说："这不只是我的光荣，也是中国留学生的光荣，祖国的光荣。我强烈地意识到个人的学习知识和祖国的荣辱兴衰的密切关系。"

◇ 朱光潜是享誉中外的美学大师，但他从不以大师自居，他经常说的一句话是："我一直在学美学，一直在开始的阶段……"

◇ 从1918年到1922年，朱光潜在香港大学读了四年书。在学校里他与高觉敷、朱跃苍一道被称为Three wise men（三个聪明人）。他不但读书用功，成绩很好，而且十分注意人格的修养。他一直在书斋的墙上挂着同乡书法家方檗石给他写的四个大字："恒、恬、诚、勇。"据他后来解释，恒就是有恒心，坚韧不拔、百折不挠；恬就是恬淡，清心寡欲，生活简朴；诚就是诚实，待人处事，开诚相见；勇就是勇气，奋发进取，敢于搏击。他把这四个字奉为座右铭。

◇ 朱光潜一生信奉"三此主义"，即此身，此时，此地："此身应该做而且能够做的事，就得由此身担当起，不推诿给旁人。""此时应该做而且能够做的事，就得在此时做，不拖延到未来。""此地（我的地位、我的环境）应该做而且能够做的事，就得在此地做，不推诿到想象中另一地位去做。"

◇ 叶企孙视学生如子女。三年困难时期，国家为了照顾北大著名学者，给他们"特供"一些牛奶，叶企孙也是其中之一。但是，当叶看到自己所教班级中有学生患浮肿时，就把自己的牛奶让给这些学生喝，他说："我没有什么可以帮助你们的，这点牛奶你们一定要喝下去。"

◇ 1955年，北大生物系和中科院联合组团，一起前往山西吕梁地区进行科学考察。已经60多岁的李继侗是北大的带队老师。当时野外工作、生活条件十分艰苦，出外考察的交通工具仅有一辆容纳20个座位的汽车，而考察团共有60多人。李自始至终都不坐车，徒步考察，并对北大师生说："我们北大师生全部不坐车，这样别人也不会去抢座位，让出来给老先生和体弱的同学坐。"

◇ 有人问起陈翰笙当年营救国际友人的事情，他摇摇头说："人老了，许多事情记不得了。我记得的，是自己做错的事情，因为那是必须改正的。"

◇ "文化大革命"期间，陈翰笙在遭受迫害的同时，还不忘自己作为教育者的职责，在自家办了一个免费英语学习班。来上课的，有普通民众，也有当时的"黑帮"子女，陆续达300多人。周围的人劝他："不要惹火上身！"而陈则回答："我免费收学生，并不犯法。"一位当年的学生回忆道："当时翰老的视力几乎丧失。我们的教材都是老人家自己摩挲着在废稿纸上写出来的。他身体并不很硬朗，但即使发高烧也坚持给我们上课……"

◇ 陈翰笙一次从广州结束调查研究回来，在上海作短暂停留。当地报社记者很想趁此机会对他进行采访，但就是无法找到他的住处。到部长级干部常住的大宾馆饭店查询，回答都是："查无此人。"几经周折，才在他妹妹非常简朴的弄堂房子里找到了他。据说，每次到上海，下榻在这里的一张旧床，已经成为陈的老规矩了。

◇ 吴小如回忆，1975年初秋，他去请教游国恩一个难题，见他正发烧卧床，便只问了一下病情，就准备告辞。游见状，忙直截了当地问他，是不是来问问题的？吴只好实话实说了。游身居病榻，手指书架某处，告诉吴可查哪几本书，找哪几段材料。查找后，该问题迎刃而解。吴又激动又难过。而游却说："不要为我担心，你问问题，对我并不是负担，你看我只是比画几下，问题不就解决了？"

◇ 白化文与其夫人李鼎霞均为游国恩的学生。李曾为北大图书馆文科阅览室的管理员，游有时会委托白到北大图书馆帮其借书，每次都让白拿着自己的借书证。白说不必如此，用他和李这两个老学生的证就行。游说："要按规章制度办，你说我是你的老师，老师就要处处给学生做样子。"白回忆说，这句话对他触动极大，后来面对自己的学生，就时时想到要做出样子来。

◇ 陈岱孙素以助人为乐。1957 年北大一位青年教师被错划为右派分子下放劳动，冬天没有衣服穿，当时无人敢借给他。陈则不避嫌疑，给他邮去一大包衣服，而且不忘在邮包上大书"陈岱孙"三字。陈的一位学生在"文化大革命"期间受到冲击，流落街头靠乞讨度日，陈知道后，每月挤出 5 元钱寄给他，连续达 8 年之久。陈家原有一个侍候他母亲的"管家婆"。母亲病逝后，陈对管家婆说："姆姆的东西用得着的你尽量拿。你的生活我管到底。"

◇ 沈从文在西南联大授课时，教室不大，仅有一张讲桌和几把扶手椅。一次上课时，扶手椅都被先行到达的男生占满了，后到的三位女生没有座位。男生有的不懂得向女同学让座，有的则不好意思给女生让座，她们不得不站着听课和记笔记。沈看不过去，把讲台上的讲桌扛下来，放倒在教室地上，请这三位女生坐下听课。

◇ 从 1936 到 1937 年，周培源到美国普林斯顿的高等研究院参加爱因斯坦主持的关于相对论的研论班，成为中国唯一在爱因斯坦身边长期从事相对论研究工作的学者。研讨班结束后，周特意到爱因斯坦家中话别，并在书房为爱因斯坦拍照留念。后来，周的女儿问周："当时你为什么不跟爱因斯坦合个影呢？"周答："他是这么伟大的人，我怎么可以随便和他照相？"

◇ 西南联大时期，周培源每天冒着空袭的危险，风雨无阻，前往校园为学生上课。当时，他放下研究了十几年的相对论，毅然转向了应用价值较大的湍流理论。多年以后，有人询问周这次学术转向的缘故，他说："当时我认为相对论不能直接为抗战服务。作为一个科学家，大敌当前，必须以科学挽救祖国，所以我选择了流体力学。"

◇ 周培源每次出国开会，都要在经费上精打细算，多坐巴士少打的。他85岁时，去德国开会，住在德国一家小旅店，为了少交一天住宿费，不顾旁人劝阻，中午退房，然后坐在街头长椅上，困得打盹，回国后反向财务部退款。

◇ 1928年，傅鹰的博士论文在美国宣读以后，得到好评。美国一家化学公司立即派人以优厚的待遇聘请他去工作，他和同在美国留学的女友张锦商量之后谢绝了，决心回到祖国去。他们认为："我们花了国家许多钱到外国留学，现在若是留下来为美国做事，对不起中国人。"1929年，他应东北大学之邀，先离美返国。当乘坐的轮船航行在太平洋上时，傅鹰填词一首，赠给仍在美国伊利诺伊大学攻读有机化学博士学位的张锦，其中有一句是："待归来整理旧山河，同努力！"

◇ "文化大革命"时期，军宣队命令傅鹰"批孔"，傅回答说："再过几年，现在这些批孔老二的文章就没人看了！我从小念孔夫子那一套，不觉得有什么错。"

◇ 1931年，江泽涵谢绝普林斯顿大学的著名拓扑学大师 S. Lefschetz 教授的诚聘而回国，原因是江认为不能"只口喊科学救国而无自己要赶超世界水平的雄心壮志"。江回国的目标是使拓扑学在中国生根发展，团结同事共同奋斗，"期以五十年，一定要使中国也跻身于国际现代数学之林"。

◇ 1991年9月，北京大学数学系决定设立江泽涵奖学金，江泽涵以他和夫人的名义捐赠5万元作为奖学金基金。当年12月，江写信给北大数学系，他在信中说："我已年近九十，难以再从事数学工作，我寄希望于青年们：青出于蓝而胜于蓝，自强不息，为祖国的数学事业，发挥聪明才智。我意在九十岁时，检点自己平生积蓄，尽个人薄力，来支持和勉励学生的学习和研究。"

◇ 1958年，北大西语系掀起了一股"批判西方资产阶级文学"的热潮。各个专业都忙着拟定自己的"重点批判对象"。德语专业的五个年级的一百多位师生集中在民主楼楼上的一间大教室里，一致提名将歌德作为重点批判对象。主持会议的冯至却以深沉而诚恳的语调说："同学们，你们现在还不知道，歌德在德国人民的心目中具有多么崇高的威望！如果我们批了歌德，会伤害德国人的民族感情的。"听得师生个个目瞪口呆，会场上久久鸦雀无声，"大批判动员大会"最后不了了之。

◇ 周一良经常说：自己平常最服膺的是孔子"吾道一以贯之"的"忠恕之道"。他自己在平时也亲身躬行，无论对师长、对朋辈、对后学弟子均待之以诚，蔼然有古人之风。80年代末，周与赵和平合写《敦煌写本书仪研究》。周不顾年事已高认真审阅书样。书将付梓时，赵要署上周的大名。周认为这些事是一名师长应该做的，执意不允。周最后说："你现在不用靠我，可以自己打天下了。"

◇ 早年受惠于傅斯年的邓广铭，在晚年时曾多次动情地对学生谈道："傅孟真（斯年）先生提携年轻人真是不遗余力的哟！""文化大革命"结束后，邓便把很大一部分精力用来培养史学新锐，不遗余力地提携年轻人。1982

年他创办北京大学中国中古史研究中心时，提出了十六字方针："多出人才，多出成果；快出人才，快出成果。"晚年他在为《邓广铭学术论著自选集》所作的自传中写道："此中心培育出许多杰出学人，在学术上做出了突出贡献，这是我晚年极感欣慰的一桩事。"

◇ 邓广铭和他的学生张希清合作整理司马光《涑水纪闻》，书由中华书局列入唐宋史料笔记丛书，并于1989年9月出版。在该书的点校说明中，邓明确说：《涑水纪闻》由张希清校勘，书末所附《温公琐语》由张希清辑校，全书的标题拟制、次第编序、人名索引也一律由张希清完成。绝不掩人之功，掠人之美。

◇ 1997年，河北教育出版社补贴资金出版了《庆祝邓广铭教授九十华诞论文集》，并以此为条件，商定出版邓广铭的全集，但因邓与人民出版社早有出版《王安石》修订本的约定，遂影响到全集的出版。邓当时首先想到的是，如果全集不能由河北教育出版社出版，他将欠下出版社一份情，这使他感到沉重的压力，如何清偿此事，就成了他心头一块大病。在1997年10月写给河北教育出版社编审张惠芝的信中，他提出全集仍希望交给该社出版，但必须等他把四部传记全部改完；如果出版社不同意这个方案，"我在有生之年必须对贵社印行我的《九十祝寿论文集》做出报答，那么就请贵社把印制这本论文集的费用清单告诉我，我将在半年之内分两期全数偿还贵社。我今年九十一岁，我的人生观点就是绝不在去世之时，对任何方面留有遗憾，不论是欠书、欠文还是欠债，这样我可以撒手而去，不留遗憾在人间"。

◇ 有人问张岱年是否曾对学生发火，张回答说："不多，但也有几次。这说明我的修养还不够，还得加深修炼。"

◇ 有人向张岱年请教应当怎样为人处世，张回答："做人，应有独立的人格，同时还要有对国家对社会的责任心，这种责任心不仅仅是爱国，还要时刻想着对社会尽一定的义务。为人处世,不要老想自我,功名利禄如过眼烟云,可有可无。"

◇ 千家驹素以直言不讳著称。党的十一届三中全会后,千家驹以全国政协委员、常委和民盟中央副主席的身份重返中国政治舞台。1988 年 4 月全国政协七届一次会议上,千作了《关于物价、教育、社会风气问题》的发言,针砭时弊,慷慨陈词,言辞犀利,激起人们的同感与共鸣。30 分钟的发言博得全场 31 次热烈鼓掌。千的发言播出后,收到一千多件来信,有人赋诗称赞他"白头岂敢忘忧国,唱出丹心正气歌"。对此,千自己说:"我已年近八十,可以优哉游哉,息影林泉,但感于'国家兴亡,匹夫有责'之义,所以不自觉地又说这些逆耳的废话。古人云:'知我者谓我心忧,不知我者谓我何求?'余岂好辩哉,不得已也。"千生前还多次呼吁人大代表、政协委员要"多纳忠言,少唱颂歌",要说真话,讲真理,不要追逐名利乌纱。

◇ 1932 至 1935 年,范长江在北大哲学系学习期间,除认真读书以外,还十分关心国事。一次,在上伦理课时,范向授课教授提出了两个问题,请求回答。一是当时全国人民要求抗日,而国民党政府不抗日,怎么办?主张抗战的是善还是恶?二是一个人肚子饿了,自己又没钱,铺子里却堆满食物,能不能拿来吃?教授回答说:这不是哲学的事,哲学主要是为了弄明白各学派的情况,不是解决实际问题的。这一答复让范颇感失望,从此决定走出书斋,投入到现实的抗战中去,最终成为著名的新闻记者。

◇ 20 世纪 30 年代末,许宝騄在英国留学,当时共有三个中国人和三个日本人在那里学习统计学。许说:"我们三个中国人比日本人强多了。那时日本已侵略中国,我们想,在统计、概率方面,我们将来回国后,一定要把它搞好,超过日本人,当时很有信心。"这种以学术报国的想法成为指导他一生学术研究工作的准则。即使在"文化大革命"时,他已病在床上，还对探望他的亲友说："我身体不行，不能动了，但我的头脑还是很清楚的，我还可以用脑子为祖国服务。"

◇ 季羡林在德国留学期间，正值法西斯统治时期，求学条件殊为不易，但他仍忍饥挨饿，发奋学习希腊文、拉丁文、梵文、吐火罗文、巴利文，研读梵语佛教经典。留学期间，他的功课门门得优。当毕业论文胜利通过时，他的感受是："我没有给中国人丢脸，可以告慰亲爱的祖国。"

◇ 季羡林的几位弟子编《季羡林文集》，在前言的初稿中称季为"国学大师""国宝级学者""北大唯一终身教授"。季看后要求删去，并说："真正的大师是王国维、陈寅恪、吴宓，我算什么大师？我生得晚，不能望大师们的项背，不过是个杂家，一个杂牌军而已，不过生得晚些，活的时间长些罢了。是学者、是教授不假，但不要提'唯一的'，文科是唯一的，还有理科呢？现在是唯一的，还有将来呢？我写的那些东西，除了部分在学术上有一定分量，小品、散文不过是小儿科，哪里称得上什么'家'？外人这么说，是因为他们不了解，你们是我的学生，应该是了解的。这不是谦虚，是实事求是。"

◇ 季羡林经常讲："没有新意，不要写文章。""鹦鹉学舌，非我所能；陈陈相因，非我所愿。"1998年，程郁缀担任北大社会科学部部长，季已80多岁。当时学校文科机构经常召开各种学术会议，程常请季出席讲话。没有特殊情况，季总会应邀参会，每次讲话都不长，控制在十分钟到一刻钟左右；而且每次讲话中都有几句他自己的想法和见解。有一次，程拜访季时说："季老，人们说您可以称得上'三必先生'了。"季闻言不解，程解释道："所谓'三必'，即您每会必到，每到必发言，每发言必有新意。"季笑了笑，对程说："前两点勉强称得上，第三点实在不敢当。"

◇ 北大长期流传着一段关于季羡林给新生看行李的佳话：某年9月初，北大新学期开始。一位新生带着一大堆行李来报到，实在太累，又要去办入学手续，就把行李放在地上。正在发愁之际，刚好走来了一个衣着极为朴素的老人，样子亲切和蔼，就像个老校工。这名新生便上前说："老同志，给我看一会行李好吗？"老人爽快地答应了。那位新生则轻装去办理手续。近一个小时过去后，新生归来，老人还在静静地看守着。新生谢过老人，两人分别。直到北大开学典礼时，那位新生才惊讶地发现，主席台上就座的北大副校长季羡林，正是那天替自己看行李的老人。

◇ 1946年，侯仁之前往英国利物浦大学攻读历史地理学方向的博士学位。他在给夫人张玮瑛的信中这样描述他第一年的紧张生活："我现在每周换三个人：第一个'我'是大学一年级的fresher（大一新生），从星期一到星期五上午，到学校读书上课，做制图实习；第二个'我'是研究院的'博士待位生'，从星期一到星期五下午与晚间，在宿舍做个人的研究工作；第三个'我'是《益世报》的驻英通讯员，星期六读一周报纸杂志和做参考笔记，星期日用整天写通讯。"

◇ "文化大革命"期间，因为曾为吴晗主编的"历史小丛书"写过徐霞客的传记，侯仁之成了"三家村干将"，饱受批判乃至殴打。虽然处境异常困难，但侯在"文化大革命"期间始终没有乱供、错供过任何人。这让他的儿女至今为之骄傲。侯的长女侯馥兴评价其父说："他留下的是清白和正气！"

◇ 侯仁之因为年迈，无法亲自上街去买扫院子用的大竹扫帚，遂托总务处的老师代为购买。一天，总务处的老师送来扫帚，道别后，侯又追出门去，向那位老师说："我眼睛患有白内障，视力衰退，以后见面不一定能认出您，请您见谅……"

◇ 王竹溪指导弟子王正行翻译海森伯的《量子论的物理原理》，译作出版之前，出版社建议请王竹溪写篇序文，他断然回绝："海森伯是大科学家，我没有资格给他的书写序。"

◇ 周祖谟待人礼貌十分周全，骑自行车在校内外行驶，遇见学生向他敬礼，一定下车和学生热情握手，寒暄几句，这一做法在北大极为少见。其弟子白化文曾多次建议他不必如此，周答以"习惯了"，并教育白要养成讲礼节的好习惯。白说："从此我努力跟老师学各样的礼节礼貌，并竭力使之成为习惯，自觉于转化气质作用极为得力。"

◇ 阴法鲁晚年住在中关园，住处局促，又堆满了藏书，在朋友的再三劝说下，阴写了分房申请。申请刚递交上去的第三天，阴又亲自送去这样的信函："现在的青年教师住房很紧张，还是把更多机会留给他们吧。"

◇ 1938年任继愈从北京大学毕业后，又考入北京大学文科研究所，师从汤用彤、贺麟等先生。从1942年起，任开始在北大哲学系任教，开始了他22年的教学生涯。任教期间，任将自己的一间书房命名为"潜斋"，并解释说："那是要以打持久战的抗战精神潜下心来读书、研究学问。"

◇ 晚年的任继愈曾请人制了一枚印章，上镌六字："不敢从心所欲。"还给自己定了三个规矩："不过生日、不赴宴请、不出全集。""不过生日，是因为既耽误我的时间，也耽误别人的时间。""不赴宴请，是有些倚老卖老啦。……怕耽误时间，再说，那些场面上的客套话我也说不全。""不出全集，是因为我自己从来不看别人的全集。即便是大家之作，除了少数专门的研究者，其他人哪能都看遍？所以，我想，我的全集也不会有人看。不出全集，免得浪费财力、物力、耽误人家的时间。"

◇ 晚年的任继愈一旦谈到自己，都会强调，与他人相比，自己并非出类拔萃者，都是机遇："如果没有社会的培养，就没有个人的成才。我从不觉得自己有什么了不起，不能把功劳记在我自己的名下。我四十多岁的时候编《中国哲学史》，当时恰好找到我，如果找到别人，也一样能编出来。如果我就此忘乎所以，以为我就是了不起的哲学家了，这和我的实际情况不符。"

◇ "文化大革命"时，黄昆是二级教授，每个月有285元钱的工资，他把200元都交了党费。他在生活上要求很低，衣着极为普通，曾被看作是校园里最像工人的教授。黄昆在学术上却要求很高。一次，一位副教授评教授职称，大多数学术委员同意，黄却直说，给他个副教授就不寒碜了。

◇ 1988年，在一次学术会议期间，福州大学校长黄金陵与徐光宪同住一室。会议闭幕的前一天晚上，徐写致辞写到很晚。因为怕打扰黄休息，徐特意搬了一张小凳子放在洗手间，借助微弱的灯光俯首疾书。黄半夜醒来看到此景，大为感动。

◇ 徐光宪获得国家最高科技奖的奖金为500万元，其中50万元归个人所得，另外450万元可由他用作自主选题的科研经费。对于如何支配这笔奖金，他非常认真地说："我自己的钱已经够花了。""我得的奖是集体的工作成果。我已经跟大家说好了，包括那50万元在内，500万元全部都拿出来。几个研究团队要好好商量，怎么分配使用这些经费。经费要以稀土为主，要全部放在几个课题组和国家重点实验室……"

◇ 法律史学家饶鑫贤提携后进不遗余力。2001年，有一位外地学生想考北京大学法学院中国法律思想史专业的研究生，不知道饶已经不再招生，依然写信向饶打听招生情况，年近80岁高龄的饶拄着拐杖不辞辛劳到北大研究生院找到招生简章，并亲自给他邮寄过去。

◇ 彭瑞骢生于20世纪20年代，1940年考入北京大学医学院。彭在青年时代就特别关注社会现实，关注民生疾苦。1947年，他与方亮、王光超等人在北京公主坟附近的什坊院村办起了保健院，组织北医师生轮流为附近农民义诊。其间，彭目睹了农民饱受病痛之苦和贫困的折磨，坚定了为大多数人服务的理念。从医70多年，无论身处顺境还是逆境，彭都坚定不移、勇往直前，他曾这样寄语北大医学生："'无德不医。'学校只能教育你认识是非，但是社会太复杂了。你要是想拿学医当敲门砖去赚钱的话，那就别来学医，此路不通。"

◇ 邓稼先 1941 年考入西南联合大学物理系。1950 年夏天，在美国取得博士学位后，毅然回国。同年国庆节，在北京外事部门的招待会上，有人问他从国外带了什么回来？邓说："带了几双眼下中国还不能生产的尼龙袜子送给父亲，还带了一脑袋关于原子核的知识。"

◇ 一次原子弹爆炸试验失败后，为了找到真正原因，必须有人到原子弹被摔碎的地方，去找回一些重要的部件。邓稼先说："谁也别去，我进去吧。你们去了也找不到，白受污染。我做的，我知道。"然后就穿了件简易的防护服，走进原子弹摔碎的地区，很快找到了核弹头，用手把它捧着，走了出来。最后证明是降落伞的问题。就是这一次，强烈的射线严重地损害了邓的身体。1985 年，倒在病床上的邓对妻子和当时的国防部长张爱萍将军平静地说："我知道这一天会来的，但没想到它来得这样快。"

◇ 邓稼先生前，曾有不少人问他："原子弹成功后，你得到多少奖金？"邓总是笑而不答。直到 1986 年 6 月邓病危时，杨振宁到医院去看望，提起此事。邓才说："原子弹 10 元，氢弹 10 元。"杨又问："不开玩笑？"邓回答："是真的，不开玩笑。"并解释说：1985 年颁发原子弹特等奖的奖金总数是 1 万元，单位里平均分配，按 10 元、5 元、3 元三个等级发下去，邓拿的是最高等级的奖励。邓去世后，国防科技成果办公室曾经追授奖金 3000 元给邓，邓的家属又把这些钱全部捐给了九院的科技奖励基金会。

◇ 1986 年 7 月 29 日，邓稼先去世。在生命的最后时刻，邓对妻子许鹿希说："假如生命终结后可以再生，那么，我仍选择中国，选择核事业。"临终前仍然念念不忘希望国家在尖端武器方面继续努力，并殷切叮嘱："不要让人家把我们落得太远……"

◇ 丁石孙是一位"不把自己当校长的北大校长"。2006 年，中央电视台《大家》栏目主持人曾问已经 80 岁的丁石孙："您怎么评价您在学校当校长？"丁说："最得意的一点就是我当了多少年校长，学校里没有人认为我是校长。"主持人有些诧异地问："没人认为您是校长？"丁又回答说："谁也不把我看成一个非常重要的人物，这是我很大的成就。"在学生们的印象里，丁总是穿一件洗得发白的蓝色或灰色衣服，骑一辆旧自行车，穿行在校园里。有人想找他说话，直接把他的自行车拦下来就是。丁的电话号码也是公开的。有学生觉得食堂太难吃，便直接打电话到他家里臭骂他一顿，让他自己去食堂尝尝。他并不生气，而是进行了食堂改革。

◇ 金开诚在北大任教时，特别重视教学工作。年龄大了以后，有时讲完一堂课回到家，累得再也站不起来了，家里人都劝他放弃，他却一再拒绝，乐在其中。金常说："如果我讲的一两句话能让学生们受用一生，我也就无憾了。"

◇ 1975 年，王选为了掌握国外激光照排领域的研究现状和发展动向，常常挤公共汽车到科技情报所查阅外文资料，车费是二角五分。为了省五分钱，他就提前一站下车，走过去；常常靠手抄资料来节省复印费。当时他没有课题经费，每月工资只有 40 多元，还是多年的老病号，条件艰苦，可想而知。经过几年的努力，在 1979 年 7 月，汉字激光照排系统的原理性样机终于研制成功。后来，王选说："从 1975 年到 1993 年这 18 年中，我一直有种'逆潮流而上'的感觉，这个过程是九死一生的，哪怕松一口气都不会有今天的成功。"

◇ 王选主持研发的汉字激光照排技术成功后，名气越来越大，被人们誉为"当代毕昇"。他很不同意，多次说："'当代毕昇'是一个集体！"他常对夫人说，工作是大家一起做的，我已经得了不少荣誉，但好处不能只归我们。

◇ 王选说，有的候选人为了评院士，就通过"公关"的方式去送礼，这是一种不正之风。面对这种情况，王选说他有自己的绝招："候选人和单位领导一起来家里，送来候选人材料和礼物。我对他们说，'今天我只能收一样东西，你们看留下哪样好呢？结果他们只有老老实实把礼物拿走，把材料留下'。"

◇ 晚年的王选，从不以学术权威自居，始终以提携后进为己任。他常说，"伏枥老骥"，最好是用"扶植新秀、甘做人梯"的精神实现自己"志在千里"的雄心壮志，今后衡量自己贡献大小的一个重要指标，就是发现了多少年轻才俊。他说："计算机这类新兴学科，年轻人具有明显的优势，我们应该重点支持尚未成名的、有才华、有潜力的小人物，为他们创造平等、和谐、有利于他们发展的好环境。"

◇ 2000年，王选患病以后，曾写下一份遗愿。其辞为："人总有一死。这次患病，我将尽我最大努力，像当年攻克科研难关那样，顽强地与疾病斗争，争取恢复到轻度工作的水平，我还能为国家做一些力所能及的事情。一旦病情不治，我坚决要求'安乐死'，我的妻子陈堃銶也支持这样做，我们两人都很想得开，我们不愿浪费国家和医生们的财力、物力和精力，并且死了以后不要再麻烦人。我对方正和计算机研究所的未来充满信心，年轻一代务必'超越王选，走向世界'，希望一代代领导能够以身作则，以德、以才服人，团结奋斗，更要爱才如命，提拔比自己更强的人到重要岗位上。我对国家的前途充满信心，21世纪中叶中国必将成为世界强国，我能够在有生之年为此做了一点贡献，已死而无憾了。"

◇ 何芳川工作时十分投入，有时还很容易动感情。在任北大副校长期间，在学校学术委员会的会议上，在讨论"211"和"985"项目时，每当他要发言，总是先举手，对主持会议的许智宏校长说："校长，诸位，芳川有本上奏。"然后，他便就北大文科的发展大计说下去了。说到激动时，他声音哽咽，眼里流出泪水，听者无不动容。

◇ 李小凡回忆自己在北大上的第一课由王力讲授,"当时王力先生告诫我们,'做人第一,学问第二',有什么样的人生态度,就会有什么样的治学态度"。从那时起,李就把"老老实实做人,认认真真做学问"作为自己的人生准则。2014年11月,李在接受《人民日报》记者采访结束后,记者拿出《北大中文系第一课》一书,翻到他的讲课实录《老老实实做人,认认真真做学问》,请他签名。他思忖片刻,写下了这样一句话:"教师的第一职责是培养学生。对教师来说,课比天大,其他都是次要的。"

◇ 1951年,屠呦呦考入北京大学医学院,毕业后分配在卫生部中医研究院工作。20世纪60年代,在氯喹抗疟失效、人类饱受疟疾之害的情况下,屠呦呦接受了国家疟疾防治研究项目"523"办公室艰巨的抗疟研究任务。1972年,在经历了190多次的失败之后,屠带领的团队终于成功提取到了青蒿素。迄今为止,以青蒿素为基础制成的复方药已经挽救了全球数百万疟疾患者的生命。2015年10月,屠获得诺贝尔生理学或医学奖,因此而成为第一位获得诺贝尔科学奖项的中国本土科学家。面对这份至高的荣誉,屠说:"青蒿素是人类征服疟疾进程中的一小步,也是中国传统医药献给人类的一份礼物。""作为科学工作者,得到诺贝尔奖是一个很大的荣誉。青蒿素及其衍生物的研制成功,是当年研究团队集体攻关的成绩。青蒿素的获奖,是中国科学家群体的荣誉。"2016年,屠拿出诺贝尔奖奖金中的100万元人民币捐赠给北京大学医学部设立"屠呦呦医药人才奖励基金",又把100万元人民币捐给中国中医科学院成立创新基金,激励更多的年轻人参与到中医药科研中去。

◇ 崔之久是新中国培养的第一代杰出地貌学家,在北京大学读研期间,全国总工会组建贡嘎山登山队,招募研究地质、气象和冰川的人才,他毅然报名参加。贡嘎山是一座极为危险的雪峰,而当时国内有关冰川和高寒地区的知识十分匮乏。在攀登过程中,登山队遭遇了雪崩、风暴、滑坠、冻伤等一连串的考验,相继有四位队友不幸牺牲。面对九死一生的恶劣环境，崔坚持完成了此次"死亡攀登"的任务，并在回校之后发表了国内第一篇研究现代冰川的论文《贡嘎山现代冰川的初步观察》，文章的副标题是"纪念为征服贡嘎山而英勇牺牲的战友"。这篇论文后来成为《地理学报》创刊以来被引用最多的文章之一。崔之久在 25 岁时，就被冰川吞噬了右手五个手指和两个脚趾，损伤了面部神经，落下了严重的雪盲后遗症。但他说，从未想过放弃研究冰川："我怕死，我怕死在病床上，我怕死得不值得，我应该像一个勇士，死在去科考的路上，死在冰川上。"

◇ 程郁缀任北大社会科学部部长期间，负责全校文科院系的科研工作，公务繁忙，责任重大，白天必须全身心投入。自己备课和写作，只能利用"三余"时间。程解释说，"三余"指：夜晚乃一日之余，双休日乃一周之余，寒暑假乃学期之余。因此，程将自己的书斋戏称为"三余斋"。当时他还说，退休乃人生之余，届时将改为"四余斋"。

气节第三

　　气节者,骨气与节操也。士人之德,气节为本。读书人要爱惜自己的羽毛,在关涉国家民族大义、学术真理、人格尊严等问题上,来不得半点马虎,不容有丝毫的苟且与宽假。先贤曾云:"临大节而不可夺。"金无赤金,人无完人,诸位先生或许在细微之处尚有一二瑕疵,但在面临人生的重大抉择时,能够做到大节不失,有底线、有操守、有风骨,实不愧书生本色。在今日学人的学术生涯中,这样的问题依旧处处可见,时刻都在拷问着读书人的"底线原则"。在这一方面,先生们"岁寒然后知松柏之后凋"的凛然风骨,及"大事不糊涂"的人生智慧,为我们树立了标杆与典范,值得永远仰慕和追随。

◇ 孙家鼐任京师大学堂管学大臣时,延聘美国人丁韪良为大学堂西学总教习。德、意两国大使知道后,强求大学堂也聘请两国人为教习,声称只有这样,才于中国大局,"实为幸甚"。孙知道后,严词驳斥说:"查中国开设大学堂,乃中国内政,与通商事体不同,岂能比较一律。德国、意国大臣,似不应干预。"

◇ 袁世凯称帝前,请林纾写"劝进表",并邀林当高级顾问,林严词拒绝:"将吾头去,吾足不能履中华门也。"

◇ 1915年,袁世凯加紧推进复辟帝制活动,策动军阀官僚和御用文人拼凑各种各样的请愿团体,上书国会要求改变国体,拥戴他当皇帝。袁先封北大校长胡仁源为中大夫,又授给北大一些教授四等、五等"嘉禾奖"。其子袁克定派人游说胡率领北大教授上书劝进,遭到胡和北大教授的拒绝。史载其事曰:"仁源本诸教授之意持不可,谢使者。大学遂独未从贼。"

◇ 辜鸿铭学成归国初期,国学根基不能服众。一代鸿儒沈曾植还当众羞辱辜:你说的话我都懂,你要懂我的话,还须读二十年中国书。经此种种刺激后,辜鸿铭便发愤用功,自号"汉滨读易者",沉潜于中国典籍,博综兼览,积有岁年,学以大成。十数年后辜再问沈曾植:"请教老前辈,哪一部书老前辈能背,我不能背,老前辈能懂,我不懂?"

◇ 五四运动爆发后,蔡元培为抗议政府镇压爱国学生而辞职。在《不肯再任北大校长的宣言》中,蔡称:"我绝对不能再作不自由的大学校长:思想自由,是世界大学的通例。德意志帝政时代,是世界著名开明专制的国,他的大学何等自由。那美、法等国,更不必说了。"

◇ 蔡元培平日恬淡从容,无论对待达官贵人或引车卖浆之流,态度如一,但遇大事则刚强不肯苟同。蒋梦麟说蔡是"白刃可蹈之中庸,而非无举刺之中庸"。他任北大校长期间,因经费不足,就由校务会商定征收部分讲义费。部分学生不肯交讲义费,还聚集起来包围红楼,来势汹汹要求免费,还要寻找提出此项意见的事务主任沈士远算账。蔡闻声挺身而出,对学生解释说:"收讲义费是校务会决议的,与沈先生无关,我是校长,有理由尽管对我说。"学生仍不让步,呼喊着要找沈,蔡也大声呼道:"我是从手枪炸弹中历练出来的,你们如有手枪炸弹不妨拿出来对付我,我在维持校规的大前提下,绝对不会畏缩退步!"部分学生闻言仍不后退,于是蔡就站在红楼门口,怒目挥拳,大声喊道:"你们这班懦夫!有胆的就站出来与我决斗。如果你们哪一个敢碰一碰教员,我就揍他。"包围蔡的学生看到平日性情温和的蔡发怒了,知道校长不会妥协,便纷纷后退散去。

◇ 1924年，北京文化界的爱国人士鉴于敦煌珍贵文献仍被继续劫掠外运，便组织"敦煌经籍辑存会"，从事搜集整理工作，并阻止敦煌珍品的继续外流。陈垣在辑存会担任采访部长，他将北平图书馆藏敦煌经卷8000余轴，分辨类别，考订同异，编成《敦煌劫余录》。"劫余"二字，取其历劫仅存之意，在序言里提到"匈人斯坦因、法人伯希和相继至敦煌载遗书遗器而西，国人始大骇悟"，当时有朋友劝他在序中不要直接提名，因为他们来中国，在学术界集会上彼此还常见面；而且"劫余"两字太"刺激"，建议改一名称。陈说："用'劫余'二字尚未足说明我们愤慨之意，怎能更改！"

◇ 抗战时期，陈垣身处北平沦陷区，和革命抗敌的后方完全隔绝，环境日渐恶劣，生活日渐艰难。手无寸铁的陈，发愤以教导学生为职志，并和几位志同道合的老先生著书、教书越发勤奋。其时，陈曾语重心长地说："从来敌人消灭一个民族，必从消灭它的民族历史文化着手。中华民族的历史文化不被消灭，也是抗敌根本措施之一。"他告诉学生启功："我们要做的是，在这个关键时刻，保住我们中华民族的文化，把这个继承下去。你我要坚守教书阵地，只管好好备课、教书，这也是抗战！"

◇ 陈垣在《通鉴胡注表微》中认为：民族意识是对外而言的；内战，起作用的则是民心的背向。当国民党撕毁停战协定，发动内战后，他就反复说明民心的重要，并判定国民党大失民心。有一次他给学生柴德赓写信说：在抗战胜利后的一个元旦团拜会上，陈诚说北京这地方没有一点民族意识，其他人听了都没有反应。陈闻言十分气愤，便站起来反驳说："陈部长，你过去来过这里没有？我们在日本人统治下进行斗争，你知道吗？可惜你来得太迟了！"于是愤然离席，并说今后再也不参加这种集会了。

◇ 1916年，袁世凯称帝，时任北大文科教授的马叙伦愤然说："是不可以久居矣。"即日离职而去，一时有"挂冠教授"之称。之后从事民主运动，马也不惜身家性命。

◇ 袁世凯称帝之前，黄侃之师刘师培位列"筹安会"六君子之一，为袁称帝积极奔走。1915年，刘曾借研究学术之名，在北京召集学术界知名人士开会，动员大家拥戴袁称帝，黄位列其中。其他到会者慑于袁的淫威，又碍于刘的情面，彼此面面相觑，默不作声。只有黄一人起立，怒目而视，怒斥刘："如是，请刘先生一身任之！"说完拂袖而去，其他与会者亦随之而散。刘原以为黄作为自己的学生，一直对自己极为尊重，届时一定会带头捧场，没想到黄如此激烈反对，让他十分狼狈。章太炎知道此事后，对黄大加称赞，曾有"是时微季刚，众几不得脱"的评价。

◇ 袁世凯筹谋称帝，因黄侃名气甚大，并准备授予黄一等金质嘉禾勋章，授意黄侃为他写"劝进书"。黄鄙视袁的为人，因而拒之，并作诗歌嘲讽此事说："二十饼金真可惜，且招双妓醉春风。"（据言当时一枚嘉禾勋章值二十金）后章太炎因反对袁世凯复辟称帝，被袁世凯软禁。黄得知后，冒生命危险与老师同居，一面侍奉，一面与老师日夜论学。

◇ 黄侃最厌趋炎附势。民国时，其同盟会故友多系显贵，黄耻与往来。唯有居正当时受蒋介石软禁，形单影只，不胜苦楚，旁人躲之不及的时候，黄却常至居正囚地，与其谈心解闷。后来居正东山再起，复登高位之后，黄竟一次也未去过居正家中。居正念及旧情，亲赴黄家中，问其为何不再来家中交谈。黄正色答道："君今非昔比，宾客盈门，权重位高，我岂能作攀附之徒！"

◇ 五四运动爆发后，蔡元培被迫辞职，当局欲找一些北大的旧派人物写些落井下石的文章。一向大骂新派的黄侃就成了当局拉拢的重点人物之一。孰料黄却毅然站在了挽留蔡元培的行列。他对人说："余与蔡子民志不同，道不合，然蔡去余亦决不愿留。因环顾中国，除蔡子民外，亦无能用余之人。"

◇ 九一八事变发生，黄侃拍案作《勉国人歌》："四百兆人宁斗而死兮，不忍见华夏之为墟。"

◇ 1932年，陈独秀被捕入狱，他在狱中书赠画家刘海粟条幅："行无愧怍心常坦，身处艰难气若虹。"当时的国民党军政部长何应钦曾请他写字，陈提笔写了"三军可夺帅也，匹夫不可夺志也"相赠。据陈当年的友人回忆，陈还给一名侦缉队长写过字，内容为"还我河山"和"先天下忧"两条横幅。

◇ 七七事变后，日本飞机轰炸南京，陈独秀所在的监狱被炸。陈的学生陈中凡得知后，同胡适、张伯苓等人联合保释陈，国民党政府的条件是，除人保以外，还需本人提交"悔过书"。陈听后，勃然大怒，说："我宁可炸死狱中，实无过可悔。"并且拒绝人保，说："附有任何条件，皆非所愿。"

◇ 抗战时期，胡适、汪孟邹建议陈独秀去美国写自传，不料生活极为困顿的陈拒绝了二人的好意，说："鄙人生活很简单，没有什么传奇的东西，不用去美国写自传，我是一个中国人，若是写自传，在中国也能写。"

◇ 陈独秀晚年寓居四川江津一个小山村中，生活极为穷困。他在北大的很多朋友和学生如胡适、罗家伦、傅斯年等，到四川来时，必定专程去看望他。看到他家徒四壁，不免要想资助。陈反而气愤地说："你们把我当乞丐施舍吗？我挑明了说，即使我穷死饿死也不会收的。"陈的学生、国民党中央秘书长朱家骅赠他5000元，他当即拒绝。朱又托张国焘转赠，陈将钱原封退回，并写信斥责说："请你以后不要多事！"

◇ 李大钊被捕后，受尽酷刑，经常昏死过去，但他每次醒过来，总是说一句话："我李大钊是共产党，别的一概不知。"临刑时，李毫无惧色，第一个走上绞架，发表著名的演说："不能因为你们今天绞死了我，就绞死了伟大的共产主义！我们已经培养了很多同志，如同红花的种子，撒遍各地！我们深信共产主义在世界、在中国，必然要得到光荣的胜利。"最后高呼："中国共产党万岁！"从容就义，年仅 38 岁。

◇ 邵飘萍撰文抨击张作霖，张又恨又怕，汇款 30 万元收买邵。邵将银钱悉数退还，抨击张的火力不见减弱，反而增强。邵对家人说："张作霖出 30 万元收买我，这种钱我不要，枪毙我也不要！"

◇ 黎元洪任大总统期间，曾颁发给胡适勋章一枚。胡在报上刊登启事："4 月 5 日的《益世报》上登出新发表的大批勋章，内有'胡适给予三等嘉禾章'的一项，我是根本反对勋章、勋位的，如果这个胡适是我，还是请政府收了回去罢。"

◇ 1907 年，钱玄同在日本师从章太炎，受反清排满思想的影响，加入同盟会，同时改名"夏"。因"夏"在《说文解字》中解释为"中国之人也"。后因研究今古文经而对古籍大胆质疑，遂启用"疑古"别名，著文题签，常署"疑古玄同"。后因痛恨日本侵华，又于 1938 年恢复旧名"钱夏"，改"疑古"为"逸古"，表示绝不为日本人做事，不做顺民。在与朋友谈话中涉及日本时，都以"我们的敌人"代指。

◇ 九一八事变以后，钱玄同满腔孤愤，抑郁难语，拒绝参加一切宴会，还作《酒誓》，表示绝对戒酒。他说："缘国难如此严重，瞻念前途，忧心如捣，无论为国为家为身，一念忆及，便觉精神不安，实无赴宴之雅兴也。"抗战全面爆发后，钱因病未能南下避难，他托人给南下的旧友亲朋带话说："只有一句话，告诉他们说钱玄同绝不做汉奸就好了！"

◇ 1938 年，熊十力居重庆璧山，常对学生讲授民族历史，并以气节相勉励，说："日本人决不能亡我国家，决不能亡我民族，决不能亡我文化。"

◇ 20世纪40年代，熊十力在重庆北碚郊区的勉仁书院任职，生活极为清苦。某日，熊的学生徐复观从重庆赶来看他，徐当时已在蒋介石侍从室任职，同时给熊带来了一张百万元的支票，并告诉他是蒋介石送的。熊闻言大怒，满脸怒气地将徐复观赶走了事。1946年，蒋介石又先后两次赠巨款，资助熊筹办研究所，熊均辞而不受，称："当局如为国家培元气，最好任我自安其素。"

◇ 刘文典任安徽大学校长时，发生学生风潮。蒋介石来到安庆，召见刘文典。见面时，刘称蒋为"先生"而不称"主席"，蒋很是不满。蒋要刘交出在学生风潮中闹事的共产党员名单，并严惩罢课学生。刘当面顶撞说："我不知道谁是共产党。你是总司令，就应该带好你的兵。我是大学校长，学校的事由我来管。"说到激烈处，两人互相拍桌大骂，一个骂"你是学阀"，一个骂"你是新军阀"。蒋介石恼羞成怒，当场打了刘文典两记耳光，并给他定了个"治学不严"的罪名，把他关进了监狱。据说，刘文典见蒋介石之前曾有豪言壮语："我刘叔雅并非贩夫走卒，即使高官也不应对我呼之而来，挥手而去！我师承章太炎、刘师培、陈独秀，早年参加同盟会，曾任孙中山秘书，声讨过袁世凯，革命有功。蒋介石一介武夫耳！其奈我何！"

◇ 卢沟桥事变后，刘文典未能及时撤离北平。日本人多次请刘出任伪职，均被他严词拒绝，因此惹怒了日本当局，其住宅连遭日军搜查，刘毫无惧色。先是，刘曾两度赴日留学，日语颇为流利，但在日寇面前，竟"以发夷声为耻"。他说："国家民族是大节，马虎不得，读书人要懂得爱惜自己的羽毛。"

◇ 1937年，北平沦陷后，敌伪"维持会"一再派人邀沈兼士为日方效力，均被沈逐出门外，称"我饿死也不给日本人工作"，并以"抗志斋"命名书房，表明心迹。与英千里、马衡、张伯驹、邓以蛰等人组织"炎社"，以明末顾炎武"天下兴亡，匹夫有责"相号召，从事秘密抗日活动。

◇ 卢沟桥事变后，北大、清华、南开三校师生相继南下。马裕藻因年迈和患高血压未能转徙内地。北大指定马裕藻、董康和周作人三教授留守，保管校产。日本侵略者曾数次命马的旧交周作人前来请马出山任教，马让幼子马泰拒之门外不见。周来的次数多了，最后马让马泰对周说："我父亲说了，他不认识你。"从此，周没有再来过。

◇ 抗战时期，马裕藻滞留北平。马的一位学生请其写些字，留作纪念。马沉吟了一会儿，不好意思地说："真对不起，现在国土沦陷，我忍辱偷生，绝不能写什么，将来国土光复，我一定报答你，叫我写什么，叫我写多少我写多少。"马的学生张中行说，马裕藻"爱国，有时爱到有近于宗教的感情。他相信中国最终一定胜利，而且时间不会很久"。学生每次去见马，他见面第一句话总是问："听到什么好消息吗？"1945年初，日夜期盼抗战胜利的马在病榻上喃喃地说："天快亮了，天快亮了。"当年4月，马抱憾去世。

◇ 1946年春，北平的一些文教界的知名人士，曾上书国民政府，为周作人在抗战期间出任"伪职"说情。他们请郑天挺教授在请求书上签名，遭到拒绝。郑说："在周任敌伪北大文学院院长时，也确实为学校图书馆弄来不少善本珍籍。但我觉得，一个教授应当有起码的民族气节。周曾任伪教育总署督办，这是不能原谅的。"

◇ 1944年，傅斯年在参政会上向行政院院长孔祥熙发难，揭发其在发行美金公债中贪污舞弊。会后，蒋介石亲自请他吃饭，为孔说情。席间，蒋问："你信任我吗？"傅答曰："我绝对信任。"蒋于是说："你既然信任我，那么就应该信任我所任用的人。"傅立刻说："委员长我是信任的，至于说因为信任你也就该信任你所任用的人，那么，砍掉我的脑袋我也不能这样说。"

◇ 抗战胜利后，傅斯年任北大代理校长，他认为"伪北大"教职员在国难当头之时为敌服务，于大节有亏，坚决不再任用。他认为："专科以上学校，必须在礼义廉耻四字上，做一个榜样，给学生们下一代看。"当时的北平报纸评论说傅对伪职人员"有一种不共戴天的愤怒"。

◇ 民国时期，金岳霖针对当时的国民党政治的腐败，对知识分子提出了"四大原则"：第一，希望知识分子可以经济独立。第二，希望知识分子不能把做官当职业，更不能做政客。即使参加宪法修议的大事，做完后依旧应该独立。第三，希望知识分子不能贪图发财致富。因为以此为目的，知识分子就会变成机器。第四，希望知识分子有独立的环境，有志同道合者的团结。他认为有这样的人去监督政治和改造社会，国家或许才有希望。

◇ 1946 年 5 月，爱国民主人士李公朴、闻一多相继在昆明被国民党特务暗杀。时为民盟秘书长的梁漱溟闻讯后勃然大怒，在接受媒体采访时说："我要连喊一百声'取消特务'，我们要看特务能不能把要求民主的人都杀完！我在这里等着他！"他表示：他本想退出现实政治，致力于文化工作，现在却无法退出了。梁冒着吃"第三颗子弹"的危险，代表民盟，专程赴昆明调查李闻惨案，他在群众大会上又痛斥国民党特务说，民主知识分子是杀不绝的，你们有胆量就朝我开枪，我不怕死。

◇ 冯玉祥聘请吴组缃做自己的国文教员，吴钦佩冯的抗日主张，欣然应允，但与冯有言在先："我拥护你抗日，就忠于你，忠于你就说真话，不说假话。说真话很难听，你要不高兴，就叫我卷铺盖走路。"

◇ 1946 年，冯友兰应邀到美国讲学。1947 年，人民解放军节节胜利，南京政权摇摇欲坠，共产党就要解放全中国。有些朋友就劝冯在美国长期居留下去。冯说："俄国革命以后，有些俄国人跑到中国居留下去，称为白俄。我决不当白华。解放军越是胜利，我越是要赶快回去。怕的是全中国解放了，中美交通断绝。"于是他辞谢了当时有些地方的邀请，于 1948

年回国。

◇ 1948年，顾颉刚被推选为中央研究院人文组院士。同年10月，该院召开首届院士大会，邀请他参加。对当时的学者而言，这是一个极大的荣誉，顾却拒绝出席，理由是："所欲有大于此者。"

◇ 曾昭抡自奉甚简，不修边幅，很有一副名士派头。在大学任教时常穿一件破破烂烂的蓝布大褂，脚拖两只已经破了跟的布鞋，不刮胡子，头发也很乱。据说，他在中央大学任化学系主任时，校长朱家骅有一次召集各系主任开会。曾来了以后，朱不认得，问他是哪一系的。曾答是化学系的。朱看他破破烂烂，就说："去把你们系主任找来开会。"曾没有答话，扭头走了出来，回宿舍后，卷起铺盖就离开了中央大学，随后就去北大化学系做系主任了。

◇ 1945年11月25日晚，费孝通、钱端升、伍启元和潘大逵四位教授在西南联大的民主草坪一带参加六千余人与会的"反内战讲演"，当演讲轮到费的时候，枪响了。听到枪声后，费并没有退缩，而是对众人呼吁："不但在黑暗中我们要呼吁和平，在枪声中我们还要呼吁和平！""我们要用正义的呼声压倒枪声！"

◇ 一次，蒋介石在南京召集全国大学生代表训话，命令全国所有大学都要派代表去参加。按照规定，北大应派三名同学参加，学生大会却决议一个也不派。校长蒋梦麟没有办法，只好暗地里指定了三个人参加。学生知道后，便把那三个充代表的学生的行李、书籍从宿舍扔到马路上，还举行了罢课。于是蒋召集全体同学开会，一再劝导学生复课，他给学生说："从前海上有一只船遭难了。船主镇静地指挥着让妇孺老弱们坐了救生船逃生，剩下的人和他自己无路可走，他却命船上的乐队奏着《近乎我主》(Nearer My God to Thee)的赞美诗，随着这船慢慢地沉下去。现在如果我们所乘的这只船（中国）要沉了，那我们也应当如这位船主一样，在尽了自己的责任以后，站在岗位上从容就义。马上复课吧，先尽我们的责任！"但学生仍然拒绝了蒋"诚恳的建议"。

◇ 马寅初诗云："真理在胸笔在手，无私无畏即自由。"

◇ 抗战时期，马寅初在重庆大学商学院任院长。在教学之余，马还连续发表文章抨击国民党的腐败现象，令国民党政府大为头疼。某日，蒋介石专为此事召见了重庆大学校长叶元龙，将其大骂一通，并叮嘱叶说："下周四你陪他（指马寅初）到我这儿来，我要当面跟他谈谈。他是我的长辈，又是同乡，总要以大局为重！"叶回校后，怕碰钉子，让侄儿去找马传达这个信息。马听后，火冒三丈，说："叫校长陪着我去见他，我不去！让宪兵来陪着我去吧！"又说："文职不去拜见军事长官。没有这个必要！见了面就要吵架，犯不着！再说，从前我给他讲过课，他是我的学生。学生应当来看老师，哪有老师去看学生的道理？他如果有话说，就叫他来看我！"蒋知道后，十分生气，但又无可奈何。

◇ 马寅初多次抨击四大家族大发国难财，令蒋介石大为震怒。孔祥熙则以财政部次长一职利诱马，派人问马："可否屈就财政部次长？要不然担任全国禁烟总监也可。"马严词拒绝，说："你们想弄个官位把我的嘴封上，办不到！我在北京大学时就响应蔡元培校长的号召，参加过'进德会'，讲好不做官，不当议员！"此后，马依然我行我素，四处演讲，痛斥四大家族的劣迹。后来，特务警告马："再行'攻击'，当以手枪对待！"马则驳斥道："所有指责，全系事实，有实据可查，非讲不可！"

◇ 1959年，蒋梦麟因在台湾提出节育人口的主张，遭民意代表及舆论的围剿，当时甚至有"杀蒋梦麟以谢国人"之口号。蒋并不畏惧，在记者招待会上公开表示："我现在要积极地提倡节育运动，我已要求政府不要干涉我。如果一旦因我提倡节育而闯下乱子，我宁愿政府来杀我的头，那样在太多的人口中，至少可以减少我这一个人！"

◇ 1933年夏，邓中夏不幸被捕，后被关押在南京国民党宪兵司令部监狱。他以共产党员的坚定信念和钢铁意志，挺住了敌人金钱厚禄的利诱和严刑拷打的摧残。当年9月21日，邓中夏在南京雨花台下英勇就义，年仅39岁。在就义之前，他在狱中写下了这样的话："一个人不怕短命而死，只怕死得不是时候，不是地方。中国人很重视死，有重于泰山，有轻于鸿毛。为了个人升官发财而活，那样苟且偷生的活，也可以叫作虽生犹死，真比鸿毛还轻。一个人能为了最多数中国民众的利益，为了勤劳大众的利益而死，这是虽死犹生，比泰山还重。人只有一生一死，要生得有意义，死得有价值。"

◇ 1938年冬，国民党沅陵驻军司令传讯已经加入共产党的翦伯赞，问："翦先生，我知道你很有学问。可是为什么要信仰共产主义呢？从你的年龄来说，即使共产主义能实现，恐怕你也看不到了！"翦笑道："我信仰共产主义不是为了自己能够看到。即使看不到，我也信仰！"

◇ 陈岱孙为人刚毅，一生坚持的观点没有原则性的反复，决不人云亦云，作违心之论。极左思潮泛滥时期，他用沉默来表达自己的立场。陈常说："我是个教员，教员出口之言必须是真话、实话。"任继愈在《我钦敬的陈岱孙先生》一文中评价陈说："陈先生屹立不摇，保持二十年的沉默。陈先生写文章、发表著作和他不写文章、不发表著作，都彰显出爱国知识分子的人格风范。"

◇ 1946年，北平爆发抗议美军暴行运动，国民党特务公开在北大民主广场撕毁学生有关罢课斗争的布告和标语。向达看到后，立即上前制止，他愤怒地说："你们就是反对罢课，也不能撕毁别人的……因为在北大，任何人有发表意见的自由。"暴徒们大吼："你是什么人？有什么资格讲话？"向一字一顿地回答："国立北平大学教授，姓向名达！"特务骂他，甚而要挥拳打他，向也无所畏惧。广场上的北大学生见状，便立即来保护他，并把他劝走。

◇ 1989年11月21日，在肺病未愈的情形下，王瑶坚持抱病强参加巴金学术研讨会在上海举行的开幕式。会上发言未几，便无力支撑，迅即被人扶出，送入医院。5天后，不能再言语，思维意志仍旧清晰。他断断续续写下："最近10年，巴金学术研究收获颇大，其作者多为我的学生一辈。……观点虽深浅有别，但都是学术工作，不是大批判，这是迄今我引以自慰的。"

◇ "文化大革命"期间，时任"中央文革小组"组长的陈伯达提出要组织批判爱因斯坦的"相对论"。他特地跑到北大找周培源，要他参加批判并要召开万人大会，"打倒爱因斯坦"。周回答说："爱因斯坦的狭义相对论批不倒，爱因斯坦的广义相对论在学术上有争论。"一点不留情面，更无丝毫迎合之举。

◇ 张岱年终其一生，都保持其"直道而行"的个性。被打成"右派"后，面对形形色色的批判，张仍保有"由'自知'而来的一份自信与傲骨"。据他的学生回忆，虽然张昔日的同事与学生写了很多文章批判他，但他不仅一篇也不读，连看一眼都不屑。北大的小报已经送到门口了，老伴已经读了，但他还是不读，一个字也不读！

◇ "文化大革命"结束后，张岱年恢复了名誉和待遇。他的一位弟子谈到经历了历次政治运动的冲洗，感觉自己就像河床上的鹅卵石，"取象于钱，内方外圆"。张听后久久不语，尔后手书"直道而行"赠予学生。

◇ 邓广铭做学问如做人，耿介磊落。其学术商榷文章，总是直指根本，非常直接，甚至尖刻。家人劝他随和一点儿，他却斥之为"乡愿"。其女邓小南感叹："他这是上世纪三四十年代的学界风气，那时的学者坦诚相见，大家习以为常。"

◇ 林庚曾对其弟子袁行霈说："人走路要昂着头，我一生都是昂着头的。"

◇ 季羡林认为，中国知识分子所传承的文化中，其精髓有两个鲜明的特点："一个是爱国主义"；"一个就是讲骨气，讲气节，换句话说也就是在帝王将相的非正义的行为面前不低头，另一方面，在外敌的斧钺面前不低头，'威武不能屈'"。

◇ 在1988年3月召开的全国政协七届一次会议上，新任全国政协委员的丁石孙在发言中讲道："现在做思想工作的理论水平比建国初高得多，但为什么效果不如过去好？主要在于行为。我之所以加入共产党，主要并不是因为我在理论上对党搞得很清楚，而是因为我看到周围的共产党员真正为别人办事。我当了校长，有一点和过去不一样，就是能接触到一些上层人士，也不是地位很高的，就是学校一级的。我过去想，校领导党性都非常强，等到我当了校长，才知道这些领导对利益、名位等等考虑得很多。"

◇ 厉以宁的一位学生在接受一项研究任务时曾说："我们接受课题，但不接受指定的观点，也就是不接受指定的结论。"

神采第四

先生之风，山高水长，腹有诗书气自华，风流儒雅真吾师。今人欲一睹其风貌神采，或借图片影像，或凭文字记述。以文字描摹大师的神采风仪，而能惟妙惟肖，让人读后如亲见其面，颇为不易。虽说人的貌相千差万别，不能以貌取人，但先贤大师由于文化的长期浸润，遂多有一种"望之俨然，即之也温"的风流儒雅之气。有的大师穿着虽然异常简朴，相貌亦非出众，但读其文，听其言，与之相交，常有如坐春风之感，是为"土得很雅"。而有的人虽然外在修饰甚盛，然而与其交流往来，却有俗不可耐之感，此为"雅得很土"。理想的神采，应是内博外雅、文质彬彬的翩翩君子风度。如不可求，则取"土得很雅"而去"雅得很土"，这就是很多北大人的真实"做派"和"范儿"。

◇ 周作人在《北大感旧录》中曾描述辜鸿铭及其车夫的形象说："北大顶古怪的人物，恐怕众口一词的要推辜鸿铭了吧。他是福建闽南人，大概先代是华侨吧，所以他的母亲是西洋人，他生得一副深眼睛高鼻子的洋人相貌，头上一撮黄头毛，却编了一条小辫子，冬天穿枣红宁绸的大袖方马褂，上戴瓜皮小帽；不要说在民国十年前后的北京，就是在前清时代，马路上遇见这样一位小城市里的华装教士似的人物，大家也不免要张大了眼睛看得出神的吧。尤其妙的是那包车的车夫，不知是从哪里乡下去特地找了来的，或者是徐州辫子兵的余留亦未可知，也是一个背拖大辫子的汉子，正同课堂上的主人是好一对，他在红楼的大门外坐在车兜上等着，也不失为车夫队中一个特出的人物。"

◇ 梁实秋描绘在北大授教时期的辜鸿铭："不修边幅，既垂长辫，而枣红袍与天青褂上之油腻，尤可鉴人，粲者立于其前，不须揽镜，即有顾影自怜之乐。"罗家伦接连上了三年辜鸿铭主讲的英国诗歌课程。他回忆说，那时的辜"拖了一条大辫子，是用红丝线夹在头发里辫起来的，戴了一顶红帽结黑缎子平顶的瓜皮帽，大摇大摆地上汉花园北大文学院的红楼，颇是一景。"

◇ 据周作人回忆，北大开教授会时，会场较乱，各人纷纷发言，蔡元培也站起来预备说话，辜鸿铭一眼看见，首先大声说道："现在请大家听校长的吩咐！"周作人说，这就是辜的语气，他的精神也充分地表现在里边。

◇ 辜鸿铭学问贯通古今中西，可是中国字却写得极为怪异。梁实秋称，"辜之书法，极天真烂漫之致，别字虽不甚多，亦非极少"。罗家伦在北大听过辜讲英国诗的课，称辜"在黑板上写中国字"，"常常会缺一笔多一笔"。张中行也曾见到辜在《春秋大义》一书扉页上的题字，"十几个汉字，古怪丑陋且不说，笔画不对的竟多到五个"。陈昌华看到辜为别人写的"求己"二字，"初看时，我不相信是他写的，他自己署名的那个'辜'字中，'十'字和'口'字相离约莫有二三公分阔，谁相信这是鼎鼎大名的辜鸿铭先生写的呢？"

◇ 梁松生在与人闲谈中，戏称辜鸿铭好吹牛。辜闻听后很不满。某日，辜与梁同到凌叔华家，未等坐下，辜即把手中的一本英文书递与凌的堂兄，并对梁说："我要你听听我背得出《失乐园》背不出。你说我吹牛。孔夫子说过'当仁不让'，讲到学问，我是主张一分一厘都不该让的。"说完，辜就滔滔不绝地背起来，竟然把上千行的《失乐园》一字不差地完全背诵出来。凌说，那时的辜，眼睛"像猫儿眼宝石那样闪耀光彩，望着他，使人佩服得要给他磕一个头"。

◇ 蔡元培年轻时锋芒毕露。他在绍兴中西学堂当校长时，有一天晚上参加一个宴会，酒过三巡之后，推杯而起，高声批评康有为、梁启超维新运动的不彻底，因为他们主张保存清朝皇室来领导维新。说到激烈时，蔡高举右臂大喊道："我蔡元培可不这样。除非你推翻满清，任何改革都不可能！"

◇ 蒋梦麟说：蔡元培晚年"表现了中国文人的一切优点，同时虚怀若谷，乐于接受西洋观念"。"他那从眼镜上面望出来的两只眼睛，机警而沉着；他的语调虽然平板，但是从容、清晰、流利而恳挚。他从来不疾言厉色对人，但是在气愤时，他的话也会变得非常快捷、严厉、扼要——像法官宣判一样的简单明了，也像绒布下面冒出来的匕首那样的尖锐。他的身材矮小，但是行动沉稳。他读书时，伸出纤细的手指迅速地翻看书页，似乎是一目十行地读，而且有过目不忘之称。他对自然和艺术的爱好使他的心境平静，思想崇高，趣味雅洁，态度恳切而平和，生活朴素而谦抑。他虚怀若谷，对于任何意见、批评，或建议都欣然接纳。"

◇ 冯友兰曾回忆："我在北京大学的时候，没有听过蔡元培的讲话，也没有看见他和哪个学生有私人接触。他所以得到学生们的爱戴，完全是人格的感召。道学家们讲究'气象'，譬如说周敦颐的气象如'光风霁月'。又如程颐为程颢写的《行状》，说程颢'纯粹如精金，温润如良玉，宽而有制，和而不流。……视其色，其接物也如春阳之温；听其言，其入人也如时雨之润。胸怀洞然，彻视无间，测其蕴，则浩乎若沧溟之无际；极其德，美言盖不足以形容'。这几句话对于蔡元培完全适用。这绝不是夸张，我在第一次进到北大校长室的时候，觉得满屋子都是这种气象。"

◇ 据冯友兰回忆，1922年，蔡元培以北大校长的身份到欧洲和美洲参观调查，访问期间，蔡"仍然是一介寒儒，书生本色，没有带秘书，也没有随从人员，那么大年纪了，还是像一个老留学生，一个人独往独来"。当时在纽约的中国留学生为蔡开了一个欢迎会。"会场设在哥伦比亚大学的一个大教室内，到会的人很多，座无虚席。蔡先生一进了会场的门，在座的人呼的一声都站起来了,他们的动作是那样的整齐,好像是听到一声口令。其实并没有什么口令,也没有人想到要有什么口令,他们每个人都怀着自发的敬仰之心,不约而同地一起站起来了。"

◇ "二次革命"期间,陈独秀在安徽积极参与讨袁斗争,失败后,陈被逮捕。当局宣布对陈执行枪决,陈毫不畏惧,反倒从容催促说:"要枪毙,就快点罢!"后经当地名流极力营救,才幸免于难。

◇ 陈独秀一生曾五次入狱,九死一生,每次都将生死视为等闲之事。陈第五次被捕从上海押送南京军法司,要军法从事时,神色怡然,略无戚容,上了沪宁火车,倒头便睡,一路上鼾声不绝,当火车到达南京时,陈犹大梦方酣。

◇ 有人描述蒋梦麟校长:"蒋先生那个瘦削的面孔上,戴着一副近视眼镜,看来真有点像一位和蔼的牧师。而说话时,那种缓慢的动作,轻细的空腔,不露锋芒的言辞,处处都在说明他是一位关心世道人心的温和的教育家。"蒋被称为北大的"老舵公"。他"'长北大',竟'长'了十多年,就不容易;而且,中间经过了多少回人世的风波,先生都能像一位老舵公似的,牢长着舵,让这只'大船'安然渡过,就更难得"。

◇ 鲁迅描述李大钊的形象:"他的模样是颇难形容的,有些儒雅,有些朴质,也有些凡俗。所以既像文士,也像官吏,又有些像商人。这样的商人,我在南边没有看见过,北京却有的,是旧书店或笔纸店的掌柜。"

◇ 李大钊被捕后,始终无所畏惧,坚贞不屈。据当时北平《晨报》报道,李大钊受审问时,"着灰布棉袍,青布马褂。满脸髭须。精神甚为焕发,态度极为镇静。……俨然一共产党领袖之气概!"

◇ 邵飘萍临刑前,向监刑官拱手道别,说声:"诸位免送!"向天昂首大笑,从容就义。

◇ 熊十力生活十分俭朴，房间除床板、旧床褥、书架和书外，余物不多，吃穿用总在凑合之度。熊对外表不甚重视，打扮起来也是超凡脱俗，衣着像是定做的，样子在僧俗之间，袜子是白布高筒的，十足的僧式。平时喜立不喜坐，冬不御裘，御裘则病。炎夏时节，常穿一条中式布裤，光着上身。见客也是如此，无论来什么客人，年轻的女弟子，学界名人，政界要人，他都这样，毫无局促之态。

◇ 牟宗三记叙他与恩师熊十力的初见情形：1932年冬，熊"胡须飘飘，面带病容，头戴瓜皮帽，好像一位走方郎中，在寒风瑟肃中，刚解完小手走进来"。言谈中，他忽一拍桌子，大喊："当今之世，讲晚周诸子，只有我熊某能讲，其余都是混扯。"再看熊，眼睛瞪起，"目光清而且锐，前额饱满，口方大，颧骨端正，笑声震屋宇，直从丹田发"。面对此情此景此人，牟直以"真人"二字评之。

◇ 抗战时期，熊十力住重庆北碚时，有一次陈铭枢请熊十力吃饭，饭馆背山临江，风景优美。熊面朝江面，欣赏风景。陈却面对熊，背对着江面。熊不解，问陈："你为什么不看看风景？"陈说："你就是很好的风景！"熊闻言哈哈大笑，说："我就是风景？"

◇ 黄侃才华横溢，文思敏捷过人，书法亦有独到之处，凡领教过的人都为之佩服。有一次，有人请他代写一篇碑文，约好五六天以后来取。等一连过了四天，他都没有动笔。直到第五天，取碑文的人来了，他才让弟子研墨铺纸，并吩咐把纸打好格。格打好之后，他挥毫一蹴而就，连上下款带正文刚好写到最后一格，一字不差。

◇ 学生曾形容在大学任教时的刘文典："记得那日国文班快要上课的时候，喜洋洋坐在三院七号教室里，满心想亲近这位渴慕多年的学术界名流的风采。可是铃声响后，走进来的却是一位憔悴得可怕的人物。看啊！四角式的平头罩上寸把长的黑发，消瘦的脸孔安着一对没有精神的眼睛，两颧高耸，双颊深入；长头高举兮如望空之孤鹤；肌肤黄瘦兮似辟谷之老衲；中等的身材羸瘠得虽尚不至于骨子在身里边打架，但背上两块高耸着的肩骨却大有接触的可能。状貌如此，声音呢？天啊！不听时犹可，一听时真叫我连打几个冷噤，既尖锐兮又无力，初如饥鼠兮终类寒猿……"

◇ 据任继愈回忆，刘文典在西南联大任教时，不修边幅，头发散乱，一件长衫总是皱皱巴巴。他为人直率、纯真，具有庄子的洒脱。有一次下雨，刘一个人打着伞慢慢走着，长衫后襟湿透，鞋子沾满泥水。任的同学黄钺指点着刘说，刘先生像庄子"曳尾于涂中"。

◇ 温源宁评价在北大任教时期的胡适："四十出头了，胡博士还显得很年轻。脸刮得挺像样，衣服穿得挺像样，他真是干干净净，整整齐齐。头发漆黑，不见二毛；前额突出，跟奥古斯都大帝相似；一双坦率的大眼；两片灵活的嘴唇，显得能言善辩；面色红润，却不是由学者的'生活朴素，思想高超'而来，也不是由俗人的'饮食丰美，生活放荡'而来，中等身材，十分匀称，一举一动，轻快自如。从外表看来，胡博士是俗人变为学者，而不是由学者变为俗人。"

◇ 温源宁比较梁漱溟与胡适的不同之处："梁漱溟多骨，胡适之多肉，梁漱溟庄严，胡适之豪迈，梁漱溟应入翰林，胡适之应入文苑。学者也好，文苑也好，但适之是决不能做隐士的。"

◇ 吴锡泽回忆抗战时期的顾颉刚说："顾先生长得相当地高，背微驼，那是因为经常伏案写作的关系。他鼻梁上架了一副白金边的眼镜，穿长袍，寡言笑。一有空便拿书看，即在吃饭的时候，一手才放下饭碗，另一手便拿起书来，真可以说是手不释卷。我曾亲眼看见他坐在床边看书，他的夫人则蹲在地上替他洗脚。但他虽不苟言笑，仍然予人以和蔼可亲之感。"

◇ 谢兴尧描述老北大时期的马叙伦说："叙伦字夷初，北大教授，讲诸子哲学，又长于诗文之国学家也。中等身材，留着两撇牛角胡子，貌似老儒，而思想激烈。每逢会议，必慷慨激昂；每请愿游行，必手执号筒，前队冲锋。与李石曾、顾孟余等，均能抓住群众，且具极浓厚之民党色彩者。与太炎为友，又与吴稚晖、李石曾为同道，盖学生运动中之老英雄。"

◇ 20世纪30年代，钱穆在北大上"中国通史"课时，特别受学生欢迎，前来听课的学生经常有二三百人，当时能与钱媲美的只有胡适。钱作为大师，在气质上也有不同人之处。余英时说钱："个子不高，但神定气足，尤其是双目炯炯，好像把你的心都照亮了。与人交往，他的尊严永远是在那里的，使你不可能有一刻忘记。这绝不是老师的架子，绝不是知识学问的傲慢，更不是世俗的矜持。他一切都是自然而然的，这是经过人文教育浸润以后的那种自然。这也是中国传统所谓的'道尊'，或现代西方人所说的'人格尊严'。"

◇ 林语堂在北大任教时，定期和鲁迅、周作人、钱玄同、刘半农、郁达夫等北大同人在中央公园的来今雨轩聚会。林比较周作人和鲁迅在聚会时的神采说："周作人总是经常出席。他，和他的文字笔调儿一样，声音迂缓，从容不迫，激动之下，也不会把声音提高。他哥哥周树人（鲁迅）可就不同了，每逢他攻击敌人的言辞锋利可喜之时，他会得意得哄然大笑。他身材矮小，尖尖的胡子，两腮干瘪，永远穿中国衣裳，看来像个抽鸦片烟的。没有人会猜想到他会以盟主般的威力写出辛辣的讽刺文字，而能针针见血的。"

◇ 周作人描述在北大任教时期的刘半农："状貌英特，头大，眼有芒角，生气勃勃，至中年不少衰。性果毅，耐劳苦，专治语音学，多所发明。又爱好文学、美术，以余力照相，写字，作诗文，皆精妙。与人交游，和易可爱，善诙谐，老友或与戏谑以为笑。"

◇ 周作人说马裕藻："性甚和易，对人很是谦恭，虽是熟识朋友，也总是称某某先生。这似乎是马氏兄弟的一种风气，因为他们都是如此的。与旧友谈天颇喜诙谐，唯自己不善剧谈，只是旁听微笑而已。……他又容易激怒，在评议会的会场上遇见不合理的评论，特别是后来'正人君子'的一派，他便要大声叱咤，一点不留面子，与平常的态度截然不同。"

◇ 金岳霖的衣着很有特色，常年戴着一顶呢帽，进教室也不脱下。每一学年开始，给新的一班学生上课，他的第一句话总是："我的眼睛有毛病，不能摘帽子，并不是对你们不尊重，请原谅。"金平常永远是腰板笔挺，西装革履，皮鞋擦得油光可鉴，上面绝对不会有灰尘。夏天穿短裤还一定要穿长筒袜，因为在当时看来，gentleman（君子）穿短裤一定要穿长袜。

◇ 一日，金岳霖登台演讲，讲到得意处时，忽然停下，对学生说："对不起，我这里有个小动物。"然后把右手伸进后脖颈，捉出一个跳蚤，捏在手中细看，表情甚为得意。

◇ 冯友兰在西南联大任教时，留有长髯，身穿长袍马褂，颇有道家气象，他本人经常提倡人生哲学的多重境界。一次，他在去上课的路上遇见金岳霖，金问他："芝生，到什么境界了？"冯答："到了天地境界了。"两人大笑，擦身而过，各自去上课了。

◇ 马嘶描述他眼中的冯友兰："我最早遇到的是位蓄着长长胡须的长者。他戴着深度的近视眼镜，手中握着一根手杖，腰杆挺得很直，昂首阔步地前行。他神态自若，旁若无人，走得沉稳而快速。第一次与他相遇，我的心不由怦然一动。我直觉地判断，这是一位杰出人物。……我不止一次地遇见他。他总是从容不迫、不急不缓地走着，不知他到哪里去，也不知他在思索什么。他常是从美丽的燕南园那边走过来，走在未名湖畔的石径上。那根手杖只是在他手中握着，并不拄在地上，有时又扬得老高。他的筋骨是健壮的，透出一种仙风道骨的飘逸之气。因而我猜想那手杖只是他舍不得丢弃的心爱之物。……后来我才知道，他是冯友兰先生。"

◇ 在北大任教时的陈垣，经常穿着一件黑马褂，长袍，"不长不矮，胖胖的典型身材，方方大大的脸，高高阔阔的前额，一副黑边老花眼镜，平常是不大戴的，每次讲课时，总是临时从怀里掏出来戴上，而最引人注意的是那两撇浓浓的八字胡，这八字胡带来了无限威棱"。

◇ 傅斯年被朋友称为"傅胖子"。有人描写其形，说傅是："一个肥头胖耳的大块头，他有一头蓬松的头发，一副玳瑁的罗克式的大眼镜。他经常穿着那时最流行的大反领 ABC 衬衫，不打领带，外面罩上一套哔叽西装，那副形容，说起来就是那类不修边幅的典型，却显示了与众不同的风度。他似乎永远是那么满头大汗，跟你说不上三句话，便要掏出一方洁白的手巾，揩抹他的汗珠"。

◇ 1949 年盟军统帅麦克阿瑟访问台湾，当时国民党政府刚退守台湾，迫切需要美军的保护，因此视麦克阿瑟为太上皇。麦克阿瑟专机到达台湾时，蒋介石亲率五院院长、三军总司令等政要到机场迎接，并通知傅斯年到场，傅虽然去了机场，但表现出与众不同的风格。第二天重要报纸刊登的照片，当天在机场贵宾室就座的仅三人，蒋介石、麦克阿瑟和傅，其他五院院长及政要垂手恭候，三军总司令立正挺立，傅则坐在沙发上，口叼烟斗，翘着右腿，潇洒自若。当时报纸新闻说："在机场贵宾室，敢与总统及麦帅平坐者，唯傅斯年一人。"

◇ 汤用彤是享誉国内外的国学大师，但他平日除读书、写作、讲课外，几乎无他嗜好，琴棋书画全不通，不听戏，不饮酒，不喜美食，不听西洋音乐，也不看电影，更不跳舞。生活非常节俭，常常穿着一件布大褂、一双布鞋，提着夫人为他做的一个布书包去上课。钱穆称赞他"奉长慈幼，家庭雍睦，饮食起居，进退作息"，俨然一位"纯儒之典型"。

◇ 季羡林形容老北大时期的汤用彤："他面容端严慈祥，不苟言笑，却是即之也温，观之也诚，真蔼然仁者也。先生虽留美多年，学贯中西，可是身着灰布长衫，脚踏圆口布鞋，望之似老农老圃，没有半点'洋气'，没有丝毫教授架子和大师威风，我心中不由自主地油然生幸福之感，浑身感到一阵温暖。"

◇ 作家马嘶描述他在北大读书时期的汤用彤："汤先生矮胖身材，一头短而亮的白发，戴一副黑框眼镜。开会时，他在主席台上正襟危坐，远远望去，那白雪似的短发亮得耀眼，配着那红润的圆脸和黑框眼镜，像是一尊良善的普救众生的佛。刘绍棠在《想起老校长》一文中形容汤先生时写道，'这位哲学界的老前辈，很像鲁迅先生笔下的《出关》中的老子'。比喻可谓贴切。"

◇ 柳鸣九回忆朱光潜说："我见到朱光潜的时候，他已经六十多岁，虽然瘦小单薄，白发苍苍，但精干灵便，神情矍铄，他宽而高的前额下一对深陷的眼睛炯炯有神，老是专注地注视着甚至是逼视着眼前的对象，手里则握着一支烟斗，不时吸上一口，那态式、那神情似乎面前的你就是他观察分析的对象，研究揣摩的对象。……坐在他面前，你似乎感到自己大脑的每一个皱褶处都被他看透了，说实话，开始并不感到舒服自在。"

◇ "文化大革命"结束后不到三年，已经年过八旬的朱光潜就连续翻译、整理出版了黑格尔《美学》两大卷、《歌德谈话录》以及莱辛的《拉奥孔》，加起来有120万字，体现出惊人的生命力和创造力。这让叶朗想起了丰子恺的一幅画。画面上是一棵极大的树，被拦腰砍断，但从树的四周抽出很多枝条，枝条上萌发出嫩芽。树旁站有一位小姑娘，正把这棵大树指给她的小弟弟看。画的右上方题了一首诗:"大树被斩伐,生机并不绝。春来怒抽条,气象何蓬勃!"叶感慨道:"朱先生的生命力和创造力,朱先生的人生态度,朱先生的献身精神,这幅画(连同画上的诗)不正是极好的写照吗?"

◇ 有人描述晚年的宗白华:"他常常从朗润园那边踽踽独行地走来,沿着湖边弯曲的小径,慢慢地消失在绿树丛中。他那身穿旧布衣、肩挎绿书袋的身影,看上去是再平凡不过了,而他那恬淡宁静得如超尘出世般的仪态,却流溢出大智者的独特心境和风采。我常觉得,他犹如未名湖水那样地纯净明澈,没有浑浊的泥沙,没有眩目的漩流,有着永恒的美。而他那些独辟蹊径、隽永明洁的美学著述,也是这种人格的体现。"

◇ 张翼星在《大师的风范》一文中描写张岱年:"人们常说,北大老一辈教授的故事多。所谓'故事',就是由于个性鲜明,流传着不少超凡脱俗的逸闻趣事,往往让人忍俊不禁,回味不止。不过,张先生的生活举止,却显得比较平常,这类故事似乎不多。常见他身着布衣,脚踏布鞋,说起话来,节奏较快,还带点口吃。遇见熟人,总是满脸慈祥、憨厚的笑容。仔细一点看,他的脑门比较宽,显出一种哲人的睿智。"

◇ 张岱年的弟子宋定国回忆张:"张先生一年四季,穿着都非常俭朴,夏天就是那么一身极普通的单衣,而其他三季,外面总是套着那一身褪色越来越严重的上世纪60年代流行的便装,胳膊肘和袖口都磨损得泛出白色或绽开了边,即使在过年时,衣着依然如常。虽不修边幅,却总是干干净净。而书房内的摆设则一直保持老样子。至于谈吐,虽然算不上利索,但朴实得简直能让你感触到他那颗赤诚的心的跳动……"

◇ 何兆武回忆西南联大时期的汪曾祺说:"我同宿舍里有位同学,是后来有了名的作家,叫汪曾祺。他和我同级,年纪差不多,都十八九岁,只能算是小青年,可那时候他头发留得很长,穿一件破的蓝布长衫,扣子只扣两个，趿拉着一双布鞋不提后跟，经常说笑话，还抽烟，很颓废的那种样子，完全是中国旧知识分子的派头。"

◇ 周祖谟穿西装，有时配皮鞋，有时却穿便鞋（包括脚趾处很爱顶破的缎儿鞋）。学生白化文看后，十分纳闷：周先生不是没有皮鞋，也不是不懂搭配方式，可为什么还这样穿？后向其师吴小如请教。吴答："那是'派'！北大就兴这个'派'！"

◇ 20世纪60年代初，文艺界在北京崇文门新侨饭店召开文艺座谈会，周扬主持，鼓励大家畅所欲言。吴组缃发言，三句不离本行：言李逵虽忠勇可嘉，然不宜做领导；而宋江文不过县衙小吏，武不能上阵拼搏，却会团结人，得坐头把交椅。唐僧亦然，百无一用，然取经仍是领衔云云。众闻之皆惴惴，而周扬评曰："教授风度！"

◇ 王瑶嗜烟，据其学生郑立水回忆，王最引人注目的就是他常年不离口的烟斗："他的烟斗不仅不离手，说他不离口也不夸张，清晨醒来一睁眼，先生便将烟斗含在嘴里。洗脸时，先是将烟斗推向嘴角的一侧，将打好肥皂的毛巾擦洗另一侧，然后再将烟斗推向擦洗过的一侧，再擦洗这一侧。及至全擦洗完，再一只手使劲握住烟斗连吸几口，这才完成了洗脸的全过程。……谈王先生的烟斗不能不说他吸的烟丝。他说他的烟丝是很一般的，但必须经由自己喷洒上从非洲桑给巴尔进口的香料。我平生不吸烟就是腻烦苦涩的烟味，但我却喜嗅从他口中弥漫出的一种高贵的芬芳。对此，别人也有同感，因而王先生说，我吸烟是让别人来享受的。"

◇ 郭麟阁学问精深，人品高雅，被誉为一代名师，但他却没有"闪光的外表"。他的学生回忆说："在见到他之前，他对我们来说，是'如雷贯耳'，但一见却多少令人有点失望，他与我们在低年级见过的那种戴金丝眼镜、西装穿得一丝不苟的教授很是不同，看起来显得很有些土气，全然没有他留学法国多年的痕迹。他的外观像一个憨厚的农民，一口河南乡音，常穿一身再普通不过的卡其布中山服，剪裁缝制得甚不讲究，看上去也不那么整洁，甚至胸前还有个把小污渍。他身材高大，满脸通红，精神充沛，声音洪亮，他常以自己'身体好'而骄傲。有时，他不无得意地说，'我满可以工作到九十岁，一百岁，没问题'，说到最后一个片语，头沉醉地摆动一下，用手轻轻地由上往下，再由下往上一扬，做了个动作，就像一个老师满意地在学生的作业上画上一个钩。"

◇ 黄昆的同事姚学吾回忆说："黄先生是名教授、英国留学归来的博士，世界著名物理学家，一直以来都享受到较高的物质待遇。但是他的生活却非常俭朴。他夏天总是穿一件白衬衫和一条褪了颜色的蓝布裤子，冬天也就是一套蓝布棉袄。如有外事活动，也还是这身布衣打扮。偶尔穿上一套西装，也是当年在国外时的衣着，显得老旧且不太合体。黄先生家吃饭也很随便，每个人捧着一个粗瓷大海碗，饭菜混在一起，每个人找个座位甚至蹲着吃，吃完还要自己洗自己的碗。"

◇ 季羡林衣着极为平常，常年穿一身洗得发白的蓝色卡其布中山装，一双黑色圆口布鞋，出门时提一个20世纪50年代生产的人造革旧书包，形象颇似乡下老农。后来要买中山装，只能到郊区才能买到，以至有时被人认为是校内工友。季曾对人说："我有一点逆反心理，我就不穿（西装），到哪儿就是这一套中山装。你愿意看就看，不愿意看就算了。"

宽和第五

泰山不让土壤，故能成其大；河海不择细流，故能就其深。厚德方能载物之重，量宽足以得人之敬。大学乃网罗大典、兼容并包之地，"专己守残，党同门，忌道真"原与大学本质格格不入。大学者亦当有博雅宽厚、兼收并蓄之量，厚此而不薄彼，如此才能成就大学问、大境界。一百二十多年来，"万物并育而不相害，道并行而不相悖"的自觉意识和宽松环境在北大传承不辍，历久弥新。在北大的大师身上，我们既能看到先生们的学问之大，更能看到他们的胸怀之大，其学问格局与道德境界让人敬仰不已。仅此一端便造就了这所学校百花齐放、万紫千红、云蒸霞蔚、渊博似海的博大气象，传承至今，此风犹盛。唯其如此，小小的一方未名湖水，才能蕴涵大海一般的气象。校园民谣中深情吟唱的"未名湖是个海洋"，诚非虚言浮词。

◇ 八国联军入侵北京，大肆烧杀掳掠。事后，编修官刘廷琛上疏参劾礼部尚书孙家鼐失职，孙坦然受之。以后，光绪皇帝下诏令大臣举荐御史，孙独保刘，并称："往日他以大义责我，故知他忠鲠必不负国。"

◇ 张百熙任京师大学堂管学大臣时，十分注意延揽人才，经多方寻觅，决定聘任桐城派领袖人物吴汝纶为大学堂总教习。张称吴"学问纯粹，时事洞明，淹贯古今，详悉中外，足当大学堂总教习之任"。向朝廷专折举荐，加五品卿衔。但吴却不愿受命。张便着大礼服，匍匐跪请于吴前，说："吾为全国求人师，当为全国生徒拜请也。"并答应了吴先往日本考察学制三个月，再归以报命的请求。吴才答应接受聘任。

◇ 1904年2月，日俄两国在中国辽东半岛爆发战争，清政府竟宣布中立。京师大学堂学生义愤填膺，爆发拒俄运动。慈禧太后勃然大怒，认为这是大逆不道的行为，遂令京师大学堂管学大臣张百熙严惩带头闹事的学生。张却认为学生的行为实属爱国，便对学生网开一面，不予追究，并在学生上管学大臣的信函中批示道："本大臣视诸生如子弟，方爱惜之不暇，何忍阻遏生气，责为罪言！"还建议学生以后讨论国家大事，如果确有见地，可以随时写成论文，呈交他批答，以增长学识。

◇ 严复任安徽高等学堂监督时，主持预备班学生的淘汰考试，在复查学生的试卷时，发现一篇佳作被汉文教习斥为"悖谬"，只给了40分。严对此文十分欣赏，动笔为之稍加润色，便成上乘之作；又自己出钱，奖赏该生10元，以资鼓励，甚至还遗憾自己的女儿太小，不能许配给该生。

◇ 蔡元培论"思想自由，兼容并包"："近代思想自由之公例，既被公认，能完全实现之者，厥惟大学。大学教员所发表之思想，不但不受任何宗教或政党之拘束，亦不受任何著名学者之牵掣。苟其确有所见，而言之成理，则虽在一校中，两相反对之学说，不妨同时并行，而一任学生之比较而选择，此大学之所以为大也。"又说："一己之学说，不得束缚他人；而他人之学说，亦不束缚一己。诚如是，则科学、社会学等，将均任吾人自由讨论矣。"

◇ 1917年，蔡元培从欧洲访问归来，出任北大校长。梁漱溟拿着自己的论文《究元决疑论》登门求教。蔡告知："我在上海时已在《东方杂志》上看过了，很好。"让梁没有想到的是，蔡接着提出请他到北大任教并教授"印度哲学"一门课程。梁大吃一惊，谦虚地表示，自己何曾懂得什么印度哲学呢？印度宗派那么多，只领会一点佛家思想而已，"要我教，我是没得教呀"，蔡回答说："你说你不懂印度哲学，但又有哪一个人真懂得呢？谁亦不过知道一星半点，横竖都差不多。我们寻不到人，就是你来吧！"梁总不敢冒昧承当。蔡又申说："你不是喜好哲学吗？我自己喜好哲学，我们还有一些喜好哲学的朋友，我此番到北大，就想把这些朋友乃至未知中的朋友，都引来一起共同研究，彼此切磋。你怎可不来呢？你不要是当老师来教人，你当是来共同学习好了。"蔡的这几句话深深打动了梁，他便应承下来。

◇ 1919年3月18日，针对林纾等人对北京大学新文化、新思潮的指责问难，蔡元培特撰《致〈公言报〉函并答林琴南君函》加以辩驳，蔡在文中重申，他选择教员，是以学问为主。教员在校讲授，以无背于"思想自由，兼容并包"的主张为界限。而教员在校外之言行，悉听自由，学校从不过问，亦不能代负责任。教员中有不同政治主见，"喜作侧艳之诗词，以纳妾、狎妓为韵事，以赌为消遣者，苟其功课不荒，并不诱学生而与之堕落，则姑听之。夫人才至为难得，若求全责备，则学校殆难成立"。有些学生对蔡容纳主张"尊王尊孔""君主立宪"，言行乖僻的教员表示不理解。蔡则意味深长地教导他们：希望同学们认真学习先生们的高深学问，而不要学习他们的言行方式，追随他们的政治主张。

◇ 朱海涛曾如此描述老北大时期的自由风气："你爱住在学校里，可以（只要你有办法弄到房子）；你爱住在家里，也可以；你爱和你的爱人同住在公寓里，更可以。你爱包饭，可以；你爱零吃，也可以；你爱吃一顿面，再吃一顿大米加包子，更可以。推而至于：你爱上课，可以；你不爱上课，也可以；你爱上你爱上的课而不爱上你不爱上的课，更是天经地义的准可以！总之，一切随意。"

◇ 老北大时期，北大课堂极为开放。朱海涛就说当时最痛快的事情就是到北大来求师。他说："北大的学术之门是开给任何一个愿意进来的人的。在这一点上，我觉得全国只有北大无忝于'国立'两个字。只要你愿意，你可以去听任何一位先生的课，决不会有人来查问你是不是北大的学生，更不会市侩也似的来向你要几块钱一个学分的旁听费。最妙的是所有北大的教授都有着同样博大的风度，决不小家气地盘查你的来历，以防拆他的台。因此你不但可以听，而且听完了，可以追上去向教授质疑问难，甚至长篇大论地提出论文来请他指正；他一定很实在地带回去，很虚心地看一遍（也许还不止一遍），到第二堂带来还你，告诉你他的意见。甚至因此赏识你，到处为你揄扬。这种学生是北大极欢迎的。虽然给了个不大好听的名称：'偷听生'。"因此，在沙滩红楼一带，就形成了一种"浓厚而不计功利的学术风气"。

◇ 五四运动过后，无政府主义在北大盛行，1920年创刊的《北京大学学生周刊》便出一期"教育革命专号"，主张北大既为学术，则不必考试。所登文章主张"把考试的'笔'抛去"，认为"考试是一种最坏的制度，等于摧花的风、啮果的虫"，在校内产生极大影响。蔡元培则答复：承认考试有甚多坏处，但合理的考试还是必要的。解决的办法是：考试废除与否，"则以要不要证书为准，不要证书者废止试验，要证书者仍须试验"。当时的学生朱谦之、缪金源等17人接受这一办法，自由听课不要文凭。后来《北京大学日刊》公布了这17人的名单，当时同学戏称他们是北大的"自绝生"。这一公文是由蒋梦麟代校长签署的，在上面还称朱谦之为"谦之先生"。梁漱溟称"这位校长未免太客气了吧！"

◇ 钱玄同与黄侃都是章太炎的弟子，曾一度同在北大国文系任教。钱一切求新，黄则一贯守旧。黄素来瞧不起钱，说钱是野狐禅，有辱太炎门风。黄还说自己一个晚上的发现，为钱赚得一辈子活路。大意是：黄在一个晚上发现了古音二十八部，并记有笔记。某日，钱到黄住处闲谈。黄因小便离开片刻，回来之后，发现笔记不见了。于是他猜测是钱趁其不备拿走了。黄认为钱在北大讲授的文字学，就是他那一夜的成果。但钱一直否认此事，对于黄的讽刺也总是一笑了之，有时还会为黄"圆谎"。后来两人同在北大讲授文字学，观点针锋相对，大有唱对台戏的样子。黄常借题发挥，大骂钱，但钱却颇有雅量，从不计较。一次钱在讲课，对面教室里的黄也在讲课。黄大骂钱的观点如何如何荒谬，不合古训；而钱则毫不在乎这些，你讲你的"之乎者也"，我讲我的"的了吗呢"。

◇ 钱玄同在北大讲授文字音韵学。有一次，钱在课堂上讲到广东音韵，课后一位广东籍学生李锡予给他写了一封长信，对他所讲的广东音韵提出了不同意见。下一次上课时，钱上台后面带笑容，客气地问："哪一位是李锡予同学？"李锡予站起来回答说："我就是。"钱说："请坐！我见到你的信了。你对广东音韵的解释是正确的。我不是广东人，对广东音韵是一知半解。很感谢你纠正了我的纰漏。"接着，钱在课堂读了李锡予的信，还希望其他同学对他讲课中纰漏之处提出意见。

◇ 陈独秀任北大文科学长期间，大力整顿上课纪律。英文系有个学生是黎元洪的侄子，经常旷课，并叫人代他签到。陈误听人言，把这件事记在同班的许德珩身上，在布告牌上公布许经常旷课，记大过一次。许整天都在教室和图书馆用功读书，从未无故缺课。许见到布告牌后，异常愤怒，一气之下，就砸碎了布告牌。陈知道后，大怒，对许砸布告牌的行为又记一过。许又将第二个布告牌砸掉，并站在陈的办公室门前，要陈出来和他理论。校长蔡元培马上就知道了此事，经过调查，才知道是陈弄错了。陈知道事实真相后，马上收回了成命，并向许道歉，劝慰一番。此事遂告平息。随后，陈与许竟结成了很好的朋友。

◇ 1927年6月和1928年2月，陈延年、陈乔年先后在被捕后不屈就义，陈独秀终生伤感。抗战爆发后，国民党想拉陈独秀出来任职，得到的回答是："蒋介石杀了我那么多同志，还杀了我两个儿子，我与他不共戴天。现在全国抗战，我不反对他就是了！"

◇ 1933年，苏州高等法院对陈独秀进行公开审判。陈的好友、全国知名的大律师章士钊知道陈请不起律师，便自告奋勇出庭免费为陈辩护。此前，因章对"三一八"惨案负有责任，陈已与章断交。但章的一片热心让两人重新和好。当日在法庭上，陈慷慨陈词，发表了自撰的辩诉状，洋洋数千言，引经据典，文言与白话并用，证明自己无罪。陈讲完后，章以律师身份为陈辩护，其词五千余言，侧重法理，逻辑性很强。条条针对审判长的讯词，逐一辩驳。最后认为从为国家保存读书种子的角度出发，法院应该宣判陈无罪。章的陈述，在情在理，但与陈的政治主张有所出入，让陈很是不满。章刚一讲完，陈就站起来声明："章律师的辩护，只代表他自己的意见。我的政治主张，要以我的辩护词为准。"章未曾料到，自己绞尽脑汁所做的辩护，竟然被陈一口否决，这让他感到十分尴尬，但又能够理解。有人事后问起此事，章却并无多少怨言，只是笑言："我弱冠以来交友遍天下，唯有三人难交，陈仲甫便是其中之一。但是，大家相知有素，朋友关系始终如初，故而从无诟谇。"

◇ 有一年，北大招生考试阅卷完毕。胡适在招生委员会上说："我看了一篇作文，给了满分，希望能录取这名有文学天才的考生。"校长蔡元培和其他委员都同意了。最后翻阅这名考生的成绩，发现数学是零分，其他各科的成绩都很一般。但蔡、胡等人都无反悔之意。事后才知，这名被破格录取的学生就是罗家伦。

◇ 老北大时期，课堂上一直遵循"来者不拒，去者不留"的传统。当时在北大旁听和"偷听"课的学生很多，旁听生是指没有选这门课的北大学生，偷听生则根本就不是北大学生。有一次，胡适在课堂上问："你们哪位是偷听生？没关系，能来偷听更是好学之士。听我的课，就是我的学生。我希望你们给我个名字，是我班上的学生。"胡的一番言语让所有的偷听生都大受感动。胡对偷听生的态度和做法很能反映北大当时的"兼容并包"的学风。

◇ 据邓嗣禹回忆，胡适任北大校长时，校长办公室就几乎等于教职工的俱乐部，全校教授，皆可进见校长，不必预先约定时间。有一次，邓去造访胡，"一进室内，工友照例倒茶，其中已有数人在坐，彼此随便谈天，开玩笑，胡适亦参加闲谈，并略言及徐志摩跟陆小曼的恋爱故事"。邓看到此番场景后，莫名其妙，觉得校长办公室就好像"香港广东饮茶的地方"，然后深叹胡适作风之平和民主。

◇ 曾就读于北大的潘静远因与胡适政见不同，就以北大学生兼《文汇报》记者的身份跑到校长办公室找胡论辩，二人意见自然不合。谈话结束以前，潘摸出一张花笺来，说我想请胡博士题字。胡听后笑了笑，爽快地打开墨盒从容地写下了"有一分证据说一分话"九个大字，题了款并签了名。

◇ 胡适有坚持写日记的习惯。有一天，梁实秋、徐志摩和罗隆基去家中访胡，胡恰巧接待别的客人。三人便去胡的书房等候，徐在书房率先发现了胡的日记。三人便毫无顾忌地阅读起来。胡送客后来到书房，看到此番情景，并未恼怒，而是笑容满面地说："你们怎可偷看我的日记？"随后半严肃半风趣地告诉三人："我生平不治资产，这一部日记将是我留给我的儿子们唯一的遗赠，当然是要在若干年后才能发表。"

◇ 据张中行回忆，老北大时期，有一次师生汇聚一堂，就佛学专题展开讨论。胡适发言很长，正在讲得津津有味的时候，一个姓韩的学生气冲冲地站起来，不客气地说："胡先生，你不要讲了，你说的都是外行话。"胡答道："我这方面确是很不行。不过，叫我讲完可以吗？"在场的人都说，当然要讲完。张中行分析说："因为这是红楼的传统，坚持己见，也容许别人坚持己见。根究起来，韩君的主张是外道，所以被否决。"

◇ 有一次，北大学生因为学校派代表去南京聆听蒋介石的训话而罢课。蒋梦麟校长召集全体学生开会，劝学生复课。胡适继蒋之后发言，苦口婆心地劝导学生，遭到了很多学生的反对，在台下起哄，要给胡难堪，但胡丝毫不以为忤，让北大学生充分认识到了胡的"能容"。当时的学生朱海涛记下了这一幕："就在蒋校长那次召集的学生大会上，我们见到适之先生的气度和他那种民主精神。当时他继孟邻先生（即蒋梦麟）之后上台训话，一开口，台下就起了哄。反对他的（多半是"左"倾学生），踏脚、嘶叫，用喧闹来盖他的演讲。拥护他的（多半是右派）用更高的声音来维持秩序，来压制反对者的喧哗。顿时会场上紧张起来，形成了对垒的两派，他的声浪也就在这两派的叫嚣中起伏着，断断续续地送入我们的耳鼓。这是篇苦口婆心的劝导，但反对他的那些年轻人却红着脸，直着脖子，几乎是跳起来地迎面大声喊道：'汉奸！'他也大声，正直而仍不失其苦口婆心地答道：'这屋子里没有汉奸！'终其演讲，这些年轻人一直在给他当面难堪，而他始终保持着热心诚恳、恺悌慈祥的声音态度。"朱海涛感慨地说："这天给我的印象极深，我看到了一个教育家的气度，应当是多么大！我也看到了适之先生的'能容'。"

◇ 中文系有一讲师，姓缪名金源，极怪异，因受胡适赏识而留校教授大一国文。缪第一节课给学生介绍参考书说：第一，《胡适文存一集》；第二，《胡适文存二集》；第三，《胡适文存三集》；第四，《胡适文存四集》。他虽讲课不错，但如此开列参考书，学生自然不满，于是派代表面见胡适："缪先生教的不行，思想太落后了，还留在五四时代。"胡适闻言大怒，拍起桌子说："什么是五四时代？你们懂什么？太狂妄了！缪先生是好老师，不能换！"学生只好败兴而归。

◇ 沈从文在北大课堂上说："胡适之先生的最大的尝试并不是他的新诗《尝试集》。他把我这位没有上过学的无名小卒聘请到大学里来教书，这才是他最大胆的尝试！"

◇ 五四时期，胡适提倡白话文，章士钊则坚持文言文，观点针锋相对。1923年，章发表《评新文化运动》，批驳白话文，引起新文学界的强烈反对，鲁迅、周作人、郁达夫、成仿吾等纷纷著文反驳。其时胡适正在杭州养病，潘大道去看望，章让潘带口信说他给胡出了一个新题目，务必请胡著文应答。胡毫不客气地告诉潘："请你告诉行严（章士钊的字），这个题目我只好交白卷了，因为行严那篇文章不值得一驳。"潘问："'不值一驳'，这四个字可以老实告诉他吗？"胡说："请务必达到。"不久，胡回到上海，受邀同时和章在一位朋友家聚餐，席间，胡方知潘碍于情面，并未将自己的话向章如实转告。于是，胡便当众宣称章的《评新文化运动》"不值一驳"。章闻言，毫不在意，照样谈笑风生。散客后，朋友对胡说："行严真有点雅量，你那样说，他居然没有生气。"

◇ 杨振声在西南联合大学指导一名本科四年级学生写关于曹禺研究方面的论文，学生迟迟写不出，杨约学生谈话。原来学生的观点与杨不尽一致，怕杨否定，通不过。杨告诉学生，只要认真研究，掌握原始材料，言之成理，持之有故，尽可写成论文。师生完全一个样，学术怎能发展？学术面前，只重证据，不论资格。

◇ 20世纪20年代，北大有两位教授——古文家刘师培和今文家崔适，两位在校内的住所恰好对门，自然朝夕相见，每次见面后都是恭敬客气，互称某先生，同时伴以一鞠躬。可是上课之后就完全变了样，总要攻击对方荒谬，毫不留情。两位都是著作颇丰，忠于自己所信，当仁不让。学术与人情截然分开。

◇ 据张中行回忆，梁思成从20世纪30年代起便在北大讲中国建筑史，每次都放幻灯片，课讲得十分有趣，听讲的人也很多。有一年，讲完最后一讲，梁说："课讲完了，为了应酬公事，还得考一考吧？诸位说说怎么考好？"听课的有近20人，却无人答话。梁又说："反正是应酬公事，怎么样都可以，说说吧。"还是无人答话。梁这时像是恍然大悟，说："那就先看看有几位是选课的吧。请选课的举手。"还是没人举手。梁大笑，说："原来诸位都是旁听的，谢谢诸位捧场。"说完，向台下作一大揖。众人报以微笑而散。

◇ 熊十力曾指斥佛家，说佛家谈空，使人流荡失守。1919年，梁漱溟在《究元决疑论》中评议古今中外诸子百家，却独推崇佛法，还指名道姓地指出："此土凡夫熊升恒（即熊十力）……愚昧无知。"熊见到梁文后，并不生气，还给梁寄去一明信片，说：你在《东方杂志》上发表的《究元决疑论》一文，我见到了，其中骂我的话却不错；希望有机会晤面仔细谈谈。后来熊十力到京，借居广济寺内，遂得与梁把握快谈，争论佛教。由此二人结交，并成为终生不渝的好友。

◇ 顾颉刚的史学名著《古史辨》是学术争论的直接产物。他在《读书杂志》上发表致钱玄同的长信后，有人反驳，他十分高兴，来函照登，并在致胡适的信中说："我最喜欢有人驳我，因为驳了我才可逼得我一层层地剥进，有更坚强的理由可得。"顾主编的《古史辨》七大册从头到尾都以讨论集形式出现，又尽量辑入反驳和批评自己古史学说的文字，他说自己这样做是"想改变学术界的不动思想和'暧暧姝姝于一先生之说'的旧习惯，另造成一个讨论学术的风气，造成学者们的容受商榷的度量，更造成学者们的自己感到烦闷而要求解决的欲望"。

◇ 1929年，顾颉刚回苏州养病时，偶然读到钱穆的《先秦诸子系年》书稿，大为欣赏，当即对钱说：你不合适在中学教书，你应该到大学教历史。随后即推荐钱到燕京大学，并请他为《燕京学报》撰文。他明知钱的《刘向歆父子年谱》与自己的观点对立，依然将此文发表在自己主编的《燕京学报》上，后又收入《古史辨》。不久，顾又力荐钱到北大任教。他在致胡适的信中说："我想，他如到北大，则我即可不来，因为我所能教之功课他无不能教也，且他为学比我笃实，我们虽方向有些不同，但我尊重他，希望他常对我补偏救弊。"数十年后，钱回忆起这件事，仍然充满感激之情："颉刚不介意，既刊余文，又特推荐余至燕京任教。此种胸怀，尤为余特所欣赏。固非专为余私人之感知遇而已。"

◇ 顾颉刚在燕京大学讲《尚书》，认为《尧典》的十二州是受汉武帝十三州的影响。顾的学生谭其骧在查阅了大量史料后，认为顾的说法不能成立。

顾就鼓励谭写出自己的意见。然后将两人讨论的信札刻印发给学生，并说明他已经认可了谭的观点。顾还在日记中说："其骧熟于史事，余自顾不如，此次争论汉武十三州问题，余当屈服矣。"

◇ 童书业在北平时曾寄住在顾颉刚家。童素来不修边幅，不谙人情世故，顾的子女把其言行作为笑谈。顾发现后严肃批评孩子："人不可貌相，童先生很有学问，你们应当好好向他请教，能及他一半就不错了。"

◇ 朱家骅任中央研究院院长时，计划成立民族学研究所，他托当时的史语所所长傅斯年出面请语言学家李方桂任所长，谁知李坚辞不就。傅一再催促，李最后很不耐烦，就说："我认为，研究人员是一等人才，教学人员是二等人才，当所长做官的是三等人才。"傅听后躬身作了一个长揖，退出说："谢谢先生，我是三等人才。"

◇ 鲁迅逝世后，侨居美国的林语堂发表《悼鲁迅》一文，认为"鲁迅与其称为文人，无如称为战士"。又说："鲁迅与我相得者二次，疏离者二次，其即其离，皆出自然，非吾于鲁迅有轩轾于其间也。吾始终敬鲁迅。鲁迅顾我，我喜其相知；鲁迅弃我，我亦无悔。"

◇ 鲁迅生前与新月派不合。1936年10月，鲁迅在上海逝世，当时新月派的干将之一叶公超正在北大任教，听说鲁迅逝世，就特别把鲁迅所有的作品都搜集来，不眠不休地花了好几天时间把它们一口气全读完，并专门撰写文章高度称赞了鲁迅在小说史研究、小说创作及文字能力三方面的成就。他说："我有时读他的杂感文字，一方面感到他的文字好，同时又感到他所'瞄准'（鲁迅最爱用各种军事名词）的对象实在不值得一粒子弹。骂他的人和被他骂的人实在没有一个在任何方面是与他同等的。"叶还认为"五四之后，国内最受欢迎的作者无疑是鲁迅"，称赞"鲁迅最成功的还是他的杂感文。……他的情感的真挚，性情的倔强，智识的广博都在他的杂感中表现的最明显"。胡适读了这样的评论以后，对叶说：

"鲁迅生前吐痰都不会吐在你头上,你为什么写那样长的文章捧他?"叶却答道:"人归人,文章归文章,不能因人而否定其文学的成就。"

◇ 叶公超在台湾时,有一次打电话给台北"中国日报社",找该报的发行人余梦燕。接电话的人说:"她不在。请问您贵姓?"叶答:"我是叶公超。"对方以为叶在寻开心,冒充叶公超,就毫不客气地说:"你要是叶公超,我就是叶公超的老子。"没想到,叶心平气和地说:"好。那么,爸爸,请你告诉我在哪里能找到余梦燕。"对方一听,才发觉玩笑开大了,赶紧挂掉电话。

◇ 在一次聚会时,有人提起哥德尔工作的重要,金岳霖说要买一本书看看,他的学生沈有鼎对金说:"老实说,你看不懂的。"金闻言,先是"哦哦"了两声,然后说:"那就算了。"两人都是神情自若。殷海光在看到他们师生两人的对话后惊叹不已。

◇ 1938 年,西南联大第一学期开学时,殷海光选修了郑昕的"哲学概论",郑昕发现殷海光也来听他的课,凭着以前对殷的了解,就对他说:"你不用上我的课,下去自己看书好了。"于是,殷海光就不再来上课,期终却得了这门课的最高分。这学期,殷海光还选了他的恩师金岳霖的逻辑课,金也对他说:"我的课你不必上了,王宪钧刚刚从奥国回来,他的课讲得一定比我好,你去听他的吧!"殷海光于是就去听王教授的课去了。

◇ 汤用彤待人宽厚,脾气极好。他喜欢喝排骨莲藕汤,每次至少要喝上两碗。但是有一次家人端上汤后,他只喝了一碗便起身走了。家人觉得有些异常,盛汤一尝,马上就吐了出来。原来做汤的人没留神把一块肥皂掉进锅里却没有发现。汤用彤已经察觉到汤的味道不对,但是为了不致影响别人的情绪,居然一声不响地把一碗汤全都喝了下去。

◇ 俞平伯在北大讲古诗,讲到蔡邕《饮马长城窟行》,其中有"枯桑知天风，海水知天寒"两句，俞说："知就是不知。"某同学站起来质疑："俞先生，你这样讲有根据吗？"俞说："古书这种反训不少。"随手拿起粉笔写出六七种来，提问的同学说："对。"然后坐下。

◇ 冯友兰自奉甚简，家中饭食一贯简单甚至粗糙，而冯从不挑剔，也从无不悦，总是兴致勃勃地进餐，无论好吃与否，都似乎滋味无穷。其女宗璞分析原因说，这一方面是因为他得天独厚，一直胃口好，对此冯常自嘲："还有当饭桶的资格。"另一方面，他是以为能做出饭来已经很不容易，再挑剔好坏，岂不让管饭的人为难。

◇ 1985年12月4日，北大哲学系为冯举办90寿辰庆祝会，冯提出邀请梁漱溟参加。冯的女儿电请梁，梁答不能来。数日后，梁致冯一信，大意是北大旧人现唯我二人存矣，应当会晤，只因足下曾谄媚江青，故我不愿来参加寿宴。如到我处来谈，则当以礼相待，倾吐衷怀。冯读后无愠色，说这样直言，十分难得，并命其女寄梁一册《三松堂自序》。之后又致信给梁，谈及自己在《三松堂自序》里解释了所谓谄媚江青事件的来龙去脉，希望梁看后可以谅解。当年年底，两位世纪哲学老人终于友好地会晤了。

◇ 朱光潜治学为人，从来不勉强别人接受自己的观点。他在《谈美》的"开场话"中说："我所说的话都是你所能了解的，但是我不敢勉强要你全盘接收。这是一条思路，你应该趁着这条路自己去想。一切事物都有几种看法，我所说的只是一种看法，你不妨有你自己的看法。"

◇ 朱光潜的某些美学观点跟蔡仪针锋相对，二者是有名的"论敌"，但这丝毫没有影响朱对"对手"的尊重。一次，朱帮邓伟敲定拍摄名单，他翻看着纸上的人名，问："你应该拍摄美学家蔡仪先生，有他的名字吧？"朱的另外一个"论敌"李泽厚撰文回忆，当年朱曾在给友人的信中评价李泽厚的文章是所有批评他的文章中最好的。在"文化大革命"中，这两位"论敌"还曾偷偷小聚，把酒畅叙。朱光潜曾说，人活在世上，不要看风行事，应该实事求是，说公道话，做老实人。

◇ 朱光潜的《谈美》一书，副标题为"给青年的第十三封信"。此书出版后，上海书摊上出现一本署名"朱光潸"的书，书名叫《给青年的十三封信》。朱光潜看后哭笑不得，给这位"朱光潸"写了一封公开信，含蓄地说了做人要坦诚的意思，署名曰"几乎和你同姓同名的朋友"。此信后来发表在《申报》上。

◇ 1954年秋天，中山大学语言学系合并到北京大学中文系，成立了汉语专业，由王力任教研室主任。魏建功、周祖谟去看望他，并向他汇报教研室的筹建情况。辞别之时，王风趣地说："我为什么叫'力'？因为我太无力，只好借姓的光。叫'王力'，就是希望自己有王那样强的力，可是没有用，看来还必须借助教研室大家的力，才能把汉语教研室办好。"

◇ 1978年，王瑶准备招收6名研究生，报考者却达八百余人。他找到北大中文系党委书记，问："你想不想要人才？"书记说："当然想要。"王说："想要人才，就别考外语。你想，这些人才在'文化大革命'当中，外语肯定是不行的，若是考外语，就把最有才华的人挡在外面了。"书记采纳了王的意见，决定免试外语。

◇ 邓广铭在主持《光明日报》史学专刊编辑工作时，非常重视对后辈的提携和帮助，由此激励和培养了不少青年新秀。他曾欣慰地谈到这点："我们决不以投稿人知名度之高低决定稿件之采用与否。因此，有好几位青年史学工作者，他们的第一篇论文是在史学专刊上刊出的，而且是在史学专刊上先后发表了几篇论文之后受到鼓舞，奋力前进，成为史学研究领域的骨干力量。这类事，也常常被我们引以自慰。"

◇ 汪曾祺和查良铮都是西南联大的学生，而且都是校文艺社团"冬青社"

的成员，一个写小说，一个写诗。汪曾祺成名后，有个报社记者想去采访他，他连连摆手："你们应该去采访查良铮，诗人是寂寞的。"

◇ 在北大的一次报告会上，季羡林讲到英国牛津大学实行自由式教学，师生一起吸烟讲学，烟浓时连屋里人的上半身都看不清，可谓真正的"熏陶"。说完他话锋一转，向身旁的校党委副书记建议，北大在教学改革时也可考虑这种自由对话式的教学方式。顿时全场数百名学生一起大笑鼓掌。

◇ 2008年，徐光宪获得国家最高科技奖，发表获奖感言时，特别提出"北大有许多优秀的学生，我获奖的工作都是我的学生和研究团队完成的，我只是这个集体的代表"。他说："我一生在科研上三次转向，在四个方向上开展研究。在这四个方向上，我的学生已大大超过了我。"他还对其他科学家充满了由衷的敬佩之情。他说："以前获奖的，拿袁隆平来说吧，我就比不上。他不但解决了中国的粮食问题，对世界粮食问题也有很大贡献。""我比不上他们，真的！"

◇ 吴小如以学问大、爱纠错而出名，故被称为"学术警察"。难得的是，吴不仅善于扬人之"恶"，更敢于扬己之"恶"。如有人指出他的错误，他一定会立刻承认并向指谬者致谢，甚至写文章公开服善，决不为自己护短。汪少华在其《古诗文词义训释十四讲》一书中指出吴著作中的一些错误，他看到后马上写文章公开承认错误，虚心接受批评，并郑重向读者推荐汪的这本"好书"，表扬汪"学有本源，功底坚实"。1980年吴发表《范仲淹〈岳阳楼记〉考析》，几年后收入《古文精读举隅》一书。看过该书校样后，吴偶然得知某师专学报上曾有文章与他商榷，便立即转辗托人找来阅读，并特地写了"校后补记"，感谢那位作者指出了他文中的一些错误。刘绪源在《出人意料的吴小如先生》一文中写过这样一件事："小如先生常撰文批评他人下笔出错，有些话说得颇不留情面。那一次，是陈四益先生写来一文，指出小如先生谈《四库全书》时有一处硬伤。文章发表后，好多人等着看这位'学术警察'怎么应对，我也担心小如先生会有难堪。出人意料的是，不几天我就收到小如先生来信，是一封供公开发表的信，对陈文表示感谢，坦然承认自己做学问不细，虽入行有年，须补的课仍不少，希望有更多同道今后监督帮助。我读后感慨不已。陈四益先生到编辑部来时，也对此深表感叹，说事出意外，本以为老人家会寻理强辩，不料如此干脆，前辈颇不可及。等着看出洋相的人这下都不响了。此后，小如先生纠谬的文章照写，口气照样尖锐。人们从他的文字中，看到了一位昂昂然不妥协的形象，既不对他人错误妥协，也不对自己妥协。"

◇ 王选常说，名人和普通人不应该有什么区别，名人要保持普通人的心态，别人尊重你，无非是自己过去有点贡献，仅此而已。在方正和北大计算机研究所，大家都随意地叫他"王老师"。后来他担任全国政协副主席，若听到别人叫自己"主席"，王选会很认真地说："不要叫我主席！"他住院期间常同医护人员聊天、开玩笑。有人称他首长，他会笑着伸出手说："我这是手掌！"他最常用的名片，印着"北京大学计算机科学技术研究所，教授，王选"。他说："这张名片是永恒的。"

◇ 金开诚在《动人春色不须多》中曾谈到北大的学风具有很浓厚的民主作风：北大老中青各代学者各有所长，很少有学术上的压制与干涉。"所以有的中年同志才敢于声称'老先生的文章功力深厚，我写不出；年轻人的文章敏锐新颖，我也写不出。不过，我的文章，他们也都写不出'"。

◇ 肖东发经常教育学生，无论做人，还是做学问，都要谦虚谨慎，胸怀大度，善于听取批评意见，有则改之，无则加勉。他的学生杨虎随他参与一些课题工作会议时，偶尔可见一二人对他提出刻薄的批评意见。但杨从未见其师发火，而是温言相待，保证会议和工作的顺利进行。有时杨对此不解，对他抱怨。肖则解释说："我的处事原则就是'立定脚跟做事，大着肚皮容人'。咱们只管做好自己的事情就好，不要和人争论。"

真趣第六

清人张潮云:"情必近于痴而始真,才必兼乎趣而始化。"为学做人,亦不可缺少真纯与趣味。大学中人,并非都是法相庄严的学究夫子,其中并不乏懂情趣、识幽默的率真之士。正因其有真性情、真趣味,才使其形象增添了几分可爱可亲的色彩。读其逸闻逸事,往往让人忍俊不禁,以为重见《世说新语》中人。然而却常能在会心一笑之余,体悟到其率性而为、天真烂漫的"真人"风度。掩卷深思,除可爱可亲之外,更多的是感到了"难得"与"可敬"。学人的真趣,也使大学的形象平添了几分摇曳生姿、丰富多彩的天然魅力。

◇ 林纾平生任狭尚气,性情刚毅,除长于文学撰述之外,还精于武术,尤擅舞剑,曾著笔记小说《技击述闻》,记载平日耳闻目睹的武林实事。在京师大学堂任教时,在课堂上经常向学生讲授武林故事。言谈之间,眉飞色舞,津津有味,让学生向往不已。

◇ 蔡元培入翰林院时,主考官看到他的试卷大喜,对其文章称赞不已;评价其书法则曰:"牛鬼蛇神。"后来,钱玄同问蔡:"蔡先生,前清考翰林,都要字写得很好的才能考中。先生的字写得这样蹩脚,怎样能够考得翰林?"蔡不慌不忙,笑嘻嘻地回答说:"我也不知道,大概因为那时正风行黄山谷字体的缘故吧!"

◇ 1927年,北伐军何应钦部攻克福建,蔡元培、马叙伦等浙江名流代表民众欢迎北伐军早日进浙。何设宴款待蔡、马等人，并介绍苏联顾问蔡列班诺夫与他们相见。苏联顾问当即送上自己的中国式名片："蔡列班诺夫"。蔡元培接过名片后，笑道："原来是本家。"

◇ 五四运动以后，每逢5月4日，北大必有一群校友聚会，指点江山，畅谈国事，借以纪念五四运动，名之曰"五四"聚餐会。这个惯例坚持了好几年，而且每年都要邀请老校长蔡元培参加。在某年的聚餐会上，蔡感慨地说："我们这帮人真是吃'五四'的饭呀！"

◇ 白化文回忆说：沙滩红楼的老北大文化氛围独具一格。甚至周围的乞丐叫声也很特别，不喊"升官发财"老一套，见了男生就喊："您行行好吧，您准能当校长！"对女生则喊："小姐行行好吧，您准能坐大火轮留洋！"校门口卖豆腐脑的也有老北大书卷气，常对青年人灌输："老年间儿，我爸摆摊儿那会子，鲁迅跟给他拉洋车的肩并肩坐在咱这摊子上，一起吃喝，吃完了，您猜怎么着，鲁迅进红楼上课，拉洋车的叫我爸给他看着车，也进去听课去啦。蔡校长的主意：敞开校门，谁爱听就听，不爱听拍拍屁股走人，谁也管不着谁，那才叫民主，那才叫自由哪！"

◇ 民国初年，辜鸿铭任教于北大，当时大学开始招收女生。辜见校内女生甚多，便问工友："这些堂客是哪里来的？"当时北平饭馆的习惯：女客称堂客，男客称官客。工友告诉他，以后学校将有女生来上课。辜摇头叹息，以为从此风化将成问题。辜保守顽固，论中国事情常有立异之说，如论新旧婚姻之不同："中国旧式婚姻，譬诸置水于炉火之上而徐俟其沸，则过程中之温度有增无减；近代之自由婚姻制度，则譬诸已沸之水自炉而委地，未有不冷者。"

◇ 黄侃喜爱美食，在北大任教时，京城饭肆酒楼处处吃遍，在家里吃也是一点马虎不得。据其学生陆宗达回忆，当时黄"一顿中饭，可以从日头正午吃到太阳偏西；一顿晚饭，能从月出东山吃到子夜乌啼。他吃饭并不多，这中间最主要的就是谈"。他经常对陆说："要学我这学问，光靠课堂上那点不行，必得到这饭桌上来听，才是真的！"

◇ 陈独秀曾与章士钊共同创办《国民日日报》。20多年后，章士钊在忆及与陈独秀共事的情景时，兴趣盎然地写道："吾两人蛰居昌寿里之偏楼，对掌辞笔，足不出户，兴居无节，头面不洗，衣敝无以易，并亦不浣。一日晨起，愚见其黑色袒衣，白物星星，密不可计。愚骇然曰：'仲甫，是为何物耶？'独秀徐徐自视，平然答曰：'虱耳。'其苦行类如此。"

◇ 据许德珩回忆：1919年下半年，也就是陈独秀尚在北京大学任文科学长的时候，陈延年和陈乔年两兄弟来京看望父亲。他们并不直接去陈独秀家里，而是准备了一张名片投递，上面写"拜访陈独秀先生"，下面写着延年、乔年两兄弟的名字。此事一时传为笑谈，人们说陈独秀提倡民主，民主真的到了他的家里。

◇ 抗战期间，日军在云南狂轰滥炸，西南联大师生每每苦于"跑警报"、钻防空洞。在昆明郊区，很多人为图方便，便在院子里挖一个坑，上面盖上一块厚木板，敌机来时，则钻入坑中。陈寅恪于是作一对联："见机而作，入土为安。"因其对仗工整，又切于实情，遂在师生中广泛流传。

◇ 胡适提倡白话文，于课堂上令学生拟一拒聘电报，其中有一最简者为："才疏学浅，恐难胜任，不堪从命。"而胡的白话稿为："干不了，谢谢。"胡论曰："文之优劣，原不在文白，在于修辞得当也。"

◇ 季羡林评胡适，"毕竟是一个书生，说不好听一点，就是一个书呆子"。据季回忆，他曾与胡一同在北京图书馆开评议会，胡匆匆赶到，声明他要提早退席去赶开另一个重要会议。其间，一位与会者发言跑题，谈到《水经注》。一听到《水经注》，胡便浑身是劲，立即精神抖擞，接着发言者的话茬，眉飞色舞，口若悬河地发表己见，一直到散会，他也没有退席，而且兴致极高，大有挑灯夜战之势。早把那个"重要会议"忘到爪哇国去了。

◇ 胡适因创作和提倡白话诗，被称为"新诗的老祖宗"。海内作新诗者均以能得胡适的评论而荣幸，以致后来以《女神》名噪诗坛的郭沫若，以一直得不到胡适的评论为憾。1923年，两人在一次欢宴上见面，当胡适在酒酣耳热中说起他曾想要评《女神》，并取《女神》读了五日时，郭沫若大喜，竟抱住胡适，要和他接吻。

◇ 胡适因提倡白话文而名满天下，"我的朋友胡适之"曾经是当时许多人的口头禅，无论相识与否，文人雅士、社会贤达多引以为荣。有一年，胡和马君武、丁文江等朋友作桂林之游，所至之处，辄为人包围。胡无奈地说："他们是来看猴子！"胡说他实在是为名所累。

◇ 周作人说："我们于日用必需的东西以外，必须还有一点无用的游戏与享乐，生活才觉得有意思。我们看夕阳，看秋河，看花，听雨，闻香，喝不求解渴的酒，吃不求饱的点心，都是生活上必要的——虽然是无用的装点，而且是愈精炼愈好。"

◇ 傅斯年身高体胖，朋友称其为"傅胖子"。抗战期间，傅在重庆，与李济、裘善元赴宴。宴毕，主人替他们雇好三乘滑竿。六个抬滑竿的工人守在门前。裘第一个出来，抬夫见他胖，都不愿抬，于是互相推让。第二个走出来的是李，比前一个更胖，剩下的四个抬夫又互相推让一番。等到傅走出来，剩下的两位抬夫一看，吓了一跳，扛起滑竿拔腿就跑，弄得主人分外尴尬。

◇ 傅斯年是五四运动的风云人物。他曾自豪地说："'五四'那天上午我作主席，下午扛着大旗到赵家楼，打进曹汝霖的住宅。"

◇ 傅斯年的旧学功底十分扎实，早年最喜欢唐代李商隐的诗，后来又痛骂李商隐是妖。罗家伦就问他："当时你喜欢李商隐的时候怎么不说他是妖啊？"傅回答说："那个时候我自己也是妖！"

◇ 傅斯年一贯反对提倡中医。有一次，在国民参政会上，参政员、孔子后裔孔庚提出一个有关中医问题的议案，傅当场表示反对。两人因此展开激烈的争辩。孔辩不过，气急败坏，就在座位上用污言秽语辱骂傅。傅十分生气，大声说："你侮辱我，会散之后我和你决斗！"散会之后，傅在会场门口拦住孔，孔此时已年过古稀，身体非常瘦弱。傅见此，怒气就去了大半，把两手垂下来说："你这样老，这样瘦，不和你决斗了，让你骂了吧。"

◇ 毛子水精于古籍鉴定，好收藏古书。任老北大图书馆馆长期间，每年毛都把绝大部分购书经费用于购买善本古籍，因而无法满足青年学生订阅新报刊的要求。一次，一些同学在图书馆内的大厅遇到了毛，就订阅新报刊问题向毛提出质问，同学越聚越多，质问发展成了斥责。毛异常生气，但又理屈词穷，只倔强地说了一句："就是不订！"个别同学一时激动，大喊一声"打"（其实并未动手），就把毛吓得楼上楼下乱跑一阵。事后，"学生追打毛子水"的新闻很快就传遍校园。

◇ 1930年，钱玄同43岁时，曾与朋友商谈自编文集，名为《疑古废话》。从44岁起每11年出一本集子，44岁那年编的一本叫《四四自思辞》；55岁那年编的一本叫《五五吾悟书》；66岁时出一本《六六碌碌录》；77岁时出一本《七七戚戚集》。书名都巧妙地运用了双声叠韵。书虽未编成，却很能见钱氏的性格。

◇ 在北大同人中，刘半农与钱玄同最为友好，但两人一说话就要抬杠。刘说他和钱"我们两个宝贝是一见面就要抬杠的，真是有生之年，即抬杠之日"，并以半农体作"抬杠诗"一首："闻说杠堪抬，无人不抬杠。有杠必须抬，不抬何用杠。抬自由他抬，杠还是我杠。请看抬杠人，人亦抬其杠。"

◇ 刘半农生性幽默诙谐，才气横溢。有一次，好友周作人向刘借俄国小说集《争自由的波浪》和一本瑞典戏剧作品，刘的回信却令周吃了一惊。信无笺牍，但以二纸黏合如奏册，封面题签"昭代名伶院本残卷"，信文竟然是一场"戏"："（生）咳，方六爷（按：指周作人）呀，方六爷呀，（唱西皮慢板）你所要，借的书，我今奉上。这其间，一本是，俄国文章。那一本，瑞典国，小曲滩黄。只恨我，有了他，一年以上，都未曾，打开来，看个端详。（白）如今你提到了他，（唱）不由得，小半农，眼泪汪汪。（白）咳，半农呀，半农呀，你真不用功也。（唱）但愿你，将他去，莫辜负了他。拜一拜，手儿呵，你就借去了罢。"

◇ 刘半农在法国巴黎大学攻读博士学位时，学校要求极为严格。一些"汉学大师"在博士答辩时，喜欢以偏题难倒中国学生，以炫其学。刘半农博士论文答辩时，气氛十分紧张，总共进行了七个钟头。结束时，刘已筋疲力尽，无力走路，只好由朋友搀扶出场。

◇ 有一位青年非常喜欢刘半农作词、赵元任作曲的《教我如何不想她》，便去赵家，请赵介绍他认识刘。恰巧刘来赵家，赵当即对青年介绍说："这就是你要认识的刘半农先生。"青年原以为刘是个风度翩翩的美男子，一见之下，竟是一位身着半旧长袍，形同乡巴佬的老头，顿感失望，情不自禁地说了一句："原来是这个老头啊！"刘闻言，甚为失意，作打油诗以自嘲："教我如何不想他，请进门来喝杯茶。原来如此一老叟，教我如何再想他！"

◇ 马寅初在北大演讲，常对学生自称"兄弟我"。73岁那年，他讲话的第一句话经常是："兄弟今年七十三岁……"他在学校的大会上经常夸北大，竖起大拇指，说"北大顶顶好"，说"北大 number one"。

◇ 1951年，已过古稀之年的马寅初就任北京大学校长。在北大师生欢迎马寅初的大会上，马对北大师生说："兄弟很荣幸来到北大做校长。兄弟要和大家提出三个挑战：第一，兄弟要学俄文。……第二，兄弟要骑马、爬山。……第三，兄弟冬天洗凉水澡。"

◇ 有一次李富春副总理来北大讲话，马寅初校长一会儿称他为李先生、李副总理，一会儿又冒出个"李副总统"，让很多学生想起了李宗仁。康生来校讲话，马一会儿称其为"康先生""康生先生"，一会儿又称"康生同志"，到了最后，称号全免，直呼其名："现在请康生讲话！"

◇ 顾颉刚担任高考典试委员时，所出历史试题中有"中国交通始于何时，盛于何时"和"诸葛亮治蜀"两题。答案竟有"始于元，盛于唐"和"始于18世纪，盛于28世纪"者。最离谱的，一份试卷中竟有"诸葛亮枪毙马谡"之句。

◇ 20世纪30年代初期，熊十力在北京大学讲佛学。一个人住在沙滩银闸路西一座小院子里，门总是关着，为免闲人打扰，门上贴一张大白纸，上写："近来常常有人来此找某某人，某某人以前确是在此院住，现在确是不在此院住。我确是不知道某某人在何处住，请不要再敲门。"看到的人都不禁失笑。

◇ 1926至1927年间，梁漱溟在北京西郊大有庄租了几间平房，和熊十力以及十几个青年学生同住一起。当时梁、熊两人都没有固定收入，靠发表文章、出版书的稿费维持十几个人的简单生活，大家基本上都跟梁一起吃素，可是熊爱吃肉，学生薄蓬山管理伙食。有一天，熊问薄："给我买了多少肉？""半斤。"当时是16两一斤，熊一听是半斤，骂薄："王八蛋！给我买那么点儿！"过了两三天，熊又问："今天给我买了多少肉？""今天买了8两。"熊一听高兴得哈哈大笑说："这还差不多！"此事在学生中间传为笑话。

◇ 1934年，熊十力住在其弟子徐复观家中。徐有小女均琴，刚3岁，颇逗人喜爱。有一次，熊问她："你喜欢不喜欢我住在你家？""不喜欢。""为什么？""你把我家的好东西都吃掉了。"熊听后大笑，用胡子刺她的鼻孔说，这个小女儿将来一定有出息。

◇ 冯友兰在西南联合大学讲"禅宗思想方法"，说禅宗的认识论用的是"负的方法"，用否定的词语表达肯定的意义，以非语言的行为表达语言不能表达的意义，"说就是不说"。演讲散会时，天气转凉，冯将带来的马褂穿在身上，同时自言自语地说："我穿就是不穿。"

◇ 冯友兰口吃，1948年归国后，曾作题为"古代哲人的人生修养方法"的系列讲座，第一次听讲者有四五百人，第二周减至百余人，第三周只剩二三十人，四五周后只剩四五人听讲，以其口吃，词不达意之故也。叶公超每次碰见冯，都喜欢戏谑一番，谎称自己遗忘，郑重询问冯家的门牌，冯必郑重答曰："二二二……二号"，必道七八个"二"而后止。冯讲课提到顾颉刚名，常"咕叽咕叽"良久而不出"刚"字，念墨索里尼，亦必"摸索摸索摸索"许久。

◇ 有人向冯友兰请教长寿秘诀，对中国传统哲学有精深研究的他只用三个字作答："不……着……急。"

◇ 1925年11月28日、29日，北平学界举行大规模示威游行，反对段祺瑞执政府。时在北大任教的林语堂也走上街头，拿着竹竿和砖石，与学生一起，直接和军警搏斗。林曾为圣约翰大学的垒球投掷手，在搏斗中，林的投掷技术发挥了极大的作用，投出去的石块命中率极高，好几个军警都被打得头破血流。林也被别人打中眉头，流血不止，从此留下了终身的伤疤。林每当提及此事时，总是眉飞色舞，自豪不已："我也加入学生的示威运动，用旗杆和砖石与警察相斗。……我于是也有机会以施用我的掷球技术了。"

◇ 孟孔武撰《幽默诗人》，其中有一节杜撰林语堂死后与孔子之间的对话。孔子说："我是《论语》主编，你也不过曾为《论语》主编；我周游列国，你也周游列国；何以我一贫如洗，而足下能豪富至此？其术可闻欤？"林莞尔而笑："此无他，我不过出卖了一些《吾国与吾民》。"

◇ 有一次，郁达夫和一位朋友到饭馆吃饭。饭毕，侍者过来收费，郁从鞋垫底下抽出几张钞票交给他。朋友非常诧异，问郁："为何钱藏在鞋子里呀？"郁笑答："这东西过去一直压迫我，现在我也要压迫一下它！"

◇ 赵乃抟在西南联大讲授"经济思想史"，第一堂课会宣布："本学期打算点名三次：第一次不到，假定你去了重庆；第二次不到，假定你去了桂林；三次不到，便假定你已到了滇缅公路。"

◇ 金岳霖终身未娶，无儿无女，但是过得怡然自乐。他养了一只大斗鸡，能把脖子伸上来，和他在一个桌子吃饭。又到处搜罗大梨、大石榴，拿去和别的教授的孩子比赛，比输了就把梨或石榴送给赢的小朋友，他再去买。金还喜欢斗蛐蛐，家里的蛐蛐罐有一大箩，男佣经常被他叫去抓蛐蛐。金还说：斗蛐蛐"这游戏涉及高度的技术、艺术、科学。要把蛐蛐养好，斗好，都需要有相当的科学"。

◇ 金岳霖年轻时视力不佳，他举例说："比如前面来个汽车，因为我左眼近视800度，右眼远视700度，结果来一个汽车，我看到七八个，然后我就不知道该躲哪一个了，可能七八个哪一个都不是真的。"

◇ 金岳霖在清华教书时，与陈岱孙都住在清华学务处。一次，梅贻琦校长外出，委托陈代理校事。一天，金准备上厕所，发现没了手纸，他并不赶紧去找，反而坐下来向陈写了一张讨手纸的条子："伏以台端坐镇，校长无此顾之忧，留守得人，同事感追随之便。兹有求者，我没有黄草纸了，请赐一张，交由刘顺带到厕所，鄙人到那里坐殿去也。"

◇ 据杨步伟回忆，金岳霖在清华教书时，有一天突然给杨打电话说有十分要紧的事，请她赶紧到自己家里一趟。而杨问他发生什么事时，金却无论如何不肯说，只催着杨赶紧来一趟，还说越快越好，并承诺事情办好了就请她吃烤鸭。杨是医生，担心金家出了什么紧要事，便和赵元任将信将疑地到了金家。进门后才知道是金养的鸡出了问题：金经常喂鱼肝油给鸡吃，所以鸡有十八磅之重，一个蛋生了三天还不下来。杨知道后哭笑不得。由于鸡蛋已有一半悬在外面，杨一下就掏出来了。金对此却赞叹不已。为了表示庆贺，金欣然请他们一起去吃了烤鸭。

◇ 金岳霖晚年深居简出。有一次，毛泽东对他说："你要多接触接触社会。"金其时已近八十岁，认为要接触社会就得到人多的地方去，自己又生活在北京。于是就和一个蹬平板三轮车的师傅约好，每天带着他到王府井一带转一大圈。于是在20世纪60年代末，在北京的王府井大街上，就有了一道奇特的风景线：一位身穿长袍模样奇特的老人，坐在一辆平板三轮车上，饶有兴致东张西望地看着热闹繁华的商店和熙熙攘攘的人流。

◇ 西南联大时，金岳霖教的研究生中，出了一位别出心裁运用逻辑推理的有趣人物。当时日本人常轰炸昆明，人们便要常常"跑警报"。这位研究生便预先作了一番逻辑推理：跑警报时，人们便会把最值钱的东西带在身边；而当时最方便携带又最值钱的要算金子了。那么，有人带金子，就会有人丢金子；有人丢金子，就会有人捡到金子；我是人，所以我可以捡到金子。根据这个逻辑推理，在每次跑警报结束后，这位研究生便很留心地巡视人们走过的地方。结果，他真的两次捡到了金戒指！

◇ 1934年，范文澜被国民党宪兵逮捕，押往南京，关了近一年，经蔡元培营救才获释。当他被捕后，北平大学校长徐诵明向南京国民党政府说情，说范生活俭朴，平时连人力车都不坐，常常步行到学校上班，并且把薪金的一部分捐给女子文理学院图书馆买图书。陈立夫听了之后说，这不正好证明范文澜是共党分子吗？不是共产党，哪有这样的傻子啊？范文澜出狱后，对熟悉他的千家驹说，原来生活俭朴是共产党的证据，我今后生活也要"腐化腐化"了。千家驹问他怎么个"腐化"法？他说："我要做件皮袍子穿穿，也要逛逛中山公园。"千说："这怎么算'腐化'呢！这'腐化'得太不够了。"他笑笑说："别的我不会啊！"抗战时期，范文澜在河南被胡宗南逮捕，经多方营救才出狱，然后先去了游击区，再到了延安，参加五一游行时，他还来不及换装，穿的是长袍。事后有人说，昨天五一游行，连"地主老财"也参加了。所谓"地主老财"指的就是范，那个时候延安是没有人穿长袍的。

◇ 范文澜常给人说起他年轻时期的"荒唐"事，比如一次能喝五斤老酒，在北大读书时，把宿舍的钥匙丢了，他就爬窗子进去，前后有两年之久。1936年，在一次吃饭时，范说自己生平没有看过一次电影，不知道电影院是什么样子。胡适听了大为惊讶，说电影是现代文明的结晶，怎么可以不看电影呢？

◇ 据范文澜回忆，当年他在北大做学生时，住在景山东街北大西斋宿舍，一排排的平房，中间隔成小间，彼此不隔音。他经常读书到深夜，隔壁的同学却常在夜间打麻将，使他不胜干扰。他有时忍耐不住，便敲敲墙壁，说："喂！喂！天不早了，该睡了。"对方却回答说："快了，快了，再有四圈就完了。"

◇ 西南联大时期，郑天挺担任学校总务长，与罗常培同住昆明青云街靛花巷3号的北大文科研究所集体宿舍。两人同年同月同日生，按传统的生辰八字，有六个字相同，罗因此开玩笑说："我和郑先生的八字差两个字，我降生的时辰不好，所以当不了总务长。"

◇ 杨晦是老北大哲学系毕业生。五四运动中，火烧赵家楼时，他是第三个爬墙进去的。他后来与学生白化文闲谈时，说："我念北大，采取三'yang'政策：看洋书，吃羊肉，听杨小楼！"

◇ 1960年冬天，冯至响应中央"上山下乡"的号召，去十三陵农村待了半年之久。回校后对学生说："这次下去好比'减肥运动'，我的裤腰带松了三个扣眼，我的体重减轻了20斤。"

◇ 俞平伯精于词曲和音律，尤嗜昆曲。其夫人许宝驯亦工丝管弹唱，二人堪称琴瑟和谐。俞平日喜欢自唱昆曲，但因嗓音欠佳，难以令闻者悦耳。有人听过他唱昆曲后，大发慨叹："谁若第一回听昆曲是平老唱的，管保一辈子不想再听昆曲！"

◇ 俞平伯晚年记忆力有所下降，有一次上课的时候跟学生说，我昨天看到一副对联，好极了。学生问：上联是什么？俞答：上联，忘了。学生又问：下联呢？俞再答：下联是什么什么春，就记住这么一个字。

◇ 邓广铭天性幽默，讲课异常渊博而生动，提起一个话头，就能讲出一串逸闻和掌故。他在课堂上提及宋太祖、宋太宗，必须加上"宋"字，反对直呼"太祖""太宗"。别人问他为什么，他回答说："他们又不是我的太祖、太宗，我不愿错认祖宗。"引来笑声一片。

◇ 邓广铭临终前对女儿说："我死了以后，给我写评语，不要写那些套话，'治学严谨、为人正派'，用在什么人身上都可以，没有特点。"

◇ 冯定是北大的第一位马克思主义哲学教授，学识渊博，遇事也极为镇定。据传，曾有一个小偷潜入冯家行窃，没有找到任何值钱的东西，正在懊恼，却突然听见有人说话，原来冯就坐在屋子里，一言不发，冷眼相看，见小偷要空手而返了，才突然开口："下回请你从门里进来！"小偷何曾见过如此场面，吓得拔腿就逃。

◇ 1994年，报刊时兴"展望21世纪"之类的话题，纷纷约请著名学者撰稿畅论。有编辑约周一良撰文，周婉拒之，答曰："以一千字推算下世纪，每年才合十字，这文章如何写法？"

◇ 陈岱孙言出必行，绝不轻易改动。担任行政职务时，坚持一条原则：办公室外不谈公事。某日，有学生到陈家看望，闲谈之中，偶及公事，陈便立即制止，说："明日到办公室再讲。"

◇ 西南联大时期，陈岱孙任经济学系系主任。一次，陈在审批学生选课单时，有个学生填了一门"国济贸易"，他用铅笔指一指"济"字，说"改一改"，学生马上改为"暨"字。陈便用红笔把这门功课从学生的选课单上画掉，替该生填上一门三学分的"大一国文"课程。

◇ 李汝祺是遗传学创始人摩尔根的第一位中国博士生、我国遗传学界的奠基人和一代宗师，他经常自谦地说："其实我就是数苍蝇的。"李在工作之余，非常喜欢看小人书，他认为小人书易看易懂，内容包括了人文、历史和传记等各方面的知识，是一个能从阅读中获得大量知识的书库。于是萌发了收集珍藏小人书的想法，为此而付出了不少时间和精力。他不遗余力地从各种渠道找来大量的小人书，经过分类编号，按顺序地摆放在书架上，他对国内小人书的发行了如指掌，出一本买一本，对短缺的书，想方法也要买回来配齐成套。有出差开会的机会总是要抽空让学生吴鹤龄陪他逛书店寻找要买的书，吴每次到外地开会，他会给吴一个书单托其代买。

◇ 著名的生物学家葛明德在北大讲授"生物学"课程，期末考试时，把一名学生的试卷弄丢了。学生没有成绩，前去问葛，葛说："实在抱歉，你的卷子我怎么也找不见了！"又问答得怎样，学生答："还可以吧！"葛就爽朗地说："那就给你4分吧！"（满分是5分）

◇ 据金岳霖回忆，张岱年平时不苟言笑，安步徐行。有一次哲学系教师散了会，回家的路上大家边走边说。张忽然离开大伙，一个人蹑手蹑脚快步向一棵大树下走去。原来他发现了一只刚脱壳的蝉，正向高处爬。张此时身手敏捷，手到擒来，带回去给他五岁的儿子玩。

◇ 季羡林酷好藏书、读书，藏书有几万册之多，共有六个房间分类储藏。平时他喜欢交替着做几件事情，在这个房间做学术文章觉得累了，就到另一个房间写散文。他戏称这种活动为"散步"。他坐拥书城，经常入神。在李85岁高龄时，一天他早早起床进了书房看书，等到看完书想出门时才发现把自己反锁起来了，钥匙不在身边，他又不愿麻烦别人，索性打开窗户，从窗台上跳了下去，幸而安然无恙。

◇ 季羡林经常要参加一些冗长而无实际内容的会议，为了不浪费大好时光，他就想方设法利用起时间的"边角废料"，经常在开会期间构思或动笔写文章，居然养成了边听发言边写作的习惯。他风趣地说：开会时，"我往往只用一个耳朵或半个耳朵去听，就能兜住发言的全部信息量，而把剩下的一个耳朵或一个半耳朵全部关闭，把精力集中到脑海里，构思，写文章"。"积之既久，养成'恶'习，只要在会场一坐，一闻会味，心花怒放，奇思妙想，联翩飞来；'天才火花'，闪烁不停；此时文思如万斛泉涌，在鼓掌声中，一篇短文即可写成，还耽误不了鼓掌。倘多日不开会，则脑海活动，似将停止，'江郎'仿佛'才尽'。此时我反而期望开会了。这真叫作没有法子。"

◇ 王瑶讲课，山西口音很重。中华人民共和国成立初期，他上课时，有的学生把"向科学进军"误听为"向河水进军"。

◇ 据任继愈回忆，西南联合大学时期，法学院一位教授作世界形势报告，分析德国和苏联不会开战，提出有四条根据，先讲了两条，中间休息二十分钟。恰好这时街上报童叫喊："号外！""号外！""苏德开战了！""苏德开战了！"教授分外尴尬，宣布下半讲不讲了，提前结束。任评论说："其实，世界风云变幻莫测，一个书生仅仅根据报刊、文献提供的有限信息资料去做判断，结论有误完全可以理解。这位教授照旧受到学生们爱戴。"

◇ 任继愈担任国家图书馆馆长期间，每次参加国图的会议，说得最多的就是希望大家多读书，国图也要给读者提供更方便的服务。他曾幽默地说："国图博士论文厅中有句话是《楚辞》里的'路漫漫其修远兮，吾将上下而求索'，应该把这话换掉，免得读者觉得在国图里查资料要东奔西跑。"

◇ 丁石孙说自己是一个历史乐观主义者，"从人类看，我们的后代总比我们强。从长期看，我们的日子也会更好，需要的，是做好自己眼前的事"。他对采访他的记者说："我还在'五七干校'做过饭。那时我天天挑着担子去买菜，要是哪一天能买到豆腐或是好吃一点的东西，我会非常高兴。因为做饭本身与我遭受的不公平是两回事。所以，只要让我做一点事，我就要认真地把它做好，并且能够从事物本身当中寻找到乐趣。"

◇ 20世纪60年代初，金开诚在食不果腹的情况下还经常去看戏。有一次去北京吉祥戏院看戏，饥饿难耐，路过一家药铺，灵机一动，进去问："哪种药丸子个大？拣个大的来几丸。"卖药的说："您得说有什么病啊。"金答："就是饿。先填饱了再说。"

◇ 钱理群曾给北大学生题词："要读书就玩命地读，要玩就拼命地玩。"他解释说：无论是玩还是读书都要全身心地投入，把整个生命投入进去。这样才使你的生命达到酣畅淋漓的状态。

◇ 王余光经常教育学生，既要懂得学术，更要懂得生活，尤其是懂得享受生活，并举自己的实例予以说明。他每到一地，总会优先做两件事：一是到旧书店淘心爱之书，二是到小吃摊上品味当地美食。

◇ 俞敏洪从北大毕业时，曾在毕业典礼上说："大家都获得了优异的成绩，我是我们班的落后同学。但是我想让同学们放心，我决不放弃。你们五年干成的事情我干十年，你们十年干成的我干二十年，你们二十年干成的我干四十年。……如果实在不行，我会保持心情愉快、身体健康，到八十岁以后把你们送走了我再走。"

◇ 老北大时期，学校对学生的住宿管理十分宽松。学生既可住学校宿舍，也可出外租房。有一位从南方考来的北大新生要出外租房，看到招租贴之后就去看房，看后很满意，三言两语就和房东谈妥。最后房东为谨慎起见，多问了一句："您有家眷吗？"因为两地口音不同，学生以为问的是"家具"，于是答："家具不是你们供应吗？"房东大怒，大有动武的势头。最后，租约也就糊里糊涂地破裂了。

◇ 新文化运动前期，北大学生自发成立了"北京大学平民教育讲演团"，目的在于用露天讲演和出版刊物的方式，向市民和郊区的农民与工人宣传新文化、新思想，达到平民教育的普及，补助学校教育之不足。刚成立时，因为经验不足，收效甚微，经常闹笑话。当时的团员之一朱务善如此描述他们初期宣讲时的情形："有一次我们到乡村去演讲，随身带有话匣子和乐器，到了某乡村，开始放话匣子，接着我和李骏吹起笛子来，吹的是苏武牧羊歌，其余几位同学则高声合唱。不一会来了一大堆小孩，后来几个老头子和老大娘也慢慢地跟上来了，只有几位年轻的姑娘躲在屋子里看热闹，不敢出门。我们讲演了好几个题目，其中有《女子缠足之害》一题，当我们说到'女子裹了小脚，走路做事都不方便，而且城里缠小脚姑娘，都找不到小女婿……'的时候，那些躲在门里面的姑娘，都羞羞答答地关上大门跑开了。"

狂狷第七

孔子云:"不得中行而与之,必也狂狷乎。狂者进取,狷者有所不为也。"狂狷者,非恰到好处之谓也,乃狂放不羁之谓也。古往今来,人们对狂放之士褒贬不一。但我们却认为,一般的疏狂、轻狂固然不好,但如果狂而不妄,狂得有底气、有性情、有成绩,就值得称赞和期许。魏晋名士高唱"礼法岂为我辈而设",却留下了千古传颂的"魏晋风度"。诗仙李太白"痛饮狂歌空度日,飞扬跋扈为谁雄",留下的是后代无法企及的"盛唐气象"。学界大师"天下其大,舍我其谁"的狂放之气,体现的是对自身能力的高度自信、对本性的任意挥洒,对世俗规则的鄙夷不屑,虽狂而不讨人嫌。用"世人皆欲杀,吾意独怜才"的眼光欣赏这种狂狷之气,反而觉得他们的言行举止中都透露着几分可爱,几分真实,因此而有一种别样的大家风度。遗憾的是,今日这样有好本领的狂狷之士不是太多,而是太少。

◇ 林纾为近代古文大家,善诗文,精书画,好自矜夸,有狂生之谓。其《畏庐文集》,于闲漫细琐之处,曲曲传情,与明代归有光文风相近。林自己也说:"六百年中,震川(归有光)外无一人敢当我者。"

◇ 陈独秀曾创办过多份有影响力的报刊,《新青年》就是其中最著名的一份。陈对自己的办报业绩也非常自信。他曾说:"我办报十年,中国局面全改观。"

◇ 陈独秀主张思想解放，常言："我有口舌，自陈好恶；我有心思，自崇所信，绝不认他人之越俎。"

◇ 抗战时期，陈独秀辗转流落到四川江津，生活穷困，深居简出，潜心著述。他将以前写成的文字学方面的学术文章加以整理，汇集成书，定名为《小学识字教本》。陈对此书颇为自信，他说："学者以文立身，《小学识字教本》是学理研究，对中国文字学意义大，可以流传下去。"他将书稿送到教育部的一个出版机构，出版社答应出版，并预支他5000元的稿费。接到稿费后，陈得意地对好友邓燮康说："夫子曰，耕者，食在其中；学也，禄在其中。像我这样的人，随便写本书都不饿饭。"《小学识字教本》正式出版之前，出版社将其送到教育部审批。教育部长陈立夫阅后认为内容无碍，只是"小学"两字不妥，容易和小学校混淆，希望陈能将书名改一下。陈接到陈立夫的批复后，极为不满，说："陈立夫懂得什么？'小学'指声音训诂、说文考据，古来有之。我写的书，一字也不能改。"因陈不同意改动，此书就始终未能出版。

◇ 熊十力自幼家贫，只读过半年私塾，全靠勤奋苦学，终成一代哲学大家。熊幼年即对父兄言："举头天外望，无我这般人。"1911年，武昌起义后，熊十力任湖北都督府参谋。当年12月，熊与吴昆、刘子通、李四光聚会武昌雄楚楼，庆贺光复，时称"黄冈四杰"。聚会期间，李曾书"雄视三楚"四字，熊则书："天上地下，唯我独尊。"

◇ 熊十力在北平的寓所有一副自写的对联："道之将废也，文不在兹乎。"其《新唯识论》出版时，署名为"黄冈熊十力造"，跟佛经的署名"某某菩萨造"一样，颇引起一些议论，因为在印度只有被尊为菩萨的人才可以用这说法。据传熊也曾经自称"熊十力菩萨"。

◇ 黄侃一身傲骨，满腹牢骚。睥睨学界二三十年，目空一切。走起路来，不是仰首窥天，就是俯首察地，绝少平视。甚至对其师章太炎的经学，有时也要批评一句："粗！"有一次，马寅初去看黄，谈到《说文解字》之学，黄一概不理。马再问，黄便不客气地说："你还是弄你的经济吧，小学谈何容易，说了你也不懂！"

◇ 黄侃去访王闿运，王是当时的文坛领袖，对黄的诗文激赏有加，不禁夸赞道："你年方弱冠就已文采斐然，我儿子与你年纪相当，却还一窍不通，真是钝犬啊！"黄听罢，直言道："您老先生尚且不通，更何况您的儿子。"

◇ 据周作人回忆，1908年前后，陈独秀往东京民报社与章太炎晤谈。陈无意说起湖北没有出过什么大学者，不料隔壁的黄侃听见，便大声说："湖北固然没有学者，然而这不就是区区；安徽固然多有学者，然而这也未必就是足下。"致使陈扫兴而去。

◇ 黄侃曾经在中央大学任教。学校规定师生进出校门需佩戴校徽，而黄偏偏不戴。门卫见此公不戴校徽，便索要名片，黄竟说："我本人就是名片，你把我拿去吧！"争执中，校长出来调解、道歉才算了事。

◇ 黄侃在中央大学兼课时，同事中的名流颇多，一般都是西装革履，汽车进出，最起码也有黄包车。黄侃则天天步行，卓尔不群。一日下雨，其他教授穿胶鞋赴校，而黄侃却穿一双钉鞋（即木屐）。黄侃上完课后天放晴，就将钉鞋用报纸包上夹着出校门。新来的门卫不识黄，见此公土气不说还携带一包东西，就上前盘问，并要检查纸包。黄侃二话没说，放下纸包就一走了之。系主任见黄几天都不曾来校授课，以为生病，便登门探望。黄则闭口不言，系主任不知何故，回去赶快报告校长。校长亲自登门，再三询问，黄侃才说："学校贵在尊师，连教师的一双钉鞋也要检查，形同搜身，成何体统？荒唐！荒唐！是可忍，孰不可忍！"校长再三道歉，后又托众多名流去劝说，也无济于事。黄侃从此就与中央大学脱离关系。

◇ 林损在北大上课时，异常自负。有一次学生问林："现在写文章最好的人是谁？"林答："第一，没有；第二，就是我了！"

◇ 张申府一生推崇罗素，也对自己的学问十分自信，他说："我相信我了解罗素；我可能是全中国唯一了解罗素的人。……罗素本人不认识孔子，但他的思想事实上十分接近孔子。其他人看不到这点，但我看到了。就算罗素不承认他的学说接近孔子，但我的哲学能把他俩拉在一起。我是他们的桥梁。"

◇ 鲁迅在北大兼课时，有人指责他为"北大派"，鲁迅怡然受之，并说："我虽然不知道北大可真有特别的派，但也就以此自居了。北大派么？就是北大派！怎么样呢？"

◇ 沈尹默是海内外公认的大书法家。有一次，他以前在北大的学生傅振伦对他说："你写的字恐怕是中国第一了。"沈答曰："我是世界第一。因为欧美非等洲的人全不会写中国字；如果我是中国第一，当然就是世界第一了。"

◇ 北伐胜利后，傅斯年异常兴奋，就约上几个北大旧同学去找蔡元培喝酒。大家兴致很高，都多喝了几杯。傅喝醉后，就信口畅谈他的国家理想："我们国家整理好了，不但要灭了日本小鬼，就是西洋鬼子也要把他赶出苏伊士运河以西，从北冰洋到南冰洋（南极洲），除印度、波斯、土耳其以外都要'郡县之'。"蔡元培笑着说："这除非你做大将！"

◇ 钱玄同自己规定，在北大讲课，考试可以，但绝不判卷。考试次数完全按学校规定，到了考试时间，发下试卷后，便坐下来干自己的事。到时间收卷交到教务室，便忙其他事去了。为此，北大专门给他刻了一个木戳，上写"及格"二字，收到考卷，盖上木戳，照封面姓名登记入学分册，完事。钱在燕大代课时仍用这个办法，考卷不看，交与学校。燕大便把试卷退回，钱仍不看，再交上。学校便说，如不判卷，将扣发薪金。钱回信，并附薪金一包，说："薪金全数奉还，判卷恕不从命。"

◇ 丁文江对他不喜欢的人，总是斜着头，从眼镜里看他，眼里露出白珠多，黑珠少，十分怪异。胡适对他说："史书说阮籍能作青白眼，我从来没有懂得，自从认识了你，我才明白了'白眼待人'是个什么样子。"丁听了大笑。

◇ 刘文典在西南联大任教时，常常对人说："联大只有三个教授，陈寅恪是一个，冯友兰是一个，唐兰算半个，我算半个。"

◇ 刘文典对庄子研究颇深，每次登堂讲授《庄子》，开头第一句必是："《庄子》嘛，我是不懂的喽，也没有人懂！"有人问刘古今治庄子者的得失，刘大发感慨道："古今以来，真懂《庄子》者，两个半人而已。第一个是我刘文典，第二个是庄周，另外半个嘛……还不晓得！"

◇ 刘文典曾讲元好问、吴梅村诗，讲完称："这两位诗人，尤其是梅村的诗，比我高不了几分。"

◇ 刘文典一意钻研古典文学，很瞧不起搞新文学创作的人，认为"文学创作的能力不能代替真正的学问"。一日，有人偶尔问及当时以"激流三部曲"名噪一时的巴金。他沉思片刻后，喃喃地说："我没有听说过他，我没有听说过他。"

◇ 刘文典在西南联大中文系当教授时，对讲授语体文写作的作家教师沈从文甚有偏见。当他获悉联大当局要提升沈为教授时，勃然大怒，说："陈寅恪才是真正的教授，他该拿四百块钱，我该拿四十块钱，朱自清该拿四块钱。可我不给沈从文四毛钱！他要是教授，那我是什么？"在讨论将沈提升为正教授的教务会议上，大家都举手同意，唯有刘表示不满，他说："沈从文是我的学生。他都要做教授,我岂不是要做太上教授了吗?"有一次"跑警报",沈从文碰巧从刘文典身边擦肩而过。刘面露不悦之色,说:"我跑是为了保存国粹,学生跑是为了保留下一代的希望,可是该死的,你干吗跑啊?"

◇ 1941年圣诞节,日本袭击香港,滞留香港的梁漱溟化装成渔夫,九死一生脱离虎口。他说:"我相信我的安危自有天命。"安全抵达广西后,他在给两个儿子的信中写道:"孔孟之学,现在晦塞不明。或许有人能明白其旨趣,却无人能深见其系基于人类生命的认识而来,并为之先建立他的心理学而后乃阐明其伦理思想。此事唯我能做。又必于人类生命有认识,乃有眼光可以判明中国文化在人类文化史上的位置,而指证其得失。此除我外,当世亦无人能做。"又说:"'为往圣继绝学,为万世开太平',此正我一生的使命。《人心与人生》第三本书要写成,我乃可以死得。现在则不能死。又今后的中国大局以至建国工作,亦正需要我,我不能死。我若死,天地将为之变色,历史将为之改辙,那是不可想象的、万不会有的事!我有我的自喻和自信,极明且强,虽泰山崩于前,亦可泰然不动,区区日寇,不足以扰我也!"很多友人都认为梁的这一番话疯狂至极,梁则回答:"狂则有之,疯则未也。"

◇ 梁漱溟在《东西文化及哲学》的自序中说:"今天的中国人,西学有人提倡,佛学有人提倡,只有谈到孔子羞涩不能出口,也是一样无从为人晓得。孔子之真,若非我出头倡导,可有哪个出头?"

◇ 梁漱溟曾题词明志:"我生有涯愿无尽,心期填海力移山。"1966年,他在风雨飘摇中写信给朋友说:"我自信从来不为一身一家之谋,所关心而致力者不是国家危难,即是人类文化问题。我的遭际自有天命在焉,不是我一个人的事情。古人说:'不怨天,不尤人',颇觉自己衷怀亦能如此。"

◇ 顾颉刚 12 岁时曾作一册自述，题为《恨不能》：其一是"恨不能战死沙场，马革裹尸"；其二是"恨不能游尽天下名山大川"；其三是"恨不能读尽天下图书"。

◇ 顾颉刚说："我的心目中没有一个偶像，由得我用了活泼的理性作公平的裁断，这是使我极高兴的。我固然有许多佩服的人，但我所以佩服他们，原为他们有许多长处，我的理性指导我去效法，并不是愿把我的灵魂送给他们，随他们去摆布。对今人如此，对古人亦然。"

◇ 汤用彤对自己学问颇为自信，1942 年，当他得知其所撰《汉魏两晋南北朝佛教史》被教育部授予最高学术奖时，很不高兴，对同事说："多少年来都是我给学生打分数，我的书要谁来评奖。"

◇ 1914 年，金岳霖赴美留学前曾就专业问题征询家人意见，他五哥建议金学习簿计学。到美后，金先是读商业科。后来因提不起兴趣，而改学政治学。他在给五哥的信中说："簿计者，小技耳，俺长长七尺之躯，何必学此雕虫之策。昔项羽之不学剑，盖剑乃一人敌，不足学也。"

◇ 废名（冯文炳）曾在北大为大一学生讲授国文课，听过此课的汤一介曾回忆说："废名先生教我们大一国文。第一堂课讲鲁迅的《狂人日记》，废名先生一开头就说：'我对鲁迅的《狂人日记》的理解比鲁迅自己深刻得多。'这话使我大吃一惊，于是不得不仔细听他讲了。"

◇ 废名在北大给学生讲自己的作品《桥》，每每提到其中精彩的语句，总会扬扬得意地说："你们看，我这句写得多么妙不可言啊！无人能超过！"有一位女同学的作文写得很好，他对学生评价说："你们看，她文章的风格多么像我的呀！"

◇ 孙大雨因以韵文翻译莎士比亚的《李尔王》而闻名，也擅写新诗，且自视颇高，对别的诗人嗤之以鼻。他在大学讲课时，经常会心血来潮，先在黑板上抄一节闻一多的诗，连呼"狗屁"，或者再抄一段徐志摩的诗，也是连呼"狗屁"。接下来又抄一节自己的诗，顾盼自得，击节叹赏。如此一番宣泄之后，才开始正式讲课。

◇ 西南联大时，黄昆和杨振宁都是物理系有名的才子，两人经常在一起高谈阔论。一次，黄问杨："爱因斯坦最近又发表了一篇文章，你看了没有？"杨说看了。黄又问以为如何，杨把手一摆，一副很不屑的样子，说："毫无 originality（创新），他是老糊涂了吧。"

◇ 1919年2月，胡适的《中国哲学史大纲》上册出版，引起极大轰动。蔡元培在此书的序言中大力褒赞，称此书有四大特长：证明的方法、扼要的手段、平等的眼光、系统的研究，"一样样都是超越古人，开出风气的"。后来，胡对此书历史地位颇为自负，他说："我自信，治中国哲学史，我是开山的人，这一件事要算是中国一件大幸事。这一部书的功用能使中国哲学史变色。以后无论国内国外研究这一门学科的人都躲不了这一部书的影响。凡不能用这种方法和态度的，我可以断言，休想站得住。"

◇ 千家驹从北大经济系毕业后，经胡适介绍，到社会调查所去工作。千用了一年多工夫，就写出了他的第一部著作《中国的内债》。此书出版后，在当时影响极大，还被译介到国外，千因此而成名。此书出版时，千不过二十四五岁。他非常自负地说："据我所知道，最近凡是研究中国财政问题的人，鲜有不受拙著的影响，他要是看过我那小册，则谈内债问题时一定征引过它，如未看过，则往往不免于错误。"

◇ 1984年9月初，北大刚开学不久，中文系副系主任、著名语言学家叶蜚声教授向新入学的中文系研究生提问："你说全世界研究汉语言文学哪里最好？"没等学生回答，叶便自信满满地作答："当然是我们北大！"

◇ 许渊冲被称为将中国古典诗词译成英、法韵文的唯一专家。2014年获国际译联杰出文学翻译奖，系首位获此殊荣的亚洲翻译家。他的人生格言是"自信使人进步，自卑使人落后"。他的名片非常特别，上面印有两行小字："书销中外六十本，诗译英法唯一人。""不是院士胜院士，遗欧赠美千首诗。"有人说许狂妄，他说自己是狂而不妄；有人说他自负，他说自己是自信："我不是自负，我是自信。自负是指出了10本书，偏要说成100本，我是出了60本书，实际地说我出了60本，其实现在何止60本？""说我是'王婆卖瓜自卖自夸'，那要看我的瓜甜不甜，如果瓜甜就不能说我是自吹自擂。"他还多次对人说："我们中国人，就应该自信，就应该有点狂的精神。"

◇ 许渊冲，在长期的翻译实践中，于传统一贯坚持的"信达雅"之外，提出了译诗应该遵循的"三美论"：第一，意美，译诗要和原诗保持同样的意义，以意动人；第二，音美，译诗要和原诗保持同样悦耳的韵律；第三，形美，译诗要和原诗保持同样的形式（长短、对仗）等。他举了不少例子说明自己在翻译中如何做到这"三美"，往往在列举别人（包括很多名家）的译法后，拿出自己的译法，并对学生强调："你们看，比较而言，还是我翻译得最好！"

乖僻第八

　　明人张岱云："人无癖不可与交，以其无深情也；人无疵不可与交，以其无真气也。"这是为"乖僻"之人正名的绝世名言。怪僻乖异之人，其言不可以常理听之，其行不可以常规度之，其人也不可以常人视之。刻意为之的矫情之举，表面上奇奇怪怪、特立独行，实际不过矫揉造作、哗众取宠，当然不足为道。但若是本性的自然流露，甚至是情不自禁、欲罢不能的奇行怪举，却往往蕴涵着"怪人"的"深情"与"真气"。比起那些中规中矩或八面玲珑的常人，这样的乖僻之士，或许更值得深交。即便不与之深交，只要其言行举止不违反法律制度与社会公德，也似乎可以容忍和接受，这样令人解颐的掌故，起码可以为芸芸众生提供不少饭后谈资，值得深思。

◇ 新文化运动时期，林纾发表文言小说《荆生》和《妖梦》，以拟想的人物，影射北大陈独秀、胡适、钱玄同等人，攻击《新青年》"伤天害理"，为"禽兽之言"，欲借"伟丈夫"之手，将北大新派人物一网打尽。《妖梦》描绘的"白话学堂"，直接影射北京大学，称学堂外书一大联："白话通神，《红楼梦》《水浒》，真不可思议；古文讨厌，欧阳修、韩愈，是什么东西。"

◇ 1912 年 10 月 18 日，袁世凯任命马相伯代理北大校长，北大大多数学生反对此项任命。11 月初，北大学生与马发生冲突，学生"破口叫其滚蛋，且有欲动武者"。

◇ 陈汉章，浙江宁波象山人，晚清举人，近代著名历史学家、经学家，以博学闻于世。京师大学堂恭请他做教习，陈到校后，得知大学堂毕业可以授进士、奖励翰林头衔，便想取一翰林以慰平生，于是甘愿做学生而不做教习。陈在大学堂苦读六年，学问大进，眼看就要毕业时，却爆发了辛亥革命，翰林顿成泡影。北大也未食言，仍然请他去做教授。

◇ 辜鸿铭之前，中国人讲演从来没有卖票的，可辜在六国饭店用英文讲演《中国人的精神》时，却公开卖票，而且票价极高。当时梅兰芳的戏，最高票价不过一元二角，而辜之讲演门票则售两元。

◇ 辜鸿铭在北大任教时，曾在课堂上对学生说："现在中国只有两个好人，一个是蔡元培先生，一个是我。因为蔡先生点了翰林之后不肯做官就去革命，到现在还是革命。我呢？自从跟张文襄（之洞）做了前清的官之后，到现在还是保皇。"

◇ 某年，北大某毕业班的班长求见辜鸿铭，请辜赐赠一张照片，说是要放在毕业的同学录中，作为纪念。不料，辜听后，火冒三丈，说："我又不是娼妓，用照片干什么？如果真的肯花钱，为什么不做个铜像作为纪念呢？"辜的反应让学生莫名其妙，只好败兴而归。

◇ 英国作家毛姆来中国，想见辜鸿铭。毛姆的朋友就给辜写了一封信，请他来。可是等了好长时间也不见辜来。毛姆没办法，自己找到了辜的小院。一进屋，辜就不客气地说："你的同胞以为中国人不是苦力就是买办，只要一招手，我们非来不可。"一句话，让毛姆极为尴尬，不知所对。临别之时，辜送毛姆汉诗一首。毛姆回去请人翻译成英文，才发现是辜写的一首狎妓诗。

◇ 辜鸿铭某次在伦敦电车上阅读洋报，却是双手倒执报纸，引得洋人讥笑他不懂装懂假充斯文，辜立即回敬："英文这东西太简单，须倒着读才有点意思。"

◇ 辜鸿铭对袁世凯极为不满，当袁当政时，辜即公开说："人家说袁世凯是豪杰，我偏说袁世凯是贱种。"1916年，袁称帝不成，气绝身亡，北洋政府下令全国举哀，在三天内停止一切娱乐活动。身在北京的辜鸿铭却请来戏班，在家中大办堂会，邀请中外好友数十人同乐，锣鼓喧天，大闹了三天三夜。

◇ 辜鸿铭性格孤傲，好诋时贤。一日赴宴，严复、林纾都在座。众人正在闲话之际，辜忽然口出大言说："恨不能杀严、林二人以谢天下。"林纾闻言不快，严复则置若罔闻。有人问辜为何要杀此二人。辜答曰："自严复译《天演论》出，国人知有物竞而不知有公理，于是兵连祸结。自林纾译《茶花女》出，学子知有男女而不知有礼仪，于是而人欲横流。以学术杀天下者非严、林而何？"

◇ 某日，上海《时务报》上刊出一篇批评朝廷"君权太重"的文章，辜鸿铭看后怒发冲冠，拍桌大骂道："秦始皇焚书坑儒，所要焚的书，即今日之烂报纸；所要坑的儒，即今日出烂报纸的主编！势有不得不焚，不得不坑耳！"

◇ 刘师培的字写得很丑很怪，在老北大文科教员中，要数第一。周作人说，刘的字"写得实在可怕，几乎像小孩描红相似，而且不讲笔顺。——北方书房里学童写字，辄叫口号，例如'永'字，叫'点、横、竖、钩、挑、劈、剔、捺'。他却是全不管这些个，只看方便有可以连写之处，就一直连起来，所以简直不成字样。当时北大文科教员里，以恶札而论，申叔（刘师培的字）要算第一。"刘却认为自己的字写得很美，有时他的夫人讥笑他，他还不服，说："我书之佳趣，唯章太炎知之。"刘一度还有卖字的想法，征询于黄侃，黄想笑而不敢笑，只得说："你只要写刘师培三个字去卖就够了。"

◇ 熊十力脾气大，喜欢骂人、打人。一次，熊与梁漱溟因学问之事发生争论。争完之后，熊乘转身的机会，跑上去打梁三拳，口里还骂梁是"笨蛋"。梁竟然没有理会就走了。

◇ 熊十力好吃鳖，喜静，曾应上海复旦大学之聘，提出的要求是只接触教授，不接触学生，每饭须备一鳖。

◇ 一日，熊十力的弟子李渊庭看到熊正在写的书稿中引用王夫之的话，不符合原意，有点生拉硬套，就到熊的书房告诉他再看看王夫之讲这句话的上下文，并把自己的理解告诉了熊。熊听后大怒，骂李是"王八蛋"。李无奈，离开熊的书房回家，熊又追到李家，李进门走几步站住，一转身正面对熊，熊又骂道："王八蛋！难道是我错了？"李答道："我只是请先生再仔细看看您引的那段话的上下文，您就会明白的，您讲的不符合原意！"李话音未落，熊举拳打向李左肩，李不躲避，却说："您打我我也是这么说。"这个场面把李的三个孩子吓得大哭。谁知第二天一早，熊又来到李家，笑嘻嘻喊着："渊庭，你对了，我错了！我晚上拿出书来仔细看了上下文，是你说的那意思。哈哈，冤枉你了！"他还摸摸三个孩子的头说："熊爷爷吓着你们了！"然后哈哈一笑就走了。

◇ 1944年，熊十力的弟子李耀先去拜见熊，在熊家住了三天。师生交谈治学为人之道，甚为融洽。第三天早晨用早点，熊的夫人为李做了一碗汤圆，其中共计10个。李一口气吃了9个，感到胃受不了，但感觉碗中有残留，很不礼貌，就勉强再吃了半个，剩下半个实在吃不下去了。正在为难之际，坐在旁边的熊勃然大怒，在桌子上猛击一掌，说："你连这点儿东西都消化不了，还谈得上做学问，图事功！"李听后猛然大惊，竟然汗流浃背，心底豁然开朗，顿生一股勇气，将最后半个汤圆吞下。事后，李认为，其师的这一做法与禅宗"棒喝教人"实属同类。

◇ 熊十力与陈铭枢曾为同学好友。后陈任广东省政府主席，其时熊正贫病交困。陈请熊去广东，熊不去；送钱，熊不受。陈实在要送，熊说，我每月生活费大洋 30 元，陈按月寄送，熊受之。后来省政府出纳一时疏忽，将此事忘掉，一连三个月没有给熊邮钱。于是熊写了一份陈亲启的信。陈拆开一看，信中没有别的，一张纸满满地写满了一百个"王八蛋"。吓得陈赶忙把出纳开除，并继续按月给熊寄钱。

◇ 一·二八事变前夕，陈铭枢有事去杭州，顺便看望熊十力；刚进屋，熊就劈头打陈两个耳光，责备陈不在上海打日本侵略者，跑到杭州游山玩水。

◇ 熊十力与冯文炳同为湖北人，二人经常争论佛学异同之事，二人观点不同，又都相信自己最正确。熊经常说自己的意见最对，凡是不同的都是错误的。冯则答以："我的意见正确，是代表佛，你不同意就是反对佛。"争论之间，始则面红耳赤，大叫大嚷，继则扭成一团、拳脚相加，最后是不欢而散，然过一二日再聚时，则又谈笑风生，和好如初，继续争论别的问题。汤一介《"真人"废名》一文对二人的争论情况有所记述："他们的每次辩论都是声音越辩越高，前院的人员都可以听到，有时甚至动手动脚。这日两人均穿单衣裤，又大辩起来，声音也是越来越大，可忽然万籁俱静，一点声音都没有了，前院人感到奇怪，忙去后院看。一看，原来熊冯二人互相卡住对方的脖子，都发不出声音了。"

◇ 黄侃师事国学大师章太炎，擅长音韵训诂，兼通文学，历任北京大学、东南大学、武昌高等师范、金陵大学等校教授。他与因性格落拓不羁、被黄兴骂为"害了神经病"而得"章疯子"之名的章太炎，以及因经常不修边幅、衣履不整、不洗脸、不理发，活像一个疯子的刘师培，被时人称为"三疯子"。

◇ 周作人曾说，要讲北大名人的故事，黄侃是断不可缺少的一个人，"因为他不但是章太炎门下的大弟子，乃是我们的大师兄，他的国学是数一数二的；可是他的脾气乖僻，和他的学问成正比例，说起有些事情来，着实令人不能恭维"。

◇ 1911年，黄侃在《大江报》上撰文，宣称："大乱者，实今日救中国之妙药也。"

◇ 黄侃平生有三怕：一怕兵，二怕狗，三怕雷。

◇ 1908年春，光绪帝与慈禧太后先后病逝，清廷下令各地举行"国丧"。当时，高等学堂学生，同盟会会员田桓在"哭临"（指追悼皇帝的仪式）时，流露不满情绪。堂长杨子绪高悬虎头牌警吓，并欲开除田学籍。黄侃获悉，大怒，闯入学堂，砸烂虎头牌，大骂一顿而去。又过几天，田带头剪辫以示反清，杨恼怒异常，又悬挂虎头牌。黄闻讯，手持木棒冲进学堂，先砸烂虎头牌，又要痛打杨。

◇ 黄侃孝母异常，少年时，每天晚上吃过晚饭后，便弄头驴，让他母亲横坐在上头，他牵着，在他家的那个大花园里遛，称为"孝顺"。直到有一天他母亲实在受不了了，跟他说："儿呀，你别'孝顺'我了，你把我'孝顺'得受不了了。"

◇ 黄侃事母至孝，不管他母亲是从北京回老家蕲春，还是由蕲春来到北京，他都要陪伴同行。而他母亲又离不开一具寿材，他便不厌其烦地千里迢迢带着寿材旅行。后来，他母亲死了，他悲痛欲绝，按照古礼服丧，才了结此事。随后，黄又请苏曼殊给他画了一幅《梦谒母坟图》，他自己写了记，请章太炎写了题跋。这幅画也成了他的随身宝物，片刻不离。黄还专门在日记中撰写了慈母生平事略。文末云："孤苦苍天，哀痛苍天！孤黄侃泣血谨述。"每逢其母生日、忌日，黄必率家人设供祭祀，伤恸不已。

◇ 黄侃在北京时，借住在吴承仕（检斋）的一所房子中，二人本来都是章太炎的学生，相交甚厚。后来不知何故而生矛盾，吴承仕便叫黄搬家。黄在搬家的时候，爬到房梁上写了一行大字："天下第一凶宅。"然后掷笔而去。又据说，黄在搬走之时，用毛笔蘸浓墨在房间的墙壁上写满了带鬼字旁的大字。众人见满壁皆"鬼"字，黄才得意而去。

◇ 黄侃在北大课堂上经常谩骂讽刺新派人物，如钱玄同、胡适就是黄经常痛骂的对象。他曾在北大课堂上大骂胡适说："胡适之说做白话文痛快，世界上哪里有痛快的事，金圣叹说过世界上最痛的事，莫过于砍头，世界上最快的事，莫过于饮酒。胡适之如果要痛快，可以去喝了酒再仰起颈子来给人砍掉。"

◇ 黄侃好美食，如果得知有某物自己未曾品尝，必千方百计得到，以饱口腹。黄曾为同盟会会员，某日，听说一些相识的同盟会会员在某处聚会，席间美食极多，但没有请他。黄也知是因为自己骂过其中一些人，怎奈嘴馋难忍，于是便决定不请自去。进门后，那些人见来人是黄，都极为惊讶，随后又装得十分热情，邀他入座。黄心知肚明，也不推辞，脱鞋坐下，一句话也不说，就拣好吃的狼吞虎咽起来。吃饱之后，也不说告辞，就一边提鞋，一边往门外走，还不忘回头冲其他人说："好你们一群王八蛋！"说完，拔腿就跑。

◇ 黄侃在北京大学讲授《说文解字》，言辞古雅，内容深奥，学生颇不易懂，每次学期考试，总有几个不及格的学生。后来学生渐知黄好美食，便集资大设酒宴，让黄饱餐一顿，于是凡来考试者都及格。蔡元培知道此事后，责问黄，黄答："彼等尚知尊师重道，故我不欲苛求也。"

◇ 黄侃在北大任教时，学生每届毕业，照例要印制精美的同学录，将师生的写真、履历汇为一集。印刷费用不低，通常都由教授捐助资金。唯独黄对这种常例不以为然，他既不照相，又不捐钱，待到学谱印出，学校一视同仁，照样送给黄一册，留作纪念。黄收下册子，却将它丢入河中，愤然骂道："一帮蠢货，请饮臭水。"

◇ 黄侃珍视图书，胜过他物。某日整理书籍，发现《古书丛刊》第二函不见，便怀疑是某人所取。便在当天日记中记道："此儿取书，从不见告，可恨可恨！"并写一贴条，粘于书架之上。其辞曰："血汗换来，衣食减去。买此陈编，只供蟫蠹。昼夜于斯，妻孥怨怒。不借而偷，理不可恕。"第二天，《古书丛刊》第二函在别的书架上找到了，黄才怒气全消。

◇ 黄侃晚年喜好《周易》，尤精于爻卦卜算之辞，自诩别有会通，可借此致富。一日，卜得三上上，便去购买彩票，竟然得中头彩。黄异常得意，逢人便说："今日所获，稽古之力也。"后用彩票收入购置了新屋一座。

◇ 林损为老北大旧派教授之一，主张保存国故，反对白话文，与胡适、钱玄同等新派人物多有冲突。有一学期，林损故意问钱玄同："你现在教什么科目？"钱答："音韵学。"林便说："狗屁！"钱大怒，质问道："音韵学与狗屁有什么关系？"林笑着说："狗屁也有音韵！"

◇ 刘文典生性善食猪肉，一次见钱玄同在餐馆索要素食，便绕到钱跟前辩说吃素如何如何不好，庄谐杂出，惹人注目，弄得钱只有逃走了事。

◇ 新文化运动兴起后，邓之诚颇不以为然，因而被视为典型的旧派人物。据说邓对白话文很是不满，因此凡学生试卷中有用"的"字处，邓一律改成"之"。邓经常在课堂上"骂"新文化运动的领袖人物之一胡适："城里面有个姓胡的，他叫胡适，他是专门地胡说。"

◇ 1896年，17岁的陈独秀参加院试，考题是从《孟子》中选出的"鱼鳖不可胜食也材木"，题目已不通，陈就用不通的文章来对付，"把《文选》上所有鸟兽草木的难字和《康熙字典》上荒谬的古文，不管三七二十一，牛头不对马嘴，上文不接下文地填满了一篇皇皇大文。"想不到这篇七拼八凑的文章居然得到了主考官的青睐，将陈定为第一名秀才。这让陈大为惊讶，从此愈加鄙薄科举考试。

◇ 陈独秀每于作文时，常右手执笔，左手摸脚，然后将左手放于鼻前，闻其恶臭，而文思则滔滔不绝，因此佳作不断。这一习惯终生不改，论者谓其有奇癖。

◇ 1948年10月23日，张申府在《观察》周刊上发表《呼吁和平》一文，主张用"协议恢复和平"，公开承认蒋介石政府的"宪政"，拥护其"戡乱政策"。因此被民盟开除，被斥为"人民的叛徒、敌人"，张也因此结束了自己的政治生涯。后来，张对人提及此事时说："我写这篇文章，赚了3000元。您要知道，当时这是一笔不少的收入。教授们那时都断粮断饷，吃饭是一个问题。……我一交稿就有稿费。我大概是他稿酬最高的作者之一。……我需要那笔钱。"

◇ 马裕藻任北大国文系主任时，他家的某个亲戚报考北大。有一次，不知是出于有意还是无意，这位亲戚在马面前自言自语地说："不知道今年国文会出哪类题。"马闻言大怒，骂道："你是混蛋！想叫我告诉你考题吗？"

◇ 钱玄同是著名的声韵训诂大家。五四时期，为批驳孔学，他提出的主张是："欲废孔学，不可不先废汉字。""欲使中国不亡，欲使中国民族为二十世纪文明之民族，必以废孔学、灭道教为根本之解决；而废记载孔门学说及道教妖言之汉文，尤为根本解决之根本解决。"

◇ 诗人梁宗岱才华横溢，性情率真刚烈，稍遇不合即出言不逊。在北大任教时，十分喜欢与人辩论。他与朱光潜"差不多没有一次见面不吵架"；他毫不客气地指责李健吾"滥用名词"；还挖苦他的朋友梁实秋："我不相信世界还有第二个国家——除了日本，或者还有美国——能够容忍一个最高学府的外国文学系的主任这般厚颜无耻地高谈阔论他所不懂的东西。"由于他的尖刻犀利，沈从文把他的作风比作"江北娘姨街头相骂"。

◇ 古希腊研究专家罗念生回忆他与梁宗岱的争辩情形说："1935年我和宗岱在北京第二次见面，两人曾就新诗的节奏问题进行过一场辩论，因各不相让竟打了起来，他把我按在地上，我又翻过来压倒他，终使他动弹不得。"

◇ 林语堂在杭州玉泉购买一铜雀瓦，付款后对摊主说这是假的。摊主严词诘问："你为什么要买假古董？"林回答："我就是专门收藏假古董的。"

◇ 叶公超是在美国读完中学才进大学的，美国孩子们骂人的话他都学会了。他经常对人说，学一种语言，一定要把整套的咒骂人的话学会，才算彻底。叶回国在某校任教时，邻居为一美国人家。其家顽童时常翻墙过来骚扰，叶不胜其烦，出面制止。顽童不听，反以恶言相向，于是双方就大骂起来，秽语尽出。其家长闻声出视，叶正在厉声大骂："I'll crown you with a pot of shit!"（我要把一桶粪便浇在你的头上！）谁知那位家长并无怒容，慢步走了过来，问叶："你这一句话是从哪里学来的？我有好久好久没有听见过这样的话了。你使得我想起我的家乡。"两人因此而交谈起来，从此竟然成为好友。

◇ 丁文江生活十分规律：睡眠必须8小时，起居饮食最讲究卫生，在外吃饭必须用开水洗碗筷；不喝酒，但常用酒来洗筷子；夏天在家中吃无外皮的水果，必须先在滚水里浸20分钟。所以朋友说丁"是一个欧化最深的中国人，是一个科学化最深的中国人"。

◇ 谭平山在北大求学期间，与朱谦之、许德珩同住在西斋宿舍。据说，谭每天非十二点不起床，一起床，就用广东官话大喊，让听差打水。

◇ 沈有鼎是我国早期著名的逻辑学家，曾先后在清华大学和北京大学任教。他是西南联大时期校园里公认的有名"怪人"之一："戴着一副近视眼镜，头发和胡子总是邋邋遢遢，总穿着一件洗得发白的蓝布长衫，几个扣子没有扣上，一边走路，一边微笑或喃喃自语。不管是教师或学生，只要向他提个问题，他就拉着你讨论不休。"他经常提着一只小小的破旧箱子，里面装上书和钱，出现在联大附近的茶馆或小饭馆里。到了茶馆后，就坐下来高声朗读希腊文，顾盼自如，旁若无人。他"可以出钱请你喝茶，但只有当他觉得你的意见有意思时，才肯让你吃他买的那碟花生或者瓜子"。不管是哪一个系的教授开的课，只要他感兴趣，他就会去旁听，有时还起来发问，甚至插嘴说，你讲错了，使得教授下不来台。唐兰给中文系学生讲授"说文解字"课时，沈和物理系的王竹溪教授每堂必到，整整听了一个学期的课。据当时的学生朱德熙回忆，沈还经常光顾他们的宿舍，目的有二："一是跟同屋的李荣君讨论等韵问题，二是顺便刮刮胡子（他大概没有剃刀，而胡子又长得极快）。他来找李荣君讨论等韵是带点求教的味道的。"朱德熙感慨地说："须知当时沈先生是名教授，而李荣君是刚考上研究院的学生。从这件事可以想见沈先生的为人，也可以看出联大的风气。"

◇ 西南联大时期，钱穆曾与沈有鼎同住一屋。抗战时期，国民党靠大量发行纸币维持行政及一切开支。每月发的工资，都是新印的纸币。沈为人古怪，每月把工资码放整齐，放在一个旧皮箱内，上课、散步从不离手，每天晚上数一遍，以此自娱。有一天检点钞票，发现少了一摞，怀疑是钱穆拿去，就去问钱。钱平日待人和气，彬彬有礼，面对沈的无礼质问不禁大怒，要打沈的耳光。

◇ 蒙文通，四川盐亭人，原名尔达，著名历史学家，曾任北京大学教授。抗战时期，蒙在四川大学历史系任教。有一次，他和学校产生了纠纷，学年结束，学校不再聘他。但到了下学期，他还照样去川大上课。人问其故，他答："你不聘我是你四川大学的事情，我是四川人，我不能不教四川弟子。"学生也照样去上课，学校也拿蒙没有办法。

◇ 20世纪30年代初，主办《世界日报》的成舍我对刘半农说："怎么老不给我们写文章？"刘说："我写文章就骂人，你敢登么？"成说："你敢写我就敢登。"刘就写了一篇名为《阿弥陀佛戴传贤》的文章，其中有这么一段："赫赫院长，婆卢羯帝！胡说八道，上天下地！疯头疯脑，不可一世！那顾旁人，皱眉叹气！南无古老世尊戴传贤菩萨！南无不惭世尊戴传贤菩萨！南无宝贝世尊戴传贤菩萨！"讽刺考试院院长戴传贤只念佛不干事。《世界日报》收到此文后，就在第一版正中发表了。因此而惹怒戴，于是将《世界日报》封门数天。但对刘却毫无办法。

◇ 新文化运动时期，刘半农大力提倡"俗文学"，特在《晨报》刊登启事，征求各地的"国骂"，要汇集全国骂人的语词编集。赵元任看到启事后，当天就到刘家，拍着桌子，用湖南、安徽、四川等地的方言大骂一通；随后，周作人又用绍兴话骂他；在上课时学生又用广东、宁波等话相继咒骂。骂来骂去，让刘啼笑皆非。

◇ 曾昭抡被誉为中国化学界的"一代宗师"，1926年获麻省理工学院科学博士学位，后任北京大学化学系主任。曾学问渊博，却不事修饰，平日行为也非常怪异。他惜时如金，总在思考问题。走路时有时疾走如飞，有时自言自语，埋头走路，目不旁视，路遇熟人，也不打招呼，对方打招呼也不理睬，却经常对着电线杆又点头，又说笑，所谈均是化学问题。曾的怪异在整个北京城都很有名。1937年1月22日的《北平晨报》载："北京大学化学系主任曾昭抡，行路时疾走如飞，且喜沿墙根而行，时见其夹西书数册，沿墙疾走于大学夹道，足下尘土飞扬，俨如涉水……"因此，常有路人误以为曾为神经病患者。

◇ 20世纪50年代，北大经济系樊弘教授经常鼓励学生要有勇气，大胆写文章。他的名言是："文从放屁始，诗从胡说来。"

雅号第九

  雅称别号，处处皆有，诙谐幽默，雅俗共赏。描摹人物特征，记述风物掌故，三言两字，便可穷形尽相，得其神髓，真可谓点睛之笔，"以少少许胜多多许者也"。名家大师，因其学识渊博，雅望非常，个性鲜明，每每有人奉上绰号美誉，往往能为其形象平添几分亲切与趣味。晚生后学以此为锁钥，读先生之书，当能想见其为人之一二，了解其风采之大概。

◇ 民国时期，受北大学风的影响，沙滩附近的四合院和小公寓中，常年住着很多知名或不知名的学者和学生。虽然这里物质条件十分简陋，但学习知识、研讨学术、追求真知的风气极为浓厚。因此，沙滩附近被人称为"中国之拉丁区"。

◇ 新文化运动兴起后，旧派人物对新派人物多有不满，有些甚至还会谩骂新派人物。黄侃骂一般新教员附和蔡元培，说他们"曲学阿世"。后来就有人给蔡起了一个绰号叫"世"，如去校长室一趟，自称去"阿世"去。这个典故在北大教员中广为流传，马幼渔、钱玄同、刘半农、鲁迅往往会在书信中提到。如五四运动之后，蔡元培辞职，不久又回京主校。鲁迅对此甚为关切，在给友人写的一封信中写道："听说'世'有可来消息，真的吗？"

◇ 五四运动以后，蔡元培校长经常离校，校务多委托胡适办理。在对外活动上，蔡也经常请胡作为他或北大的代表，"代蔡先生主席""代蔡先生做主人"。这让反对胡的守旧者大感不满。林纾称胡是"左右校长而出"的"秦二世"。黄侃更讥胡为绕蔡上下翻飞的"黄蝴蝶"。其原因是胡曾写过一首题为《蝴蝶》的白话小诗："两个黄蝴蝶，双双飞上天。不知为什么，一个忽飞还。剩下那一个，孤单怪可怜。也无心上天，天上太孤单。"

◇ 熊十力的弟子徐复观这样描述其师："熊老师年轻时穷得要死，在某山寨教蒙馆，没有裤子换，只有一条裤子，夜晚洗了就挂在菩萨头上，晾干接着穿。在内学院时，也是长年只有一条裤子，有时没得换，就光着腿，外面套一件长衫，因此人送绰号'空空道人'。"

◇ 章太炎一生门生无数，但最得意的弟子也仅几人。据章门弟子吴承仕回忆，章晚年在苏州时，一日闲话，说道："余门下当赐四王"，即"天王"黄侃、"东王"汪东、"北王"吴承仕、"翼王"钱玄同。半年后又封朱希祖为"西王"，合称"五大天王"。其中，"天王"黄侃、"翼王"钱玄同、"西王"朱希祖均曾授教于北大，且享一时之盛誉。

◇ 黄侃为章太炎门生，学术深得其师三昧，后人有"章黄之学"的美誉。其禀性一如其师，嬉笑怒骂，恃才傲物，任性而为，故时人有"章病""黄疯"之说。

◇ 黄侃在北大中文系讲《文选》和《文心雕龙》，十分精彩，吸引了很多其他系的学生前来旁听。黄善于吟诵诗文，抑扬顿挫，讲课给人一种身临其境的美感，所以，学生们都情不自禁地唱和，竟然在校园里吟唱一时，被师生们戏称为"黄调"。

◇ 黄侃在北大任教时，慕其名、从其学者甚多。人称黄门子弟为"黄门侍郎"。傅斯年在结识胡适之前，曾为"黄门侍郎"中的健将之一。

◇ 黄侃和钱玄同曾同受业于章太炎门下，但黄素来轻视钱，常戏呼钱为"钱二疯子"。据说，有一次两人相遇于章太炎住处，与其他人一起在客厅等待章出来。黄忽大呼："二疯！"钱一贯尊重黄，但在大庭广众下被黄如此戏弄，先已不悦。黄继续说："二疯！你来前！我告你！你可怜啊！先生也来了，你近来怎么不把音韵学的书好好地读，要弄什么注音字母，什么白话文……"钱忍无可忍，拍案厉声道："我就是要弄注音字！要弄白话文！混账！"两人就大吵起来，章闻声赶快出来，调解一番，两人才算作罢。

◇ 刘文典性滑稽，善谈笑，尝自称"狸豆鸟"；因"狸""刘"古读通；"叔"者豆子也；"鸟"则为"鸦"，乃"雅"之异体（刘文典字叔雅）。因刘喜自谑，与道貌岸然者有别，故"学生们就敢于跟他开点善意的玩笑"。

◇ 刘文典在西南联大时染上了抽鸦片的恶习，还赞美"云土"为鸦片中上品，又因他喜云南火腿，故有"二云居士""二云先生"的称号。后深受其苦，不能解脱。谁知中华人民共和国成立后，刘竟彻底戒掉鸦片，逢人便称："处于反动统治的旧社会，走投无路，逼我抽上了鸦片，解放后，在共产党领导下，社会主义国家蒸蒸日上，心情舒畅，活不够的好日子，谁愿吸毒自杀呢！"

◇ 鲁迅、许寿裳、钱玄同诸位同学，在东京听章太炎先生讲《说文解字》。钱好动，常仆行不已，鲁迅戏称其为"爬来爬去"，通信时，谑号其为"爬翁"。而钱因鲁迅不修边幅，毛发蓬然，常凝然冷坐，称其为"猫头鹰"。

◇ 20世纪20年代初，鲁迅被聘为北大兼职讲师，主讲"中国小说史"课程。任教期间，鲁迅与北大哲学系教员章廷谦（笔名川岛）来往甚密。1923年冬，鲁迅的《中国小说史略》一书出版后，特地送给章一本。当时章正在热恋之中。鲁迅便在书的扉页上写了几句赠语："请你从'情人的拥抱里',暂时抽出一只手来,接收这干燥无味的《中国小说史略》。我所敬爱的一撮毛哥哥呀!""一撮毛哥哥"是章的学友给他起的绰号,自从鲁迅写了这几句赠言以后,才广为流传起来。

◇ 某年夏天,钱玄同夜访周作人,留宿周家。半夜有青蛙入室而鸣叫不止,钱甚为惊骇,以为有鬼,连连大呼:"岂明救我!"周闻声连忙赶来,见状大笑,顺口作打油诗两句以讽钱:"相看两不厌,玄同与蛤蟆。"后常以"蛤蟆"呼钱。

◇ 新文化运动时期,林纾写文言小说丑化、谩骂北大新派人物,鲁迅颇为反感,曾写《敬告遗老》一文予以回击。同时还在一封信中称林为"林禽男"(林纾字琴南)。

◇ 胡适的名作《中国哲学史大纲》《白话文学史》,都只有上卷,人送雅号"半卷博士"。

◇ 胡适应邀到某大学演讲。他引用孔子、孟子、孙中山的话,在黑板上写:"孔说""孟说""孙说"。最后,他发表自己意见时,引得哄堂大笑。原来他写的是"胡说"。

◇ 胡适、傅斯年和叶公超三人关系密切,同为中国近代史的风云人物。在北大时,曾被称为"三驾马车"。有人打比方说,凡事以胡为领袖,傅、叶则是"哼哈二将"。

◇ 丁文江早年有脚痒病,医生说治疗此病赤脚最有效,丁就终年穿多孔皮鞋,在家常赤脚,到朋友家中也常脱掉袜子,赤脚谈话,怡然自得。因此,朋友称其为"赤脚大仙"。

◇ 章士钊任段祺瑞临时执政府教育总长时，鼓吹尊孔读经，压迫进步学生，遭到鲁迅等各界进步人士的激烈反对。当时，章所办刊物复古杂志《甲寅》封面绘有一虎，故当时人送外号"老虎总长"。

◇ 朱希祖是老北大的名教授，在北大教授里，他的绰号算是比较多的一个。《北京大学日刊》曾经误将他的姓名刊为"米遇光"，所以有一段时间朋友便叫他作"米遇光"。由于他长着一把胡子，所以人们都称他"朱胡子"。又因《说文解字》上说，"而，颊毛也"，所以北大同人多称他为"而翁"，算是"朱胡子"的文言雅称。朱多收藏古书，听见人说珍本旧抄，便揎袖攘臂，连说"吾要"，非要得之而后快。所以朋友们有时也叫他"吾要"。

◇ 老北大的名教授中有"三沈五马"之说。"三沈"即有名的沈家三兄弟沈尹默、沈兼士、沈士远；"五马"是指马裕藻、马衡、马鉴、马准和马廉五位北大教授，他们也是亲兄弟。"三沈"之中，以沈尹默最为有名。他进北大很早，所以资格较老，但有改革思想。陈独秀任北大文科学长，有沈的推荐之功。他办事沉着，有思虑，又很讲究方法，因此虽凡事退后，却很起带头作用。1917年，北大改革，马裕藻是校评议会成员，积极参加校务管理。他坚持原则，全力协助蔡元培在北大实行教育改革。于是北大的朋友送他一个徽号，叫"鬼谷子"，他也欣然接受。

◇ 沈士远虽为南方人，但为人十分豪爽，有北方人的性格，与人交谈也很有特色。钱玄同曾形容他说："譬如有几个朋友聚在一起谈天，渐渐地由正经事谈到不很雅驯的事，这是凡在聚谈的时候常有的现象，他却在这时特别表示一种紧张的神色，仿佛在声明道，现在我们要开始说笑话了！"沈在北大有一绰号叫"沈天下"，原因是他最初在北大教预科国文时，讲解十分仔细，仅《庄子·天下篇》就讲了整整一个学期才讲完，于是北大同学们便送他这一雅号。

◇ 马廉，字隅卿，为老北大时期著名"五马"中的九先生。马廉自幼家境清贫，习商谋生无成，24岁始发奋读书，嗜于藏书，专事搜罗研读各种小说、戏文、俚曲、弹词、鼓词、宝卷；前朝所禁行的所谓"淫书"更是在所不辞，因此而名扬海内。至其去世前，藏书已达928种，5386册。他因有感于封建时代通俗文学长期受到正统文坛与学术界的轻视，遂将自己的藏书戏称为"不登大雅文库"，将自己的书室戏称为"不登大雅之堂"。又因藏有明刻孤本《三遂平妖传》，遂将书屋取名"平妖堂"。后来孙楷第写《中国通俗小说书目》，曾经"尽读平妖堂藏书"。

◇ 老北大时期，文科除"五马"外，又有名师马叙伦，几人在北大很受尊敬，也极有势力，因而被人称为老北大时期文科的"拐子马"。

◇ 汤用彤为人平和忠厚，处事稳重持平，平日寡言少语。20世纪30年代，汤用彤与熊十力、蒙文通、钱穆、梁漱溟、陈寅恪等常在一起聚会。熊和蒙二人常就佛学、理学争论不休，梁和熊常谈起政事，也有争论，唯独汤"每沉默不发一语"。当时一些朋友称汤为"汤菩萨"。钱穆称其"一团和气，读其书不易知其人，交其人亦难知其学，斯诚柳下惠之流矣"。

◇ 梁漱溟上中学时，便常以伟人自居，"傲视群小孩"。在顺天中学时，仅佩服一名叫郭晓峰的同学，最后因崇拜至极，干脆尊之为师，平时与郭谈话，梁均作记录，并题为《郭师语录》，其他同学将梁郭二人称为"梁贤人，郭圣人"。

◇ 许守白（之衡）曾在老北大教戏曲。许对人异常客气，在公共场合，他就一个一个找人鞠躬，有时那边不看见，还要重新鞠躬。其穿着打扮也比较特别：穿了一套西服，推光和尚头，脑门上留下手掌大的一片头发，状如桃子，长约四五分，不知是何取义，有好挖苦的人便送给他一个绰号，叫作"余桃公"。

◇ 北大国文系教授马裕藻有一个极聪明漂亮的女儿，名叫马珏，20世纪30年代在北大政治系读书，被公推为北大"校花"。一些对马珏有意的男生便在背后将马裕藻称为"老丈人"。

◇ 据谢兴尧回忆，20世纪20年代，北大教育系有一褚姓美女，身材不高不矮，而风韵绝佳，虽非豆蔻年华，而曲线美毕露，尤其在夏日炎炎似火烧时，常着黑纱旗袍，颇有风致，常惹男生流连观看。后男生送其雅号"墨牡丹"。

◇ 有一段时期，国民政府要求联大建立训导制度，联大也有规有矩地建立起来了，训导主任是教育家查良钊。国民政府确立此制度本为整肃控制学校，而在查的主持下，反把这制度变为进一步有利于关心培养学生的制度。查丝毫没有国民党训导长惯常的习气，反倒对学生极为关心，在学生中极受尊敬，因而被称为"查菩萨""查婆婆""查妈妈"。

◇ 1931年，贺麟从国外学成归国，在北大哲学系任教。1947年担任训导长，在任期间，他没有站在国民党的立场监视学生，多次下压朱家骅（时任国民政府教育部长）通过胡适转过来的要求开除进步学生的信，对于特务学生报告的黑名单也锁进抽屉了事。他总是设法保护进步学生免于逮捕，并保释了许多学生和青年，后来甚至师大、清华的学生失踪了，也托他和郑天挺打听。因此，北大50周年校庆纪念时，北大学生会送给他一面上绣"青年的保姆"的锦旗。

◇ 毛子水出身于安徽的一个读书世家，精于文史之学，读书甚多，学识渊博，被誉为五四时代的"百科全书式学者"。吴大猷称"毛公乃罕有的读书读'通'了的人，有广博的视野，有深邃而公允的见解"。胡适更称誉毛为"东方图书馆"。毛子水深受胡适赏识，在学生时代就经常出入胡适家。在北大任教后，仍是胡家的座上宾。因此又有人把毛戏称为"胡宅行走"。

◇ 据汪子嵩回忆，西南联大时期，冯友兰和汤用彤都是哲学系教授，南开的冯文潜是外文系的教授，但也在哲学系开课。冯友兰当时任联大文学院院长，汤用彤和冯文潜分别担任哲学系和外文系的系主任。这三位担任院长和系主任职务的老师各具特色。"汤用彤先生矮矮胖胖，一头极短的银发，是佛学专家；冯友兰先生留着一头浓黑的头发，大胡子，长袍马褂，手上包书的是一块印有太极八卦的蓝布；冯文潜先生瘦瘦小小，留着垂到脑后的灰发，很像一位慈祥的老太太。当他们三个人走在一起时，我们做学生的，就戏称他们是一僧、一道、一尼。"

◇ 向达潜心学术，关心时事，业余爱好踢足球，而且踢球水平不凡，有"铁脚"之称。

◇ 20世纪30年代，宗白华逛南京夫子庙时，以高价购得一尊隋唐石佛头，爱不释手，终日把玩，兴趣盎然。友人见之，遂称宗为"佛头宗"。此后数十年间，宗一直将这尊佛头置于案头，朝夕相处。

◇ 唐兰因其头发带卷之故，人送外号"卷毛狮子"。白化文回忆唐在北大中文系授课时的情形曰："唐先生口才极佳，如蹲狮一样坐着讲，虽带着讲义、参考书等，可是从来不看讲稿，就那么一句一句地接着说。他讲课逻辑性特强，一点废话没有，而且引人入胜。"

◇ 罗常培秉性爽直，爱憎分明，同辈中人都称其为"文直公"。他十分关爱学生，提携后进不遗余力。袁家骅说罗"对于培养青年，鼓励后进，那是百分之百坦率地亲切，肯呕心沥血地加以指点的"。在西南联大时，经他推荐去大学、研究所和中学任职的学生甚多。久而久之，学生就尊称罗为"罗长官"，或简称"长官"。

◇ 唐作藩为北京大学著名教授，曾为王力助手。在中文系时，人们取其谐音，送其外号"糖做饭"。

◇ 阴法鲁文史兼通，一生致力于古文献学与中国古代文化史的研究，在古代音乐舞蹈艺术及敦煌学等方面也颇有建树。阴因身材瘦高，神采飘逸，被学生称为"一炷香"。袁行霈曾用杜甫的诗句"润物细无声"来形容阴的为师为人。阴的学生熊国祯曾用一副对联形容乃师讲课的情形："字斟句酌，循循善诱，阐发经典本意；语缓音明，娓娓动听，涵养民族精神。"

◇ 赵乃抟在哥伦比亚攻读硕士学位时，白天在图书馆苦读，直到闭馆。晚上回到所住的暮吟山仍苦读不已。还在书桌上写一字条："会谈以十分钟为限。"极少参加娱乐活动，三年间只看过一次电影。因此，同学称其为"暮山隐士"。

◇ 西南联大时，周培源的住所离联大甚远，两个女儿每天还要去12里以外的小学上学。于是，周便买了一匹枣红色的名马，用以代步。每逢一、三、五上课之日，他5点多钟便起床，喂马备鞍，先送女儿上学，然后独自骑马去西南联大。每周二、四、六不上课，送过女儿，便驱马到山上吃草，当起马倌。周本人英俊潇洒，骑在马上，驰驱往来于乡村与学校之间，更添几分威武之气。因此，联大师生戏称他为"周大将军"。周大将军"单骑走联大"，被誉为当年昆明"一景"，在联大师生中传为美谈。

◇ 中华人民共和国成立后，季羡林被评为国家一级教授。后来季就听说，与他在一个餐厅里吃饭的几位教授，"出于善意的又介乎可理解与不可理解之间的心理"，给季起了一个诨名，曰"一级"。只要季一走进食堂，有人就窃窃私语，会心而笑："'一级'来了！"

◇ 邓稼先在西南联大读书时，年龄很小，所以老师和同学都习惯叫邓"小孩"。邓26岁时便在美国拿到了博士学位，人称"娃娃博士"。

◇ 许渊冲在西南联大读书时，以"很活跃""闲不住""好论战"而闻名，他心底坦荡，口无遮拦，敢言人之所不言，加上说话嗓门大，自信满满，因此便有"许大炮"之誉。许对此绰号并不以为然："我倒觉得这是提醒我不要乱说话，但敢说话还是好的。"

◇ 严家炎给中文系学生讲授基础写作课，严格要求"文从字顺"，强调写文章必须"丝丝入扣"，让众多的学生受益匪浅。学生因此称他为"丝丝入扣先生"。

深情第十

　　古人云："圣人忘情，最下不及情，情之所钟，正在我辈。"琴瑟好合，风雅情深，真是人生之大雅事、大圆满事。古往今来，这乃是最能长盛不衰、广受关注的美好话题。文人学士，向来多风雅之事。此部所收，多涉婚姻恋情，由此可见大学中人的情感世界与真实生活。此事虽小，却可喻大，折射的是人性与人品，区别的是高尚与卑俗。阅读此类典故，在让人解颐之余，真切的感受可以归结为一句话："一种真情深似海。"斯人斯情，最是让人感佩、向往不已。

◇ 1900 年 6 月，蔡元培夫人王昭病逝，很多人关心蔡的婚事，为其做媒。蔡提出了五项择偶条件，在当时被视为惊世骇俗之举：女子须不缠足者；须识字者；男子不娶妾；男死后，女子可改嫁；夫妻若不合，可离婚。这一择婚标准被时人视为"离经叛道"，因而颇受非议，但蔡依旧我行我素。一年后，有人向他介绍江西的黄仲玉女士。此人一双天足，知书识字，工书画，孝顺父母，符合蔡的标准。蔡甚为满意，很快就与黄订婚。行婚礼那天，治新学的蔡出人意料地挂出大书"孔子"二字的红幛子。他还别出心裁地进行结婚演说，说是代替闹洞房的陋俗。

◇ 钱玄同极力反对包办婚姻，主张自由恋爱。但他自己恪守夫妻伦理，与由兄长包办的妻子关系非常和谐。妻子生病多年，钱关心体贴，照顾周到。有人以他妻子身体不好，家境又允许为由劝他纳妾，他严词拒绝，说："《新青年》主张一夫一妻，岂有自己打自己嘴巴之理？"旧社会文人嫖娼类同家常便饭，但钱从不嫖娼，说："如此便对学生不起。"黎锦熙评钱玄同说："钱先生自己一生在纲常名教中，可真算得一个'完人'。"

◇ 黄侃早慧，人呼为"圣童"。当时，其父黄云鹄应江宁尊经书院山长之聘讲学，黄侃居家读书。某日，家中资用匮乏，母亲命他写信。黄侃于信中告知家事后，在书末作一诗，云："父作盐梅令，家存淡泊风。调和天下计，杼轴任其空。"黄云鹄曾署四川茶道，故诗中称此。黄云鹄得书后置于案头。一日，黄云鹄密友原山西布政使王鼎丞过访，见诗，惊为奇才，便以其女许之。王女即黄侃原配夫人。

◇ 黄侃一生风雅，好饮酒，善谈笑。除小学外，还精通诗词古文。有人评黄之古文，胜过章士钊，小学则远在钱玄同之上。其词则多缠绵悱恻、写情寄意之作。其代表作《采桑子》一阕为人称道，其词曰："今生未必重相见？遥信他生，谁信他生？缥缈缠绵一种情。　当时留恋诚何济，知有飘零，毕竟飘零，便是飘零也感卿。"

◇ 黄侃在武昌高师任教时，原配夫人王氏去世，黄绍兰女士继配。二人虽经山盟海誓而结合，但因小事而反目，以致分居。武昌高师学生黄菊英和他大女儿同级，常到他家来玩，以父师之礼事黄侃，黄侃对这个女学生也很好。日子一久，竟生爱恋，不数月，二人突然宣布结婚。朋友们都以"人言可畏"劝他，他坦然地说："这怕什么？"婚后不多时，他转至南京中央大学任教，在九华村自己建了一所房子，题曰"量守庐"，藏书满屋，怡然自乐。他和校方有下雨不来、降雪不来、刮风不来之约，因此人称他为"三不来教授"。

◇ 辜鸿铭说自己一生只有两个嗜好：一是忠君，二是风流。辜虽风流成性，常栖身于花街柳巷，但与两位夫人感情倒是极好。他曾戏言道："吾妻淑姑，是我的'兴奋剂'；爱妾贞子，乃是我的'安眠药'。此两佳人，一可助我写作，一可催我入眠，皆吾须臾不可离也。"18年后，贞子病故，辜失了"安眠药",每日辗转难眠,后来想出办法,置死者一缕青丝于枕畔才勉强入梦。他作诗悼亡妾曰:"此恨人人有,百年能有几?痛哉长江水,同渡不同归。"

◇ 陈独秀与苏曼殊交谊颇深,两人平日无所不谈。陈与高君曼同居后,曾非常得意地给苏写信说,自从和苏分别后,"胸中感愤极多,作诗亦不少,……虽用度不丰,然'侵晨不报当关客,新得佳人字莫愁',公其有诗赞我乎?"他还不忘问苏,近来"有奇遇否?有丽遇否?"。

◇ 1906年,鲁迅在母亲的催促下,由日本返回绍兴,与出身富家的朱安结婚,朱是年28岁。鲁迅对母亲包办的婚姻甚不满意,曾对许寿裳说:"这是母亲送给的礼物,只能好好供养她。爱情是我所不知道的。"鲁迅婚后只四天即返回东京。1919年鲁母到北京,朱安侍奉在侧,掌管家务,直到鲁母1943年去世。鲁迅称朱安为"妇""内子",仅为名义夫妻。

◇ 1933年,鲁迅到中山大学任教后,许广平任鲁迅助教。许时常给鲁迅馈赠食物,鲁迅对此颇感不安。许则戏言:"这不要紧,我家的钱,原取之浙江(许的祖父清代曾在浙江任官),现用之于浙江人,恰得其所。"

◇ 沈从文任教中国公学时,对其学生张兆和一见钟情。沈虽倾倒,而张并不加以青眼。沈遂发起"情书攻势",张不堪其扰,乃携信谒校长胡适之,意欲请胡制止其所为。及张诉罢,胡蔼然笑曰:"拒之何如纳之!"张始瞠目,后默然而去。

◇ 据舒展回忆,胡适当年担任北大校长时,曾经对学生发表过一番"怕老婆"的"宏论":"一个国家,怕老婆的故事多,则容易民主;反之则否。德国文学极少怕老婆的故事,故不易民主;中国怕老婆的故事特多,故将来必能民主。"

◇ 胡适在北平时，饮酒甚暴。在他40岁生日时，其妻江冬秀送他一枚戒指，上镌"止酒"二字。以后朋友再劝胡适吃酒时，胡便把手指一抬，说："太太的命令！"朋友们就不再劝他了。

◇ 胡适属兔，其妻江冬秀属虎。胡适常开玩笑说："兔子怕老虎。"有一次，巴黎的朋友寄给胡十几个法国的古铜币，因钱有"PTT"三个字母，读起来谐音正巧为"怕太太"。胡与几个怕太太的朋友开玩笑说："如果成立一个'怕太太协会'，这些铜币正好用来做会员的证章。"后来，他去台湾后，又根据自己的实际生活创作了一首"新三从四德"诗："太太出门要跟从，太太命令要服从，太太说错要盲从；太太化妆要等得，太太生日要记得，太太打骂要忍得，太太花钱要舍得。"

◇ 抗战时期，胡适的"小脚太太"江冬秀随胡远涉重洋，来到美国，成为"大使夫人"，此后她长期陪伴胡适寓居海外。于是时人戏言："胡适大名垂宇宙，夫人小脚也随之。"

◇ 据梁实秋回忆，某日，他们在胡适家中聚餐时，"徐志摩像一阵风似的冲了进来，抱着一本精装的厚厚的大书，是德文的色情书，图文并茂，大家争着看。胡先生说：这种东西，包括改七芗、仇十洲的画在内，都一览无遗，不够趣味。我看过一张画，不记得是谁的手笔，一张床，垂下了芙蓉帐，地上一双男鞋，一双红绣鞋，床前一只猫蹲着抬头看帐钩。还算有一点含蓄"。大家听了为之粲然。梁实秋说，这件小事说明："胡先生尽管是圣人，也有他的轻松活泼的一面。"

◇ 抗战胜利后，梁实秋、李长之同在北师大执教，同住一院。一日，李妻买菜归来，把菜筐往桌上一抛，买来的菜正抛在李的稿纸上面，湿污淋漓，一塌糊涂。伏案为文的李大怒，遂启争端。梁闻声后，赶来对李说："太太冒暑热买菜是辛苦事，你若陪她上菜市，回来一同洗弄菜蔬，便是人生难得的快乐事。做学问要专心致志，夫妻间也需一分体贴。"李默然良久，以后就很少对太太发火了。

◇ 林语堂描述他心中的理想生活说："世界大同的理想生活，就是住在英国的乡村，屋子里安装有美国的水电煤气等管子，有个中国厨子，娶个日本太太，再有个法国的情妇。"

◇ 林语堂很崇拜明末清初的李香君。李以弱女子之身，怒斥阉党余孽，林称她为奇女子。他托友人重金求得一幅李的画像，终日带在身边，并题了一首"歪诗"："香君一个娘子，血染桃花扇子。义气照耀千古，羞煞须眉男子。香君一个娘子，性格是个蛮子。悬在斋中壁上，叫我知所观止。如今这个天下，谁复是个蛮子？大家朝秦暮楚，成个什么样子？当今这个天下，都是贩子骗子。我思古代美人，不至出甚乱子。"

◇ 辜鸿铭曾到处宣扬他的"一个茶壶配若干个茶杯"的多妻主义，以致"茶壶主义"在当时流传甚广。陆小曼与徐志摩热恋时，要求徐改奉"牙刷主义"，她说："志摩！你不能拿辜先生茶壶的比喻来作风流的借口，你要知道，你不是我的茶壶，而是我的牙刷，茶壶是可以公开用的，牙刷却不能。"

◇ 章士钊在日本办《甲寅》时，竟和一位日本军人大佐的夫人相爱，大佐侦知后，怒火中烧，写信给章士钊约定时间、地点，要和章士钊比武决斗。章士钊一介书生，怎敌得寒气逼人的锐利刀剑。情急中只得与陈独秀和苏曼殊商量。他们都一致劝说章士钊快快回国，以避锋芒。

◇ 杨丙辰是老北大时期著名的德文教授。据张中行回忆，杨平日喜欢接济生活穷困的朋友，但又怕夫人知道后生气，因此，他每月领到薪金以后，就端端正正地坐在休息室的一个书桌前，面前摆一张纸片，一面写数字一面把钱分成几份。有人问他这是做什么，他说，怕报假账露了马脚，所以必须先算清楚。问他为什么要报假账，他说，每月要给穷朋友一点钱，夫人知道恐怕不高兴，所以要找些理由瞒哄过去，目的是不惹她生气。他这样解释，郑重其事，听的人禁不住转过身暗笑。

◇ 郁达夫只身寓居福州，暂住南台青年会宿舍，妻子王映霞仍在杭州家中。青年会有规定，楼上男宿舍谢绝女性进入，且在楼梯边立一木牌为示。一日，郁特意取木牌所示戒律为背景拍照一张，同事不解其意，问之，郁笑答："寄回杭州给女人看，好叫她放心。"

◇ 张竞生留法多年，深受法国上层习气的熏染。回国后，见女性极为礼貌，若戴帽出行，见女性则必脱帽行礼。朋友相聚，如有人见女性不脱帽，张便厉声训斥。

◇ 1943年，梁漱溟在桂林的时候，与中学教员陈淑棻相识，很快就坠入爱河，并于次年1月结婚。婚礼的场面颇大，桂林各界名流欢聚一堂，据说梁仅礼金就收了五万多元。在新婚之日，一向严肃拘谨、不苟言笑的梁表现得十分活跃，不仅妙语连珠，还给来宾放声高唱了一段"黄天霸"。然后便挽着新娘，对来宾说了句道白"我去也"，就兴冲冲地走了。

◇ 罗家伦在北大时，曾给蔡元培校长写信，请求和蔡的女儿订婚。蔡复信一封，大意是：婚姻之事，男女自主，我无权包办。况小女未至婚龄，你之所求未免过分。此事在北大传为笑谈。

◇ 1932年，梁宗岱在北大任法语系主任。当时罗大冈正在北平中法大学上学，罗为了准备毕业论文，就与卞之琳一起去向梁求教。见面后，梁开口就问罗："你们中法大学的女生谁最漂亮？"罗为之一愣，结结巴巴竟然没有回答上来。

◇ 1935年，梁宗岱与女作家沉樱结婚。1941年春，梁回广西百色处理家务，偶然看了一出粤剧《午夜盗香妃》后，对饰女主角的花旦甘少苏一见钟情。次年即与沉樱分手而与甘少苏同居。梁因此而频遭世人非议。但他却为甘少苏写了一本享誉中外的词集《芦笛风》，其中有词云："世情我亦深尝惯，笑俗人吠声射影，频翻白眼。荣辱等闲事，但得心魂相伴。"

◇ 徐志摩苦恋林徽因。林与梁思成陷入热恋以后，常常结伴到北海公园内的松坡图书馆"静静地读书"。徐知道后，也追踪蹑迹而至，稳稳地做着电灯泡。梁与林不胜其扰，梁后来就在门口贴了一张字条，上写"Lovers want to be left alone"（情人要单独相处）。徐看到时，茫然若失，怅然而返，从此再未去打扰。

◇ 有一次林徽因哭丧着脸对梁思成说，她为自己同时爱上了两个人（指梁思成和金岳霖）而非常苦恼，不知怎么办才好。梁闻言十分矛盾，痛苦至极，苦思一夜，比较了金优于自己的地方，最后表态说林是自由的，如果她选择金，自己将祝他们永远幸福。林把一切原原本本告诉金后，没想到金的回答更加率直坦诚："看来思成是真正爱你的。我不能去伤害一个真正爱你的人。我应该退出。"金说到做到，将这一真情隐藏心中，并与梁、林二人结为终生挚友。自那以后他们三人毫无芥蒂，长期以来一直毗邻而居。金后来回忆说："梁思成、林徽因是我最亲密的朋友。"梁思成说："我们三个人始终是好朋友。我自己在工作遇到难题也常去请教老金，甚至连我和徽因吵架也常要老金来'仲裁'，因为他总是那么理性，把我们因为情绪激动而搞糊涂的问题分析得一清二楚。"

◇ 1955年，林徽因去世，金岳霖异常痛苦，适逢他的一个学生到办公室看他，事后回忆说："他先不说话，后来突然说：'林徽因走了！'他一边说，一边就号啕大哭。他两只胳膊靠在办公桌上。我静静地站在他身边，不知说什么好。几分钟后，他慢慢地停止哭泣。他擦干眼泪，静静地坐在椅子上，目光呆滞，一言不发。我又陪他默默地坐了一阵，才伴送他回燕东园。"

◇ 在林徽因的葬礼上，金岳霖和一个朋友送上一副挽联："一身诗意千寻瀑，万古人间四月天。"下联来自林徽因诗中的名句："你是人间四月天。"

◇ 林徽因去世后，有一年，金岳霖要在北京饭店请客，邀请许多老朋友参加。朋友们接到通知，都不知老金为何要请客。到了之后，宾主入座，金岳霖才宣布："今天是徽因的生日。"

◇ 1928年9月10日，魏建功与王碧书在中山公园来今雨轩订婚。前来祝贺者有北大国学门的导师钱玄同、刘半农、马裕藻、沈兼士、陈垣、周作人、沈尹默以及魏的朋友台静农、常惠、容庚、庄尚严等。来者均为才子佳人题词留念。台静农的题词是一首淮南情歌："郎有心，姐有心，不怕山高水路深……"刘半农写了首北京童谣："小小子儿，坐门墩儿，哭哭啼啼要媳妇儿"，写到"要媳妇儿干吗？"便戛然而止。

◇ 常维钧是老北大法文系毕业生，曾任北大《歌谣》周刊编辑，与北大的新派师生交往甚多。1924年，常与葛孚英结婚，请胡适做证婚人。胡将一首歌谣作为新婚祝词送给两位新人。歌云："新娘笑眯眯，新郎笑嘻嘻。大家甜蜜蜜，一对好夫妇。"

◇ 高君宇苦恋石评梅，在给石的信中说："我是有两个世界的，一个世界一切都属于你，我是连灵魂都永禁的俘虏；为了你死，亦可以为了你生。""在另一个世界里，我不属于你，更不属于我自己，我只是历史使命的走卒。不如意的世界，要靠我们双手来打倒！""你的所愿，我愿赴汤蹈火以求之；你的所不愿，我愿赴汤蹈火以阻之。"他还说："评梅，我是飞入你手中的雪花，在你面前我没有我自己。"

◇ 高君宇病逝后，石评梅悲痛万分。她在高的墓碑上刻上了高生前的自题诗："我是宝剑，我是火花。我愿生如闪电之耀亮，我愿死如彗星之迅忽。"还在墓碑上写道:"君宇!我无力挽住你迅忽如彗星之生命,我只有把剩下的泪流到你坟头,直到我不能来看你的时候。评梅。"三年后,石去世,根据她的遗愿,被葬在高的墓旁,实现了她和高"生不能成宗室亲,死但求为同穴鬼"的心愿。

◇ 钱穆好吹箫,曾自述:"好吹箫,遇孤寂,辄以箫自遣,其声呜呜然,如别有一境,离躯壳游霄壤间,实为生平一大乐事。"其夫人胡美琦回忆说:"我最爱听他吹箫。我们住在(香港)九龙沙田的那一段日子,每逢有月亮的晚上,我喜欢关掉家中所有的灯,让月光照进我们整条的长廊,我盘膝坐在廊上,静听他在月光下吹箫,四周寂静,只听箫声在空中回荡,令人尘念顿消,满心舒畅……"

◇ 1918年,冯友兰与任载坤喜结连理,此后任一直陪在冯身边,荣辱与共,风雨同舟,为了冯的学术事业奉献了自己的一生。"文化大革命"期间,冯被打成"反动学术权威",任既要自己完成劳动改造,还要照顾冯的生活起居,承受巨大的政治压力。当时无论开什么样的批斗会,任都要陪着冯去接受教育,经常要开到深夜才结束。其间,任总是一直守在门外,不时很有礼貌地敲门和蔼地问别人:"你们批完了吗?"冯被关进牛棚接受隔离审查后,夜里不能回家,任不放心,每天上午就提前吃过午饭,到学校的办公楼前,坐在台阶上,望着外文楼,看见冯跟着队伍出来吃饭,便知冯又平安度过一夜,也就放心而归。第二天照样再去等。那里有几块石头,冯因此将那几块石头称为"望夫石"。1977年,任去世后,冯忍痛作挽联曰:"在昔相追随,同荣辱,共安危,出入相扶持,黄泉碧落君先去;从今无牵挂,断名缰,破利锁,俯仰无愧怍,海阔天空我自飞。"

◇ 1935年,张岱年与冯让兰结为伉俪,此后的70年里,二人恩爱如初,琴瑟和谐,一直是别人眼里艳美的才子佳人。张岱年曾谈到自己的爱情观说:"我认为爱情首先是专一,你不能同时去爱两个人,否则要闹矛盾。

一个人一生的主要精力应放在学问和事业上。""老伴对我帮助很大，我写起文章来什么也不管，生活全靠老伴来维持。她毕业于北师大中文系，完全可以写文章和做学问。可她却为我放弃了，为我牺牲了一切。"

◇ 据张岱年的学生回忆，有一次，张参加一次宴会，最后上的面点是红薯饼。张舍不得自己吃，夹起一块，用餐巾纸小心包好放到上衣口袋。有学生好奇地看着他，不知老师要做什么。张见状，淡淡地解释说："带回家让你师母也尝尝。"

◇ 1990年2月，吴组缃自撰自己与夫人的合葬碑文，文曰："竟解中华百年之恨，得蒙人民一世之恩。炉边北国寒冬暖，枕上东川暑夏凉。愿生生世世为夫妇。"

◇ 周一良之妻邓懿去世后，周曾撰挽联曰："自古文史本不殊途，同学同事同衾同穴，相依为命数十载，悲欢难忘；对外汉语虽非显学，教师教生教书教人，鞠躬尽瘁多少国，桃李芬芳。"

◇ 费孝通在追忆他与王同惠温馨的恋爱时，曾写道："1934年至1935年，在她发现我'不平常'之后，也就是我们两人从各不相让、不怕争论的同学关系逐步进入了穿梭往来、红门立雪、认同知己、合作翻译的亲密关系。穿梭往来和红门立雪是指我每逢休闲时刻，老是骑车到未名湖畔姐妹楼南的女生宿舍去找她相叙，即使在下雪天也愿意在女生宿舍的红色门前不觉寒冷地等候她。她每逢假日就带了作业来清华园我的工作室和我做伴。这时候我独占着清华生物楼二楼东边的实验室作为我个人的工作室，特别幽静，可供我们边工作边谈笑。有时一起去清华园附近的圆明园废墟或颐和园遨游。回想起来，这确是我一生中难得的一段心情最平服，工作最舒畅，生活最优裕，学业最有劲的时期。"

◇ 刘修业生前为北京图书馆研究员、中国社科院历史所资深研究员，著名的吴承恩研究专家。1937年，刘与王重民在巴黎喜结良缘，从此成为终生的学术伴侣，王的学术成绩中，莫不闪耀着刘的身影。1966年，刘退休后致力于襄助王，整理两人合作而尚未出版的图书资料。王受迫害去世后，刘独力承担起王遗著的整理与出版工作，撰写其生平及学术活动编年，备尝艰辛，终于将王的《中国善本书提要》及其补编和《敦煌遗书论文集》《冷庐文薮》等绝大部分专著编纂出版。王的著作中有大量刘的成果，但发表时她从不署自己的名字。白化文在《王有三（重民）先生百年祭》中赞叹说："在我的心目中，她的形象比王先生还要高大。"

◇ 晚年的周培源右耳失聪，说话时习惯放大嗓门，据说他每天都要到老伴屋里"请安"，大声宣泄"爱心"："60多年我只爱过你一个人。你对我最好，我只爱你！"日日如此，持之经年。

◇ 吴大猷与阮冠世相恋多年，阮体弱多病，不能生育，二人准备结婚之前，很多人劝吴，说他前程远大，要慎重对待婚姻大事，吴回答说："我爱她不是一朝一夕了。我所憧憬的未来都是和她在一起的未来。生活里如果没有她，再大的功名对我来说又有什么幸福可言？我要好好照顾她，而结婚是我今生能够照顾她的唯一方式。"

◇ 徐光宪与夫人高小霞相濡以沫五十余载，事业比翼齐飞。晚年时候，当高因骨折而坐上轮椅后，每天，在夕照下的未名湖边，都能看到徐推着她悠然漫步的身影。在高患癌症病情加重的日子里，徐衣不解带地守在病榻前，任谁来"换班"都不肯离开。追悼会上，徐最后一次深情拥住高小霞，泣不成声。他说："我一生中，最满意的，是和高小霞相濡以沫度过的52年；我最遗憾的，是没有照顾好她，使她先我而去。"

◇ 2013年10月22日，侯仁之在北京逝世，享年102岁。其时，陪伴侯70余年、已经高寿近100岁的夫人张玮瑛尚在住院，特撰一副挽联，字里行间，渗透着对侯的深情："不思量自难忘，忆在昔七十载燕园执手，期颐齐眉，曾共晚晴；穷碧落下黄泉，别而今百余岁人生爱侣，蓬山此去，难再步芳。"

◇ 顾颉刚年老时，行动不便，家人便经常搬把藤椅放在房前的小花园里，让他坐在那里赏花。诸花之中，顾最喜月季，他对家人说："等我死后，骨灰分给你们一人一份，埋在花盆里种月季花吧。月季花每个月都要开一次，你们也就月月能见到我了。"

◇ 朱光潜好酒，友人、学生来访，都会问："喝点酒消消疲劳吧！中国白酒，外国白兰地、威士忌都有，一起喝点！"酒菜常是一碟水煮的五香花生米。朱常开玩笑说："酒是我一生最长久的伴侣，一天也离不开它。"他对一位学生说："你什么时候见我不提喝酒，也就快回老家了。"

◇ 周旺生平素温文尔雅，颇有谦谦君子之风。但有一次与学生在宿舍里共进新年夜宴，逸兴勃发，席间慨然说道："待诸君毕业之日，请你们喝茅台。一碗酒，一碗肉，一碗干饭！"学生闻言大喜，轰然称快，争向周狂灌二锅头，不多时便将周灌倒在桌案上。学生们这才想起无人知道周的住址。于是只好将他背起，在学生宿舍里转了一遭，最后放在了一位学生的床铺上。而那位学生则终夜未睡，恭坐一旁，还不时能听到周在醉梦里发几句牢骚。

师友第十一

　　良师栽培子弟，提携后进，往往不遗余力，不仅传授知识，教其做人，更重要的还是关心呵护之情。数年师生缘，一世父子情，师道尊严，情同父子，煦煦春阳的师教，将让每一位受教者终生难忘。与此同时，人之相交，贵在知心同道，鲁迅先生曾以清人名联赠挚友瞿秋白："人生得一知己足矣，斯世当以同怀勉之。"最是知音之论。知己好友，彼此砥砺，相扶相携，取善辅仁，可共进于真善美之境。大学校园中，这种师生情、知己情，最纯洁，最真挚，因此也最感人。如能亦师亦友，岂不更妙？由此而知，"平生风义兼师友"，是亘古不变的动人期许。

◇ 熊十力与董必武是湖北老乡，也是辛亥老同志，年纪相仿，相处融洽。中华人民共和国成立后，熊有事必找董，董便跟他开玩笑说："我简直成了你熊十力一个人的副主席了！"熊也不介意，一笑了之，有事照找不误。

◇ 20世纪50年代，陈毅去看望熊十力，熊竟伤心地号啕大哭。陈问："您老为何这么伤心？"答道："我的学问没有人传呀！"熊晚年居上海时，愈加凄冷寂寞，曾对人说："现在鬼都没有上门的了。"陈深受震动，后来有一次在给上海高校的教师做报告时，他建议大家多向熊请教，"近在眼前的贤师，你们就去拜门，有人批评，就说是陈毅叫你们去的！佛学是世界哲学里的组成部分，一定要学。共产党讲辩证法，事物都要了解其正反面，不懂唯心论，又怎能精通唯物论呢？"

◇ 章士钊曾为陈独秀的密友，20世纪初，两人合办过《国民日报》，在日本办过《甲寅》杂志。陈不止一次对人说："从事政治活动，我与章士钊属于黄金搭档！"后来章就任段祺瑞执政府的秘书长，"三·一八"惨案时参与对学生进行血腥镇压，时在上海的陈来到亚东图书馆，气恼地自言自语："秋桐啊，你怎么如此堕落，竟然向学生开枪。我俩从小一道革命，你现在怎么这样的糊涂，我和你绝交。"他把写好的绝交信交汪原放寄出，信中写道："你与残暴为伍，我与你绝交！"

◇ 陈独秀性格奇特，为人豪爽，直言不讳，说话往往不留情面，与人争执也不知缓和，即使对待朋友也是如此，因而常常得罪人。与陈很亲密的苏曼殊称陈为"畏友陈仲子"。陈的另一至交章士钊谓陈为遍天下之交游中最难交者之人之首。

◇ 陈独秀的朋友沈尹默是著名书法家。清光绪末年，陈独秀在杭州陆军小学教书，与同事刘三（季平）友善，一日在刘房间看见沈的题诗后，隔日便到沈寓所来访。据沈在《我与陈独秀》一文回忆：陈"一进门，大声说：'我叫陈仲甫，昨天在刘三家看到你写的诗，诗作得很好，字其俗入骨。'当时，我听了颇觉刺耳，而转念一想，我的字确实不好，受南京仇涞之老先生的影响，用长锋羊毫，又不能提腕，所以写不好，有俗气。也许是受陈独秀当头一棒的刺激吧，从此我就发愤钻研书法了"。此后，陈始与沈订交，沈也因陈的一番批评，而成为一代书法名家。

◇ 1919年，五四运动期间，陈独秀因散发《北京市民宣言》传单，被捕入狱。后经北大师生多方营救才被释放。陈出狱后，李大钊赋白话诗《欢迎独秀出狱》一首，表达其欣悦之情，诗云：

（一）
你今出狱了，
我们很欢喜！

他们的强权和威力，
终竟战不胜真理。
什么监狱什么死，
都不能屈服了你；
因为你拥护真理，
所以真理拥护你。

（二）
你今出狱了，
我们很欢喜！
相别才有几十日，
这里有了许多更易：
从前我们的"只眼"忽然丧失，
我们的报便缺了光明，减了价值；
如今"只眼"的光明复启，
却不见了你和我们手创的报纸！
可是你不必感慨，不必叹惜，
我们现在有了很多的化身，同时奋起：
好像花草的种子，
被风吹散在遍地。

（三）
你今出狱了，
我们很欢喜！
有许多的好青年，
已经实行了你那句言语：
"出了研究室便入监狱，
出了监狱便入研究室。"
他们都入了监狱，

监狱便成了研究室；

你便久住在监狱里，

也不须愁着孤寂没有伴侣。

◇ 20世纪30年代初，陈独秀在上海被捕，被判刑13年，后减为8年。来狱中看望陈的人很多。胡适和他政见不一，时有争论，但感情深厚，多次从北京来，送来衣食和书籍。一次胡路过南京，来信告诉陈："不及看望。"陈大发脾气，大有绝交的样子。后来胡关怀甚多，陈又非常内疚。

◇ 黄侃20岁时留学日本，恰与章太炎同住一寓，他住楼上，章太炎住楼下。一天夜晚，黄侃内急，来不及去厕所，便忙不迭地从楼窗口往外撒尿。楼下的章太炎夜读正酣，禁不住怒骂起来。黄侃不但不认错，还不甘示弱，也报之以骂。他是贵公子出身，年轻性躁，盛气凌人。章生性好骂人，两人本都有疯子之称，真是章疯子遇到黄疯子，一场好骂，而且越骂越起劲。然而"不骂不相识"，通名报姓之后，话锋转到学问上面，一谈之下，才知道章是国学大师，黄便折节称弟子。

◇ 章太炎生平清高孤傲，对黄侃却颇多嘉许，他劝黄侃著书。黄却谓须待50岁后再从事纸笔。1935年，黄侃50岁生日，章太炎亲赠他一副对联云："韦编三绝今知命，黄绢初成好著书。"众人皆对这一对联称赞不已，黄侃则一阵愕然，原来他发现对联内无意中藏了"绝命书"三字。当年10月8日，黄侃因饮酒过量，吐血而死。章太炎因联句竟成谶语，悔痛不已。

◇ 黄侃与刘师培同为北大教授中的"怪杰"，黄小刘一年零三个月，二人在当时学术界的名声不相上下。一日，黄在刘家，见刘正与一北大学生谈话，对学生所提问题敷衍搪塞，随意应对。学生离开后，黄便问刘何以如此对待这个学生。刘答："此子不可教也。"并大发感慨，说他对不起列祖列宗，他家"四世传经，不意及身而斩"。语多伤感。黄便问："那您想要收怎样的学生才算如意呢？"刘拍拍黄的肩膀说："像你这样足矣！"黄当即答应，第二天便对刘行磕头礼，正式拜刘为师，执弟子礼。消息传开，立成北大一大新闻。

◇ 在黄侃生前所批点的《尔雅义疏》中，曾夹有一手写纸条，所书内容为某字之注释，最后两句为"忆昔申叔师（指刘师培）亦未明此义，以之问侃，侃未能解。今此字义虽明，而师殁已数年，不觉泫然"。

◇ 黄侃认为普天之下拜师必磕头，不磕头便不能得真本领。所以他要求拜他为师的人都要磕头，磕过头才能算正式进入师门。1932年，黄侃收杨伯峻为弟子，待杨磕完头，黄便说："从这时起，你就是我的门生了。"并解释为什么要弟子磕头的原因："我和刘申叔，本在师友之间，若和太炎在一起，三人无所不谈。但一谈到经学，有我在，申叔便不开口。他和太炎师能谈经学，为什么不愿和我谈呢？我猜想到了，他要我拜他为师，才能传授经学给我。因此，在一次申叔和我的时候，我便拿了拜师贽敬，向他磕头拜师。这样一来，他便把他的经学一一传授给我。……我的学问是磕头来的，所以我收弟子，一定要他们一一行拜师礼节。"

◇ 黄侃在北大授教时，颇喜一名叫郑奠的学生。黄出门，郑常常为黄拿皮包。郑毕业后，留在北大任教。一日，一位北大教授在家里请客吃饭，黄和郑二人都去赴席。见面后，黄见郑穿一件皮袍，便大为不悦，说："我还没有穿皮袍，你就穿皮袍了？"郑答："我穿我的皮袍，你管不着我。"黄听了很是生气，从此便不与郑交一语。

◇ 陆宗达年轻时对训诂学产生了兴趣，便兴致满怀去拜访黄侃，希望黄能收下他这个弟子。黄知其来意后，二话没说，叫他先买一部白文本的《说文解字》点完再说。陆花了一年半的时间点完，捧着书再去见黄。黄叫他把书留下，再买一部，重点一遍。过了半年，第二部又点完，再去见黄。黄又叫他买第三部……最后，黄才将陆收在门下，后来陆成了著名的训诂学专家。据说，随你问《说文解字》里的哪一个字，陆不仅能当场讲出这个字的字义来，而且连在哪一页都知道。

◇ 程千帆是黄侃的弟子。程临终前老泪纵横，拍着病床的栏杆喃喃道："我对不起老师！"程所谓的"对不起老师"，是指他始终未能将其老师黄侃的日记设法出版。

◇ 程千帆发现，《黄侃日记》中对人的称呼有着截然不同的区别："季刚先生对门下从学之士或称弟某某，或只谓学生若干人，不知是何缘故。后反复思忖，方恍然有悟：凡称弟某某者，必定是正式行过拜师礼节的，而仅称学生者，则没有行过这种礼节，虽然他们也同在课堂上听先生讲授，在课下向先生请益，甚或时相侍从、叨陪末座。"

◇ 刘文典自称"十二万分"佩服陈寅恪，二人曾在西南联大共事。一日，刘跑警报时，忽然想起他"十二万分"佩服的陈身体羸弱，视力不佳，行动更为不便。便匆匆率领几个学生赶赴陈的寓所，一同搀扶陈往城外躲避。同学要搀刘，刘不让，大声叫嚷："保存国粹要紧！保存国粹要紧！"让学生搀扶陈先走。

◇ 西南联大青年教师陶光是刘文典的得意门生，经常为学问之事登门请教。但有一段时间陶因课务繁忙，没有去看望恩师，心存愧疚。后专门抽出时间拜望恩师。不料，两人甫一见面，刘就劈头大骂陶，骂其是"懒虫""没出息""把老师的话当耳旁风"，等等。陶一时莫名其妙。他虽一向尊重恩师，但刘如此辱骂。他也忍无可忍，正要怒目反击时，忽见刘用力一拍桌子，更加大着声音说："我就靠你成名成家，作为吹牛本钱，你不理解我的苦心，你忍心叫我绝望么？"刘的口气又由硬变软，从愤怒之声到可怜之语。陶听到老师把自己当成"吹牛的本钱"，很受感动，于是该怒为笑，向恩师倒茶赔罪。自此以后，两人的师生情谊更见深笃。

◇ 1922年，28岁的容庚带着自己所著的《金文编》稿本，专程去天津拜见大名鼎鼎的罗振玉。罗看到《金文编》后，对这后辈十分赏识，认为是研究古金文的可造之才，随后主动向北大金石学教授马衡写信推荐，信中有"容庚新从广东来，治古金文，可造就也"之语。马看过《金文编》后，决定不予考试，破格录取容为北大研究所国学门研究生。此前容毕业于东莞中学，并没有读过大学，他晚年常以一介中学生而入读北大研究生为自豪。1925年，《金文编》印行，也是罗出资帮助。1926年，容从北大毕业后，任教于燕京大学，次年即破格转为教授。正是由于罗的推荐与提携，容后来在古文字领域建树卓著，成为蜚声海内外的学者。

◇ 容庚在北大研究所国学门攻读研究生时，王国维正在担任北大国学门的通信导师，他对容十分赏识，对其学术研究帮助也很大。1923年王为商承祚《殷墟文字类编》作序时，称他所见当今治古文字的青年仅四人：唐兰、容庚、柯昌济、商承祚。此后两人过从甚密，时相切磋。容追忆王写道："先生沉默寡言，问非所知，每不置答。喜吸纸烟，可尽数支；当宾主默对时，唯见烟袅袅出口鼻间。其治学甚勤，而所学甚博。"1927年6月2日，王自沉颐和园昆明湖，容是第一批到达现场者，随后又为操办丧事而奔走，他还一直保留着王国维遗书的石印件。

◇ 林白水是20世纪初与邵飘萍齐名的著名报人。容庚在北大读研究生时，曾任林女的家庭教师。林家车夫看不起容，有一次作梗将容抛在半途，容愤怒地写信给林，要辞去家教职务。林立即辞退车夫，并叫女儿向容磕头请罪。容因此重回林家讲课，林见到容后又亲自向他下跪谢罪，容十分感动，两人遂成莫逆之交。林在《社会日报》揭露北洋政府黑幕，被直系军阀张宗昌杀害，容搜集林生前文章编成《生春红室金石述记》一书，并作跋颂扬他"视权贵蔑如也"。

◇ 李大钊年轻时对章士钊十分仰慕。1914年，章在日本东京创办《甲寅》杂志。当时正在早稻田大学就读的李看到《甲寅》即将出版的广告后，非常高兴，马上做了一篇题为《风俗》的文章，并以自己的字"守常"为名写了一封信给章。章读后，"惊其温文醇懿，神似欧公，察其自署，则赫然李守常也"。遂按照信上附的地址写信约李见面。见面后，章问李："你向《甲寅》投稿，为什么不署本名而用号？"李微笑着回答："先生名钊，我何敢名钊！"二人因此而订交。后来，二人在政治道路上南辕北辙，截然不同。但章对李却多方支持，李也对章敬佩有加。可谓道不相同情谊深，生死如一。在李去世后，章深有感触地说："吾二人交谊，以士相见之礼意而开始，以迄守常见危致命于北京，亘十有四年，从无间断。两人政见，初若相合，卒乃相去弥远，而从不以公害私，始终情同昆季，递晚尤笃。"

◇ 李大钊被害后，灵柩停放在北京宣武门外妙光阁浙寺内，历时六年，无法安葬。1933年4月初，已经病危的李妻赵纫兰带着女儿来到北平，请北大代办安葬。蒋梦麟校长很快就答应了此事，并与胡适、沈尹默、周作人、傅斯年、刘半农、钱玄同、马裕藻、马衡、沈兼士、何基鸿、王烈、樊际昌等13名北大教授自愿发起公葬，每人捐20元。北大教授李四光等人捐10元，马寅初等人捐20元，梁漱溟等人捐50元，外地有鲁迅捐50元。刘半农专为李撰写碑文，赞李"温良长厚，处己以约，接物以诚，为学不疲，诲人不倦"。公葬之际，北大学生献挽联："南陈已囚（指正在狱中的陈独秀），空教前贤笑后死；北李如在，哪用吾辈哭先生？"

◇ 在共同编辑《新青年》杂志的过程中，周作人与李大钊结下了深厚情谊。其时周常在老北大红楼讲课以后，拐去校图书馆主任室与李聊天。事后周回忆道："在第一院的只有图书馆主任，而且他又勤快，在办公时间必定在那里，所以找他最适宜，还有一层，他顶没有架子，觉得很可亲……"1927年4月28日，李被张作霖军政府杀害后，周极为悲愤，写下《偶感》《日本人的好意》等文章，回忆李的高风亮节，捍卫李的名誉，称李是"以身殉主义"。同时，周还冒着极大的风险，将李的儿子李葆华带到自己家中，藏了一个多月，然后和沈尹默一起，将李葆华转送日本留学。此后，周对李的其他家属也照顾甚多。周在有生之年，还为李大钊文稿的保存、整理和出版倾注了极大的心血。

◇ 1949年3月，在中共中央领导机关自河北省平山县西柏坡迁入北平时，毛泽东感慨万端地说："三十年了，三十年前我为了寻求救国救民的真理而奔波。还不错，吃了不少苦头，在北平遇到了一个大好人，就是李大钊同志。在他的帮助下我才成了一个马列主义者。他是我真正的老师，没有他的指点和教导，我今天还不知道在哪里呢！"

◇ 周作人有三大弟子：朱自清、俞平伯、废名，三人号称"京兆布衣三大弟子"，均以散文小品文著名。朱的《背影》名闻全国，俞以《红楼梦》研究成家，废名是小说《桃园》的作者。三弟子为文处世均极像其师。

◇ 中华人民共和国成立前夕，陈寅恪生活窘迫，时任北大校长的胡适想赠其一大笔美元，陈拒不接受。后来，陈决定将自己的藏书卖与胡，来换胡的美元。于是，胡派专车到清华，从陈家里装了一车十分珍贵的关于佛教和中亚古代语言的西文书，而陈只收2000美元。在这些书中，仅一部《圣彼得堡梵德大词典》的市价，就远远不止2000美元。

◇ 胡适成名后，每日登门拜访的人络绎不绝。后因求见的人太多，胡适便宣布了"胡适之礼拜"制度："每星期日上午九点至十二点，为公开见客时间，无论什么客来都见。"后来每个星期天都来人不断，上午时间不够，又延长至下午，通常一天有五十多位客人，成为名副其实的"礼拜日"。如此盛况一直持续到七七事变，胡适离开北京为止。

◇ 胡适在小说考证领域的"抛砖"工作，引来了无数"美玉"，他曾不无得意地说："我考《红楼梦》，得顾颉刚与俞平伯；考《西游记》，得董作宾；考《水浒传》，得李玄伯；考《镜花缘》，得孙佳讯。"

◇ 五四时期，胡适积极提倡白话文，与主张文言文的章士钊多有争论。但这并不影响两人的正常交往。1925年2月，胡章二人在一宴席上碰面，席间交谈甚多。饭后章拉胡到附近一家照相馆拍了一张合照。相片洗印出来后，从来不作白话文的章随照题了一首白话诗给胡：

> 你姓胡，我姓章；
> 你讲什么新文学，
> 我开口还是我的老腔。
> 你不攻来我不驳，
> 双双并坐，各有各的心肠。
> 将来三五十年后，
> 这个相片好作文学纪念看。
> 哈，哈，我写白话歪词送把你，
> 总算是老章投了降。

以示和好之意。并附上一信，云："适之吾兄左右：相片四张奉上，账已算过，请勿烦心。其中二人合拍一张，弟有题词。兄阅之后毋捧腹。兄如作一旧体诗相酬，则真赏脸之至也。"胡收到后即作一诗奉答：

> "但开风气不为师"，
> 龚生此言吾最喜。
> 同是曾开风气人，
> 愿长相亲不相鄙。

章胡二人虽然并未因此而放弃自己的观点，但两人分别作为旧派和新派的领军人物，竟然有如此唱和之作，确实让人有耳目一新之感。

◇ 1938年，日本占领整个华北地区。北大师生被迫南迁昆明，与清华、南开组成西南联合大学。在南迁过程中，周作人滞留北平，无意南下，在燕京大学当客座教授。后来又出席了由日本人组织召开的"更生中国文化建设座谈会",令国内文化界舆论哗然,一致谴责周的附逆行为。北大同人更为他担心。当时正在英国伦敦的胡适得知后,甚感不安,特意写了一首白话诗寄给周,奉劝他尽快离开北平,并希望他认清是非,不要一失足造成千古恨。诗云:

  藏晖先生昨夜作一梦,
  梦见苦雨庵中吃茶的老僧,
  忽然放下茶钟出门去,
  飘萧一杖天南行。
  天南万里岂不大辛苦?
  只为智者识得重与轻。——
  醒来我自披衣开窗坐,
  谁人知我此时一点相思情!
     一九三八·八·四　在伦敦。

诗中藏晖先生指胡适自己,老僧隐指周作人。
周接到信后,也做了一首白话诗答胡,以明心迹。周诗共有16行:

  老僧假装好吃苦茶,
  实在的情形还是苦雨,
  近来屋漏地上又浸水,
  结果只好改号苦住。
  晚间拼好蒲团想睡觉,
  忽然接到一封远方的信,
  海天万里八行诗,
  多谢藏晖居士的问讯。
  我谢谢你很厚的情意,
  可惜我行脚却不能做到,

并不是出了家特地忙，

因为庵里住的好些老小。

我还只能关门敲木鱼念经，

出门托钵募化些米面，——

老僧始终是个老僧，

希望将来见得居士的面。

周在诗中向胡倾诉自己的苦衷，解释不能南下是因为有家庭拖累。但他也申明自己留在北平也只是"关门敲木鱼念经"，不会出问题。但后来随着时势的变化，周未能坚持自己的立场，相继担任了伪北大图书馆馆长、伪华北教育总署督办等职务，辜负了以胡为代表的北大同人的殷切期望。

◇ 20世纪20年代末，杨振声任青岛大学校长。某日，闻听胡适要来青岛，遂邀胡顺便到青岛大学讲演。不料轮船抵达后，因风浪太大无法靠岸，胡只好给杨发一电报，电文曰："宛在水中央。"杨接到电报后，亦回电曰："盈盈一水间，脉脉不得语。"

◇ 1931年秋天，而立之岁的罗尔纲在先师胡适家里做文字事情，受到胡适无微不至的关怀。胡给罗曾写有一封信："尔纲弟，我看了你的长信我很高兴。你觉得家乡环境不适宜做研究，我也赞成你出来住几年。你若肯留在我家中我十分欢迎。但我不能不向你提出几个条件：（1）你不可再向家中取钱来供你费用。（2）我每月送你40圆零用，你不可再辩。（3）你何时再来，我寄100圆给你做旅费，你不可辞。你这一年来为我做的工作，我的感谢，自不用我细说。我只能说，你的工作没有一件不是超过我的期望的。"

◇ 吴晗在中国公学读一年级时就得校长胡适的赏识。后经人介绍，由罗尔纲带他去拜访胡适。吴见胡的第一件事，就请胡让他免试转入北京大学二年级。胡对他说："入学考试，是国家抡取人才的大典，不得徇私。你考入北大后，费用我可以帮助。"后来吴考北大，数学得零分，没有录取。又考清华大学，清华不考数学，便被录取。罗告知胡以后，胡当即取出 80 元让罗送给吴交学膳费用，并给清华的负责人翁文灏、张子高写信介绍、推荐吴，请给予吴一个"半工半读"的机会。结果，吴在清华得到了一份每天整理 2 小时清代资料、每月 25 元的职位。胡还亲书一副对联送给吴："大处着眼，小处着手；多谈问题，少谈主义。"在胡的指导下，吴埋首历史，取得了可喜的成绩，最终成为著名的明史专家。

◇ 千家驹在北大经济系上学时，发表了一篇题为《抵制日货之史的考察和中国的工业化问题》的文章。胡适看到以后，大为赞赏，就向人打听千家驹是谁的笔名。知情人告诉胡这不是笔名，他本姓千。胡又问千在哪儿工作。对方回答说，千是个北大学生，大学还没毕业。胡大为惊讶，认为一个大学生能写出如此高水平的文章，实在了不起。后来经吴晗引荐，千与胡见面。闲谈中，胡问千毕业后准备去哪里工作，千答工作还没有着落。胡便自告奋勇，介绍千去陶孟和主持的社会调查所工作。陶一打听，了解到千是北大著名的"捣乱分子"，很可能是共产党员，就有些犹豫。陶将了解的情况告诉胡后，胡却回答："捣乱与研究工作是两码事，会捣乱的人不一定做不好研究工作，况且一个研究机关，你怕他捣什么乱？"陶无话可说，千的工作就这样定了下来。后来又经胡的大力推介，千又到北大担任讲师。千对胡的知遇之恩一直不忘，20 世纪 50 年代，国内掀起声势浩大的批胡运动。千此时虽担任很多重要职务，但却不出来随声附和："如果把胡臭骂一通，又难免言不由衷。所以只有效金人之三缄其口，因此在数百万字批胡论文中，你们找不到我的片言只字。"

◇ 梁漱溟在香港办《光明报》时，自任社长，萨空了任经理。梁给自己定的工资是月薪 100 元，给萨定的却是 200 元。原因是他生活节俭，独自在港，花销小；而萨全家在港，负担重。后来梁又把自己 100 元工资的一半补贴给了萨。

◇ 鲁迅去世后，北大师生无限伤悼。在北大法商学院召开的追悼会上，北大学生会敬献挽联："民族正艰危，剧怜睡狮未醒，振聋犹须作呐喊；世途多荆棘，太息哲人竟去，枕戈那许尚彷徨。"

◇ 1918年10月8日，《北京大学日刊》刊登了尚为学生身份的傅斯年给蔡元培校长的投书：《论哲学门隶属文科之流弊》。文中认为，哲学研究的材料来源于自然科学，"凡自然科学作一大进步，即哲学发一异彩之日"，主张哲学应入理科。此文引起蔡元培的注意。他对这位高才生寄予厚望，题词赠曰："山平水远苍茫外，地辟天开指顾中。"

◇ 傅斯年与陈寅恪关系甚密，彼此都很感佩对方，陈赠傅诗中称"天下英雄独使君"，傅则赞陈在汉学上素养不下清代钱大昕。在西南联大时，二人同住一楼，陈住三楼，傅住一楼。每次警报一响，其他人都"闻机而动，入土为安"，往楼下防空洞跑。而傅却直上三楼，把患眼疾的陈搀扶下楼，一起躲入防空洞。

◇ 傅斯年在认识丁文江之前，痛恨其政治立场，甚至当着胡适大骂丁，说："我若见了丁文江，一定要杀了他！"后来胡介绍两人认识，他们却迅速成为莫逆之交。丁在长沙病危，正是傅第一个从北京赶去看护。

◇ 傅斯年对何兹全有知遇栽培之恩，何对此终生不忘，晚年回忆傅时，还充满感激之情："傅斯年是我的老师，这老师还不是泛泛的老师而是恩师。1935年我北大毕业，他邀我去史语所，我没有去，而去日本读书。抗日战争爆发后，我编杂志，写社论，在机关里混。是他收留我到史语所，使我在社会上鬼混了几年之后，重新又走上做学问的道路。不然，真不知我今日能在何方。潦倒，悲伤，活得不像个人，也可能死掉了！"

◇ 顾颉刚多次在书信和日记中称："在当代的学者中，我最敬佩的是王国维先生。"甚至做梦都梦到王国维，"数十年来，大家都只知道我和胡适的来往甚密，受胡适的影响很大，而不知我内心对王国维的钦敬，治学上所受的影响尤为深刻"，"总以为他是最博而又最富于创造性的"。顾颉刚曾专门给王国维写信，表示愿"追随杖履，为始终受学之一人"。

◇ 顾颉刚在87岁离世之前写就的《我是怎样编写〈古史辨〉的？》当中，记有这样一段文字："胡适从1929年起不疑古了，也就是说，从这时起我和他在思想上已有不同了。九一八事变以后，我为了反抗日本帝国主义的侵略，编刊通俗读物，宣传抗日的主张，唤起全民族奋起抗日；他却以为'民众'是惹不得的，放了火是收不住的，劝我不要引火烧身。他的这种无视国家民族生死存亡的麻木不仁的态度，引起我的极大的反感。看法不同，关系也就更疏远了。"

◇ 1922年，俞平伯出版其《红楼梦辨》一书，在此书的引论中，俞特别提及好友顾颉刚对此书的贡献，并对此感念不已。他说："我在那年（1921）四月间给颉刚一信，开始作讨论文字。从四月到七月这个夏季，我们俩底来往信札不断，是兴会最好的时候。颉刚启发我的地方极多，这是不用说的了。这书有一半材料，大半是从那些信稿中采来的。换句话说，这不是我一人做的，是我和颉刚两人合做的。我给颉刚的信，都承他为我保存，使我草这书的时候，可以参看。他又在这书印行以前，且在万忙之际，分出工夫来做了一篇恳切的序。我对于颉刚，似乎不得仅仅说声感谢。因为说了感谢，心中的情感就被文字限制住了，使我感到一种彷徨着的不安。颉刚兄！你许我不说什么吗？我蠢极了，说不出什么来！"

◇ 顾颉刚曾说过："从前人有两句诗：'鸳鸯绣出凭君看，不把金针度与人'。我们正要反其道而行之，先把金针度与人，为的是希望别人绣出更美的鸳鸯。"他在燕京大学任教时，热情鼓励学生写文章，大胆提出自己的见解。他经常对学生说的话是："你这篇文章好，我给你发表！"在学生交上论文后，他经常会花大力气修改完善，然后以学生之名发表在自己主编的《禹贡》杂志或推荐到其他刊物上发表。即便有的文章被改得"面目全非",已是通体改写,顾也从不署自己之名。文章一经发表,往往会使学生大吃一惊,仔细阅读后,方觉醍醐灌顶,得知为学门径,进而体悟顾的良苦用心。因此燕大历史系所编《史学消息》中评价顾说:"他待学生最诚挚,他的热情有如一团火,燃烧了他自己,也燃烧了和他接触的每一个学生。"

◇ 一日,彤云飞雪,漫天皆白,天气甚冷。郁达夫来到"窄而霉小斋"访沈从文。沈正在穿着夹衣,身裹棉被,伏案写作;风雪入户,环堵萧然。两人促膝而谈,谈毕,郁知沈尚未吃饭,便邀沈同往饭馆用餐。餐毕,郁付完钱后,将剩余的钱全部送给沈;又拿下自己围巾,为沈披于肩上。道别之际,郁殷切嘱沈:"好好写下去……"两人道别后,沈回到房中,不禁潸然泣下。

◇ 汪曾祺在西南联大读书时,生活困顿,经常上顿不接下顿,有时日高不起,拥被而卧。其友朱德熙看汪十一点钟还不露面,便知汪午饭尚无着落,便携一本英文字典,走到汪的床边,推推汪:"起来起来,去吃饭!"两人便先去昆明的文明街,将字典卖掉,然后去街上饱餐一顿。

◇ 1946年,汪曾祺到上海后,一时找不到合适的职业,情绪异常悲观,竟然有自杀的冲动。其师沈从文知道后,一改往日平和的态度,写信把汪大骂了一顿,说:"为了一时的困难,就这样哭哭啼啼的,甚至想到要自杀,真是没出息!你手中有一支笔,怕什么!"沈还在信中提到了他当年初到北京时的情形,并以此来勉励正处困境中的汪。

◇ 徐志摩与陆小曼的结合遭到了很多人的反对,徐的老师梁启超就是其中一位。1926年8月14日,徐与陆在北海公园举行订婚仪式,10月3日正式结婚,婚礼由胡适主持,梁启超碍不过胡的面子,万般不情愿地做了证婚人。梁在陈述证婚词时,对徐和陆引经据典地大训大骂:"徐志摩,你这个人性情浮躁，所以在学问方面没有成就，你这个人用情不专，以致离婚再娶……以后务要痛改前非，重新做人！""徐志摩、陆小曼，你们听着！你们都是离过婚，又重结婚的，都是过来人了！这全是由于用情不专，以后要痛自悔悟……希望你们不要再一次成为过来人。我作为你徐志摩的先生——假如你还认我作先生的话——又作为今天这场婚礼的证婚人，我送你们一句话，祝你们这次是最后的一次结婚！……"在场的人都觉得梁说话未免过火。徐志摩听得面红耳赤，十分尴尬，只好忍着惭怍，亲自向前，向老师服罪，说："请老师不要再讲下去了，顾全弟子一点面子吧。"梁听了这话，大概也自觉讲得过于不堪，就此收住。

◇ 1948 年，邓嗣禹辞别北大之前，其友傅乐素、严倚云请客为其饯别。邓指导写论文的学生，闻讯后均来参加。其时北大师生生活已经非常困顿。但饭桌上仍有好几盘菜，而且都不离鸡蛋，如炒鸡蛋、炸鸡蛋、蒸鸡蛋加虾米、木须肉、西红柿鸡蛋汤等。邓问众人，为何有这么多的鸡蛋？师生回答说："每人每周有三个鸡子儿，作为营养料。现在全都拿出来，为先生送行，以报答您的辛苦教育之恩。"邓闻言，大受感动。

◇ 朱自清逝世后，许德珩写挽联："教书三十年，一面教，一面学，向时代学，向青年学，生能如斯，君诚健者；存留五一载，愈艰苦，愈奋斗，与丑恶斗，与暴力斗，死而后已，我哭斯人。"

◇ 梁实秋和冰心曾结下深厚的友谊，而且在平日交往中喜欢谐谑打趣。1949 年之前，两人之间常有书信字画往来，有一次梁实秋给冰心画了一幅梅花，冰心回信说："画梅花有什么了不起，狗也会画。" 80 年代当梁的遗孀韩菁清到北京拜访冰心时，冰心在悲痛中说："实秋是我的一生知己。"

◇ 1919 年，宗白华在上海主编《时事新报》副刊《学灯》，发现了郭沫若，将郭的新诗大量在《学灯》上发表，成为《女神》的催产婆。因此，郭称宗为他的"钟子期"。

◇ 范文澜在北大求学时期,先后师从黄侃(季刚)、陈汉章(伯弢)、刘师培(申叔),倾心向他们学习经史之学。他当时的志趣就是"追踪乾嘉""笃守师法"。所谓"师法"即黄、陈、刘诸师传授的汉学家法。范的系列著作,大多受益于在北大学习和执教时的学术积累。在他的著作中经常把北大师长的讲论引录到书中,并要注明出自某师。最负盛名的《文心雕龙注》不时在注释中引录黄侃、陈汉章的论述,并称为"黄先生曰""陈先生曰"。他在书前的例言中声明:"愚陋之质,幸为师友不弃,教诱殷勤。注中所称黄先生即蕲春季刚师,陈先生即象山伯弢师。其余友人则称某君,前辈则称某先生,著其姓字,以识不忘。"

◇ 马寅初就任北大校长后,在中南海见到了毛泽东主席。毛问他当北大校长有什么困难,马说:"只希望主席能够批准:兄弟点名邀请谁到北大讲演的,就请不要拒绝。"毛风趣地说:"这个好办,我批准了。马老校长,我给你这个'尚方宝剑'!以后你想请谁,我就保证他随叫随到。"此后,马点名邀请了一大批著名的专家学者和周恩来、陈毅、李富春、胡耀邦等党政领导来北大做报告,极大地充实了北大的教学活动。陈毅在北大演讲时,第一句话便是"今天是马寅老掐着我的脖子让我来的"。

◇ 马寅初与周恩来总理私交甚厚。周总理病逝后,已经95岁的马寅初听到噩耗后不禁失声痛哭,不顾亲友的劝阻,一定要去吊唁,并向周总理遗体告别。他激动地说:"我死了也要去!""1939年在重庆第一个引导我认识怎样救中国的是周总理;蒋介石逮捕我,营救我最出力的是周总理;我在狱中,重庆举行庆祝六十寿辰大会,周恩来、董必武和邓颖超同志送对联鼓励我支持我;安排我离开国民党狼窝虎口经香港去解放区的是周总理;这次'文化大革命'指示保护我的又是周总理;1972年患直肠癌,正是在周总理的直接关怀照顾之下,手术才得以成功。他自己已身患重病,还特地派医生来看望我。我一定要去吊唁,万一吊唁而死了,我也心甘情愿。"后来,马坐着轮椅去向周总理遗体鞠三个躬,绕遗体一周后,还不肯告退,坚决要求再绕一周。最后,又让家属把他勉强扶起来，站着向周总理遗体行了三个鞠躬礼。

◇ 1930年秋，谈家桢在燕京大学生物系主任胡经甫的引荐下，跟随李汝祺攻读硕士，从此与李结下了深厚的师生缘。谈家桢在研究生期间所做的研究课题是以亚洲瓢虫为实验材料进行色斑变异遗传规律的研究。在相当长的一段时间里，谈一头钻进了课题研究中，天天与瓢虫打交道，一天工作十四五个小时，成为常态。白天他在北京西山山区的田野和森林里捕捉瓢虫的饲料——蚜虫；晚上钻进实验室里喂养瓢虫，又要把瓢虫的幼虫一只只地分开，以免在没有蚜虫的喂养下发生自相残杀，这需要无比的耐心和细致。在实验室里，他进行瓢虫的杂交实验，并观察后代性状变异性的情况。通过这种"忘我"的研究，谈在一年半时间里便完成了研究论文，顺利通过答辩，获得硕士学位。李对谈的工作甚为满意，认为谈是他一生所带过的研究生中最为突出的一个，并且说："我怎么也没想到，他在一年半时间里竟搜集到那么多的材料，做了那么多的工作，又看了那么多的参考书，这是出乎我意料的。"自此以后的半个多世纪里，师生之间始终相互尊重、相互支持，共同开创和奠基了中国遗传学事业，被学术界传为佳话。

◇ 陈翰笙曾对学生说："我的三个烈士朋友，特点不同，李大钊（我的入党介绍人），在军阀统治下建党的人，注意党的组织发展；蔡和森，搞政治的，每次见面都大谈阶级斗争；邓演达，最关心教育，在黄埔军校、武汉政府都注重教育，不光注意军事教育，也注意各方面教育。我和邓演达是1927年在莫斯科第一次见面，1930年到上海经常见面，成了好朋友。三个人死得也不同，都很惨。李大钊是被绞死的；蔡和森是被钉成十字，一刀一刀割死的；邓演达是被暗杀的。今天有的人只顾自己做官，这些人怎么对得起这些烈士啊！"

◇ 邓伟回忆其师朱光潜说："那时，逢到周末，朱先生爱去校外的海淀浴池洗澡，过了八十岁还是去。有一回我去看他，他得意地'透露'自己顺便在海淀镇买了上好的带鱼,一定要留我吃饭,犒劳我被学院里一星期的清汤寡水亏待的肚子。还有一次,朱先生特地要家里的保姆为我做一顿土豆烧牛肉。夜晚告辞的时候,朱先生看见小柜上摆着几个橘子,他抓起来执意往我书包里塞。我着急地推搡着,终于拗不过先生。走在回家的路上,我想起《背影》中父亲送站的场景,那情形我曾无数次地想象过。摸摸书包里圆鼓鼓的橘子,我感到似曾相识的殷望与实实在在的温暖。"

◇ 邓广铭在考入北京大学历史系之前,曾就读于辅仁大学,其时恰逢周作人来校讲新文学。周自称"既未编讲义,也没有写出纲领来,只信口开河地说下去就完了",谁知讲完之后,邓广铭"却拿了一本笔记的草稿来叫我校阅,所记录的不但绝少错误,而且把我所乱说的话整理得略有次序,这尤其使我佩服"。后来这本笔记就以《中国新文学的源流》为名出版了。周将稿费送给邓,邓用这笔钱买了一部线装二十四史。邓的老友张中行后来感叹,周讲课北调掺和南腔,其中又有不少专业知识,颇不易记,邓却像是轻而易举,不只记了,且接着就印成书,"一个初进大学之门的学生,才竟如此之高,学竟如此之富,简直不可理解"。

◇ 20世纪80年代后期,田余庆一度心脏不适,其师邓广铭十分挂念,不时给田送些茶叶。邓说,他的健康可能是得益于喝茶,所以有了好茶,与田分享,对田的健康会有好处。一次赠茶,邓特意交代:"茶好,自己喝,别给别人喝。"当时国内保健品相对匮乏,听说西洋参有助于保养,邓便一直记在心上。1991年,邓去香港参加学术会议期间,从来没有服用过补品的邓亲自去中药店选购了上等的西洋参片,担心放在行李箱中被挤碎,便一路手提回来,赠送给田,让田感到"情谊实在感人"。

◇ "文化大革命"后期,已经80多岁的陈岱孙对即将毕业的学生不无遗憾地说:"以前每届学生毕业,我要请吃鱼的,而今亏了你们了!"

◇ 1995年10月21日，北京大学为陈岱孙举办"九十五年寿辰庆祝大会"，当时的国务院总理朱镕基亲自写信祝贺说："先生年高德劭，学贯中西，授业育人，六十八年如一日，一代宗师，堪称桃李满天下。"

◇ 陈岱孙90岁寿辰时，其弟子厉以宁填《秋波媚》词一首以作贺礼："忧国少年越重洋，回首几沧桑。人间早换，武夷更秀，闽水流长。　弦歌不绝风骚在，道德并文章。最堪欣慰，三春桃李，辉映门墙。"

◇ 吴大猷在回忆抗战时期的教学生涯时，非常欣慰地说："抗战的一段时期，应是我的研究工作有所成长的阶段，但这段可贵的光阴，很快地一晃而过，个人成就寥寥，限于能力，更限于环境。这些对于我都没有什么可以后悔的，幸运的是适逢遇上了一批卓越的学生，系杨振宁、黄昆、黄授书、张守廉等，再加发现了李政道的奇才。"他还说："遇见了这样的'群英会'，是使教师最快乐的事。"

◇ 1989年夏，出国研修七年的王诗宬回到北大。其师江泽涵听说王回来了，就亲自去王的暂住处看望，但去了两次都未曾遇见。王因刚回国，忙于手续等事，还未及去看望导师，听到87岁的导师两次上楼来看自己，心中很不安，马上赶到老师寓所，问江有什么事，江说："我没有什么事。我只是想告诉你，你出去学习，又回来了，我实在是很高兴。"

◇ 王重民生前曾给图书馆学系1972级学生讲授了"中国书史"和"古籍整理"两门课程。2003年，为纪念王百年诞辰，曾经听过他课程的弟子肖东发撰成《王重民与向达先生祭》一文，缅怀王当年的教导之恩。肖在文中写道："王先生反复教导我一定要多读书，读古书，读原著，不读《汉书》怎么能够真正了解刘向、刘歆，不接触古书，也搞不好古籍整理。当时我对读大部头史书还有一定畏难情绪，感到很费劲，事后方觉获益匪浅。因为我后来把中国图书史作为研究方向，所以必须阅读古籍，必须研究目录版本学，必须下功夫看原书，获取第一手资料，才有发言权。

这一点确实是王重民老师谆谆教导和他'读万卷书，行万里路'精神感召的结果。""王先生对我的直接教诲和间接影响如涓涓细流，一直在我的心中流淌。我每年给学生讲《中国图书出版史》及近来讲《文献检索与利用》课时，都要讲到王先生的学术成就，都要用到王先生所编的工具书及其著述。王重民先生不仅永远活在我的心里，我还要让年轻的学生们记住他。"

◇ 张岱年说："我早年从北师大刚毕业，经冯友兰先生和金岳霖先生推荐，到清华当助教。这是很幸运的事，这也是我一生学术生涯的开始。所以，我很感谢冯先生和金先生。"

◇ 马坚是我国著名的阿拉伯语教育家、翻译家和伊斯兰宗教学家，长期在北大东语系任教，他为东语系培养青年教师投入了极大的精力。马曾对一位青年教师说："我们这些人年纪越来越大了，真希望你们能成长得更快一些。我们当初的知识是一点一滴用小戥子称进来的，现在真恨不得成斗成升地全倒给你们。"

◇ 1941年12月，太平洋战争爆发，燕京大学被日寇查封，这时在燕大任教并兼任学生生活辅导委员会副主席的侯仁之遭日寇宪兵逮捕，因"以心传心，抗日反日"的罪名，被日寇军事法庭判处徒刑一年，缓刑三年，取保开释，直到抗战胜利。其间，侯曾考虑过到成都避难，其师洪业告诉他："如果不走，即使再次被捕，燕京人也会知道侯仁之是为什么而判刑的。拿起笔，做学问。"正是这句"拿起笔，做学问"，开启了侯终生的研究事业。后来，侯以历史地理学为安身立命之所在，孜孜不倦，坚毅卓绝，在北京旧城改造、沙区治理等诸多方面做出了巨大的贡献。

◇ 抗战时期，侯仁之与其师邓之诚被日本人关入同一间大牢中。牢中共有11人，按照囚号排列，每人一块地方，白天席地而坐，晚上就地而卧。排号为"503"的邓，冻饿致病，晚上辗转反侧，难以入睡。排号"511"

的侯冒着被看守处罚的危险，偷换了铺位，移到邓身旁，把自己的衣服给邓盖上御寒，晚上贴在邓身边，用自己的体温温暖邓。邓对此甚为感动，后来在文章中写道："予病甚……侯君，予门人也，服事尤谨。"

◇ 陈寅恪与季羡林有师生之谊。"文化大革命"开始后，众人皆批陈寅恪，但季不愿落井下石，虽经再三动员，晓以"大义"，他仍效金人三缄其口。季晚年回忆："我不愿意厚着面皮，充当事后的诸葛亮，我当时的认识也是十分模糊的。但是，我毕竟没有行动。现在时过境迁，在四十年之后，想到我没有出卖我的良心，差堪自慰，能够对得起老师在天之灵了。"

◇ 季羡林走在北大校园里，经常会碰到这样的事情：一辆自行车突然停在他面前，一个学生模样的年轻人从车上下来，问道："你是季羡林教授吗？"季答是。年轻人便说："季先生，我没有什么事，我只想当面向您说一句：我很敬佩您。"说完，年轻人向季鞠躬，转身上车，飞驰而去。甚至有些正开着车的年轻人，认出了迎面走来的是季，便立刻停下来，打开车门，走出汽车，双手合十，向季深深鞠躬。

◇ 据金克木的学生郭良回忆：郭在北大上二年级时，因病休学两个月。病愈后回校复习功课，准备补考。一天去老师金克木家询问请教学业问题。回答完问题后，金关心地问郭："三年级是关键的一年，如果三年级跟不上，以后四、五年级念更难的作品，就会无法念下去。到五年级还要加巴利语，学习量很重，你的身体吃得消吗？"郭因身体和学习的矛盾，感情十分脆弱，经不住这一问，眼泪就簌簌掉了下来，竟不辞而别，回到宿舍，蒙头大哭一场。冷静之后，郭对自己的任性感到后悔，准备第二天再去金家当面解释。傍晚时分，有人敲门，郭开门一看，竟然是金。金见到郭就说："我不放心你，来看看，是不是我言重了，你受不了？不要误会，情绪不好会影响功课复习的。"郭忙说："金先生，对不起，我刚才不礼貌，主要是自己心情不好，太任性了。"金又对郭劝慰一番，才走回自己家中。郭感慨地说："金先生回去时，我送他到二十七斋门口，望着他瘦小的身影消失在匆匆忙忙去食堂的学生人流之中，心中好生感动。从蔚秀园到二十七斋，等于从北大西校门到中关村南校门，横穿半个北大。暑气蒸人时，年过半百的金先生，一位有名望的北大教授竟亲自来到宿舍安慰一个不懂世事的学生，使我心里深感歉疚。"

◇ 林焘和朱德熙都喜欢吹箫，两人在北大中文系任教时，经常在一起吹曲子，彼此视为知音。但是自从朱去世后，林就不再吹了。有人解释说：不吹，是为了悼念自己最亲密的朋友。

◇ 丁石孙曾长期在北大讲授数学基础课，他说教书有两点好处：一是可以接触学生，也就是要接触年轻人。"年轻人虽然不成熟，但他们好学，经常要提不少问题，为了回答他们的问题，就促使我必须把一些问题想清楚，有时也就要把问题想得更深入些。与学生讨论的过程中我常常可以学到不少东西，这些往往不是自己学习时能得到的。以前有些老师对我说过，要念一本书，一个好办法就是对学生讲一遍，在工作中我进一步体会这一点。与学生相处更大的好处是他们的朝气对自己的感染，使我也年轻起来，常常忘掉自己的年龄。"二是可以慢慢看到学生的成长。他说："我经常出差，全国各地，几乎到处都可以碰得到我的学生。有的我早已忘记了他们的名字，但他们说，我什么时候听过你讲的课，什么时候你讲过的一句话对我有很大的好处，影响了我的一生。这是一种非常好的回报。""见到学生有一种格外的亲切感，我想这也许就是当教师的最大的回报。如果看到自己的学生在工作中取得成绩，更感到高兴。"

◇ 2016年1月底，北京大学1986级学生中的几个代表前往医院看望已经90岁高龄的丁石孙。他们带了一束花、一首诗和一张卡片。诗云："遥记当年初相见，我正少年君英年。五湖四海风云会，一世之缘结燕园。风度翩翩谆谆语，当日风华如昨天。可叹流年如水转，一去经年改容颜。千山万水追寻遍，为觅梦境过千帆。虽经九转而未悔，犹抱初心何曾变。长揖一拜谢师恩，弟子沾巾不复言。心香一瓣为君祈，福寿安康复翩翻。"卡片上则写着:"感谢您给了我们北大历史上最好的几年。"

◇ 1978年,姜伯驹被选派出国研修,当时其师江泽涵的工作正需要姜做助手。但是年近八旬的江登上四楼,找到当时的系主任丁石孙,恳切地说:"你们千万不要考虑我的工作,你们一定要把姜伯驹送出国。"1980年江得知姜当选为中国科学院学部委员时高兴得不得了,一位目睹者说,当江听到这一消息时,"那高兴劲儿可以说是死而无憾"。

◇ 陈佳洱曾对采访他的记者动情地说:"真正把我领进科学大门的是学校和许多教过我的老师。特别在大学时期,我有幸跟随了王大珩、朱光亚、吴式枢、余瑞璜等一批名师。当时任系主任的王大珩先生,不仅学术精湛,在教学上的一丝不苟的严格和严厉都是出了名的。他带实验特别强调自己动手,不合格的作业必退,我们都有几分怕他。谁在他那里得一个5分,要请大家吃花生米,我曾因连请吃三次花生米而骄傲。朱光亚先生的课总是要先提一堆问题,然后由浅入深,引人入胜,听了要出神的,他带我做的毕业论文内容是研制国内第一只薄窗型杯的 β 射线计数管。吴式枢先生讲课没有半句废话,逻辑严谨得不得了。老师们言传身教,所传递的不仅是知识,还有思维方式;不仅教会了我们怎样去思考,更重要的是教会了我们怎样去做人,每一个眼神都是一种启发,这种教益是任何现代的信息网络手段所不能代替的。"

◇ 李泽厚经常对人说,我每次回国,别的地方可以不去,但一定要去看望任继愈先生。我上大学时是个穷学生,身体也不大好,任先生每个月都资助我一些钱。

◇ 袁行霈与学生孟二冬相识相知25年,在孟重病期间,袁曾满怀深情地对孟说:"我一向以道德和文章的统一要求学生,你把二者很好地结合起来了。你为人清正刚毅,治学勤勉踏实,我为你而骄傲。"孟去世后,袁写下挽联:"细柳春风,此日护君归后土;明窗朗月,何人伴我话唐诗。"

忠诲第十二

夫子授业，诲人不倦，刘向传经，斯文不坠。颜之推云："同言而信，信其所亲；同命而行，行其所服。"世间大概有两种教诲可以毫不犹豫地遵循：一是严父慈母的庭训之言，一是良师大儒的诲教之言。因为这二者一无保留，二无虚伪，几乎句句皆经验之谈，肺腑之言。叶朗先生曾言，师者，传道授业解惑之外，还有真诚批评之责。诚哉此言！为人师者，都愿倾其胸中所有，将自己的治学之道与人生经验毫无保留地传授，期望每一位学生都能后来居上，青出于蓝而胜于蓝。此部所收，皆为教诲晚生后学的金玉良言，既教为人，又教为学，或耳提面命，或寄寓微言，诲教谆谆，用心良苦，几乎条条可遵。尤其可贵者，其中多有道及家国情怀，颇与北大师者的身份相符。后来之人，虽非文中诸先生的及门学生，但也不妨做一名读其书、行其言的私淑弟子。

◇ 1905年，张亨嘉出任京师大学堂第一任监督。就职仪式上，张与学生均朝衣朝冠，先向孔子神位行三跪九叩之礼，然后学生向张作三个大揖，行谒见礼。礼毕，张对学生说："诸生听训：诸生为国求学，努力自爱。"全部仪式就告结束。据考证，这是北大历史上最简短的校长演说。

◇ 1912年10月18日，中华民国临时大总统孙中山任命马良代理北京大学校长。马在就任演说词中提到：大学者，"非校舍之大之谓，非学生年龄之大之谓，亦非教员薪水之大之谓，系道德高尚，学问渊深之谓也。诸君在此校肄业，须尊重道德，专心学业，庶不辜负大学生三字"。

◇ 1912年10月31日，梁启超在北大发表演说，对北大学生提出三点期望：一、服从："学生以德之未修，学之未成，始入学校求学，则在学校之中，自当服从校长教师之训导；不然，又安名为学生？"二、朴素："最堪痛心者，则莫如求学之青年，奢侈放纵，既伤其德性，复害其学业。设此风不革，则中国教育之前途，尚堪问乎？"三、静穆："天下唯有学问有修养之士，乃能真有发扬蹈厉之精神；无学问无修养者，仅能谓之狂躁，谓之轻率，以之办事，无一事可成也。故学生若不于学生时代，以静穆之风，善养其发扬蹈厉之精神，则他日必成狂躁之士，轻率之士，终身将不能成一事。可不勉乎哉！"

◇ 1921年10月27日，进入民国后的北大首任校长严复在福州病逝，临终前曾手书遗言"六须"："须知中国不灭，旧法可损益，必不可叛；须知人要乐生，以身体健康为第一要义；须勤于所业，知光阴时日机会之不复更来；须勤思，而加条理；须学问，增知能，知做人分量，不易圆满；事遇群己对待之时，须念己轻群重，更切毋造孽。"

◇ 蔡元培以为至少具备三个基本条件，才配称作现代学生：狮子样的体力、猴子样的敏捷、骆驼样的精神。他认为中国要摆脱贫穷落后的现状，学生的责任重大，包括对于学术的责任、对于国家的责任和对于社会的责任，所以中国的学生尤其需要有"骆驼的精神"，才能任重致远。除此之外，再加以"崇好美术的素养"，和"自爱""爱人"的美德，便配称作现代学生而无愧了。

◇ 1917年1月9日，蔡元培在北大发表校长就职演说，他在演说中对北大学生提出三项要求：即"抱定宗旨""砥砺德行""敬爱师友"。他希望学生树立正大的宗旨，"抱定宗旨，为求学而来。入法科者，非为做官；入商科者，非为致富"。要求学生"不唯思所以感己，更必有以励人。……故品行不可以不谨严"，对教师"自应以诚相待，敬礼有加。至于同学共处一室，尤应互相亲爱，庶可收切磋之效"。

◇ 蔡元培担任北大校长后，在第一次演说中就告诉北大学生："大学者，研究高深学问者也。……大学学生，当以研究学术为天职，不当以大学为升官发财之阶梯。"1918年，在北大开学式演说中，他又说："大学为纯粹研究学问之机关，不可视为养成资格之所，亦不可视为贩卖知识之所。学者当有研究学问之兴趣，尤当养成学问家之人格。"

◇ 蔡元培教导北大学生："在学校内，既要有活泼进取的精神，又要有坚实耐烦的精神。有第一种精神，所以有发明，有创造。有第二种精神，利害不为动，牵制有不受，专心一志，为发明创造的预备。"

◇ 蔡元培希望北大师生集中精力进行学术研究，鼓励学生专注学业，改变"奔竞及游荡的旧习"，但不赞成死读书、读死书。他说："研究学理，必要有一种活泼的精神，不是学古人'三年不窥园'的死法能做到的。"

◇ 蔡元培曾赠言北大毕业生："各勉日新志，共证岁寒心。"他还曾对出国留学的同学说：不要失去"我"性，作为中国人的个性，不要被同化。

◇ 1918年11月16日，北京大学在中央公园举行演讲会，蔡元培在演讲中说："我们不要羡慕那凭借遗产的纨绔儿！不要羡慕那卖国营私的官吏！不要羡慕那克扣军饷的军官！不要羡慕那操纵票价的商人！不要羡慕那领干修的顾问咨议！不要羡慕那出售选票的议员！他们虽然奢侈点，但是良心上不及我们的平安多了！我们要认清我们的价值！劳工神圣！"

◇ 1927年3月12日，蔡元培在杭州之江大学发表主题为"读书与救国"的演讲，他说："学生在求学时期，自应唯学是务，朝朝暮暮，自宜在书本子里用功夫。但大家不用误会，我并不是说学生应完全的不参加爱国运动，总要能爱国不忘读书，读书不忘爱国，如此方谓得其要旨。至若现在有一班学生，借着爱国的美名，今日罢课，明天游行，完全把读书忘记了，像这样的爱国运动，是我所不敢赞同的。""救国问题，谈何容易，绝非一朝一夕，空言爱国，可以生效的。我很希望诸位如今在学校里，能努力研究学术，格外穷理。因为能在学校里多用一点工夫，即为国家将来能多办一件事体。外务少管些，应酬以适应环境为是，勿虚掷光阴。宜多多组织研究会，常常在试验室里下功夫。他日学成出校，为国宣力，胸有成竹，临事自能措置裕如。"

◇ 1929年12月20日，为纪念北大创建31周年，蔡元培特撰文忠告北大师生应注意两点："一、要去尽虚荣心，而发起自信心。有一部分的人，好引过去的历史，北大的光荣，尤以五四一役为口头禅；不知过去北大中差强人意之举，半由于人才之集中，半亦由于地位之特别。盖当时首都仅有此唯一之国立大学。……北大不过许多大学中的一校，决不宜狃于已往的光荣，妄自尊大。要在有日进无疆的自信心。……二、要以学术为唯一之目的，而不要想包办一切。从前在腐败政府之下，服务社会者又不可多得，自命为知识阶级的大学，不得不事事引为己任。……我们正好乘党政重任尚未加肩的时候，预备的功夫，就是多做点学术上的预备。……所以应守分工的例，不想包办一切，而专治学术。"

◇ 陈垣对青年后进十分关心，总希望他们有所成就。他多次叮嘱：立身应以品德为先，其次要注意的是身体，再次是学业，最末是金钱。

◇ 熊十力说："为人之道，志必欲高，而脚必欲低，两者不可任失其一。"

◇ 熊十力告诉学生韩裕文，做学问不能甘居下游，要做学问就要立志，当第一流的学者，没有这个志向，就不要做学问。做学问，要像战场上拼杀一样，要义无反顾，富贵利禄不能动心，妻子儿女也不能兼顾。天才是个条件，但天才不能限制那些有志之士。熊还告诫，青年学者要爱惜精力，曾撰一联赠一青年："凝神乃可晋学，固精所以养气。"

◇ 黄侃9岁时，即每日读经过千字，异常聪明，人呼为"圣童"。当时其父黄云鹄在外讲学，得知乡里人呼其为"圣童"后，即作书诫之曰："尔负圣童之誉，须时时策励自己，古人爱惜分阴，勿谓年少，转瞬即老矣。读经之外，或借诗文以冶天趣，亦不可忽。"

◇ 黄侃说：人之生世，实为勤苦而生，不为逸乐而生，能于苦中求乐，方是真乐。并对学生说：汝见有辛勤治学如我者否？人言我天资高，徒恃天资无益也。

◇ 黄侃经常教育学生，中国学问犹如仰山铸铜，煮海为盐，终无止境，作为一个学者，当日日有所知，也当日日有所不知，不可动辄曰我今天有所发明，沾沾自喜，其实那所谓发明，未必是发明。

◇ 黄侃曾教诲其弟子殷孟伦，学习以打好基本功为第一要义，一不骛外，二要耐于久坐，下苦功夫。他劝勉殷在30岁以前一定读完唐以前的典籍，因为唐以前流传下来的典籍为数不多，容易读完，又是非读不可的书。有了这样的基本功，往后研究任何门类的中国学，就都好办多了。

◇ 黄侃虽然反对白话文，提倡文言文，但同时也看到了白话文替代文言文乃是时代潮流。他曾十分恳切地教导学生陆宗达："你要学习白话文，将来白话文要成为主要形式，不会作是不行的。我只能作文言，决不改变，但你一定要作白话文。"

◇ 1916年，李大钊在《青春》一书中勉励中国青年"冲决历史之桎梏，涤荡历史之积秽，新造民族之生命，挽回民族之青春"。他说中国青年应"本其理性，加以努力，进前而勿顾后，背黑暗而向光明，为世界进文明，为人类造幸福，以青春之我，创建青春之家庭，青春之国家，青春之民族，青春之人类，青春之地球，青春之宇宙，资以乐其无涯之生"。

◇ 李大钊说："凡事都要脚踏实地去作，不弛于空想，不骛于虚声，而唯以求真的态度作踏实的工夫。以此态度求学，则真理可明，以此态度做事，则功业可就。"

◇ 李大钊在《青年与农村》中对青年说："我们中国是一个农国，大多数的劳工阶级就是那些农民。他们若是不解放，就是我们国民全体不解放；他们的苦痛，就是我们国民全体的苦痛；他们的愚暗，就是我们国民全体的愚暗；他们生活的利病，就是我们政治全体的利病。去开发他们，使他们知道要求解放、陈说苦痛、脱去愚暗、自己打算自己生活的利病的人，除去我们几个青年，举国昏昏，还有那个？"

◇ 1918年10月，北大成立新闻研究学会，蔡元培聘邵飘萍为导师。邵在北大讲授"新闻采写"课程，他在课堂上勉励学生做记者要"探究事实，不欺阅者"；要"尽自己的天职"，"平社会之不平"，"主持公道，不怕牺牲"；品性要完全独立，有操守人格，做到"贫贱不能移，富贵不能淫，威武不能屈"，"泰山崩于前，麋鹿兴于左而志不乱"。当时来听课的学生有毛泽东、高君宇、谭平山、罗章龙、杨晦、谭植棠、区声白等人。学员中的许多人成为中国新闻事业的中坚。后来，毛泽东回忆自己在北大的学习生活时说："特别是邵飘萍，对我帮助很大。他是新闻学会的讲师，是一个自由主义者，一个具有热烈理想和优秀品质的人。"

◇ 五四运动以后，蒋梦麟勉励青年学生说："青年青年，你们自己的能力就是水。运用千百万青年的能力，就是决百川之水。集合千百万青年的能力，一致做文化的运动，就是汇百川之水到一条江里，一泻千里，便成怒潮——就是新文化的怒潮，就能把中国腐败社会洗得干干净净，成一个光明的世界！"

◇ 1919年7月，蒋梦麟在北大发表演说，勉励北大学生："深望诸君，本自治之能力，研究学术，发挥一切，以期增高文化。又须养成强健之体魄，团结之精神，以备将来改良社会，创造文化，与负各种重大责任。总期造成一颗光明灿烂的宝星，照耀全国，照耀亚东，照耀世界，照耀千百年而无穷。"

◇ 1931 年，时任北京大学校长的蒋梦麟在写给即将毕业的北大同学的《临别赠言》中说："诸君离学校而去了。在社会上立身的困难，恐怕比在学校里求学还要加甚。若非立志奋斗，则以前所受的教育，反足以增加人生的苦恼，或转为堕落的工具。这是诸君所当特别注意的。事业的成功，须经过长时间的辛苦艰难——成功的代价，走过了许多荆棘的路，方才能寻获康庄大道。立志是砍荆棘斧斤，奋斗是劳力。万不可希望以最少的劳力，获最大的成功。"

◇ 1916 年 7 月，丁文江忠告即将毕业的弟子：第一不可染留学生习气，做事、做学问要考虑本国国情，不计较个人薪水和办事条件；第二不可染官僚习气，要勤俭自励。

◇ 丁文江在一次演讲中对北大学生说："现在有许多人，出了学校门，就想要独立工作，不愿意做人家的助手，受人的指导，这是很大的错误。"

◇ 沈尹默是著名的书法家、诗人、学者，有人说沈的人品、书品、诗品是三位一体的。据弟子戴自中回忆，沈经常教导他："学习书法首先要学为人。书法技巧固然要下功夫钻研，文学艺术的陶冶也不可少，但道德品格的修养更为重要。宋朝大诗人陆游说过'功夫在诗外'。学书法何尝不如此！"

◇ 1929 年，胡适送给中国公学毕业生一句话：永远都"不要抛弃学问"。他说，"学问便是铸器的工具。抛弃了学问便是毁了你自己"。

◇ 1931 年，胡适给北京大学哲学系毕业生赠言说："你们应该努力做个不受人惑的人。""必须自己能够不受人惑，方才可以希望指引别人不受人诱。"为了做到这一点，胡送给所有毕业生四个字："拿证据来！"作为一件防身的法宝。这个法宝的用法是："没有证据，只可悬而不断；证据不够，只可假设，不可武断；必须等到证实之后，方才可以算作定论。"

◇ 1932 年，胡适对当年毕业的大学生说，大学毕业以后，无论走什么路，都存在两种堕落的危险：一是容易抛弃学生时代求知识的欲望；二是容易抛弃学生时代理想的人生的追求。为了避免这样的堕落，胡送给毕业生三种防身的药方：一是"总得时时寻一两个值得研究的问题"。二是"总得多发展一点非职业的兴趣"。三是"得有一点信心"。这就是所谓的"问题丹""兴趣散""信心汤"。胡真切地勉励大家："朋友们，在你最悲观失望的时候，那正是你必须鼓起坚强的信心的时候。你要深信：天下没有白费的努力。成功不必在我，而功力必不唐捐。"

◇ 罗尔纲一入胡适师门，胡就以"不苟且"三字教诲他。有一段时间，罗为了补贴家用，偶尔为报刊撰写一些"急就章"以赚取稿费。1936 年，罗在《中央日报》上发表了《清代士大夫好利风气的由来》一文。胡读到此文后，非常生气，写了一封很严厉的信责备罗，说："这种文章是做不得的，这个题目根本就不成立。……我们做新式史学的人，切不可这样胡乱作概括论断。""你常作文章，固是好训练，但文字不可轻作，太轻易了就流为'滑'，流为'苟且'。""我近年教人，只有一句话：'有几分证据，说几分话。'有一分证据只可说一分话。有三分证据，然后可说三分话。治史者可以作大胆的假设，然而决不可作无证据的概论也。"

◇ 胡适告诫学生："凡是要等到有了图书馆方才读书的，有了图书馆也不肯读书。凡是要等到有了实验室方才做研究的，有了实验室也不肯做研究。"

◇ 胡适说："凡是有大成功的人，都是有绝顶聪明而肯作笨功夫的人，才有大成就。"

◇ 胡适曾于1925年写过一首《劝善歌》:"少花几个钱,多卖两亩田,千万买部好字典!它跟你到天边,只要你常常请教它,包管你可以少丢几次脸!"

◇ 1930年,胡适在给夏蕴兰的信中说:"在青年时代,当尽力做'增加求学的能力'和'发展向来不曾发现的兴趣'两项工作。"

◇ 胡适奉劝学生:"故纸堆里翻筋斗,乃是死路,不是少年人应该走的。"

◇ 胡适曾问道:"我们买一亩田,卖二间屋,尚且要一张契据;关于人生的最高希望的根据,岂可没有证据就胡乱信仰吗?"

◇ 胡适说:"生命本没有意义,你要能给他什么意义,他就有什么意义。""凡是自己说不出'为什么这样做'的事,都是没有意思的生活。反过来说,凡是自己说得出'为什么这样做'的事,都可以说是有意思的生活。生活的'为什么',就是生活的意思。"

◇ 胡适年轻时就认识到,"应该早点预备下一些'精神不老丹'方才可望做一个白头的新人物"。他的"精神不老丹"是两条路径:"一、养成一种欢迎新思想的习惯,使新知识新思潮可以源源进来;二、努力提倡思想自由和言论自由,养成一种自由的空气,布下新思潮的种子,预备我们到了七八十岁时,也还有许多簇新的知识思想可以收获来做我们的精神培养品。"

◇ 胡适说:"争你们个人的自由,便是为国家争自由!争你们自己的人格,便是为国家争人格!自由平等的国家不是一群奴才建造得起来的!"

◇ 顾颉刚曾赠其弟子史念海一句勉言:"宁可劳而不获,不可不劳而获,以此存心,然后才有事业可言。"

◇ 1963年，已经70多岁的顾颉刚在北大讲授"中国经学史"时，多次对学生讲：年轻人，聪敏，有想法，赶快把你的想法记下来，很多的想法连起来，就是论文了。写好文章，不要发表，放在抽屉里，时时读读，年年修正，有心得就补充进去，不要去赶什么热闹。他特别说："听清楚了，25年后，再发表出来，那才是真知灼见，那才是有用的东西。"

◇ 卢沟桥事变后，北大师生先南迁至湖南长沙，又转至南岳衡山脚下。国家危难，战事方殷，很多同学难以安下心来读书，要到前方参加一线工作。在一次欢送离校到前方的同学会上，有一位同学讲："我渺渺茫茫地来到学校，我又渺渺茫茫地离开了学校。"钱穆针对这位同学的发言说："我们这个时代非同寻常，每一位关心国家兴亡的人士，都要有清楚明确的目的，万万不可渺渺茫茫。前面有艰难的前程等待大家开拓……"

◇ 钱婉约在北大就读中文系古典文献专业，其祖父钱穆知道后，体察到大陆文化风气的变化，非常高兴，即在家书中勉励钱婉约好好用功："我在小学教书时，全国上下正提倡新文学，轻视古典文献，我独不为摇惑，潜修苦学，幸得小有成就。不谓今日北大开立古典文（献）课程，乃出当局指示，世风之变有如此。读行儿信，我心亦甚为激动，极盼婉约能学有所成，不负我之想望。"

◇ 钱穆晚年授教于台北素书楼，每次讲完最后一课后，都要送弟子们一句话："你是中国人，不要忘记了中国！"

◇ 毛子水多次对学生说，青年学生"除勤求学问以外，须注意培养真正的爱国心"。毛说自己最大的希望就是"我们的优秀青年，多能埋头苦干，修养自己的真才实学"，"为我们民族和国家争取荣誉"。

◇ 1958年，马寅初因发表"新人口论"而屡遭批判，在一次全校批判大会上，马高声大喊："我没有在课堂里上课，但我要用自己的文章来教育北大学生坚持真理。"后来，马又在一篇文章中写道："我平日不教书，与学生没有直接的接触，总想以行动来教育学生，我总希望北大的一万零四百名学生在他们求学的时候和将来在实际工作中要知难而进，不要一遇困难便低头。"

◇ 翦伯赞经常对北大历史系的学生说："你们学习历史，既要学会使用显微镜，又要学会使用望远镜。前者培养过细工夫，使你们认识历史事实，洞察细微；后者训练远大眼光，使你们纵览全局，把握要害。所以两者必须结合使用，缺一不可。"他还说，用显微镜观察，是研究历史的出发点；用望远镜观察，是研究历史的向导。

◇ 傅振伦对青年学生说："从事科研工作是一项很苦的差事。要有恒心、毅力，不要浅尝辄止，不要半途而废。治学既要有广博而雄厚的基础，更要由博返约，能精专一门，则对社会贡献之大必能超越前人。"

◇ 1935年，冯友兰在北平成达师范给学生讲演"青年的修养问题"时说："要忘却成败。我们无论做什么事，如果把成败看得太真，就要感到许多痛苦。譬如，比赛足球，胜利了就愉快，失败了就不高兴，把胜败看得太真，就没有意思了。"

◇ 冯友兰教导学生说："我们身为现代的人，一方面要有文明人的知识，而另一方面还要有野蛮人的身体，然后才能担当社会的大事。因为仅有文明人的知识，没有野蛮人的身体，遇到事情，是没有力量应付的。……希望大家在这一点上，能够特别努力才好。"

◇ 朱光潜曾批评他的一位爱"开夜车"的学生说："文人的生活一定要有规律，早睡早起，万不可养成开夜车的习惯。下半夜写作很伤神！写作主要是能做到每天坚持，哪怕一天写一千字，几百字，一年下来几十万字，就很可观了，一辈子至少留下几百万字，也就对得起历史了。"

◇ 朱光潜将现代青年的毛病概括为:"太贪容易,太浮浅粗疏,太不能深入,太不能耐苦。"

◇ 朱光潜曾说,人活在世上,不要看风行事,应该实事求是,说公道话,做老实人。

◇ 陈翰笙教导学生:"我们活着要有价值,不要投机,投机是为了升官发财,我们要有点抵抗力,不要跟着一道跑。"

◇ 陈翰笙教学生写论文要通俗易懂,写短句,不用生涩的词。他告诉学生:没学问的人,才用怪词。凡使用老百姓不懂的词,要么是想吓唬读者,要么就是没读懂外文原文。

◇ 游国恩经常对学生讲,人要有"中气",学问要有"底气"。学问和人是一样的,有"气"才能活。他多次说:"我说的这个'气',讲的是'底气',不是花里胡哨的'气'。没有 500 篇古文打底,你就不会有这个'气',人文学科不论你专业是什么,这个'底气'是重要的。500 篇古文打下去,好比是造房子,就做了一个钢筋水泥的地基,再加上现代的知识,你才可以做学问。不然你就是'嘴尖皮厚腹中空',你就是墙头草!"

◇ 冯至在他的遗嘱中,告诫后代:希望他们"老实做人,认真工作,不欺世盗名,不伤天害理,努力做中华民族的好儿女"。

◇ 1948 年,贺麟在家中发现学生任继愈身体瘦弱,有些病相,便告诫任:"你 30 岁刚过,不可过劳,这是中国学者很难过的年龄,颜回 32 岁,僧肇 31 岁,你可得小心。物价贵,生活困难,是实情,也要把身体养好,心情要开朗。"

◇ 据吴志攀回忆,其师芮沐的四点教诲对他影响甚大:一是告诫学生"不要与别人争论，有时间就自己做自己的学问"。芮对商榷文章不太感兴趣，也不赞成学生写商榷文章。他说，如果要做学问，就自己做，老老实实做，和人家商榷什么？二是在阅读文献时，"要多看原著，不要多看解释文章"，因为"语言能够翻译，但文化不容易翻译"。三是"研究问题，要结合实际"，"不要空洞地就概念而研究概念"，因为学问要经世致用，空谈没用。四是建议学生"如有时间，可多学一门外国语"。

◇ 费孝通教导他的学生说："一个年轻人，要心中装着国家，装着民众，不是为个人名利，而是为国家富强、民族兴盛去奋斗。我们要牢记先贤名句：先天下之忧而忧，后天下之乐而乐。我们要立志为国，立志为民，了解社会，服务社会，做一个对社会有用的人，高尚的人。"

◇ 费孝通治学特别注意理论与实践的密切结合，他长期深入中国农村，开展细致入微的田野调查，完成了《江村经济》《乡土中国》《行行重行行》等著作。他曾对学生说："去看，去听，去了解。沉下去，成为农民；走出来，再成为研究者。"80 岁以后，他说："一年好比一元钱，我还剩几元钱了，要用得得当。就是志在富民，下去跑跑，叫行行重行行。"直到 90 岁高龄，他每年仍有将近一半的时间奔走于中国大地。2019 年 9 月，北京大学校长郝平在本科生开学典礼上讲述了费扎根中国大地做研究的精神，并勉励全体新生："希望你们既要有'书卷气'，又要有'泥土气'，学以致用，知行合一，在实践中坚定理想，磨炼意志，增长才干。"

◇ 北大中文系原系主任杨晦曾语重心长地教导毕业生："毕业后，三年是一小关，不出成绩容易放弃努力；五年是一大关，再不出成就就容易消沉。不要这样，要有韧性。……还有，要有应付恶劣环境的思想准备，举最简单的，比如说臭虫咬，你们要学会有臭虫咬也能睡觉的本事！"

◇ 钱理群考上王瑶的研究生时，已经 38 岁了。王找钱第一次个别谈话，就给钱当头棒喝，他说："钱理群，我很理解你的心情，你是很迫切地希望能在学术界有所作为，你很希望能有空间，因为你已经准备得相当好了——但是我劝你，你要沉住气。"接着王语重心长地说："我们北大的传统，是厚积薄发。学者有两种，一种是出山很早，一举成名，但是后续无力。还有一种，就是大器晚成，出来慢，准备充分，一出来发力，就源源不断，不会停止。你现在还不要轻易出来，要苦读，把你的功夫练好了，再发出自己的声音，冷板凳要坐十年。"

◇ 钱理群追随王瑶读研究生时，一次闲聊中，王突然对钱说："我跟你算一笔账，你说人的一天有几个小时？"钱随口回答说："二十四个小时。"王接着说："记住啊，你一天只有二十四个小时。你怎么支配这二十四个小时，是个大问题，你这方面花时间多了，一定意味着另一方面花时间就少了，有所得就必定有所失，不可能样样求全。"

◇ 陈平原初次来北大向王瑶呈送论文。王看后，请钱理群转达他的两句评语：第一句"才华横溢"；第二句则让陈惊出一身汗："有才华是好的，横溢就可惜了。"

◇ 王瑶去世前曾语重心长地对青年学者说："你们不要瞻前顾后，受风吹草动的影响，要沉下来做自己的学问。"当时很多年轻人都问："我们下一步应该怎么办？"王说："不要问别人你该怎么办，一切自己决定，一切自己选择。"王去世不久，其弟子钱理群说："一棵大树倒了，以前我们可以在大树的保护之下做自己的事情，现在一切就得靠我们自己了。"

◇ 1974年，严绍璗第一次访问日本回来，在中文系教研室讲到在京都宇治市有一座万福寺，是日本临济宗中的黄檗宗的总本山，将"檗"读成了 pì。完全是望文定声，其实是不认识这个字。第二天，阴法鲁在路上特意叫住严，说："老严（阴称小辈，都是老字头的，老陈、老安等），你说的京都的那个寺庙，应该叫黄檗（bò）宗，不是黄 pì 宗。有一种树木，就叫黄檗。"阴还说："古文献出身的人，这个字可要认识。"又宽慰严说：

"不过,陌生的字很多,平常留心就可以了。"后来,严回忆这件事时说:"阴先生真是用心良苦。他不在现场指出我的错,完全是顾及我的面子;但是,他一定觉得他是有责任必须告诉我'这个字念错了',而且他也一定认为,一个中文系的年轻教师,念错这个字是不应该的。所以,他在路上单独把我叫住,纠正我的错字。每念及此,我真是对先生有十分的感激和敬仰。"

◇ 任继愈经常对人说:"无论是作为一个普通公民,还是作为一名学者,第一位的是要爱国。"

◇ 任继愈经常勉励年轻人说:"年轻人要有一点理想,甚至有一点幻想都不怕,不要太现实了,一个青年太现实了,没有出息。只顾眼前,缺乏理想,就没有发展前途。这个地方工资待遇 1000 元,那个地方待遇 1200 元,就奔了去,另有待遇更多的,再换工作岗位,不考虑工作性质,缺乏敬业精神,这很不好。小到个人,大到国家,都要有远大理想。"他还感慨说:"有的年轻人不愿意开荒,只愿意收获。如果大家都这样对于集体只讲索取,不讲回报,或者索取得多回报得少,集体就没有发展。"

◇ 任继愈在给女儿任远的信中曾写道:"读点历史,使人懂得'风物长宜放眼量',不能用一时的行时或冷落来评量学术上的是非。有了这样的认识,心胸可以放得开一些,不至于追逐时尚,陷于庸俗。"

◇ 2014 年,任继愈在北京大学研究生教育 90 周年庆典上回忆说,当年他们在西南联合大学当研究生时生活十分艰苦,吃饭都吃不饱。那个时候杨振宁还是学生,他说:在大食堂吃饭,头一碗饭不要装得太满,盛半碗,第二碗饭装得满一点,这样可以多吃一点。头一碗装得满,吃第二碗的时候没有了,就吃不饱。但大家都很有志气,想着为国争光,打倒日本鬼子,所以最终出了那么多的人才和成果。任勉励新时期的研究生一定"要想到为国家做出什么贡献,这是第一位的"。

◇ 金开诚曾对学生说，德育不用讲大道理，也不必花很多时间。"逢事不要只想到自己，不要太任性、太极端，彼此都能为对方着想这就是德。你每天临睡前花5分钟反省一下自己的行为，这就是德育。"还说："与人相处是大学问，想到自己之外还有别人，社会就和谐了。""己所不欲，勿施于人。这是成功的黄金法则。""敬人者人敬之，爱人者人爱之。对人常怀爱心和尊重，他的德就差不多了。"

◇ 田余庆经常告诫学生，学者真正的价值要以自己的作品体现出来。写作文章不能追求发表数量，而贵在求精，青年学者要努力提高自己的学术境界。他曾在北大讲授秦汉史专题课程，常在课上谆谆教导诸生："若有上好的茶叶，宁可沏出一杯浓茶，而不要冲淡为一壶茶水。"

◇ 田余庆曾对学生说："找不到研究题目，找不准研究方向，这是史学工作者的大忌。"邓小南毕业留校后，有一次和田说到自己研究中的困惑：有些问题，读的材料越多，越不敢下笔撰文。田拍拍邓的手背，勉励说："这样就对了，经历过这样一个阶段，才能真正找到感觉。"

◇ 一位学生向叶企孙请教书中的问题，用手很重地翻着书页。叶颇为生气，批评学生："像你这样翻书，用不了多久图书馆的书就全烂了！国家花钱买一本原文书不容易！"然后又向学生示范了正确的翻书动作。

◇ 许宝騄告诫青年教师，必须认真下功夫钻研学问，切不可买空卖空。他说："要做一个好的教师，很不容易，必须自己有相当的根底，才能讲好。应该做到以十当一，自己会十，但讲出来的是一；而现在有些教师是以一当十，这怎么教得好呢？"他又说："一个教师在台上讲课，就像一个举重运动员，应该是举重若轻，很重的东西，一下就举起来了，让人看，感到非常舒服；而不应该是举轻若重，一个很轻的分量，举也举不起，两腿颤抖，让人感到难受。"

◇ 傅鹰经常教导学生："无论什么事情也不能建筑在虚伪和吹牛皮的基础上，化学研究更不能例外。"他的名言是："不要剽窃！否则一辈子也翻不过身来！"

◇ 李汝祺经常教诲他的学生说："一个科学工作者，首先要尊重事实和科学实验结果，绝不能弄虚作假，离开科学实践去进行推论，这是一个科学工作者的品质问题，也是对国家对人民的负责精神。"他还说："是科学规律的东西谁也扼杀不了，不是科学事实的虚假面目最终必会垮台。"

◇ 李汝祺在《同遗传科研小组谈科学研究和论文写作》一文中写道："科研的精密仪器究竟是工具，而使用工具的是人。通过科学研究我们或者我们的老师所要培养的还是人，是能够进一步发明创造精益求精的工具的人。作为一个研究生进行论文工作首先要认清的是怎样培养自己成为一个善于思索、善于利用工具、善于领会导师指导的人。对于任何一个科学工作者来说，人们对他的要求是他必须是一个严肃认真的人，一个埋头苦干的人，一个虚怀若谷的人，一个甘心愿意做第二把手的人，一个肯于向自己所教的同学学习的人。"

◇ 生物学家李继侗指导年轻教师和研究生翻译外国著作，要求译文准确，文字优美，经常对他们说："你们应该多看些20至30年代的文学作品，有文言文的功底，又有白话文的通俗性，可以提高译文写作水平。"

◇ 李宪之是著名气象科学家、教育家，中国气象科学和气象教育的奠基者、开拓者之一。他在回答理科学生写学术论文希望得到什么效果这个问题时说："这好回答：增进人民的福利，促使四个现代化早日实现，赶超世界先进水平，赛过外国人，为祖国争光，丰富人类的知识宝库。这些希望得到的效果，说时容易，答问简单，但在写学术论文的实践中，那就十分艰巨。没有像样的内容，写不出高水平的学术论文来。要知道，在学术上说一句前人（包括中国人和外国人）没有说过而十分正确的话，是不容易的；在学术论文里写出并发表一项重要成果，特别是突破性的划时代的重大成果，既不容易做到，更不容易被人接受，甚至遭到强烈反对。但是只要论点正确，有重大意义，即使暂时被人反对，到头来还是得到证实与承认，而具有卓越效果。……不要因为自己的论文没有得到所希望的效果而灰心，应该是相反的，正因为这样而更加努力，争取做出更大成绩，得到更好效果。"

◇ 周培源经常勉励学生说："你们在前辈人的基础上往前走，应该超过你们的老师。如果学生总是不及老师，那就会变成一代不如一代，最后人类只好退步成穴居野人。"

◇ 据侯仁之回忆，历史学家洪业在燕京大学讲授"高级历史方法"，对学生提出三个要求：一是言必有据，引证的资料要详注出处，引证的重要来源必须是原始资料；二是详尽地收集资料，并分析鉴别出其内在关系，然后合乎逻辑地组织，按照科学论文的格式进行写作；三是要"道前人所未道，言前人所未言"。

◇ 侯仁之在1944年给天津工商学院的学生们写过如下一段寄语："在中国，一个大学毕业生的出路，似乎不成问题，但是人生的究竟，当不尽在衣食起居，而一个身受高等教育的青年，尤不应以个人的丰衣美食为满足。他应该抓住一件足以安身立命的工作，这件工作就是他的事业，就是他生活的重心。为这件工作，他可以忍饥、可以耐寒、可以吃苦、可以受折磨。而忍饥耐寒吃苦和受折磨的结果，却愈发使他觉得自己工作之可贵、可爱，可以寄托性命，这就是所谓'献身'，这就是中国读书人所最重视的坚忍不拔的'士节'。一个青年能在三十岁以前抓住了他值得献身的事业，努力培养他的'士节'，这是他一生最大的幸福，国家和社会都要因此而蒙受他的利益。愿诸君有坚定的事业，愿诸君有不拔的士节，愿诸君有光荣的献身。"

◇ 高小霞曾勉励学生说:"认识自然,改造自然,为人民造福,是人生最大的快乐!我们认为在科学的不平坦道路上,人的智慧,指数、理、化基础占三分;机遇也占三分,指当前科技兴国的盛世机遇;而自己的勤奋努力,不畏困难的献身精神却占四分,因此,寄希望于我们年轻同学和青年科技工作者,刻苦学习,抓住机遇,不断攀登,做出学术上有国际领先水平、应用中起重要作用的优秀成果来,为建设科学繁荣的伟大社会主义祖国而努力奋进!"

◇ 徐光宪对学生说:"音乐家、艺术家、体育运动员对天分依靠比较大,而成为一名科学家,最重要的是勤奋。我的智力在同学中是一般的水平,我自己还是很勤奋的,而且一辈子勤奋。同学们只要勤奋一定可以成为科学家,一定会取得很大的成就。这是我的经验,也是我的希望。"

◇ 徐光宪对北大青年说:"5000年前,世界上只有三门学科:语言、图腾、技艺;2000年,已经增加到5000门;预计到本世纪中叶,应该有20000门学科,其中15000门是等待新创的。中国人至少要创造1/5。你们年轻人要在2050年前担负起创造这3000门新学科的使命,要考虑在哪些领域能够创新。我认为,创新将是在学科交叉的领域里。我对咱们的年轻人很有信心。"

◇ 徐光宪在一次讲座中对北大学生说:"在你们每个人的未来的道路上,一定也会碰到各种各样的机遇或赏识你的才华或勤奋或志向的老师或知己。但机遇总是青睐'有准备的人们'。在科学史上,很多伟大的发现,如X射线、放射性、细菌、青霉素、富勒烯等都是偶然的机遇,但只有观察细致、目光敏锐、功基扎实的科学家,才能抓住这个机遇,使之发展成为重大的发明创造。大学本科和研究生学习阶段,是人的一生中最宝贵的青春年华,也是脑子最好使,记忆和理解力最强,最富有创造力的时候。同学们要万分珍惜你们这个最宝贵的时期,扎扎实实地为你们一辈子的成功打好基础。这是我贡献给同学们的一个重要经验。"

◇ 2003年北京"非典"时期，徐光宪在北大新闻网上发表《致北大离校和在校同学们的一封信》一文，向同学们介绍自己在求学阶段做习题的经验。他说："我对离校的理科同学的第一个建议是'提高自学能力，多做习题'。如果你是化学学院三年级的学生，就可在家中做物理化学的习题，千万不要看习题解答之类的书。只有自己多做习题才能真正掌握物理化学。……我不厌其烦地讲这些，只是想说明'做习题'的重要性。"后来，徐再次致信北大学生说："人的一生总会遇到许多困难的，学会这种使矛盾的一方（困难）向对立面（有利）转化的辩证法，你会终身受益的。"

◇ 1998年毕业前夕，杭侃将要去上海博物馆工作，一天傍晚陪宿白散步，说到当时的校园里很多学生和老师已经不能够安心读书教书，经济大潮的冲击，把很多人的思想和情感打乱了。宿回答说："大浪淘沙，谁能够安心读书，二十年之后再看，那个时候你就知道什么是大浪淘沙了。"

◇ 漆永祥在北大中文系读博士时，曾去拜访年事已高且重听严重的宿白。宿问漆博士论文做什么选题。漆大声作答："清代乾嘉考据学。"宿听后，瞪大眼"哈"了一声，说那可是个大题目，然后就谈起了汉宋之争与戴震诸人的学问及特点。漆便趁机向宿请教，说："清人书太多，学问太大，自己能力不行，有点儿顾东顾不了西，太难了。"宿说："难有难的好处，你摸一遍将来就有基础了。"然后，宿抬起胳膊划了一圈儿，说："你得到处走一走才行，把他们的著作都翻一遍，不走到是不行的，走着走着你不就熟悉起来了么！"这段话给了漆极大的启示。从此，他就没日没夜地翻清人著述，力争到处走一走，走着走着就熟悉了起来。他做《汉学师承记笺释》前后十余年，经手的相关著述就多达2000余种。

◇ 有人问王选："你在从事激光照排研制过程中，最大的苦恼是什么？"王立刻回答说："最大的苦恼就是大多数人不相信中国的系统能超过外国产品，不相信淘汰铅字的历史变革能由中国人独立完成。"他教导学生："要有超过外国人的决心和信心。"

◇ 王选对北大的学生说："赶潮流往往不行，一个人最可贵的是把一个冷门的东西搞成热门。我们千万不要跟潮流，要预见到社会的需要，来锻炼和培养自己。所以正确的名利观就是我们不要去追求科学以外的东西，应该把自己的未来，把自己的能力培养跟社会需要结合在一起。我很赞赏北大博士生的一句话：'在大学、研究生期间，不要致力于满口袋，而要致力于满脑袋。'满脑袋的人最终也会满口袋，我是相信这点的。"

◇ 王选对学生说："一心想得诺贝尔奖的，得不到诺贝尔奖。不要急于满口袋，先要满脑袋，满脑袋的人最终也会满口袋。要善于'延迟满足'。"并鼓励他们说："当人们对一个新的构思说'Can't do'（做不成）时，最好的回答是'Do it yourself'（自己动手做）。"

◇ 肖东发在主持学生沙龙或聚会时，开篇就会说："师门的学术风气应该搞得浓浓的，我们要把读书放在很重要的地位，多出有价值的学术成果，这才是师门的立身之本。"他还经常教导学生要坐冷板凳，提倡做"书呆子"。

◇ 李政道曾以校友的身份谆谆告诫北大学子："作为北大人，应感到骄傲，更应有一种责任感。我希望北大在以后的一百年，乃至几百年，为中国文化事业的更大发展奠定一个基础。"

◇ 屠呦呦14岁那年，兄长屠恒学送给她一张照片，背面写着："呦妹：学问是学无止境的，所以当你局部成功的时候，你千万不要认为满足，当你不幸失败的时候，你亦千万不要因此灰心。呦呦，学问决不能使诚心求她的人失望。"

◇ 白化文在《对一次考试答案的忏悔：回忆魏天行（建功）先生》一文中，毫无保留地和读者分享自己在大学期间总结的四条学习经验：一、除入门外语等课以外，大学的课程均应以自学为主。多读课外书，特别是指定参考和相关书籍，学会使用大型图书馆，学会使用各有各的用处的工具书，一生得益。二、老师在课堂上讲的，大部分已经写在他的著作和讲义之中。要注意听他在课堂内外的一阵阵"神侃"，那才是别处听不来的思想火花的迸发呢。上老师家坐沙发听闲扯最能得益，当然，要具备逐步积累起来的登堂入室资格才行。三、抄笔记，摘要便可。多听少记。听课，最好采取听名角唱戏的欣赏态度。当然前提得是名角、真唱。四、老师的著作要浏览，有的要细读。对老师的学术历史要心中有数。这样，一方面能知道应该跟老师学什么，甚至于知道应该怎么学；另一方面，也借此尽可能地了解在老师面前应该避忌什么。

◇ 北京大学国学研究院每一届学生开学典礼时，院长袁行霈在讲话中都要提到：这里的学生要提交两篇论文，一篇是学术的论文，一篇是个人品德的"论文"。他要求学生一定要做到学问与道德的统一。

◇ 谢冕曾对即将毕业的北大中文系2001级学生说："要是人生的顺境和逆境让我们选择，我们都会选择前者。但生活本身往往并非如此。雨果说过，'人在逆境里比在顺境里更能坚持不屈，遭厄运时比交好运时更容易保全身心'。我很喜欢这句话。……幸运岁月成长的一代人，我为你们祝福。我真诚地祝愿大家学问精进，事业成功，爱情美满，家庭幸福。但是我更希望你们在面对不期而遇的艰难险阻时勇敢乐观、从容不迫、沉着坚定，充满自信，做一个既会享受生活又会创造生活的强者。"

◇ 1988年9月，在北京大学研究生新生开学典礼上，叶朗作为教师代表发言，他勉励全体新生说：对于搞学问来说，北大是个十分难得的环境，诸位应该珍惜这个机会。当然环境再好，还得靠自己努力。我记得日本有位著名企业家曾提出现代人才必须具备的若干条件，其中一条，就是要超强度地使用脑力。诸位既然进入北大学习，既然进到这个培养第一流学者的地方，那么你们就必须要有拼搏精神，要超强度地使用脑力。冯友兰先生有一段话很有意思，他说：看《西游记》的人总会问，孙悟空既然有那么大的神通，为什么唐僧不让孙悟空带着他，驾上筋斗云，翻上西天，而要这么一步一步受尽辛苦呢？确实，我看《西游记》也有这个疑问。冯先生说：回答很简单，唐僧的路是要他自己一步一步地走的，否则他就不能成佛。同样，诸位要成佛，路也要你们自己一步一步地走。这中间必然要吃不少苦头，必定会有种种艰难曲折。但是我相信，在你们中间必定会成长出一批世界第一流的学者，为我们北京大学和我们中华民族增添光彩。

◇ 在1999年北大新生开学典礼上，叶朗对新生们说："我自己当了将近四十年的教师，有时会看到这样的同学，他学习很努力，人也聪明，但是他追求的东西很小，就是格局太小。在这种时候，我就感到非常惋惜。因为历史经验告诉我们，格局小的人，绝对做不了大的学问，也绝对成不了大的事业。""今天在座的同学刚刚跨入北大的校门，我也想用这八个字赠给你们：胸襟要宽，格局要大。""这八个字可以说是我当了四十年教师，特别是指导过近百名研究生而得到的一种体验。"

◇ 钱理群在给北大新生开设的讲座中说：在北大，第一要学会的就是做人，第二是交朋友和谈恋爱，第三才是学知识。

◇ 钱理群经常教导学生，在学习上要"沉潜下来"："沉"就是沉静下来，"潜"就是潜入进去，潜到最深处，潜入生命的最深处、历史的最深处、学术的最深处。要沉潜，而且要十年，要从长远的发展着眼，不要被一时一地的东西诱惑。"现在不要急着去表现自己，急忙去参与各种事。沉下来，十年后你再听我说话，这才是好汉！"他还说："我把希望寄托在十年后发表自己意见的那一批人身上，我关注他们，或许他们才真正决定中国的未来。中国的希望在这一批人身上，而不在现在表演得很起劲的一些人，那是昙花一现！"

◇ 林毅夫对学生说："一个人一定要有一个为国家、为社会的大目标。有了大的目标，才不会在意一时的成败，才不会迷失生活的方向。"

◇ 程郁缀教导学生说：他很喜欢中国的一个成语：守信如潮。在我们答应别人做某件事情的时候，一定要学会"慎言"。慎言，就是你得认真思考下你的力量能不能达到，如果你尽了全力，怎么也不能达到，你就不要轻易地答应朋友。"轻诺必寡信"，一旦答应了别人，必须百折不挠地去兑现自己的诺言。诚所谓"一言既出，驷马难追"；诚所谓"君子一言，快马一鞭"；君子说话，说一句话就算数。快马不要用鞭催，响鼓不用重槌。

◇ 阎步克教诲历史系的新生："我们该有怎样的态度，开始学历史呢？我建议，别把历史学习看成就业求职的培训，在北大历史系学习不该如此。史学提供一种特有的训练，我们从一些看似枯燥艰涩的东西开始，逐渐去领会一种学术的境界，去掌握一种求真的技能，去积累一种贯通今古的智慧，去培养一种对人类命运的关怀。那理性和良知的训练，才是使人终身受益的东西，也是我们的校园为什么会成为'精神家园'的东西。"

◇ 潘维勉励北大学生应该有理想主义，他对学生说："即使从理性的角度看，理想主义也应当是大学里的主旋律。有了理想主义，我们的社会才是有机的，团结的，才会比今天美好。我希望，我们的同学们有坚强的信念，坚定的理想。无论你的分数如何，无论你将来挣的工资多少，从事的职业多么不同，你是我们国家需要的人才。无论你的分数如何，无论你将来挣的工资多少，从事的职业多么不同，只要你足够善良，愿意百折不挠地为'社会'这个大集体热忱服务，你就能够，而且必然成为我们社会的纽带，成为精英。"

◇ 郝振省曾语重心长地对学生说，作为科研工作者，既要有好的"文品"，更要有好的"人品"。在高校无论从事何种工作，学术研究都不能丢弃，因为这是立身之本。要想有大的成就，就必须稳扎稳打，扎扎实实地做下去，不要着急，不要浮躁，要稳重，能在自己的研究领域中沉潜下去，日积月累终会取得一定的成绩。除此之外，还要善于抓住机遇，他比喻说，人生的成长有如植物的生长，当阳光、雨露充足时，就使劲往上生长；当天气不好、环境不如意时，就努力向下扎根，为以后的发展打下更为坚实的基础。

◇ 俞敏洪在北大最后一年，选修罗经国教授的"英国文学史"课程，但由于心情不好，导致考试不及格。俞找到罗说："这门课如果我不及格就毕不了业。"罗答曰："我可以给你一个及格的分数，但是请你记住了，未来你一定要做出值得我给你分数的事业。"

读书第十三

"数百年旧家无非积德,第一等好事还是读书。""勤耕种无多有少,好读书不圣也贤。"读书之益,古往今来,论者甚多。多读书、善读书,不仅可以修养心性,变化气质,还可以明理识道,经世济用,用力少而获益多,天下好事,孰过于此?对于学者而言,读书是一门最基本的功课,天下没有不读书的学者,但凡学界名师大家,均系善读书之人。所以他们谈论读书的言论也最深刻有理,亲切有味。本章所收,多为大师的读书典故、基本经验和指导意见。涉及问题主要有三:一是为何要读书;二是该读哪些书;三是书该如何读。均能给人很多有益的启发。不过,读书原是个性极强之时,不同人有不同人的兴趣爱好与方法技巧,并非只有一条路径法则。大师所言,未必条条都契合普通读者的个性需求,因此也不必迷信盲从。以学习借鉴的态度,择其善者而从之,最终摸索出一条自己的读书门径,这才是最靠得住的读书诀窍。

◇ 林纾幼时家贫,嗜书如命,无钱买书,只好向人借抄。为督促自己一心读书,林曾画一具棺材,贴于墙上,并题字云:"读书则生,不则入棺。"苦读多年,终成一代古文翻译大家。

◇ 蔡元培说:"我自十余岁起,就开始读书,读到现在,将满六十年了,中间除大病或其他特别原因外,几乎没有一日不读点书的,然而我也没有什么成就,这是读书不得法的缘故。"他将自己读书的不得法归结为两点:一是不能专心,二是不能动笔。因此,他说:"我的读书的短处,我已经经验了许多的不方便，特地写出来，望读者鉴于我的短处，第一能专心，第二能动笔，这一定有许多成效。"

◇ 陈垣对学生讲，他读书是自己摸索出来的，没有得到老师的指导，其中有两点经验，对研究和教书或者有些帮助：一、从目录学入手，可以知道各书的大概情况。这就是涉猎，其中有大批的书可以"不求甚解"。二、要专门读通一些书，这就是专精，也就是深入细致，"要求甚解"。必须有几部是自己全部过目常翻常阅的书。一部《论语》才一万三千七百字，一部《孟子》才三万五千四百字，都不够一张报纸字多，可见专门读通一些书也并不难。这就是有博，有约，有涉猎，有专精，在广泛的历史知识的基础上，又对某些书下一些功夫，才能做进一步的研究。

◇ 陈垣经常教导学生"勤笔免思"："读书的时候，要做到脑勤、手勤、笔勤，多想、多翻、多写，遇见有心得或查找到什么资料时，就写下来，多动笔可以免得忘记，时间长了，就可以积累不少东西，有时把平日零碎心得和感想联系起来，就逐渐形成对某一问题的较系统的看法。收集的资料，到用的时候，就可以左右逢源，非常方便。"他还强调说："写笔记的方式是治学的一种好方式，读书有得，就记下来，集腋成裘，就是一条。这种方式始于王应麟的《困学纪闻》，盛于顾亭林的《日知录》。"他教导学生应当学习这种方法，再写文章就比较容易了。

◇ 熊十力论读书之法云："凡读书，不可求快。而读佛家书，尤须沉潜往复，从容含玩，否则必难悟入。吾常言，学人所以少深造者，即由读书喜为涉猎，不务精探之故。"

◇ 熊十力曾经给弟子张中行写了一个关于读书的座右铭："每日于百忙中，须取古今大著读之。至少数页，毋间断。寻玩义理，须向多方体究，更须钻入深处，勿以浮泛知解为实悟也。"

◇ 有一次，徐复观拜谒熊十力，请教应该读什么书。熊教他读王夫之的《读通鉴论》。过了些时候，徐再去时，说《读通鉴论》已经读完了。熊问："有什么心得？"徐接着说了他许多不同意王夫之的地方，熊未听完便怒声斥骂说："你这个东西，怎么会读得进书！……这样读书，就是读了百部千部，你会受到书的什么益处？读书是要先看出它的好处，再批评它的坏处，这才像吃东西一样，经过消化而摄取了营养。譬如《读通鉴论》，某一段该是什么意义；又如某一段理解是如何深刻。你记得吗？你懂得吗？你这样读书，真太没有出息！"

◇ 黄侃读书必正襟危坐，一丝不苟，白天不管如何劳累，晚上照常坚持鸡鸣始就寝，从不因人事、贫困或疾病而改变。有时朋友来访，与之纵谈至深夜，客人走后，黄仍要坐在灯下校读，读毕才就寝。1913年，黄旅居上海时，异常穷困。除夕之夜，街上爆竹之声通宵达旦，而他却独坐室内，精心研读，不知困倦，直到晚年临终前，仍一面吐血，一面坚持将《唐文粹补遗》圈点批校完。

◇ 黄侃论读书曰："读书人当以四海为量，以千载为心。""以高明广大为贵。"胸无成见，尊重古人，先从继承入手，然后入室操戈，走出自己的路来。又云："读天下书，至死不能遍，择其要而已矣。""读书贵专不贵博，未毕一书，不阅他书。二十岁以上，三十岁以下，须有相当成就；否则，性懦者流为颓废，强梁者化为妄诞。用功之法，每人至少应圈点书籍五部。"

◇ 黄侃读书，主张对基本书要十分精熟，所治经、史、语言文字诸书皆反复精读十余次。其熟悉程度至能举其篇、页、行数。黄曾自述其读书经历云："余观书之捷，不让先师刘君（刘师培）。平生手加点识书，如《文选》盖已十过，《汉书》亦三过。注疏圈识，丹黄灿然。《新唐书》先读，后以朱点，复以墨点，亦是三过。《说文》《尔雅》《广韵》三书，殆不能计遍数。"黄虽博览群籍，但持论却异常谦虚谨慎，尝言："读古人书,自视欿然,如不识一字人。"而自己"记忆绝艰,每寻一事,非细检不敢辄用"。

◇ 黄侃对于随随便便翻阅读书、点读数篇中途而废的读书方法很不赞同,讥讽其为"杀书头"。他自己读书,绝不"杀书头",不论何书,只要开卷,必定要从头到尾点读批注完,绝不中途辍弃,也从不跳跃式地选读。一书阅毕,方读他书。

◇ 黄侃有一次闲聊时问其学生陆宗达:"一个人什么时候最高兴?"陆回答说这个最高兴,又说那个最高兴。黄说,这也不是,那也不是。那什么是呢?"是一本书圈点到最后一卷还剩末一篇儿的时候最高兴!"

◇ 黄侃指示青年研究国学,应读二十五本书,其中:经学十五书,为十三经加《大戴礼记》《国语》;史学四书,为《史记》《汉书》《资治通鉴》《通典》;子书二书,为《庄子》《荀子》;集部二书,为《文选》《文心雕龙》;小学二书,为《说文解字》《广韵》。以上二十五书,包括四部中最重要的典籍,可以囊括一切,也是治各门学问的根底。

◇ 黄侃尝谓小学各书,为读一切国学经典的基础,所以必须先治。又谓治小学须读十书,依时代为次序:《尔雅》《小尔雅》《方言》《说文解字》《释名》《广雅》《玉篇》《广韵》《集韵》《类篇》。十书中以前六种为小学必要之书,昔人诠释,皆可用为研读之资。

◇ 张颐是中国第一代介绍黑格尔哲学的专家,20世纪30年代初曾任北大哲学系主任,他以汉学之风治西学,对学生要求十分严格,提倡认真读原著的风气。他讲授西方哲学史,用弗兰克·梯利的《西方哲学史》做教材,一句句讲。同学们要求不必照书上念,讲讲他的见解。张语重心长地回答说:"我考虑过,你们现在的程度,这个方式对你们更有利,不要好高骛远。精读过一部教科书,再由此引申,可以触类旁通,自己读别的书就容易了。"

◇ 邓之诚常对学生说："做学问要老老实实，要脚踏实地地去做，不要弄虚作假，自欺欺人。要熟读几本最基本的书，每读一本，要从头到尾地读，不要半途而废；读完一本，再读第二本。先求懂，再求记。不但要写读书心得，更要写下不懂和疑难的问题，以便随时向师友请教。"

◇ 陈寅恪1912年第一次由欧洲回国，往见他父亲陈散原的老友夏曾佑。夏对他说："你是我老友之子。我很高兴你懂得很多种文字，有很多书可看。我只能看中国书，但可惜都看完了，现已无书可看了。"陈告别出来，心想此老真是荒唐，中国书籍浩如烟海，哪能都看完了。陈60岁左右，俞大维见到他。陈谈到读书时说："现在我老了，也与夏先生同感。中国书虽多，不过基本几十种而已，其他不过翻来覆去，东抄西抄。"俞说，他很懊悔当时没有问陈到底是哪几十种书。

◇ 梁漱溟说：读书"第一是要带着问题学，不要泛泛地读书，要为解决一个什么问题而读书。这样读书就读得进去，读得入，就不会书是书，你是你。就会在你的世界观起影响"。梁说自己"从来不是为求学问当一个学者而读书。只为自己有两大问题在逼迫我，才找书来看的，看书是为解答自己的问题。自己的问题除了一个人生问题引我进入哲学之门外，中国的衰亡快灭亡则引我去留心政治经济这一类社会科学各书"。

◇ 梁漱溟说，做学问"最初的一点主见"，是"成为以后大学问的萌芽"。"从这点萌芽，你才可以吸收养料，才可以向上生枝发叶，向下入土生根。待得上边枝叶扶疏，下边根深蒂固，学问便成了。"他由此提出，读书必须有自己的主见，这才是读书"唯一正确的方法，不然读书也没用处。会读书的人说话时，说他自己的话，不堆砌名词，不旁征博引；反之，引书越多的人越不会读书"。

◇ 20世纪40年代，梁漱溟曾告诫自己的两个儿子："功课不过增进人知识。但吸收此知识而运用者则在吾人有健全之身体与活泼之头脑。身体不健全，头脑不活泼，勉强用功，吸收不进来。勉强吸收，亦不记得，或不会运用，徒劳无益。"

◇ 20世纪30年代，顾颉刚曾对蔡尚思说："你有机会在南京国学图书馆，大读一次书，把历代文集翻光，真是幸福的一件事。尤其难能可贵的是你学习古人所说：只要能爱惜光阴，便可使百年变成千年。我很羡慕你，很想向你学习，但自知是不可能有此种良好机会了。"蔡回答说："我是由于失业，才不得不入住图书馆读书的，你要像我学习，可太倒霉了。"顾则不以为然，说："不是的，你在职业上失业，在学业上得业，一个学者有大读书的机会，就是再幸福也不过了。我正相反。"

◇ 顾颉刚认为读书一定要有主见，不能人云亦云。他年轻时曾在《读书记》第一册中说："余读书最恶附会；更恶胸无所见，作吠声之犬。……吾今有宏愿，在他日读书通博，必举一切附会影响之谈，悉揭破之，使无遁形。"后来，他又说："我们的读书，是要借了书本子上的记载寻出一条求知的路，并不是要请书本子来管束我们的思想。读书的时候要随处会疑。换句话说，要随处会用自己的思想去批评它。我们只要敢于批评，就可分出它哪一句话是对的，哪一句话是错的，哪一句话是可以留待商量的。"

◇ 顾颉刚认为，读书应该注意五件事：一是要养成特殊方面的兴趣。二是要分别书籍缓急轻重，知道哪几部书是必须细读的，哪几部书是只要翻翻，哪几部书只要放在架上不必动，等到我们用得着它的时候才去查考的。三是要运用自己的判断力。只要有了判断力，书本就是给我们使用的一种东西了。四是不可以有成见，不可以有用和无用的标准来判定学问的好坏。五是应该多赏识。要研究一种学问，一定要对别种学问有些赏识，使得逢到关联的地方可以提出问题，请求这方面的专家解决，或者把这些材料送给这方面的专家。

◇ 1925 年，顾颉刚为青年开列"有志研究中国史的青年可备闲览书"的书目，推荐图书 14 本：《山海经》《世说新语》《大唐西域记》《宋元戏曲史》《马可·波罗游记》《徐霞客游记》《西秦旅行记》《梁武石室画像》《洛阳伽蓝记》《唐人说荟》《蒙古秘史》《陶庵梦忆》《桃花扇》《南洋旅行记》。

◇ 朱谦之终生以读书著书为乐。从入小学起，每日清晨五时必起床。每天有读书写作计划，事不毕不成眠。就学北大时，终日埋头图书馆，饱览群书。当时的图书馆主任李大钊曾对人说："北大图书馆的书，被朱谦之看过三分之二了，再过一个月，将被他看完，他若再来借书，用什么方法应付呢？"一时传为佳话。

◇ 鲁迅说："嗜好的读书，该如爱打牌的一样，天天打，夜夜打，连续的去打，有时被公安局捉去了，放出来之后还是打。诸君要知道真打牌的人的目的并不在赢钱，而在有趣。牌有怎样的有趣呢，我是外行，不大明白。但听得爱赌的人说，它妙在一张一张的摸起来，永远变化无穷。我想，凡嗜好的读书，能够手不释卷的原因也就是这样。他在每一叶每一叶里，都得着深厚的趣味。自然，也可以扩大精神，增加智识的，但这些倒都不计及，一计及，便等于意在赢钱的博徒了，这在博徒之中，也算是下品。"

◇ 鲁迅说："我们自动的读书，即嗜好的读书，请教别人是大抵无用，只好先行泛览，然后抉择而入于自己所爱的较专的一门或几门；但专读书也有弊病，所以必须和实社会接触，使所读的书活起来。"

◇ 鲁迅说："爱看书的青年，大可以看看本分以外的书，即课外的书，不要只将课内的书抱住。但请不要误解，我并非说，譬如在国文讲堂上，应该在抽屉里暗看《红楼梦》之类；乃是说，应做的功课已完而有余暇，大可以看看各样的书，即使和本业毫不相干的，也要泛览。譬如学理科的，偏看看文学书，学文学的，偏看看科学书，看看别个在那里研究的，究竟是怎么一回事。这样子，对于别人，别事，可以有更深的了解。"

◇ 鲁迅说他自小就养成"随便翻翻"的读书习惯："书在手头，不管它是什么，总要拿来翻一下，或者看一遍序目，或者读几页内容，到得现在，还是如此，不用心，不费力，往往在作文或看非看不可的书籍之后，觉得疲劳的时候，也拿这玩意来作消遣了，而且它也的确能够恢复疲劳。"所以他建议读书人："讲扶乩的书，讲婊子的书，倘有机会遇见，不要皱起眉头，显示憎厌之状。也可以翻一翻；明知道和自己意见相反的书，已经过时的书，也用一样的办法。……这也有一点危险，也就是怕被它诱过去。治法是多翻，翻来翻去，一多翻，就有比较，比较是医治受骗的好方子。"

◇ 1927年前后，鲁迅老友许寿裳的儿子许世瑛攻读中国文学，向鲁迅请教应该看些什么书。鲁迅随手给他开了一个书目。共计12部：《唐诗纪事》《唐才子传》《全上古三代秦汉三国六朝文》《全汉三国晋南北朝诗》《历代名人谱》《少室山房笔丛》《四库全书简明目录》《世说新语》《唐摭言》《抱朴子外篇》《论衡》《今世说》。

◇ 鲁迅曾对朋友谈自己读中国古书的感受："一个人处在沉闷的时代，是容易喜欢看古书的，作为研究，看看也不要紧，不过深入之后，就容易受其浸润，和现代离开。"又曾对青年说："我看中国书时，总觉得就沉静下去，与实人生离开；读外国书——但除了印度——时，往往就与人生接触，想做点事。"因此，"我以为要少——或者竟不——看中国书，多看外国书"。

◇ 周作人谈自己的读书经验说："消遣世虑大概以读书为最适宜，可是结果还是不大好，大有越读越懊恼之慨。盖据我多年杂览的经验，从书里看出来的结论只是这两句话，好思想写在书本上，一点儿都未实现过，坏事情在人世间全已做了，书本上记着一小部分。"

◇ 1923 年，胡适应《清华周刊》记者之约，根据《一个最低限度的国学书目》，拟定《实在的最低限度的书目》，认为欲了解国学，必须读 39 种书：《书目答问》《中国人名大辞典》《九种纪事本末》《中国哲学史大纲》《老子》《四书》《墨子间诂》《荀子集注》《韩非子》《淮南鸿烈集解》《周礼》《论衡》《佛遗教经》《法华经》《阿弥陀经》《坛经》《宋元学案》《明儒学案》《王临川集》《朱子年谱》《王文成公全书》《清代学术概论》《章实斋年谱》《崔东壁遗书》《新学伪经考》《诗集传》《左传》《文选》《乐府诗集》《全唐诗》《宋诗钞》《宋六十家词》《元曲选一百种》《宋元戏曲史》《缀白裘》《水浒传》《西游记》《儒林外史》《红楼梦》。

◇ 晚年的汤用彤通过口述，并由其儿媳乐黛云笔录的方式，撰成许多篇章，收录于《饾饤札记》。有一次，在口述时，汤提到了《诗经·桑柔》中的一句诗："谁生厉阶，至今为梗。"乐没有读过，也不知道是哪几个字，更不知道是什么意思。汤感到十分惊讶，连说，你《诗经》都没通读过一遍吗？连《诗经》中的这两句常被引用的话都不知道，还算是中文系毕业生吗？此事让乐感到非常耻辱，从此就开始发愤背诵《诗经》。并由此而认识到作为一个中国学者，做什么学问都要有中国文化的根基。

◇ 钱穆说，读书应先定旨趣，"旨趣未立，且莫谈方法门径书籍选材以及其他等等"。而读书旨趣，又可分为两种："一是为自己谋职业，寻出路，求身家温饱，乃至进而鬻名声，攫权位，皆从个人私利的立场出发"；"一是纯粹从一种求知的兴趣和热忱而读书"。这两种旨趣，有时虽然未尝不可相通，但到底还有绝大的不同。

◇ 1978 年，钱穆在一次文化讲座中提出：有七部书最能代表中国文化精神，是中国人的总纲，也是中国人必读之书，它们是《论语》《孟子》《老子》

《庄子》《六祖坛经》，以及朱熹的《近思录》和王阳明的《传习录》。

◇ 1981年，正在北大中文系二年级就读的钱婉约向祖父钱穆请教读书问题，钱穆专门写信指导她说：《先秦诸子系年》一书不宜早读，《论语新解》则尽可读，读后有解有不解，须隔一时再读，则所解自增，最好能背诵本文。积年多读，则自能背诵，能背诵后，则其中深义自会体悟。《庄子纂笺》亦宜看，亦该重复看，不必全能背诵，但须选择爱诵篇章到能背诵为佳。《论语》外，须诵《孟子》《大学》《中庸》与《朱子集注章句》为主。《庄子》外须诵《老子》。《四书》与《老》《庄》外，该读《史记》，须全读不宜选读，遇不易解处，约略读过，遇能解又爱读处，则仍须反复多读，仍盼能背诵。此等皆须真实功夫，不宜任意翻阅过目即算。待你读任何书有困难尽来信，我可就你困难处续加指点。倘读中国通史，最好能看我的《国史大纲》。此书实亦难读，但我在此，待你读后有疑问，我可指点你。总之，须你有问，我始能答。各人读书所得各不同，须随各人性情智慧自己寻一条路前进，共通指导则总是粗略的。

◇ 1984年，钱婉约和家人赴香港中文大学与其祖父钱穆团聚。一次，钱婉约将在中文大学图书馆看到"十四经"的事告诉钱穆，问："只知道有《十三经注疏》，怎么刚才在图书馆看到有'十四经'的说法呢？十四经是什么？"钱穆闻言沉默片刻后，有点生气地说："这不是问题。中国传统就讲十三经，你不要管那些巧立名目的新说法，要好好地、老老实实地读中国古人世世代代都读的书。"

◇ 20世纪60年代初期，郑天挺在北京参加《中国通史参考资料》《史学名著选读》等教材编选期间，经常到北京各高校历史系讲课或做报告。针对当时历史系学生看书很少，尤其对原始史料接触更少的问题。郑天挺到处强调要认真读书，要做到"博、精、深"三字，即"博览勤闻""多闻阙疑"。同时还不断强调要"精读一本书"，其要义为："精读要一字不遗，即一个字，一个名词，一个人名、地名，一件事的原委都清楚；精读是细读，从头到尾地读，反复地读，要详细作札记；精读一书不是只读一书，是同一时间只精读一本，精了一书再精一书；精读可以先读书的某一部分；精读的书可以一人一种。""精读与必读还有不同，精读的书不一定人人必读，如有人可以专读《山海经》，但《山海经》不一定人人必读；必读的书可以精读而不一定人人精读，如《通鉴》。"

◇ 郑天挺在治学中，十分重视充分占有史料，认为这是研究的基本要求。为此，他自己身体力行，虽然事务工作很忙，但从未放弃研究工作，长期坚持抄录、积累学术卡片。据任继愈回忆，西南联大时期，郑主管西南联大的总务工作，白天工作很忙，经常在夜间看书、写作。当时昆明靛花巷的集体宿舍里，每晚熄灯最迟的有两位，一是汤用彤先生，一位就是郑先生。20世纪50年代，他曾对青年人说，积累资料没有两万张卡片不要写文章，青年人要坐下来读书，在充分掌握资料后再写作，这才算得上是研究。

◇ 朱自清在《经典常谈》一书的序言中说："在中等以上的教育里，经典训练应该是一个必要的项目。经典训练的价值不在实用，而在文化。有一位外国教授说过，阅读经典的用处，就在教人见识经典一番。这是很明达的议论。再说做一个有相当教育的国民，至少对于本国的经典，也有接触的义务。"

◇ 徐志摩论古今读书之不同说："从前的书是手印手装手钉的，出书不容易，得书不容易，看书人也就不肯随便看过；现在不同了，书也是机器造的，一分钟可以印几千，一年出的书可以拿万来计数，还只嫌出版界迟钝，著作界沉闷哪！您看我们念书的人可不着了大忙？眼睛还只是一双，脑筋还只是一副，同时这世界加快了几十倍，事情加多了几十倍，我们除了'混'还有什么办法！"

◇ 徐志摩不主张给年轻人开列书目，他说："婚姻是大事情，读书也是大事情。要我充老前辈定下一大幅体面的书目单吩咐后辈去念，我就怕年轻人回头骂我不该做成了筋斗叫他去栽。介绍——谈何容易！介绍一个朋友，介绍一部书，介绍一件喜事——一样的负责任，一样的不容易讨好；比较的做媒老爷的责任还算是顶轻的。老太爷替你定了亲要你结婚你不愿意，不错。难道前辈替你定下了书你就愿意看了吗？"又说："舌头是你自己的，肚子也是你自己的，点菜有时不妨让人，尝味辨味是不能替代的；你的口味还得你自己去发现（比如胡先生说《九命奇冤》是一部名著你就跟着说《九命奇冤》是一部名著，其实你自己并不曾看出他名在哪里，那我就得怪你），不要借人家的口味来充你自己的口味，自骗自决不是一条通道。"

◇ 林语堂说，自由的读书，可以"开茅塞，除鄙见，得新知，增学问，广识见，养性灵"。"一人的落伍、迂腐、冬烘，就是不肯时时读书所致。所以读书的意义，是使人较虚心，较通达，不固陋，不偏执。"

◇ 林语堂说："读书读出味来，语言自然有味，语言有味，做出文章亦必有味。有人读书读了半世，亦读不出什么味儿来，都是因为读不合的书，及不得其读法。"又说："口之于味，不可强同，不能因我的所嗜好以强人。先生不能以其所好强学生去读。父亲亦不得以其所好强儿子去读。所以书不可强读，强读必无效，反而有害，这是读书之第一义。"

◇ 林语堂说："读书须有胆识，有眼光，有毅力。胆识二字拆不开，要有识，必敢一有自己意见，即使一时与前人不同亦不妨。前人能说得我服，是前人是，前人不能服我，是前人非。人心之不同如其面，要脚踏实地，不可舍己耘人。……如此读书，处处有我的真知灼见，得一分见解是一分学问，除一种俗见，算一分进步，才不会落入圈套，满口滥调，一知半解，似是而非。"

◇ 林语堂说："学者每为'苦学'或'困学'二字所误。读书成名的人，只有乐，没有苦。据说古人读书有追月法、刺股法，及丫头监读法。其实都是很笨。读书无兴味，昏昏欲睡，始拿锥子在股上刺一下，这是愚不可当。一人书本摆在面前，有中外贤人向你说极精彩的话，尚且想睡觉，便应当去睡觉，刺股亦无益。叫丫头陪读，等打盹时唤醒你，已是下流，亦应去睡觉，不应读书。而且此法极不卫生，不睡觉，只有读坏身体，不会读出书的精彩来。若已读出书的精彩来，便不想睡觉，故无丫头唤醒之必要。刻苦耐劳，淬励奋勉是应该的，但不应视读书为苦。视读书为苦，第一着已走了错路。"

◇ 梁实秋说："人生苦短，而应读之书太多。人生到了一个境界，读书不是为了应付外界需求，不是为人，是为己，是为了充实自己，使自己成为一个明白事理的人，使自己的生活充实而有意义。吾故曰：读书乐。"

◇ 梁实秋论读书之乐云："古圣先贤，成群的名世的作家，一年四季的排起队来立在书架上面等候你来点唤，呼之即来挥之即去；行吟泽畔的屈大夫，一邀就到；饭颗山头的李白、杜甫也会联袂而来；想看外国戏，环球剧院的拿手好戏都随时承接堂会；亚里士多德可以把他逍遥廊下的讲词对你重述一遍。这真是读书乐。"

◇ 俞平伯说："讲到读书的真意义，于扩充知识以外兼可涵泳性情，修持道德，原不仅为功名富贵做敲门砖。即为功名富贵，依目下的情形，似乎不必定要读书，更无须借光圣经贤传，甚至于愈读书会愈穷。"

◇ 冯友兰说他从七岁起就开始读书，一直读了八十多年。他的经验总结起来有四点：（1）精其选，（2）解其言，（3）知其意，（4）明其理。"精其选"是指要选择经典著作阅读。解其言是指读书前要攻破语言文字关。"知其意"是指要能体会文字以外的"精神实质"，他说："读书的时候，即使书中的字都认得了，话全懂了，还未必能知道作书的人的意思。从前人说，读书要注意字里行间，又说读诗要得其'弦外音，味外味'。这都是说要在文字以外体会它的精神实质。这就是知其意。""明其理"是指要在"互相比较，互相补充，互相纠正"的基础上形成自己的认识，而这个认识是比较接近客观的"理"的。他说："读书到这个程度就算是能活学活用，把书读活了。"

◇ 冯友兰说，一个人读书"如果仅只局限于语言文字，死抓住语言文字不放，那就成为死读书了。死读书的人就是书呆子。语言文字是帮助了解书的意思的拐棍。既然知道了那个意思以后，最好扔了拐棍。这就是古人所说的'得意忘言'。在人与人的关系中，过河拆桥是不道德的事。但是，在读书中，就是要过河拆桥"。

◇ 冯友兰说："会读书的人能把死书读活；不会读书的人能把活书读死。把死书读活，就能把书为我所用，把活书读死，就是把我为书所用。能够用书而不为书所用，读书就算读到家了。"

◇ 王力认为，读书时应注意三点：一要"去粗取精"，"中国的书是很多的，光古书浩如烟海，一辈子也读不完，所以读书要有选择"。二要"由博返约"，"我们研究一门学问，不能说限定在那一门学问里的书我才念，别的书我不念。你如果不读别的书，只陷在你搞的那一门的书里边，这是很不足取的"。三要厚今薄古，"前人的书，如果有好的，现代人已经研究，并加以总结和发挥了。我们念今人的书，古人的书也包括在里边了。如果这书质量不高，没什么价值，那就大可不念。"

◇ 王力说，读书首先应当读书的序例，即序文和凡例。"序例里有很多好东西。序常常讲到写书的纲领、目的。替别人作序的，还讲书的优点。凡例是作者认为应该注意的地方。这些都很好，我们却常常忽略。"其次要摘要做笔记。"现在人们喜欢在书的旁边圈点，表示重要。这个好，但是还不够，最好把重要的地方抄下来。"第三应当考虑作眉批。"看一本书，如果自己一点意见都没有，可以说你没有好好看，你好好看，总会有些意见的。所以最好在书眉，又叫天头，即书上边空的地方作些眉批。"最后要写读书报告。"如果你作了笔记，又作了眉批，读书报告就很好写了。……好的读书报告简直就是一篇好的学术论文。"

◇ 据蔡尚思回忆，在他一生的治学历程中，最值得他纪念而终生难忘的，是20世纪30年代去南京国学图书馆读书和搜集思想史料时期。他说："我利用失业的时间，入住图书馆，每天吃咸菜稀饭，经过馆长、历史学家柳诒徵的特别关照，得以自由搬书阅书查书，有时每天搬到几十部书，馆员也不敢表示厌烦。我只有一些晚上去同柳馆长谈学术和掌故问题，经常每天自己规定必须看书十六小时以上。其步骤是：一、书目的自备。自己买一部该馆印出的《图书总目》集部五大册，放在桌上，先熟悉一下，以备随时在其中做记号。二、借书的范围。凡诗、词、歌、曲、赋之类以外的所有历代文集，一部一部的依次序翻阅下去，遇有重要的资料，就在《图书总目》上注明某篇某节某行某句，以便将来请人代抄，让自己赶快多看些书。结果从数万卷文集中搜集到数百万字的思想史资料。这种读书搜集材料法，可以说是矿工开矿式的，也是蜜蜂采蜜式的，它是再好也没有的一种读书搜集材料法。""我自从此次住馆读书以后，深信人要有两个老师，一为活老师，二为死老师即图书；活老师固然可贵，而死老师的可贵又超过活老师，活老师也是从死老师来的，死老师是'太上老师'，图书馆是'太上研究院'。"

◇ 金克木说："同是读书人，读同类的书，只讲数量，十八岁的不会比八十岁的读得多。这不成问题，所以刚上大学不必为比如老教授读书多而着急。而应当问的是：自己究竟超过了那位八十岁老人在十八岁时的情况没有？若是超过了或大致相等，就可放心；若是还不如，那就该着急了。"

◇ 金克木说，读中国古书："首先是所有写古书的人，或说古代读书人，几乎无人不读的书必须读，不然就不能读懂堆在那上面的无数古书，包括小说、戏曲。那些必读书的作者都是没有前人书可替代的，准确些说是他们读的书我们无法知道。这样的书就是：《易》《诗》《书》《春秋左传》《礼记》《论语》《孟子》《荀子》《老子》《庄子》。这是从汉代以来的小孩子上学就背诵一大半的，一直背诵到上一世纪末。这十部书若不知道，唐朝的韩愈、宋朝的朱熹、明朝的王守仁（阳明）的书都无法读。连《镜花缘》《红楼梦》《西厢记》《牡丹亭》里许多地方的词句和用意也难于体会。"

◇ 周一良出自名门望族，家学渊源深厚，家教严格规整，自幼在家塾中接受严格的培养。周9岁时，虽然已经进入民国十余年，但其父周叔弢仍按照传统教育之法为其亲自制定《一良日课》，由家塾先生按此课表施教："读生书——《礼记》《左传》。温熟书——《孝经》《诗经》《论语》《孟子》。讲书——《仪礼》（每星期二次）。看书——《资治通鉴》（每星期二四六点十页）；《朱子小学》（每星期一三五点五页）同用红笔点句读，如有不懂处可问先生。写字——《汉碑额》十字（每日写）；《说文》五十字（每星期一三五）须请先生略为讲音训；《黄庭经》（每星期二四六）先用油纸景写二月。"周后来回忆说，这份课程表基本上是执行了的。这样的训练为他打下了深厚的国学根基。

◇ 张岱年说："读书只是学之一术，学不限于读书。孔子弟子子路已经说过：'何必读书，然后为学？'读书不是求知唯一途径。"

◇ 张岱年说："书籍是思想文化的载体，每本书在内容上，必然会有其时代的局限性。我们在读书时，一方面要虚心体会，努力研求其中的深湛意蕴；另一方面还要有批评态度，要辨识前人思想的偏失。既要虚心，又要保持批评精神，才是正确的态度。只有在读书时勤于思考，加以分析去粗取精，去伪存真。才能在前人已经达到的水平之上有所前进、有所创新。若盲目迷信典籍，缺乏批评精神，只能使思想陷于停滞，那是不足取的。"

◇ 张岱年最喜欢的十本书是：《周易大传》《孟子》《庄子》《史记》《资治通鉴》《费尔巴哈与德国古典哲学的终结》《自然辩证法》《哲学笔记》《邓小平文选》和罗素的《西方哲学史》。

◇ 有人向任继愈请教健康长寿的秘诀，任将其归结为"常用脑，多读书、读好书"。他说："身体是革命的本钱，干好工作先要有一个好身体。常用脑，多读书、读好书，能够健身。我每天读6—7个小时的书，平时早睡早起，不熬夜。早晨5点起床，到8点没电话没人来，可读3个小时的书，其他时间再抽几个小时。少看电视，但要看《新闻联播》。业余读书要选一个范围，兴趣是成功的基础，有兴趣效果就好。每天写600至1000字。读书写作能够健脑健体。"

◇ 朱光潜说："世间许多人读书只为装点门面，如暴发户炫耀家私，以多为贵。这在治学方面是自欺欺人，在做人方面是趣味低劣。"又说："书是读不尽的，就读尽也是无用，许多书都没有一读的价值。多读一本没有价值的书，便丧失可读一本有价值的书的时间和精力；所以须慎加选择。"

◇ 朱光潜说：读书方法很多，只有两点须约略提起：第一，凡值得读的书至少须读两遍。第一遍须快读，着眼在醒豁全篇大旨与特色。第二遍须慢读，须以批评态度衡量书的内容。第二，读过一本书，须笔记纲要精彩和你自己的意见。记笔记不仅可以帮助你记忆，而且可以逼得你仔细。

◇ 朱光潜说："读书原为自己受用，多读不能算是荣誉，少读也不能算是羞耻。少读如果彻底，必能养成深思熟虑的习惯，涵泳优游，以至于变化气质；多读而不求甚解，则如驰骋十里洋场，虽珍奇满目，徒惹得心花意乱，空手而归。"

◇ 宗白华说，读书可以节省脑力和时间，但也有很多流弊，"流弊中最大的危险，就是我们读书读久了，安于读书，习于以他人的思想为思想，渐渐地把自己'自动研究''自动思想'的能力消灭了。"

◇ 曹靖华回忆他少年在农村读书的经历说:"农村里读书,一般都是半耕半读。白天劳动,有时也能读书,比如放牛时可以读书,推磨时就把书本放在磨盘上,推一圈,读一句。但多半还是利用'三余'读书的,三余者,即'冬者岁之余,夜者日之余,雨者晴之余';冬季天寒地冻,田间无活,下雨不能下地,傍晚收工之后,都是读书的好时间。生活穷,买不起纸笔,就用树枝在地上写,或蘸水在方砖上练字。"

◇ 何其芳说:"书帮助了我们,也害了我们。……有的书,说了一些真话的书,帮助我们认识这个世界,推动我们走向人生之正途;而有的书,那些说假话的书,则使我们头脑糊涂,眼睛不亮,做了许多傻事走了许多冤枉路也。"

◇ 季羡林最喜欢阅读的中国书和文章是:《史记》《世说新语》、陶渊明的诗、李白的诗、杜甫的诗、南唐后主李煜的词、苏轼的诗文词、纳兰性德的词、《儒林外史》、《红楼梦》。

◇ 汪曾祺喜欢购买、阅读廉价书,并称读廉价书有三大好处:一是买得起,掏出钱时不肉痛;二是无须珍惜,可以随便在上面圈点批注;三是丢了就丢了,不心疼。

◇ 汪曾祺喜读杂书,并言至少有四种好处:第一,这是很好的休息。泡一杯茶懒懒地靠在沙发里,看杂书一册,这比打扑克要舒服得多。第二,可以增长知识,认识世界。第三,可以学习语言。杂书的文字都写得比较随便,比较自然,不是正襟危坐,刻意为文,但自有情致,而且接近口语。一个现代作家从古人学语言,与其苦读《昭明文选》、"唐宋八家",不如多看杂书。这样较易融入自己的笔下。第四,从杂书里可以悟出一些写小说、写散文的道理,尤其是书论和画论。

◇ 张世英说，读书时，基础性的东西和非基础性的东西都要注意。对于基础性的东西重在熟透；对于非基础性的东西，重在广博。如何达到熟透？张说："这也没有什么成规。我只觉得我从前的老师冯文潜先生教我的西方哲学史，使我很受教益。他要我熟读柏拉图的《理想国》和梯利的《哲学史》，办法是每读完一章或一节，都要合上书本，用自己的话把原作的大意写成读书报告，个人的评论则写在正文的一侧或下方。冯老师嘱咐我，写读书报告首先要注意自己的概括是否与原意相符，但又不准照抄，要合上书本再写。在作读书报告的过程中，有时自以为读懂了，临到执笔，却又概括不起来，表达不出来，这往往是因为懂得不透的缘故，于是打开原书再看，再合上，再写。这样写完一次读书报告之后，原著的那一部分内容就不仅懂得比较透彻了，而且也记得比较牢固了。实在不懂的地方，口头请教冯老师，这就更是终生难忘。冯老师评阅时，不太着重看我个人的评论，主要是指出有失原意的地方。我当时暗想，老师有点'述而不作'，但后来每一回想，越来越觉得从冯老师那里学得的知识最熟透最牢靠。"如何做到广博？张说："这颇不易。博闻强记，也要靠记忆力，记忆力差，怎么办？好在有一条古训：勤能补拙。但勤奋也得有点讲究：一个勤奋读书的人，除有条件买书的，买到后就急忙翻阅之外，还可以多逛书店，多上图书馆，以长见识。对于一些很难全读，一时也不必全读的书，只看前言后语，扼要翻阅一过，知其大略就行了。即使是辞典、百科全书之类的工具书，也要广泛涉猎，知其梗概。关键是要养成这种习惯。……这对于搞研究、写论文，的确是一个很好的条件：既可以帮助查材料，不致临时'抓瞎'，又可以使思路开阔，不致捉襟见肘，知其一不知其二。"

◇ 吴小如说自己带学生，要求学生做到"懂繁体字、懂草书、懂古文字"。有人问他，中国古典的东西有什么必读书？他回答说："过去清朝有一句话：'诗四观.'诗是《唐诗三百首》，四是'四书'，观是《古文观止》。要我说，把这三本书从头到尾都看过、都背过，那你的国学基础就是上乘的。多了解中华传统文化，修养也会提高。"

◇ 李四光主张读书和读"自然的书"并重。他说:"书是死的,自然是活的。读书的功夫大半在记忆与思索(有人读书并不思索,我幼时读四子书就是最好的一例),读自然书,种种机能非同时并用不可,而精确的观察尤为重要。读书是我和著者的交涉,读自然书是我和物的直接交涉。所以读书是间接的求学,读自然书乃是直接的求学。读书不过为引人求学的头一段功夫,到了能读自然书方算得真正读书。只知道书不知道自然的人名曰书呆子。"

◇ 江泽涵在指导学生读书时常说:"读一书或一文,先信它,为懂;后疑它,为深入。"

◇ 许宝騄曾对学生张尧庭说:"你念一本书,就要故意和作者作对,尽量去挑书上的毛病。不要认为写书的人是大专家,不会有错,很难找到一本一点错也没有的书。"

◇ 肖东发授课,喜作譬喻,尝论中外读书习惯之不同曰:西文书籍素为横排,读者目光左右往返,频频摇头,若言"No";中国古书则系竖排,读者目光上下移动,唯知点头,似称"Yes"。故西人善疑而学问日进,国人信古而思想渐锢。即此一例,可见中西文化之不同。

◇ 厉以宁在北大读书期间,异常勤奋,是学校去学校图书馆最勤、时间也最长的几个学生之一,一有空就扎进图书馆工具书阅览室。图书馆副馆长梁思庄看到这样一个年轻的大学生经常来翻工具书,感到奇怪,便指导他如何使用工具书,查找和阅读西方文献,并教导他说:"要学会用大百科全书,这是做学问入门的捷径。"当时厉正在业余时间翻译苏联学者费拉托娃的《赫尔岑和奥加略夫的经济观点》以及《车尔尼雪夫斯基选集》下卷中的经济学部分。这两本书中涉及的人名、地名和其他专门名词很多,并且还涉及俄国史上的不少事件。在这种情况下,北大图书馆的大百科全书帮了他的大忙。据厉回忆:"至今我仍清楚地记得,每当译稿遇到了困难而从大百科全书中得到解答时,我是多么喜悦、兴奋。"

◇ 钱理群说:"我们读书、学习、做研究,都要问一个问题:和自己的生命成长有什么关系?和自己生命无关的读书,那是死读书;和自己生命无关的研究,那是毫无活力的研究。""每当我的人生处于低谷,陷于苦闷中时,我就关起门来读书、写作。一书打开,就是一切皆忘,在和自己心仪的大师巨匠的心灵交流中,眼前的困惑也都迎刃而解,仿佛从污泥中拔出,进入了一个更高的生命境界:我就是仰赖读书与写作度过自己一次又一次的精神危机的。这样,读书、写作,就成了我内在生命发展的需要,成了自己安身立命的依托。"

◇ 钱理群说,每个民族都有其原创性、源泉性的作家。他们的作品,总是成为国民教育的基本教材;他们作品的教学,是培育民族精神的基础性工作。基于这样的认识,钱认为在中学应该至少开四门课:《论语》《庄子》选读(这是民族思想文化的源头)、《唐诗》选读(这是民族文化的青春期)、《红楼梦》选读(这是民族文化的集大成)、鲁迅作品选读(这是现代思想文化的开创)。"接受了这样的基本教育,每一个中学生精神上就有了一个底,以后他们无论选择什么职业,做什么工作,都有了底气。"

◇ 钱理群认为,大学生要打好自己专业基础知识的底子,就必须认真精读几本经典著作,在这几本经典著作上下足够功夫,把它们读熟读深读透,这样才能为学术发展打下坚实的基础。他说:"我带研究生,尽管他们学的是现代文学,我也要求他们好好地读《论语》,读《庄子》,读《老子》,有时间还要读《史记》,学文学的要读《文心雕龙》。""就我的专业——现代文学而言,我就要求学生主要读三个人的著作:鲁迅、周作人、胡适。把这三个人掌握了,整个中国现代文学你就拎起来了,因为他们是领军人物。"

◇ 钱理群经常劝告学生,读书一定要"谨防上当",不能只看一些评论文章而不看原著。在研究鲁迅时，他的办法是"什么参考书也不看，只读鲁迅原著，反复阅读，不断琢磨，读熟了，想透了，有了自己的感受、见解，这时候或许可以看看别人的研究成果，以启发思路，但也要有自己的判断"。他引用鲁迅的读书经验告诫年轻人：看了批评文章以后，"仍要看看本书，自己思索，自己做主"，不要让自己的脑子"给别人跑马"。钱还说，老师讲经典，就是引导人们读经典，一字一句，一章一节，一篇一篇，老老实实地读。其他人的讲解，只是一个引导，最终是要将读者、学生引向读原著。"如果今天我们口喊'经典阅读'，年轻一代或者大众，却都不读原著，只读别人的解释，这就会误事，会造成比我们想象的更加严重的后果，说不定比不读更坏。"

◇ 钱理群说，在读书时，能否永远保持新鲜感和好奇心，进而保持永远的快乐，是考验会不会读书、真读书与假读书的一个标准。对于如何避免和克服"一个时期读书读得很快乐、有发现，但读得多了就没有新鲜感了"的问题，钱理群说，这里的关键，就是我的老师林庚先生说的，"要永远像婴儿一样，睁大了好奇的眼睛，去看周围的世界，去发现世界的新的美"。

◇ 钱理群曾向北大学生郑重推荐两部著作：《鲁迅全集》和《顾准文集》。推荐理由有二：一、这是20世纪两个"真的人"写的"真的书"，借用鲁迅的话说，"这是血的蒸气，醒过来的人的真声音"；二、学习中国传统文化，不要忘记了现代中国人开创的现代中国文化传统。

◇ 钱理群认为，鲁迅作品的语言具有音乐性，不放声朗诵不足以体察其美感与深意。他说："鲁迅作品不能只是默看，非得朗诵不可。我曾经说过，鲁迅作品里的韵味，那种浓烈而又千旋万转的情感，那些可意会不能言传的东西，都需要通过朗读，才能体会并触动心灵。这也是我多年从事鲁迅作品教学的一个经验：靠朗读引导学生进入情境，捕捉感觉，产生感悟，这是接近鲁迅的艺术和他的内心世界的入门通道。"

◇ 曹文轩说:"读书人与不读书人就是不一样,这从气质上便可看出。读书人的气质是读书人的气质。这气质是由连绵不断的阅读潜移默化养就的。有些人,就造物主创造了他们的毛坯而言,是毫无魅力的,甚至是丑的。然而,读书生涯居然使他们获得了新生。依然还是从前的身材与面貌,却有了一种比身材、面孔贵重得多的叫'气质'的东西。"

◇ 曹文轩说:"从长知识、增智慧、养精神诸方面讲,不是单纯的读书就能达到完满境界的。还得有人生的经验垫底,才能将书读好。人生的经验越厚实,书就读得越好。世界上凡读书读得好的人,在人生的经验方面都不是很简单的人。"

◇ 1998年北大百年校庆时,哲学系同学在征求50多位北大著名学者意见的基础上形成《北大学生应读、选读书目》,影响甚大。其中应读书目、选读书目各含30本。书目如下:

一、应读书目(30本)

◎《周易》 参读《周易大传今注》,高亨编注;《周易译注》,周振甫译注

◎《诗经》 参读《诗经译注》,江阴香编注

◎《老子》 参读《老子注译及评介》,陈鼓应著

◎《论语》 参读《论语译注》,杨伯峻译注

◎《孙子兵法》 参读《孙子译注》,郭化若译注

◎《孟子》 参读《孟子译注》,杨伯峻译注

◎《庄子》 参读《庄子今注今译》,陈鼓应译注

◎《史记》 参读《史记选》,王伯祥选注

◎《坛经》 参读《坛经校释》,郭朋校释

◎《古文观止》,[清]吴楚材、吴调侯选注

◎《唐诗三百首》,蘅塘退士编,陈婉俊补注

◎《宋词三百首笺注》,朱古微重编,唐圭璋笺注

◎《红楼梦》，曹雪芹、高鹗著

◎《中国近三百年学术史》，梁启超著

◎《鲁迅选集》

◎《中国哲学简史》，冯友兰著，涂又光译

◎《中国法律与中国社会》，瞿同祖著

◎《理想国》，[古希腊]柏拉图著，吴献书译

◎《神曲》，[意]但丁著，王维克译

◎《哈姆雷特》，[英]莎士比亚著，曹未风译

◎《思想录》，[法]帕斯卡尔著，何兆武译

◎《社会契约论》，[法]卢梭著，何兆武译

◎《纯粹理性批判》，[德]康德著，何兆武译

◎《约翰·克利斯朵夫》，[法]罗曼·罗兰著，傅雷译

◎《科学史》，[英]丹皮尔著，李衍译

◎《共产党宣言》，[德]马克思、恩格斯著

◎《资本论》（第一卷），[德]马克思著

◎《路德维希·费尔巴哈和德国古典哲学的终结》，[德]恩格斯著，张仲实译

◎《毛泽东选集》

◎《邓小平文选》

二、选读书目（30本）

◎《礼记》

◎《左传》

◎《荀子》

◎《韩非子》

◎《论衡》，[东汉]王充撰

◎《三国志》，[晋]陈寿撰

◎《世说新语》，[南朝宋]刘义庆撰

◎《文心雕龙》，[南朝梁]刘勰撰

◎《李太白集》，[唐]李白

◎《资治通鉴》，[北宋]司马光撰

◎《明夷待访录》，[清]黄宗羲撰

◎《儒林外史》，[清]吴敬梓撰

◎《人间词话》，王国维著

◎《闻一多年谱长编》，闻黎明著

◎《中国哲学大纲》，张岱年著

◎《国史大纲》，钱穆著

◎《圣经》

◎《国富论》，[英]亚当·斯密著

◎《论法的精神》，[法]孟德斯鸠著

◎《复活》，[俄]托尔斯泰著

◎《物种起源》，[英]达尔文著

◎《城堡》，[奥]卡夫卡著

◎《飞鸟集》，[印]泰戈尔著

◎《新教伦理与资本主义精神》，[德]韦伯著

◎《精神分析引论》，[德]弗洛伊德著

◎《西方哲学史》，[英]罗素著

◎《历史研究》，[英]汤因比著

◎《德意志意识形态》，[德]马克思著

◎《社会主义从空想到科学》，[德]恩格斯著

◎《哲学笔记》，[俄]列宁著

著述第十四

文章乃经国之大业，不朽之盛事。一个学者的社会价值和文化贡献究竟如何，一定要靠其著作、文章来说话。著述不易，写出有益于学术、有益于人心、有益于世道、有益于天下的经典之作，更是难上加难。让人欣慰的是，一百二十余年来，经过一代代学人的笔耕不辍，北大学者薪火相承，为中国贡献了一大批优秀的传世之作，从而奠定了北大这所百年名校的学术地位。本章所收，多为大师的著述理念、著述经过和著述的社会影响。虽然著者身份不同，著述门类也是千差万别，但大体上能够体现出以下几个特征：一是孜孜不倦，治学勤奋，即便身处困境也不废著述之业；二是态度严谨，心存精品意识，不轻言著述，不急功近利；三是经世济用，心系文化命脉和社稷苍生，追求著述在理论与实践中的重大作用，而不是只做纯书斋式的工作；四是注重创新，要求每有著论，必有新意和创见，不人云亦云，而言人之不能言。一言以蔽之，就是今日北大人在学风方面一贯坚持并大力提倡的八个大字："勤奋、严谨、求实、创新"。

◇ 1887年，林纾与王寿昌合译《茶花女》。翻译方式别具一格：林不谙外文，先由王根据《茶花女》法文原著逐字逐句口述，林即用古文加以润色译出。林翻译时，耳受手追，声落笔止，不加点窜，脱手成稿。译至缠绵凄恻之处，二人竟相对而泣，林说他译《茶花女》，"掷笔哭者三数"。后译作题名《巴黎茶花女遗事》刊刻问世。林的译文简洁、隽永，能以瑰奇之姿夺人魂魄，一经出版，立即风靡海内，以至严复诗称"可怜一卷

《茶花女》，断尽支那荡子肠"。胡适赞林说："自司马迁以来，未有如先生者。"自此以后，林一发而不可收，以同样方式译出异域小说二百余种，为中国近代翻译界所罕见，被人誉为"译界之王"。

◇ 抗战时期，陈垣留居北平，闭门谢客，"以书斋为战场，以纸笔作刀枪，写下了一系列既有很高学术质量又富有战斗性的史学著作"。1950年陈在致友人的信中说：抗战时期"所著已刊者数十万言，言道、言僧、言史、言考据，皆托词，甚实斥汉奸、斥日寇、责当政耳"。其中，《通鉴胡注表微》二十篇最具代表性。此书前十篇言史法，后十篇言史事，借鉴胡三省的史笔，并对胡注的微言大义加以阐发，以表达对日寇侵凌、压迫的不满，抒发国破家亡的惨痛感受，是一部将史料考据、史论和中国传统史学微言大义之精神结合得非常出色的一部史学"发愤之作"，被誉为陈垣"所有著作中最有代表性的作品"。关于撰写此书的初衷和过程，陈在1957年的"重印后记"中写道："胡三省亲眼看到宋朝在异族的严重压迫下，政治还是那么腐败，又眼见宋朝覆灭，元朝的残酷统治，精神不断受到剧烈的打击。他要揭露宋朝招致灭亡的原因，斥责那些卖国投降的败类，申诉元朝横暴统治的难以容忍，以及自己身受亡国惨痛的心情。因此，在《通鉴注》里，他充分表现了民族气节和爱国热情。""我写《胡注表微》的时候，正当敌人统治着北京；人民在极端黑暗中过活，汉奸更依阿苟容，助纣为虐。同人同学屡次遭受迫害，我自己更是时时受到威胁，精神异常痛苦，阅读《胡注》，体会了他当日的心情，慨叹彼此的遭遇，忍不住流泪，甚至痛哭。因此决心对胡三省的生平、处境，以及他为什么注《通鉴》和用什么方法来表达他自己的意志等，作了全面的研究，用三年时间写成《通鉴胡注表微》二十篇。"

◇ 陈垣教学生写文章要异常谨慎："写学术文章，不可不力求慎重，对一个问题没有研究成熟，就拿出去发表，将来极有可能有悔其少作之感。"他常说："一篇论文或专著，作完了不要忙着发表。好比刚蒸出的馒头，须要把热气放完了，才能去吃。蒸得透不透，熟不熟，才能知道。""作品要给三类人看：一是水平高于自己的人，二是和自己平行的人，三是不如自己的人。因为这可以从不同角度得到反映，以便修改。"

◇ 陈垣说："论文之难，在最好因人所已知，告其所未知。若人人皆知，则无须再说；若人人不知，则又太偏僻太专门，人看之无味也。前者之失在显，后者之失在隐，必须隐而显或显而隐乃成佳作。又凡论文必须有新发见，或新解释，方于人有用。第一搜集材料，第二考证及整理材料，第三则连缀成文。第一步功夫，须有长时间，第二步亦须有十分三时间，第三步则十分二时间可矣。草草成文，无佳文之可言也。"他还说，发表的文章，最低要求应当做到：(1)理要讲清楚，使人心里服；(2)话要讲明白，使人看得懂；(3)闲话不说，或者少说。

◇ 陈垣撰文，十分讲求文字的简洁。其弟子蔡尚思在中学阶段，曾拼命学习韩愈的文章，意在模仿写作古文。陈多次劝蔡，作为学者，不要学习韩文，而要学习《日知录》式的文字，写作只求通达不求文采，要少而精不要多而美，要史识不要哲论。陈曾说："文学家不善著史书，如欧阳修是文人不是史家，所以他写《新五代史》是借史作文，有许多浮词。写作应当像顾炎武《日知录》，一字一句能够表达就不要再写出第二个字第二句话。"

◇ 章士钊早年热心革命，在上海时曾与章太炎、张继、邹容三人结为兄弟，"要以光复汉族为事"。有一天，邹容突然问章："大哥（指章太炎）有《驳康有为论革命书》，我有《革命军》，溥泉（即张继）有《无政府主义》，你有什么著作？"章十分惭愧，无言以对，也使他大受刺激，从此留心著述。1903年，章以日本人宫崎寅藏所著的《三十三年落花梦》为底本，半译半叙，编译成《孙逸仙》一书，以黄中黄的笔名出版。此书介绍孙中山的革命历史、思想与抱负，章在序言中对孙大加推崇，认为"有孙逸仙，而中国始可为"，出版后，"一时风行天下，人人争看"。章在编译此书时，因一时疏忽，误将孙文的本名同化名"中山樵"连缀成孙中山，从此，"孙中山"才开始名扬天下。

◇ 黄侃旧学功底在时人中堪称一流，治学向以严谨著称，决不轻易著书立说。他之所以推崇汉儒，原因之一是"汉学之所以可畏，在不放松一字"，还称赞清代学者江永"年五十后岁为一书，大可效法"，立誓"五十岁以前不著书"。不料天不假年，在即将进入著书之年时去世了，故留传于世的著作不多。黄还经常告诫自己的学生年轻时不要轻易在报刊上发表文字，一则学力不充分，一则意见不成熟，徒然遗人笑柄，于己无益，于世有损。黄去世后，其师章太炎十分惋惜，在给他撰写的墓志铭中写道："（黄）尤精治古韵。始从余问，后自为家法，然不肯轻著书。余数趣之，曰：'人轻著书，妄也；子重著书，吝也。妄不智，吝不仁。'答曰：'年五十当著纸笔矣。'今正五十，而遽以中酒死，独《三礼通论》《声类》目已写定，他皆凌乱，不及第次，岂天不欲存其学耶！"

◇ 1917年，陈独秀在《新青年》杂志上发表《文学革命论》一文，提出了文学革命的"三大主义"：推倒雕琢的阿谀的贵族文学，建设平易的抒情的国民文学；推倒陈腐的铺张的古典文学，建设新鲜的立诚的写实文学；推倒迂晦的艰涩的山林文学，建设明了的通俗的社会文学。此文被认为是新文化运动中重要的纲领性文件。1933年，蔡元培为陈的文集写序言，称陈五四时期的文章"大抵取推翻旧习惯、创造新生命的态度；而文笔廉悍，足药拖沓含糊等病；即到今日，仍没有失掉青年模范文的资格"。

◇ 1917年1月，胡适在《新青年》杂志上发表《文学改良刍议》一文，认为文言文作为一种文学工具已经丧失活力，中国文学要适应现代社会，就必须进行语体革新，废文言而倡白话。他提出文学改良应从"八事"着手：一曰须言之有物；二曰不摹仿古人；三曰须讲求文法；四曰不作无病之呻吟；五曰务去滥调套语；六曰不用典；七曰不讲对仗；八曰不避俗字俗语。后来，胡又把"八事"总括为通俗易懂的"四条"：要有话说，方才说话；有什么话，说什么话，话怎么说，就怎么说；要说我自己的话，别说别人的话；是什么时代的人，说什么时代的话。

◇ 梁启超、胡适两人相差 18 岁，出身迥异，一为传统文人，一为新式留学生，但是在学术上却有十分密切的关系。胡出版《中国哲学史大纲》之后，梁认为此书墨子与荀子部分讲得最好，因而将胡的观点放在他自己讨论墨子的著作之中。1920 年，梁《墨经校释》一书撰成，请胡写序。胡因此很认真地评价梁校勘的主要方法，又指出其中的一些缺失。此书出版时，梁将胡的序文放在书末，称为后序，自己则撰写了一篇答辩的文字，称《读墨经余记》置于卷首，回答胡在序中的质疑。胡因此有所不快。但梁书中提出的观点，又刺激了胡《墨辩新诂》一书的写作。

◇ 蒋梦麟的自传体著作《西潮》，是抗日战争时期在西南躲警报时，在暗黑的防空洞里用英文撰写的。他说，在光线不足的情况下，使用英文写出的字较易辨识。《西潮》出版以后很受欢迎，佳评潮涌，于是蒋梦麟决定继续写他下半生的自传，并定名为《新潮》。他说："这本书里要讲的是一个人，一个民族，一个时代的经验。经验是宝贵的；可是宝贵的经验是付重大的代价买来的。"可惜《新潮》并未写完，原稿中尚有不完整的随笔。近 50 年来，这两本书在知识分子中有很大的影响。

◇ 刘半农是五四新文化运动的先驱之一，著名的文学家、语言学家、教育家。他也喜欢照相，是早期知名摄影家之一。据说在业余摄影家中，他的造诣第一。他编辑的《北京光社年鉴》是中国最早出版的摄影作品集之一。1927 年，刘写成《半农谈影》一书，甚是畅销。据研究者称，此书是中国第一部摄影美学专著。

◇ 晚年的金岳霖认为三本书就能概括他的一生："我要谈谈我的书，我只写了三本书。比较满意的是《论道》，花功夫最多的是《知识论》，写得最糟的是《逻辑》。"冯友兰给《论道》和《知识论》下的评语是："道超青牛，论高白马。"（青牛指老子，白马指公孙龙）

◇ 金岳霖最早的一本著作是《逻辑》，此书出版后，哲学家贺麟誉之为"国内唯一具新水准之逻辑教本"。殷福生更赞誉说："此书一出，直如彗星临空，光芒万丈！"据金的一位学生回忆，在西南联大时，殷福生找他聊天，看到桌子上放一本金的《逻辑》，"殷福生拿起这本书说：'就拿这本书来说吧！这是中国人写的第一本高水平的现代逻辑。也仅仅就这本书来说吧，真是增一字则多，减一字则少。'这时他突然把这本书往桌上一扔，接着说：'你听，真是掷地作金石声。'"

◇ 金岳霖的《知识论》写了两遍，费时十余年，从完稿到正式出版又用了35年之久。中华人民共和国成立后，张岱年碰见金，问《知识论》可曾写好。金答：已经写好了，我写了这本书，我可以死矣。1983年，在金去世前一年，商务印书馆终于出版了《知识论》，金在序中说："《知识论》是一本多灾多难的书……是我花精力最多，时间最长的一本书，它今天能够正式出版，我非常非常之高兴。"

◇ 梁漱溟治学，精神雄健，多有独断之论。1921年，28岁的梁在一片欧风美雨中发表了他的成名作《东西文化及其哲学》，书中将人类文化分为中、西、印三大类型加以讨论，并提出文化三路向说：西方文化以意欲向前要求为其基本精神；中国文化以意欲自为调和持中为其根本精神；印度文化以意欲反身向后要求为其根本精神。此书出版的第一年就印刷五次，不到一年就引出了近百篇评论文章和十几本小册子讨论东西文化，在短时间内被译成十二国文字。知识界对此书推崇极高。梁启超把它与胡适的《中国哲学史大纲》相提并论，赞之曰："哲学家里头能够有这样的产品，真算得民国一种荣誉。"蒋百里称之为"震古烁今之著作"，说它"把东西两半球的学者，闹个无宁日"。胡秋原认为该书"有独创的意义和可惊的深刻思想力"。后来牟宗三回忆往事时，也提到此书"是当时非常了不起的一本著作，是一部深造自得之作，可说是第一流的"。

◇ 梁漱溟终其一生，淡泊明志，一贯"尽力于当下之生活"，且能"心里极干净，无丝毫贪求之念"，对名利荣辱看得很淡。在给老友的书信里，梁说："我等既没有政治权势，亦鲜有社会名望、学术权威，则纵有言论著作，不过聊尽此心而已，不必期望其影响如何如何也。"

◇ 1932年，熊十力的巨作《新唯识论》（文言文本）出版后。蔡元培称熊乃二千年来以哲学家之立场阐扬佛学最精深之第一人。马一浮更在序言中将熊与王弼、龙树并提，称其学识创见乃超越于道生、玄奘、窥基等古代佛学大师之上。与之相反，熊之师欧阳竟无阅后痛言："灭弃圣言，唯子真（熊十力）为尤。"欧阳弟子刘衡如更著《破新唯识论》对熊氏其书进行系统破斥，指责他"于唯识学几乎全无知晓"。

◇ 顾颉刚早年受过严格的文言写作训练，后来仍习惯用文言写作，如果要用白话文发表，就先用文言写一遍，然后再译成白话文。这样一来，一篇文章通常要写两遍。他在致蔡尚思的信中说："弟幼年习文言文甚久，作文言文反容易，白话则必须易稿数四。"

◇ 1926年，顾颉刚将此前关于古史论辩的有关篇章集结为《古史辨》第一册正式出版，还撰写了六万字的自序畅言自己研究古史的方法以及提出"层累说"的原因。此书在学术界和社会上产生了极大影响。胡适评价此书说，"这是中国史学界的一部革命的书，又是一部讨论史学方法的书。此书可以解放人的思想，可以指示做学问的途径，可以提倡那'深澈猛烈的真实'的精神"；又称顾的自序是"中国文学史上从来不曾有过的自传"，"不论是谁，都不可不读"。

◇ 顾颉刚著述态度十分严谨。撰写《尚书大诰译证》数十万字，自1960年至1966年，其中各部分大的改动几乎均有三次以上，各次稿本累计达一百万字，小处改动则不计其数。一篇"史事考证"，由初稿的五万言，改至二稿的十余万言，再改至三稿、四稿的三十万言。顾在当时的日记中写道："连日修改考证，改一次，深入一次，其精湛处有想象不到者，真一乐也。""文化大革命"后,顾年事已高,但仍旧习不改,无论是自己过去写而未发的旧稿,还是别人代他整理的新稿,发表前还是要反复修改。家人劝他节劳,注意身体,但他总是拒绝,说:"只要我活着就要改,否则就是不负责任。除非我死了,那么最后的改本,才算是我的定本。"

◇ 1928年,范文澜在天津出版了他的第一部重要的学术著作《文心雕龙讲疏》。范对朋友说起此书的出版因缘:"那时有位姓李的同志,在天津搞印刷厂,掩护党的地下活动。没有东西印,就把我的《文心雕龙讲疏》稿子拿去印了。"让他想不到的是,此书虽然印数不多,但出版后却立即受到学术界的重视,他也从此蜚誉士林。

◇ 20世纪40年代,范文澜在延安的窑洞中,用两年多时间写出了我国第一部运用马克思主义观点系统叙述中国历史的著作《中国通史简编》。毛泽东看到后,非常高兴,他对范说:"我们党在延安又做了一件大事。……我们共产党人对于自己国家几千年的历史,不仅有我们的看法,而且写出了一部系统的完整的中国通史。这表明我们中国共产党对于自己国家几千年的历史有了发言权,也拿出了科学的著作了。"毛泽东对此书曾一读再读,并每每赞赏该书的资料丰富,曾说:"《中国通史简编》的资料多,让人愿意看下去。"

◇ 马寅初终身心系中国农民。1960年,马被迫辞去北大校长一职,不久又被免去全国人大常委会委员的职务,不再能公开发表文章。赋闲在家后,马便下定决心写一部不亚于《齐民要术》《农政全书》的农业大书。他在日记中写道:"大江东流去,永远不回头!往事如烟云,奋力写新书。"1965年,已经83岁的马用毛笔写成了100多万字的《农书》初稿。1966年春节后的一天,马将全家人召集起来,说:"请你们抽时间帮我把《农书》原稿照抄一遍。这部书现在虽然不能出版,但不等于永远不能出版。它是我十几年的心血呀!"正当家人准备着手抄写《农书》时,"文化大革命"爆发。迫于形势，马又忍痛让家人将百万字的《农书》初稿焚烧殆尽。马在撰写《农书》时，往往写下后便放起来，并没有跟家人细谈。以致无人知道《农书》中详细的内容，给世人留下永远的遗憾。

◇ 陈寅恪游学各国，广泛接触西方文化。但在中西关系上，他始终坚持"不忘本来民族之地位"。1932年，他在冯友兰《中国哲学史》(下册)审查报告中写道："道教对输入之思想，如佛教、摩尼教等，无不尽量吸收，仍然不忘其本来民族之地位。"他指出，吸收外来文化，"其真能于思想上自成系统，有所收获者，必须一方面吸收输入外来之学说，一方面不忘本来民族之地位"。

◇ 汤用彤在中国佛教方面最著名的著作是《汉魏两晋南北朝佛教史》。其《跋》中自云："十余年来，教学南北，常以中国佛教史授学者。讲义积年，汇成卷帙。"他从20世纪20年代初就开始撰写此书，20年代末完成初稿，30年代又全部修改和补充了一次，再花了近四年的时间才完成。直到卢沟桥事变爆发以后，由于担心手稿遗失，才考虑将其中一部交付出版。当钱穆问他，《汉魏两晋南北朝佛教史》为什么要历经数十载反复修改雕琢，汤解释道："总是心感不满。"这部著作开辟了中国佛教史研究的新纪元，受到学术界的广泛称赞。胡适在校阅该书稿本第一册时，称赞此书极好，"锡予训练极精，工具也好，方法又细密，故此书为最有权威之作"。季羡林亦称赞此书："规模之恢宏，结构之谨严，材料之丰富，考证之精确，问题提出之深刻，剖析解释之周密，实在可以为中外学者之楷模。"抗战期间，此书与陈寅恪的《唐代政治史述论稿》同获前政府教育部学术研究评奖哲学类一等奖。

◇ 1932年，朱偰应南京中央大学之聘，任经济系专任教授。他在授课之余，还热心于南京和北平文物考古方面的研究，他在《金陵古迹图考》的结语中曾自述其撰述此类著作的初衷："设余之著述及图版能引起社会注意，进而督促政府，注意古物之保存，弗徒设机关，而不事工作，使金陵古迹应修复者修复，应保管者保管，应登记者登记，应发掘者发掘，使先民文物得以保存而不坠，则固民族文化之大幸。设不然者，南京竟变为完全欧化之都市，虚有物质文明之外表，则吾之图考将永成为历史的记载，此固民族文化之不幸，然而是则无可奈何，亦唯有听之耳。余个人之责任尽于此而已。"又在《北京宫阙图说》的序言中说："夫士既不能执干戈而捍卫疆土，又不能奔走而谋恢复故国，亦当尽其一技之长，以谋保存故都文献于万一，使大汉之天声，长共此文物而长存。"

◇ 七七事变以后，北平沦陷。罗常培滞留北平，与北大秘书长郑天挺等人一起维持北大残局，同时还加紧赶写《临川音系》定稿，以排遣烦愁，尽其学者之责。他说："故都沦陷之后，是否还应该每天关在屋里，埋头伏案地去做这种纯学术研究？这件事的是非功罪颇不容易回答。可是我当时想我既不能投笔从戎，效命疆场，也没有机会杀身成仁，以死报国；那么，与其成天楚囚对泣，一筹莫展，何如努力从事自己未完成的工作，借以镇压激昂慷慨的悲怀？假如能在危城中，奋勉写成几本书——自觉对得起自己，对得起学校，对得起国家！"

◇ 朱自清治学十分严谨，从不滥竽充数。1934 年应郑振铎邀请，一个晚上赶写了一篇《论逼真与如画》，其材料依据《佩文韵府》，因来不及检查原书，就在文章后面写明是"抄《佩文韵府》"。

◇ 1965 年，已经 80 岁高龄的周作人翻译完希腊作家卢奇安的《对话集》，全书共 20 篇，48 万字。周自称"此为五十年来的心愿"。不久，周还在遗嘱中特意提到此书："余今年已整八十岁，死无遗恨，姑留一言，以为身后治事之指针尔。死后即付火葬或循例留骨灰，亦随便埋却。人死声销迹灭最是理想。余一生文字无足称道，唯暮年所译希腊对话是五十年来的心愿，识者当自知之。"

◇ 冯友兰曾论著述不易云："唐朝的诗人李贺年轻的时候作诗很苦。他的母亲说：'是儿将呕出心肝来。'其实何止李贺？历来的著作家，凡是有传世著作的，都是呕出心肝，用他们的生命来写作的。照我的经验，作一点带有创作性的东西，最容易觉得累。无论是写一篇文章或者写一幅字，都要集中全部精神才能做得出来。这些东西，可能无关宏旨，但都需要用全副的生命去做，至于传世之作那就更不用说了。"

◇ 1990 年，在冯友兰逝世的前半年，他自拟了一副 95 岁的预寿联来概括自己一生的学术活动与学术贡献："三史释今古，六书纪贞元。""三史"是指冯的三部关于中国哲学史的著作：《中国哲学史》《中国哲学简史》《中国哲学史新编》，分别代表了冯在 20 世纪 30 年代、40 年代、80 年代对中国哲学的理解。特别是《中国哲学史新编》，是冯以一人之力，把孔子到毛泽东的古今中国哲学史作了全面系统的分析。"六书"是冯在抗战时期撰写的六部哲学著作：《新理学》《新世论》《新世训》《新原人》《新原道》《新知言》。这六本书被冯统称为"贞元之际所著书"，又称"贞元六书"。所谓"贞元之际"，冯解释说，"抗战时期是中华民族复兴的时期。当时我想，日本帝国主义侵略了中国大部分领土，把当时的中国政府和文化机关都赶到西南角上。历史上有过晋、宋两朝的南渡。南渡的人都没有能活着回来的。可是这次抗日战争，中国一定要胜利，中华民族一定要复兴。这次'南渡'的人一定要活着回来，这就叫'贞下起元'。这个时期就叫'贞元之际'"。当代学界普遍认为，"贞元六书"构成了冯友兰新理学的完整体系。

◇ 抗战时期，冯友兰笔耕不辍，著述颇丰。学校南迁湖南南岳，冯与郑昕同住一屋，冯全部心思用在写他的《新理学》上，每天规定一定写若干字，从不拖欠。郑对人说：冯先生简直是一部写书的机器，真不可及！

◇ 1980 年，已经 85 岁高龄的冯友兰开始从头撰写《中国哲学史新编》这部 150 万字的大书。当时冯已成为准盲人，就以口授的方式来著述。他每天上午都在书房度过。有的朋友来看望，感到他很累，就对其女宗璞说:"能不能不要写了。"宗璞向父亲转达了这份好意,冯微叹道:"我确实很累,可是我并不以为苦,我是欲罢不能。这就是'春蚕到死丝方尽,蜡炬成灰泪始干'吧!我现在就像一头老黄牛,懒洋洋地卧在那里,把已经吃进胃里的草料再吐出来,细嚼烂咽,不仅津津有味,而且其味无穷!其味无穷,其乐也就无穷了,古人所谓'乐道',大概就是这个意思吧。"冯在生命的最后两年中不能行走,不能站立,起居需人帮助,甚至咀嚼困难,进餐需人喂,有时要用一两个小时。这些都阻挡不了他的哲学思考。

◇ 1990 年初,已经 95 岁高龄的冯友兰因病住院。一次医生来检查后,冯忽然对宗璞说:"庄子说过,生为附赘悬疣,死为决疣溃痈。孔子说过,朝闻道,夕死可矣。张衡渠又说,存,吾顺事,殁,吾宁也。我现在是事情没有做完,所以还要治病。等书写完了,再生病就不必治了。"在他生命的最后,《中国哲学史新编》终于定稿。

◇ 抗战时期,钱穆在商务印书馆出版了他的代表作《国史大纲》,书的扉页上写着"谨以此书献给前线百万将士"。在书的开篇前对读者提出了四项对待国史的殷切期待,提出"凡读本书请先具下列诸信念":一、当信任何一国之国民,尤其是自称知识在水平线以上之国民,对其本国已往历史,应该略有所知。二、所谓对其本国已往历史略有所知者,尤必附随一种对其本国已往历史之温情与敬意。三、所谓对其本国已往历史有一种温情与敬意者,至少不会对其本国历史抱一种偏激的虚无主义,亦至少不会感到现在我们是站在已往历史最高之顶点,而将我们当身种种罪恶与弱点,一切诿卸于古人。四、当信每一国家必待其国民具备上列诸条件者比数渐多,其国家乃再有向前发展之希望。

◇ 抗战时期,冯友兰与钱穆同时任教于西南联大,二人各自操持本行,冯教哲学,钱教历史。一日,冯以自著新作《新理学》示钱,并请提意见。钱读后,直言告冯:凡中国之理学家,论理气必兼心性,而观君书独论理气，而不及心性，恐有未当。又谓冯：书中没有论及鬼神，也似应增补。后来，冯去文学院演讲，钱亦在座。冯谈及鬼神，不知是有意借题揶揄，还是即兴发挥创见，以活跃会场气氛，说："鬼者归也，事属过去；神者伸也，事属未来。"接着指着钱道："钱先生治史，即鬼学也；我治哲学，则神学也。"钱在其晚年所著《师友杂记》中评述此事说："芝生虽从余言增鬼神一章，而对余馀憾犹在，故当面揶揄如此。"

◇ 1960年5月21日，钱穆在给其弟子余英时的信中教导其如何撰写论文，并从四个方面详细阐述了论文体例："一、在撰写论文前，须提挈纲领，有成竹在胸之准备，一气下笔，自然成章。弟之原文，似嫌冗碎软弱，未能使读者一开卷有朗然在目之感，此似弟临文前太注意在材料收集，未于主要论点可以沉潜反复，有甚自得之趣，于下笔时，枝节处胜过了大木大干，此事最当注意。二、弟文一开始即有近人言之已详可不待再论云云，此下如此语例，几乎屡见不一见，鄙意此项辞句，宜一并删去。三、附注牵引别人著作有一零七条之多，此亦是一种时代风尚。鄙意凡无价值者自不必多引，亦不必多辨，论文价值在正面不在反面，其必须称引或必须辩白者自不宜缺，然似大可删省，芜累去而精华见，即附注亦然，断不以争多尚博为胜。四、正文中有许多枝节，转归入附注，则正文清通一气，而附注亦见精华，必使人读每一条注语，若条条有所得，则爱不释手，而对正文弥有其胜无穷之感，万不宜使人读到附注，觉得索然少味，则专减却其先读正文之影响。何者宜从附注转归正文，何者宜从正文转归附注，何者宜直截割爱，何者宜加意收罗，当知正文附注只是一篇文字，不宜有所轻重。"

◇ 郑天挺是当代清史研究大家，其研究方式方法是注重个案的研究，其特色在于从大处着眼、从小处入手，或大题小做、小题大做。之所以有此取向，是因为在郑看来："写论文和写专著不一样，写专著着眼点要大，要做到处处照顾，事事联系；写论文则要求大处着眼，小处入手。史学界过去写大东西占的力量太多了，而小问题没搞清，往往以讹传讹。我们应该从整个历史的发展出发，一个个解决小问题，向前推进。做到对自己有收获，对别人有帮助，对历史有发展，所以叫'大处着眼，小处入手'。"

◇ 抗战时期，游国恩撰成《楚辞讲疏长编》一书，他在此书的序言中写道："嗟夫，国难深矣！世之人傥亦有读屈子之文而兴起者乎？则庶乎三闾之孤愤为不虚，而区区之志，亦可与忠义之士相见于天下矣！"

◇ 游国恩的著述宗旨是："要搞寿世之作，不要写酬世之文。"吴小如总结游的治学方法和途径是："首先尽量述而不作，其次以述为作，最后水到渠成，创为新解；而这些新解却是在转述前人的深厚基础上开花结果。""所谓述而不作，就是指研究一个问题、一个作家、一个作品或一部著作，首先掌握尽可能找到的一切材料，不厌其多，力求其全。这是第一步。但材料到手，并非万事大吉，还要加以抉择鉴别，力求去伪存真，汰粗留精，删繁就简，惬心贵当，对前人的成果进行权衡取舍。这就是以述为作。如果步前贤之踵而犹不能达到解决问题的目的，就要根据自己的学识与经验，加以分析研究，最后得出自己的结论，这就成为个人的创见新解。"

◇ 吴小如在游国恩的指导下，编注了《先秦文学史参考资料》《两汉文学史参考资料》两部很有分量的大书。吴后来体会到，编注的过程实际上就是游在把着手教徒弟的过程。他通过这一工作，深感游带徒弟的办法十分科学，归纳为一句话，即严格要求与放手使用相结合。工作开始时，从选目、体例以及注释中应注意的事项，游无一不交代得有条不紊。一部分初稿写成，游仔细批改，连一个标点也不放过。当吴注释到《楚辞》部分时，曾多处引用游已发表过的文章。游发现后，便立即决定一条原则："这两本书一定不许引用我的东西。"游说：我们不能"老王卖瓜""戏台里喝彩"，一定要谦虚。等到吴摸熟门径，并表示有信心和决心完成任务时，游便郑重宣布："以后由你自己放手去做吧，该怎么做就怎么做，不必事事请示，我也不再篇篇审阅了。"这就最大限度地调动了吴的积极性，从而发挥了主观能动性，使吴也敢于动脑筋了。

◇ 吴小如曾请教俞平伯：怎样才能把一篇作品中典故的出处注释确切、讲解清楚？俞说："查典故出处首先要求读熟作品。比如注唐诗，最好唐以前的书你都能熟读。但这显然不可能。那么，至少你必须把所要注的那个作品读熟。然后你只要遇到有关材料，立即会想到那篇作品，从而可以随时随地加以搜辑，自然就得心应手了。"吴说，从此，他遵从俞的教导，"每当我想搞通某一篇作品时，便首先把它记熟，使之寝馈在念；然后再去广泛搜辑资料，庶几一触即发"。

◇ 吴小如说他写学术论文或读书札记，只抱定两种宗旨：一是没有自己的一得之见决不下笔。哪怕这一看法只与前人相去一间，却毕竟是自己的点滴心得，而非人云亦云的炒冷饭。否则宁缺毋滥，决不凑数或凑趣。二是一定抱着老老实实的态度，不哗众取宠，不看风使舵，不稗贩前人旧说，不偷懒用第二手材料。

◇ 吴小如说："文章写成，不仅要言之成理，首先须持之有故。要自信，却不可自命不凡；要虚心，却不该心虚胆怯，因为只有昧着良心写文章的人会心虚胆怯的。"

◇ 王力说：撰写论文最重要的一点，就是要运用逻辑思维。如果没有科学的头脑，就写不出科学论文。所谓科学头脑，也就是逻辑的头脑。科研有两个条件，一个条件是时间，一个条件是分析能力。没有时间就没法充分占有材料。要有分析能力就要有科学的头脑，逻辑的头脑。逻辑上讲两种科学方法，一个是从一般到特殊的演绎，一个是从特殊到一般的归纳。搞科研，要先用归纳，再用演绎，不能反过来，反过来就坏了。比如逻辑上的三段论法，大前提、小前提、结论。"凡人皆有死，你是人，你也有死。"这是演绎法，从大前提推出结论。结论对不对，关键在于大前提对不对，主要是"凡"字。"凡"是归纳出来的，我们做研究工作，就是要研究这个"凡"。怎么研究呢？就是从大量具体的材料中去归纳，从个别到一般，结论是在归纳的末尾，而不是在它的开头。分析则要以归纳为基础的，如果没有归纳就做分析，那么结论常常是错误的。凡是先立结论，然后去找例证，往往都靠不住。因为你往往是主观的，找一些为你所用的例证，不为你所用就不要，那自然就错误了。归纳的重要也就证明充分占有材料的重要。因为归纳是从个别到一般，个别的东西越多，越能证明你的结论是可靠的。也会有例外，例外少倒不怕，多了就不行。例外多了，你的结论就得推翻。

◇ 陈衡哲不仅是有名的历史学家，而且还是新文化运动时期的一位重要女作家。胡适曾说，陈"身上每一个细胞都充满着文艺气息"。陈在《小雨点》自序中曾谈及她创作的原因说："我既不是文学家，更不是什么小说家，我的小说不过是一种内心冲动的产品。它们既没有师承，也没有派别，它们是不中文学家的规矩绳墨的。它们存在的唯一理由，是真诚，是人类感情的共同与至诚。"又说："我每作一篇小说，必是由于内心的被扰。那时我的心中，好像有无数不能自己表现的人物，在那里硬逼软求的，要我替他们说话。他们或是小孩子，或是已死的人，或是程度甚低的苦人，或是我们所目为没有知识的万物，或是蕴苦含痛而不肯自己说话的人。他们的种类虽多，性质虽杂，但他们的喜怒哀乐却都是十分诚恳的。他们求我，迫我，搅扰我，使得我寝食不安，必待我把他们的志意情感，一一地表达出来之后，才让我恢复自由！他们是我作小说的唯一动机。他们来时，我一月可作数篇，他们若不来，我可以三年不写只字。这个搅扰我的势力，便是我所说的人类情感的共同与至诚。"

◇ 1938 年 8 月，翦伯赞的名著《历史哲学教程》一书出版。翦在序言中述及其撰写此书的原因是："在这样一个伟大的历史变革时代，我们绝没有闲情逸致埋头于经院式的历史理论之玩弄；恰恰相反，在我的主观上，这本书，正是为了配合这一伟大斗争的现实行动而写的。"

◇ 冯至是德国文学专家。冯在西南联大时便着手翻译并注释《歌德年谱》。他曾讲过当时的情景：每天下午进城去昆明，第二天下课后再上山，背包里装的只有两种东西：一是在菜市上买的菜蔬，一是几本沉甸甸的《歌德全集》，只要有时间他就阅读歌德著作。他说，后来他能够发表一些有关歌德的论文，是与那时的努力分不开的。

◇ 1957年，张岱年虽然处境异常困难，但并没有灰心丧气，而是争取在困境中寻找做点与学术相关的事。张的爱子张尊超回忆说："当'右派'后，不让父亲教学，做史料工作，同时却被要求写教材，还要'试讲'以'接受审查'，他孜孜不倦地准备教案、写出讲稿，认真地为别人'试讲'。看他熬夜写教材，母亲很不平，对他说，又不让你上课，写出教材也不让署你的名字，你这是何苦呢？父亲说，我不要名，就是想把这个事情做好了，这是我的责任。"

◇ 20世纪50年代国内展开美学问题讨论的时候，朱光潜曾表示决心要学马列主义，有人却讽刺说："朱某某不配学马列主义！"这句话强烈地激发了朱的自尊心，他暗地里答复说：我就学给你看看！在此后的几十年里，朱以极其严肃认真的态度钻研马列主义的经典著作，持续推出高水平的著作，学术境界由此再上新台阶。叶朗评价说："这是很了不起的。一个人，如果没有这种追求真理的精神，如果没有这种追求真理的勇气，还搞什么学问呢？说到底，这也就是朱先生说的人生态度问题：'是敷敷衍衍、蝇营狗苟地混过一生呢？还是下定决心，做一点有益于人类文化的工作呢？'这两种人生态度是根本不同的。"

◇ 朱光潜的家人曾在"文化大革命"期间劝其"放弃"学术事业。朱回答说："有些东西现在看起来没有用，但是将来用得着，搞学术研究总还是有用的。我要趁自己能干的时候干出来。我不搞就没有人搞了。"晚年的朱不顾年高体衰，仍然潜心学术，勤于笔耕，视著述为生命。他经常对人说："我虽然老了，可是要做的事情很多，必须抓紧时间一件一件完成。"1981 年，他在上海出版的《美学文集》作者说明中写道："'春蚕到死丝方尽'，……只要我还在世一日，就要'吐丝'一日，但愿我吐的丝凑上旁人吐的丝，能替人间增加哪怕一丝丝的温暖，使春意更浓也好。"1982 年，朱 82 岁，对采访他的记者说："我老了，写文章有点困难，但翻译一些资料，为后人的研究做些准备工作还是可以的。"

◇ 从 1980 年春到 1983 年底，朱光潜倾其暮年之力，完成了他的最后一部翻译巨著——意大利哲学家维柯的《新科学》。书稿完成时，他的体重只剩 35 公斤，很快就病倒了。在三年的翻译过程中，朱每天从早上 8 点到下午 5 点，除了吃中饭，他不离书桌不下楼。夫人和女儿嗔怪他："简直着了维柯的魔了！"朱的小外孙说得更形象："和外公讲什么他都听不见，一讲维柯，他就活了！"

◇ 朱德熙说："真正潜心学术的人，是要把生命放进去的。"朱的朋友李荣说："德熙的文章是用血写出来的……"

◇ 周祖谟在北大的大学毕业论文是《〈篆隶万象名义〉中之原本〈玉篇〉音系》，利用前人没有使用过的资料，进行声韵部类离析，一个音一个音地作，光卡片就写了两万多张。周在北大任教后，一再教导学生：写文章，一定要具体，具体，再具体！资料要求齐备又齐备，真实再真实。晚年时，常对某些博士论文和博士后研究方向深表不满，认为往往"大，空，不能脚踏实地"。

◇ 邓广铭一生中的许多著作都经过反复再三的修改、增订乃至彻底改写。其中《辛稼轩年谱》改写过一次，《岳飞传》改写过两次，《王安石》先后修订和改写了三次，《稼轩词编年笺注》也修改、增订过两次，在 1993 年出版最后一个增订本之后，他又着手进行新的修改，改动百余处。一部《稼轩词编年笺注》从 1937 年开始撰著到 1997 年临终前仍在修改订补，创作历程达 60 年之久。晚年时期，邓准备在有生之年把《岳飞传》《陈亮传》《王安石》《辛弃疾传》等四部宋人传记全部再改写一遍。在他去世前一年，河北教育出版社准备为他出版全集，他坚持要等他把几部传记重新改写完毕以后才能收入全集。1997 年，他在致河北教育出版社编审张惠芝的信中说："《岳飞传》《陈亮传》《辛稼轩传》，我要新改的幅度都比较大。贵社计划把几传原样重印，我认为不可行。我一生治学，没有当今时贤的高深造诣，使 20 年代的著作可以在 90 年代一字不变的重印。我每有新的见解，就写成新书，推翻旧书。"邓的学生刘浦江评价说："在他看来，把自己几十年前的旧作原封不动地重印出来，简直就是一件罪过。这就是邓先生至死不渝的学术态度：决不苟且。"

◇ 邓广铭为文一向谨严，字斟句酌，所以他从来不愿别人改动他的文稿，更不能容忍由于某种"违碍"的原因而删改文字。他常对出版社或报刊的编辑提出这样的要求："可以提出修改意见，也可以全稿废弃不用；但希望不要在字里行间，作一字的增删。"1996 年，邓为《台大历史学报》写了一篇《怀念我的恩师傅斯年先生》，其中谈到傅斯年去台湾后曾托人给他捎来口信，要把留在北平的藏书全部赠送给他，文中有一段注说："此乃因傅先生昧于大陆情况之故，当时他已成一个被声讨的人物，其遗存物只应被公家没收，他本人已无权提出处理意见了。"后来中国青年出版社在将这篇文章收入《邓广铭学术文化随笔》一书时，提出要把这段文字删去，邓当即表示："如果删去这段话，我这本书就不出了！"

◇ 田余庆一生潜心于史学研究，落笔为文，不求数量，但求质量，每篇文章都精益求精，反复打磨，每本论著都堪称史学界的经典力作，影响甚远。《东晋门阀政治》正是他"十年磨一剑"的成果，从 20 世纪 70 年代末开始写作，经过精雕细琢的分析，逐字逐句的修改，直到 80 年代末才完成了这部学术佳作。他说自己秉持的著述理念，就是"求实创新"："华而不实之作，无独立见解之作，无思想内容之作，趋俗猎奇之作，我都不去考虑。"

◇ 1991年，田余庆在其代表作《秦汉魏晋史探微》的前言中写道："十年来每有所思所作，总不免晚学之憾。但是自知之明和学有所守的体会却日渐增长。"而后，他引钱锺书在《围城》再版前言中的话，说他非常赞赏钱的"宁恨毋悔"的论学之语，即要想写作而没有可能，那只会有遗恨；有条件写而写出来的不是东西，那就要后悔了，而后悔的味道不好受。田说："我知道学科有不同，学识有高下，不能一概而言，强比前人。不过宁恨毋悔的论学之语有如当代《世说》，读来浓郁沁心，极堪回味，我愿以为圭臬。""另外，我还有一个关键'学有所守'，是想避免曲学和滥作，守住科学良心，这是我的愿望。"

◇ 经济学家赵乃抟主要从事经济思想史的研究，曾历二十余年，撰成《披沙录》一书。赵在自传中谈及著述此书的因缘："二十余年来，在批阅我国数以万卷计的汗牛充栋的古籍，对于其中凡是对经济思想史有参考价值的资料，或抄录全文，或摘录有关段落，或扼要加以介绍，或作出索引，编成研究中国经济思想史的大型资料工具书。我将此书起名《披沙录》，取其批阅万卷、沙里淘金的意思。"此书达数百万言，工程极为浩繁，故赵晚年曾颇为自豪地说："自笑漫谈经济策，不将心事付烟霞。"

◇ 许宝騄治学严谨，每撰一文都要反复修改，确定有价值后才肯发表。他常说："一篇文章不是在他发表的时候得到了承认，而是在后来不断被人引用的时候才得到证实。"还说："我不希望自己的文章登在有名的杂志上因而出了名。我希望一本杂志因为刊登了我的文章而出名。"

◇ 傅鹰曾在《化学热力学导论》的序言阐述他的编书之道："编写课本既非创作，自不得不借助于前人，编者只在安排取舍之间略抒己见而已。编写此书时曾参考……诸家著作。移植仿效在在皆是。但编书如造园，一池一阁在拙政园恰到好处，移至狮子林可能即只堪刺目；一节一例在甲书可引人入胜，移至乙书可能即味同嚼蜡。若此书中偶有可取，主要应归功于上列诸家；若有错误，点金成铁之咎责在编者。"

◇ 傅鹰经常告诫年轻教师："写教材一不要为名，二不是逐利，唯为教学和他人参考之用，切记认真，马虎不得。"他还曾公开表示："编著者任务之一是为激起读者深入钻研之愿望和引起读者之不满。"他认为："若无不满之感，何必钻研，更何必深入钻研？因此若一书只述成就而无问题，使青年读后有大局已定、从此英雄用武无地之错觉，则即使逻辑谨严、条理清楚，编著似尚未尽责也。"

◇ 中华人民共和国成立初期，侯仁之白天的课程、会议、社会活动总是排得很满，只能挤时间写作。他经常是在夜深人静时，坐在燕南园61号楼道角落的一张小枣木桌前，笔耕到午夜或凌晨才搁笔。70岁以后，他更以"不待扬鞭自奋蹄"自勉，每天清晨三四点就起床工作，到中午时分，他会说："我已经工作了八小时了。"

◇ 季羡林生前住在北大朗润园，数十年如一日，每天清晨4点就起床读书撰文。有人说他是闻鸡起舞，是北大的一道独特的图景。他则戏称："不是我闻鸡起舞，是鸡闻我起舞。"90岁以后，为了完成自己的著述大业，每天更是提前到3点起床。他经常对别人说："每天一到3点，就好像有根鞭子抽着让我飞起来干活不可。"

◇ "文化大革命"中，季羡林被命令看楼门，守电话。为了消磨时光，他开始着手翻译印度两大史诗之一的梵文《罗摩衍那》。他晚上把梵文译成汉文散文，写成小纸条装在口袋里，白天守楼时，脑子不停止思考，把散文改为有韵的诗。季后来说，如果没有"文化大革命"，如果当时没有成为"不可接触者"，他绝对不可能翻译出8卷本、250万字的《罗摩衍那》。《罗摩衍那》出版时，季在译后记中说："我现在恨不能每天有48小时，好来进行预期要做的工作。……我现在不敢放松一分一秒。如果稍有放松，静夜自思就感受到十分痛苦，好像犯了什么罪，好像在慢性自杀。"

◇ 季羡林晚年以血泪之笔撰成《牛棚杂忆》一书。他说："这是我毕生的最大幸福，是我留给后代的最佳礼品。愿它带着我的祝福走向人间吧。他带去的不是仇恨和报复，而是一面镜子，从中可以照见恶和善、丑和美，照见绝望和希望。他带去的是我对我们伟大祖国和人民的一片赤诚。"

◇ 1987年，严绍璗出版了《中日古代文学关系史稿》一书，在国内外学界很受好评。1988年，严申请破格提升教授，其师周一良在审定此书时说："这本书确实是20世纪第一本较为系统地研讨中国和日本文学关系的著作，其价值是无可疑的。但是，书中有4处在引文的时候，出现'其曰'，应该为'其文曰'；作为一个中文系的教授，如果不能把握'其'作为代词的用法，我觉得是不合规范的。"当年严评教授落选。后来他说，周先生的批评，于细微之处表现出对知识的高度尊重，一个人文学者，虽然是洋洋大观，高谈阔论，但是如果你连读书识字都还成问题，北大的教授是不能这样的！面对这样的批评，严只有反躬自问，心服口服。

◇ 任继愈说："老年人（指老辈学者，离退休教师等）做什么？整理资料，为若干年后自己的学生在文化大进步的高潮中少走弯路，有依据，有创新，有超越。""文化建设，首先要有文化的积累。现在的青年人读古书已经有些吃力了，也不知道去哪里找。后人再作古籍整理，肯定要比我们花费更多功夫。在这方面，我们这一辈人还有一些优势。我们多做一些工作，后人就能省些事。"

◇ 肖东发教授诸生著述之法云：围绕一问题，稳扎稳打，深入探研，先成文章，后成专著，久久自有成绩。一言以蔽之："文章成系列，著作集大成。"

◇ 许渊冲以古稀之年参与翻译普鲁斯特的巨著《追忆似水年华》，独自翻译了福楼拜的《包法利夫人》，司汤达的《红与黑》，到78岁时还出版了罗曼·罗兰篇幅浩繁的长篇巨著《约翰·克利斯托夫》。年过九旬的他，每天仍然工作到凌晨三四点，坚持翻译莎士比亚，他定的计划是，到100岁时把莎士比亚翻译完。2017 年在中央电视台播出的朗读者节目中，当主持人董卿告诉在座的观众他的工作状态时，许风趣地告诉董卿和观众，这是"从夜里偷点时间"，并随手拈来朗诵英国诗人托马斯·摩尔的诗句："And the best of all ways / To lengthen our days / Is to steal a few hours from the night."（要延长我们的白天，最好的办法，就是从晚上偷几个小时。）他还有一句名言："生命不是你活了多少日子，而是你记住了多少日子。要让你过的每一天，都值得记忆。"

◇ 陶渊明是袁行霈终生治学聚焦的一个"点"，他耗费 20 多年的心血，完成了《陶渊明集笺注》与《陶渊明研究》这两部"集大成之作"。他说："从目录、版本、校勘、笺注，到生平的考订、史实的考证，艺术的分析，可以说把我各方面的知识储备都用上了。我的努力已不限于性情的陶冶，而是把学术研究的各种努力都集中在这一个点上了。学术研究必须选择一个点，这个点最好能纵横交错，四通八达。好像使用激光一样，把所有的能量都释放在这一个点上，以求重点突破，带动一般。"

论学第十五

在很多中国学人看来，吾侪所学关天意，学术乃天下万世之公理，与世道人心、社会发展、社稷苍生关系甚大。学术盛衰，关涉国运民生，诚非虚言。传统治学之人，向来习惯以天下社稷为己任，体现出鲜明的负责与担当意识。现代大学体制兴起以后，治学已成学者的职业工作，在此情势下，旧有的优良传统如何继承并发扬，已成普遍问题。当今大学之中，从事学术之人在在皆是，然而能真正悟得学问真理，得其中三昧者，又有几人？当下大学学风，多有不尽如人意处，让人慨叹不已。其实本书各章内容均系学问之事，本章集中收录诸位大师的论学之语，诚望先生谆谆之言，能发令人警悚奋起之意。作为补充，我们还认为，从大纲上来讲，古往今来，谈论学问最到位、最让人敬佩又最可遵循者，当属两位先贤之论：一是西汉学者辕固所言"务正学以言，无曲学以阿世"；二是近人蔡元培先生所提倡的"思想自由，兼容并包"之论。

◇ 孙家鼐说："学问乃天下万世之公理，必不可以一家之学，而范围天下。"

◇ 严复说，要使中华文化有新发展，就必须"阔视远步，统新故而视其通，包中外而计其全，而后得之"。

◇ 蔡元培认为："学与术可分为二个名词，学为学理，术为应用。""学必借术以应用，术必以学为基本，两者并进始可。"

◇ 蔡元培有治学四决：宏、约、深、美。"宏"指知识结构要博大宏伟，兼收并蓄，了解邻近各个知识领域之间的内在联系，加以贯通，以打下坚实基础。"约"是指一个人的生命有限，时间宝贵。当基础打好以后，就当由博趋约，从十八般兵器中选择一两件最合手的，否则精力分散，顾此失彼，势必一事无成。"深"是指精通、发展、创造。在约的前提下重点突破、究本穷源，自然会发现新的境地。"美"是治学的理想境界。唯有付出巨大的劳动，才有可能进入这种境界。

◇ 1925年，蔡尚思只身来到北京，在北京大学自由听课，后考入北京大学研究所国学门哲学组，得到诸多名师的指点，其中陈垣是他最多接谈的导师之一。据蔡回忆，陈治学，推崇在广博基础上的专精，提倡专题深入的研究方法，曾亲口对蔡说："像胡适的《中国哲学史大纲》之类的名著，很像报章杂志，盛行一时，不会传之永久。"陈还写信指导蔡："思想史、文化史等颇空泛而弘廓，不成一专门学问。为足下自身计，……似尚须缩短战线，专精一二类或一二朝代，方足以动国际而垂久远。"

◇ 陈垣治学，强调师生朋友之间应有切磋琢磨之功，以收相得益彰之效。曾言：凡是精通其本行业务的"通人"，都应该受到尊重。旧时书店从业人员中便有不少专家，如琉璃厂通学斋经理孙殿起，精通版本目录之学，熟谙明清掌故，可谓"通人"。他说自己遇到问题，常求教于孙殿起先生，并得到圆满的解答。

◇ 陈垣历来重视学术研究中的资料工作。中华人民共和国成立后，他在一次会议上说："学术理论研究是为人民服务，资料工作也是为人民服务，没有高低贵贱之分。依我看，理论是作战方针，资料好比弹药。只有弹药，作战方针错误，打枪没有方向，固然不能取胜；但如果只有正确的方针指导，而枪炮里没有弹药，只放空炮，作战也难以取得胜利。"

◇ 熊十力说："为学，苦事也，亦乐事也。"他在《读经示要》中写有两句话："做人不易，为学实难。"他在学术思想的创发性上，特别强调"自得""体悟""我就是我"，决不依傍门户，对各家各派均有所取，亦有所破。他说："凡人心思，若为世俗肤浅知识及腐烂论调所笼罩，其思路必无从启发，眼光必无由高尚，胸襟必无得开拓，生活必无有根据，气魄必不得宏壮，人格必不得扩大。"

◇ 熊十力主张："凡有志根本学术者，当有孤往精神。"他解释说："人谓我孤冷。吾以为人不孤冷到极度，不堪与世谐和。"他对于中国学人缺乏"孤往精神"感到十分遗憾："中国学人有一至不良的习惯，对于学术，根本没有抉择一己所愿学的东西，因之于其所学，无有不顾天不顾地而埋头苦干的精神，亦无有甘受世间冷落寂寞而沛然自足于中的生趣。如此，而欲其于学术有所创辟，此比孟子所谓缘木求鱼及挟泰山超北海之类，殆又难之又难。"

◇ 1949年12月，熊十力的《十力语要初续》在香港出版。书中云："吾国人今日所急需要者：思想独立，学术独立，精神独立，一切依自不依他，高视阔步，而游乎广天博地之间，空诸依傍，自诚自明。以此自树，将为世界文化开发新生命，岂唯自救而已哉？"

◇ 熊十力说："大凡为学之功，缓急并用。急者，谓有时须强探力索，如猎人之有所房掠，势甚紧张。否则思力不强，未足深入理窟也。缓者，吾所谓天游，将一向见闻知解悉令放下，胸中毫无留系，自尔神思焕发。此不唯哲学家应有之境，如有远大之规模，重要之发现，亦非有此境不可。"

◇ 黄侃治学，把学术视为救国家、匡民心的手段。他说："人类一切学问，当以正德、利用、厚生为三德。""今日国家，第一当保全匡郭；今日学术，第一当保全本来。"作为学者，"现今自救救人之法，曰刻苦为人，殷勤传学"。

◇ 黄侃治学注重务实，不尚空论。其论中国学术云："中国学问，无论六艺九流有三条件：一曰言实不言名，一曰言有不言无，一曰言生不言死。故各家皆务为治，而无空言之学。"他还经常引用顾炎武的话教导学生：著书"必古人之所未及就，后世之所不可无"。

◇ 黄侃论学问之道曰："学问之道有五：一曰不欺人；二曰不知者不道；三曰不背所本；四曰为后世负责；五曰不窃。"又云："治学第一当恪守师承，第二当博学多闻，第三当谨于言语。"

◇ 黄侃论学术云："学术二字应解为'术由师授，学自己成'。"又云："凡古今名人学术之成，皆由辛苦，鲜由天才；其成就早者，不走错路而已。""学问最高者，语言最简。"

◇ 黄侃言初学之病有四：一曰急于求解，一曰急于著书，一曰不能阙疑，一曰不能服善。

◇ 黄侃论成才云："通一经一史，文成一体，亦可以为成人矣。"

◇ 黄侃治学严谨，刻苦研求，常对人说："学问须从困苦中来，徒恃智慧无益也。"并称："治学如临战阵，迎敌奋攻，岂有休时！所谓扎硬寨、打死仗，乃其正途。"他常以王安石的诗句"莫将有限胜无穷"自警，认为"唯做学问，却应将有限胜无穷"。

◇ 蒋梦麟主张"西学为体，中学为用"，在一次公开演讲中，他说，将来"有三件重要的事，很应当注意的"：第一，对于西洋的文化，"用全力去注意它"；第二件重要的事就是整理国学；"第三件要务就是注重自然科学。这是为文化运动扎根的工作。无论是文科的，法科的，理科的，都应着实的注意自然科学。"

◇ 蒋梦麟说："学术者，一国精神之所寄。学术衰，则精神怠；精神怠，则文明进步失主动力矣。故学术者，社会进化之基础也。"又说："对于金钱不忠实，不可以为商。对于行为不忠实，不可以为人。对于知识不忠实，其可以言学术乎？"因此，"欲求学术之发达，必先养成知识的忠实"。

◇ 胡适的治学四要诀为"勤、谨、和、缓"。"勤"是眼勤、手勤，勤求资料，勤求事实，勤求证据。"谨"是一丝一毫不苟且，不潦草，举一例，立一证，下一结论，都不苟且。"和"是心平气和，平心静气，虚心体察。平心考察一切不合理的事实和证据，抛开成见，服从证据，舍己从人。"缓"是从容研究，不急于下结论。证据不充分时，姑且悬而不断。

◇ 1925年，胡适著文谈"读书"，指出"精"和"博"是读书两个要素，两者须相辅相行。"务精者每失之隘，务博者每失之浅，其失一也。"他将这个看法编成两句口号："为学要如金字塔，要能广大要能高。"在他眼中，理想的学者，既能博大，又能精深。"博大要几乎无所不知，精深要几乎唯他独尊，无人能及。"

◇ 胡适对学术论文有其见解，他曾对台湾大学某学生说，不要奢望轻易找到难题的答案。他说："要小题大做，千万不要大题小做。"

◇ 胡适说他的"大胆假设，小心求证"的治学方法，是在哥伦比亚大学读书时翻阅《大英百科全书》偶然发现的。

◇ 胡适在1930年到北京大学之前，写有一条幅："做学问要在不疑处有疑；待人要在有疑处不疑。"

◇ 胡适晚年对人说："做学问切不可动感情，一动感情，只看见人家的错，就看不见自己的错处。"

◇ 胡适说他很少有紧张、忧虑的时候,"不过遇到烦心的事情,就坐下来做些小考证。做些小考证,等于人家去打牌,什么都忘了,可以解除烦恼。"

◇ 1919年8月16日,胡适就"整理国故"的问题答毛子水说:"我们把国故整理起来,世界的学术界亦许得着一点益处,不过一定是没有多大的。……世界所有的学术,比国故更有用的有许多,比国故更要紧的亦有许多。我以为我们做学问不当先存这个狭义的功利观念。做学问的人当看自己性之所近,拣选所要做的学问,拣定之后,当存一个'为真理而求真理'的态度。研究学术史的人更当用'为真理而求真理'的标准去批评各家的学术。"

◇ 胡适说:"学问是平等的。发现一个字的古义,与发现一颗恒星,都是一大功绩。"

◇ 顾颉刚说:"一个学者如果不能以天下为己任,学问再好,名气再响又有什么意义呢?"

◇ 存疑是顾颉刚治学的一大特点,他说:"对待书籍亦要留心:千万不要上古人的当,被作者瞒过;须要自己放出眼光来,敢想,敢疑。""一个人的进步,根本在这个人有疑惑的性情。"

◇ 顾颉刚回忆他青年时代对学术的认识时说:"当我初下'学'的界说的时候,以为它是指导人生的。'学了没有用,那么费了气力去学为的是什么!'普通人都这样想,我也这样想。但经过了长期的考虑,始感到学的范围原比人生的范围大得多,如果我们要求真知,我们便不能不离开了人生的约束而前进。所以在应用上虽是该作有用与无用的区别,但在学问上则只该问真不真,不当问用不用。应用只是学问的自然的结果,而不是着手做学问时的目的。"这一认识上的觉悟被顾称为"生命中最可纪念的",因为它是"学问上有所建树"的"根源"。晚年作《顾刚自传》时,顾颉刚先生又说:"我的唯一目的是研究学问。"

◇ 顾颉刚说:"不做学问则已,如其要做学问,便应当从最小的地方做起。"学者的本分就像农夫和土工一样,须"一粒一粒地播种,一篑一篑地畚土"。又说:"我知道学问是一点一滴积起来的,一步不走便一步不到,决没有顿悟的奇迹,所以肯用我的全力在细磨的工夫上,毫不存侥幸取巧之心。"他还说:"我以为一种学问的完成,有待于长期的研究,决不能轻易便捷像民意测验及学生的考试答案一样。"

◇ 顾颉刚说:"学者本是做苦工的人而不是享受的人,只要有问题发生,便是学者工作的区域;这种工作虽可自由取舍,但不应用功利的眼光去定问题的取舍,更不应因其困难复杂而贪懒不干。"又说:"我们处于今日,只有做苦工的义务而没有吃现成饭的权利。"反之,须人人抱"宁可劳而不获,不可不劳而获"之心,而后乃有真学术可言。

◇ 顾颉刚曾对蔡尚思说:"一个学者决不应当处处都以传统的是非为是非,做学问是不好专看人们的面色的,看人们的面色来做学问,学问总不可能做好的,总不是真学问的。"

◇ 汤用彤主张学术与政治保持一定的距离,他曾多次对学生说:"一种哲学被统治者赏识了,可以风行一时,可就没有学术价值了。还是那些自甘寂寞的人做出了贡献,对后人有影响。至少,看中国史,历代都是如此。"

◇ 1936年,朱偰的《中国租税问题》一书由商务印书馆出版,朱在此书的自序中说:"本书一方面既不偏袒政府,为之文过饰非,如官方种种报告所为;他方面亦绝不偏袒任何特殊阶级之利益,为之辩护。此固学术界应有之立场,学术界自应有其特立独行济世救民不偏不倚之精神。学术著作之可贵，端在乎此。作者处世超然，无私人利害关系杂乎其间，既不闻风附和，人云亦云；亦不谀附权势，欺人欺己。"

◇ 傅斯年认为收集史料是历史研究的最重要的基础。他认为："凡一种学问能扩张他所研究的材料便进步，不能的便退步。"他甚至直截了当地说："史学便是史料学。"他认为史学家的责任就是"上穷碧落下黄泉，动手动脚找东西"。他说："我们反对疏通，我们只是要把材料整理好，则事实自然显明了。一分材料出一分货，十分材料出十分货，没有材料便不出货。"

◇ 傅斯年坚决反对以伦理道德或政治等理由歪曲、粉饰历史。1928 年 5 月，他说："对青年是不应该欺骗的，治史学是绝不当说谎的。""把些传统的或自造的'仁义礼智'和其他主观，同历史学和语言学混在一气的人，绝对不是我们的同志！"

◇ 郑天挺认为，治史学应该做到"深、广、新、严、通"五个字。深：包括事实，多问几个为什么，深入追下去。广：要求详细占有材料，还要广泛联系。新：要求不断提出新资料、新问题、新见解，核实新资料，解决新问题，证明新见解。严：要严格，不虚构，不附会，要事事有来历，处处有交代，要说清楚，不回避问题。通：找出规律，前后一贯。

◇ 钱穆将学问分为"为人之学"和"为己之学"两种："大抵为人之学，必求炫耀，必求迎合，必求卖弄，必求趋奉。读者心理的尊严，不在所读书中指真理，而在外面的时逢众势，或是某些有力者之影响。因此读者对其书本的态度，常易陷于轻率而且傲慢，其为学必为浅尝，必求速成，必喜标新立异，必务独创己见。""为己之学，则由自己性情所爱好及自己环境所刺激而感发，……因此他心上的尊严，不在外面世俗上，而在他所追求的真理上。这样的读者，其开始一定沉潜，不喜炫耀，不务卖弄而刚毅，不求迎合，不乐趋奉。……确乎有所自得，不为时风势所摇，不为一二有力者所束缚驰骤而可以贡献于社会。"

◇ 毛子水认为：研究科学，需要四种基本的能力：一是勤，二是谨，三是推理的能力（指归纳、演绎、综合、分析等方法而言），四是玄想的能力。

◇ 毛子水主张做学问当有"科学的精神"。他说："'科学的精神'这个名词，包含许多意义，大旨就是前人所说的'求是'。凡立一说，须有证据，证据完备，才可以下判断。对于一种事实，有严格精确的、公平的解析；不盲从他人的说话，不固守自己的意思，择善而从。这都是'科学的精神'。"

◇ 梁漱溟在《自学小史》中说："像我这样，以一个中学生而后来任大学讲席者，固然多半出于自学。……我们相信，任何一个人的学问成就，都是出于自学。学校教育不过给学生开一个端，使他更容易自学而已。"他还说："人生经历即是真学问，远胜理想空谈也。"

◇ 梁漱溟说，所谓学问，就是对问题说得出道理，有自己的想法。他结合自己的经历认为，做学问须经八层境界：（1）形成主见；（2）发现不能解释的事情；（3）融会贯通；（4）知不足；（5）以简御繁；（6）运用自如；（7）一览众山小；（8）通透。

◇ 贺麟说："一个没有学问的民族，是要被别的民族轻视的。"

◇ 贺麟说："我们必须先要承认，学术在本质上必然是独立的，自由的，不能独立自由的学术，根本上不算是学术。学术是一个自主的王国，它有它的大经大法，它有它神圣的使命，它有它特殊的广大范围和领域，别人不能侵犯。每门学术都有它的负荷者或代表人物，这一些人，一个个都抱鞠躬尽瘁，死而后已的态度，忠于其职，贡献其心血，以保持学术的独立自由和尊严。在必要时，牺牲性命，亦所不惜。因为一个学者争取学术自由独立的尊严，同时也就是争取他自己人格的自由独立和尊严，假如一种学术，只是政治的工具，文明的粉饰，或者为经济所左右，完全为被动的产物，那么这一种学术，就不是真正的学术。"

◇ 范文澜在对学生的教诲中，最主要的有两条：一条是坐冷板凳，即研究学问要持之以恒，抓住一个题目，韧性地搞它十年二十年；另一条是不要说空话，要言之有物，研究历史要有充分的可靠的材料作根据，即他后来提倡的反对放空炮。他把这副对联作为座右铭，用以激励自己："板凳要坐十年冷，文章不写一句空。"

◇ 范文澜主张读书治学要做到"天圆地方"。"天"指头脑，"天圆"是指要有灵活的头脑，在读书治学中要能灵活运用头脑，勤于思考，善于思考。如果头脑是"方"的，就呆板了，不会思考问题了。"地"指屁股，屁股'方'才坐得下来，才能埋头苦干，潜心于读书和科研工作，如果'圆'，就滑了，坐不住了。"地方"其实就是指钻研的精神。范曾说过："读书做学问要强调一个'坚'字，'坚'就是对做学问有坚定的信心，坚持的耐心，坚强的毅力。方针决定以后，认真做下去，要有不知老之将至的精神。"一个人如果缺乏这两个条件，将"天圆"和"地方"倒过来，变成"天方地圆"，就会一事无成。

◇ 罗常培教导学生如何作研究："教书要深入浅出，作研究要小题大做。大纲、概论、通史、述评只能指示门径，研究则不能以此为根据。"他说："一个有系统的研究，第一要有问题——问题的产生或由观察精确引起，或从读书而来。第二要有见解——有了问题就该搜集材料，相当数量的事实和材料是一切研究的基础。材料的聚集和剖析需要功力，材料的组织和融会贯通需要理解。而科学的精诣就在于研究者要有一点有价值的意见。第三得有证据——假说能否变成通则，就看证据充分不充分。一个严正的研究者得要有'有几分证据说几分话'的态度。第四得有结论，单有材料而没有意见就会流于破碎；单有意见而无证据就会流于空疏；从材料提出假设，把证据证成通则，自然而然就得出顺理成章的结论来。一个研究工作者没有果断、确切的结论，那就像画龙没点睛，做衣服没装领子一样。这样，对研究工作的性质、步骤和方法，就了如指掌了。"

◇ 冯友兰说，经过"文化大革命"的折腾，他"得到了一些教训，增长了一些知识，也可以说，在生活工作和斗争中学了一点马克思主义的立场、观点和方法。路要自己走的，道理是要自己认识的。学术上的结论是要靠自己的研究得来的。一个学术工作者，应该是写的就是他所想的，不是从什么地方抄来的，不是人依傍什么样本摹画来的"。

◇ 冯友兰认为，哲学研究有"照着讲"和"接着讲"的区别。哲学史家是"照着讲"，哲学家不能仅限于"照着讲"，他要反映新的时代精神，要有所发展、有所创新，这就叫作"接着讲"。叶朗进一步阐述说，"接着讲"是发展，是扬弃，是飞跃。对人文学科来说，"接着讲"才可能有原创性。当然，"接着讲"，还要思想解放，要敢于突破旧说，才能有原创性。思想解放我们天天说，但真正思想解放，敢于突破旧说，并不容易，这需要理论勇气。

◇ 冯友兰说："历史学家研究一个历史问题，在史料方面要作四步工作，每一步工作都必须合乎科学的要求。第一步的工作是收集史料，这一步工作的要求是'全'。第二步的工作是审查史料，这一步工作的要求是'真'。第三步的工作是了解史料，这一步工作的要求是'透'。第四步的工作是运用史料，这一步工作的要求是'活'。"

◇ 傅振伦说："整理古籍或从事科研，当先以有用之学为主。我写《孙膑兵法译注》不仅以其有裨军事，亦以其有助于经济、政治、外交等方面。我研究瓷器史，不仅阐述祖国灿烂的文化艺术，同样有关实业与民生。我研究方志，因为方志可以存史料、资治道，有裨实用，且可宣扬爱乡爱国教育。科技是第一生产力，所以也从事研究祖国古代科技。"

◇ 吴组缃经常告诫后生晚辈："治学问首先要讲节操，要有骨气，应当勇于面对现实，坚持真理。"

◇ 金克木论治学云："热爱是最好的老师，成果是最好的太老师，不得不干是最好的祖师爷。"

◇ 朱光潜说："别的事都可以学时髦，唯有读书做学问不能学时髦。"

◇ 晚年的朱光潜曾写下一首十四行诗，总结他一生的治学经验。诗云：

> 不通一艺莫谈艺，
> 实践实感是真凭。
> 坚持马列第一义，
> 古今中外须贯通。
> 勤钻资料忌空论，
> 放眼世界需外文。
> 博学终须能守约，
> 先打游击后攻城。
> 锲而不舍是诀窍，
> 凡有志者事竟成。
> 老子决不是天下第一，
> 要虚心争鸣接受批评。
> 也不作随风转的墙头草，
> 挺起肩膀端正人品和学风。

◇ 宗白华提倡"自动的思想"和"自动的研究"，这种"思想"和"研究"就是"科学方法的活动研究"，即"走到大自然中，自动的观察，自动的归纳。从这种自由动作中得来的思想，才是创造的思想，才是真实的学问，才是亲切的知识。这是一切学术进步的途径，这是一切天才成功的秘诀"。

◇ 张岱年认为，一切学术的基本方法有三个：一为思与学的统一，二为知与行的统一，三为述与作的统一。遵循这三个方法进行学术研究，就可能取得成果；违反这三个方法，就必定不能取得成果。他说："学是基础，思是在学的基础之上进一步独立思考，以达到前人所未达到的更高境界。""研究学问，应该从实际出发，最后更要以实践加以检验。""述与作的统一即是继承与创新的统一。……创新是学术发展的关键。"

◇ 张岱年说：研究学问时，必须有谦虚的态度，应知自己在知识的海洋中只能涉足于一二小小的角落而已。"因此，研究学问，一方面要能独立思考，不受古往今来任何成说束缚，一方面要有谦虚的态度，承认自己学识寡浅。既要有创新的勇气，又应自视欲然、深感自己的不足。唯其如此，才可能为人类的知识宝库增添一二晶莹的真理颗粒。"

◇ 张岱年说，好的学术论文应该做到持之有故、言之成理、行之有成。"持之有故、言之成理"是学术论文的起码要求。持之有故即有事实的根据；言之成理是条理清楚、观念明确；持之有故的反面是主观武断、违背事实；言之成理的反面是思想混乱、没有条理。真理的标准在于实践，仅仅"持之有故、言之成理"，还不一定正确，必须能够经受实践的检验，即付诸实践，取得预期的效果，简略地说，就是"行之有成"，即有成功的实践效果。他还强调："我们坚决反对狭隘的实用主义，不能把学术探索的领域看得过于窄狭。同时，我们搞学术研究，也要考虑研究的实际效果。脱离实际的空谈，对于社会发展毫无裨益的虚浮议论，都是应该避免的。科学的研究，一定要有益于社会的向前发展。"

◇ 马坚说："做学问，就像烧肉一样：必须先用大火烧开了，才能再用文火慢慢地煨。"

◇ 马坚论教学说:"一个教员就像一口井。要努力挖掘得深些!井越深,水就会积得越多,打水的人才会感到方便。要想让人家提上一桶水,你井中至少必须有十桶水。如果你井中只有一桶水,打水的人恐怕只能喝上点儿泥浆了。"

◇ 游国恩指导学生时,要求认真读原著,方法是参考旧说旧注,一篇一篇读原作,并写出读书札记,呈他审阅。游教导学生说:"老一代背书,次一代翻书,到新一代只是查书了。记忆库里没东西,怎么做学问?"

◇ 据白化文回忆,有一次他侍坐其师周祖谟,周曾对其讲从事学术研究必须做到两点:一是要把该项学术的最基础的几本书一个字一个字地读懂,最好是学着给那几本书作注。此种打基础的工作一定要在年轻力壮时加紧干,终身受益。二是要走在时代的前面,做前人没有做过的工作。所做成果要成为后来人在这方面从学的起点站。

◇ 周一良教导学生,在历史研究中要掌握好六个W。他说:"我在燕京大学念书时,洪煨莲先生给我们讲授研究历史方法,洪先生常说,掌握五个W,就掌握了历史。所谓五个W者,Who(何人)、When(何时)、Where(何地)、What(何事)、How(如何)也。我认为这五个W确实很重要,但我主张要增加一个更大的W——Why(何故)。有了Why这个W,研究才更深入。""只有对于历史事件、历史现象做出解释,说明它为什么如此,讲出一些带有规律性的东西,说出个道理,解答了为什么,才能算真正抓住了历史。"

◇ 在《邓广铭治史丛稿》的自序中,邓广铭在开篇曾引证清人章学诚《文史通义》中的话:"高明者多独断之学,沉潜者尚考索之功,天下之学术,不能不具此二途。"一个学者如果"不能抒一独得之见,标一法外之意，而奄然媚世为乡愿"，那就不足取。邓说自己在治史时，一直是以章氏所规定的几条标准作为追求的目标的。

◇ "文化大革命"以前，邓广铭带着田余庆等人编《光明日报》"史学"专刊，常聚在一起审读稿件。邓说，他选稿的标准是：有史有论才是上乘之作，要细心对待；其次是有史无论，这种稿子有些有用，其中有些可能还有大用；再次是有论无史，其中不少是不花本钱的空洞文章，最不足取。史，是考察之功；论，是独断之学。有史有论，就是指在考索之功基础上获致创见的文章，这才是史学成就的主要方面。

◇ 晚年的田余庆反思自己的学术人生说："这几个年头，是我对自己的学术人生的反思过程，也是认识深化过程。我从自己的经历中深深体会到，学术上不可能不受政治风向的制约，但也不能一刻放弃独立思考。求真务实毕竟是学术的首要条件。自己落笔为文，白纸黑字，要永远对之负责，不能只顾眼前。如果以务实求真为目标，真正做到以我手写我心，错了改正，这样的学术工作才能心安理得，才是为学正道。"

◇ 田余庆说："根据现实的某种需要去歪曲历史，以及与现实妄加比附，这肯定是错误的。就是说，你从你的立场来借用历史，我从我的立场来借用历史。这样一来，历史就失去了时代性、客观性和真实性。胡适把这种现象讽刺为'历史是任人打扮的小姑娘'。说到底，历史与现实是两码事，只供借鉴，不能比附。拿两者随心比附，让历史人物跟现实人物对号入座，让历史事件与现实事件等列齐观，这至少是浮浅庸俗，甚至是别有用心。各朝各代的文字狱，有许许多多都是从以现实比附历史之处下手的，太可悲了！"

◇ 晚年的田余庆说："做了一辈子的教师，我最信守教学相长的原则，无论年轻还是年长的教师都适用。以教学相长原则为指导，从教学中充实自己，提高自己的教学能力和学术水平。这种前进过程，长期在专门研究机构（研究所）里工作的人似乎难于体会。""人生到老，都会觉得有很多很多东西是自己还没弄清楚的。这是一种毕生的追求。教书是一种不断追求的事业，我这一辈子都很安于、乐于做这项工作。对我来说，做学问的动力和启发多半来自课堂，来自跟师友的问学，来自与学生的接触。当然，更为根本的，还是要靠自己读书。"

◇ 田余庆说："对人文学科的研究讲究'虚''实'两个方面。'实'就是对资料的搜集，占有，考实；'虚'则是你的分析能力和综合能力，你的悟性和灵气。虚实结合，是人文学者一辈子追求的工夫。如果没有百分之七八十的'实'，就没法进入历史研究的思考领域，如果思考能力欠缺，百分之七八十的工夫等于构筑了一个原料库房。那当然也很有用，但毕竟还不能算是研究的完成。"

◇ 许宝騄曾对学生说："要把一些工具掌握得纯熟。要脚踏实地，不要做梁上君子。现在数学界有的人是梁上君子，没有根。要注意学习别人的长处，要时常想到自己的绝技是别人的末技，但有时要想到，别人的绝技是自己的末技。"

◇ 黄昆经常教导学生说："学习知识不是越多越好，越深越好，而是应当与自己驾驭知识的能力相匹配。"他还说："创造知识，就是要在科研工作中有所作为，真正做出有价值的研究成果。为此，要做到三个'善于'，即要善于发现和提出问题，尤其是要提出在科学上有意义的问题；要善于提出模型或方法去解决问题，因为只提出问题而不去解决问题，所提问题就失去实际意义；还要善于做出最重要、最有意义的结论。"

◇ 傅鹰曾多次在北大课堂的黑板上书写过这样的话："科学给人知识，历史给人智慧。"他解释说：学习科学中的定律、定理、学说等等，可以得到知识，然而了解这些知识的产生背景和过程，科学概念变迁的来龙去脉，前人为寻求这些知识所付出的代价，走过的弯路，记取前人的教训，避免重蹈覆辙，从而有助于在科学研究中取得成功，这才是宝贵的财富，才会使人聪明。

◇ 1952年以后，闵嗣鹤在北大数学力学系任教授，担任多门基础课的教学，曾有10年间教了9门课的纪录。他讲课内容充实，方法得当，语言生动幽默，很受学生欢迎。闵还特别注意教学方法的改进，他很形象地说："老师教学要循循善诱，好比教小孩子上楼梯，大人不能只是在上面喊：'上来呀！快上来呀！'而是要走下去教孩子如何抬腿，怎样用力。"

◇ 唐有祺说："我的一生是崇尚科学，涉足科学的一生。我的心目中科学几乎是'正确'和'真理'的同义语。科学作为一个利器是双面开刃的，既可以造福人类，也可以祸害人民，要看掌握在谁的手中。"

◇ 朱德熙在分析西南联大的学风时说："总要有一批专心致志钻研学问的人，才能形成学术空气。真正潜心学术的人是要把生命放进去的。这可以用李商隐'春蚕到死丝方尽，蜡炬成灰泪始干'两句诗来形容。这种对学术执着不舍的精神越是在艰难的逆境中越显得可贵。"

◇ 王瑶认为做学问有四个层次：第一等是定论，第二等是一家之言，第三等是自圆其说，第四等是人云亦云。他说大量的论文不过是自圆其说，这就不错了，千万不能人云亦云。

◇ 1937年卢沟桥事变爆发后，北大被迫南迁湖南长沙，后又迁往云南昆明。从长沙到昆明，闻一多与李继侗、袁复礼等几位教授和240多名师生选择了徒步前往，称为"湘黔滇旅行团"。当时还是北大哲学系三年级学生的任继愈也身在其中。这次特殊的"旅行"历时两个多月，行程1300多公里，对任的影响极大，直接影响了他以后的人生追求和学术道路。当时农民的贫困、农村的破败，让任深受震撼；国难当头，生活于困顿之中的民众却能舍生取义，拼死抗敌，中华民族在危难中的不屈精神，令他感动和深思。他后来说："人生的归宿，最后的真理，如何与当前广大贫困的农民和破败的农村发生联系，对我来说一直是个问题，无法解决。""我深信探究高深的学问，不能离开哺育我的这块灾难深重的中国土地。从此我带着一种沉重的心情来探究中国传统文化和传统哲学。""作为一个中国哲学史的研究者，不了解中国的农民，不懂得他们的思想感情，就不能理解中国的社会；不懂得中国的农民、中国的农村，就不可能懂得中国的历史。"

◇ 学生问任继愈："写作应注意什么？"他回答："写作要简洁，能用两句话说完，不要用三句话。"

◇ 金开诚主张读书治学应该触类旁通、融会贯通。他说："蜘蛛之所以能随时捕获小虫，就因为它那个网是联系、结构得很好的，假如蜘蛛东吐一丝，西挂一缕，那么它到处爬动也不会有什么收获。所以在学习上要做一个有心人，要善于触类旁通，以至融会贯通。"

◇ 何芳川曾跟他的学生说："我认为，就人文学科而言，所谓治学，治的就是学术新意。如果没有新意，就不要忙着下笔写什么东西。因为，那其实并不是什么学术研究。而所谓新意，是你站在前人的肩膀上，再前进一点、两点。……讲前人未讲过的；前人讲得不足的；或者前人讲失误了的。而若想在这三方面有所建树，就需要沉下心来，静下气来，积累、搜求。打好理论基础、打好外文基础、打好专业基础。几十年了，我的心常沉不下来，气也常静不下来，所以只有惭愧。这份惭愧，留给来者，或许也是一种价值。"

◇ 徐光宪认为，学习和科研的秘诀，在于能够享受其中的乐趣："做学问，一定会碰到许多困难。但是，我觉得克服困难的过程就是一件快乐的事，甚至超过事后获得任何荣誉的快乐。"

◇ 宿白说："考古这东西实际上是个破坏的工作。我们搞考古的人并不是需要说多做一些工作，能不做还是不做，保持在那。等到条件更好的时候再做这工作不是更好吗？虚心是重要的，你不要自己吹自己有什么重要发现，是不是真发现那还成问题呢！"

◇ 王选将科研成功应该具备的要素总结为五点：科学研究需要真正的动力；跨领域的研究容易出大成果；具备多方面知识和经验；远见和洞察力很关键；从失败中吸取教训。

◇ 王选平生最推崇的一句话是："献身于科学研究就没有权力再像普通人那样活法，必然会失掉常人所能享受到的不少乐趣，但也会得到常人享受不到的很多乐趣。"他说："一个有成就的科学家，他最初的动力，绝不是想要拿个什么奖，或者得到什么样的名和利。他之所以狂热地去追求，是因为热爱和一心想对未知领域进行探索的缘故。"

◇ 王选曾提出，搞科学技术一定要"顶天立地"。"顶天"就是要一流原始创新的学术，"立地"就是要让成果转化为生产力。科学研究，切忌既不"顶天"，又不"立地"。"顶天立地"也是王选梦想中的校办高科技产业发展模式。他经常反问自己："我们到底对国家是有功还是有过？我们得了这么多奖，如果将来市场都被外国产品占领了，那么功劳在哪儿呢？国家的投资到哪儿去了呢？"

◇ 王选特别注重创新精神和团队精神的结合。他常说，要做好学问，先要做个好人，要懂得依靠团队。领导者有责任营造团结奋斗的氛围，以身作则，自己干得比谁都多，"懂得团结人，懂得尊重人。最怕武大郎开店，要能够让有才华的人从自己手下冒出来，应该有这个风度，能够听取不同意见"。

◇ 王选说，科学研究本身就是一种美，给人带来的愉快是最大的报酬，是一种高级享受。在多年的科研攻关中,有三件事最让他欣慰:一是经过冥思苦想,在攻克一个个技术难关后,那种愉悦心情难以形容;二是看到艰苦开发的产品实现产业化,被用户大规模使用,那种成就感千金难买;三是发现年轻的帅才、将才并委以重任,那种幸福感不可多得。

◇ 肖东发论学贵有创见,论"学而不思则罔,思而不学则殆""信而好古""述而不作"曰:为学固当学思结合,生当今日,尤须有述有作,学、思、述、作并重,方有新意。云:"学而不思则罔,思而不学则殆,学而不述则暗,述而不作则滞。"述,就是在各种场合积极地发表、讨论;作,则是在胸有成竹后,将其及时落笔成文。写成以后,还要花时间精雕细琢,把文章打造得尽善尽美后,再投寄发表。而不能披头散发,不梳妆打扮就出门,正所谓"良工不示人以璞"。

◇ 袁行霈主张做学问要有大气象,他用宋代张孝祥《念奴娇·过洞庭》中的三句词来说明学问的气象:"尽挹西江,细斟北斗,万象为宾客。"他解释说,"尽挹西江"是说要将有关的资料全部搜集来,竭泽而渔。"细斟北斗"是说对资料要细细地分析研究。"万象为宾客"是说要把相关学科都利用来为自己研究的课题服务。要想成就大学问,就要有这种气象。

◇ 袁行霈认为,中国近现代的学者中,有很多具有大家气象的人物,如王国维、梁启超、陈寅恪、蔡元培、陈垣、余嘉锡、王力等。他将这些大学者的特点归纳为三点:一、学术的格局和视野开阔,左右逢源,游刃有余,处处显示出总揽全局的能力;二、有开山之功,开拓新领域,建立新科学,发凡起例,为后人树立典范;三、道德学问并重。"中国历来是道德学问并重,学问的气象实有赖于道德的高尚。为人正直、诚实、刚强,方能不随波逐流,而用于坚持真理。如果又能虚怀若谷,富有宽容精神,气象就更加不同了。"

◇ 袁行霈说:"学术研究不能重复别人,要就不做,做就要出新。或者有新的资料，或者有新的观点，或者有新的方法。出新不能离开守正，要平正要通达，故意用偏锋，或故意抬杠都不是学者的风范。我把自己所采用的这种态度概括为'守正出新'四个字。"

◇ 北京大学信息管理系教授徐克敏曾对学生讲：经历了"文化大革命"以后，他发现身边的知识分子，在对待挫折、压力时的人生取向，有如三种球：一是玻璃球，晶莹剔透，但一摔就碎，许多"宁为玉碎，不为瓦全"者即如此。二是泥球，软趴趴，往墙上一摔，变成了泥烧饼或是其他东西，变形、堕落了。三是皮球，刚而有弹性，摔的力量越大，反弹的力量就越大。这三种球的分类，甚至可以推广开去，适用于中国几千年来所有的知识分子。徐对皮球式的读书人十分欣赏，他说："人们最出色的工作往往是在处于逆境的情况下做出的，思想上的压力，甚至肉体上的痛苦都可能成为精神上的兴奋剂。""一个人痛苦时，不能消极地压抑自己，而要积极地奋斗，奋斗中自有苦尽甘来时。"

◇ 叶朗说，人文学科的学者的学术高峰多数要在中年之后，甚至是在黄昏时分。因为研究人文学科一要长期的学术积累，二要有丰富的人生经历和人生体验。所以年轻人成不了哲学家（当然也有极少数例外，如王弼）。黑格尔说过，同一句格言，年轻人说出来和老年人说出来，内涵是不一样的。这是人生体验不同。"李商隐有两句诗：'夕阳无限好，只是近黄昏。'我们北大有位杨辛教授把它改了两个字：'夕阳无限好，妙在近黄昏。'这两个字改得妙极。"

◇ 林毅夫认为："一位想成为大师的学者除了要有孟子所说'当今天下舍我其谁'的自信心，而且，还要有'以天下兴亡为己任'的使命感，只有具有这样大的使命感的学者才会有纵的历史观和横的全局观，才有可能培养出王阳明所形容的'大如天'的洞悉事物本质的能力。同时，要成为一位大师也要有孟子所说的'自反而缩，虽千万人吾往矣'的道德勇气。"

◇ 程郁缀曾跟北大的文科教师讨论过一个看法：作为北大教授，都要能够一支粉笔讲一天；比较优秀的教授，要能够一支粉笔讲一周；杰出的资深教授，要能够一支粉笔讲一月；只有一支粉笔讲一年乃至一辈子的教授，才能称得上是真正的大师。

◇ 林毅夫说："将军最大的荣耀是战死疆场马革裹尸还，学者最大的荣耀是累死在书桌上。"

嘉言第十六

　　嘉言者，名言妙语也。荀子云："赠人以言，重于金石珠玉；观人以言，美于黼黻文章；听人以言，乐于钟鼓琴瑟。"俗语亦云："富人送人以财，仁者赠人以言。"言之为用，可谓大矣！言语作为一种艺术，不在其多其玄，而在其精其新其用意。有人说话为文，长篇累牍，却山重水复，不得要领，甚至不知所云。而有人却能以简驭繁，三言两语便直指人心，抓住事理的根本所在。"删繁就简三秋树，领异标新二月花"，这既需要智慧睿思，也需要胆识卓见。文中所收诸师之言，短则数字，长不过数句。有的论及家国文化等"大题目"，有的则道及立身处世等"小事情"，均是悟道之言、智慧之语。读者如有会心之处，不妨择其一二，置于座右，朝夕讽咏，有益身心，自不待言。

◇ 林纾说："文运之盛衰，关国运也。"

◇ 孙中山在欧洲碰到严复，欲劝严参加革命，严以改造中国宜从教育入手而拒绝。他说："以中国民品之劣，民智之卑，即有改革，害之除于甲者将见于乙，泯于丙者将发于丁。为今之计，唯急从教育上着手，庶几逐渐更新乎！"

◇ 中日甲午战争爆发后，严复自觉"一时胸中有物，格格欲吐"，遂撰《原强》一文，明确提出，国家欲富强，其国民应有"三强"："一曰血气体力之强，二曰聪明智慧之强，三曰德性义仁之强。"当时的中国要实现富强,就必强须鼓民力,开民智,新民德。鼓民力,就是戒鸦片、禁缠足,锻炼身体;开民智,就是大力学习西方的科学;新民德,就是开议院于京师,地方官吏实行民主选举。果能如此,则"富强之效不为而成"。

◇ 严复认为:"天下之人,强弱刚柔,千殊万异,治学之材与治事之材,恒不能相兼。尝有观理极深,虑事极审,宏通渊粹,通贯百物之人,授之以事,未必即胜任而愉快。而彼任事之人,崛起草莱,乘时设施,往往合道,不必皆由于学。"因此而提出"治学、治事宜分二途"的观点。

◇ 严复在给儿子的信中说:"临帖作书,可代体操。"

◇ 1912年,北京大学校长严复在给教育部提交的《分科大学改良办法说帖》中提出:大学"理宜兼收并蓄,广纳众流,以成其大"。

◇ 章士钊说:"防口者,专制之愚策;杀士者,国家之大耻。"

◇ 蔡元培说:"所谓大学者,非仅为多数学生按时授课,造成一毕业生之资格而已,实以是为共同研究学术之机关。"他还经常说:"大学者,囊括大典,网罗众家之学府也。""大学是包容各种学问的机关。"

◇ 蔡元培一贯主张"教育独立"。他说:"教育是帮助被教育的人,给他能发展自己的能力,完成他的人格,于人类文化上能尽一分子的责任;不是把被教育的人,造成一种特别器具,给抱有他种目的的人去应用的。所以,教育事业当完全交与教育家,保有独立的资格,毫不受各派政党或各派教会的影响。"1932年,面对国民党的党化教育,蔡指出:"教育如无相当的独立,是办不好的。官治化最重之国家,当无过于普鲁士。……当年以德皇威廉第二之专横,免一个大学校长的职,竟是大难。……其用人行政,一秉法规,行政官是不能率然变更的。"

◇ 蔡元培主张："完全人格，首在体育。""有健全之身体，始有健全之精神，若身体柔弱，则思想精神何由发达？"

◇ 袁世凯当政时，唐绍仪任内阁总理，蔡元培任教育总长。后唐因与袁不和而辞职。蔡不满袁之所为，也提出辞职。当蔡到总统府向袁当面辞职时，袁对他说："我代表四万万人留君。"蔡回答说："元培亦对四万万人之代表而辞职。"

◇ 五四运动后，孙中山致信蒋梦麟，其中有"率领北大三千弟子，助我革命"之句。

◇ 1930年，蒋梦麟正式就任北京大学校长后，提出十六字办学方针："教授治学，学生求学，职员治事，校长治校。"规定北大以"研究高深学术，养成专门人才，陶融健全品格"为职志。

◇ 1923年，北京八所学校因政府积欠经费九个月，经过多次争取，各校仍未能筹齐预定的30万元经费。于是北京八校教职员联席会议议决：未能筹齐经费的学校关门了事。期间，北大代理校长蒋梦麟一直勉励北大师生："至少也要维持北大的生命，决不让他中断。"11月20日，北大召开教职员全体大会，讨论执行联席会议议决案的问题。蒋在会上沉痛发言："今日本校教职员开大会议决关门事件，如果主张关门，自无用说；若大家仍要维持，我虽则替八校奔走的能力已尽，但是为着本校的维持，我仍旧愿负这责任，虽生死以之可也。"

◇ 蒋梦麟在谈到一个人的能力的时候，强调思行合一，他说："所谓能思者，养成清楚之头脑，并有肝胆说出其思想。所谓能行者，做事担得起责任，把肩膀直起来，万斤担子我来当。"

◇ 俄国十月革命胜利后，李大钊撰写了《Bolshevism的胜利》一文，热烈赞扬十月革命。他满怀激情地写道："在这世界的群众运动的中间，历史上残余的东西，什么皇帝咧，贵族咧，军阀咧，官僚咧，军国主义咧，资本主义咧——凡可以障阻这新运动的进路的，必挟雷霆万钧的力量摧拉他们。他们遇见这种不可当的潮流，都像枯黄的树叶遇见凛冽的秋风一般，一个一个的飞落在地。由今以后，到处可见的，都是 Bolshevism 战胜的旗。到处所闻的，都是 Bolshevism 的凯歌的声，人道的警钟响了！自由的曙光现了！试看将来的环球，必是赤旗的世界！"

◇ 五四运动过后，李大钊撰写短文《牺牲》，以明心志。他说："人生的目的，在发展自己的生命，可是也有为发展生命必须牺牲生命的时候。因为平凡的发展，有时不如壮烈的牺牲足以延长生命的音响和光华。绝美的风景，多在奇险的山川。绝壮的音乐，多是悲凉的韵调。高尚的生活，常在壮烈的牺牲中。"

◇ 李大钊被捕后，向刽子手慷慨陈词："我是不短吃，不短喝，为的是大多数贫苦无告的工农。你们什么也不会干，居然吃喝嫖赌，高楼大厦，这是叫人不平的。我们为大多数贫苦无告的工农而生，必为贫苦无告的工农谋穿的，谋吃的，谋喝的而死。"

◇ 1919年，陈独秀在《〈新青年〉罪案之答辩书》中说："要拥护那德先生，便不得不反对孔教、礼法、贞节、旧伦理、旧政治；要拥护那赛先生，便不得不反对旧艺术、旧宗教；要拥护德先生又要拥护赛先生，便不得不反对国粹和旧文学。……西洋人因为拥护德、赛两先生，闹了多少事，流了多少血，德、赛两先生才渐渐从黑暗中把他们救出，引到光明世界。我们现在认定只有这两位先生，可以救治中国政治上、道德上、学术上、思想上一切的黑暗。若因为拥护这两位先生，一切政府的压迫，社会的攻击笑骂，就是断头流血，都不推辞。"

◇ 陈独秀勉励学生说："世界文明发源地有二，一是科学研究室，一是监狱。我们青年要立志出了研究室就入监狱，出了监狱就入研究室，这才是人生最高尚优美的生活。从这两处发生的文明，才是真文明，才是有生命有价值的文明。"或谓，这几句话就是陈自己一生的写照。

◇ 五四时期，有一北大学生为国事奔走呼号，劳累过度，身染重病。有人劝他静养身体，不要过于劳累。学生慨然答道："国贼不去，足以病国；余宁病一身，何忍病一国乎！"

◇ 胡适最喜欢写的对联是："大胆的假设，小心的求证；认真的做事，严肃的做人。"上联教人求学，下联教人做人。梁实秋感慨说："我常惋惜，大家都注意上联，而不注意下联。"

◇ 胡适在给陈之藩的信中写道："思想切不可变成宗教。变成了宗教，就不会虚而能受了，就不思想了。"

◇ 胡适认为：东方文明的最大特色是知足。西洋的近代文明的最大特色是不知足。他比较说："一边是安分，安命，安贫，乐天，不争，认吃亏；一边是不安分，不安贫，不肯吃亏，努力奋斗，继续改善现成的境地。"

◇ 胡适经常说："任何事我都能容忍，只有愚蠢，我不能容忍。"

◇ 1918年10月5日，邵飘萍在北京创办《京报》。他在创刊词《本报因何而出世乎》中说："崇拜真理，反对武力，乃《京报》持论之精神。……必从政治教育入手。树不拔之基，乃万年之计，治本之策。……必使政府听命于正当民意之前，是即本报之所作为也！"

◇ 钱玄同说："教育是教人研求真理的，不是教人做古人的奴隶的。教育是教人高尚人格的，不是教人干禄的；教育是改良社会的，不是迎合社会的。"

◇ 五四运动发生后，蔡元培力辞北大校长之职。北大教授开会讨论对付当局和挽留蔡校长的问题。辜鸿铭也走上讲坛，赞成挽留，但他的理由却与众不同，他说："校长就是我们学校的皇帝，所以非得挽留不可。"

◇ 辜鸿铭认为美国人博大、纯朴，但不深沉；英国人深沉、纯朴，却不博大；德国人博大、深沉，而不纯朴；法国人没有德国人天然的深沉，不如美国人心胸博大和英国人心地纯朴，却拥有这三个民族所缺乏的灵敏；只有中国人全面具备了这四种优秀的精神特质。

◇ 辜鸿铭在1915年出版的《春秋大义》中说："要估评一个文明，在我看来，我们最终必须问的问题不是它修建了和能够修建巨大的城市、宏伟壮丽的建筑和宽广平坦的马路；也不是它制造了和能够制造漂亮舒适的家具，精致实用的工具、器具和仪器，甚至不是学院的建立、艺术的创造和科学的发明。要估价一个文明，我们必须问的问题是它能够造就什么样的人性类型，什么样的男人和女人。事实上，正是一个文明所造就的男男女女、人性类型，显示了该文明的本质和个性，即可以说显示了该文明的灵魂。"

◇ 一次，外国友人邀请辜鸿铭宴饮，推其坐首席。席间有人问孔子之教究竟好在哪里。辜鸿铭答：刚才诸君互相推让，不肯居上坐，这就是行孔子之教。假如行今日西洋流行的"物竞天择"之教，以"优胜劣败"为主旨，则今天这一席酒菜势必要等到大家你死我活竞争一番，决出胜败，然后定座，再动筷子。如果这样的话，今天这顿饭不知要经过多长时间才能到口呢，恐怕最后谁也吃不到嘴。众皆称妙。

◇ 西南联大时，刘文典教学生写文章，仅授以"观世音菩萨"五字，学生不明所指，刘解释说："观，乃是多多观察生活；世，就是需要明白世故人情；音，就是文章要讲音韵；菩萨，就是救苦救难、关爱众生的菩萨心肠。"

◇ 钱穆的祖父 37 岁谢世，父亲终年仅 41 岁，其长兄钱挚去世时年方"不惑"。1928 年，钱的结发妻子和新生儿子也相继死去。家中"四世不寿"，在钱内心投下阴影。加上钱本人早先亦体弱多病，故读书时颇关注"年寿"之事。他读陆游晚年诗作，深羡放翁长寿；读《钱大昕年谱》，知谱主中年时体质极差，后来转健，高寿而治学有成。钱因而感悟："人生不寿，乃一大罪恶。"于是在日常生活中特别讲求养生之道，以挣脱命运的"劫数"，后竟享寿 96 岁。

◇ 金岳霖十几岁的时候，按照逻辑推理出中国俗语"金钱如粪土，朋友值千金"有问题。他发现，如果把这两句话作为前提，得出逻辑结论应该是"朋友如粪土"。

◇ 1926 年，金岳霖回国后发表了他的第一篇哲学论文《唯物哲学与科学》。他在文中说："世界上似乎有很多的哲学动物，我自己也是一个，就是把他们放在监牢里做苦工，他们脑子里仍然是满脑子的哲学问题。"

◇ 金岳霖 28 岁的时候，在《晨报副镌》上发表了一篇题为《优秀分子与今日社会》的文章。他在文章中说："我开剃头店的进款比交通部秘书的进款独立多了，所以与其做官，不如开剃头店，与其在部里拍马，不如在水果摊子上唱歌。"

◇ 有一学生感到逻辑学这门学问十分枯燥，便好奇地问金岳霖："您为什么要搞逻辑？"金答之曰："我觉得它很好玩。"

◇ 1963 年，金岳霖为毛泽东祝寿作了一副对联："以一身系中国兴亡，入此岁来已七十矣；行大道于环球变革，欣受业者近卅亿焉。"

◇ 1982 年，重病期间的金岳霖留下了一份遗嘱："哲学所党组负责同志：我可能很快结束。我要借此机会表示我感谢党，感谢毛泽东同志，感谢全国劳动人民，把中国救了。瓜分问题完全解决了。四个现代化问题也一定会解决。我死之后，请在我的存折中提出三千元献给党。请不要开追悼会，骨灰请让清风吹走。"

◇ 马寅初经常对人说："言人之所言，那很容易；言人之所欲言，就不太容易；言人之所不敢言，就更难。我就言人之所欲言，言人之所不敢言。"他也用自己一生的言行践行了这段话。

◇ 马寅初在向北大师生宣讲他的新人口论理论、谈中国人口增长过速的原因时，总结出了好几条，其中三条是：一是和尚尼姑大量还俗，增加了生产力；二是中国生活水平低，素食民族比肉食民族生育率高；三是中国农村大部分地区没有电灯，早早躺下睡觉，不多生孩子才怪呢。

◇ 1945年12月间，西南联大学生因反内战活动而与当地军警发生冲突。时任北大代理校长的傅斯年赶过去，见到对惨案负有直接责任的关麟征，劈头便说："从前我们是朋友，可是现在我们是仇敌。学生就像我的孩子，你杀害了他们，我还能沉默吗？"

◇ 傅斯年去世后葬在台大。台大行政大楼的对面架设有一口"傅钟"，每天上下课都会响21声，因为这位校长曾说过："一天只有21小时，剩下3小时是用来沉思的。"

◇ 梁漱溟的座右铭是："情贵淡，气贵和。唯淡唯和，乃得其养；苟得其养，无物不长。"他还将自己的书房命名为"勉仁斋"。

◇ 1946年6、7月间，内战爆发，"政协决议"被撕毁。周恩来由南京移居上海以为抗议。期间，梁漱溟为国共和谈不厌其烦奔走其间。10月10日，梁由南京到上海去见周恩来，促其回南京继续和谈。11日夜，梁由上海返回南京，次日清晨抵达南京时，惊见报端已刊发国民党攻占张家口的消息，不禁惊叹地对记者说："一觉醒来，和平已经死了！"此话一时为媒体广为引用，成为痛斥蒋介石背信弃义的经典话语。

◇ 顾颉刚曾说："让我盲目崇拜一个人就像让我训斥一个仆人一样困难。"他还说："我的心目中没有一个偶像，由得我用了活泼的理性作公平的裁断。""对今人如此，对古人亦然。唯其没有偶像，所以也不会用了势利的眼光去看不占势力的人物。""我知道学问是只应问然否而不应问善恶的，所以我竭力破除功利的成见，用平等的眼光去观察一切。"

◇ 1949年1月31日，北平和平解放。2月1日，北平各大专院校师生在北大民主广场举行庆祝北平和平解放的大会。北大教授许德珩首先发言，他激动得热泪盈眶，一开口便说："朋友们，同学们：天快亮了！太阳快出来了！妖魔鬼怪快要消灭了！"

◇ 陈衡哲早年曾留学美国，归国后应蔡元培之聘任北京大学西洋史兼英语系教授，成为北大历史上第一位女教授。她曾对自己的女儿任以都说："我们那一代人出去留学，都有一个理想，就是学成归国，要为国家、人民尽点心力、做点事。你们这一代却根本对公众的事，没有什么理想，只愿念个学位，找份好差事，这算什么？"任早年思想激进，一再痛骂士大夫祸国殃民。但陈对她说："你知不知道士大夫阶级为国家人民做过多少事？真正的士大夫，处处为国家、人民着想，从不考虑个人利害，这样过一辈子才算是有意义的。"直到晚年，任对母亲的这番话还记忆犹新。她说："他们那一代，不但开辟了很多新路径、新园地，为日后中国的发展打下良好的基础，也满怀崇高的理想与抱负，一心要为国家人民贡献心力。"

◇ 秉志在《科学呼声》中说："为教师者，要不可不努力自修，以身作则，求为博通淹贯之士，方足以矜式诸生，为国家作育人才。……必有精益求精之精神，博闻多识之兴趣，始能使自己深造有得，而为学生考道问业之所资。故勤苦敏求，学而不厌，乃为科学教师所必须有之态度也。"

◇ 范文澜任北方大学校长时，他的一位学生高继芳是高树勋将军之女，她在回忆文章《记范文澜校长二三事》一文中说："范校长是浙江人，口音重，每次学校开大会，范校长讲话，许多同学都听不懂，只能听懂一句话，就是'全心全意为人民服务'。"

◇ 1957年，范文澜在北大历史系讲课时说："我们教历史课，明明自己有心得，有见解，却不敢讲出来，宁愿拿一本心以为非的书，按照它那种说法去讲。……这样的'谦虚谨慎'是不需要的，是有害的。我们应该把'我'大大恢复起来，对经典著作也好，对所谓'权威'说话也好，用'我'来批判它们，以客观存在为准绳，合理的接受，不合理的放弃。"

◇ 20世纪20年代，在美国留学的翦伯赞读完《共产党宣言》后，在日记中写道："这是黑暗世界中的一个窗口，从这里，我看见了光明，看见了真理，看见了人类的希望。"

◇ 西南联大期间，教"西洋史"的皮名举教授经常对学生说："不学中国史不知道中国的伟大，不学西洋史不知道中国的落后。"后来，北大历史系的阎步克又说："真正差的是我们自己，我们的祖先是丝毫都不比外国人差的。"

◇ 钱理群说："在青少年时期一定要对真善美的追求打下底子。这种教育是以后任何时期的教育所无法补偿的东西，所以缺少这种底子是会有问题的。……现在的学生真是过于懂得现实，过早面对世俗丑恶，过早学会世故，这是很可怕的事。"

◇ 毛子水说："要使说话有力量，当使说话顺耳，当使说出的话让人家听得进去。不但要使第三者觉得我们的话正直公平，并且要使受批评的人听到亦觉得心服。"

◇ 20世纪60年代初，身在台湾的毛子水就宣称："稍能思想的人，都知道台湾是决没有脱离祖国而独立的理由的。"

◇ 周培源说："一所大学办得好或不好，其水平如何，它的决定因素或根本标志之一乃是这所大学的教师阵容。"

◇ 1980年，已经80岁的陈岱孙对采访他的记者说："我年纪这么大了，为什么还要教课？客观上，培养学生是教师的职责；主观上，我对青年有偏爱。"1994年，陈岱孙又对人说："我上课时从来不点名，但下面总是坐得满满的。我对青年同志有一种好感，觉得中国的将来在青年身上，协助社会培养一代新人是很有意义的。"

◇ 朱光潜说："有些人天资颇高而成就则平凡，他们好比有大本钱而没有做出大生意，也有些人天资并不特异而成就则斐然可观，他们好比拿小本钱而做大生意。这中间的差别就在努力与不努力了。"

◇ 冯友兰说："人类的文明好似一笼真火，往古来今对于人类文明有所贡献的人，都是用自己的心血、脑汁作为燃料，才把这笼真火一代一代地传下去。这是拼命的事。凡是在任何方面有成就的人，都需要有拼命精神。……他为什么要拼命？就是情不自禁，欲罢不能。"他还说，这就像一条蚕，"它既生而为蚕，就没有别的办法，只有吐丝，它也是欲罢不能"。

◇ 1990年，冯友兰临终前说的最后一句关于哲学的话是："中国哲学将来一定会大放光彩，要注意《周易》哲学。"

◇ 20世纪80年代以后，在西潮蜂拥而来、学界意见纷陈之际，张岱年在哲学、文化领域始终"赞同唯物论，深喜辩证法"，始终坚持和发挥"综合创新论"，主张弘扬民族精神，并认为《周易大传》中的两句话"天行健，君子以自强不息""地势坤，君子以厚德载物"，就是中华民族的民族精神的集中表现。他解释说："'自强不息'即是奋发向上的精神，'厚德载物'即是宽容的精神。近代以来，中国落后了，我们必须认识自己的缺点，努力更改；但是同时必须具备民族的自尊心和自信心。认识民族精神，坚持民族精神，是具有民族自尊心与自信心的基础。"他常解释"天行健，君子以自强不息"为：宇宙是一刚健的大流行，因此一个学者应该一生自强不息。

◇ 范长江说："东汉马援所说的'男儿当以马革裹尸还葬耳，何能死于妇人女子手中耶？'成为后世的佳话。记者以为"男儿"死了不必一定要有人'裹尸'，更不必要'还葬'。本着认为有意义的事情，百折不回地做下去，哪天死，哪天完，根本用不着管尸体将来怎样安排。"

◇ 王力在给儿女的遗嘱中写道："人活着是为了什么？并不是为了穿衣吃饭。穿衣吃饭是为了生活，而生活本身还有崇高的目的，那就是为国家、为民族做一些有益的事情。"

◇ 考古学大师苏秉琦曾将中国历史文化的发展归纳为四句话："超百万年的文化根系，上万年的文明起步，五千年古国，两千年中华一统实体。"

◇ 王瑶退休后，有一次将他的得意门生钱理群召来问话，说自己有苦恼，面临着两个选择：现在年龄已大，70多岁，继续努力，可以发挥余热，问题在于，已经这么老了，再拼命又有什么意思呢？此谓之"垂死挣扎"；倘若啥也不做，享享清福，辛苦了一辈子，这也理所当然，这便是"坐以待毙"。"要么坐以待毙，要么垂死挣扎，你说我该怎么选？"不待钱开口，王便自己作了回答："与其坐以待毙，不如垂死挣扎！"

◇ 季羡林认为："我们东方文化中确实有些好东西，如《论语》中的一句话：'己所不欲，勿施于人。'能做到这八个字，到共产主义也不过这个水平。类似这么精辟的话多得很。历史上讲宋太祖时赵普曾说过以半部《论语》治天下的话，现在有人说是胡说八道，我看实际上用不了半部《论语》，有几句话就能治天下。"

◇ 季羡林在给《汤用彤全集》写的序言中说："在地球上凸出一些高山，仅仅一次出现；但它们将永恒存在，而且是不可超越的。在人类文学史和学术史上，不论中外，有时候会出现一些伟大诗人和学者，他们也仅仅一次出现；但他们也将永恒存在，而且不可超越。论高山，比如喜马拉雅山、泰山、华山等等都是；论诗人，中国的屈原、李白、杜甫等，西方的但丁、莎士比亚、歌德等等都是；论学者或思想家，中国的孔子、司马迁、司马光，以及明清两代的黄宗羲、顾炎武、戴震、王引之父子、钱大昕等等都是。画家、书法家、音乐家也可以举出一些来。他们都是仅仅一次出现的，他们如同高山，也是不可超越的。赵瓯北的诗：'江山代有才人出，各领风骚数百年。'历史已经证明了，这个说法是站不住脚的。"

◇ 季羡林说："一所大学或其中某一个系，倘若有一个在全国或全世界都著名的大学者，则这一所大学或者这一个系就成为全国或全世界的重点和'圣地'。全国和全世界学者都以与之有联系为光荣。问学者趋之若鹜。一时门庭鼎盛，车马盈门。倘若一个学者去世或去职，而又没有找到地位相同的继任人，则这所大学或这个系身价立即下跌，几乎门可罗雀了。"

◇ 季羡林说："一个人活在世界上，必须处理好三个关系：第一，人与大自然的关系；第二，人与人的关系，尤其是家庭关系；第三，内心思想与外在行为的关系。这三个关系，如果能处理很好，生活就能愉快；否则，生活就有苦恼。"

◇ 很多人问季羡林在养生方面有什么秘诀，季回答说："没有秘诀，也从来不追求什么秘诀。我有一个'三不主义'，这就是：不锻炼，不挑食，不嘀咕。"他解释说，所谓"不锻炼"，绝不是一概反对体育锻炼，只是反对那些"锻炼主义者"。人生的意义与价值就在于工作。工作必须有健康的体魄，但更重要的是，必须有时间。如果大部分时间都用于锻炼，这有什么意义呢？所谓"不挑食"，不管哪一国的食品，只要合我的口味，我张嘴便吃。什么胆固醇，什么高脂肪，统统见鬼去吧。所谓"不嘀咕"，是指从来不为自己的健康而愁眉苦脸。

◇ 2007年，温家宝到解放军总医院看望正在调养中的季羡林，并祝贺季的96岁寿辰。当时温总理说："我喜欢看您的散文，讲的都是真心话。您说自己一生有两个优点：一是出身贫寒，一生刻苦；二是讲真话。对吧？"季回答说："要说真话，不讲假话。假话全不讲，真话不全讲。"

◇ 费孝通曾说："知识分子心里总要有个着落，有个寄托。一生要做什么事情，他自己要知道要明白。过去讲'三军可以夺帅，匹夫不可夺志'，我觉得'志'是以前的知识分子比较关键的一个东西，我的上一代人在这个方面比较清楚。……没有'志'了。文化就没有底了，没有根本了。"

◇ 费孝通在80寿辰聚会上，意味深长地讲了一句16字箴言："各美其美，美人之美，美美与共，天下大同。"其大意是：人们要懂得各自欣赏自己创造的美，还要包容地欣赏别人创造的美，这样将各自之美和别人之美很好地融合在一起，就会实现理想中的大同美。这16字箴言被很多人认为是对"君子和而不同"的极好阐释，同时也是当今处理不同文化关系的最佳准则。

◇ 金开诚把中国传统文化概括为四大思想：解决中国人基本哲理的"阴阳五行"思想、解决人与大自然关系的"天人相应"思想、解决社会问题和人际关系的"中和中庸"思想和如何对待自己的"修身克己"思想。

◇ 金开诚说："国学要真正能对现实有用，看来一方面不能对传统文化采取'玩儿'的态度，更不能把它当作'模特'，常常穿了不断变化的'时装'来表演；但另一方面恐怕也不能一味强调'坐冷板凳''两耳不闻窗外事，一心只读圣贤书'。因为任何学问要对现实有用，都必须了解现实，甚至还要转变观念，才能使真才实学与客观实际挂钩对口，从而有的放矢地解决实际问题。"

◇ 1958年秋，钱三强找到邓稼先，说"国家要放一个'大炮仗'"，征询邓是否愿意参加这项必须严格保密的工作。邓知道是国家要研制原子弹后，便欣然同意，回家对妻子许鹿希说自己"要调动工作"，不能再照顾家和孩子，他说："鹿希，往后家里的事我就不能管了，我的生命就献给未来的工作了，做好了这件事，我这一生过得就很有意义，就是为它死了也值得！"从此，邓稼先的名字便在刊物和对外联络中消失了26年。

◇ 杨振宁来华探亲返程之前，问邓稼先："在美国听人说，中国的原子弹是一个美国人帮助研制的。这是真的吗？"邓请示了周恩来总理后，写信告诉杨："无论是原子弹，还是氢弹，都是中国人自己研制的。"杨看后异常激动，一时热泪盈眶。

◇ 邓稼先的妻子许鹿希曾对杨振宁说："中国原子弹的造价可比外国少得多。"杨回答说："如果算上中国科学家的生命，则远不止这个价。"

◇ 1984年3月，57岁的丁石孙就任北京大学校长。在就职讲话中，丁说："一般的说法，叫新官上任三把火。我没有三把火，我在北大工作了这么多年，火气早没了。同时，我也认为，中国的事情比较复杂，不是靠三把火能解决的。我只希望能够做到，下一任校长接任的时候，比我现在接任的时候，条件要好一点。这就是我的目标。"

◇ 1986年暑假，北京大学党委书记王学珍住院期间，有一段时间学校的党委常委会由校长丁石孙主持。有两次常委会专门讨论办校原则,丁提了六七条。丁回忆说:"其中一条是从严治校。因为北大一贯工作效率比较低,也比较松散。二是发扬民主。当时提出对不同的事情应该采取不同的民主形式。如对学术问题不能全校讨论,由学术委员会讨论决定。对生活问题,要在教代会上讨论,要发动全校的教职工参与。三是要坚持'双百'方针。我同意蔡元培'兼容并包'的思想,认为学术问题不能有任何框框。考虑到当时有一种议论,反对蔡元培的'兼容并包',我就提出坚持"双百"方针。四是干部不能越权管事。我自己也是一样。如有人向我抱怨他的住房条件太坏。对这样的事情,我很少当场表态,总要跟管住房的干部商量,征求他的意见。再如学校的招生工作,不归我管,我绝对不给负责招生的干部写条子。我不能越权,越权的后果就是人家就不管事了。"

◇ 丁石孙任北大校长期间,强调从严治校,但希望能给学生营造宽松的成长环境。"个人需要自由发展,老师也需要自由发展。我觉得校长并没有高人一等的地位,你唯一的办法是创造条件让大家能够自由发展。""一个人的成长可以有不同的道路。有的人喜欢钻研一些问题,不喜欢广泛地吸纳;有的人却喜欢东看一点,西看一点,博采众长;学习过程中有的人领悟得快一点,有人的领悟得慢一点。但很难说,哪一种人将来会取得更大的成就。教育的关键在于引导,而不能规定。如同工厂生产产品一样,学校也是大规模生产,但学校输出的是人,因此不要管得特别死,要有较大的活动余地。这是培养人才和繁荣学术非常重要的条件。"

◇ 张芝联说:"我认为大学最主要的任务跟工厂一样,就是要有产品。产品有两类:一类是人,人才;一类是著作,科学成就。我悬着这么两个标准:一是培养德、智、体全面发展的人才,有一个时期叫作培养接班人,是高质量、高品质的人才。第二种产品就是科学成就,这个科学成就不是一般的科学成就,而是有助于解决重大的理论问题和实际问题。第一流的大学,应该达到这两个要求。"

◇ 徐光宪的处世信条是"推己及人",他解释说:"我认为这就是牛顿第三定律,作用力与反作用力的关系。你怎样对别人,别人也会怎样对你。所以,凡事多想想别人的感受,总是好的。"

◇ 徐光宪对采访他的记者说:"著名爱国艺术家常香玉说过一句话,'戏比天大',说得非常好。对我们教师来讲,就是'上课比天大,科研比天大'。这是一种基本的敬业精神。"

◇ 徐光宪说:"人生最重要的还是幸福、快乐。""人生的目的,就是追求个人和最大多数人的幸福。小平同志提出'共同富裕',其根本目的就是共同幸福。如果你身边的人都不幸福,你一个人也很难幸福。"

◇ 王选对采访他的记者说:"经验告诉我:一个人要想有所成就,他首先要做个好人。'毫不利己,专门利人',是绝大多数人,包括我自己在内根本做不到的。我赞成季羡林先生关于'好人'的标准:考虑别人比考虑自己稍多一点就是好人。不过,我以为,这个标准还可以再降低一点,就是考虑别人与考虑自己一样多的就是好人。"

◇ 王选说:"法国作家莫泊桑有一个座右铭:'一个献身科学的人就没有权利再像普通人那样生活。'这也是我的座右铭。……一个人要想在学术上有所成就,必然要失掉不少常人能够享受的乐趣,但也会得到常人所享受不到的乐趣。"

◇ 王选说他判断年轻人将来是否会有所建树的标准,除考察品德、能力、团队精神和是否认真负责、踏实肯干外,很重要的一点是看面临吸引人的挑战时是否充满激情,是否有力争第一的勇气和韧性。

◇ 1998年,萧灼基在香港讲课,有人问萧:"您过去是研究马克思的,现在又研究市场经济。那么,请问您是在马克思那边感到舒服呢,还是在市场经济这边感到舒服?"萧笑答:"我感觉用马克思的思想方法来研究市场经济最舒服。"

◇ 著名美学家、书法家、北京大学教授杨辛一生与泰山结缘,登临泰山、研究泰山,书写泰山、感悟泰山是他的人生主题之一。1986 年,杨创作了《泰山颂》一诗:"高而可登,雄而可亲;松石为骨,清泉为心;呼吸宇宙,吐纳风云;海天之怀,华夏之魂。"1999 年重阳节,已经 78 岁高龄的杨邀请叶朗等朋友同登泰山。途中,杨对大家畅谈他对泰山的体悟:"泰山的精神,泰山的美,就是一个'登'字。你看,那些老太太一步一步在'登',还有年龄很小的小孩也在'登',泰山共有六千八百一十一个台阶,愈往上登愈吃力,但是大家的脸上都露着笑容。为什么?因为在'登'。这个'登',是人的自我提升,是对'我'的有限存在的超越。这是一种精神的升华,一种精神的满足。"

◇ 许渊冲对中国文化充满自信,毕生以向国外译介中国经典和中国文化为己任。2014 年,国际译联颁给他"北极光"杰出文学翻译奖。该奖每三年评选一次,每次评选一人,这是首位亚洲翻译家获得该奖。面对荣誉,他说:"我深感荣幸,我认为这不仅仅是对我个人翻译工作的认可,也表明中国文学受到世界更多的关注。"他还自信地说:"中国人的典籍英译,即使不说胜过,至少也可和英美人的译文比美。这些成就难道不值得中国人自豪?请问世界上哪个外国人能把本国的经典作品译成中文?我们一定要知道自己民族文化的价值。中国文化正在走向复兴,我们不能妄自菲薄。我始终觉得,中国人要有自己的文化脊梁。"

◇ 2015 年 9 月,袁行霈在北京大学新生开学典礼上作"呼唤人文精神"的演讲。他对数千名新入学的北大新生讲:"如果我们的心灵中没有诗意,我们的记忆中没有历史,我们的思考中没有哲理,我们的生活将成为什么样子?试想,如果我们的医生心目中只有细菌和病毒,而没有病人;如果我们的建筑师心目中只有水泥和钢材,而没有居民;如果我们的经济学家心目中只有 GDP，而忽略了民生；如果我们的物理学家和化学家心目中只有分子、原子、电子，而没有想到如何把自己的发明用来造福人类，那么，学术意义何在呢？国家的强盛与否，将来不仅要看经济实力、国防实力，也要看国民的精神世界丰富与和谐的程度，也就是活得充实不充实，愉快不愉快，自在不自在，和谐不和谐，美不美。"

◇ 程郁缀说，一个人如果只想着自己，只为自己做事，做成事，做成好事，做成大好事，那只能说你有"才"，只能说你有"能"，那只能说你有出类拔萃的"才能"；而一个人如果凡事总先想着别人，想着为他人、为老百姓做事，做成事，做成好事，做成大好事，那才算你有"德"，那才算是你有"行"，那才算是你有美好的"德行"。

◇ 于鸿君说，教师从事的乃是"超度"人的工作，优秀的教师一定能竭尽全力把他的学生从庸凡卑下之地"超度"到正大光明之境，这才是教师的无量功德。

讽议第十七

　　议论而语带讽刺嘲弄之意，是为讽议。鲁迅先生评《儒林外史》："秉持公心，指摘时弊。机锋所向，尤在士林。"遂成我国讽刺小说的最佳典范。时迁世易，大千世界，芸芸众生，值得指摘讽议的人事物处皆有，因此而期望能有新时代的"各界外史"。大凡语出讽议者，其心中多有不满，必欲一吐为快，或形诸文字，或诉诸语言。由于能够针砭问题，入木三分，高者又足以"戚而能谐，婉而多讽"，所以让人读后常能大呼痛快过瘾。本章所收，可视为北大这一小"士林"的讽议小史。所引典故大多生动而深刻，让人过目难忘。在辛辣或婉转的语言中，暗含幽默与讥讽，当然也有不少沉痛之处。有的还极尽挖苦揶揄之能事，看似不近人情，有失厚道，但细细品味之后就会发现，能发此论之人，一定要具备高超的智慧，深刻的见解和精妙的言辞。在很多情况下，还得有几分傲王侯、轻富贵、蔑世俗的胆量。仅就这一点而言，也是难能可贵之举。今日能有如此讽议水准者，又有几人？

◇ 1919年6月15日，蔡元培发表《不肯再任北大校长的宣言》，他在宣言中说自己绝对不能再到北京的学校任校长，原因是："北京是个臭虫窠（这是民国元年袁项城所送的徽号，所以他那时候虽不肯到南京去，却有移政府到南苑去的计划）。无论何等高尚的人物，无论何等高尚的事业，一到北京，便都染了点臭虫的气味。我已经染了两年有半了，好容易逃到故乡的西湖、鉴湖，把那个臭气味淘洗干净了。难道还要我再作逐臭之夫，再去尝尝这气味么？"

◇ 1922年11月18日，北洋政府无故逮捕北大兼课讲师罗文，蔡元培对此极为愤慨，不久，便再次提请辞去北大校长之职，他在致黎元洪的辞呈中说："数月以来，报章所记，耳目所及，举凡政治界所有最卑污之罪恶，最无耻之行为，无不呈现于中国。"

◇ 1902年，时任湖广总督的张之洞为给慈禧太后祝寿，令各衙署悬灯结彩，铺张扬厉，费资巨万。邀请各国领事，大开筵宴；并招致军界学界，奏西乐，唱新编《爱国歌》。时辜鸿铭在座，心中不快，对学堂监督梁鼎芬说："满街都是唱《爱国歌》，却不闻有人唱《爱民歌》。"梁说："那你为什么不试编一首？"辜鸿铭稍微沉吟一番，便说："我已得四句好词，不知大家想不想听？"众人说："愿听。"辜曰："天子万年，百姓花钱；万寿无疆，百姓遭殃。"座客哗然，共谓"辜疯子"。

◇ 辜鸿铭认为当日中国之所谓理财，并非理财，乃是争财。昔日孔子曰："君君，臣臣，父父，子子。"辜则谓中国欲得理财之道，须添一句曰："官官，商商。"盖当日中国，大半官而劣则商，商而劣则官，这正是天下饿殍遍地的原因所在。

◇ 张之洞与袁世凯同任军机大臣。一次，在中外宴会上，袁世凯对驻京德国公使说："张中堂是讲学问的；我是不讲学问，我是讲办事的。"袁之幕僚将此话转述给辜鸿铭，并认为是袁世凯的得意之谈。辜应之曰："诚然如此。但是要看所办是何等事，如老妈子倒马桶，固然用不着学问；除了倒马桶外，我不知天下有何事是无学问的人可以办得好。"

◇ 辜鸿铭向来主张复古，但对伪道学建孔教会却极为反感。在听说孔教会要祭祀孔子后，辜对胡适说："我编了一首白话诗：监生拜孔子，孔子吓一跳。孔会（指伪道学的孔教会）拜孔子，孔子要上吊。"并问胡："胡先生，我的白话诗好不好？"

◇ 辜鸿铭在一篇用英文写的文章中说："什么是天堂？天堂是在上海静安寺路最舒适的洋房里！谁是傻瓜？傻瓜是任何外国人在上海不发财的！什么是侮辱上帝？侮辱上帝是说赫德税务司为中国定下的海关制度并非至善至美！"辜的学生罗家伦说，这句话"用字和造句的深刻和巧妙，真是可以令人拍案叫绝"。

◇ 在北京的一次宴会上，座中都是一些社会名流和政界大人物，有一位外国记者问辜鸿铭："中国国内政局如此纷乱，有什么法子可以补救？"辜答道："有，法子很简单，把现在在座的这些政客和官僚，拉出去枪决掉，中国政局就会安定些。"

◇ 学部侍郎乔君对辜鸿铭说："您所发的议论，皆是王道，但是为什么不能在今天实行呢？"辜回答说："天下之道只有两种，不是王道，就是王八蛋之道。孟子所谓：'道二，仁与不仁而已矣。'"

◇ 辜鸿铭曾当面讽刺某官僚说："孔子曰：'君子有三畏'，余曰：今日大人有三待：以匪待百姓，以犯人待学生，以奴才待下属。"

◇ 清末立宪派发动国会请愿运动，辜鸿铭却认为这并非真正的国会，而是"发财公司股东会"。

◇ 一位美国船长在福州无端向中国人开枪，几致人丧命，却仅仅支付了二十美元的赔偿就了结了此事。而美国驻福州领事竟骂他是个傻瓜蛋，说："为什么要给他那么多钱，只不过是一个中国人嘛！"辜鸿铭得知此情，义愤填膺，著文说："真正的夷人，指的就是像美国驻福州领事那样的人。……是那些以种族自傲、以富自高的英国人和美国人，是那些唯残暴武力是视，恃强凌弱的法国、德国和俄国人，那些不懂得什么是真正的文明却以文明自居的欧洲人！"

◇ 胡适留学归来，就任北京大学教授。当胡意气风发时，辜鸿铭却批评胡所持乃美国中下层的英语，并言："古代哲学以希腊为主，近代哲学以德国为主，胡适不懂德文，又不会拉丁文，教哲学岂不是骗小孩子？"

◇ 熊十力评士风云："知识之败，慕浮名而不务潜修；品节之败，慕虚荣而不甘枯淡。"

◇ 熊十力曾痛砭国人学风云："吾国学人，总好追逐风气，一时之所尚，则群起而趋其途，如海上逐臭之夫，莫名所以。曾无一刹那，风气或变，而逐臭者复如故。此等逐臭之习，有两大病。一、各人无牢固与永久不改之业，遇事无从深入，徒养成浮动性。二、大家共趋于世所矜尚之一途，则其余千途万途，一切废弃，无人过问。此二大病，都是中国学人死症。""故一国之学子，逐臭习深者，其国无学，其民族衰亡征象已著也。"

◇ 熊十力与张难先私交甚笃。张任湖北财政厅厅长时，很多人来求熊帮忙弄个一官半职。熊不胜其烦，在报上刊登启事一篇："无聊之友朋，以仆与难先交谊，纷祈介绍。其实折节求官，何如立志读书；须知难先未做官时，固以卖菜为生活者，其乐较做官为多也。仆本散人，雅不欲与厅长通音讯。厅长何物？以余视之，不过狗卵脬上之半根毫毛而已！"

◇ 黄侃曾言"八部书外皆狗屁"，意谓平生信奉推重的经典只有八部，即《毛诗》《左传》《周礼》《说文解字》《广韵》《史记》《汉书》《文选》，其余均不可论，更不用说白话文。黄与陈独秀同在北大任教时，二人旨趣截然不同，一为旧派中坚，一为新派领袖。有好事者作诗题咏校内名人，题陈的一句是"毁孔子庙罢其祀"，题黄的一句便是"八部书外皆狗屁"。

◇ 胡适白话诗中有"两个黄蝴蝶"一句，黄侃看后极为不悦，从此呼胡为"黄蝴蝶"而不称其名；又在其所编的《文心雕龙札记》中骂白话诗为"驴鸣狗吠"。

◇ 黄侃曾与胡适同在北大讲学。在一次宴会上，胡偶尔谈及墨学，滔滔不绝。黄便骂道："现在讲墨学的人，都是些混账王八！"胡赧然。稍等片刻，黄又骂道："便是适之的尊翁，也是混账王八。"胡大怒。黄却大笑道："且息怒，我是在试试你。墨子兼爱，是无父也。你今有父，何足以谈论墨学？我不是骂你，不过聊试之耳！"举座哗然大笑。

◇ 黄侃反对胡适提倡白话文。有一次，他在讲课中赞美文言文的高明，举例说："如胡适的太太死了，他的家人电报必云：'你的太太死了！赶快回来啊！'长达十一字。而用文言则仅需'妻丧速归'四字即可，只电报费就可省三分之二。"

◇ 胡适所著《中国哲学史大纲》，仅成上半部，全书久未完成。黄侃曾在中央大学课堂上说："昔日谢灵运为秘书监，今日胡适可谓著作监矣。"学生们不解，问其原因？黄侃道："监者，太监也。太监者，下面没有了也。"学生们大笑不已。

◇ 一日，黄侃道逢胡适，又问胡："胡先生你口口声声说要推广白话文，我看你未必出于真心？"胡闻言不解，问道："黄先生此话怎讲？"黄答："如果胡先生你身体力行的话，大名就不应叫'胡适'，而应改为'到哪里去'才对啊！"胡适听后，竟无言以对。

◇ 黄侃处处维护国故。有一次，在课上议论起中西文化和生活方式的比较来，他认为木版书便于批点、执持和躺着阅读，讥讽精装的西式图书为"皮靴硬领"，又说中装的文明和舒适远胜西装，一边说一边不用手就把自己穿的布鞋脱下，然后又穿上，并对一位坐在前排的同学说："看，你穿皮鞋，就没有这么方便！"

◇ 1925年，北京女子师范大学闹学潮，驱逐校长杨荫榆。时任教育总长的章士钊勃然大怒，下令解散女子师大。不料部令一下，立即就受到代表九十八校的师生联合会的声讨。吴稚晖当众演讲说:"学风固然要整顿,可是章行严是什么东西!够资格整顿吗?够资格来解散师大吗?据我看来,还是让蔡子民来收拾残局吧!哈!哈!哈!"

◇ 1919年,在五四运动的高潮阶段,鲁迅撰文讽刺当时的国粹派说:"只要从来如此,便是宝贝。即使无名肿毒,倘若生在中国人身上,也便'红肿之处,艳若桃花,溃烂之时,美如乳酪'。国粹所在,妙不可言。"

◇ 鲁迅说:"现在中国有一个大毛病,就是人们大概以为自己所学的一门是最好、最妙、最要紧的学问,而别的都无用,都不足道的,弄这些不足道的东西的人,将来该当饿死。其实是,世界还没有如此简单,学问都各有用处,要定什么是头等还很难。"

◇ 新文化运动时期,旧派人物对北大多有非议,为诋毁北大新派人物不惜造出种种谣言。对此现象陈独秀感慨地说:"中国人有'倚靠权势''暗地造谣'两种恶根性。对待反对派,决不拿出自己的知识本领来正正堂堂地争辩,总喜欢用'倚靠权势''暗地造谣'两种武器。……此次迷顽可怜的国故党,对于大学创造谣言,也就是这两种恶根性的表现。"

◇ 胡适与冯友兰的学术观点常有冲突之处,言谈之间,不免各有讥讽。某日,何炳棣在闲谈中向冯提到,有人曾以"1927年以前胡适对中国文化界的影响"为题,撰写硕士论文。冯听后,迫不及待地以纯正的河南腔调结结巴巴地说:"这……这……这个题目很……很……很好,因为过了1927年,他也就没……没……没得影响啦!"

◇ 邵飘萍说:"人但知强盗可怕,不知无法无天的官吏比强盗更可怕。"

◇ 刘和珍被害后,周作人撰联挽之:"赤化赤化,有些学界名流和新闻记者还在那里诬陷;白死白死,所谓革命政府和帝国主义原是一样东西。"

◇ 林语堂说："'万般皆下品，唯有读书高。'所以读书向称为雅事乐事。但是现在雅事乐事已经不雅不乐了。今天读书，或为取资格，得学位，在男为娶美女，在女为嫁贤婿；或为做老爷，踢屁股；或为求爵禄，刮地皮；或为做走狗，拟宣言；或为写讣闻，做贺联；或为当文牍，抄账簿；或为做相士，占八卦；或为做塾师，骗小孩……诸如此类，都是借读书之名，取利禄之实，皆非读书本旨。亦有人拿父母的钱，上大学，跑百米，拿一块大银盾回家，在我是看不起的，因为这似乎亦非读书的本旨。读书本旨湮没于求名利之心中，可悲。"

◇ 丁文江常说："中国的问题要想解决，非得书生与流氓配合起来不可。"

◇ 傅斯年说："中国向来臣妾并论，官僚的作风就是姨太太的作风。官僚的人生观：对其主人，揣摩逢迎，谄媚希宠；对于同侪，排挤倾轧，争风吃醋；对于属下，作威作福，无所不用其极。"

◇ 罗家伦在五四运动中是个风云人物。但他追逐名利权势，为同学所不齿。罗当时是北大学生会的负责人之一，却暗中到安福俱乐部参加段祺瑞的宴会。有些北大同学得知此事，就画了一幅罗在宴会上拿着刀叉吃大菜（西餐）的漫画，并加了注解，贴在北大西斋壁报栏上。有位同学还写了四句打油诗讽刺罗："一身猪狗熊，两眼官势财；三字吹拍骗，四维礼义廉（意指无耻）。"此诗在北大广传一时。

◇ 辛亥革命爆发后，金岳霖很快就剪去头上的辫子，还仿唐诗《黄鹤楼》写了一首打油诗："辫子已随前清去，此地空余和尚头。辫子一去不复返，此头千载光溜溜。"

◇ 20世纪30年代初，南开大学教授张弓在报刊发文，指斥北大教授郭绍虞所著《修辞学》一书，大半抄袭他的旧作。郭阅报后，在津报登大幅广告，一一列举两书不同点，说明自己的《修辞学》决非抄袭之作。最后称："君名为张弓，亦不应无的放矢。"

◇ 1940年，马寅初在国民党陆军大学校本部发表演讲，慷慨陈词："现在是'下等人'出力，农民和劳动人民在前线浴血抗战；'中等人'出钱，后方广大人民受到通货膨胀，物价上涨之害，减少了实际收入，为抗日负担了财力；'上等人'既不出钱，又不出力，还要囤积居奇，高抬物价，从中牟利，发国难财。还有一种所谓的'上上等人'，他们依靠权势，利用国家机密，从事外汇投机，翻手成云，覆手成雨，顷刻之间就获巨利，存到国外，大发超级国难财。我可以告诉诸位，这种猪狗不如的所谓'上上等人'就是孔祥熙和宋子文等人。"

◇ 1939年起，物价不断上涨，法币贬值，民不聊生。在孔祥熙主持的一次经济会议上，马寅初当面向孔询问经济政策，并拿出一张钞票说："今天这张钞票能买到一刀草纸，到明年买一刀草纸需要花一车这样的钞票。"马讲完事实后诘问道："孔先生你看，这不就是你所实行的经济政策吗？"

◇ 马寅初说蒋介石的光脑袋就是"电灯泡"，里面真空，外面进不去。1940年11月，马寅初在重庆发表公开演讲，又点名斥责蒋介石："有人说蒋委员长领导抗战，可以说是我国的民族英雄。但我马寅初认为他根本不够资格，要说英雄，不过他只是一个'家族英雄'，因为他包庇他的亲戚家族，危害国家民族！"

◇ 1941年12月太平洋战争爆发。香港许多爱国人士在日军攻占前无法脱身，而国民党行政院长孔祥熙竟专门用飞机从香港抢运自己的家属、女佣乃至洋狗到重庆，消息传到西南联大，引起师生们的普遍愤慨。联大新校舍的墙头贴满了打倒孔的大字报，吴晗教授在中国通史班上向同学们提出："南宋亡国前有个蟋蟀宰相（指奸臣贾似道），今天有个飞狗院长，可以先后媲美。"

◇ 老北大时期，向达曾感慨地对汤用彤说："真怪！怎么人一做官便变坏了？"汤幽默地答道："不是，你弄颠倒啦，是先变坏了，然后才去做官的呀。"

◇ 民国时期，汤用彤很看不惯当时学术界趋时髦、凑热闹风气。他说，第二等的天资，老老实实做第二等的工作（即从事历史资料考证等工作），而不挂上什么流派的牌号，可能产生第一等的成果；如果第二等的天资，做第一等的工作（建立体系），很可能第三等的成果也做不出。汤说，他有自知之明，甘愿做第二等的工作，给后人留下点有用的资料也好。

◇ 顾颉刚早期曾提出过一种大胆的假设："禹或是九鼎上铸的一种动物。""禹为动物，出于九鼎"，这个假设后来他自己也放弃了。这本是一种正常的学术讨论，后来却被一些人曲解为"禹是一条虫"，并借此讥讽顾颉刚。陈立夫在一次演讲中故意说："顾颉刚说，大禹王是一条虫呢。"以此博听众一笑。

◇ 1975年夏，社科院（当时称学部）文学研究所的工作人员在农场劳动之余，到团河宫参观。俞平伯因年高体弱，在整个参观过程中情绪不高。当来到乾隆皇帝的罪己碑前，听说该碑是根据乾隆为修建团河宫耗资过大而下的罪己诏刻制而成，俞顿时精神一振，挤过人群，走到碑前，仔细看完碑文后，慨然说道："连封建皇帝都知道做个自我批评。"立时全场肃然。同行者后来回忆说："在当时的背景下，能公开讲出这句话，是需要有足够的勇气、高度和智慧的。"

◇ 俞平伯说："现在有一些人，你对他说身心性命则以为迂阔，对他说因果报应则以为荒谬，对他说风花雪月则以为无聊。不错，是迂阔、荒谬、无聊。你试问他，不迂阔、不荒谬、不无聊的是啥？他会有种种漂亮的说法。但你不可过于信他，他只是要钱而已。文言谓之好利。"

◇ 在美学讨论热潮中，叶朗曾向朱光潜提出当时某些美学文章写得十分晦涩与深奥，读了半天也不知道他说的是什么意思，简直是深奥莫测。朱笑着摆摆手说："很简单，就是他自己根本没有搞清楚。自己搞清楚了，怎么会说不清楚！"

◇ 一次，叶朗在报刊上看到有人对孟子的一句话提出了很新奇的解释。叶请教张岱年这种解释有没有道理。张说："这就叫'穿凿'。对古人的话的解释，还是以平实为好。"

◇ 叶朗教导研究生说，在文章中做任何论断都必须谨慎，特别不要根据一些个别的事例就得出普遍性的结论。并举例：20世纪80年代国内曾出现一阵中西比较热，当时有一些文章的作者并没有对中国文化进行系统的、深入的研究，也没有对西方文化进行系统的、深入的研究，但却可以进行中西文化的比较研究，并且得出一系列带有普遍性的论断，中国文化的特点一二三四，西方文化的特点一二三四，例如说中国文化是内向的（面向人的内心），西方文化是外向的（面向大自然），中国艺术重表现（表现自我），西方艺术重再现（再现现实），等等。张岱年先生曾批评说，这些文章是从一些个别的事例得出普遍性的结论，并不符合中国文化和西方文化的实际状况，这种结论是很不谨慎的。朱光潜先生也说，我们现在做中西文化的比较研究还不具备条件。

◇ 李四光将世界上的书籍分为四类：原著、集著、选著、窃著。他说窃著的作者是"拾取一二人的唾余，敷衍成篇，或含糊塞责，或断章取义"。他将窃著作者称为"书盗"，并说："假若秦皇再生，我们对于这种窃著书盗，似不必予以援助。"

◇ 游国恩曾对吴小如慨叹国人的陋习说，我们是"荒田无人耕，耕了有人争"。吴后来又补充道：我们传统的陋习还有一面是"气人有，笑人无"。

◇ 王瑶论知识分子曰："他首先要有知识，其次，他是分子。所谓分子，就是有独立性，否则分子不独立，知识也会变质。"但现在却存在两种所谓的知识分子：一类是"社会活动家型的学者"。这种人或者根本没有学问，但极善公关，或者也有点学问，开始阶段还下了点功夫，取得了一定成绩和学术地位。然后，就吃老本，不再做学问了。而是到处开会、演说、发言、表态，以最大限度地博取名声，取得政治、经济的好处，这就成了"社会活动家"了。但也还要打着"学者"的旗号，这时候，学术就不再是学术，而成了资本了。当年的研究，不过是一种投资，现在就要获取最大的利息了。他们一旦掌握权力就会充分利用手中的权力，为自己谋取更大利益，拉帮结派，"武大郎开店"，压制才华高于自己的同辈或年轻人，有的就成了"学霸"。另外一种是"二道贩子"，既向外国人贩卖中国货，又向中国人贩卖外国货。看起来很博学，谈古说外，实际上对中外文化都无真知真解，知识一知半解，他的学问全在一个"贩"字。

◇ 季羡林在《牛棚杂忆》的自序中感慨道："现在人们有时候骂人为'畜生'，我觉得这是对畜生的污蔑。畜生吃人，因为它饿。它不会说谎，不会耍刁，决不会先讲上一大篇必须吃人的道理，旁征博引，洋洋洒洒，然后才张嘴吃人。而人则不然。"

◇ 王选说："一个科研工作者如果在电视上出现多了，说明他的学术生涯快结束了。"

辩驳第十八

  辩驳者，辩解驳斥之谓也。驳人之论，立己之说，是辩驳的主要目的和特点。古往今来，善辩而成学派、成名著、成功业者，代代皆有。可见辩驳之事，不能小觑。事理不辩不明，一些问题与观点，不经辨别，就无法明是非。针锋相对之际，一来一往之间，高下优劣毕现，读来让人醍醐灌顶，茅塞顿开。当然，有的则几近狡辩，虽然以是为非，以非为是，但也蕴含着智慧的机锋和语言的魅力，闲时一读，亦可助人一乐。

◇ 严复任北大校长时，主张学习西方新学，努力提倡学习外语，除国学课外，所有课程，都用外语讲授。一时"校中盛倡西语之风。教员室中，华语几绝。开会计事，亦用西语。所用以英语为多，有能作德语者尤名贵，为众多称羡"。当时的英语教员徐崇钦，一上课就讲"我们的西国"如何如何，他在教务会议上也讲英语，于是大家也跟着讲。急得听不懂英语也不会讲英语的沈尹默抗议说："我固然不懂英语，但此时此地，到底是伦敦还是纽约？"并威胁"以后你们如再讲英语，我就不出席了"。此后，满室西语之风稍敛。

◇ 20世纪20年代，章士钊质问主张"全盘西化"者："中国文化实有其绝大之价值。……家有敝帚，享之千金，我们何反轻视本国文化呢？"

◇ 北伐战争时期，国民革命军攻克杭州以后，蔡元培以浙江政治分会委员身份在市民大会上发表演说。有几个与蔡政见不同的年轻人指着蔡说：

"这个投机分子来了!"蔡闻言勃然大怒,厉声斥道:"我开始革命时你们全没有出世呢!"接着用激昂慷慨的言辞陈述军阀的专横和人民的疾苦,令全场民众为之动容。

◇ 对于蔡元培在北大实行"兼容并包",容纳旧派学者,允其登台授课之举,胡适持有异议。他认为"蔡老先生欲兼收并蓄,宗旨错了",北大应是革新基地,不应存在"新旧并立现象"。陈独秀对胡的这一说法不以为然,他在给胡的信中说:"北京大学教员中,像崔怀庆(适)、辜汤生(鸿铭)、刘申叔(师培)、黄季刚(侃)四位先生,思想虽说是旧一点,但是他们都有专门学问,和那般冒充古文家、剧评家的人不可同日而语。蔡先生对于新旧各派兼收并蓄,很有主义,很有分寸;是尊重讲学自由,是尊重新旧一切正当学术讨论的自由;并不是毫无分寸,将那不正当的猥亵小说、捧角剧评和荒唐鬼怪的扶乩剑侠、毫无常识的丹田术数,都包含在内。……他是对于各种学说,无论新旧都有讨论的自由,不妨碍他们个性的发达;至于融合与否,乃听从客观的自然,并不是在主观上强求他们的融合。我想蔡先生的兼收并蓄主义,大概总是如此。"

◇ 1920年有女学生要求进入北京大学读书,蔡元培听说后非常高兴,但因当时考期已过,蔡就先录取女生为旁听生。等到暑假招考,就正式录取了第一批女生。当时有守旧人士责问蔡说:"兼收女生是新法,为什么不先请教育部核准?"蔡不卑不亢地回答:"教育部的大学令,并没有专收男生的规定。从前女生不来要求,所以没有女生,现在女生来要求,而程度又够得上,大学就没有拒绝的理。"结果责难的人哑口无言。从此后,各大学都以北大为榜样,陆续开始招收女生。

◇ 1937年,北大、清华、南开三校组成长沙临时大学。由于战时条件所限,住宿情况很差。蒋梦麟、张伯苓、梅贻琦三位校长巡视学生宿舍时,见房屋破败,蒋认为不宜居住,张却认为学生应该接受锻炼,有这样的宿舍也该满意了。于是蒋说:"倘若是我的孩子,我就不要他住在宿舍里!"

张却针锋相对地表示："倘若是我的孩子，我一定要他住在这宿舍里！"

◇ 五四新文化运动时期，新派人物提倡新道德，提倡男女平等，反对纳妾。而辜鸿铭则认为这是大大的荒谬，是"中国人不识货，把古董卖给了外国人"。他说，男人纳妾是很有必要的，理由是："'妾'就是'立女'嘛！其妙用就在于男子疲倦之时，有女立其旁，可作扶手拐杖之用也。故男子不可无女人，尤不可无扶手之立女！"有人反驳道："那女子疲倦时，为什么不可以将手靠男人呢？"辜鸿铭从容申辩："你见过一个茶壶配四个茶杯，哪有一个茶杯配四个茶壶呢，其理相同。"

◇ 辜鸿铭早年在西洋留学，祭祀祖先上供食品，并下拜叩头。外国人见状嘲笑说：这样做你的祖先就能吃到供桌上的饭菜了吗？辜鸿铭马上反唇相讥：你们在先人墓地摆上鲜花，他们就能闻到花的香味了吗？

◇ 五四运动时期，辜鸿铭在一个日本人办的《华北正报》里写了一篇文章，大骂学生运动，说学生是野蛮的暴徒。罗家伦看报之后很不满，把这张报纸带进教室，质问辜道："辜先生，你从前著的《春秋大义》，我们读了都很佩服，你既然讲春秋大义，你就应该知道春秋的主张是'内中国而外夷狄'的，你现在在夷狄的报纸上发表文章骂我们中国学生，是何道理？"这一下把辜气得脸色发青，他很大的眼睛突出来了，一两分钟说不出话，最后站起来拿手敲着讲台对罗说："我当年连袁世凯都不怕，我还怕你？"

◇ 新文化运动前期，周树人独居北京绍兴会馆，处于报国无门、救民无法的境地，心中极为苦闷，时以抄写古碑、辑录旧文消遣时日。当时，其友钱玄同正在为《新青年》筹稿，经常来周的居处闲谈。某日，钱又身着长衫，提着皮夹兴冲冲来到绍兴会馆。钱见周书桌上一叠叠抄写的古碑文，就问："你抄了这些有什么用？"答："没有什么用处。"钱又追问："那么，你抄他是什么意思呢？""没有什么意思。"钱再一次建议说："我想，你可以做点文章。"周拒绝说："假如一间铁屋子，是绝无窗户而万难破毁的，里面有许多熟睡的人们，不久都要闷死了，然而是从昏睡入死灭，并不感到就死的悲哀。现在你大嚷起来，惊起了较为清醒的几个人，使这不幸的少数者来受无可挽救的临终的苦楚，你倒以为对得起他们么？"钱争辩说："然而几个人既然起来，你不能说决没有毁坏这铁屋的希望！"这句话打动了周的心，终于答应钱走出沉默，动笔写文章。不久，周就写出了第一篇抨击吃人的旧礼教的白话文小说《狂人日记》，发表在《新青年》1918年4月号上，署名"鲁迅"。从此，世人才知"鲁迅"之名。周也因此而一发不可收，成为新文化革命的主将。

◇ 黄侃嗜书如命。黄一生最大的家私，便是书籍。其师章太炎在为他作的墓志铭中说："有余财，必以购书。"一次，黄跟他学生聊关于他买书的趣事，说他的太太，常常责备他拼命去买书，有时把钱汇到外埠去买，钱寄出后，天天盼望包裹，等书真的寄来了，打开包裹，匆匆看过一遍后，便把书往书架上一放，甚至从此便不再翻阅，这实在是太浪费了。黄却回答道："要知我买书的快乐，便在打开包一阅之时，比方我俩结婚吧，不也就在新婚燕尔之时最乐吗？"

◇ 谭鑫培的戏风靡北京时，各大学的师生中多有"谭迷"，北大也不例外。一天课间休息，教师们闲话谭的《秦琼卖马》时，胡适插话："京剧太落伍，用一根鞭子就算是马，用两把旗子就算是车，应该用真车真马才对……"在场者都静听高论，无人说话。只有黄侃立身而起，问道："适之，适之，那要唱武松打虎怎么办？"

◇ 胡适终生精研《水经注》而不懈。一次，梁实秋在听胡谈论《水经注》时乘间提问："先生青年写《庐山游记》，考证一个和尚的墓碑，写了八千多字，登在《新月》上，还另印成一个小册，引起常燕生先生一篇批评，他说先生近于玩物丧志，如今这样的研究《水经注》，是否值得？"胡回答说："不然。我是提示一个治学的方法。前人著书立说，我们应该是者是之，非者非之，冤枉者为之辩诬，作伪者为之揭露。我花了这么多力气，如果能为后人指示一个作学问的方法，不算是白费。"

◇ 胡适曾为文，论中国深受"五鬼"之害，即贫、病、愚、乱、贪，而为患最甚的帝国列强，却只言未提。陶行知乃写诗匡之曰："明于考古，昧于知今，捉住小鬼，放却大魔。"

◇ 1923 年，胡适曾为青年拟了《最低限度的国学书目》，把《三侠五义》《九命奇冤》也列入。梁启超对胡适说："我便是没有读过这两部书的人，我虽自知学问浅陋，但说连国学最低限度都没有，我不服。"

◇ 徐志摩看了胡适给青年拟定的《最低限度的国学书目》后说："惭愧！十本书里至少有九本是我不认识它的。……我是顶佩服胡先生的，关于别的事我也很听他话的，但如其他要我照他定的书目用功那就叫我生吞铁弹了！"

◇ 胡适考证南朝陶弘景的《真诰》，发现《真诰》根本是抄袭《四十二章经》的，胡适以为是侦破了一桩千年的窃案。史学家陈寅恪却告诉他，朱熹早在几百年前就发现了。

◇ 胡适和汤用彤闲谈。汤说，我有一个私见，就是不愿意说什么好东西都是从外国来的；胡适也笑对他说，我也有一个私见，就是说什么坏东西都是从印度来的。说完，两人相视大笑。

◇ 有一学期，胡适和梁漱溟在同一时刻开课，胡讲"中国哲学史"，梁讲"东西文化及其哲学"。胡在楼上，梁在楼下。在当时的学生看来，胡为留美的洋博士而大讲中国哲学，梁作为一名身着布鞋布袜的土学者而高谈东西文化、西洋文明，"根本就有点滑稽"。但两人都能讲得头头是道，所以都非常叫座。两人在讲课时经常唱对台戏。胡经常对学生讥讽梁说：

"他连电影院都没进去过，怎么可以讲东西文化、印度哲学？岂不同'持管''扪烛'的笑话一样？"梁则说胡根本不懂什么叫哲学，正犯着老圣人"学而不思则罔，思而不学则殆"的毛病。但这并不妨碍两人平日的交往，学生也都十分佩服两人的学问。

◇ 胡适与钱穆都对《老子》很有研究。胡继承传统的说法，认为老子略早于孔子；钱则创立新说，认为老子略早于韩非，后于孔子。一次，两人不期而遇。钱说："胡先生，《老子》成书的年代晚，证据确凿，你不要再坚持你的错误了！"胡说："钱先生，你举出的证据还不能说服我；如果你能够说服我，我连自己的亲老子也可以不要！"据说，胡有一次在课堂上对同学谈起他和钱的分歧时，还大发感慨地说："老子又不是我的老子，我哪会有什么成见呢？"

◇ 陈独秀曾为胡适从杜威走向蒋介石而感到惋惜，陈对胡说："你若只作学术研究，也许不会被人鄙视的。"胡说："我也为你惋惜，你若不当政党领袖，专心研究学术，想来也会有些成就，而不至身陷囹圄的。"

◇ 丁文江认为"良好的政治是一切和平的社会改革的必要条件"，丁常对人说：你们"不要上胡适之的当，说改良政治是先从思想文艺下手"的；"你们的文学革命，思想改革，文化建设，都禁不起腐败政治的摧残"。丁还说，中国政治的混乱，不是因为国民程度幼稚，不是因为政客官僚腐败，不是因为武人军阀专横，而是因为少数自由知识分子没有责任心、也没有能力负责任的缘故。

◇ 德国地质学家李希霍芬说："中国读书人专好安坐室内，不肯劳动身体，所以他种科学也许能在中国发展，但要中国人自做地质调查，则希望甚少。"丁文江反驳道："我们已有一班人，登山涉水，不怕吃苦。"丁曾任北大地质系教授，并主持创办我国第一个地质机构——中国地质调查所，对中国地质事业的发展贡献甚巨。

◇ 1932年陈独秀被捕，傅斯年为之辩诬，说陈是"中国革命史上光焰万丈的大彗星"。1927年李大钊就义，报纸上发表消息有谓李在北平"就刑"。傅斯年反驳说，李不是"就刑"，是"被害"。

◇ 金岳霖晚年回忆说自己喜欢作对联："小的时候，大人经常讲对联。我也学了背对联，背的多半是曹丕的。到北京后，也喜欢作对联，特别喜欢把朋友们的名字嵌入对联。有时也因此得罪人。"抗战前，他以梁思成、林徽因的名字作了一联："梁上君子，林下美人。"梁思成听了很高兴，因为他研究建筑经常要攀上爬低，"梁上君子"是俏皮的写实；而"林徽因的反应很不一样，她说：'真讨厌，什么美人不美人，好像一个女人没有什么事可做似的。'"

◇ 吴宓有一时期在报纸上发表了他的爱情诗，其中有"吴宓苦爱毛彦文，三洲人士共惊闻"之句。有一同事觉得不妥，便请金岳霖去劝吴。金对吴说："你的诗如何我们不懂。但是，内容是你的爱情，并涉及毛彦文，这就不是公开发表的事情。这是私事。私事是不应该在报纸上宣传的。我们天天上厕所，可是我们并不为此而宣传。"吴闻言不爽，说："我的爱情不是上厕所。"金争辩说："我没有说你是上厕所，我说的是私事不应该宣传。"后来金回忆此事，感觉自己当时说的话"确实不伦不类"。

◇ 五四时期以写新诗著名的康白情，1919年前在北京大学念书时已自视甚高。他是新潮社成员，每次上课，照例迟到。他选了马叙伦的"老庄哲学"课，没有一次不迟到的。马授课颇为专注，对学生是否缺课，有无迟到，从来不大注意。一日，马开讲《庄子》，讲得正兴起时，康又推门而入，全班学生的视线不约而同转向康。这次，马忍不住了，放下《庄子》责问康何故来迟。康答："住得太远。"马火气大发，说："你不是住在翠花胡同吗？只隔了一条马路，三五分钟就可走到，何得谓远！"康马上说："先生不是在讲庄子吗？庄子说：'彼亦一是非，此亦一是非。'先生不以为远，而我以为远。"马其时正在大讲"白马非马"，高谈玄理。

康诗人就以诡辩术回报。气得马一时无话可说，只好宣布下课。

◇ 郭沫若批评林语堂叫青年读古书，自己却连《易经》也看不懂，而英文也不好。林反驳说："我的英文好不好，只有让英国人、美国人去批评，郭沫若是没有资格批评我的英文的。至于读《易经》，我读了不敢说懂，郭沫若读了却偏说他懂，我与他的分别就是这一点。"

◇ 梁漱溟常说，别人把他视为学者、哲学家、佛学家、国学家，其实是对他的误解。他说，这"一面固然糟蹋了学者以及国学家，一面亦埋没了我简单纯粹的本来面目"。他一再对人说："我根本不是学问家！并且简直不是讲学问的人，我亦没有法子讲学问！"

◇ 刘文典睥睨古今，对同时代的新派学人多有不满，一次上课时谈及鲁迅，轻蔑地伸出小指，口中不置褒贬。20世纪50年代高校思想改造，有人责问他当年为何侮辱鲁迅，他辩解说："我何尝侮辱他，中国人以拇指比老大，那是表示年龄的，自古英雄出少年，鲁迅是我同学中最年轻有为的，我敬佩他是当代才子，所以伸出小指。"对方无话可说。其实，知情人都知道，刘比鲁迅小了10岁，他的辩解无疑是一种狡辩。

◇ "文化大革命"前夕，人们开始批判杨晦，理由是他修改马克思主义文艺理论。在批判会上，杨常常用包袱皮包一包马克思著作的德文版、俄文版、中文版。批判者批判他怎么怎么歪曲了马克思的理论，杨总是非常镇静地把德文本、俄文本、中文本打开，告诉批判者，你引用的是中文本的马克思著作，中文本是依据俄文本翻译的，见于俄文本几卷几页，俄文本是依据德文本翻译的，见于几卷几页。俄文本在翻译的时候，曲解了德文本的意思，中文本从俄文本翻译过来时，又有所变动。所以，你们说的马克思说什么什么，其实是不对的，马克思并不是这样说的，有德文本在么！

◇ 北大的学生对人对事都敢提意见，能挑毛病。于是有很多人说，北大培养的学生眼高手低。对此，任继愈说："我想，眼高手低是个缺点，但作为一个知识分子，分不出高低，眼手俱低，以己之昏昏使人昭昭，是不可能的。古人说'观过知仁'从缺点中发现其缺点不无可取之处。这也许是出于对北大的偏爱吧。"

神伤第十九

本章所收，多为北大学者黯然伤神之事，读来让人慨叹唏嘘不已。任何人的一生不可能总是一帆风顺，偶尔遭遇几许不快之事，原属正常。但百余年来，因为社会变革和政治动荡等诸多原因，又因知识分子与政治文化的密切关系，北大学者常主动或被动地置身于变革的大潮之中，有时甚至还被推向潮头浪尖。风云变化之际，舞台上人物的命运就会随之而变。命运的难以捉摸，催生出了几多悲欣交集之事。在与政治、世俗的博弈中，败下阵来的往往是读书人。但读书人的天性决定了他们很难忘情于社稷苍生，因此而多有失望、遗憾与伤心，极端者，便是以身殉道。本章所收的典故，大概可以代表百余年来国内知识分子的共同经历。面对这些往事，心生伤感与敬重之余，不由得不感慨：做人不易，做读书人更不易。一句"百余年风云变幻，诸师毕竟是书生"，足以概括全篇之内容。

◇ 有人问京师大学堂监督张亨嘉中西学之优劣，张答曰："中国积弱至此，安有学？"

◇ 严复曾四次参加科举考试，但每次都名落孙山，遂有"当年误习旁行书，举世相视如髦蛮"之叹。民国初立，社会动荡不安，严常为寻找一块安身立命之地而发愁："福建既不可归，上海无从插足，天津过于扰人，北京又危险如是，真不知如何打算。看来日后只可往秦皇岛忍耐孤单耳。"

◇ 1919年，五四风潮过后，迫于各方面的压力，蔡元培辞职离京，北京和上海学界遂掀起一场"挽留蔡校长"的风潮。上海学生联合会在5月15日发表的宣言中称："夫蔡先生去，则大学虽存犹死。大学死则从此中国之学术思想尽入一二权威者掌握之中，而学界前途遂堕于万劫不复之境。"

◇ 1923年，蔡元培在《关于不合作的宣言》中向世人表述了他担任北大校长的痛苦："我是一个比较的还可以研究学问的人，我的兴趣也完全在这一方面。自从任了半官式的国立大学校长以后，不知道一天要见多少不愿意见的人，说多少不愿意说的话，看多少不愿意看的信。想每天腾出一两点钟读读书，竟做不到，实在苦痛极了。而这个职务，又适在北京，是最高立法机关行政机关所在的地方。止见他们一天一天地堕落：议员的投票，看津贴有无；阁员的位置，禀军阀意旨；法律是舞文的工具；选举是金钱的决赛；不计是非，止计利害；不要人格，止要权利。这种恶浊的空气，一天一天地浓厚起来，我实在不能再受了。"

◇ 1921年，北洋政府停发北京各学校教师的工资，将教育经费再次挪作军用，引起北京学界的强烈不满。6月3日，上万名教职员、学生到总统府前示威游行。北京大学教授马叙伦和李大钊走在队伍的前面，遭到荷枪实弹的卫兵阻拦和殴打。卫兵用枪托、刺刀胡乱刺击手无寸铁的教师、学生。李大钊、马叙伦和几个同事都被打得鼻青脸肿。李大钊挺身与士兵理论，责备他们毫无同情心，不该欺负饿肚皮的穷教员。马叙伦怒斥宪警："你们只会打自己中国人，你们为什么不去打日本人？"胡适在当天的日记里也写道，马叙伦"血流满面，犹直立大骂'你们为什么不要脸，都跑了！'"

◇ 1922年8月，北洋政府积欠北京各校经费达5个月以上。经费无着，各校招生停顿，老生开学日期亦难确定。蔡元培等国立八校校长及教职员代表21人到教育部要求发给部分积欠（3个月），以解燃眉。但教育部"始则闭门不纳；继则谈话未终，突来部员多人咆哮怒骂；部长托词赴院，一去不回；宪兵巡警盘诘监视；自朝至暮，毫无结果"。

◇ 1915 年，正在日本留学的李大钊积极参加反对"二十一条"的斗争，满怀悲愤，写下了血泪文字——《警告全国父老书》，其中有句："空山已无歌哭之地，天涯不容漂泊之人。"随即弃学回国，投身救国运动之中。

◇ 1917 年，蒋梦麟学成回国，原因是："学成回国是我的责任，因为我已享受了留美的特权。"蒋后来在日本看到中日战争中俘获的中国军旗、军服和武器时，"惭愧得无地自容"。当他再看到日本人为纪念日俄战争胜利而游行，队伍绵延数里的场景时，竟"孤零零地站在一个假山顶上，望着游行的队伍，触景生情，不禁泫然涕下"。

◇ 1926 年，北京发生了震惊中外的"三·一八"惨案，北大的三位学生张仲超、黄克仁、李家珍惨遭杀戮。时任北京大学代理校长的蒋梦麟悲愤填膺。3 月 24 日，北京大学全体教职员及学生在三院大礼堂召开追悼三位烈士的大会，由蒋主祭。蒋在大会上沉痛地说："在我代理校长任内，学生举行爱国运动，不幸有此次之大牺牲，李、黄、张三生之死，就其各人之家庭言，均损失一贤子孙，其家属接此种凶耗，不知如何痛心；就国家社会言，损失如许求专门知识之良好学生，此种学生之培植，由小学而大学，殊不易易，将来即少如许有用之才；就同学方面言，大家亦损失许多互相切磋琢磨之朋友。任就一方面言之，均损失不小。……我任校长，使人家之子弟，社会国家之人才，同学之朋友，如此牺牲，而又无法避免与挽救，此心诚不知如何悲痛！"蒋说到这里潸然泪下。接着，蒋对北洋政府的暴行进行了猛烈的抨击，他说："处此人权旁落，豺狼当道之时，民众与政府相搏，不啻与虎狼相斗，终必为虎狼所噬。古人谓苛政猛于虎，有慨乎其言矣！"话未说完，蒋"不禁放声大哭，台下致祭者亦有相对痛哭者，一时全场顿成惨淡悲哀景象"。3 月 26 日，蒋发出布告："本校定本月 30 日开学，因此次同学惨死，开学后停课一星期，以志哀悼。"

◇ 1927年，奉系军阀占领北京后，张作霖下令将北大并入新成立的"国立京师大学"，并由"教育总长"刘哲兼任校长。刘治校如对敌，实行恐怖专政，学校重要职员多是他的亲信、奴才，连校役都由便衣充任。学生稍有反抗，便遭逮捕。一次，学生因反对某教员专横，最后闹到刘处，刘对学生说："不要捣乱，我有三种方法让你死：一、诬蔑你为共产党，送往天桥枪毙；二、逮捕后，令狱吏用药将你毒死；三、用汽车运往南口，活埋到炭坑中。"在"秽风腥雨，暗无天日"的专制统治下，北大失去往日生气，"三千学子均面现忧色，惨然若大难之将临也"。

◇ 1928年12月17日，北大30周年校庆时，北大师生因反对大学区制、争取复校而受到国民党政府的武力压制，校庆活动甚为冷清："二院大礼堂只聚了二百多同学，两个旧教授，门首高悬着一副白布对联，冷清清地举行了那告朔式的卅周年纪念。"1933年刊印的《国立北京大学校史略》，对此有更为精彩的描述："是年冬，我校三十周年纪念日，例应盛为庆祝。以方在争求复校期中，仅于其夜有学生数十，提灯巡游景山东街、北河沿一带，呼口号以见志。朔风吼天，枯枝摇雪。灯光疏暗，呼声沸扬。虽云志庆，实写悲也。"

◇ 黄节，字晦闻，老北大时期中文系教授，平日愤世嫉俗，认为中国当时的局势很像明代末年，为人写字常钤一印章，上刻"如此江山"四字。九一八事变以后，在北大讲授顾炎武诗文，常常是讲完字面意思以后，再阐明顾炎武的亡国之痛和忧民之心，一面讲一面慨叹，仿佛要陪着顾炎武也痛哭流涕。他曾对学生解释过他讲顾炎武诗文的原因是："看到国家危在旦夕，借讲顾亭林（顾炎武的字），激发同学们的忧国忧民之心。"学生因此而大受感动。

◇ 20世纪30年代，余嘉锡被聘到北大中文系教授"目录学"。余治学严谨，言必有据，蜚声学界。一次南方某大学一位教授来访，虚心请教目录学问题，借阅其目录学讲义。当时余还认为讲义不完善，有待补充，并未公开发表。不料这位教授将其借去后,改名换姓,抢先出版。余为此事十分伤心,上课时,对学生说:"你们都是见证人,是他抄我的讲义,不是我抄他的书啊!"

◇ 1935年10月8日,黄侃与世长辞,年仅49岁。临终前仍念念不忘国事,问家人:"河北近况如何?"最后叹息道:"难道国事果真到了不可为的地步了吗?"中央大学教授汪辟疆在《悼黄季刚先生》中称赞黄:"盖先生本性情中人,气愤填膺,虽在弥留之际,犹未忘怀国事,即此一端已足见其平生矣!"

◇ 九一八事变前夕,黄节感于时事,集宋人词句,撰联一副,以赠其弟子陆宗达:"海棠如醉,又是黄昏,更能消几番风雨;辽鹤归来,都无人管,最可惜一片江山。"

◇ 1937年7月29日,北平沦陷。当天,梁实秋对他的大女儿梁文茜说:"孩子,明天你吃的烧饼就是亡国奴的烧饼。"

◇ 陈岱孙在《往事偶记》一文中曾谈及他青年时代,在上海黄浦滩公园看到"华人与狗不许入内"的木牌时的切身感受:"我当时是毫无思想准备,因为关于这一类牌子的存在,我是不知道的。我陡然止步了,瞪着这牌子,只觉得似乎全身的血都涌向头部。在这牌子前站多久才透过气来,我不知道。最后我掉头回店,嗒然若丧。第二天乘船回家。我们民族遭到这样的凌辱、创伤,对于一个青年来说,是个刺心刻骨的打击。我们后来曾批判过那个年代起出现的所谓各种'救国论'。但是只有心灵上经历这深巨创伤的人才会理解'救国论'有其产生的背景。"

◇ 1929年,毕业于北大地质系的地质学家赵亚曾去云南考察,搜集了一大堆资料,装了好几只箱子,雇了几个骡驮队从山区往城市里转运。当地土匪以为装有财物,半路劫掠,赵拼命保护,遂被杀害。消息传到北大,师生无限悲痛。地质系葛利普教授用他独有的方式表达了对赵的哀悼之情:"有一天地质系上课的时候,下肢瘫痪的美国教授葛利普坐在椅子上被抬上讲台。他两手按着教桌,颤巍巍地站起来,同学们都没见过他这种动作,正在惊疑之际,他说:'同学们站起来,我们的赵亚曾同学在云南被土匪杀害了,要为他默哀。'全堂的同学都起立低下了头。坐下以后他又讲了赵同学被害的经过,回忆他平日自己勤学、帮助同学一同进步的情况和他常说的为了祖国富强努力学习、发掘宝藏的话。课堂上把默哀转成了流泪,这一堂课就是这样上的。"

◇ 蒋梦麟于1943年被调往国民党"中训团"任"训练委员",实际上乃是受训:早晚升降旗要参加,重要的课目要上课听讲,每星期的纪念周必须参加听训,团长、教育长点名时,还必须排列在队伍里面,握拳、举手、转头、注目,很有力地答一声"有"!同以"训练委员"名义参加受训的还有梅贻琦、竺可桢、金曾澄等。

◇ 1945年12月1日,为了镇压进步师生的反对内战的爱国民主进步活动,大批国民党特务和军人分途围攻西南联大和云南大学等校,毒打学生和教师,并向学生集中的地方投掷手榴弹,造成了死伤数十名师生的一二·一昆明惨案。为了哀悼烈士,正在西南联大读书的任继愈撰写了一副挽联:"挟书者族,偶语者诛,驱四万万人民尽效鹦鹉舌、牛马走,转瞬咸阳成灰,千古共笑秦王计;杀身成仁,舍生以义,将一重重悲愤化作狮子吼、杜鹃魂,行看中国再建,日月长昭烈士心。"

◇ 青年毛泽东第一次来北京时,经北大教授杨昌济介绍,在李大钊手下做北大图书馆的书记员。月薪最少时只有8元大洋,最多时也不过17元。毛回忆他在北大图书馆工作的情形说:"我的职位低微,大家都不理我。我的工作中有一项是登记来图书馆读报的人的姓名,可是对他们大多数人来说,我这个人是不存在的。在那些来阅览的人当中,我认出了一些有名的新文化运动头面人物的名字,如傅斯年、罗家伦等,我对他们极有兴趣。我打算去和他们攀谈政治和文化问题，可是他们都是些大忙人，没有时间听一个图书馆助理员说南方土话。"

◇ 1947年，国内局势动荡不安，物价飞涨，北大教育经费无着落，教师生活十分清苦。胡适在记者招待会上抱怨："教授们吃不饱，生活不安定，一切空谈都是白费。"当年9月21日，胡致电教育部，说平津物价高昂，教员生活清苦，"请求发给实物；如不能配给实物，请按实际物价，提高实物差额金标准"，也无下文。9月23日，胡在日记中叹息："北大开教授会，到了教授约百人，我作了二个半钟头的主席。回家来心里颇悲观，这样的校长真不值得做！大家谈的想的都是吃饭！"

◇ 1947年9月，胡适主持北大教授会，商讨北大未来十年的发展规划。向达在会上说："我们今天愁的是明天的生活，哪有工夫去想十年二十年的计划？十年二十年后，我们这些人都死完了。"

◇ 内战进入后期，国民党的统治岌岌可危。蒋介石要胡适做国民党的官，胡适先以"内人临送我上飞机时说'千万不要做官，做官我们不好相见了！'"为辞搪塞，后又以"北大同人坚决反对"为由推辞。

◇ 晚年的胡适对胡颂平说："一个人到了某一种阶段，没有人肯和他说实话，那是最危险的！"

◇ 1948年12月17日，是北大建校50周年，也是胡适57岁生日，在南京"中研院"内的北大校庆纪念会上，胡适致辞："我绝对没有梦想到今天会在这里和诸位见面，我是一个弃职的逃兵，实在没有面子再在这里说话。"语至痛切处，痛哭失声，会场一片凄然。

◇ 1948年的最后一天，胡适与傅斯年同在南京度岁。凄然相对，一边饮酒，一边吟诵陶渊明《拟古》第九："种桑长江边，三年望当采。枝条始欲茂，忽值山河改。柯叶自摧折，根株浮沧海。春蚕既无食，寒衣欲谁待。本不植高原，今日复何悔！"语至凄切处，不禁潸然泪下。

◇ 傅斯年死后，胡适说："有人攻击我，傅斯年总是挺身而出，说：'你们不配骂胡适之。'那意思是只有他才配骂。他也承认这一点。"从此，这个世界上再没有人骂胡适了，这一点令胡无比痛惜。

◇ 1948年年中，北平物价飞涨，局势愈加紧张，北大教授生活难以安定。邓嗣禹经过考虑，决定向校长胡适辞职。邓一进校长办公室，就开门见山地对胡说："胡先生，抱歉得很，一年例假已到期，我想回美国教书。请您原谅。"胡惊讶地说："去年我请马祖圣、蒋硕杰跟你邓嗣禹三人来北大教书，希望你们三位青年教授，把在美国教书的经验，施之于北大，提高理科、经济跟历史的标准，采严格主义，盼在三五年之后，能使北大与世界名大学并驾齐驱，为什么你刚来了一年就要离开，请打消此念头。"邓再说："我已考虑了很久，跟同学同事们相处得非常之好，实在舍不得离开北大。然人是要吃饭的，而且我要吃得相当的好，再三思维，别无办法，只好辞别心爱的北京，再去给别人抱孩子。"当时前来辞职的教授甚多，胡无奈地看看其他教授，对邓说："各位在坐已很久了，此事一言难尽，我请你取消辞意，以后再谈，如何？"但邓去意已决，不几日离开北大，前往美国。

◇ 丁文江曾对胡适感叹："我们这班人恐怕只能是'治世之能臣，乱世之饭桶'罢！"

◇ 据任继愈回忆，钱穆在北大历史系任教时，是唯一没有出国留学的教授，在当时崇洋的风气下，也遇到一些小的不愉快。有一年，系主任陈受颐休假，有人提议系主任是否可由钱来接替。胡适（时任文学院长）说："钱先生刚来北大时是副教授，现在已是教授了。"没有往下说。这个建议就搁浅了。

◇ 鲁迅病逝的第二天，周作人恰好在北大有一堂"六朝散文"课，他没有请假，而是照样挟着一册《颜氏家训》，缓缓走进教室，开始讲授此书的"兄弟"篇。在长达一小时的时间里，周只是念着书本讲话，学生也不开口发问或表示慰问。教室竟然显得十分沉静。下课铃声响后，周挟起书说："对不起，下一堂课我不讲了，我要到鲁迅的老太太那里去。"这个时候，大家才看到周的脸色十分肃穆、沉静、幽黯，让人觉得他的悲痛和忧伤不是笔墨所能形容。周的学生柳存仁回忆当时的情景说："他并没有哭，也没有流泪，可是眼圈有点红热脸上青白的一层面色，好像化上了一块硬铅似的。这一点钟的时间，真是一分钟一秒钟地慢慢地捱过，没有一个上课的人不是望着他脸，安静地听讲的。这个时候容易叫你想起魏晋之间的阮籍丧母的故事。"

◇ 抗战胜利后，内战又起，周炳琳不辞辛苦，为和平奔走呼吁，但都无济于事。他在给胡适的一封信中写道："在此局势中，号称主人翁之人民呼吁无灵，而智识分子尤可怜。"

◇ 西南联大时期，教学条件和生活条件都很艰苦。当时纸币贬值，稿费极低。有时写一篇文章的稿费，恰好够吃一碗面。王力的《中国现代语法》上册出版时，王妻从龙头村（王在郊区的住处）进昆明城到商务印书馆取稿费，拿到的钱还不够进城的车费。

◇ 梁宗岱在弥留之际，"不作呻吟，而是发出雷鸣般的巨吼，震动整座楼房"。梁的同事戴镏龄说梁："他不怕死，但在死前竟留下一堆未完成的工作，他不得不用连续的巨吼代替天鹅绝命的长鸣，以发泄他的无限悲愤。"

◇ 熊十力早年参加辛亥革命和护法运动。两次革命均以失败告终。熊目睹"党人竞权争利，革命终无善果"，内心非常痛苦，常常"独自登高，苍茫望天，泪盈盈雨下"。后遂不问政事，一心向学。

- 1962年5月，熊十力在给唐君毅、牟宗三等人的信中说："平生少从游之士，老而又孤。海隅嚣市，暮境冲寞。长年面壁，无与言者。"

- 冯友兰在《怀念熊十力先生》一文中写道："熊先生在世时，他的哲学思想不甚为世人所了解，晚年生活尤为不快。但在50年代他还能发表几部稿子。在他送我的书中，有一部的扉页上写道：'如不要时，烦交一可靠之图书馆。'由今思之，何其言之悲耶！"

- 暮年的熊十力，室内内墙上挂着三个大字书写的君师帖，从墙头一直贴到天花板，孔子居中，左右是两位王先生：王夫之和王阳明，朝夕膜拜。但此时，他目光不再炯炯有神，谈吐不再潇洒自如，情绪也不再热烈激昂，而是"常独坐桌边，面前放一叠白纸，手中握支秃笔，良久呆坐"。

- 周一良家中的墙上挂着一幅字："不如意事常八九，可与言人无二三。"周曾用他惯常的语气平静地告诉他的学生，这就是他一生的真实写照。

- 梁漱溟晚年回忆说："我曾哭过两次，一次在曹州，系由学生不听话所致；另一次是陈铭枢出卖了李济深，使李被蒋介石软禁汤山温泉一段时间，我觉得太不应该，曾大哭一场。"

- 黄昆的学生郑厚植院士等曾回忆说，黄到了晚年，为自己没有更多学术贡献而痛苦，但是又不得不承认并遵守自然规律。

- 林庚去世后，其弟子袁行霈撰文追忆说："林先生走得那样安详，那样从容，没受任何折磨，这是他修的福气，我不应该太难过。……凡是聆听过他教诲的人，凡是读过他的著作的人，凡是见过他的人，凡是知道他的人，都会为这样一位诗人、学者和教育家的离去而感到悲痛。这样纯真的、诚挚的、一片冰心的、无须别人设防的人，今后恐怕是越来越少了。"

◇ 侯仁之治历史地理学，特别重视野外考察和考古研究。"文化大革命"后期，侯脱离被长期批斗的处境，就前往河北、山东等地考察当地城市的发展演变。1978 年，已经 67 岁的侯再次前往西北沙漠，重新开始中断 10 年的沙漠研究。他还坚定地说："历史地理工作者必须勇敢地打破旧传统，坚决走出小书房，跳出旧书堆，在当前生产任务的要求下，努力开展野外的考察研究工作。"1993 年暑假，82 岁的侯带着学生去内蒙古赤峰市考察。由于大雨冲垮路基，火车到了北京郊区的怀柔就被迫返回，侯的最后一次野外考察就这样结束了。以后的岁月，他经常满怀惆怅地说："我的野外考察生涯就这样中断了！"

忧思第二十

忧虑之思，往往形诸文字与语言。生于忧患，死于安乐，不仅是个人成长成才的规律，也几乎是历史演变的准则。一个国家与民族，在任何时候，总有一些能保持清醒头脑、居安思危之人。他们忧天下，忧苍生，忧文化，忧时风，就是很少忧一己之幸福。他们的忧思，不仅能指陈问题，寻出原因，还在努力寻求解决的方案，让人感到他们的良苦用心与热忱关怀。作为北大学人，大家重点关心的乃是教育与文化这些"百年大计"。遗憾的是，当年很多先生的忧虑之言、担心之事，都不幸被言中。今日国家教育文化事业的发展，先哲时贤的忠言谠论，应该引起人们的足够重视。

◇ 1915年，林纾为国学扶轮社编纂的《文科大辞典》作序云："新学即昌，旧学日就淹没，孰于故纸堆中觅取生活？"

◇ 新文化运动时期，林纾极力捍卫古文的地位，与蔡元培、胡适、陈独秀、钱玄同等新派人物激烈论争，讥笑白话是"引车卖浆之徒所操之语"，"不值一哂"。林推广古文矢志不渝。他在《论古文之不当废》中说：古文不能废，"吾识其理，乃不能道其所以然"。在他逝世前一月写的遗训十条中，特意为擅长古文辞的四子林琮写有一条："琮子古文，万不可释手，将来必为世所宝。"林在弥留之际，仍以手指在林琮手心写下最后的遗嘱："古文万无灭亡之理，其勿怠尔修。"

◇ 严复说:"天下之最为哀而令人悲愤者,无过于一国之民,舍故纸所传而外,一无所知。"

◇ 辛亥革命成功以后,南北议和,举国对袁世凯心存幻想。邵飘萍却发表时论警示国人:"呜呼!当断不断,反受其乱。袁贼不死,大乱不止。同胞同胞,岂竟无一杀贼男儿耶?"

◇ 20世纪30年代,北大校长蒋梦麟发感慨说:"政治腐败,我们哪里能不谈政治;既谈政治,教育界哪里能不遭到政客的摧残、仇视、利用?即退一步,我们可不谈政治,然而哪里能不主张公道?主张公道,那不公道的一班人,就与我们捣乱。"

◇ 1914年,到美国仅四年的胡适,痛感留学生的沉迷生活,撰写了忧患不已的《非留学篇》。这篇洋洋洒洒的长文的开头四句是:"留学者,吾国之大耻也;留学者,过渡之舟楫非敲门之砖也;留学者,废时伤财事倍而功半者也;留学者,救急之计而非久远之图也。"

◇ 1915年2月20日,在美国留学的胡适与其英文教师亚丹谈话中论及国立大学的重要性,很受刺激。于是在当日的日记中写道:"吾他日能见中国有一国家大学可比此邦之哈佛,英国之剑桥、牛津,德之柏林、法之巴黎,吾死瞑目矣。嗟夫!世安可容无大学之四万万方里、四万万人口之大国乎!世安可容无大学之国乎!"

◇ 胡适曾说:"国无海军,不足耻也;国无陆军,不足耻也!国无大学,无公共藏书楼,无博物院,无美术馆,乃可耻耳。我国人其洗此耻哉!"

◇ 1922年,胡适困于北大风潮,在《努力周报》上发表评论说:"北京大学这一次因收讲义费的事,有少数学生演出暴乱的行为,竟致校长以下皆辞职,这件事,在局外人看起来,很像是意外的风潮;在我们看起来,这确是意中之事。'五四''六三'以后，北京大学'好事'的意兴早已衰竭了。一般学生仍回到那'挨毕业'的平庸生活；优良的学生寻着了知识上的新趣味，都向读书译书上去，也很少与闻外事的了。因此，北大的学生团体竟陷入了绝无组织的状态，三年组不成一个学生会！这几年教职员屡次因经费问题，或罢课，或辞职；学生竟完全处于无主张的地位，懒学生落得不上课，不考，好学生也只顾自己可以读书自修，不问学校闹到什么田地。学校纪律废弛，而学生又无自治的组织，一旦有小变故，自然要闹到'好人笼着手，坏人背着走'的危险境地。目前的风潮，也许可以即日结束；但几十个暴乱分子即可以败坏二千六百人的团体名誉，即可以使全校陷于无政府的状态，这是何等的危机？"

◇ 1922年12月17日，在北大校庆25周年纪念盛会上，胡适总结北大过去几年的成就说，北大是"开风气则有余，创造学术则不足"。他感叹道："我们有了二十四个足年的存在，而至今还不曾脱离'裨贩'的阶级！自然科学方面姑且不论，甚至于社会科学方面也还在裨贩的时候。三千年的思想、宗教、政治、法制、经济、生活、美术……的无尽资料，还不曾引起我们同人的兴趣与努力！这不是我们的大耻辱吗？"

◇ 胡适在1931年9月14日的日记天头补注道："我们费了九个月的工夫，造成一个新'北大'，九月十四日开学，五日之后就是'九一八'的一炮！日本人真是罪大恶极！"

◇ 1934年8月，胡适很诚恳地对国人说："今日中国教育的一切毛病，都由于我们对教育太没有信心，太不注意，太不肯花钱。教育所以'破产'，都因为教育太少了，太不够了。教育的失败，正因为我们今日还不曾真正有教育。"

◇ 胡适说他学成归国后所见的怪现象中，最普通的是"时间不值钱"。"中国人吃了饭没有事做，不是打'麻雀'，便是打'扑克'。有的人走上茶馆，泡了一碗茶，便是一天了。有的人拿一只鸟儿到处逛逛，也是一天了。更可笑的是朋友去看朋友，一坐下便生了根了，再也不肯走。有事商议，或是有话谈论，倒也罢了。其实并没有可议的事，可说的话。"

◇ 1929年，胡适在《文化的冲突》一文中问国人："我们对中国文明究竟有什么真正可以夸耀的呢？……我们国家在过去几百年间曾产生过一位画家、一位雕刻家、一位伟大诗人、一位小说家、一位音乐家、一位戏剧家、一位思想家或一位政治家吗？"1930年，胡又撰文说："我们必须承认我们自己百事不如人，不但物质机械上不如人，不但政治制度不如人，并且道德不如人，知识不如人，文学不如人，音乐不如人，艺术不如人，身体不如人。"

◇ 胡适说："我们中国民族最伟大的时代，正是我们最肯模仿四邻的时代：从汉到唐宋，一切建筑、绘画、雕刻、音乐、宗教、思想、算学、天文、工艺，哪一件里没有模仿外国的重要成分？……到了我们不肯学人家的好处的时候，我们的文化也就不进步了。我们到了民族中衰的时代，只有懒劲学印度人的吸食鸦片，却没有精力学满洲人的不缠脚，那就是我们自杀的法门了。"

◇ 据梁漱溟回忆，北大哲学系某一届毕业生在毕业之前，曾召开一次茶会，邀请了校长蔡元培、文科学长陈独秀以及相关教员参加。陈独秀在讲话中说："我很替诸位毕业的同学发愁。因为国文系的同学毕业，我可以替他们写介绍信，说某君国文很好请你用他，或如英文系的同学毕业时，我可以写介绍信说某君英文很好请你可以用他，但哲学系毕业的却怎么样办呢？所以我很替大家发愁！"若干年以后，梁漱溟在给中山大学哲学系演讲时，也感慨地说："一个大学里开一个哲学系，招学生学哲学，三年五年毕业，天下最糟，无过于是！哲学系实在是误人子弟！"

◇ 梁漱溟在《中国文化要义》中说："中国文化之最大偏失，就在于个人永不被发现这一点上。一个人简直没有站在自己立场说话的机会，多少感情要求被压抑，被抹杀。"

◇ 傅斯年任北京大学代校长时，有一次讲到农民的艰苦生活时说："孟子说'乐岁终生苦，凶年不免于死亡'，乃是至理真言。中国这块土地上，自从有了农民后，这千千万万的农人就没有过过一天舒心日子，可政府官员还要千方百计去盘剥他们，天理难容，天理难容！"一边说一边还用手杖在地上捣，一副义愤填膺、欲为百姓讨公道的神情。

◇ 作家陶纯在老北大上学时，与路友于关系甚好。二人经常在一起探讨国家大事。有一次，路问陶加入国民党没有。陶答没有。路又问陶是否赞成三民主义，拥护孙中山。陶答，肯定拥护和赞成。路便向陶解释说孙中山的三民主义和孙创建的国民党是救中国的道路，热血青年应该加入国民党。陶答："没有本事不能救国，只有先读书才能救国。"路听后，慢腾腾地对陶说："等你有了本事，国家亡了怎么办？"陶无言相答，两人陷入沉默好长时间。后来路和李大钊一同被张作霖杀害，成为烈士。

◇ 1945年2月，翦伯赞发表《论中日甲午之战》，在分析战争的结局和原因时，翦痛心疾首地说："甲午之战，中国一开始就是失败，以后也是失败，最后，还是失败。这是什么原因呢？非常明白，最主要的原因，就是因为中国落后腐败。"

◇ 1946年7月，李公朴、闻一多被暗杀后，费孝通的处境十分危险，在美国外交官的帮助下，费和家人避到了美国领事馆。费在《这是什么世界》一文中写道："'一个国家怎能使人人都觉得自己随时可以被杀！'人类全部历史里从来就没有过这等事。我们现在活在什么样的世界里！"

◇ 1988年5月3日，费孝通参加"已故燕京、西南联大社会学教授学术成就研讨会"，在表示对梁漱溟治学、为人之道的敬慕心情时，费说："环顾当今之世，在知识分子中能有几个不唯上、唯书、唯经、唯典？为此舞文弄笔的人也不少，却常常不敢寻根问底，不敢无拘无束地敞开思想，进行独立思考。"

◇ 曾昭抡经常教导学生将个人学业与国家命运联系起来，切切实实尽公民的社会义务。他对"一般青年趋向实利主义"的现象非常担心，认为"这样的青年，如果将来要担负国家的责任，对于国家，未免危险"。

◇ 1948年，张榆生在《介绍国立北京大学：献给准备投考的千万青年同学》一文中写道："正如北大校舍的没有墙垣和门户，北大人也最散漫、最无门户观念。他们在校即少接触，离校之后更无联系，同学会的组织有名无实。毕业生的就业没有特别势力范围，大都单枪匹马自找出路。胡适说：'我到北大三十一年来没有写过一封介绍信。'这种独立精神不求援引自属难能可贵，但不免失之于孤立，在社会上缺乏同学的砥砺和监督。"

◇ 2005年，年届九十的马大猷依然笔耕不辍，他对记者说："我们科学技术水平还比较落后。我国科学技术水平只是在落后国家中较强。研究工作水平不断下降，国际科学前沿够不上，新高技术主要靠引进。这使我国科技人员愧对国际同行，愧对海外中国科学家。我着急啊。所以，想给大家提个醒。"

◇ 钱穆生前曾对妻子说："自古以来的学人很少有及身而见开花结果的。在今天讲文化思想，似乎不像科学家的发明，不论别人懂与不懂，即可获得举世崇拜，因为科学有一个公认的外在价值，而讲文化思想只有靠自己具有一份信心来支持自己向前，静待时间的考验，故其结果往往要在身后。"钱认为，中国人对中国文化失去信心是当代中国文化的最大危机，学校偏重自然科学，崇洋蔑己，更是中国文化的隐忧。

◇ 苏秉琦曾说:"我们建设现代化,如果是建设日本式的、新加坡式的,是单纯学美国、西欧、日本,那能就是千万仁人志士抛头颅洒热血奋斗的目标?不是。我们要建设的是同五千年文明古国相称的现代化。"

◇ 季羡林在《悼念邓广铭先生》一文中感叹:"近些年来,由于众所周知的原因,国内大学及科研机构中,从事人文社会科学的研究事业者,大都有后继乏人之慨叹。实际情况也确实是这样,确实值得人们的担忧。阻止或延缓这种危机的办法,目前还没有见到。有个别据要津者,本应亡羊补牢,但也迟迟不见行动,徒托空言,无济于事。这绝非杞人忧天的想法,而是迫在眉睫的灾难。我辈这一批手无缚鸡之力的知识分子,虽然知之甚急,忧之极切,也只能'惊呼热中肠'而已。"

◇ 在一次会议上,金开诚对当前的教育现状忧心忡忡,他说:"传统文化讲教育,有三条规律:德智兼修、因材施教、学以致用。我们现在教育培养的是'考试机器',德育进不了学生的'兴奋中心',所以就不会在精神世界中起作用。因材施教也根本没有做到,中小学教材过于深奥,而且要门门高分才能考上大学,这如何发挥学生的智能特征?学以致用更无从谈起,12年中小学,4年大学,硕士、博士再加5年,学出来就28、29岁了,才开始'用',还未必学以致用,到时哪个行当热门便从事哪行,造成人才的极大浪费。"他还说:"我常常感到,有些博士的专业技能,并不如学徒出身的人的技能。""过去我们常讲,'三百六十行,行行出状元',但我们现在没有这个社会风气,人人要当白领,长此以往,后果不堪设想。"

◇ 汤一介说:"梅贻琦校长可以说'大学者,有大师之谓也',但今天还能这样说吗?我认为,今天是出不了大师的,特别是文科,因为没有出大师的环境和条件了。"

◇ 王选说他当年搞汉字激光照排系统研究时,颇多坎坷,最难受的是他的工作得不到别人的认可。他回忆说："可惜当时我是一个无名小卒，别人根本不相信。我说要跳过日本流行的第二代照版系统，跳过美国流行的第三代照版系统，研究国外还没有商品的第四代激光照版系统。他们就觉得这个简直有点开玩笑，说：'你想搞第四代，我还想搞第八代呢！'"

◇ 王选和他带领的团队曾获很多重要的科技奖励，但他心中从来不曾踏实过。他说自己有一种"负债心理"，感觉不到有什么成就。他说："我经常反问自己，我们到底对国家是有功还是有过？我们得了这么多奖，如果将来市场都被外国产品占领了，那么你的功劳在哪儿呢？国家投资到哪儿去了呢？"

◇ 2006年，谢冕在一次主题为"读图时代与经典阅读"的座谈会上充满忧虑地说："今天我们面临的是一个匆忙、快速的消费时代，物质的丰富和精神的匮乏形成强烈的反差。一大批浅薄、没有耐心的读者，完全没有耐心读经典。我担心，有一天，我们的耳朵将无法欣赏美妙的高雅音乐，我们的眼睛将无法欣赏凡·高那美丽动人的金黄色。文学经典培养的是一代有趣味、有诗意的中国人，但这一切在慢慢失去。"

◇ 2001年4月，袁行霈在北大文科全体教师的大会上充满忧虑地指出："目前，社会上的浮躁风气和商业上的投机心理侵蚀着学术，一些学者忘记了学术的目的，或急功近利，粗制滥造；或媚于世俗，热衷炒作；有的人甚至丧失学术道德，以抄袭剽窃的手段换取一时的名利。这简直就是学术自杀的行为！"他呼吁北大应"树立学术的气象和学者的风范"。

◇ 陈平原感慨说："没有长须飘拂的冯友兰，没有美学散步的宗白华，没有妙语连珠的吴组缃，没有口衔烟斗旁若无人的王瑶，未名湖肯定会显得寂寞多了。"

自许第二十一

　　自许者，自我期许，自我评价之辞也。宋人洪迈云："人苦不自知，可发千载一笑。"清人曾国藩亦云："目能见千里而不能自见其睫。"足见自知之难。人贵有自知之明，但客观地认识和评价自己，表露出自己的真实心声，谈何容易。期许过高，但无真才实学，是为疏狂。期许过低，则眼低手低，恐怕也难成就一番大事业。唯独期许与才能、事功大致相当，名副其实，才算明智之士。本章所收，多为大师的夫子自道之辞，我们从中读出的是真诚、恰切与自任不轻。读者三复其言，对于了解先贤，认识和评价自我，当有不少启发和助益。

◇ 张百熙曾赋诗明志云："方我少年时，读书气嶙峋。常怀四海志，放眼横八垠。"

◇ 林纾曾说自己："生平冷癖，提起做官二字，如同恶病来侵。"

◇ 林纾为近代翻译大家，终其一生，翻译世界名著40余部。林晚年自陈其翻译目的云："纾年已老，报国无日，故日为叫旦之鸡，冀吾同胞警醒。"

◇ 蔡元培一生好学不倦，涉猎甚广，但总觉不满足。年近70岁时，蔡撰写《假如我的年纪回到二十岁》，自述平生读书兴趣及遗憾："我若能回到二十岁，我一定要多学几种外国语，自英语、意大利语而外，希腊文与梵文，也要学的；要补习自然科学，然后专治我喜爱的美学及世界美术史。"

◇ 蒋梦麟说自己平生做事全凭"三子"：以孔子做人，以老子处世，以鬼子办事。所谓鬼子者，洋鬼子也，指以科学务实的精神办事。蒋复璁也评价说：蒋梦麟是"以儒立身，以道处世，以墨治学，以西办事。"

◇ 蒋梦麟晚年在回忆北大的学术自由以及蔡元培、陈独秀、胡适和鲁迅兄弟以后，曾谦虚地说："有人说北京大学好比是梁山泊，我说那么我就是一个无用的宋江，一无所长，不过什么都知道一点。因为我知道一些近代文艺发展的历史，稍有空闲时，也读他们的作品，同时常听他们的谈论。古语所谓'家近通衢，不问而多知'。我在大学多年，虽对各种学问都知道一些，但总是博而不专，就是这个道理。"

◇ 辛亥革命时期，李大钊作诗云："何当驱漠北，遍树汉家旗。"他在日本留学时，曾赋诗一首："壮别天涯未许愁，尽将离恨付东流。何当痛饮黄龙府，高筑神州风雨楼。"

◇ 在武汉失守后，胡适迅速拉到了美国给中国的第一笔2500万美元的贷款。蒋介石致贺电说："借款成功，全国兴奋。"胡自己也很兴奋地题诗一首作为纪念："偶有几茎白发，心情微近中年，做了过河卒子，只能拼命向前。"

◇ 胡适在介绍自己的事业时，只介绍文学是他的"娱乐"，哲学是他的"职业"，历史是他的"训练"，政治是他的"兴趣"，却从未说过教育是他的"什么"。

◇ 1916年1月25日，身在美国的胡适在给朋友的信中说他"近来别无奢望，但求归国后能以一张苦口，一支秃笔，从事于社会教育，以为百年树人之计，如是而已"。

◇ 1916年，胡适在与他人进行新文学论战时，曾作《沁园春·誓诗》，初稿中，词的下半阕是："要前空千古，下开百世，收他臭腐，还我神奇。为大中华，造新文学，此业吾曹欲让谁？诗材料，有簇新世界，供我驱驰。"后来，胡觉口气很狂，心中不安，所以屡易其稿，后来的定稿是："定不师秦七，不师黄九，但求似我，何效人为！语必由衷，言须有物，此亦寻常当谁告！从今后，倘傍人门户，不是男儿！"

◇ 胡适是新文化运动的主将之一，但他却说，由于自己的历史癖太深，故不配做革命的事业，文学革命的进行，最重要的急先锋不是自己，而是自己的朋友陈独秀。

◇ 胡适就任北大校长后，雄心勃勃，称"既已做了北大校长，就希望做它十年八年，以求能做出一些成绩来，否则对不起北大，对不起自己"。他的目标是"一心一意把北大办成具有国际地位的大学"。

◇ 1921年，胡适出版《红楼梦考证》，一反以往索隐派、附会派等"旧红学"派的观点，创立了以自传说为特点的"新红学"。胡适因之成为"新红学"派的祖师。胡适对此很是得意，说"我对《红楼梦》的研究都是前所未有的"。

◇ 1962年2月24日，也就是胡适去世的当天，他在台湾主持"中研院"第五次院士会议时，高兴地说："我常向人说，我是一个对物理学一窍不通的人，但我有四个学生是物理学家，一个是北京大学物理系主任饶毓泰，一个是曾与李政道、杨振宁合作试验'对等律治不可靠性'的吴健雄女士，而吴大猷却是饶毓泰的学生，杨振宁、李政道又是吴大猷的学生。排行起来，饶毓泰、吴健雄是第二代，吴大猷是第三代，杨振宁、李政道是第四代了。这一件事，我认为平生最为得意，也是最值得自豪的。"这是胡适生前的最后讲话。

◇ 陈独秀说自己："不怕打，不怕杀，只怕人对我哭，尤其妇人哭。""绝对厌弃中庸之道，绝对不说人云亦云，豆腐白菜不痛不痒的话，我愿说极正确的话，也愿意说极错误的话，决不愿说不对又不错的话。""我只注重自己的独立思想，不迁就任何人的意见……不受任何人的命令指使，自作主张，自负责任。"

◇ 1942年12月，傅斯年于大病之后，在给胡适写的一封信中说："病中想来，我之性格，虽有长有短，而实在是一个爱国之人，虽也不免好名，然比别人好名少多矣。心地十分淡泊，喜欢田园舒服。在太平之世，必可以学问见长。只是凡遇到公家之事，每每过量热心。此种热心，确出于至诚，而绝非有所为。遇急事胆子也大，非如我平常办事之小心。有时急的强聒不舍，简直是可笑。平日好读老庄，而行为如此。有此性情，故遇有感情冲动之事，心中过分紧张。这种感情冲动，私事甚少，而为公者极多。性情如此，故得此病，更不易治。此等性情，自天外人看来，未知还有趣否？但在中国确算比较少的了。……古人有以天下事为己任之说，一个人如此想，多半是夸大狂，我向不以此言为然。但自己不自觉之间，常在多管闲事，真把别人的事弄成自己的事。此比有此意识者更坏事，以其更真也。我本以不满政治社会，又看不出好路线来之故，而思遁学问，偏不能忘此生民，于是在此门里门外跑来跑去，至于咆哮，出也出不远，进也住不久。此其所以一事无成也。今遭此病，事实上不能容我再这样，只好从此以著书为业。所可惜者，病中能著书几何，大是问题耳。但只要能拖着病而写书，其乐无穷。"

◇ 辜鸿铭曾深情地说："我热爱我的国家……在他们（按指嘲笑辜的大学生）还没有出生前，我就口诛笔伐，反对'不平等条约'和治外法权的卑劣做法。""我在英国读书时就已知道何为祖国，而当时许多中国人对此还不甚了解；为了更好为祖国效力，我不看荣誉和金钱……"辜称自己希望中国繁荣富强："那时，我将在儒家的天国深感欣慰。"苏曼殊由此感慨地说："国家养士，舍辜鸿铭先生而外，都是'土阿福'。"

◇ 1918 年，熊十力为老友张纯一《谈道书》作序，称："茫茫大地……唯有撑拳赤脚，独往独来于天地间而已。"熊于当年自印《熊子真心书》，丁去病为其作跋，称熊为"孤怀独往者"。

◇ 1934 年，周作人 50 岁，曾作两首"自寿诗"，颇能体现其立身志趣。其一云："前世出家今在家，不将袍子换袈裟。街头终日听谈鬼，窗下通年学画蛇。老去无端玩骨董，闲来随分种胡麻。旁人若问其中意，请到寒斋吃苦茶。"其二云："半是儒家半释家，光头更不着袈裟。中年意趣窗前草，外道天涯洞里蛇。徒羡低头咬大蒜，未妨拍桌拾芝麻。谈狐说鬼寻常事，只欠工夫吃讲茶。"

◇ 林语堂曾说自己是："两脚踏东西文化，一心作宇宙文章。"他还经常对人说："我的长处是对外国人讲中国文化，而对中国人讲外国文化。"

◇ 林语堂说自己："永远不骑墙而坐；我不翻跟头，体能上的也罢，精神上的也罢，政治上的也罢。我甚至不知道怎样趋时尚，看风头。""我从未有写过一行讨当局喜欢或是求当局爱慕的文章。""我以为我像别人同样有道德，我还以为上帝若爱我能如我母亲爱我的一半，他也不会把我送进地狱去。我这样的人若是不上天堂，这个地球不遭殃才怪。"

◇ 范文澜追述他"五四"前后的转变说："我在'五四'前后，硬抱着几本经书、汉书、说文、文选，诵习师说，孜孜不倦，自以为这是学术正统、文学嫡传，看不起那时的白话文、新学说，把自己抛在大时代之外。后来才知道错了！错了！剑及履及般急起直追，感谢时代不抛弃任何一个愿意前进的人，我算是跟上时代了。想起那时候耳不闻雷霆之声，目不睹泰山之形，自安于蚯蚓窝里的微吟，如何不后悔呢！"

◇ 顾颉刚年轻时说自己"既不把别人看作神秘，也同样地不把自己看作神秘。我知道我是一个有二重人格的人：在一切世务上，只显得我的平庸、疲乏、急躁、慌张、优柔寡断。可以说是完全无用的；但到了研究学问的时候，我的人格便非常强固，有兴趣，有宗旨，有鉴别力，有自信力，有镇定力，有虚心和忍耐；所以我为发展我的特长计，愿意把我的全生命倾注于学问生活之内，不再旁及他种事务"。

◇ 1931年，顾颉刚在给洪业的信中说："像我们这种人，个性太强，事业心太重，是天生的给人攻击的。"

◇ 1923年，顾颉刚在《努力周报》上发表《与钱玄同先生论古史书》，提出"层累地造成的中国古史"的重要假设，认为：第一，"时代愈后，传说的古史期愈长"；第二，"时代愈后，传说中的中心人物愈放愈大"；第三，"我们在这方面，虽然不能知道某一件事的真确的情况，但可以知道某一件事在传说中的最早状况"。这一学术观点打破了人们头脑中"自从盘古开天地，三皇五帝到于今"的传统观念，带来了学界的大论战。胡适称顾的"层累说""替中国史学界开了一个新纪元"，郭沫若称"层累说""的确是个卓识"，"在旧史料中凡作伪之点大体是被他道破了"。自此引起了当时学界对古代史料真伪的考辨，形成了"古史辨派"。对此，顾颇为自信，他在给叶圣陶的信中写道："我自己知道，我是对于二三千年来中国人的荒谬思想与学术的一个有力的革命者。"

◇ 顾颉刚在早年的日记里写道："思我将来死了，希望他人替我作传时，说下面两句话：'对于自己，克勤克俭；对于他人，不骄不吝。'这两句话对于我并非过褒也。"

◇ 梁漱溟生前多次跟别人谈及，他这辈子最大的心愿就是做一名佛门弟子。他在致朋友的信中说："我自幼年（无人引导）时辄有出家为僧之想，一生倾心佛法，从小乘进入大乘，大乘菩萨不舍众生，不住涅槃，是出世法而不出世，似我前生便是一禅师也。"

◇ 梁漱溟的一生充满了矛盾，他曾经说自己一生中有四件始所未料的事情：第一，最讨厌哲学，结果自己也讲了哲学；第二，在学校里根本没有读过孔子的书，结果讲了孔家哲学；第三，未曾读过大学，结果教了大学；第四，生于都市，长于都市，却从事于乡村工作。

◇ 梁漱溟曾对学生"郑重声明"："我始终不是学问中人，也不是事功中人。我想了许久，我是什么人？我大概是问题中人！"

◇ 梁漱溟有诗云："我生有涯愿无尽，心期填海力移山。"他晚年在中国文化书院讲习班上对学生说："我不是一个书生，不是一个单纯的思想家、理论家，我是一个实行家、实干家。我生于都市，长于都市，却深入农村，热衷乡村建设。一句话，因为我觉得中国要建设一个新的中国，要从君主专制转到民主宪政，并不是宣布一个宪法能了事的，而必须以地方自治为基础。所以我一直致力于此。……我是一个要实践的人，是一个要拼命干的人，在建国前几十年里，我的所作所为，是致力于解决我所遭遇的实际的社会问题、政治问题、国际问题。我一直没有停顿休息。"

◇ 《这个世界会好吗》一书的作者艾恺问梁漱溟："您认为您生活中最重要的大事是什么？"梁漱溟回答道："大事一个就是为社会奔走，做社会运动。乡村建设是一种社会运动，这种社会运动起了相当的影响。"

◇ 1987年8月，92岁的冯友兰写了一篇《康有为公车上书书后》，他在文章的最后说："《诗经》有一首诗说，周虽旧邦，其命维新。我把这两句诗简化为'旧邦新命'。这四个字，中国历史发展的现阶段足以当之。'旧邦'指源远流长的文化传统；'新命'指现代化和建设社会主义。阐旧邦以辅新命，余平生志事，盖在斯矣。"稍后，他在《冯友兰学术精华录》自序中又说："特别是第二篇（《康有为公车上书书后》）的最后一句：'阐旧邦以辅新命'，尤为概括。我又把这一句作为一副对联的上联，下联是'极高明而道中庸'。上联说的是我的学术活动的方向，下联说的是我所希望达到的精神境界。我还打算把这副对联亲自写出来，悬于壁上，以为我的座右铭。"

◇ 张岱年回忆说："我少年时期，对于民族危机感受极深，痛感国耻的严重，于是萌发了爱国之心，唤起了爱国主义的激情。深知救国必须有知，于是确立了求真之志，培育了追求真理的热诚。"

◇ 1933年元旦，陈翰笙撰文说："假使梦想就是希望，我总希望着我个人的工作能助长人类的进步。"

◇ 傅振伦说："有人说我是历史学家、考古学家、方志专家、陶瓷专家，这些都不太准确。最根本的，我想我应是一位爱国的历史学者。我国是六大文明古国之一，我无时无刻不为此而感到骄傲和自豪。我进行历史研究，从事考古、科技史、方志的研究，都是出于对祖国、对家乡的热爱。热爱祖国，是我从事社会科学研究的精神力量。"

◇ 吴组缃经常对人说，自己是个"半吊子"："前半辈子是作家，后半辈子是学者。"

◇ 沈从文曾自述自己的早年生活是："做过许多年补充兵，做过短期正兵，做过三年司书，以至当流氓。"

◇ 陈岱孙曾对别人说："我最适宜的工作就是教书，别的事情不会做。在任何国家教书都是很苦的，我从不考虑这个问题。"1995年，他在北大为他举行的"九十五年寿辰庆祝大会"上说："我这一辈子只做了一件事：教书。我这一辈只做好了一件事，也是教书。"又说："如果有下辈子，下辈子还教书。"

◇ 费孝通对自己的学术生涯和坎坷人生，曾有一段自述："我一生写作自以为是比较随意的，秉笔直书，怎样想就怎样写，写成了也不太计较个人得失和别人的毁誉，这种性格的确曾给我带来过没有预计到的人生打击，但至今不悔。而且今天我还这样做。"

◇ 费孝通说："我最喜欢教书，我搞了一辈子教育，我也喜欢别人叫我老师。为什么呢？我认为学问是一生的事情，学问是立身之本。没有学问不行，我是把学术视作我的生命。""要以学为本，这是我一生的追求。"晚年时，他还以"脚踏实地，胸怀全局，志在富民，皓首不移"来自勉，并说，他一生就在忙"志在富民"这四个字。

◇ 金克木晚年写《自撰火化铭》，说自己："农、工、商、军——涉足而无以立足，于是以书生始，以书生终，生命也欤。虚度一生，赍志而殁，悲夫！铭曰：空如有。弱而寿。无名，无实。非净，非垢。咄！臭皮囊，其速朽！"

◇ 季羡林说："我最讨厌人摆官架子，然而偏偏有人爱摆。这是一种极端的低级趣味的表现。我的政策是：先礼后兵。不管你是多大的官，初见面时，我总是彬彬有礼。如果你对我稍摆官谱，从此我就不再理你。见了面也不打招呼。知识分子一向是又臭又硬的，反正我决不想往上爬，我完全无求于你，你对我绝对无可奈何。官架子是抬轿子的人抬出来的，如果没有人抬轿子，架子何来？因此我憎恶抬轿子者胜于坐轿子者。如果有人说这是狂狷，我也只等秋风过耳边。"

◇ 1987年，已经73岁的王瑶在一次老同学聚会上做"自我介绍"云："在校时诸多平平，鲜为人知。唯斯时曾两系图圕，又一度主编《清华周刊》，或能为睽违已久之学友所忆及。多年来皆以教书为业，乏善可述，今乃忝任北京大学教席。迩来垂垂老矣，华发满颠，齿转黄黑，颇符'颠倒黑白'之讥；而浓茗时啜，烟斗常衔，亦谙'水深火热'之味。唯乡音未改，出语多谐，时乘单车横冲直撞，似犹未失故态耳。"所谓"两系图圄"，是指王当年身为中共地下党员，参加"一·二九"运动，曾两次被国民党当局逮捕入狱。而"颠倒黑白"和"水深火热"，既是描述王头发白、牙齿黑的形象，和喜欢喝浓茶、叼烟斗的生活习惯，也暗含着坎坷一生的辛酸感慨。

◇ 许宝騄把数学家分成三流：第一流的数学家，是有天才的。他们能开创新的领域。这些人是可望而不可即的。第二流数学家是靠刻苦学习而成的，认真消化整理前人的东西，在这个基础上有所创造发现，这种工作对后人影响较大，年轻人可以在这个基础上较快地进入科学的前沿。第三流的数学家只在某一两个问题上有一点贡献，不能像第二流的那样有系统的工作。剩下的就是不入流的数学家。他认为自己的才能并不出众，所取得的成就完全是靠刻苦学习而得到的。他诚恳地希望他的学生超过他。有一次他在讨论班上说："自古以来，只有做状元的老师是光荣的，做状元的学生是没有什么的。"

◇ 吴大猷说他一生"只管求学，……脑子里向来不存做官和赚钱的思想，唯一的念头是在学术上做工作，能列身著作之林"。他很看不惯"一有机会就想去做官"的人，认为"这种人念书的动机是为名为利，拿念书做阶梯"，因而他"看了最摇头"。

◇ 1991年，周培源在一次会议上，将自己一生走过的道路概括为16个字："独立思考，实事求是，锲而不舍，勤能补拙。"

◇ 黄昆曾对别人坦言，"我自己对自己影响最大"。"像我这样考虑问题，没有太大的天赋也能做出很好的工作。过去教学时，大家评论我课上得还不错，我也认为是下了功夫的，但就是对一个个学生不太关心。因为我认为上课也是培养人，讲课是我的责任，我尽了我自己很大的努力。"他认为自己的"缺点"是："我过去曾经迷信天才，水平跟我差不多的，我觉得他勉强能做物理工作；比我差的，就认为一钱不值；比我好的，就觉得不得了。"

◇ 数学家、北京大学教授闵嗣鹤一生遵循的座右铭是："能受苦方为志士，肯吃亏不是痴人。"

◇ 2003 年初，饶鑫贤在他去世之前，曾撰一联："平生循直道以行，明分清浊洞察贤奸在出处进退之间，了无遗憾；此日管舒心而去，坦对浮沉冷观誉毁于俯仰枯荣之际，自得宽余。"

◇ 侯仁之在年过九旬后曾这样总结自己的一生："少年飘零，青年动荡，中年跌宕，老而弥坚。"他说："昔日读书的时候，对人生有白驹过隙的感叹，而今想一想自己 90 多年的来路，反而感觉漫长而清晰，生活是这样的起伏跌宕，路转峰回。……在我 85 岁的时候，我曾用'老牛自知黄昏晚，不待扬鞭自奋蹄'的话来自励。常常是想'奋蹄'的时候却奋不了'蹄'。我应该感谢我的亲朋好友，特别是我的夫人张玮瑛，数十年来相濡以沫，扶我走过风风雨雨，以至于我虽不能'奋蹄'，但还可以慢慢地走路。总之我还要平淡充实地继续工作下去。"

◇ 2013 年 3 月，徐光宪在《在人才培养上不能妄自菲薄》一文中提出："虽然我们在培养独立自主的创新型人才方面，还有许多工作要做，但其中首要的是要有超越洋人的信心和决心，决不能自卑地认为是不合格的博士生导师。"

◇ 王选给自己立的座右铭是："多做好事，少做错事，不做坏事。"

◇ 晚年的王选说："我没想过会有今天这样的荣誉和头衔。如果那时就一心想着荣誉和成就，也不会有今天的成绩，过分追求荣誉的人一般会急功近利。那时追求荣誉，不是做产品，而是写论文，评职称。还没有做，就想着荣誉，什么事也做不好。"

◇ 王选回忆说："1985年我家中还只有一台9英寸的黑白电视机，当时我已多次去香港和国外，有一次在香港看到高级商场中一些人在买高档首饰，尽管我当时工资很低，没有奖金，但我忽发奇想：'将来会证明，这些买高档物品的人对人类的贡献可能都不如我王选。'我一下子感到有一种强烈的自豪感，后来我把此称为'精神胜利法'，但这与阿Q完全不同，是对知识价值的高度自信。"

◇ 刘浦江说他生平有两个愿望：一是希望自己在辽金史研究上超越以前的学者，二是希望自己培养出来的学生在未来能够超过自己，后继有人。他说："为了能够做好学术事业宁愿少活10年。""一个人的生命不是用时间计算的，而是用质量。"刘浦江去世后，其同事邓小南沉重地感慨道："他真的就像一根蜡烛一样，把自己烧干了。"

◇ 刘浦江对学生讲："一个人能够有幸从事自己喜欢的事业，是很难得的。找到了，就要全心投入。""不管大家以后从事什么职业，最关键的是，每做一件事情都必须全身心地投入。唯有如此，你才能成功，才能安身立命，才能获得尊严。"2014年6月21日，在化疗第二疗程结束后，时刻面临着死亡威胁的刘致函学生说："这一周来，晚上睡觉不能平躺，否则通宵咳个不停，完全不能入睡。我坐着睡，下半夜还能睡一小会儿。白天也没法睡觉，只要躺下就一直咳，只能坐着，所以只要不发烧，脑子清楚，就可以坚持看看东西，也不觉得困，反而觉得不怎么咳了，今天已经在做《辽史》统稿工作。……一个人文学者，有一流的作品可以传世，能够培育出一流学者来继承他的事业，还有什么可畏惧的呢？顶多有一点遗憾而已。"

◇ 1955年厉以宁从北京大学经济系毕业前夕曾填写过一首《鹧鸪天·大学毕业自勉》："溪水清清下石沟，千弯百折不回头。兼容并蓄终宽阔，若谷虚怀鱼自游。心寂寂，念休休，沉沙无意却成洲。一生治学当如此，只计耕耘莫问收。"此后，厉的学术道路并不平坦，曾面临过不少质疑和刁难，但他矢志不渝，坚定如一。2018年12月18日，党中央、国务院授予厉"改革先锋"称号，称他为"经济体制改革的积极倡导者"。在获得这项荣誉时，他说："作为读书人，总得有些正心、齐家、改善人民生活的想法，这是我坚持至今的动力。"

◇ 许渊冲在他所著的一篇回忆往事的文章中写下了这样一段话："据说生下来哭声特别大，这就奠定了我以后50年的教学生涯。"93岁时，他说自己过去的九十三年，按但丁《神曲》三部曲的分法，可以分为从出生到1950年的《青春》，1951年到1980年的《炼狱》，1981年到现在的《新生》。

◇ 陈佳洱说："我一向认为老师带学生最主要的不是要给他职业的培训，为他以后谋生做准备，而是要教会他怎样去做人，使之具有全面发展的素质。学校教育和社会活动影响了我的世界观的形成，影响了个人对社会、对全人类的责任感。我一解放就入团，18岁入党，始终认为人活着最有价值的事就是让社会因为他的存在而更美好。在这方面，我最佩服居里夫人，她是那么热爱科学事业和她的国家，是彻底的爱国主义者。"

◇ 有一年，钱理群被北大学生选为"十佳教师"。不久，钱收到一个学生的信，信中说："我们为什么要选您呢？是因为我们觉得您很可爱。"钱对这个评价非常满意，他说："因为我觉得任何一个人都不能作为'代表'，一作为'代表'他就完了，我代表不了任何人，我就是钱理群，说我可爱我就很满意了，我在一篇文章里开玩笑说：如果我死了，就在我的墓碑上写上：这是个可爱的人。我认为这是一个不低的评价。"

◇ 钱理群曾对采访他的记者说："我只是一个低调的理想主义者。我是屡败屡战，活得很充实，从来没感到空虚。"

◇ 李零说:"我的知识分子意识特别淡薄,陕西西府话中,'读书人'的发音是'都是人'。古今中外,什么人都是人。如果我没记错,王蒙先生有诗:认得几个狗字,有什么了不起。这样的话,我喜欢。"

月旦第二十二

月旦，又名月旦评，典出《后汉书·许劭列传》："初，劭与靖俱有高名，好共核论乡党人物，每月辄更其品题，故汝南俗有'月旦评'焉。"今谓品评议论人物。生前口碑如何，身后青史如何留名，是人生的一大要事，因此人言不可不畏。如何评价人，如何被人评价，都是众说纷纭之事，不同人有不同的看法和结论。"自许"之后，继之以他人的月旦评，有助于我们更加全面更加丰满地认识大师先贤。文中特别不厌其烦地引用多人对蔡元培诸先生的评价，是为了突出表彰这些几近完人的先生之风。"先生风度在，光焰万千丈"，也算是晚生后学斗胆对先生们的月旦评吧。

◇ 美国汉学家史华兹说："严复不是整个中国的代表，他属于一个庞大的、愚昧的社会中的一小部分杰出的文人学士，而在这些文人学士中，他又属于对时势作出开创性反应的佼佼者。……他的著述确实对他同时代的青年人，和对现今已七八十岁的中国知识界、政治界的杰出人物发生过相当大的影响。梁启超深受过他的影响，而其他各类人，如胡适、蔡元培、鲁迅以及毛泽东也都在年轻时受过他的影响。"

◇ 梁漱溟评章士钊："在学术界才思敏给，冠绝一时，在时局政治上自具个性，却非有远见深谋。论人品不可菲薄，但多才多艺亦复多欲。细行不检，赌博、吸鸦片、嫖妓、蓄妾媵……非能束身自好者。"

◇ 美国学者杜威评价蔡元培:"拿世界各国的大学校长来比较一下,牛津、剑桥、巴黎、柏林、哈佛、哥伦比亚等等,这些校长中,在某些学科上有卓越贡献的,固不乏其人;但是,以一个校长身份,而能领导那所大学对一个民族、一个时代起转折作用的,除蔡元培以外,恐怕找不到第二个。"

◇ 傅斯年曾对蒋梦麟说:蒋的学问不如蔡元培,办事却比蔡高明。他自己的学问比不上胡适之,但办事却比胡高明。最后笑着批评蔡、胡说:"这两位先生的办事,真不敢恭维。"蒋梦麟补充说:"孟真,你这话对极了,所以他们两位是北大的功臣,我们两个人不过是北大的功狗。"

◇ 蒋梦麟认为,蔡元培的学问人格具备了中西文化里三种最好的精神:一、温良恭俭让,是中国最好的精神;二、重美感,是希腊最好的精神;三、平民生活及在他的眼中个个都是好人,是希伯来最好的精神。他说蔡元培是"中国文化所孕育出来的著名学者,但是充满了西洋学人的精神,尤其是古希腊文化的自由研究精神。他的'为学问而学问'的信仰,植根于对古希腊文化的透彻了解,这种信仰与中国'学以致用'的思想适成强烈的对照。蔡先生对学问的看法,基本上是与中山先生的看法一致的,不过孙先生的见解来自自然科学,蔡先生的见解则导源于希腊哲学"。

◇ 傅斯年评价蔡元培说:"蔡先生实在代表两种伟大的文化,一是中国传统圣贤之修养,一是法兰西革命中标揭自由平等博爱之理想。此两种伟大文化,具其一已难,兼备尤不可得,先生殁后,此两种文化在中国之气象已亡矣!"

◇ 梁漱溟评蔡元培说:"核论蔡先生一生,没有什么其他成就,既不以某种学问见长,亦无一桩事功表见。然而他所成就之伟大,却又非寻常可比。这就是:他从思想学术上为国人开导出一新潮流,冲破了社会旧习俗,推动了大局政治，为中国历史揭开新的一页。"

◇ 冯友兰说："蔡元培先生是中国近代的大教育家，这是人们所公认的。我在大字上又加了一个最字，因为一直到现在我还没有看见第二个像蔡先生那样的大教育家。"

◇ 林语堂评蔡元培说："论资格，他是我们的长辈；论思想精神，他也许比我们年轻；论著作，北大教授很多人比他多；论启发中国新文化的功劳，他比任何人大。"

◇ 毛泽东称蔡元培是"学界泰斗，人世楷模"。

◇ 罗家伦赞誉蔡元培说："千百年后，先生的人格修养，还是人类向往的境界。"

◇ 辜鸿铭生在南洋，学在西洋，婚在东洋，仕在北洋，晚年自称"东西南北老人"。精通英、法、德、拉丁、希腊、马来亚等9种语言，获13个博士学位。清末任张之洞幕僚，官至外务部左丞。辛亥革命后，被蔡元培聘为北大教授，讲授英国文学。推崇儒家学说，反对新文化。曾倒读英文报纸嘲笑英国人，说美国人没有文化，第一个将中国的《论语》《中庸》用英文和德文翻译到西方。凭三寸不烂之舌，向日本首相伊藤博文大讲孔学，与文学大师列夫·托尔斯泰书信来往，讨论世界文化和政坛局势，被印度圣雄甘地称为"最尊贵的中国人"。

◇ 民国初年，在来北京的外国人中流传着一个口头禅："到北京可以不看三大殿，但不可不看辜鸿铭。"辜曾对毛姆说："你看我留着发辫，那是一个标记，我是老大中华的末了的一个代表。"

◇ 林语堂评价辜鸿铭说："辜作洋文、讲儒道，耸动一时，辜亦一怪杰矣。

其旷达自喜,睥睨中外,诚近于狂。然能言顾其行,潦倒以终世,较之奴颜婢膝以事权贵者,不亦有人畜之别乎?"一位外国作家也曾说过:"辜鸿铭死后,能作中国诗的外国人还没有出现。"

◇ 北京有一个叫鄂方智的西方主教,瞧不起林语堂的英文,但却对辜鸿铭的英文佩服得五体投地。他声言,辜"用英文所写的文章,以英国人看,可以和维多利亚时代任何大文豪的作品相比并"。孙中山认为近代中国有"三个半"英语人才,其一是辜鸿铭,其二是伍朝枢,其三是陈友仁。还有半个孙未说。但无可置疑的是他将辜置于第一。

◇ 李大钊尝言:"愚以为中国二千五百余年文化所钟,出一辜鸿铭先生,已足以扬眉吐气于二十世纪之世界。"吴宓亦称赞辜鸿铭曰:"辜氏实中国文化之代表,而中国在世界唯一之宣传员。"

◇ 辜鸿铭在北大教授会议上说:"如今没有皇帝,伦理学这门功课可以不讲了。"时人都以为他复古倒退,是守旧人物。张勋复辟的时候,梁敦彦保荐他做外部侍郎,张勋却说:"辜鸿铭太新了,不能做侍郎。"

◇ 《清史稿》称道辜鸿铭:"庚子拳乱,联军北犯。汤生以英文草《尊王篇》,申大义,列强知中华以礼教立国,终不可侮,和议乃就。"那时的北京有人说:"庚子赔款以后,若没有一个辜鸿铭支撑国家门面,西方人会把中国人看成连鼻子都不会有的!"

◇ 蔡元培说他之所以请辜鸿铭到北大任教,是"因为他是一个学者、智者和贤者,而绝不是一个物议飞腾的怪物,更不是政治上极端保守的顽固派"。

◇ 1971年陈垣去世后,其弟子北京大学历史系教授邵循正作挽联云:"稽古到高年,终随革命崇今用;校雠捐故技,不为乾嘉作殿军。"论者以为评价陈的生平身世，十分恰切得体。

◇ 黄侃喜爱旧学，对新潮流不太适应，故与当时新派人物多不和睦，胡适为新派代表，尤为黄所不悦。但胡在解除国文系教授林损的聘约后，曾评论道："章太炎、黄季刚，天分高，肯用功！林公铎（即林损）天分高，不用功！"

◇ 陆侃评价黄侃说："看上去，他的个性中存在着两种截然相反的东西：做学问极其艰苦严谨，玩乐时极为放浪不羁；革命时激昂慷慨冒死犯难，革命后归隐林泉不问政治；交接中恒与人忤以善骂称，去世后人多怀思不计前嫌。其实，细研其为人，方觉黄侃所以如此，只因其个性中含了一个'真'字。对学问，是认'真'，对朋友，是'真'实，对处世是天'真'。唯其如此，才成就为一代国学大师，才成为师友弟子的追念，才成为一个颇为亲切有趣的血肉丰满的人。"

◇ 人称熊十力是"陆、王心学之精致化、系统化最独创之集大成者"。梁漱溟说熊"是中国唯一的'狂者'"。陈毅1956年在上海高校教师会上明确宣布："熊十力是中国的国宝。"

◇ 胡适成名后，章士钊撰《评新文化运动》，文中称当时的一般少年人："以适之为人帝，绩溪为上京，一味于《胡适文存》中求文章义法，于《尝试集》中求诗歌律令。"胡还很善于同美国人打交道，在美国民众中的印象也非常好，当时许多大学都以名誉博士学位相赠为荣，仅在1942年胡就接受了10个名誉博士学位。

◇ 胡适在提倡白话文和红学研究方面的成就为举世所公认。胡适去世后，有人撰联挽之："先生去了，黄泉如遇曹雪芹，问他红楼梦底事？后辈知道，今世幸有胡适之，教人白话做文章。"

◇ 胡适去世后，毛子水为其题写墓志铭，其词曰："这个为学术和文化的进步、为思想和言论的自由、为民族的尊荣、为人类的幸福而苦心焦虑、敝精劳神以致身死的人，现在在这里安息了。我们相信：形骸终要化灭，陵谷也会变易，但现在墓中这位哲人所给予世界的光明，将永远存在。"

◇ 胡适去世后，台北"北京大学同学会"送挽联："生为学术，死为学术，自古大儒能有几？乐以天下，忧以天下，至今国士已无双。"

◇ 洪业，号煨莲，福建侯官人，著名历史学家，曾在燕京大学执教二十余年。博闻强识，治学严谨，精于考证和工具书的编纂，好品评学林中人。他曾以开玩笑的口吻说：胡适爱胡说，傅斯年爱附会。

◇ 季羡林说："胡适是一个非常复杂的人物。"他一方面研究学术，一方面从事政治活动。"有时候想下水，但又怕湿了衣服。"一生都在矛盾中度过。季觉得胡适在本质上是一介书生，"说得不好听一点，就是个书呆子"。

◇ 1946年8月，胡适到北大就任校长，冯友兰在欢迎大会上说："胡先生出任北大校长，是一件应乎天而顺乎人的事，就全国范围来讲，再没有比胡先生更合适的人选了。"

◇ 胡适有一次问胡颂平："你见过静庵先生（即王国维）吗？"胡颂平说："没有见过。"胡适说："他的人很丑，小辫子，样子真难看，但光读他的诗和词，以为他是个风流才子呢！"

◇ 鲁迅曾以形象的语言比较陈独秀、胡适和刘半农之不同："假如将韬略比作一间仓库罢，独秀先生的是外面竖一面大旗，大书道：'内皆武器，来者小心！'但那门却开着的，里有几支枪，几把刀，一目了然，用不着提防。适之先生的是紧紧地关着门，门上粘一条小纸条道：'内无武器，请勿疑虑。'这自然可以是真的，但有些人——至少是我这样的人——有时总不免要侧着头想一想。半农却是令人不觉其有'武器'的一个人，所以我佩服陈胡，却亲近半农。"

◇ 周作人说，刘半农的好处有两点："其一是他的真，他不装假，肯说话，不投机，不怕骂，一方面却是天真烂漫，对什么人都无恶意。其二是他的杂学，他的专门是语音学，但他的兴趣很广博，文学美术他都喜欢，作诗、写字、照相、注书、谈文法、谈音乐，有人或者嫌他杂，我觉得这正是好处，方面广，理解多，于处世和治学都有用。"

◇ 刘半农去世后，有人抓住其死因及对五四运动之贡献等要点，撰写挽联曰："活昆虫竟敢咬死教授，死文字哪能哭活先生。"

◇ 王瑶评价鲁迅说："鲁迅先生是真正的知识分子。什么是知识分子？他首先要有知识；其次，他是'分子'，有独立性。否则，分子不独立，知识也会变质。"

◇ 鲁迅用一个字来评价其弟周作人："昏"。他好几次对周建人摇头叹气，说周作人："真昏！"在给许广平的信中，也说周作人"颇昏，不知外事……"

◇ 张中行评周作人："小事不糊涂，大事糊涂。"

◇ 冯玉祥赞邵飘萍说："飘萍一支笔，胜抵十万军！"还说邵"主持《京报》，握一枝毛锥，与拥有几十万枪支之军阀搏斗，卓绝奋勇，只知有真理，有是非，而不知其他，不屈于最凶残的军阀之刀剑枪炮，其大无畏之精神，安得不令全社会人士敬服！"

◇ 新文化运动时期，沈尹默曾致力于新诗创作，他创作的《月夜》被认为是我国新诗史上第一首散文诗。同样致力于新诗创作的胡适对沈的诗备极推崇。他称赞这首新诗《月夜》，说："几百年来哪有这样的好诗！"

◇ 章士钊评价李大钊在北大的地位和作用说："守常一入北大，比于临淮治军，旌旗变色，自后凡全国趋向民主之一举一动，从五四说起，几无不唯守常之马首是瞻，何也？守常北方之强，其诚挚性之感人深也。"

◇ 陈独秀曾在狱中对狱友评价李大钊说："守常是一位坚贞卓绝的社会主义战士。从外表上看，他是一位好好先生，像个教私塾的人；从实质上看，他生平的言行，诚如日月之经天，江河之行地，光明磊落，肝胆照人。……世人称他为马克思先驱，革命家的楷模，是一点也不过誉的。他对马克思主义的研究，比当时的人深刻得多。他对同志的真诚，也非一般人可比。寒冬腊月，将自己新制棉袄送给同志，青年同志到他家去，没有饿着肚子走出来的。英风伟烈应与天地长存。"说完这番话后，陈还感慨地说："'南陈'徒有虚名，'北李'确如北斗。"他对李的态度是"非常钦佩，十分敬仰"。

◇ 陈毅评李大钊："学而不厌，诲人不倦，革命先驱，大节不辱。"

◇ 梁漱溟回忆说："我认为蔡元培先生萃集的各路人才中，陈独秀先生确是佼佼者。当时他是一员猛将，是影响最大，也是最能打开局面的人。"他比较陈独秀与胡适对北大改革的贡献说："当时发生最大作用的人，第一要数陈独秀先生，次则胡适之先生，且不论他们两位学问深浅如何，但都有一种本领，就是能以自己把握得的一点意思度与众人。胡先生额脑明爽，凡所发挥，人人易晓。当时的新文化运动自不能不归功于他。然未若陈先生之精辟广悍，每发一论，辟易千人。实在只有他才能掀起思想界的大波澜。"

◇ 蔡元培说：丁文江"是一位有办事才能的科学家。普通科学家未必长于办事，普通能办事的又未必精于科学；精于科学而又长于办事，如在君先生，实为我国现代稀有的人物"。

◇ 胡适评丁文江："治学之外，实有办事的干才，不像我们书生只能拿笔杆，不能做事。"

◇ 据蒋梦麟回忆："九一八事变后，北平正在多事之秋，我的参谋就是适之和孟真两位。事无大小，都就商于两位。他们两位代北大请了好多位国内著名教授。北大在北伐成功以后之复兴，他们两位的功劳，实在太大了。"蒋还称赞傅斯年为人处世的两大特征："办事十分细心"和"说一是一，说二是二"的果断精神。

◇ 傅斯年去世后，胡适一连用了14个"最"来表彰傅斯年："孟真是人间一个最稀有的天才。他的记忆力最强，理解力也最强。他能做最细密的绣花针功夫，他又有最大胆的大刀阔斧本领。他是最能做学问的学人，同时他又是最能办事、最有组织才干的天生领袖人物。他的情感最有热力，往往带有爆炸性的；同时他又是最温柔、最富于理智、最有条理的一个可爱可亲的人。这都是人世间最难得合并在一个人身上的才性，而我们的孟真确能一身兼有这些最难兼有的品性与才能。"

◇ 罗家伦评傅斯年："纵横天岸马，俊逸人中龙。"又说："孟真贫于财，而富于书，富于学，富于思想，富于感情，尤其富于一股为正气而奋斗的斗劲。""孟真所代表的是天地间一种混茫浩瀚的元气，这种淋漓元气之中，饱含了天地的正气和人生的生气。"

◇ 1945年7月2日下午6时，毛泽东、周恩来、朱德等在延安设宴招待傅斯年等6位参政员，贺龙、刘伯承、陈毅、聂荣臻、邓小平、彭真、高岗、陈云等都出席了宴会。宴会上毛泽东、周恩来分别作了欢迎辞和祝酒辞。毛泽东风趣地对傅斯年说："我们老相识了，在北京大学时我就认得你，你那时名气大得很,被称作孔子以后第一人哩!"傅说:"毛先生过誉,那是同学们的戏谑之词,何足道哉。"

◇ 抗战前,学术界喜欢把有名望、地位高的教授称为"老板",当时北平学术圈内有三个人被称为老板,一个是胡适,一个是傅斯年,还有一个就是顾颉刚。

◇ 马来西亚学者郑良树称顾颉刚至少在四个不同学术领域内起了领导的作用并且结了丰硕的果实:"第一,古史和古籍的考辨。第二,古代地理和边疆地理的提倡与研究。第三,民俗学及民间文学的提倡和研究。第四,古籍的译著和点校。一般学者只要介入任何一二项的话,恐怕都要耗费他大半辈精力。然而顾先生竟然兼四者于一身,并且样样都拥有相当惊人的成就。"

◇ 美国史学家施奈德评价顾颉刚说:"顾颉刚是现代中国最卓越的史学家之一,是儒家偶像的破坏者和主张史学改革的人。""顾颉刚的反传统主义有革命的成分,而他对中国学术的贡献,也就是他对二十世纪中国革命过程的贡献。"苏联史学家越特金说:"顾颉刚为创建中国现代历史学奠立了第一块基石。"

◇ 侯仁之说顾颉刚"不是一个陶醉于古书堆中的所谓'书斋里的学者',而是一个对伟大祖国怀有深厚感情的知识分子"。许冠三也说顾"无疑是一位纯学人",但"并不是那种'两耳不闻窗外事'的'读书种子'"。

◇ 叶公超恃才傲物,喜欢骂人,有人说叶"一天的脾气有四季,春夏秋冬",变化无常。他的好友叶明勋说:"提起李白,除了诗忘不掉他的酒;徐志摩,除了散文忘不掉他的爱情;叶公超先生,除了他的外交成就,我们忘不掉他的脾气。"

◇ 徐志摩曾说金岳霖："金先生的嗜好是拣起一根名词的头发，耐心地拿在手里给分；他可以暂时不吃饭，但这头发丝粗得怪讨厌的，非给它劈开了不得舒服。"

◇ 张岱年回忆说："我的家兄张申府先生说过，现在中国如有个哲学界的话，第一人是金岳霖先生。"

◇ 1935年郭湛波在《近五十年中国思想史》中说，中国近50年思想方法上，"真正能融会各种方法系统，另立一新的方法系统，在中国近日恐怕只有金岳霖先生一人了"。又说，金的"思想过于周密，理论过于深邃，而文字过于谨严，不善于用符号的人不能了解其学说思想，而善于运用符号的人既不多，故了解金先生的学说思想的人甚寥寥"。

◇ 冯友兰回忆20世纪30年代的金岳霖说："金先生的风度很像魏晋大玄学家嵇康。嵇康的特点是'越名教而任自然'，天真烂漫，率性而行；思想清楚，逻辑性强；欣赏艺术，审美感高。我认为，这几句话可以概括嵇康的风度。这几句话对于金先生的风度也完全可以适用。"又说："我想象中的嵇康，和我记忆中的金先生，相互辉映。嵇康的风度是中国文化传统所说的'雅人深致''晋人风流'的具体表现。金先生是嵇康风度在现代的影子。"今人或论金岳霖："不是真诚，而是非常真诚！"

◇ 张中行说梁漱溟至少有五点可敬之处："有悲天悯人之怀，一也。忠于理想，碰钉子不退，二也。直，有一句说一句，心口如一，三也。受大而重之力压，不低头，为士林保存一点点元气，四也。不作歌颂八股，阿谀奉承，以换取挚驾的享受，五也。"张还特别表彰说："今日，无论是讲尊崇个性还是讲继承北大精神，我们都不应该忘记梁先生，因为他是这方面的拔尖儿人物。"

◇ 钱穆终生倡导对本国历史应有一种"温情与敬意"，"做一个现代中国的士"，是他毕生的理想和志业所在，这让钱成为20世纪中国最具中国情怀的一位史学家，其弟子余英时评价说，钱的一生，是"为故国招魂"的一生。

◇ 何兆武一直对钱穆《国史大纲》中的很多见解都持异议。他说："钱先生对中国传统文化的感情太深厚了，总觉得那些东西非常之好，有点像情人眼里出西施，只看到它美好的一面，而对它不怎么美好的另一面绝口不谈。……人无完人，总有优点、缺点，文化也没有完美的，也有它很黑暗、很落后、很腐败的部分，比如血统论。……这是传统文化里腐朽的部分，可是钱先生好像并没有正视它，讲的全是中国传统文化里美好的部分，以为这才是中国命脉的寄托所在，这是他的局限性。"

◇ 李敖回忆他对钱穆态度的变化时说："按说以钱穆对我的赏识，以我对他的感念，一般的读书人，很容易就会朝'变成钱穆的徒弟'路线发展，可是，我的发展却一反其道。在我思想定型的历程里，我的境界很快就跑到前面去了。对钱穆，我终于论定他是一位反动的学者，他不再引起我的兴趣，我佩服他在古典方面的朴学成就，但对他在朴学以外的扩张解释，我大都认为水平可疑。钱穆的头脑太迂腐，迂腐得自成一家，这种现象，并无师承，因为钱穆的老师吕思勉却前进得多，老师前进，学生落伍，这真是怪事！"

◇ 废名是现代文坛的一位独具个性的人物。早在20世纪30年代，著名评论家李健吾就曾说过："在现存的中国文艺作家里面……有的是比他通俗的，伟大的，生动的，新颖的而且时髦的，然而很少一位像他更是他自己的。……他真正在创造。"文学史家易竹贤在为《废名年谱》作的序言中说："在中国现代文学史上，他的创作不算多，却极具自己独特的艺术个性，常有珍奇的精品，耐人咀嚼寻味。"当代学者杨义认为，废名虽然算不上"大家"，但"我们应该说：废名的名字是不应该废的"。老作家汪曾祺1996年曾断言："废名的价值的被认识，他在中国现代文学史上的地位真正被肯定，恐怕还得再过二十年。"

◇ 周炳琳历任国民政府要职，胡适评价周说："他是国民党员，但终因北大的训练，不脱自由主义的意味。"马叙伦说，周在抗战时期，"任参政员兼北大教授，他的表现十足站在民主方面了"。

◇ 张中行说："魏建功先生是与北大生死与共的人物。"沈兼士则戏云："魏建功是北大的姑奶奶。"

◇ 金岳霖在把自己同冯友兰相比较时说，他的长处是能把很简单的事情说得很复杂，冯先生的长处是能把很复杂的事情说得很简单。

◇ 钱穆评汤用彤："独立不倚，极高明而道中庸。"

◇ 沈从文逝世后，其妻妹张充和写了一副挽词："不折不从，亦慈亦让。星斗其文，赤子其人。"被认为是公道之论。

◇ 白化文评价王重民说："王先生的学术确实是博大精深，在目录学、版本学、校勘学和敦煌学、史学和索引编纂等方面，王先生都达到了他那个时代所能达到的最高水平。说他是中国近现代目录学和敦煌学的代表人物，绝非过誉；说他是中国现代学术论文索引编纂的奠基人，也是公认的事实。"

◇ 费孝通90寿辰时，他的学生王尧曾赋诗一首："潇洒无尘，耿介绝俗；崎岖历尽，书生面目。"有人认为，这四句话，可谓"永远的费先生"之精神写照。

◇ 季羡林说："章太炎是不可超越的，王国维是不可超越的，陈寅恪是不可超越的，汤用彤同样是不可超越的。"

◇ 季羡林说他自己喜欢的人是这样的："质朴，淳厚，诚恳，平易；骨头硬，心肠软；怀真情，讲真话；不阿谀奉承，不背后议论；不人前一面，人后一面；无哗众取宠之意，有实事求是之心；不是丝毫不考虑个人利益，而是多为别人考虑；关键是一个'真'字，是性情中人；最高水平当然是孟子说的'富贵不能淫，贫贱不能移，威武不能屈'。"

◇ 季羡林在北大百年校庆时，曾在报上发表文章说：北京大学的历史上，有两位校长值得记住，一位是蔡元培，另外一位是丁石孙。丁知道后，感慨说，季把他抬得太高，让他受宠若惊，他在北大没有做那么多事。

◇ 张岱年用八个字来概括宗白华的境界："超然物外，逍遥自得。"冯友兰称赞宗："能把中西美学思想融会贯通，随便一谈，要点尽出。"

◇ 李泽厚说："宗白华先生本人对名誉是无所谓的，他是魏晋风度、逍遥游。超越世俗，才能走入美的世界。所谓智者乐，仁者寿！"

◇ 据冯友兰为《张岱年文集》所作的序言中介绍，张岱年的学生刘鄂培爱好篆刻，想送导师一枚闲章，问张刻什么字好。张说就刻"直道而行"四个字吧！冯友兰感叹地说："此张先生立身之道也，非闲章也！"

◇ 张岱年去世后，有人送挽联："综合创新经世文章流千古，直道而行探求真理垂后人。"其弟子认为，这是对这位哲学泰斗、一代宗师一生言行和业绩的真实写照。

◇ 张岱年去世后，汤一介说："他的去世是中国哲学界的一大损失，因为现在像他这样有成就、有学问，为人又平和的学者已经没有几个了。"汤又说："张岱老是20世纪中国最有深度的哲学家和哲学史家之一，他的思想和著作自成体系，博大精深。像我这样70多岁的这一代人大多读过他的著作，听过他的课，对他的感情非常深厚。他的一生都在勤勤恳恳地做学问，所以学问非常扎实，这是值得我们学习的。"

◇ 钱锺书去世后，李慎之问朋友柳叶："钱锺书先生去世后，你说谁最有学问？"柳略加思索，回答说："金克木先生。"李点头称是。

◇ 林庚80岁生日时，其弟子白化文拟寿联一副云："海国高名，盛唐气象；儒林上寿，少年精神。"

◇ 袁行霈说其师林庚是一位无心可猜的、透明的人。当年他跟随林选注初盛唐诗歌，林告诉他一定要选李白的《独漉篇》，因为这首诗里有四句曰："罗帏舒卷，似有人开。明月直入，无心可猜。"在林95岁的祝寿会上，任继愈说："跟他在一起不用担心什么，他不会像有的人那样，把别人的话记在小本子上去告状。"

◇ 胡适曾对李亦园说："做学问应该像北京大学的季羡林那样。"

◇ 饶宗颐评季羡林："他是一位笃实敦厚的人们乐于亲近的博大长者，摇起笔来却娓娓动听，光华四射。他具有褒衣博带从容不迫的齐鲁风格和涵盖气象，从来不矜奇、不炫博，脚踏实地，做起学问来，一定要'竭泽而渔'。"

◇ 季羡林评价周一良说："一良虽然自称'毕竟一书生'；但是据我看，即使他是一个书生，他是一个有骨气有正义感的书生，绝不是山东土话所称的'孬种'。"又评新中国成立后的周一良说："在这长达半个多世纪的时间中，他走过的道路，有时顺顺利利，满地繁花似锦；有时又坎坎坷坷，宛如黑云压城。当他暂时飞黄腾达时，他并不骄矜；当他暂时堕入泥潭时，他也并不哀叹。他始终无怨无悔地爱着我们这个国家。我从没有听到过他发过任何牢骚，说过任何怪话。"

◇ 朱德熙评价王瑶说："我一直认为昭琛具备一个大学者应有的素质。要是环境更好一点，兴趣更专一一点，他一定会做出更大的贡献。"

◇ 钱理群评价其师王瑶："先生一生崇尚独立自由，很像魏晋时候的人。"1989年，王去世后，众弟子送上一副挽联寄托哀思："魏晋风度，为人但有真性情；五四精神，传世岂无好文章。"

◇ 周一良说："邓广铭是20世纪海内外宋史第一人。……他与一般史学家不同的一点是，他不单研究历史，而且写历史。他的几本传记，像《王安石》《岳飞传》《辛弃疾传》等等，都是一流的史书，表现他的史才也是非凡的。所以我说他在史学、史才、史识三个方面都具有很高水平。这是当代研究断代史的人很难做到的一点。"

◇ 熊十力评价其学生任继愈："诚信不欺，有古人风。"晚年时，记者采访任，问他的人生目标是什么，他沉吟片刻，缓缓答道："只讲自己弄明白了的话。"

◇ 黄昆一生致力于半导体物理和固体物理研究，其研究的许多成果均被国际重视和利用，写下了《固体物理学》《半导体物理学》《晶格动力学》等重要论著。其中《晶格动力学》是与其师诺贝尔奖获得者玻恩教授合著的，曾被誉为这一领域的《圣经》。玻恩在自传中曾这样评价自己的弟子："中国的黄昆是最聪明的。"

◇ 物理学家钱临照曾把叶企孙和饶毓泰做过比较，他说："他们两人都很刚强，但饶先生像玻璃，虽然硬，却容易碎，而叶先生像一块钢，不仅硬，还有Plasticity（塑性）。"

◇ 西南联大时，金岳霖以谋生手段之高低为标准，品评几位好友："如果有一天我们这批教授被困在一个荒岛，大概第一个死掉的是叶企孙；第二个就是我，他比我还不行；最后唯一能活成也许能活久一点的，大概只有周公（指周培源）了。"

◇ 杨振宁说："邓稼先是中国几千年传统文化所孕育出来的有最高奉献精神的儿子。邓稼先是中国共产党的理想党员。"

◇ 王选特别佩服邓稼先。他喜欢引用杨振宁的一段话：邓稼先"没有小心眼儿，一生喜欢'纯'字所代表的品格。人们知道他没有私心，人们绝对相信他"。他说："我和邓稼先并不认识，但我很佩服他。他的伟大在于：他不仅自己才华横溢，而且能够让手下比他更出众的人充分施展才华。"

◇ 邓稼先的妻子许鹿希说："如何评价我丈夫呢？我觉得他把自己的聪明才智都给了祖国和人民，他没有虚度一生，还是做了一些事情吧！"

◇ 王选去世后，有人说："只要你读过书，看过报，你就要感谢他，就像你每天用电灯要感谢爱迪生一样。"还有人说，"王选献身照排术的发明与创新，无意间也把自己的名字也照排进了人们的心里"。王的夫人陈堃銶总结王选的一生："半生苦累，一生心安。"

◇ 田余庆去世后，其学生阎步克评价说："他是我心目中的标杆，他的学术人格是纯金美玉。"并作挽联云："音容宛在，夫子教训铭心骨；堂构唯艰，纵有一得竟谁呈。"张积也作挽联评价田："探秦汉魏晋史以微知著，执历史唯物论从始至终。"

◇ 严纯华评价乃师徐光宪说："科学家中有两种人，一种是'工匠'，还有一种是'大师'。前者的目光局限在具体的研究中，而后者则研究科学的哲学层面。徐先生则已经达到了后者的境界。"

◇ 2016年肖东发去世后，其好友张积写下挽联："立德唯高，持身唯信，蔼然仁者遗士范；教书至美，著述至勤，粹也儒家铸师魂。"弟子杨虎为他写下挽联："不慕权贵，不修边幅，不追名利，不辍笔耕，书生至死犹存旧风范；真醉典籍，真爱北大，真教弟子，真做学问，仁者永生堪励新青年。"并为他撰写墓志铭："津门人杰，北大名师。持家和善，望族有继。学通四部，尤精书史。德教如风，化育桃李。未名其心，博雅其志。托体青山，魂魄可息。既固且安，以利后嗣。"

◇ 许渊冲对英、法两种语言的造诣很高，翻译技巧已臻化境，其译作得到了众多翻译界名家的赞许。美国宾州大学教授顾毓琇赞美说："历代诗词曲翻译成英文，且能押韵自然，功力过人，实为有史以来第一。"企鹅公司出版的《中国不朽诗三百首》封底介绍说，"译文绝妙，读来是种乐趣"。钱锺书称许为"译才"，说许"译著兼诗词两体制，英法两语种，如十八般武艺之有双枪将，左右开弓手矣"。

谣歌第二十三

"诗言志,歌永言",歌诗之用,可谓大矣。北大历史上流行过的著名歌谣、谣谚、打油诗、顺口溜,均在本章的收录之列。其中既有奏唱于重大典礼等公开场合的雅颂之乐,也有在师生中间流传的民谣歌诗——以其语言生动,朗朗上口,故能广为传诵,深入人心。所收内容,也可为研究校园谣歌、校园文化者提供必要的参考,以发挥存史资学的作用。需要说明的是,虽然历史上流行的谣歌不少,但由于认识和表述的多样性,造成了一个看似无法理解但又能充分体现北大个性的事实:一直到现在,北大都没有官方明确规定、大众普遍认可的校训和校歌,这恐怕在中国当代高等教育史上也是独一份的现象。这在一定程度也印证了北大历史、北大文化、北大精神的深厚底蕴和丰富内涵,有人说这也是北大"思想自由,兼容并包"的体现之一。正如我校文科资深教授说的那样:"我觉得北大有一股力量,有一种气象,有一个不可测其深浅的底蕴,唯大海才能比拟。"这种如大海一般包罗万象、吞吐日月的博大气象,使得任何一种说法都几乎无法全面地阐述她的精神内核,恰切地反映她的精神风貌。所以,一直以来,在北大确立校训、校歌,是相当不容易的。我们倒觉得,推出一首多数人认可的校歌,同时不废其他歌谣,好比一枝独秀的同时,也有万紫千红,未尝不是件好事。近年来,北大每年都会举办评选校园十佳歌手的赛事,其中总能出现两三首优秀的原创歌曲。积之数年,或许能从中涌现出一首广为传唱的校歌,让我们拭目以待。

◇ 国学大师吴梅曾为北京大学作《正宫锦缠道·寄北雍诸生》一歌：

> 景山门，启鳣帏成均又新，弦诵一堂春。破朝昏，鸡鸣风雨相亲。数分科，有东西秘文。论同堂，尽南北儒珍。珍重读书身，莫白了青青双鬓。男儿自有真，谁不是良时豪俊？待培养出，文章气节少年人。

此歌后被蔡元培校长用作北大校歌，是北大历史上最早的一首校歌。据言，在北大百年校庆时，一些青年学子唱着它竟潸然泪下。

◇ 1917年12月17日，北大举行校庆20周年纪念。当时吴梅曾作歌一首，后广为传唱，成为北大历史上有名的校歌之一。其词为：

> 械朴乐英材，试语同侪：追想逊清时创立此堂斋，景山丽日开，旧家主第门程改。春明起讲台，春风尽异才。
>
> 沧海动风雷，弦诵无妨碍，到如今费多少桃李栽培。喜此时幸遇先生蔡，从头细揣算，匆匆岁月，已是廿年来。

◇ 抗日战争全面爆发后，北大、清华、南开三校南迁昆明，成立西南联合大学。由联大中文系教授罗庸作词的《西南联大校歌》，抒写了这段流亡的艰辛和悲愤，更表达了驱逐敌寇、收拾旧山河的决心和信念，表达了一代学人担当国运的精神。被称为是岳飞《满江红》八百年后的一个新版。而歌词中的"仇寇"二字，原为"倭虏"：

> 万里长征，辞却了五朝宫阙。暂驻足衡山湘水，又成离别。绝徼移栽桢干质，九州遍洒黎元血。尽笳吹弦诵在山城，情弥切。　千秋耻，终当雪；中兴业，须人杰。便一城三户，壮怀难折。多难殷忧新国运，动心忍性希前哲。待驱逐仇寇复神京，还燕碣。

◇ 西南联大时，冯友兰还曾作校歌勉词一首，在全校师生中也有很大的影响：

西山沧沧，滇水茫茫，这已不是渤海太行，这已不是衡岳潇湘。同学们，莫忘记失掉的家乡，莫辜负伟大的时代，莫耽误宝贵的辰光。赶紧学习，赶紧准备，抗战、建国，都要我们担当！同学们，要利用宝贵的时光，要创造伟大的时代，要恢复失掉的家乡。

◇ 1952年北大迁入燕园之后，气象一新，当时曾有《燕园情》一歌传唱一时：

红楼飞雪，一时英杰，先哲曾书写，爱国进步民主科学。
忆昔长别，阳关千叠，狂歌曾竟夜，收拾山河待百年约。
我们来自江南塞北，情系着城镇乡野；
我们走向海角天涯，指点着三山五岳。
我们今天东风桃李，用青春完成作业；
我们明天巨木成林，让中华震惊世界。
燕园情，千千结，问少年心事，
眼底未名水，胸中黄河月。

歌词先对"五四"先哲的夙求和西南联大的颠沛做了回顾，然后抒写今日学子的读书报国之志。也被认为是北大校歌之一，近年来北京大学在开学典礼和毕业典礼上奏唱《燕园情》已经成为定例。

◇ "五四"时期，在北大的影响下，北京女学生也行动起来，成立了"北京女学生联合会"举行罢课，并仿照北大组成讲演团四处宣传。她们的口号是："罢不罢，看北大！"

◇ "五四"时期，北大大部分学生的生活都比较清苦，一月的伙食费只有三块钱左右。通常的做法是几个人合起来包饭，多则七八人，少则两三人。每顿饭除了五个菜以外，每人还分两个馒头，吃饭时大家都抢着吃。当时吃饭前先要打锣，所以当时北大学生中间有"锣声动地，碗底朝天"之谣。

◇ "五四"时期,本校正式学生无法入住北大宿舍,而外来旁听生却傲然占据。经多方辩论,旁听生方认理屈,乃拂袖而去,还留下打油诗一首:"此地不留爷,自有留爷处;到处不留爷,大爷回家住。"一时遂成北大民谣。

◇ 1926年,"三·一八"惨案发生后,北京知识界纷纷谴责段祺瑞政府的暴行。鲁迅称这一天是"民国以来最黑暗的一天",而且就此惨案连续写了七篇檄文。刘半农因此而作哀歌一首《呜呼三月一十八!》,其词为:

> 呜呼三月一十八,
> 北京杀人如乱麻!
> 民贼大试毒辣手,
> 天半黄尘翻血花!
> 晚来城郭啼寒鸦,
> 悲风带雪吹飕飕!
> 地流赤血成血洼!
> 死者血中躺,
> 伤者血中爬!
> 呜呼三月一十八,
> 北京杀人如乱麻!
>
> 呜呼三月一十八,
> 北京杀人如乱麻!
> 养官本是为卫国!
> 谁知化作豺与蛇!
> 高标廉价卖中华!
> 甘拜异种作爹妈!
> 愿枭其首籍其家!
> 死者今已矣,

　　　　生者肯放他？！
　　　　呜呼三月一十八！
　　　　北京杀人如乱麻！

此词由赵元任谱曲，唱遍京城，影响甚巨。

◇ 1931年九一八事变发生后，举国哗然。当年12月1日，北大230余名学生，组成"北京大学全体同学南下示威团"（简称南下示威团），奔赴南京示威。12月5日，示威团在南京示威游行，国民党当局出动1000多名军警包围示威队伍，毒打和逮捕爱国学生，185名学生被捕，33人受重伤。坐牢的北大学生在狱中高唱：

　　　　北大！北大！一切不怕。
　　　　摇旗呐喊，示威南下。
　　　　既被绳绑，又挨枪把。
　　　　绝食两天，不算什么！
　　　　做了囚犯，还是不怕。
　　　　不怕！不怕！北大！北大！

◇ 1937年，七七事变发生后，蒋介石在庐山召集全国各界代表人物举行谈话会，胡适作为文化学术界的代表也应邀参加。在谈话会上，胡多次慷慨陈词，发表了自己对抗战救国和国防教育的看法。同组的胡健中听后，当场赋诗一首送给胡："溽暑匡庐盛会开，八方名士溯江来。吾家博士真豪健，慷慨陈词又一回。"胡看后，也随手写了一首白话打油诗回赠："哪有猫儿不叫春？哪有蝉儿不鸣夏？哪有蛤蟆不夜鸣？哪有先生不说话？"四句反问，信手拈来，类比生动，饶有风趣。据说当时的《中央日报》登出这首诗，蒋介石看了，也忍俊不禁。

◇ 民国时期，曾有人针对北大的特点编出"北大三部曲"：投考时是"凶"，入校后是"松",毕业后是肚中"空"。大意是要考北大极难,出题很严,有时还会"故意古古怪怪的危难";一旦考入北大,成为真正的"北大人",就可以过上"一切随意"的自由生活,在学校的几年里,学校的管理很松,很少有人去管你;因为"松",所以学生到毕业时,才发现什么都没学到,只落了一个"肚中空空"。对于"凶"和"松",北大人向来无异意,但对"空"却一直不认可,认为在北大,"真正'空'的人究竟还是少数。……对于大多数人,北大之'松'却成了一种预防疾病的抗毒素,甚至对于许多人更是一种发挥天才的好机会"。

◇ 20世纪30年代,在北平学界曾广泛流传的一段关于女学生择偶条件的"顺口溜":"北大老,师大穷,燕京、清华可通融。"成年女学生们一般都认为北大男生老气横秋,没有吸引力;师大的男学生以后只能成为穷酸的教书匠,不屑于与之议嫁娶,而只有燕京和清华两所地处西郊的学府,一个是美国教会大学,一个是以美国庚子赔款开办的,男学生多少沾有洋味,能说几句洋文,穿西装的也多,够气派,属于新潮人物,日后出路也要风光得多,自然合格而"可通融"了。另有一种说法,称此顺口溜乃是名教授择校任教的标准。

◇ 萧公权说,战前清华园教授同人之间就流行这样的说法:Whatever Daisen Says, it goes; Whatever it goes, Chisen Says. 这话的意思是:岱孙怎么说,事情就怎么做;事情怎么做,芝生就怎么说。

◇ 郭沫若曾有《咏红楼》诗,盛赞沙滩红楼时期的北大。诗云:

> 星火燎大原,滥觞成瀛海。
> 红楼弦歌处,毛李笔砚在。
> 力量看方生,勖勤垂后代。
> 寿与人民齐,春风永不改。

◇ 20世纪50年代，时任北大校长的马寅初提出"新人口论"，主张计划生育，但遭受到举国上下的批判。80年代，当人口问题开始凸现时，国内开始流传一句民谣："错批一个人，多生几个亿。"

◇ 20世纪70年代末期，北大开始流行一句话："一塔湖图两锅周。"以指称当时的北大。"一塔湖图"指博雅塔、未名湖和图书馆。这是北大校园最具代表性的三处景观。"两锅周"则指当时的校长周培源和党委书记周林。

◇ 20世纪80年代，北大校园诗人和歌手风光一时。当时，社会学系许秋汉曾作《未名湖是个海洋》一歌，风靡全校，至今传唱，被认为是北大的"民间校歌"。歌词为：

> 这真是一块圣地
> 今天我来到这里
> 阳光月光星光灯光在照耀
> 她的面孔在欢笑和哭泣
>
> 这真是一块圣地
> 梦中我来到这里
> 湖水泪水汗水血水在闪烁
> 告诉我这里没有游戏
>
> 未名湖是个海洋
> 诗人都藏在水底
> 灵魂们都是一条鱼
> 也会从水面跃起

未名湖是个海洋

鸟儿飞来这个地方

这里是我胸膛

这里跳着我心脏

就在这里就在这里

就在这里就在这里

未名湖是个海洋

诗人都藏在水底

灵魂们都是一条鱼

也会从水面跃起

就在这里就在这里

就在这里就在这里

让那些自由的青草滋润生长

让那泓静静的湖水永远明亮

让萤火虫在漆黑的夜里放把火

让我在烛光下唱歌

就在这里就在这里

就在这里就在这里

就在这里就在这里

我的梦，就在这里

风骨第二十四

国有上庠，校有精魂。本章所收，多为对北大办学宗旨、历史传统、精神风度和社会影响的论述，一言以蔽之，北大之风骨也。北大作为中国第一所国立的现代综合型大学，在一百二十余年的发展中，始终与民族共命运，与时代同进步。自北大诞生以来，新文化运动的勃兴、中国共产党的成立、对"两个凡是"藩篱的突破、"新人口论"和"股份制"的提出、"两弹一星"和汉字激光照排技术的发明、创建世界一流大学战略目标的提出、国人在自然科学领域诺贝尔奖零的突破……这一系列深刻影响、改变民族命运和中国社会的重大事件，无不与这所学校密切相关。在历次推动思想解放、科技创新、文化转型、社会变革的历史关头，总能看到众多优秀北大人走在前列、示范引领的身影。悠久厚重的历史传统，儒雅博学的学术大师，独领风骚的学术贡献，云蒸霞蔚的精神风度，让北大成为中国理所当然的最高学府和学术殿堂，被誉为20世纪中国文化界的双子星之一（另外一个是商务印书馆）。在一百二十余年的发展变革中，北大也酝酿出了一种独特的学术空气和校园氛围，形成了具有鲜明特色的精神气度和文化风骨，让身处其中的每一个人都能深受影响。今日的北大人，在这种环境的浸润和熏陶下，头顶历代前贤打造的耀眼光环，理应加倍努力，再续辉煌，让北大的风骨更加挺拔，更富魅力！

◇ 戊戌政变以后，除京师大学堂外，新政悉被废除。当时天津《国闻报》报道说："在北京尘天粪地之中，所留一线光明，独有大学堂一举而已。"后来，梁启超也说，戊戌变法成绩，"可留为纪念者，独一大学堂而已"。

◇ 1902年，清政府任命张百熙为京师大学堂管学大臣。张任职后，在给清廷的一份奏折中曾谈到京师大学堂的重要地位："大学堂理应法制详尽，规模宏远，不特为学术人心极大关系，亦即为五洲万国所共观瞻。天下于是审治乱，验兴衰，辨强弱。人才之出出于此，文明之系系于此。"由张主持拟定的《钦定学堂章程》规定："京师大学堂之设，所以激发忠爱，开通智慧，振兴实业"以及"端正趋向，造就通才，为全学制纲领"。

◇ 管学大臣张百熙曾为京师大学堂题联："学者当以天下国家为己任，我能拔尔抑塞磊落之奇才。"

◇ 1912年，梁启超在北大发表演说，指出北大之所以异于普通学校而成为全国最高学府，是因为北大不仅具有普通学校的功能（培养学生健全的人格，与其在社会上生存发展的能力），而且还具有特别之目的，即"研究高深之学理，发挥本国之文明，以贡献于世界之文明是焉"。他还说："大学校之目的，既在研究高深之学理，大学校之学课，又复网罗人类一切之系统智识，则大学校不仅为一国高等教育之总机关，实一国学问生命之所在，而可视之为一学问之国家者也。"（辛亥革命后，京师大学堂一度改名为北京大学校，所以时人多以'大学校'指称北京大学。）

◇ 胡仁源任北大校长期间（1914年1月—1916年12月），在一份关于北大发展的计划书中说，北京大学设立的目的，"除造就硕学通才以备世用而外，尤在养成专门学者"。

◇ 1922年10月5日，在北大开学典礼上，蔡元培说："本校的宗旨，每年开学时候总说一遍，就是'为学问而求学问'。"此后，蔡还说："北大为全国最高学府，开办迄今，……四方来学者，日益以众。……夫以济济多士，萃集一堂，研究学术，砥砺德业，本互助之精神，作他山之攻错，彼此情谊，实有联结之必要。"

◇ 蔡元培就任北大校长后，兴利除弊，去旧布新，使陈腐的北大一变而为鲜活的北大、名副其实的北大。有人评论说："蔡学界泰斗，哲理名家，就职后励行改革，大加扩充，本其历年之蕴蓄，乐育国内之英才，使数年来无声无臭生机殆尽之北京大学校，挺然特出，褒然独立，……学风丕振，声誉日隆。各省士子莫不闻风兴起，担簦负笈，相属于道，二十二行省，皆有来学者。"正如冯友兰所说："从1917年到1919年仅仅两年多时间，蔡先生就把北大从一个官僚养成所变为名副其实的最高学府，把死气沉沉的北大变成一个生动活泼的战斗堡垒。流风所及，使中国出现了包括毛泽东同志在内的一代英才。"

◇ 蔡元培任北大校长时，提倡"自由听讲"的学风。人称当时的北大有"五公开"或"六公开"：课堂公开，教室可以随便进去听课，讲义开始可以自由领取，后来交钱也可以买到；图书馆、阅览室公开；运动场公开；学生食堂公开；澡堂公开；学生宿舍管理松散，实际上是半公开。一时之间，北大课堂上多了许多没有学籍的旁听生。他们不受歧视，一样坐在北大教室听课。柔石、胡也频、李伟森、沈从文以及曹靖华等人都曾是北大的旁听生。有一次，沈从文还假冒正式生坐进考场参加考试，居然考及格，还得了3角5分钱奖金。曹靖华后来回忆说："（蔡先生）在北大时办学民主，首倡学校为社会开门，教授为社会服务的作风，是最值得纪念的。他长北大时，社会上的各行各业人士都可以进入沙滩红楼听课。那些求知欲望甚为强烈，但由于贫困而上不起学的青年，诸如商店的营业员、工厂的学徒等，都可以随意进入北大讲堂听课，学习文化知识。这在中国教育史上是空前绝后的。"

◇ 蔡元培执掌北大时，以"劳工神圣，人人平等"为宗旨，大力提倡平民教育，先后创办北大校役夜校和平民夜校，为北大全校工友和沙滩附近的平民子弟提供教育机会。1920年1月18日，在平民夜校的开学典礼上，蔡元培发表演讲说："今日为北京大学学生会平民夜校开学日，此事不唯关系重大，也是北京大学准许平民进去的第一日。从前这个地方是不许旁人进去的，现在这个地方人人都可以进去。""北京大学第一步的改变，便是校役夜班之开办。于是二十多年的京师大学堂里面，听差的也可以求学。……于是大学中无论何人，都有了受教育的权利。"2006年，北京大学为了"继承蔡先生'劳工神圣'的真谛与精神，让大学教育跨越围墙，通过传播知识，让更多民众受益"，重新开启了新时期的平民学校。

◇ 蒋梦麟说，新文化运动时期的北大"是北京知识沙漠上的绿洲。知识革命的种子在这块小小的绿洲上很快地就发育滋长。三年之中，知识革命的风气已经遍布整个北京大学"。他还说："北大所发生的影响非常深远。北京古都静水中所投下的每一颗知识之石，余波都会到达全国的每一个角落。甚至各地的中学也沿袭了北大的组织制度，提倡思想自由，开始招收女生。北大发起任何运动，进步的报纸、杂志和政党无不纷起响应。国民革命的势力，就在这种氛围中日渐扩展，同时中国共产党也在这环境中渐具雏型。"

◇ 1923年，蒋梦麟在《北大之精神》一文中曾将北大的精神概括为两点："大度包容"和"思想自由"的精神。他解释"大度包容"时说："本校自蔡先生长校以来，七八年间这个'容'字，已在本校的肥土之中，根深蒂固了。故本校内各派别均能互相容受。平时于讲堂之内，会议席之上，作剧烈地辩驳和争论，一到患难的时候，便共力合作。这是已屡经试验的了。但容量无止境，我们当继续不断地向'容'字一方面努力。'宰相肚里好撑船'。本校'肚里'要好驶飞艇才好！"解释"思想自由"时说："本校是不怕越出人类本身日常习惯范围以外去运用思想的。……本校里面，各种思想能自由发展，不受一种统一思想所压迫，故各种思想虽平时互相歧异，到了有某种思想受外部压迫时，就共同来御外侮。引外力以排除异己，是本校所不为的。故本校虽处恶劣政治环境之内，尚能安然无恙。"

◇ 五四运动前夕，北大学子因明写文章说："我对北京大学的感情，近来极好，心目中总觉得这是现在中国唯一的曙光，其中容纳各派的学说和思想，空气新鲜得很。"

◇ 从1917年11月16日起，经蔡元培倡议，北大出版了《北京大学日刊》。"北京大学的几种杂志一出，若干种的书籍一经印行，而全国的风气，为之幡然一变。从此以后研究学术的人，才渐有开口的余地。专门的高深的研究，才不为众所讥评，而反为其所称道。"

◇ 1919年5月3日晚，北京大学全体学生大会在北大法科礼堂召开。北大新闻学研究会导师、《京报》主笔邵飘萍向北大学生报告巴黎和会山东问题交涉失败经过情形，并勉励北大学生说："现在民族危机系于一发，如果我们缄默等待，民族就无从挽救而只有灭亡了。北大是最高学府，应当挺身而出，把各校同学发动起来，救亡图存，奋起抗争。"北大法科学生谢绍敏当场咬破手指，撕下衣襟，血书"还我青岛"四字，有人还持刀要自杀以此激励国人，会场"现出一种如火如荼，不屈不挠之气象"。后遂有五四运动之举。

◇ 1919年5月4日，为阻止北洋政府在巴黎和约上签字，北京学界举行游行示威活动。游行总指挥是北大学生傅斯年。下午1时，云集天安门的各校学生通过了北大许德珩起草的《北京学生界宣言》。在游行过程中，沿途散发了北大学生罗家伦起草的《北京全体学界通告》一万多份，通告中说："中国的土地可以征服而不可以断送！中国的人民可以杀戮而不可以低头！国亡了！同胞们起来啊！"

◇ 五四运动中，北大部分学生被捕入狱，许德珩也在其中。其他学生知道后，集体到公安局自首，表示愿意集体坐牢。后来，许向北大学生讲述此事时说："这是北大精神。北大精神是负责的精神，为国家人民去干，干了自己担当的精神。"

◇ 1920年，孙中山在《致海外国民党同志书》中盛赞五四运动说："自北京大学学生发生五四运动以来，一般爱国青年，无不以革新思想为将来革新事业之预备。于是蓬蓬勃勃，发抒言论，国内各界舆论，一致同倡。各种新出版物，为热心青年所举办者，纷纷应时而出。扬葩吐艳，各极其致，社会遂蒙绝大之影响。虽以顽劣之伪政府，犹且不敢撄其锋。此种新文化运动，在我国今日，诚思想界空前之大变动。……倘能继长增高，其将来收效之伟大且久远者，可无疑也。"

◇ 北大马克思学说研究会的发起人之一朱务善说北大的发展有两条大路：一是思想革命兼文学革命；二是社会运动兼政治运动。"总而言之，北大精神是科学的平民的非宗教的非干涉的，而其尤足令人佩服不置的，还是当仁不让之'干'的精神。"

◇ 20世纪30年代编纂的《北京大学概况》曾将北京大学"校风之特点"概括为五点：（1）具独立精神；（2）有特别见解；（3）做事有坚强之毅力；（4）服从真理；（5）气量宽宏。

◇ 1925年，应北京大学学生会的紧急征发，鲁迅为北大校庆二十七周年撰写了《我观北大》一文。他将北大的"校格"总结为两点："第一，北大是常为新的，改进的运动的先锋，要使中国向着好的，往上的道路走。虽然很中了许多暗箭，背了许多谣言；教授和学生也都逐年地有些改换了，而那向上的精神还是始终一贯，不见得弛懈。""第二，北大是常与黑暗势力抗战的，即使只有自己。"还说："北大究竟还是活的，而且还在生长的。凡活的而且在生长者，总有着希望的前途。"

◇ 1930年12月17日是北大建校32周年纪念日，周作人撰文说："有人说北大的光荣，也有人说北大并没有什么光荣，这些暂且不管，总之我觉得北大是有独特的价值的。这是什么呢，我一时也说不很清楚，只可以说他走着他自己的路，他不做人家所做的而做人家所不做的事。"

◇ 周作人说，北大的学风"仿佛有点迂阔似的，有些明其道不计其功的气概，肯冒点险却并不想获益"。

◇ 1927年12月19日，杭州北大同学会举行纪念北大校庆29周年集会。马寅初在会上发表题为《北大之精神》的演讲。他在演讲中把北大的精神概括为"牺牲主义"："回忆母校自蔡先生执掌校务以来，力图改革。五四运动，打倒卖国贼，作人民思想之先导。此种虽斧钺加身毫无顾忌之精神，国家可灭亡，而此精神当永久不死。然既有精神，必有主义，所谓北大主义者，即牺牲主义也。服务于国家社会，不顾一己之私利，勇敢直前，以达其至高之鹄的。"他进而说："苟有北大之牺牲精神，无论举办何事，则结果之良好，俱可期而待。"

◇ 1928年2月4日，马寅初在上海北大同学会演讲时说："'北大'二字，从何而来，不可不知，我们须知在五四运动以前，北京大学为社会所不注意，自五四运动发生，打倒曹、章、陆三卖国贼以后，北大二字，乃名满中外，故五四运动之精神不但在校时不可丧失，就在社会服务，仍须保存，随时运用出来。五四时的精神，就是为国牺牲，就是牺牲精神。"

◇ 1946年，冯友兰在《国立西南联合大学纪念碑碑文》中盛赞西南联大之精神云："三校有不同之历史，各异之学风，八年之久，合作无间。同无妨异，异不害同；五色交辉，相得益彰；八音合奏，终和且平。……联合大学以其兼容并包之精神，转移社会一时之风气，内树学术自由之规模，外来民主堡垒之称号，违千夫之诺诺，作一士之谔谔。"

◇ 1981年3月20日深夜，广播里传出了振奋人心的好消息：中国男子排球队在争夺世界杯排球赛亚洲区预赛的关键一战中，先输2局，奋起直追，扳回3局，终以3比2战胜韩国队，取得参加世界杯排球赛的资格。消息传来后，北大学生欢呼雀跃，激情昂扬，毫无倦意，自动集结起来，组成了一支浩浩荡荡的队伍，先是在校园之内，后又走出校门，在马路上游行。就是在这次自发组织起来的游行中，北大的学生喊出了一个历史性的振奋人心的口号："团结起来，振兴中华！"这一口号被认为是改革开放初期"时代的最强音"。

◇ 1984年，在国庆35周年的庆典上，北京大学的学生队伍走进天安门检阅台时候，打出了"小平您好"的横幅。"小平您好"这四个字，喊出了当时全国千万知识分子共同的心声，也让境外媒体惊呼：中国迎来了一个更为宽松自由的环境！

◇ 季羡林认为，北大的优良传统可归结为根深蒂固的爱国主义。他说："如果我们改一个计算办法的话，那么，北大的历史就不是一百年，而是几千年。因为，北大最初的名称是京师大学堂，而京师大学堂的前身则是国子监。国子监是旧时代中国的最高学府，已有一千多年的历史，其前身又是太学，则历史更长了。从最古的太学起，中经国子监，一直到近代的大学，学生都有以天下为己任的抱负，这也是存在决定意识这个规律造成的，与其他国家的大学不太一样。在中国这样的大学中，首当其冲的是北京大学。在近代史上，历次反抗邪恶势力的运动，几乎都是从北大开始。这是历史事实，谁也否认不掉的。五四运动是其中最著名的一次。虽然名义上是提倡科学与民主，骨子里仍然是一场爱国运动。提倡科学与民主只能是手段，其目的仍然是振兴中华，这不是爱国运动又是什么呢？"

◇ 季羡林论述北大与中国文化的关系说："也许是出于一种偶合，北大几乎与20世纪同寿。在过去一百年中，时间斗换星移，世事沧海桑田，在中国产生了天翻地覆的变化，而北大在人事和制度方面也随顺时势，不得不变。然而，我认为，其中却有不变者在，即北大对中国文化所必须担负的责任。古人常说，某某人'一身系天下安危'。陈寅恪先生《挽王静安先生》诗中有一句话：'文化神州丧一身。'而我却想说，北大一校系中国文化的安危与断续。"

◇ 在 1998 年出版的《巍巍上庠百年星辰：名人与北大》一书的序言中，季羡林写道：在中国一百年以来错综复杂的历史大环境中，"北大的师生，在所有抨击邪恶、伸张正义的运动中，无不站在最前列，发出第一声反抗的狮子吼，震动了全国，震动了全世界，为中华民族的前进，为世界人民的前进，开辟了道路，指明了方向。北大师生中，不知出现了多少烈士，不知出现了多少可以被鲁迅称之为'脊梁'的杰出人物。这有史可查，有案可稽，绝非北大人的'一家之言'。中国人民实在应该为有北大这样的学府而感到极大的骄傲"。

◇ 任继愈认为，北大的特点可用两个字概括：一是"老"，一是"大"。所谓"老"，是北大的前身可以追溯到汉武帝元朔五年（公元前 124 年）设立的太学，北大直到五四以前，都是汉唐以来"太学"的继续。这样算来，北大比欧洲的大学起码要早 1000 多年。而北大的"大"，"不是校舍恢宏，而是学术气度广大。这一无形养成的学风，使北大的后来人能容纳不同的学术观点"。他说，"人们在众多流派中各自汲取其要汲取的，取精用宏，不名一家。北大这个'大'的特点，谁能善于利用它，谁就能从中受益。肯学习，就能多受益。不能说其他大学不具备这种'大'的特点，似乎北大给人的印象最深"。

◇ 任继愈在《我心中的西南联大》一文中分析说，西南联大之所以成就斐然，并没有什么独特之处，"其实就是原来北大、清华、南开三校奉行多年、行之有效的方针，就是'海纳百川，心系天下（爱国主义），百家争鸣，不断创新'，也就是'五四'精神在教育方面的具体化"。"办学方针实事求是，教学方式百家争鸣，不强求纳入一个模式。同一课程，如'唐诗'，闻一多与罗庸两人观点不同。一样古文字学，唐兰与陈梦家不同。同一课程、同一教授，今年与去年不同。教授之间，互相听课，师生之间可以互相保留不同的学术观点，撰写论文。学生可以不同意导师的见解，只要持之有故，有充实的根据，教师可通过他的论文。"

◇ 北大百年校庆时，有记者问丁石孙："您认为北大的精神与风格是什么？在今天的意义是什么？"丁答："我想我的教育思想部分地体现了北大的精神与风格，那就是尊重人，尊重人的成长和自由发展。追求民主，追求科学，一百年来，这种精神已经融入中华民族的文化之中，为民族的发展做出了巨大的贡献。我相信，这种精神必将在今后发挥更大的作用。"

◇ 王选去世后，他的朋友盛森芝教授说："王选有一颗振兴中华的强烈爱国心，他用自己及其748团队的光辉实践给我们留下了灿烂的'王选精神'。"他解释说："必须说明的是，王选精神的出现，不是空穴来风，也不是偶然的巧合，而是历史的必然。王选精神成长在北大，也不是北大人赶时髦，而是北大这块土壤比较适合于'王选精神'的成长。从历史上看，北大从来都是出精神的地方。在解放前的立国时期曾经出现过陈独秀、胡适的科学、民主精神，后来又有蔡元培的'科教兴国''兼容并包'精神；在解放后的建国时期，出现过马寅初的为真理不惜牺牲自己的硬骨头精神；在改革开放后的强国时期就必然要出现新的精神，这就是王选的'自主创新、振兴中华'的精神。"

◇ 北大原校长陈佳洱说："北大是常为新的，这个'新'字不仅体现在能开风气之先，能紧随着时代发展，更'新'在不断地有新鲜的血液注入古老的校园。我见迎新时有这样一幅标语：'今天，你为北大而自豪；明天，北大为你而骄傲。'这其中承载的不正是一种创新精神，一种敢打敢拼的气质吗？不管是将来的，已毕业的，还是正在校园中学习与生活着的，北大学子都是优秀的。他们是北大的新人，中国的新人，也是世界的新人。中国的一句古话是他们最好的行为准则：'天行健，君子以自强不息！'"

◇ 厉以宁说："使北大的探索精神得以代代相传并且紧紧随着时代前进的步伐的主要原因，是北大人的高度的社会责任感。……是高度的社会责任感，导致当年的北大人，冲出校门，同旧秩序展开斗争，发扬了'五四'精神、'一二·九'精神。是高度的社会责任感，导致现在的北大人，冷静地思考世界经济技术发展的大趋势，分析中国经济技术落后的根源，寻觅民族振兴的可行的方案。探索是为了革命，既包括当初的第一次革命，也包括今天的第二次革命。正是这种高度的社会责任感，使探索精神成为北大的传统、北大的生命力、北大的永远的骄傲。"

◇ 厉以宁说："北京大学之所以这些年来能够培养出那么多出类拔萃的人才，以下三个条件是缺一不可的。第一个条件是要有名师、大师。第二个条件是有优良的学术作风、活跃的学术气氛、自由争鸣的学术环境。第三个条件则是有完善的教学设施。这样，一支支杰出的科研团队就成长起来了，北京大学出色的教学成绩和科研成绩也就会陆续展示在人们面前。"

◇ 谢冕在《永远的校园》一文中称北大是一块精神的圣地，他说："这真是一块圣地。数十年来这里成长着中国几代最优秀的学者。丰博的学识，闪光的才智，庄严无畏的独立思想，这一切又与先于天下的严峻思考、耿介不阿的人格操守，以及勇锐的抗争精神相结合。这更是一种精神合成的魅力。科学与民主是未经确认却是事实上的北大校训。二者作为刚柔结合的象征，构成了北大的精神支柱。把这座校园作为一种文化和精神现象加以考察，便可发现科学民主作为北大精神支柱无所不在的影响。正是它，生发了北大恒久长存的对于人类自由境界和社会民主的渴望与追求。"

◇ 袁行霈说："我觉得北大有一股力量，有一种气象，有一个不可测其深浅的底蕴，唯有大海才能比拟。"他在一次题为《盛唐气象》的学术报告中说："到北大西校门一站，你就看到北大有一种气象。"他的语气里边充满一种自信和力量。

◇ 据原中国出版集团总裁聂震宁回忆，当年他们从北大毕业时，袁行霈给他们做了一个即席演讲。袁在演讲中说："北大最大的特点是什么？就是不俗！"

◇ 严绍璗说："什么是北大的传统？什么是北大的学术氛围？就是这些我的先生、我的领导，他们一直以来对民族文化的忠诚，对学术与教师的敬重，以极为宽容的学术心态、以深邃的学术远见，支持着由前辈们开启的一代又一代的人文学术研究。这种精神升华为北大的'人文学术的符号'，融入每个人的躯体而成为精神。"

◇ 朱海涛曾比较北大与清华之不同说："北大和清华是正相反的。清华门门功课都要不错，个个学生都在水平线上，你不行的非拉上来不可，你太好的也得扯你下来。北大则山高水低，听凭发展。每年的留学生考试，五花八门的十来样科目，北大向例考不过清华。但北大出的特殊人物，其多而且怪，也常是任何其他学校所赶不上的。"

◇ 在北大长期流传着这样一种说法："北大的空气也是养人的。"2013年，一则被媒体广泛报道的新闻称：在过去20年，北京大学保安大队先后有400余名保安考学深造，有的获得大专或本科学历，有的考上重点大学的研究生，有的毕业后当上了大学老师，用自己在北大半工半读的经历，诠释了"知识改变命运"这一美好的命题。其中有一位保安叫甘相伟，出版了一本书《站着上北大》。他在书中写道："每当我执勤站岗的时候，我的角色就是扮好北大的一名普通保安。站在北大的校门口，每天面对成千上万的人，不管是穷人还是富人，不管是骑自行车的还是开宝马的，当他们从我身边经过的时候，我都一律向他们敬礼；当我脱下保安服，匆忙赶到中文系的课堂时，我能够马上安静下来，认真地聆听中华民族浩瀚的文学史，和老师、同学们一起展开热烈的交流；当我和民工的子女一起的时候，我的心总会和他们贴得很近，我不遗余力地向他们传递知识和梦想，告诉他们，人的命运是可以改变的，现实的一切都不足畏惧。"

奋勉第二十五

奋勉者，自勉奋斗，精进不止，再续辉煌之意也。京师大学堂初建之时，就被赋予了两大重要职责：一是为国家培育现代精英人才，努力实现教育兴国、民族复兴之梦；二是代表中国大学在世界名校中争得一席之地，为人类文明的发展做出自己的贡献。一百二十余年来，围绕这两大目标，北大人的逐梦之旅从未停歇和中断，也的确做出了一些骄人的成就。但今天的北大人，绝不能总讲过去辉煌而忘记今后的使命。尤其是在实现中华民族伟大复兴"中国梦"的历史进程中，北大更应该在人才培养、科学研究、服务社会、文化传承与创新、国际交流方面发挥重要的排头兵、领头羊的作用，以期早日成为可与哈佛、剑桥等学校齐名的世界一流大学。肖东发先生曾在北大学生中做过一个小小的调查，问大家："面对北大你有何为何感？"同学们的答案可谓五花八门、异彩纷呈，但我们最喜欢的一个答复是："希望北大真正成为世界名校，而不仅仅是中国第一。"因为这不仅仅是数代北大人的共同愿望，更是亿万国人多年来的真切期盼。本章所收录的内容，主要反映的是先哲时贤对北大和中国学术文化未来发展的殷切期许。"潮平两岸阔，风正一帆悬"，北大人任重而道远，正如张岱年先生所期盼的那样，北大的学术，中国的学术，一定要走向世界。新时代的北大人理应以前贤为楷模，后来而居上，尽快以优异的成绩给北大前贤，给亿万国人，给这个渴望复兴已久的民族交上一份满意的答卷。这也是本书以"奋勉"作结的原因所在。

◇ 清末熊亦奇在其拟定的《京师创立大学堂条议》中说："夫学校者，天下之公器也。……国家设立学部于京师，谓京师大学堂；延聘中西通儒，译编课本。自蒙课递及普通，依次分门，纂为定本；行此百年，而才俊不兴风气不变者，吾不信也。"

◇ 1912年，梁启超受邀至北京大学发表演说。他在演说中勉励北大学生说："盖大学为研究学问之地，学问为神圣之事业。诸君当为学问而求学，于学问目的之外，别无他种目的，庶不愧为大学生。""诸君勉之！努力问学之事业，以发挥我中国之文明，使他日中国握世界学问之牛耳，为世界文明之导师，责任匪轻。诸君其勉力为我中国文明争光荣！"

◇ 1912年5月3日，严复被任命为更名后的北京大学的首任校长。严受命后，雄心勃勃，颇想有一番作为。他说："故自受事以来，亦欲痛自策励，期无负所学，不怍国民，至其他利害，诚不暇计。"

◇ 蔡元培曾说："一个民族或国家要在世界上立得住脚，——而且要光荣地立住，是要以学术为基础的。尤其是，在这竞争剧烈的二十世纪，更要倚靠学术。所以学术昌明的国家，没有不强盛的；反之，学术幼稚和知识蒙昧的民族，没有不贫弱的。""以后要想雪去被人轻视的耻辱，恢复我们固有的光荣；只有从学术方面努力，提高我们的科学知识，更进一步对世界做出一种新的贡献，这些都是不能不首先瞩望于一般青年学生的。"

◇ 20世纪20年代，北京大学曾积极邀请爱因斯坦到北大来讲学，但因交流不通的缘故，致使爱因斯坦未能成行。蔡元培对爱因斯坦没能到北大讲学感到非常的遗憾，他在事后说："当我们在科学上有所贡献，并引起世界关注的时候，我相信爱因斯坦会专程前来访问的。因此大家千万不要懊丧，而应该互相勉励。"

◇ 1918年，蔡元培在北大建校20周年校庆纪念会上提出北大应向世界著名大学看齐的宏伟目标："本校二十年之历史，仅及柏林大学五分之一，莱比锡大学二十五分之一，苟能急起直追，未尝不可与为平行之发展。"

◇ 1938年，北大40周年校庆时，因病在香港避难的蔡元培已经72岁高龄，他对北大仍念念不忘，充满信心，特意为校庆题词："他日河山还我，重返故乡，再接再厉，一定有特殊之进步。"

◇ 在北大校庆25周年纪念盛会上，蒋梦麟说："今日是本校第二十五年的生日，是我们全校师生反省的日子。"胡适也发表祝词说："祝北大早早脱离稗贩学术的时代，而早早进入创造学术的时代。祝北大的自由空气与自治能力携手同程并进。"

◇ 北大23周年校庆时，蒋梦麟对北大师生说，在以后的10年或20年里，北大应该特别在三件事情上努力：一是输入西洋的文化，二是整理国故，三是注重自然科学的研究。他说，只要努力，等到举行北大40周年或35周年校庆时，就会取得显著的好成绩。到那时，北大"也可以在世界上去讲，就不至于竟是挂一块招牌的了"。他还说："到那时，我们当举行一个公开的大庆祝，因为已经有了许多的成绩在社会上了"！

◇ 1915年2月18日，在美国留学的胡适在日记中写道："任重而道远，不可不早为之计：第一，须有健全之身体；第二，须有不挠不屈之精神；第三，须有博大高深之学问。日月逝矣，三者一无所成，何以对日月？何以对吾身？"

◇ 1929年，北大校庆期间，代理校长陈大齐撰文《我们今后的责任》说："本校要想保持过去的光荣，并且发扬而光大之，唯一的方法只有在学术上努力做出些成绩来。大学本是研究高深学问的处所，大学的职务本在于发扬学术，所以大学要想获得声誉，自应在学术上努力。假使舍却了这条正道，而到旁路上去求，恐怕愈迷愈深，不但达不到目的，终且适得其反。"

◇ 胡适在 1922 年时，在《努力周报》上撰文说"古人说：'暴得大名，不祥。'这话是有道理的。名誉是社会上期望的表示。但是社会往往太慷慨了，往往期许过于实际。所以享大名的，无论是个人，是机关，都应该努力做到社会上对他的期望，方才可以久享这种大名。不然，这个名不副实的偶像，终有跌倒打碎之一日。北京大学以二十年'官僚养成所'的老资格，骤然在全国沉寂的空气里，表示出一种生气来，遂在一两年中博得'新文化中心'的大名！这是大不祥的事"。他希望北京大学的同人们"能痛痛快快地忘记了这几年得来的虚名，彻底觉悟过来，努力向实质上做去，洗一洗这几年'名不副实'的大耻辱！"

◇ 1946 年 10 月 10 日，北大举行开学典礼，新任校长胡适向全校师生演讲，表示："我只做一点小小的梦想，做一个像样的学校，做一个全国最高学术的研究机关，使它能在学术上、研究上、思想上有贡献。"其方向有二："一、提倡独立的、创造的学术研究；二，对于学生要培养利用工具的本领，做一个独立研究、独立思想的人。"

◇ 1922 年，李大钊在一次北大教职员全体大会上发表演讲说："北大两字，本旁观者对北京大学之缩称，吾校人员亦省而用之，外人即不免认吾校自称北大，带有骄气。其实此正北大之精神。盖吾校要研究各种学术，自然算大。希望同人以后都从'大'字上做去，发扬伟大的精神。"

◇ 北大举办校庆 25 周年盛会时，李大钊批评说，当时值得作北京大学"第二十五年纪念的学术上的贡献实在太贫乏了"。他说："我以极诚挚的意思，祝本校学术上的发展。只有学术上的发展，值得作大学的纪念。只有学术上的建树，值得'北京大学万万岁'的欢呼。"

◇ 1920 年，刘半农在去欧洲游学之前，曾对北大学生发表演说，说自己对"祖国"的希望是："希望中国的民族，不要落到人类的水平线下去；希望世界的文化史上，不要把中国除名。"

◇ 北京大学35周年校庆时，刘半农撰写《三十五年过去了！》一文，认为鲁迅设计的北大校徽是"愁眉苦脸"的，而这愁眉苦脸的校徽，"正在指示我们应取的态度，应走的道路。我们唯有在愁眉苦脸中生活着，唯有在愁眉苦脸中咬紧了牙齿苦干着，在愁眉苦脸中用沉着刚毅的精神挣扎着，然后才可以找到一条光明的出路"。

◇ 20世纪30年代的周作人认为："北大该走他自己的路，去做人家所不做的而不做人家所做的事。北大的学风宁可迂阔一点，不要太漂亮，太聪明。……此外还有积极的工作，要奋勇前去开辟人荒，着手于独特的研究，这个以前北大做了一点点了，以后仍须继续努力。"

◇ 周作人说："我并不怀抱着什么北大优越主义，我只觉北大有他自己的精神应该保持，不当去模仿别人，学别的大学的样子罢了。"

◇ 1926年，北大的黄克仁、李家珍、张仲超三位学生在"三·一八"惨案中遇难。1929年5月，为纪念三位烈士，北大三院修建了"三·一八遇难烈士纪念碑"，北大教授黄右昌撰铭文曰："死者烈士之身，不死者烈士之神。愤八国之通牒兮，竟杀身以成仁，唯烈士之碧血兮，共北大而长新。踏着'三·一八'血迹兮，雪国耻以敌邻，系后死之责任兮，誓尝胆而卧薪。"

◇ 据郑天挺回忆，1921年，在北大的一次集会上，陈垣对大家说："现在中外学者谈汉学，不是说巴黎如何，就是说东京如何，没有提中国的。我们应当把汉学中心夺到中国，夺回北京。"曾在燕京大学受业于陈的翁独健也回忆说，听陈讲授"中国史学评论"课时，陈在课上说："十九世纪以来，有人标榜东方学、汉学研究中心在巴黎，当时巴黎有几个著名汉学家；后来日本雄心勃勃地要把汉学研究中心抢到东京去，当时日本研究的重点是蒙古史、元史。汉学研究中心在国外，是我们很大的耻辱。"陈鼓励学生把它抢回北京来。正是在陈的影响下，翁选择了蒙元史作为自己一生的学术研究方向，并成为著名的元史专家。

◇ 1935 年，北平形势危急。陈垣当时正在北大史学系任教，平日很少议论时政。有一次上课时，学生要求他发表一下对时局的看法。他沉痛地说道："一个国家是从多方面发展起来的；一个国家的地位，是从各方面的成就累积的。……我们必须从各方面就着个人所干的，努力和人家比。我们的军人要比人家军人好，我们的商人要比人家的商人好，我们的学生要比人家的学生好，我们是干史学的，就当处心积虑，在史学上压倒人家！"他还经常对人说："每当我接到日本寄来的研究中国历史的论文时，我就感到像一颗炸弹扔到我的书桌上，激励着我一定要在历史研究上赶过他们。"

◇ 1933 年，北大 35 周年校庆时，学生会发表《纪念宣言》，追问：在"日本帝国主义强占我东北四省，法帝国主义侵占我海南九岛，英帝国主义眼睁睁要攫取我西藏西康"，而政府又一再委曲求全的状态下，北大人该如何纪念 35 周年校庆？并在宣言中问道："两年前的今日，北大学生曾经反抗过政府对帝国主义的一贯投降的政策，做过轰轰烈烈的南下示威运动，唤醒了数千百万的民众，来反抗帝国主义的蛮横。然而，两年来，北大却成了粉饰太平的'学府'！我们大家睁眼看看民族危亡的情况，回顾自己醉生梦死的悠悠度日，这时，我们想想我们自己是国家的中坚分子呢，还是只知吃饭的废物呢？"

◇ 1936 年，北大学生会根据同学们的愿望和要求，发起了"建设新北大"的运动，其具体纲领是：一、克服个人主义；二、发扬团结精神；三、肃清不良习惯；四、启发青年朝气；五、改良物质生活；六、力求整洁严肃；七、锻炼健强身体；八、学习时代知识；九、促成师生合作；十、光大"五四"精神。

◇ 1937 年 11 月 1 日，北大、清华、南开三所大学组成的长沙临时大学正式上课。蒋梦麟回忆当时的情景说:"虽然设备简陋,学校大致还差强人意,师生精神极佳,图书馆虽然有限,阅读室却座无虚席。"

◇ 在抗日战争时期,北大、清华、南开三校师生在长沙组建临时大学,不久又千里行军,步行到昆明成立西南联合大学。行军途中,每个同学的背上挂一块纸板,上面写满英文生字,供走在后面的同学学习。记住了这块纸板的生字,可以走到另一位同学的后面,再学另一块纸板上的生字。这样经过几十天的行军,记住了几千个英文生字。所以西南联大毕业的每一个学生,英文基础都很好,如有需要,都能用英文讲课。

◇ 马寅初对20世纪20年代吏治败坏,道德堕落,国民家庭观念浓厚,公家观念薄弱,一人得道、鸡犬升天的现象深恶痛绝。他主张用"北大精神"来改造整个社会。他说:"欲使人民养成国家观念,牺牲个人而尽力于公,此北大的使命,亦即吾人之使命也。"

◇ 1951年,马寅初被任命为北京大学校长。他在就职典礼上号召北大师生:"以团结一致的精神来发扬北大的光荣革命传统,保持学术地位,并配合国家建设工作的开展,为国家造就大批建设人才。"他说:"我们北京大学是全国最高学府。……但若不急起而求进步,这地位现在不容易维持。因为五四运动,别的大学大半是静态的,比较起来,北大进步得多。现在时代不同了,别的大学正在着手改造,我们若不团结一致积极推进,不免落在人家后面。"他提醒北大师生:"中国已经走上一条新的道路,我们只能前进,不能后退,倘若还是故步自封,不肯赶上时代,必然落后,甚至被淘汰。"

◇ 1919年11月15日,宗白华在《少年中国》第一卷第五期上发表《中国青年的奋斗生活与创造生活》,文中写道:"我们现在对于中国精神文化的责任,就是一方面保存中国旧文化中不可磨灭的伟大庄严的精神,发挥而重光之,一方面吸取西方新文化的菁华,渗合融化,在这东西两种文化总汇基础之上建造一种更高尚更灿烂的新精神文化，做世界未来文化的模范，免去现在东西两方文化的缺点、偏处。这是我们中国新学者对于世界文化的贡献，而且也是中国学者应负的责任。因为现在东西方文化都有缺憾，是人人晓得的，将来世界新文化一定是融合两种文化的优点而加之以新创造的。这融合东西文化的事业以中国人最相宜，因为中国人吸收西方新文化以融合东方比欧洲人采撷东方旧文化以融合西方，较为容易。以中国文字语言艰难的缘故，中国人天资本极聪颖，中国学者心胸思想本极宏大，若再养成积极创造的精神，不流入消极悲观，一定有伟大的将来，与世界文化上一定有绝大的贡献。"

◇ 周培源任北大校长时，曾在集会上对学生说，今日北大"弥漫着强烈的社会责任感，振兴中华的宏大愿望，浓厚的学术气氛和活跃的思想"。

◇ 乐森珣是国内外知名的地质学家和地质学教育家，曾长期担任北京大学地质系主任一职，对北大地质系的发展贡献甚大。1982年，已经83岁的乐被组织上安排去青岛疗养，但他仍不忘地质系的工作。他在给地质系领导写的信中详细嘱托要办的大事，还写道："我至今仍有雄心壮志，把北大地质系办成第一流的，唯靠人和自力更生，多聘贤达，大力兼课和兴建近代化大楼，前途未可限量，否则，我们这些老校友将成为老北大的罪人！"（着重号为乐自己所加）

◇ 1998年，北大百年校庆。电视台记者采访陈翰笙，请他说几句祝福北大的话。当时陈已过百岁，他掰着手指头说："我给北大老师讲三句话：第一，要好好帮助年轻学生；第二，不要当官；第三，要多写书。"电视台记者坚持要他给北大说句祝福的话。陈说："祝北大今后办得像老北大一样好。"记者和家人不满意，教他说：你说"祝北大今后越办越好"。陈连说三遍，次次都与原先说的一样，不肯照别人吩咐的说。

◇ 张岱年年轻时曾说："我所好在学术，此生如能有点贡献，也必是在学术方面;……每每想起西洋现代青年学者日日努力于学术工作,我又自警,若不快快地专心一志于学术,怎能在世界学术界占一席地呢?终生作他们的传达者,我是不甘心的。"晚年的他一直关心的问题是:"北大的学术,中国的学术,一定要走向世界。"

◇ 杨振宁曾经说过:"我一生最重要的贡献是帮助改变了中国人自己觉得不如人的心理。"许渊冲自称这位昔日同窗是对自己影响最大的人。他说:"我觉得在文化方面,尤其在译学方面,也应该改变不如外国人的心理。"

◇ 季羡林说:"我知道中国是一个弱国,也想把中国的国际地位提高。但怎样提法呢?自己唯一的自信就是在学术方面,所以我就拼命念书,希望能够在自己研究的这门学问里,写出几篇有价值的论文,让外国人大吃一惊,知道中国也大有人在。"

◇ 季羡林认为当代北大的师生应该有一种很强的文化责任感,他说:"如果我说'文化神州系一校',这似乎有点夸大。其他大学也在不同程度上有这种责任。但是其中最突出者仍然是非北大莫属。……北大上承几千年来太学与国子监的衣钵,师生向'以天下为己任',在文化和政治方面一向敢于冲锋陷阵。这一点恐怕是大家不得不承认的。今天,在对内弘扬和对外弘扬方面,责任落在所有大学的人文社会科学学术教育机构,以及教员和学生的肩上。北大以其过去的传统,更应当是当仁不让,首当其冲,勇往直前,义无反顾。"

◇ 据赵宝煦回忆:1979年,英国高等教育协会主席约翰·富尔顿来北大访问。当北大领导介绍说北大历年录取新生的分数线均高于其他院校时,客人插话说:"我很理解。你们北大,就如英国牛津、剑桥一样。全国家长,都渴望把他们的子弟,送来读书。全国顶尖学生,也无不以能进入北大为最高理想。因此,你们收来的学生,都是拔尖人才。我感兴趣的是,这些拔尖学生,在你校学习四年或更长时间之后毕业出去,他们在各行各业中，是否仍是拔尖人才呢？"赵说，这一提问，让他印象最为深刻，长久不能忘怀。

◇ 田余庆说："北大教师不能只做知识贩子，这话是蔡元培先生说的。教师要以教学和科研做示范，教学生做学问的方法，特别是要鼓励求实的创新精神。创新必须独立思考。独立思考，求实创新，在日积月累中实现超越。让更多的学生超越自己，这是北大教师应有的襟怀。"

◇ 谢冕说："一旦佩上北大校徽，每个人顿时便具有被选择的庄严感。北大人具有一种外界人很难把握的共同气质，他们为一种深沉的使命感所笼罩。今日的精英与明日的栋梁，今日的思考与明日的奉献，被无形的力量维系在一起。青春曼妙的青年男女一旦进入这座校园，便因这种献身精神和使命感而变得沉稳起来。"

◇ 2001年4月，袁行霈在北大文科全体教师的大会上说："北大的学术应当具有宏伟的气象，北大的学者应当具备大家的风范。北大许多前辈学者之所以具有魅力，就在于他们气象非凡风范无边。形成这种气象和风范至少有三个条件：第一是敬业的态度，对学问十分虔诚，一丝不苟；第二是博大的胸襟，不矜己长，不攻人短，不存门户之见；第三是清高的品德，潜心学问，坚持真理，堂堂正正。以上三点不仅是构成学者个人气象和风范的条件，也是塑造北大整体形象不可缺少的要素。"

◇ 2008年，林毅夫在北京大学经济中心的毕业典礼上发表演说，希望即将毕业的北大学生，能以110年来中国知识分子，以及五千年来中国士人以天下为己任的关怀作为自己的人生追求。北大人的胸怀和承诺应该是："只要民族没有复兴，我们的责任就没有完成。只要天下还有贫穷的人，就是我们自己在贫穷中；只要天下还有饥饿的人，就是我们自己在饥饿中；只要天下还有苦难的人，就是我们自己在苦难中。"

主要参考书目

（按编著者首字音序排列）

1. 白化文：《负笈北京大学》，南昌：江西教育出版社 2007 年版。
2. 白化文：《北大熏习录》，北京：北京大学出版社 2010 年版。
3. 北京大学开学典礼毕业典礼致辞编委会：《永远的校园：北京大学开学典礼毕业典例致辞精选（2015—2017）》，北京：北京大学出版社 2018 年版。
4. 北京大学开学典礼毕业典礼致辞编委会：《永远的校园：北京大学开学典礼毕业典例致辞精选（2018）》，北京：北京大学出版社 2019 年版。
5. 北京大学校刊编辑部：《精神的魅力》，北京：北京大学出版社 1998 年版。
6. 蔡元培著、北大元培学院编：《大学教育》，北京：北京出版社 2018 年版。
7. 蔡元培著、文明国编：《蔡元培自述》，北京：人民日报出版社 2011 年版。
8. 陈平原、夏晓虹：《北大旧事》，北京：生活·读书·新知三联书店 1998 年版。
9. 陈平原：《老北大的故事》，南京：江苏文艺出版社 1998 年版。
10. 陈智超：《励耘书屋问学记：史学家陈垣的治学》，北京：生活·读书·新知三联书店 2006 年版。
11. 程千帆、唐文：《量守庐学记：黄侃的生平和学术》，北京：生活·读书·新知三联书店 2006 年版。
12. 程郁缀：《缀玉小集》，南昌：二十一世纪出版社 2014 年版。
13. 杜家贵：《北大红楼：永远的丰碑（1898—1952）》，北京：社会科学文献出版社 2012 年版。
14. 郭建荣、杨慕学：《北大的大师们》，北京：中国经济出版社 2005 年版。
15. 郭建荣、杨慕学：《北大的学子们》，北京：中国经济出版社 2006 年版。
16. 何炳棣：《读史阅世六十年》，桂林：广西师范大学出版社 2009 年版。

17. 何兆武口述、文靖撰写：《上学记》，北京：生活·读书·新知三联书店 2006 年版。
18. 胡适著、欧阳哲生编：《读书与治学》，北京：生活·读书·新知三联书店 1999 年版。
19. 李宏主：《北大逸事》，沈阳：辽海出版社 1999 年版。
20. 李宪瑜：《北大缤纷一百年：北京大学建校 100 年庆典纪盛》，北京：北京大学出版社 1999 年版。
21. 李振东：《北大的校长们》，北京：中国经济出版社 2003 年版。
22. 刘克选、方明东：《北大与清华：中国两所著名高等学府的历史与风格》，北京：国家行政学院出版社 1998 年版。
23. 刘培育：《金岳霖的回忆与回忆金岳霖》（增补本），成都：四川教育出版社 2000 年版。
24. 罗尔纲：《师门五年记·胡适琐记》（增补本），北京：生活·读书·新知三联书店 2006 年版。
25. 马嘶：《学人往事》，北京：时事出版社 2000 年版。
26. 牧州、牧小：《北大故事：名人眼中的老北大》，北京：中国物价出版社 1998 年版。
27. 钱理群：《风雨故人来：钱理群谈读书》，北京：商务印书馆 2016 年版。
28. 钱理群：《寻找北大》，北京：中国长安出版社 2008 年版。
29. 任继愈：《中国的文化与文人》，北京：现代出版社 2017 年版。
30. 盛珂、子非：《北大百年散文精选》，北京：中央编译出版社 2002 年版。
31. 孙轶：《北大先生们》，北京：中国人民大学出版社 2003 年版。
32. 汤一介：《北大校长与中国文化》，北京：北京大学出版社 1998 年版。
33. 田余庆：《师友杂忆》，北京：海豚出版社 2014 年版。
34. 王力、朱光潜等：《怎样写论文：十二位名教授学术写作纵横谈》，沈阳：辽宁教育出版社 2011 年版。
35. 王世儒、闻笛：《我与北大："老北大"话北大》，北京：北京大学出版社 1998 年版。
36. 王煦华：《顾颉刚先生学行录》，北京：中华书局 2006 年版。
37. 萧超然：《北京大学与五四运动》，北京：北京大学出版社 1995 年版。

38. 萧超然：《巍巍上庠百年星辰：名人与北大》，北京：北京大学出版社1998年版。
39. 肖东发：《北大问学记》，北京：海豚出版社2014年版。
40. 肖东发、杨承运：《北大学者谈读书》（修订本），北京：北京图书馆出版社2002年版。
41. 肖东发、李云、沈弘：《风骨：从京师大学堂到老北大》，北京：北京图书馆出版社2003年版。
42. 肖东发、陈光中：《风范：北大名人寓所及轶事》，北京：北京图书馆出版社2004年版。
43. 橡子、谷行：《北大往事》，北京：新世界出版社2002年版。
44. 熊十力：《十力语要》，上海：上海书店出版社2007年版。
45. 许宝騄先生纪念文集编委会：《道德文章垂范人间：纪念许宝騄先生百年诞辰》，北京：北京大学出版社2010年版。
46. 杨虎：《北大钝学记》，北京：北京大学出版社2018年版。
47. 叶朗：《燕南园海棠依旧》，北京：华文出版社2015年版。
48. 叶新：《近代学人轶事》，天津：百花文艺出版社2005年版。
49. 袁行霈：《袁行霈学术文化随笔》，北京：中国青年出版社1998年版。
50. 余开亮、李满意：《国学大师的养生智慧》，北京：东方出版社2006年版。
51. 赵为民：《青春的北大》，北京：北京大学出版社1998年版。
52. 张世林：《学林往事》，北京：朝华出版社2000年版。
53. 张友仁：《北大清华的教授们》，香港：凌天出版社2005年版。
54. 张中行：《桑榆琐话：张中行散文精选》，深圳：海天出版社2001年版。
55. 中共中央统战部：《知识分子的榜样：王选》，北京：学苑出版社2007年版。

"外未名而内博雅"的北大气质

（代后记）

从京师大学堂到沙滩红楼，从昆明的西南联大到京城西郊的燕园，北京大学从19世纪末期中国的沉沉暗夜中一路走来，既经历过山重水复的迷茫，也收获过柳暗花明的欣喜，虽遭逢过风雨如晦的阴霾天气，更多的则是安享着云霞满天的朗润时光。无论如何，在一百二十多年的发展历程中，北大作为我国第一所现代意义上的综合性大学，"上承太学传统，下立大学祖庭"，其前行的脚步始终与国家发展、民族复兴的时代轨迹相伴相随，休戚与共，推动并见证着近代以来久经磨难的中华民族从站起来、富起来到强起来的伟大历史飞跃。仅就这一点而言，在世界高等教育史上，也是非常少见的。人们发现，自北大诞生以来，新文化运动的勃兴、中国共产党的成立、对"两个凡是"藩篱的突破、"新人口论"和"股份制"的提出、"两弹一星"和汉字激光照排技术的发明、创建世界一流大学战略目标的提出、国人在自然科学领域诺贝尔奖零的突破……这一系列影响深刻、改变民族命运和中国社会的重大事件，无不与这所学校密切相关。在历次推动思想解放、科技创新、文化转型、社会变革的历史关头，总能看到众多优秀北大人走在前列、示范引领的身影。正如习近平总书记讲的那样："长期以来，北京大学广大师生始终与祖国和人民共命运、与时代和社会同前进，在各条战线上为我国革命、建设、改革事业做出了重要贡献。"悠久厚重的历史传统，儒雅博学的学术大师，独领风骚的学术贡献，云蒸霞蔚的精神风度，让北大成为中国理所当然的最高学府和学术殿堂，被誉为20世纪中国文化界的双子星之一（另外一个是商务印书馆）。

岁月不居，春秋代序。转眼之间，两个甲子的光阴已经成为让人永远追忆的厚重历史。经过前修与来哲的接续努力，北大沉淀下了太多太多值得我们系统梳理、深入总结、大力表彰的历史传统，更酝酿出了一种独特的学术空气和校园氛围，形成了具有鲜明特色的精神气度和文化秉性，熏染滋润着一代又一代北大师生，也感召并吸引着中国乃至全世界无数的青年才俊和文化精英。正如人们常说的那样，"北大的空气也是养人的"，在北大学习、工作、生活的时间越长，就越能深切地体会到，这所学校虽然校园面积不大，有些地方甚至还显得有些简朴破旧，但却有着一种道贯天地、陶冶万物、促人奋进的巨大能量，让每一位真诚接受她教导、熏陶的人，都能打上永恒的北大印记，拥有一种颇具魅力的独特气质！

什么是北大气质呢？我想应该是在每一个独特的优秀北大人身上散发出来的共有品位和风范。这是北大精神的外在体现，也是北大区别于其他高校的重要标志之一。基于并围绕着北大悠久而厚重的历史传统，人们提出了很多种对北大精神的诠释。在"为国求学，努力自爱""以天下国家为己任""敢为天下之先""神州文化系一身""思想自由，兼容并包""为国家和民族负责""刚毅坚卓""牺牲主义"等一系列颇具代表性的阐释以外，爱国、进步、民主、科学的光荣传统和勤奋、严谨、求实、创新的优良学风已然成为普遍被人接受的官方表述。在梳理这些不同的表述时，我们可以清晰地发现两条十分鲜明而深刻的主线：一是由蔡元培先生倡导和缔造的学术传统，其核心为对"思想自由，兼容并包"办学理念的高度认可与传承发扬；二是以李大钊先生为核心所建立的革命传统，其核心是对马克思主义的持续学习、研究、传播。这两条主线相辅相成，交汇融通，形成了独特的北大品格，这就是鲁迅先生所阐述的北大"校格"之精髓："北大是常为新的，改进的运动的先锋，要使中国向着好的，往上的道路走。"这样的精神传统和学校品格，是我们深入理解和探寻北大气质的重要精神基点和理论来源。

北大气质的基因无疑来自"老北大"，晚清民国时期正是北大历史上的"轴心时代"。每一位学习、研究这所学校历史的人，都不能不对那一时期的北大投去最崇高的敬意。京师大学堂艰难但却坚毅的历史脚步、沙滩红楼中如黄钟大吕般的激情呐喊、西南联大里搏击风浪的简陋校舍，就是所有北大人永恒的精神图腾，更是北大气质形成的精神"原乡"。回望历史，可以发现，北京大学的创立，可以说是由三条历史文化因素交汇的结果：一是晚清以来"西学东渐"浪潮中西方现代教育理念和体制的传入，使北大人具有了放眼世界的胸怀和融入世界格局的追求，此所谓"现代追求"；二是中日甲午战争以后国人亡国灭种的危机感，让北大人时时刻刻都在忧国忧民，事事处处都以天下为先，这是可贵的"忧患意识"；三是从西汉以来的在士人阶层中形成的"太学传统"，让北大人直道而行，疾恶如仇，每逢不平便挺身而出，引领潮流，这就是马寅初先生所说的"牺牲精神"。"现代追求""忧患意识"与"牺牲精神"犹如三条川流不息的大河在新文化运动时期汇入了北大人的血液，构成了北大人基本的精神格局，铸就了北大人"教育兴国、为国求学"的初心与使命。

1952年全国高等院系调整后，北大迁到了风景如画的西郊燕园，与未名湖、博雅塔结伴，开启了新的征程。六十多年来，在这片被誉为学术圣地的土地上，北大人用一脉相承、一以贯之的精神气质，不畏艰难险阻，胸怀天下国家，书写了新时期的"光荣与梦想"。对此，谢冕先生的一段诗意表达早已经广为传颂、深入人心："这真是一块圣地。数十年来这里成长着中国几代最优秀的学者。丰博的学识，闪光的才智，庄严无畏的独立思想，这一切又与先于天下的严峻思考、耿介不阿的人格操守以及勇锐的抗争精神相结合。这更是一种精神合成的魅力。"

对于当代北大人而言，先前的北大如父，可敬、可怀、可传，燕园的北大如母，可亲、可爱、可感。就燕园而言，他们学于斯、长于斯、歌哭于斯，更熟悉，更亲近，更有深情。燕园的一草一木、一桥一池、一楼一亭、一人一物，尤其是最为经典的"一塔湖图"，似乎都有一种神奇而持久的魔力，能让所有向往进入这块圣地的人没日没夜地苦苦奋斗，也能让身处其间的人们流连忘返，更能让所有离她而去的人们魂牵梦绕，终生难忘。北大人，无论是分享成功的喜悦，还是排遣内心的忧郁，抑或倾诉彼此的爱慕，抒发指点江山的书生意气，经常首选前往的地方，几乎无一例外，总是未名湖畔、博雅塔下，这里似乎总能给他们以灵性的启迪，带他们自由地翱翔。"居移气，养移体"，多少位翩翩少年，就是在这种如诗如画的环境下实现了学识、品行、精神的脱胎换骨，带着全新的气质投入时代的洪流，最终成为各行各业的领袖和精英。可以毫不夸张地说，燕园是熔铸天之骄子的熔炉、提升精神境界的梯航，她直接塑造了今日北大人的气质！

多年以来，我特别愿意借用燕园最负盛名的两处景观，未名湖与博雅塔，来描述我心中的北大气质，那就是——"外未名而内博雅"。未名湖柔波荡漾，波澜不惊，宛如一块温润的碧玉明珠，宁静地镶嵌于校园中央，象征着北大人厚德载物的阴柔之美；博雅塔雄健挺拔，器宇轩昂，恰似一条笔直的钢铁脊梁，刚毅地矗立于云天之间，体现着北大人自强不息的阳刚之气。古语云"一阴一阳之谓道"，我们的湖和塔，一阴一阳，一柔一刚，一横一纵，一凹一凸，一纤秀、一伟岸，一欢快空灵、一沉稳凝重，由此幻化出的湖光塔影，一年四季，风光不同，但都有大美而不言，真是"浓妆淡抹总相宜"！

本师肖东发先生对博雅塔和未名湖的象征意义有过精到而绝妙的解释，他说："塔象征着思想自由，卓尔超群，特立独行，敢于创新，科学求真；湖隐喻了兼容并包，虚怀若谷，整合精深，和而不同，民主多元。二者刚柔相济，珠联璧合，相映生辉，缺一不可，暗含着北大人的精神品格。"在我看来，不注重、不追求外在的修饰、地位和名气，兼容并包，淡泊明志，沉潜治学，谦逊低调，就是"外未名"的风度；而在抱负、学问、品行、精神方面，却胸怀天下，耿介伟岸，特立独行，锐意进取，则为"内博雅"的气量。二者合观，就是"外未名而内博雅"的北大气质。这也是一种"轰轰烈烈的静"，外表看似宁静、朴素、低调、文弱，但胸中却有大海般的永远奔涌着思想巨浪的轰轰烈烈，骨子里却有岱岳般永远都独立不迁的堂堂正正。正如校园民谣里所吟唱的那样，未名湖是个海洋。如果未名湖是浩瀚无垠的知识、思想海洋，那么，博雅塔则是巍然挺立的风骨、精神高峰，他们延续了老北大的传统，充盈并散发着今日北大强大的"正能量"！

二十多年的北大生活，让我深切地感受到，现今的北大虽然也有不尽如人意之处，但其主流仍如鲁迅先生所言："那向上的精神还是始终一贯，不见得弛懈。"尤其是"外未名而内博雅"的北大气质，时时处处都能在北大最优秀的师生那里真切地感受到。在我看来，他们的"外未名"，集中体现在三个方面：

一是崇尚自由见解，海纳百川之雅量

这直接因源于蔡元培先生"思想自由，兼容并包"的办学理念："无论为何种学派，苟其言之成理，持之有故，尚不达自然淘汰之运命者，虽彼此相反，而悉听其自由发展。"泰山不让土壤，故能成其大；河海不择细流，故能就其深。厚德方能载物之重，量宽足以得人之敬。一百二十多年来，这种"万物并育而不相害，道并行而不相悖"的自觉意识和宽松环境在北大传承不辍，历久弥新。北大百年校庆时，有记者问丁石孙先生："您认为北大的精神与风格是什么？在今天的意义是什么？"丁先生回答说："我想我的教育思想部分地体现了北大的精神与风格，那就是尊重人，尊重人的成长和自由发展。追求民主，追求科学，一百年来，这种精神已经融入中华民族的文化之中，为民族的发展做出了巨大的贡献。我相信，这种精神必将在今后发挥更大的作用。"金开诚先生也在《动人春色不须多》中曾谈到北大的学风具有很浓厚的民主作风：北大老、中、青各代学者各有所长，很少有学术上的压制与干涉。"所以有的中年同志才敢声称'老先生的文章功力深厚，我写不出；年轻人的文章敏锐新颖，我也写不出。不过，我的文章，他们也写不出'。"这样的观念、这样的传统、这样的风气直接造就了北大百花齐放、万紫千红、云蒸霞蔚的绚烂风光。

二是理想实干并重，严谨求实之学风

偶尔会有人说北大人"眼高手低"，只善于"坐而论道"，而不擅长"起而行之"，但这毕竟只是极少数的情况。真正优秀的北大人始终坚信"聪明人要下笨功夫"，他们既能仰望星空，站得高，看得远，更能脚踏实地，坐冷板凳，做真学问，要不然怎么能做出那么多一流的学问和事业呢？比如季羡林先生，虽然很早就已经成为学界泰斗，但他仍数十年如一日，每天清晨四点就起床读书撰文。有人说他是闻鸡起舞，他则戏称："不是我闻鸡起舞，是鸡闻我起舞。如果四点钟我还不起，就好像有鞭子抽我。"在他进入古稀之年后，还风雨无阻、笔耕不辍，历时十七年，完成了八十余万字的皇皇巨著《糖史》，成为当代学界的一座巍然耸立的丰碑。再比如，20世纪60年代，在氯喹抗疟失效、人类饱受疟疾之害的情况下，北京大学1951级校友屠呦呦毅然接受了国家疟疾防治研究项目"523"办公室艰巨的抗疟研究任务。1972年,在经历了一百九十多次的失败之后,她带领的团队终于成功提取到了"中国传统医药献给人类的一份礼物"——青蒿素！2015年,这位已经85岁高龄、"无博士学位、无海外留学背景、无院士桂冠"的"三无教授"一鸣惊人,获得了诺贝尔生理学或医学奖,因此而成为第一位获得诺贝尔科学奖项的中国本土科学家、第一位获得诺贝尔生理学或医学奖的华人科学家。正是这些数不胜数、可爱可敬的北大人,数十年如一日的沉潜治学、实干兴邦,才让"北大人"这个名称能够不断散发出熠熠生辉的耀眼光芒。

三是谦逊朴素低调,劳谦君子之风度

这一点在北大的名师、大师那里,体现得尤其明显,他们虽然有名气、有地位、有成就、有贡献,但却异常谦逊低调,毫不张扬,时时处处都透露着"谦谦君子,卑以自牧"的良好修为和高尚境界。比如朱光潜先生是享誉中外的美学大师,但他从不以大师自居,他经常说的一句话是:"我一直在学美学,一直在开始的阶段……"再比如当代著名哲学家任继愈先生在晚年时曾请人制了一枚印章,上镌"不敢从心所欲"六字。他还给自己定了三个规矩"不过生日、不赴宴请、不出全集",解释说:"不过生日,是因为既耽误我的时间,也耽误别人的时间。"不赴宴请,是"怕耽误时间,再说,那些场面上的客套话我也说不全"。"不出全集,是因为我自己从来不看别人的全集。即便是大家之作,除了少数专门的研究者,其他人哪能都看遍？所以,我想,我的全集也不会有人看。不出全集,免得浪费财力、物力,耽误人家的时间。"还有被誉为"中国稀土之父"的徐光宪先生,在2008年获得国家最高科技奖,发表获奖感言时,特别提出"北大有许多优秀的学生,我获奖的工作都是我的学生和研究团队完成的,我只是这个集体的代表"。他说:"我一生在科研上三次转向,在四个方向上开展研究。在这四个方向上,我的学生已大大超过了我。"他还对其他科学家充满了由衷的敬佩之情。他说:"以前获奖的,拿袁隆平来说吧,我就比不上。他不但解决了中国的粮食问题,对世界粮食问题也有很大贡献。""我比不上他们,真的！"《周易》谦卦九三爻象辞云:"劳谦君子,万民服也。"这种"劳谦君子"风度让北大学者们的形象更加高大、伟岸，正如未名湖一般，以其"无名"而更"有名"，以其淡泊宁静而更显波澜壮阔。

北大人的"内博雅"也集中体现在三个方面：

一是服务国家社稷，经世济民之抱负

北大诞生于"国将不国"的民族危难之际，从一开始就承担起了沉重而神圣的历史使命，那就是通过造就适应现代社会发展需求的优秀人才，尽快改写这个古老中国近代以来的坎坷命运，好让她重新走向富强、民主、文明、和谐、美丽。所以一直以来，北大人都自觉地"以天下兴亡为己任"，把自己的命运和国家民族紧密地联系在一起，把自己的才华、激情、热血甚至生命毫无保留地投入到了国家进步和民族复兴的伟大事业中去。可以说，爱国就是北大人永恒而深沉的"初心"，更是北大气质的精神主线和内核，在不同的时期都有感人的体现。早在京师大学堂成立之初，管学大臣张百熙就为其题联"学者当以天下国家为己任，我能拔尔抑塞磊落之奇才"，并在给清廷上的奏折中讲道："大学堂应法制详尽、规模宏远，不特为学术人心极大关系，立即为五洲万国所共观瞻。天下于是审治乱、验兴衰、辨强弱。人才之出出于此，文明之系系于此。"京师大学堂监督张亨嘉也曾殷切训导学生，要"为国求学，努力自爱"。民国时期，马寅初先生更是把北大精神概括为"牺牲主义"："回忆母校自蔡先生执掌校务以来，力图改革。五四运动，打倒卖国贼，作人民思想之先导。此种虽斧钺加身毫无顾忌之精神，国家可灭亡，而此精神当永久不死。然既有精神，必有主义，所谓北大主义者，即牺牲主义也。服务于国家社会，不顾一己之私利，勇敢直前，以达其至高之鹄的。"晚年的季羡林先生在回顾自己的一生时说："我生平优点不多，但自谓爱国不敢后人，即使把我烧成了灰，每一粒灰也还是爱国的。"这样的心声在北大总是能够引起最广泛、最深入的共鸣。现在的北大，每年都会有大量的优秀毕业生自愿"到祖国最需要的地方去"，去西部、去农村、去艰苦地区基层单位就业，他们"读书不忘爱国，爱国不忘读书"的感人事迹证明了服务国家战略、心系社稷苍生的情怀依然在北大青年中处处可见并且代代相承。正所谓：为什么我的眼里常含泪水？因为我对这土地爱得深沉！为什么我们常说家国天下？因为我们是这民族的希望所在！

二是坚持科学真理，永葆士人之气节

　　士不可以不弘毅，任重而道远。在中国，读书人的道德文章，向来以气节为本，尤其在关涉国家民族大义、学术真理、人格尊严等问题上，来不得半点马虎，不容有丝毫的苟且与宽假。在这一方面，北大人很好地继承和发扬了传统士人"临大节而不可夺"的精神遗产，优秀的北大人是有底线、有操守、有风骨、有气节的，他们在面临人生的重大抉择时，绝大多数都能够做到大节不失，不愧书生本色。在北大，既有敢为天下先，引领时代潮流的开拓者，更不乏"岁寒然后知松柏之后凋"的坚守者。我们知道，1927年李大钊被奉系军阀逮捕后，在狱中阐述其志向与信仰说："钊自束发受书，即矢志努力于民族解放之事业，实践其所信，励行其所知，为功为罪，所不暇计。"他在狱中受尽酷刑，经常昏死过去，但他每次醒过来，总是说一句话："我李大钊是共产党，别的一概不知。"4月28日临刑时，李大钊毫无惧色，第一个走上绞架，面对军警，发表最后一次简短演说："不能因为你们今天绞死了我，就绞死了伟大的共产主义！我们已经培养了很多同志，如同红花的种子，撒遍各地！我们深信共产主义在世界、在中国，必然要得到光荣的胜利。"最后高呼："中国共产党万岁！"牺牲时年仅三十八岁。我们还知道，1933年9月21日，李大钊的得意门生邓中夏在南京雨花台下英勇就义时年仅三十九岁。在就义之前，他在狱中写下这样的话："一个人不怕短命而死，只怕死得不是时候，不是地方。中国人很重视死，有重于泰山，有轻于鸿毛。为了个人升官发财而活，那样苟且偷生的活，也可以叫作虽生犹死，真比鸿毛还轻。一个人能为了最大多数中国民众的利益，为了勤劳大众的利益而死，这是虽死犹生，比泰山还重。人只有一生一死，要死得有意义，死得有价值。"这些选择追求并坚守人生正道的仁人志士、英雄豪杰，用自己的宝贵的生命诠释和实践了"绝美的风景，多在奇险的山川；绝壮的音乐，多是悲凉的韵调；高尚的生活，常在壮烈的牺牲中"的预言，最终换来了共和国的美好今天。我们还知道，20世纪五六十年代，几乎与大陆批判马寅初先生"新人口论"同时，在宝岛台湾，北大的老校长蒋梦麟先生也因提出节育人口的主张，遭到台湾地区民意代表及舆论的围剿，当时甚至有"杀蒋梦麟以谢国人"的偏激口号。但蒋先生并不畏惧，在记者招待会上公开表示："我现在要积极地提倡节育运动，我已要求政府不要干涉我。如果一旦因我提倡节育而闯下乱子，我宁愿政府来杀我的头，那样在太多的人口中，至少可以减少我这一个人！"两位校长在同一时期，在不同的政治环境下，因为同样的观点，遭受相似的批判，却不约而同地表现出了同样的凛然风骨，真不愧是读书人的楷模、北大人的脊梁！

三是敢为天下之先，锐意创新之干劲

京师大学堂初建之时，就被赋予了两大重要职责：一是为国家培育现代精英人才，努力实现教育兴国、民族复兴之梦；二是代表中国大学在世界名校中争得一席之地，与世界一流大学"平行发展"，从而为人类文明的发展做出自己的贡献。一百二十多年来，围绕这两大目标，北大人的逐梦之旅从未停歇和中断。所以北大总是朝着世界最高水平攀登奋进，她对自己的要求也因此非常严格甚至有些苛刻，要么不出手，要出手就得有不凡的表现。因此，多年来，无论是白发苍苍的老先生们，还是青春年少的后来新进，都在持续地、默默地奋斗、耕耘、攀登和创新，他们像夸父逐日一般向高远之境攀爬的身影，组成了一股浩浩荡荡、动人心魄、促人奋进的洪流。由此也形成了北大人一个共有的"心结"——"对沦为平庸的忧虑"。这种心结让北大人拥有了一种立志拔于流俗、不断追求卓越的风骨，在干事创业，做学问、搞研究时，都能体现出一种"会当凌绝顶"的冲天豪气和"只管攀登不言高"的扎实干劲——用"拼命三郎"来形容他们的劲头，一点也不为过。以读书治学而言，在北大的优秀师生那里，是把学习、研究作为一种崇高的信仰和生命的常态来对待的，他们相信这是让人生和社会更加幸福美好的正途。一般情况下，他们不会向权贵、富豪折腰，也不会向贫穷、疾病屈服，只会向有思想、有学问、有创造、有贡献的人致敬。在北大的校园里，学习、思考、研究、创新是比天还要大的事情，并由此形成了十分独特而浓郁的学风与校风。著名经济学家林毅夫先生经常教导学生说："将军最大的荣耀是战死疆场马革裹尸还，学者最大的荣耀是累死在书桌上。"这样的话，在北大绝非不切实际的空言高论。理解了这个心结以后，我们就能找到北大人为什么总能在时代发展大潮中独领风骚的原因所在。直到今天，这种不甘平庸、精进不止、努力创造、勇做时代引领者的状态与干劲依然随处可见，守正创新、引领未来，已经成为所有北大人自觉的追求。仅以北大的青年学子而言，他们虽然可能还有些稚气未脱，有些狂狷之气，有些经验不足，但他们却往往能在求学阶段就做出让人意想不到的优异成绩，让人眼前一亮，备感惊喜。我在和一些优秀的师弟师妹们交流时，曾询问其中一位刚拿到麻省理工学院全额奖学金攻读博士学位的大四学生："你在北大学习期间最大的体会是什么？"这位师弟稍做思考后，十分平静地告诉我："当我在化学学院实验室做实验时，经常的感觉是，不知不觉间几顿饭的时间就过去了。"听完这句话，我马上想到了"废寝忘食"四个字，并发自内心地对他肃然起敬：这位长久沉浸在科学实验之中，不以为苦，反以为乐的后进少年，不就是带着一种北大人的特有心结在做实验吗？像这样的优秀青年才俊不就是北大乃至整个中国的希望所在吗？一位北大教师在其著作的后记中称赞道："每当我走向课堂，看到教学楼前如森林般的自行车群，我感到敬畏。昏暗的灯光，拥挤而闷热的教室，我们就在这种条件下创世界一流？但对这帮世界上最优秀的孩子，我们没有理由不充满信心。"对此，我深表赞同！

总而言之，"外未名而内博雅"，这种北大人特有的气质，就是北大精神魅力最好的外在表征，也是北大重要的精气神之一。她一直为当代北大人的健康成长、顺利成才、走向成功、充分实现人生价值提供丰富的精神养料和强大的力量源泉，也一直感染、激励和推动着每一位北大人不得不往前奔跑、向上攀登，但凡稍有懈怠、消沉，就会觉得愧对这片养育自己的"皇天后土"。这方天地就是北大人心灵的温暖家园，更是北大人"取之无尽，用之不竭"的精神宝库。走笔至此，我突然想到，本师肖东发先生曾带着我们在北大学生中做过一个小小的调查，问大家："面对北大你有何为何感？"同学们的答案可谓五花八门、异彩纷呈，但我们最喜欢的一个答复是："希望北大真正成为世界名校，而不仅仅是中国第一。"因为这不仅仅是数代北大人的共同愿望，更是亿万国人多年来的真切期盼。"潮平两岸阔，风正一帆悬"，在实现中华民族伟大复兴"中国梦"的历史进程中，北大人任重而道远，正如张岱年先生所期盼的那样，北大的学术，中国的学术，一定要走向世界。在新时代的长征路上，北大人理应以前贤为楷模，后来而居上，尽快以优异的成绩给北大前贤、给亿万国人、给这个渴望复兴已久的伟大民族交上一份满意的答卷。我也坚信，所有来到北大"朝圣"的人，只要不忘"为国求学"的初心，牢记"争创'双一流'"的使命，只要善于利用、深入汲取这里渊博似海、高耸如山的精神养分，就一定能养就"外未名而内博雅"的精神气质，不断为自己、为北大，也为整个国家和民族书写出最新最美的华章！

（此文原载《北大钝学记》，北京大学出版社2018年版。收入本书时进行了修改。）

出版后记

大学教育的历史传统与精神，由前哲、时贤与师长言传身教，后辈们自可从精彩言行中领略风趣与充实，明晓职责与使命。编者将北大人的精彩言行辑录起来，在只言片语中体现百年学府的历史人物风情，以供读者闲览，在会心一笑之余能多一点理解、多一层思考，是很有意义的事情。

本书的几位编者深受肖东发老师的影响。肖老师在北京大学任教三十余年，精熟母校的历史风物和精神传统，讲授内容深受学生欢迎。在他的教诲、勉励和感染下，编者们也愿尽绵薄之力为大学教育的传统与精神摇旗呐喊。此书的编纂出版、修订再版，就是这一方向的良好尝试。

本书仿《世说新语》体例，分授教、懿行、气节等二十五章，将百余年来北大人的精彩言行汇录成书。卷首由陈平原先生新作序言，对大学教育的意义进行解说；卷末有编者的代后记，细析"外未名而内博雅"的学府精神。编者们参考的有关文献，也附录于书后，供读者参考。

本书过去曾由中国广播电视出版社和现代出版社于2007年和2015年两次出版，曾名《北大新语：百年北大的经典话语》和《微说北大》。本次出版改为今名，并增补了近年来收集到的新掌故，又对一些易滋误解或不够准确的条目进行了删汰，且对条目的排列进行了适当调整。

由于水平所限，书中可能仍有不足之处，敬请读者不吝提出宝贵意见。

服务热线：133-6631-2326　188-1142-1266

读者信箱：reader@hinabook.com

后浪出版公司
2022年2月